# 만조의 바다 위에서

On
Such a
Full
Sea

\\ **일러두기** 본문의 각주는 모두 옮긴이의 것임.

On Such a Full Sea

이창래

장편소설

# 만조의 바다 위에서

On Such a Full Sea

나동하 옮김

인간사에도 조수간만의 차가 있는 법

밀물을 타면 행운을 붙잡을 수 있지만

놓치면 우리의 인생 항로는 불행의 얕은 여울에 부딪쳐

또 다른 불행을 맞이하게 되겠지

지금 우린 만조의 바다 위에 떠 있소

지금 이 조류를 타지 않으면

우리의 시도는 분명 실패하고 말 거요

— 윌리엄 셰익스피어, 〈줄리어스 시저〉

골든 에이지의 그림자들 속에서

한 세대가 새벽을 기다린다

용기가 불러일으킨

대담함 그리고 그 강인함

오직 젊은이만이 말할 수 있다

그들은 멀리 날아갈 수 있는 자유

동일한 욕망의 공유가

들불처럼 타오른다

— 조너선 케인, 스티브 페리, 닐 숀, 〈오직 젊은이만이〉

에바와 아니카를 위해

# I

우리가 어디에서 왔는지는 알려져 있지만 이제 어느 누구도 그런 것들에 더 이상 신경 쓰지 않는다. 왜 그런 것에 신경을 써? 우리는 그렇게 생각한다. 운이 좋은 몇몇 사람들을 제외하고 그 밖의 모든 사람들은 어딘가에서 왔다. 하지만 그 어딘가는 사라진 것으로 밝혀졌다. 그곳을 찾아볼 수도 있고 그 장소의 마지막 모습이 어떠했는지 보여 주는 사진이나 비디오를 발견할 수도 있다. 우리의 경우에는 중국의 어느 강기슭에 자리 잡은 자갈 색깔의 마을에서 왔는데, 그곳은 어깨가 굽은 건물들로 이루어져 있다. 저 멀리, 나무 밑동을 짧게 깎아 버린 산들이 보이는 곳이다. 지붕에는 전선들과 쓰레기가 어지럽게 널려 있다. 강에는 찻잎이 고여 검게 띠를 이루고 있다. 그리고 냄새를 맡을 수도 있는 안개가 그 모든 것을 무디게 만든다. 굳이 들이마시고 싶지는 않을 테지만.

어느 날 마을 사람들을 트럭으로 실어 냈고, 그래서 그 마을이 폭삭 주저앉아 버렸다고 한들 그게 뭐 그리 중요하단 말인가? 지금 그곳에 거의 아무것도 남아 있지 않다고 해도 그게 뭐 대수란 말인가? 그 마을은 이 세상의 반대편에 있었다. 1광년쯤 떨어진 곳이라고 할 수도 있는. 마을이 번창했던 때라면 아마 애석했을 것이다. 이런 면에서 사람은 흥미롭다. 가장 비참한 종류의 상황에서조차 진정으로 찌릿찌릿한 향수를 불러일으킬 수 있으니 말이다.

피가 솟구치고 있었다. 알겠는가?

우리는 팔팔하게 살아 있지 않았던가!

단언컨대 지금 우리가 살고 있는 이곳도 당시에는 애석하게 여겼던 곳이다. 그리고 곰곰이 생각해 보면 놀라울지 모르겠지만 어느 날 이 공동체는 단점을 인지하고 있는 우리한테까지 멋진 곳으로 기억될지도 모른다. 그러나 우리는 더 불행한 세부 사항들에까지 연연할 생각은 없다. 담 너머의 저 밖, 즉 자치주가 어떠한지를 감안할 때, 합리적인 사람이라면 누구나 이곳 B-모어에서 살 수 있는 기회를 당장 낚아챌 거라는 사실에 대부분 동의할 것이다. 차터의 마을들에서 나름의 지위를 확보한 비교적 소수의 사람들조차, 비록 말은 절대로 그렇게 하지 않겠지만, 이곳 생활의 몇몇 측면에 대해서만큼은 부러워할지도 모른다.

다른 한편으로, 우리는 다음과 같은 것들을 제공할 것이다. 여러분은 이곳의 시간, 그리고 그 시간의 발걸음에 의지할 수 있다. 생각해 보면 스케줄을 갖는 것보다 더 중요한 것은 거의 없으며 그 스케줄을 믿는 것보다 더 나은 것 역시 거의 없다. 그것은 더 깊이 잠을 잘 수 있게 해 주고 더 꾸준히 일할 수 있게 해 주며 어쩌면 푸짐한 식사를 소화하게 해 준다. 그리고 최종적으로 우리에게 주어지는 모든 자유 시간을 즐길 수 있게 도와준다. 저녁의 마지막 순간까지 줄곧. 그러다가 별들이 나오면—이제 거의 매일 밤 별들이 모습을 드러내는 것 같은데—우리는 함께 뒤뜰에 앉아 울타리 너머의 이웃들에게 손을 흔들 수 있고 야외에 앉아 우리가 가장 좋아하는 프로그램을 시청하면서 하늘의 이쪽 부분이 오직 우리만을 위해 빛의 합창을 들려주고 있다고 믿을 수 있다.

누가 감히 우리가 틀렸다고 말할 수 있을까? 그런 사람이 있다면 앞으로 나와 우리의 담을 뒤흔들어 보라고 하라. 우리가 발을 딛고 선 자리는 깊게 파여 있다. 만약 원한다면 그들이 판의 이야기를 캐내 볼 수는 있을 것이다. 그 어린 아가씨의 이상은 우리들 중 엄청난 수의 지지를 받아 왔다. 그녀는 이제 이곳에 없다. 그녀가 무엇을 견디고 있든, 무슨 고통을 받고 있든, 또 살아 있든 죽었든 간에 그것은 그녀 가족의 문제, 그리고 그들의 처분에 달린 문제다. 그들도 이곳에 없다. 저 멀리 서부에 있는 또 다른 시설로 옮겨 갔다. 그녀가 야기한 갈등 이후로 그들에게는 가장 좋은 시나리오였다.

우리는 그녀에 대해 드러내 놓고 얘기할 수 있다. 그녀의 이야기가 대단한 비극도 아니고 우리의 시대나 영혼의 파멸을 의미하는 것도 아니기 때문이다. 그렇다. 다르게 믿고 싶은 사람들도 있다. 즉, 이 세계의 모든 존재는 그 하나하나가 이 세계의 축소판이며 단 하나의 반향에 의해 우리는 기운이 나고 풀이 죽고 왜소해지고 의기양양해진다, 라고 믿는 것. 비유적이든 그렇지 않든 간에 그것은 최고의 결과물을 도모하기 위해 가장 자주 요구되는 멋진 생각이다. 그러나 우리는 점점 더 우리 자신이 '개인들'인지의 여부는 문제가 아니라는 것을 깨닫는다. 경우에 따라 다를 수는 있겠지만 우리는 개별적이 될 수밖에 없고, 그것은 이미 입증된 사실이다. 우리는 수벌들도 로봇들도 아니며, 결코 그런 존재들이 될 수 없을 것이다. 그러면 문제는 '개인(individual)'이 되는 것과 되지 않는 것에 더 이상 차이가 존재하느냐, 하는 것이다. 그것이 정말 중요할 수 있느냐, 하는 것이다. 만약 그렇지 않다면 우리가 사실 그런 것에 신경을 쓰느냐, 하는 것이다.

판은 그런 것들에 신경을 썼던가? 이 문제에 대해 우리가 정확하게 알 수는 없다. 우리는 그녀의 일상생활에 대해 많이 알고 있지만 여전히 상당 부분은 밝혀져야 한다. 그녀는 아마 대부분의 사람들보다 더 총명했고 확실히 덜 수다스러웠지만, 그 밖의 성격 면에서 보자면 특별히 눈의 띌 정도로 특이하지는 않았다. 그녀가 그런 일을 할 수 있을 거라고 생각한 사람은 아무도 없었으리라. 그런 통탄할 행동을 할 줄은!

그녀는 육체적으로 확실히 돋보였다. 아름다웠기 때문은 아니었다. 그녀는 보기만 해도 기분이 좋아지는 그런 분위기를 풍겼다. 그녀는 키가 150센티미터에 불과한 아주 자그마하고 호리호리한 소녀였다. 그리고 그것은 수조 속에서 그녀가 맡은 일을 처리하기에 완벽한 체격 조건이었다. 열여섯 살 때 그녀는 열한 살이나 열두 살 여자애의 키였다. 그래서 그녀를 처음 봤을 때 어떤 특별한 관점을 가진 사람처럼 보일 수 있었다. 누군가는 그것을 자동적으로 '지혜'라고 부를지도 모르지만 아마도 일종의 유행을 타지 않는 어떤 시각에 더 가까웠다. 그것은 어린이가 지니고 있을지도 모르는 능력, 즉 현재의 혼란 그리고 현재가 지닌 모든 것에 구애받지 않고 사물과 사람과 사건을 볼 수 있는 능력으로, 아마도 판은 겉으로만 그런 게 아니라 그런 종류의 명석함을 정말 지니고 있었다.

하지만 일단 가능하다면 문제가 일어나기 전의 그녀가 어땠는지를 있는 그대로 그려 보자. 그녀는 검정색 합성 고무 신발을 신었고, 오직 창백하게 빛나는 맨발과 양손과 얼굴만이 그녀의 인간성을 나타냈다. 장갑과 오리발과 물안경을 착용하면 그녀는 먹잇감을 노리는 생물처럼 보였다. 물속에 몸을 처박는 반들반들한 검은 바닷새라고나 할까? 물론 그녀가 수조 속에서 했던 일은 그런 게 아니었다. 그녀의 임무는 대부분이 어려운 이 세상에서 우리의 지역 사회가 잘 굴러가도록 해 주는 귀한 물고기들을 아끼고 보살피는 일이었다. 그녀는 자신이 맡은 잠수부 분야에서 가장 훌륭한 일꾼 중 하나로 2분 혹은 그 이상 숨을 손쉽게 참을 수 있었는데, 수조 내부를 문질러 닦고 진공청소기로 청소를 하고 배관과 필터 들을 교체하는가 하면 내벽에 생긴 깨진 부위를 때웠다. 체중의 절반쯤 무게가 나가는 조끼가 그녀를 수면 아래로 끌어내렸다. 그것조차 그녀에게는 너무 무거워서 2미터 깊이의 바닥에 있는 동안에는 무릎을 구부려야 했는데, 숨이 찰 때면 작업 벨트에 다양한 도구들을 매단 채 몸을 위로 튕겨 올라와 숨을 쉬고 다시 내려가야 했다.

일단 물속에 잠기면 잠수부는 눈에 잘 띄지 않는다. 물속의 온갖 물고기 때문에. 당연히 물속에는 가능한 한 많은 수의 건강한 물고기가 자라고 있다. 그것들 사이에서 그녀는 그냥 그림자가 되고 만다.

빠르게, 그리고 드러나지 않게 자신의 업무를 하도록 훈련받은 그림자. 그녀가 스노클 외에 어떠한 특수 호흡 장치도 사용하지 않는 까닭이다. 압축가스는 업무에 너무나 많은 지장을 초래하니까. 두려움에 떠는 물고기는 행복한 물고기가 아니다. 잠수부는 '그들 가운데 하나'가 아니라 물고기들이 새끼였을 때부터 물속 경치의 일부이다. 물고기들은 그녀의 낯익은 형체, 반복되는 동작의 리듬, 그리고 오리발을 착용한 그녀의 부드러운 발짓을 보는데, 그것들은 그들에게 어머니의 자장가처럼 다가가야 한다. 그것들은 수확의 순간에 이르기까지 피난처의 꿈의 노래가 되어야 한다. 물론 잠수부는 수확을 할 때 그곳에서 마지막 한 마리까지 활송 장치(chute) 속으로 길을 찾아 들어가도록 신경을 쓴다. 다음 세대의 새끼들을 풀어놓기 전에 수조를 청소하고 필터를 교체하는 불과 몇 시간 동안만 활동이 없는데 잠수부가 물속에 홀로 남는 것은 바로 그때이다.

얼마나 침울한 시간이겠는가. 수조 위에 매달려 있는 채소와 약초와 꽃 장식의 덮개 사이로 끊임없이 쏟아지는 생장 촉진 전구 불빛이 시설 담장에 청록색 조명을 비추는데 이 서늘한 아마존의 색조는 원시적인 부단한 생산력을 암시하고 있다. 잠수부는 배드민턴 경기장 크기쯤 되는 수족관들을 하나하나 점검하다가 일이 끝날 무렵이 되면, 몸이 피곤하거나 숨을 참아서가 아니라 공허감을 누르는 이상한 자극 때문에 녹초가 된다. 판은 무수한 물고기들이 떠받치는 힘에 익숙해져 있고, 가끔 물고기들은 그녀를 에워싸고 살아 있는 비계(飛階)처럼 수조의 벽을 따라 그녀를 나르거나 혹은 거꾸로 뒤집힌 사체 주변에 떼를 지어 몰려듦으로써 그녀를 그들의 죽은 개체 하나에게로 안내한다. 아니면 장난스럽게 떼를 지어 그녀와 꼭 닮은 모양을 만들어 물속에서 그녀의 거울이 된다. 그러다가 사료 알갱이가 떨어지면 그들은 그저 다시 물고기가 되어 입을 벌린 채 수면 위로 펄떡 펄떡 뛴다. 마치 꿀벌들이 그녀의 옷을 통과하려 미친 듯이 애쓰듯 물의 비브라토는 수다스럽고 열광적이다. 수조 속을 빼곡하게 채우는 수백 마리의 그 작은 청어들이 단순히 잠수부의 보살핌을 받기만 해 온 것이 아니라 여러 날 동안 그녀를 인도하는 목자의 역할을 해 왔다고 말해도 충분히 진실을 전달한 것일 테다.

그녀와 그녀의 가족 모두가 그들의 일터에서 보내는 많은 시간과 휴식 시간 동안, 그리고 비디오나 게임을 시청하며 아침이나 저녁을 먹을 때에 대화가 전반적으로 적은 점을 고려한다면, 그녀는 과연 어떤 사람일까? B-모어 주변의 모두는 그들과 비슷하고 충분히 행복하다. 하지만 삶에 형상을 부여하는 것은 아마 노동일 것이다. 자신의 업무를 하며 홀로 보내는 시간이야말로 가장 큰 성취감을 얻는 때가 아닐까? 말 그대로 일에 흠뻑 빠져 있든지 그러지 않든지 간에 우리는 그 시간 동안 어떤 과정이나 작업에서 작은 놀라움과 예상 밖의 사실을 발견할 수 있는데, 그것들은 결과적으로 우리의 성향과 편견 모두를 드러낸다. 그리고 거기에 대해 할 수 있는 것이 있든지 없든지 간에 여러분은 자신이 가장 소중하게 생각하는 가치를 배우기 시작한다.

다른 잠수부들에 비해 판은 보다 더 조용히, 체념하는 심정으로 수조로 갔다. 그리고 다른 사람들처럼 끝나는 시간에 맞춰 탈의실에서 잠수복을 벗기 위해 수조를 기어 나오는 경우는 거의 없었다. 그녀는 다른 잠수부들이 집으로 돌아가려고 할 때쯤이 되어서야 수조 밖으로 모습을 드러내곤 했다. 그녀가 모습을 드러내지 않으면 다른 사람들은 걱정이 되어 그중에 한 명이 판의 수조로 가서 그녀가 아직도 일을 하고 있는지 확인하곤 했다. 간혹 잠수부가 목숨을 잃는 경우가 있었기에 자기들 가운데 누구라도 희생될 수 있다는 사실을 그들은 너무나 잘 알고 있었다. 하지만 판은 수조의 내벽을 문질러 닦거나 깨진 부분을 때우느라 이리저리 헤엄쳐 다니고 있을 뿐이었다. 확인하러 온 잠수부는 물을 튀기면서 판이 엄지손가락을 치켜들고 물속에서 나올 때까지 기다리곤 했다. 언젠가 그녀는 우리에게 자기는 수조 속에 있는 것이 수조 밖 B-모어에 있는 것보다 낫다고 말한 적이 있다. 숨을 참으며 자신의 본성에 거스르는 느낌이 좋다고 했다. 그렇게 하면 하찮고 외떨어진 몸으로서의 자기 자신을 더 많이 의식하게 된다고 했다. 교대 근무가 끝나고 한 시간쯤 뒤에 더 이상 할 일이 없으면 그녀는 무릎을 가슴께로 끌어당기고 바닥으로 흐르듯 내려가서 폐가 제발 용서해 달라고 비명을 지를 때까지 그렇게 웅크린 자세로 물속 바닥에 가만히 있곤 했다. 그녀는 망각을 불러오거나 자신을 시험하려는 것이 아니라 물이 자신에게 해를 끼치지 못하도록, 그녀 자신이 아닌, 세계의 구성 요소들을 변형시킬 다른 종류의 힘을 불러들이려 하고 있었다. 우리는 "제발, 판, 제발, 설마 이런 걸 믿고 있는 건 아니겠지? 그러면 안 돼."라고 말하곤 했는데 그러면 그녀는 미소를 지으며 고개를 끄덕이는 척했지만 우리가 거기에서 받은 인상은 그녀가 정말 그런 가능성을 믿고 있다는 것이었다. 물론 만약 그것이 그녀의 불안정성을 나타내는 지표라면 발생한 모든 일이 이해가 되고 더 이상 설명할 필요조차 없다.

하지만 그녀를 또 다른 측면에서 평가해 보자. 그녀는 상상력에 대해 어떤 특별한 확신을 가지고 있었다. 솔직히 우리 가운데 그런 사람은 아주 드물다. 우리는 바라기만 할뿐이고, 자주 분노하지만 아주 깊은 확신은 결코 가지지 못한다. 우리가 만약 그런 확신을 가지게 된다면 이 세상이 우리가 바라는 꼭 그런 방식으로 쪼개져 열리는 것을 보게 될 것이다. 확신과 함께라면 우리는 사실상 갇혀 있지 않고 자유롭다.

이것이 판이 전적으로 옳았음을 의미하지는 않는다. 그녀의 남자 친구인 레그는 그녀와 또 달랐다. 대부분의 사람들의 관점에서 보면 그는 다른 모든 사람들과 똑같았다. 다른 게 있다면 신장이 컸고, 무엇보다 여태껏 보았던 사람들 중 가장 아름다운 피부를 가지고 있었다. 바보 같은 소리로 들리겠지만 한마디로 레그는 그랬다. 그의 피부는 매끄러운 강자갈의 색깔이었다. 비록 홀로 다른 사람들보다 피부색이 밝았지만 통밀의 갈색에 버터 빛깔이 감도는 듯한 그의 피부는 재배 시설의 창백한 조명 속에서 더욱 따스하게 타오르는 듯 보였다. 그곳에서 그들은 만났다. 그는 그녀의 수조 위에 놓인 채소 선반의 채소들을 돌보고 있었다. 그는 안쪽까지 손쉽게 닿는 그의 기다란 양팔로 식물을 심고 수분을 하고 가지를 치고 수확을 할 수 있었다. 선로 위를 좌우로 굴러다니는 사다리의 높은 곳에 서 있는 그. 그리고 그 아래쪽에서 시원한 물속을 휘젓고 다니는 그녀. 그것은 우리 지역 사회의 이익을 위해 부지런히 일하는 책임감 강한 한 연인의 멋진 모습이었다.

재배 시설의 일꾼들은 주기적으로 연애 감정이 싹트는데 그것을 금하는 규칙이나 법규는 없다. B-모어의 우리 지역에는 그러한 결합에서 시작한 가정이 아마 수십 개는 될 것이다. 우리 자신들도 어류 수조를 사들이기 훨씬 전, 그러니까 첫 번째 재배자 세대의 두 사람에게서 나왔다. 안정성은 이곳 B-모어에서의 모든 것이다. 그것은 궁극적으로 우리가 밤낮을 가리지 않고 만들어 내는 것이다. 우리가 소비를 위해 재배하는 것이자, 이웃 팀들에서 우리가 구성되는 방식이기도 하다. 그리고 피나 성애의 결속은 우리의 그러한 구조를 지속적으로 유지하기 위해 반드시 필요하다. 이 어려운 시대에 가장 귀한 상품은 언제나 변함없이 정해진 시간에 나타나 주는 것이다. 어제의 알려지지 않은 보금자리에서 우리를 위해 다시 출현해 주는 것이다. 이제 또 다른 존경할 만한 연인이 된 판과 레그를 두고 그리 놀랄 것은 없었다. 그들이 쾌적한 저녁에 마을을 어슬렁거리는 동안 두 사람의 신장이 우스울 정도로 어울리지 않았다고 하더라도 말이다.

하지만 어느 날, 근무 시간이 끝나갈 무렵에 레그는 관리자의 호출을 받았다. 판은 남자 친구가 떠나는 것도 알아채지 못했다. 굳이 그런 걸 알아채야 할 이유도 없었다. 사람들은 언제든지 호출이 되어 스케줄이나 절차상의 사소한 변경에 대해 통보를 받았다. 만약 누가 정원사 장갑을 벗어던지고 스크린과 조종 장치 들로 가득한 관리자의 가운데 층 사무실로 이어지는 계단을 걸어 올라가면 관리자의 호출을 받아서 가겠거니, 하고 짐작하면 그뿐이다. 예를 들면 차터의 마을들에서 무엇의 수요가 많으냐에 따라 물고기와 채소 가운데 수요가 적은 쪽이 수요가 많은 쪽을 위해 희생하는 경우가 발생할 것이다. 최근에는 어떤 혈액 C-질환을 예방하는 걸로 알려져서 호장근(虎杖根)의 요구가 있었다. 그래서 이제는 차터의 어른아이 할 것 없이 누구나 호장근을 식사 때마다 먹고 있다. 누구나 담 너머로만 나가면 그 식물을 땅에서 몇 킬로그램씩 뽑아 올릴 수 있지만, 그것이 담 너머에 있기 때문에 당연히 그것을 건드리는 사람은 아무도 없을 것이다.

레그는 자신의 휴무일 바로 전날에 사다리 위에 올라가 있다가 호출을 받았다. 그리고 휴무일에 판이 공원에 혼자 앉아 이어폰으로 음악을 듣고 있는 장면이 목격되었다. 그녀는 심란해 보이지 않았다. 레그 혹은 레그를 대신한 누군가가 그녀에게 메시지를 남긴 것이 분명했다. 오늘은 바빠서 안 되고 내일 만날 수 있을 거라는. 어떤 추가적인 설명도 없이. 그의 가족은 걱정하지 않았다. 레그는 여기저기 쏘다니는 버릇이 있었고, 담장 너머까지 나간 적도 가끔 있었다. 레그가 무모하다거나 멍청하다는 얘기는 아니지만 앞으로 천 년 동안 그가 시험에서 만점을 받는 일은 절대로 없을 거라는 얘기는 해 둬야겠다. 사실, 그는 귀찮아서 시험을 보려고도 하지 않았다. 그는 변덕과 본능에 따라 움직이는 친절하고 꿈을 꾸고 있는 듯한 소년이었다. 가끔 문제를 발견할 때면 항상 매력적인 모습을 보였다. 마치 개가 땅콩버터가 담긴 병에 주둥이를 처박고 있을 때처럼. 우리 모두는 그가 수확 통을 가득 채우고 내려와 빈 통을 다시 가지고 올라가는 대신 그것을 자기 등에 매달기로 마음먹었던 때를 기억하고 있다. 사다리 위에 서서 자기 어깨 너머로 토마토를 부드럽게 던져 넣어 통을 꾸준히 채워 가는 모습이 비록 볼품은 없었지만 처음에는 그런대로 효과가 있는 듯 보였다. 하지만 그의 예상보다 통이 훨씬 더 무거워지고 사다리의 가로대 위에서 순간적으로 중심을 잃었을 때 가득 채운 통은 그를 뒤로 발라당 나자빠지도록 만들었다. 그것은 꼴사나운 난장판이었고 작업장의 여자 감독은 상처 난 과일 때문에 잔뜩 화가 났다. 레그는 머리카락이 과육에 젖어 물이 뚝뚝 떨어지고 있었지만 통 위로 떨어지는 바람에 다행히 목은 부러지지 않았다. 그것을 지켜본 사람이라면 깔깔 웃으면서 다음과 같은 생각을 할 수밖에 없었다. 레그, 넌 B-모어 안에서 태어났으니 정말 운이 좋은 청년이야!

하지만 그 주의 첫 근무일에 그가 모습을 드러내지 않았을 때, 사람들은 웅성거리기 시작했다. 늘 그랬듯이 판은 물 밖에 거의 올라오지 않으면서 수조 안에서 일하고 있었다. 점심시간에 어떤 사람이 레그가 아픈지 살펴보려고 그의 연립 주택을 찾아갔다. 문을 두드려도 처음에는 아무 반응도 없다가 이윽고 그의 숙모라는 사람이 문을 열어 주면서 레그는 더 이상 그곳에 없다는 말만 했다. '더 이상'이라는 말이 무슨 뜻이냐고 묻자 그녀는 자기들은 그런 일로 시달리고 싶지 않다면서 찾아온 사람을 마치 그날 하루 허락을 받고 B-모어에 들어온 자치주의 잡상인 취급을 하며 문을 탁 닫아 버렸다. 근무시간이 끝났을 때, 우리가 판에게 혹시 레그에 대해 아는 게 있느냐고 묻자 그녀는 자기도 그의 집에 들렀다가 문전박대를 당했다고만 말했다. 이튿날 판이 여자 감독에게 레그의 행방에 대해 아는 게 있느냐고 묻자 감독은 관리자한테 가서 물어보라고 말했다. 관리자는 이제 그게 당국 수준의 문제가 되어 버렸다면서 자기도 레그가 어디에 있는지 전혀 모른다고 말했다. 그 뒤로 판은 그다음의 관리자와 행정관을 찾아갔고 이곳 B-모어에서 더 이상 물어볼 사람이 없을 때까지 여기저기 찾아다녔다. 윗사람들한테서 보다 확실한 말을 전해 들으려면 그녀는 차터의 어떤 사람한테 물어봐야 했을 것이다. 그들은 우리한테는 꿀벌들만큼이나 보기 어려운 존재들이다.

한 주가 지나고 거의 두 주가 되었다. 여기저기 떠도는 소문과 근거 없는 이야기, 그리고 분노까지는 아니더라도 정말 성가신 웅성거림이 넓게 펴져 있었다. 그런 웅성거림은 재배 시설의 높은 천장과 좁고 기다란 연립 주택의 현관에까지 울려 퍼졌다. 지난 몇 계절 동안 B-모어를 포함한 다른 시설들에서 그와 비슷한 '호출'이 있었다는 얘기는 들었다. 우리 가운데 몇몇 사람도 일을 하다가 불려 가서 며칠 동안 격리를 당했다가 본래 일자리로 되돌아온 적이 있었다. 하지만 레그는 아예 사라져 버렸다. 만약에 그의 일가친척이 나서서 항의를 하며 소란을 일으켰다면 좋지 않은 감정들이 부풀어 오를지도 몰랐다. 하지만 그들은 의문이나 불평 한마디 제기하지 않고 그들의 일터나 학교로 흩어졌다. 그런 모습은 처음에는 우리를 놀라게 했지만 머지않아 우리의 몸 위에 던져진 차가운 누비이불처럼 나쁜 열기의 모든 원자를 꺼뜨렸다. 그들은 감탄스러울 정도로 말이 없었다. 그렇게 되면 우리는 자연히 다음과 같이 생각하게 된다. 그의 일가친척이 이 정도로 평온한데 설마 무슨 일이 있을까….

그리고 판 역시도 그 문제에 대해 입을 굳게 다물었다. 혹시 아는 거라도 있을까 싶어 우리 중 누군가가 다가갈 때마다 그녀는 자신의 물안경을 착용하고 물고기들로 붐비는 물 밑으로 사라져 버리거나, 밖에 있을 때는 무엇을 듣는지는 몰라도 볼륨을 높이고 스쿠터를 타고 달아나 버렸다. 그녀는 일터와 인근에 친구와 지인들이 있었지만 레그가 사라진 뒤부터는 그들로부터 멀어졌다. 어쩌면 그들이 그녀로부터 멀어진 것인지도 몰랐다. 그녀를 일부러 피하는 일은 없었지만 그들 모두는 판과 레그가 연인 사이임을 알고 있었고 이제 짝을 잃었으니 판을 한동안 혼자 내버려 둬야 한다고 생각했다. 어느 누구도 레그에게 벌어진 일이나 그 이유에 대해 자기 나름의 이론을 제시하지 않았다. 여러분은 이제 B-모어의 책임 부서가 이런저런 억측을 막고 우리의 관심을 어떤 행위나 범죄로 이끌기 위해 그가 무슨 짓을 벌였는지에 대해 공식적인 발표를 내보낼 거라고 예상할 것이다. 하지만 그런 완전한 침묵에 아주 좋은 점이 있다면 그것이 곧 우리의 관심을 그 화젯거리가 아니라 바로 우리 자신에게로 돌리게 만든다는 것이다. 우리는 자신의 행위, 행동, 경향, 그리고 심지어 길 잃은 우리 사고의 타래를 점검하지 않을 수 없다. 우리는 우리 자신이 적어도 지난 며칠 동안 어떤 명시되지 않은 경계를 넘어서는 짓을 하지는 않았는지 되돌아보게 된다. 그것은 마치 걸음마를 배우는 아기가 조금의 짜증스러워하는 낌새조차 보이지 않는 자기 아빠 앞에서 장난감 북이나 장난감 피아노를 무의식적으로 한참 두드리다가 지극히 평범한 단 한 번의 두드림 때문에 아빠의 인내심은 날아가 버리고 결국 건반이 박살나 버리는 것과 같다.

판은 자기 입으로 털어놓은 것보다 더 많은 사실들을 알고 있었을까? 그녀는 레그가 아무런 잘못도 하지 않았다는 것을 알고 있었던 게 틀림없다. 레그는 뼛속까지 순결한 사람이었다. 그래서 그녀는 그를 존경했다. 우리가 판을 존경한 것도 그녀의 바로 그런 점 때문이 아니었는가? 이 착하고 자그마한 아가씨는 규정은 말할 것도 없고 누군가를 배신하거나 B-모어의 관습을 거스른 적이 단 한 번도 없었다. 어느 누구도 예상하지 못한 그런 짓을 저지르기 전까지는. 그녀가 지금 받고 있는 악평에도 불구하고 왜 우리는 그녀를 여전히 우리들 중 한 명이라고 생각하는 걸까? 우리를 버리고 자치주로 떠나 버린 그녀를 말이다. 일부 사람들은 이 문제에 대해 머뭇거릴 것이다. 그들은 그녀가 떠난 뒤에 생겨난 더 큰 골칫거리들도 골칫거리들이지만 자발적으로 사라져 버린 그녀를 도저히 용서할 수가 없어서 그녀의 이름을 내뱉을 때마다 아래턱이 돌처럼 딱딱해진다. 그녀로 인해 생겨난 그 모든 곤란들이 얼마나 불필요한 것들이었나. 어떤 시각에서 보자면 이것은 옳다. 그것은 불필요한 곤란이었다. 그녀는 확실히 더 큰 목표들을 가지고 있었다. 그리고 그것들 가운데 어느 정도는 달성을 했다. 하지만 떠나기 전에 그녀가 몇 개의 수조에다 독을 넣어야 했던 까닭은 짐작조차 할 수 없다. 그것은 도저히 이해할 수 없는 행동이었다. 그녀를 영원히 비난할 생각이 없는 우리 같은 사람들에게조차 기이하고 이상하게 여겨지는 점이 한 가지 있는데 그것은 그녀가 그토록 정성들여 키운 놈들, 그녀 자신의 물고기들만 죽였다는 사실이다.

가엽고 귀여운 물고기들.

# 2

자치주가 살기 힘들다는 것은 누구나 알고 있다. 무척 더울 수도 있고 무척 추울 수도 있는 그 지역은 꽤나 불편하다. 이제는 대부분의 지역들이 그런 것처럼 보이지만. 어른들은 과거의 완벽히 아름다운 날들 사이에 모든 계절들이 있었다고 말할 것이다. 물론 이제 그런 날들은 거의 없다. 간헐적으로 아른거릴 뿐이다. 우리에게는 마치 선사 시대 같다. 공기가 더 건조했고 더 맑았고 더 온화했던. 파헤친 흙이나 야생화나 바스락거리는 낙엽의 냄새가 우리로 하여금 시간을 하나의 형벌이 아닌 고요한 시계로 생각하게 했던.

이곳 B-모어에는 활주로처럼 곧게 뻗은 구역이 있다. 우리는 그 구역을 따라가면서 마치 자치주에서처럼 극단적인 기온을 견디는 일을 피할 수 없다. 하지만 실내 체육관과 수영장, 그리고 사람들이 여가 시간의 대부분을 자연스레 보내는—가게, 실내 게임장, 식당들로 북적거리는—지하 쇼핑몰처럼 휴식을 취하러 가는 장소가 수없이 많다는 사실은 우리에게 하나의 축복이다. 야외는 좀처럼 쾌적하지 않기 때문에 우리는 계절의 향이 스며든 여과된 공기와 벌꿀 빛깔의 할로겐 불빛과 끊임없이 바뀌는 분위기 띄우는 음악에 의지하게 되었다. 그 모든 것이 이제 더 이상 인지하기 힘들 정도로 익숙해져 버렸는데, 상당 기간 동안 그것들을 차단해 버리면 아마 대혼란이 일어날 것이다.

사실 작년에 발전소 사고 때문에 바로 그런 일이 몇 분 동안 일어났다. 우리가 공기와 예비 전등을 확보하는 동안 어스레한 조명 속에서 확실한 동굴의 냄새가 났다. 그것은 두렵긴 해도 그다지 지독하지는 않았다. 우리가 왕국의 내부에 박혀 버렸다는 사실을 깨닫지 않을 수 없었으니까. 결국 사람들은 하던 일을 멈추고 반쯤 입을 벌린 채 주변을 둘러보며 무슨 발표가 나오기를 기다렸다. 그런데 아무런 발표도 나오지 않았다. 무엇이 도화선이 되었는지 모르겠지만 갑자기 몇 사람이 달리기 시작했고 미처 상황을 알아차리기도 전에 모든 사람이 이리저리 쏜살같이 달리고 있었다. 아장아장 걷는 아기들은 필사적으로 끌려가고 있었고 노인들은 숨을 헐떡거리며 뿔뿔이 흩어진 군중 사이로 손을 내뻗으려 애쓰고 있었으며 젊은이들과 건강한 사람들은 지옥의 개들에게 쫓기는 것처럼 전력으로 질주하고 있었다. 복도에 가득했던 그 흥분! 심장을 칼에 찔린 것 같은 그 공포! 하지만 바로 그 순간 어떤 거대한 쇳소리가 배관들에서 뿜어져 나왔다. 배관들은 거칠게 달그락거렸고 길게 늘어서 있던 부드러운 불빛들이 다시 켜졌으며 이제는 잘 듣지 않는 오래된 익숙한 노래들이 우리 영혼의 더 고요한 리듬으로 우리를 안심시켰다.

우리는 이제 더 이상 지금보다 더 힘겨운 삶을 감당할 수 없다. 우리는 그 점을 기꺼이 인정한다. 우리 자신이 정문 너머에 있다는 상상을 하는 것만으로도 겨드랑이에 습기가 맺히고 따끔거리고 배가 싸늘해진다. 그곳에는 자치주 사람들의 진짜 투쟁이 있다. 한마디로 말하자면 기본적 욕구는 충족되지만 그 밖의 많은 것들은 충족되지 않기 때문에 그들은 투쟁을 한다. 전기가 약해서 켜지고 꺼지기를 끊임없이 반복한다. 주택은 가장 기초적인 수준으로 판자촌이 대부분이다. 물은 우기에만 풍족하고 언제나 끓여야 한다. 그리고 냄새는 말해서 뭐하랴! 자치주의 하수도 시설은 우리 민족이 아주 오랜 옛날에 신중국을 떠나 이곳에 도착했을 때보다 거의 200년 전에 설치되었다. 그렇게 오래되다 보니 폭우가 쏟아지고 남서쪽에서 바람이 불어 닥치면 우리가 살고 있는 지역에서도 인간 정착지의 지독한 썩은 냄새를 맡을 수 있다. 그 냄새는 영원히 죽지 않는 전령사처럼 소리치는 듯하다. 우리가 여기 있어요! 우리가 여기에 있다고요! 우리가 여기에 살고 있어요!

우리는 당신들이 그곳에 있다는 것을 알아요. 정말이에요.

어쩌면 차터 사람들은 자치주가 어떤지 쉽게 잊어버릴 수 있겠지만 우리 B-모어 사람들과 우리와 유사한 정착지의 사람들은 어떤 가능성들을 인식하고 있어야 한다. 우리는 우리 이웃의 안전과 안락을 당연한 것으로 여겨서는 안 된다. 우리는 항상 창문을 열어 놓고 문을 잠그지 않는 것이 어느 누구의 침입도 당하지 않는다는 뜻이라고 생각해선 안 된다. 우리는 우리의 정문이 침략 불가의 것이고, 우리가 판에 박힌 일상으로 무장하고 있다고 믿을지도 모른다. 하지만 우리가 과연 우연이나 운명의 영향을 받지 않을 수 있을까? 자신이 잘 닦아 놓은 오솔길을 따라 먹이를 찾아다니던 생쥐처럼 하루아침에 박멸당하는 것은 아닐까? 여러분이 자신의 죽음을 알기도 전에, 흙 속에 희미하게 찍혀 있는 자신의 마지막 발자국을 내려다보고 있다고 생각해 보라.

하지만 견디라고, 여러분은 말할지 모른다. 우리의 거리는 한때 '노스밀턴애버뉴'라고 불리다가 우리 조상들에 의해 '장수 거리'로 개명되었다. 우리 조상들은 자처럼 곧게 뻗은 거의 3킬로미터의 도로를 보고 영원한 것은 아니더라도 경탄스러울 정도로 긴 생명을 생각하지 않을 수 없었다. 거리에서 일어나는 주요 범죄들은 침 뱉기, 쓰레기 버리기, 대소변 보기 등인데 그런 짓을 저지르는 사람들은 대부분이 나이가 아주 많거나 나이가 아주 어리거나 쉬는 날을 앞두고 전날 밤에 흠뻑 취한 사람들이었다. 최근 기억으로는 재산 절도 행위는 단 한 번도 일어나지 않았다. 강도나 폭행 같은 심각한 범죄에 관한 보고가 있으면 모든 작업과 사회 활동은 당장 중단되는데, 그걸 보면 그런 일이 일식처럼 얼마나 드물게 일어나는지 알 수 있다.

그러니까 여러분의 판단은 지극히 옳을 것이다. 우리 조상들이 이곳에 도착한 지 거의 100년이 되었고 오늘날의 B-모어를 마지막으로 재건하고 설립한 지도 50여 년이 되었다. 그 세월 동안 우리는 갓돌과 벽돌을 차곡차곡 놓아 가면서 지역 사회를 유지해 왔다. 우리는 창문이 지저분해지거나 놋쇠 손잡이에 얼룩이 생기도록 내버려 두지 않았다. 우리는 아이들이 운동장에서 놀고 나면 데려오려고 항상 찾아 나선다. 그리고 자신의 의무를 회피하거나 게을러서 남에게 의존하는 사람은 용납하지 않는다. 우리가 일하기 때문에 B-모어가 돌아가고 있고 우리의 목적의식이 우리를 그만큼 더 많이, 그리고 더 많은 시간 동안 움직이게 만든다. 물론 자치주에 무엇이 있는지, 그리고 조상들이 도착하기 전 이곳의 모습이 어떠했는지에 대한 인식이 우리가 지칠 때마다 힘을 북돋워 준다.

그것은 우리의 학교 교육에서 중심이 되기 때문에 우리는 무엇이 어떻게 된 것인지 아주 잘 알고 있다. 우리의 학습에서 기본 단원은 B-모어의 역사와 그것을 가능토록 만든 상태들에 치중되어 있다. B-모어 자체와 그것을 본떠서 만들어진 다른 장소들은 결과적으로 이 오랜 투쟁의 땅에서 안정 요소들이 되어 왔다. 그런 상태들 하나하나의 상기가 필요할 때가 있다. 판의 지지자들은 지금까지도 그녀의 행동을 본받아 정문을 나서기만 하면 어떤 여행을 시작할 수 있다는 착각에 빠져 있을 것이다. 우리 조상들이 버려진 인근 마을 전체에서 발견한 벽화들처럼 그것은 우리의 집과 벽에 기록을 남기는 일이 될 것이다. 벽화들은 원을 그리며 춤추는 아이들, 미소를 지으며 즐겁게 일하는 어른들, 절대로 지는 일이 없는 태양이 친절하게 서로 나누는 행위를 환히 밝혀 주는 모습들을 묘사하고 있다. 그 모든 벽화들은 그들의 너그러운 희망을 반영한 게 아닌가? 그것들은 말 그대로 절대 이루어지지 않을 가장 거창한 소망을 표현한 게 아닌가?

이제 여러분은 연립 주택의 측면이나 울타리에 판과 레그의 초상화가 새롭게 그려져 있는 것을 이따금 보게 될 것이다. 그림들은 여러 손에 의해 밤에 급하게 그려진 것들일 테다. 판과 레그는 실생활에서는 두 사람 모두 수줍음이 많아 절대 그러지 않았지만 그림 속에서는 항상 당신을 똑바로 끈질기게 바라보고 있을 것이다. 그들의 눈은 빛줄기 같다. 그것은 웃음을 자아내는 것이고, 집주인이나 어떤 분노한 이웃이 당국의 누군가가 보기 전에 얼른 그것에다 덧칠을 해 버리지만, 그림들은 주기적으로 계속해서 생겨나서 다음번에는 어디에서 그림이 모습을 드러낼지 예측이 가능할 정도다. 그리고 만약 그림이 생겨나지 않으면 아마도 여러분은 스스로 머릿속에 그림을 그려 보기 시작할 것이다.

밝혀진 바대로 전설은 단 한 번의 조잡한 일획(一劃)으로도 만들어질 수 있다.

하지만 우리는 판과 그녀가 아끼는 레그, 그리고 이런 고역의 결과물이 되어 버릴 다른 몇몇 사람의 이야기하기를 잠시 멈춰야 한다. 우리는 조상들이 도착했을 때 이곳이 어떠했는지를 모든 지지자들, 선동가들, 희망자들에게 상기시켜 줄 필요가 있다. B-모어가 지금의 B-모어가 아니었을 때 그들은 제일 먼저 무엇을 보았을까?

아마도 가장 강력한 효과를 발휘하는 인공 유물은 우리의 역사박물관 입구 바로 옆에 누가 보더라도 눈에 확 띄게 걸려 있는 어떤 그림일 것이다. 그것은 우리 특유의 연립 주택들 가운데 하나를 크게 확대해 놓은 것으로, 조상들이 이 지역에 도착한 해에 그린 것이다. 그림은 집의 전면을 보여 주고 있는데 폭이 좁은 1층 창문 두 개와 현관문으로 올라가는 계단이 보인다. 처음 보면 그것은 잘 다듬어진 산뜻한 모습이다. 벽돌에는 노란 수선화가 그려져 있고 창턱은 크림 같은 흰색이며 계단의 철제 난간은 완전히 새까만 색으로 칠해져 있다. 위쪽 모서리의 하늘 한쪽은 하루가 저물고 있음을 보여 주고 있다. 구름의 성긴 아랫배 부위에는 불그스름한 기운이 감돌고 있다. 전체적으로 주는 인상은 이 근방의 날씨가 화창하다는 것이다. 여러분은 B-모어의 중추적인 역할을 하고 있는 미술관의 큐레이터들이 왜 그런 그림을 전시하는지 의아하게 생각할 것이다. 그러한 의구심은 자꾸만 커지다가 자신이 날짜를 잘못 읽었으며 그것이 현재의 모습이라는 확신을 갖기에 이를 것이다. 하지만 B-모어의 젊은이들이 그러하듯 여러분이 쉽게 놓칠 수 있는 것은 2층 창문들에 무언가 이상한 점이 있다는 사실이다. 창문들은 구름의 따스한 색조를 반사하지 않고, 그 대신 가장 이국적이고 환상적인 대리석처럼 차갑고 푸르스름한 기운이 도는 백색을 띤다. 여러분은 곧 그것들이 창문이 아니라 그런 색으로 칠을 한 합판들임을 깨닫게 된다. 놀라운 솜씨로 제작한 트롱프뢰유•임을 알게 되는 것이다. 좀 더 관찰을 하다 보면 합판들 가운데 어느 하나의 모서리가 떨어져 나간 곳에 틈이 있는 걸 발견하게 된다. 그제야 여러분은 이 집에는 지붕이 없어 위가 하늘로 뻥 뚫려 있기 때문에 틈 뒤쪽의 불그스레한 빛을 볼 수 있다는 사실을 깨닫는다.

자, 이제 옆집과 그 옆집을 살펴보자. 여러분은 이 블록에 줄지어 늘어서 있는 집들이 지붕은 있지만 그 지붕이 처음의 집에서 본

• Trompe-l'oeil: 실물로 착각할 정도로 정밀하고 생생하게 묘사한 그림.

화려하게 칠한 나무판자와 비슷하다는 것을 알 수 있다. 미술관의 로비를 지나 중앙의 홀로 들어가면 거기에는 규모 면에서 그것과 같지만 축소해 놓은 다른 블록들을 보여 주는 현수막 크기의 그림들이 있다. 이 블록은 수백 개까지는 안 되더라도 수십 개로 늘어나 있다. 여러분은 이 오래된 항구 도시의 거대한 지역들이 완전히 버려져 있다는 사실에 충격을 받는다.

우리 조상들이 신중국의 작은 강변 마을을 떠나야만 했던 것과 같은 이유는 아니었지만, 아무튼 어떤 이유로 모두들 이곳을 떠났다. 그들이 떠날 무렵, 시수(Xixu) 시는 주변의 농장과 공장, 발전소와 채광 시설 때문에 사람이 살 수 없는 곳이 되어 버렸다. 물도 그때까지 알려져 있는 모든 처리 방법을 동원해도 어찌해 볼 수 없을 정도로 오염되었다. 도시의 인구는 30만 명에 불과했지만 자동차와 트럭과 스쿠터와 버스의 수는 100만 대를 가뿐히 넘어섰고 24시간 내내 이어지는 석탄과 희토류(稀土類) 원소 발굴 때문에 공기는 깨끗해질 기회조차 없었다. 그러던 어느 날, 지방 정부는 더 이상 신선한 물을 수송해 올 수 없었다. 주요 도시에서도 신선한 물은 아주 드물었다. 그래서 도시는 더 이상 존재할 수 없었다. 노인들의 이야기를 기억하고 있는 사람들은 도시가 전성기였을 때, 계곡 전체와 그 안의 모든 것이 서서히 시들어 가는 것 같았다고 전한다. 모든 고무와 플라스틱과 합금, 거의 남아 있지 않은 진짜 나무, 썩어 가는 음식과 쓰레기, 점점 부풀어 오르는 인간과 동물의 배설물 구덩이 등으로 결국 사람들 자신은 마치 몸속에서부터 타들어 가면서, 우여곡절이 많고 오래 질질 끄는 종말을 예언했던 이 고약하고 질식할 것 같은 입김을 내보내는 것 같았다.

우리 조상들이 이곳으로 처음 건너왔을 때, 지붕 없는 연립 주택의 모습에서처럼 공기는 그들에게 신선하고 맑았다. 기록 보관소의 비디오와 사진은 그들이 여러 대의 반들반들한 회사 버스에 나눠 타고 굴러 들어오는 모습을 보여 준다. 버스에서 내렸을 때, 그들은 항구의 물 냄새를 깊이 들이마시면서 염분이 적은 그것에 틀림없이 도취되었을 것이다. 한때 볼티모어라고 알려졌던 이곳과, 정착민들이 보내진, 동부와 중서부 주에 있는 다른 버려진 도시들에서 낯선 유형의 청결함에 그들이 얼마나 놀랐을지 한번 생각해 보라. 부재로 인한 보존이 청결의 비결이었다. 그들은 도로 갓돌에서 그들의 짐을 챙겨 손수레에 싣고 그들에게 배정된 집으로 가져갔다. 우리와 여러분과 판의 조상들도 거기에 끼어 있었다. 그들은 숨이 턱 막혔는데, 그것은 두려움이나 실망 때문이 아니라 고마움과 안도 때문이었다.

사실, 그들이 얼마나 진심으로 고마워했는지 우리가 이해하기는 힘들다. 요즘의 B-모어를 한번 둘러보면 우리 민족이 그런 식으로 느꼈을 거라고 상상하는 것은 불가능하다. 시간과 안전과 부른 배는 우리를 얼마나 재빠르게 진화시켜 버리는가! 도시 풍경은 완전히 황폐화되었고 흥분의 열기는 여전히 고조되어 있었다. 전하는 바에 따르면 우리의 처음이자 유일한 시장이 될 전설적인 웬 슈바오는 "우리 세대가 나무를 심으면 다음 세대는 그늘을 즐길 것이다."라는 전통적인 속담을 들먹이면서 동포들에게 촉구했다고 한다.

분명히 초기 이주민들 가운데는 불만 세력이 있었지만, 그들 가운데 어느 누가 이곳의 가능성을 부인할 수 있었겠는가? 여기는 재활성화 준비를 갖춘 전체 공동 사회였다. 그렇다. 집들은 기본적으로 껍데기만 남아 있는 상태였지만 사실 많은 집이 아직 지붕과 벽과 튼튼한 계단을 가지고 있었다. 그렇다. 보일러를 가진 집은 거의 없었지만 대부분의 집이 앞으로 어떻게든 사용이 가능한 배선과 배관을 가지고 있었다. 그렇다. 바닥은 긁어내고 사포로 닦고 표면을 다시 손질해야 했으며 모든 캐비닛과 조리대는 문질러 씻고 새와 해충과 곤충의 찌꺼기를 소독해야 했다. 그럼에도 불구하고 겉보기에만 망가진 표면을 반들반들 광을 내서 본래 가진 특유의 모습으로 되돌리는 것보다 더 즉각적이고 정직한 만족을 제공하는 활동이 또 무엇이 있겠는가?

학생 집단, 노인 견학단, 그리고 우리가 건설한 사회를 공부하기 위해 이따금 찾아오는 외국 방문객과 함께 박물관을 둘러보고 나서 여러분은 우리가 이룬 도약에 힘차게 동의할 수밖에 없다. 오랫동안 버려진 블록들의 바싹 메마른 모습과 거대한 시립 공동묘지의 개간과 처분에서부터 그 터 위에 짓도록 임무를 부여받은 초기 건축물에 해당하는 것들 가운데, 지금은 B-모어의 트레이드마크가 된 최초의 정말 오염되지 않은 모판들, 그리고 나중에 차터의 마을들이 정식으로 체계를 잡고 수요를 증가시켰을 때 고안한 평행 복합 어류 수조들을 수용할 수 있는 것이 과연 무엇이겠는가. 우리는 말하자면 일상 노동으로 지도를 그려 왔고 아직도 조금씩 채워 나가고 있다.

우리는 대부분의 이민자들의 경험과 달리 토착민들의 형태로 부딪치는 일이 거의 없었다는 사실을 인정해야 한다. 지금의 B-모어 심장부의 외곽에는 주민들이 조금 있었다. 19세기 아프리카 노예들과 20세기 중앙아메리카 출신 노동자들, 그리고 21세기 도시에 향수를 느끼는 무리들의 후손들이었다. 그들 모두는 격자무늬의 이 친밀한 블록들에 정착해서 한동안 번영을 누리다가 처참하게 쇠퇴하더니 결국 사라져 버렸다. 역사는 확신을 갖고 그 이유를 추적하고 밝혀 낼 수 있겠지만 해결은 하지 못하는 듯 보인다. 우리 조상들은 도를 넘어 간섭을 하거나 완전히 태만한 정부 단체들이 아니라 연합을 형성한 회사들의 지배를 받는 특권을 누렸다. 모든 정부 단체는 무능하기 이를 데 없었다. 우리의 초기 이민자들은 엄격한 목적하에 대규모로 들어왔지만, 일터와 가족 중심의 문화를 고스란히 간직하고 있었기 때문에 그들은 참고 견뎌서 종자돈 투자자들에게 결국 이득을 안겨 주는 것은 물론이고 영구적으로 재생하는 방식으로 성공할 수 있었다.

이 모든 것이 사실이고 희망을 주는 것이어서 여러분이 장수 거리를 거닐다가 마주치는 사람들에게 어떻게 지내시냐는 인사를 건네면 그들은 하나같이 자동적으로 "좋아요." 또는 "괜찮아요."라고 명랑한 어조로 대꾸할 것이다. 하지만 기형 역시 우리의 고요한 땅의 표면에서 나타났다는 사실을 받아들여야 한다. 가장 긍정적인 감정들도 고이기 시작해서 새로운 틈으로 스며들어 빠져나가 버릴 수 있다.

말하자면 다음과 같은 경우이다. 레그가 사라지고 판이 떠나 버린 직후에 다른 사람들도 하나둘 사라지기 시작했다. 수가 많지는 않았다. 한 달에 한두 명 정도였던 것 같은데 그 이상은 분명히 아니었다. 차이점이 있다면 이 사람들은 레그의 경우와는 달리 정식으로 보내졌다. 레그의 경우와 달리 공고문이 재배 시설에 나붙었고 그 내용이 B-모어 전역에 알려졌다. 예를 들자면 44세 제임스 벨트란 호라는 남자가 파견되었다거나 29세 페이페이 수 타이드워터라는 여자가 파견되었다는 소식을 전하는, 혹은 브라이트 다이아몬드 거리에 사는 레이놀즈 왕 씨 집안의 익명의 갓난애가 이제 보내진다는 내용이 담긴 전체 공고문이 나붙었다. 우리는 더 이상 구체적으로 캐묻지 말아야 한다는 것을 알고 있다. 하지만 그들의 친척은 레그의 친척들과 달리 떠나 버리지 않았다. 적어도 처음에 특이했던 사실은 그들이 자신들의 사랑하는 사람이 어떤 병이나 불행한 시설 사고나 고령으로 죽어 버린 것처럼 아무렇지 않게 행동했고 심지어 관례적인 방식대로 위령제를 지냈으며 고인의 나이와 지위에 따라 고인을 살피도록 우리를 초청했다는 것이다. 물론 고인들의 몸은 그곳에 있을 리가 없었고 있는 거라곤 그들의 액자 사진뿐이었다. 우리는 고인의 죽음을 애도하는 옷으로 차려입고 상황에 맞게 큰소리로 울부짖거나 낮게 흐느끼면서 종이돈을 태우고 우리가 해야 할 모든 일을 했는데, 이런 점에서는 일반 추도식과 아무런 차이가 없었다. 언제나처럼 모든 일이 마치 삶과 죽음이 항상 끊임없이 굴러가듯 행해졌다. 그들이 무슨 일을 하도록 지시하거나 강요한, 그리고 상황을 수긍하도록 강요한 낌새는 전혀 없었다.

비록 상황은 다르지만 우리 조상들도 아마 비슷했을 것이다. 그들이 제일 처음 착수한 일은 옛날에 미국 공동 사회가 그랬던 방식대로 연립 주택들을 개조하는 것이었다. 각 블록의 남자 감독이나 여자 감독은 주민들 모두를 하나의 주소에 집결해서 욕실과 부엌을 수리하도록 지시했다. 수백 마리의 개미가 알사탕 크기의 바위를 끌고 가는 과학 시간 비디오처럼 사람들은 하나로 똘똘 뭉쳐서 일했다. 여러분은 그 장면을 머리에 그려 볼 수 있을 것이다. 그들은 한 집에서 다음 집으로 옮겨 가는 식으로 블록을 따라가며 일했다. 이러한 이동식 즉각 조립 라인에서 사람들은 저마다 하나씩의 기능을 맡아서 처리했다. 아이들은 하나의 집단이 되어 흙먼지와 돌무더기를 통에 담아서 날랐고 노인들은 물통에 담긴 시원한 국화차를 따라서 건넸으며 심지어 몸이 성치 않은 사람들조차도 의자에 몸을 기대고 앉아 있거나 일터 안에 있으면서 열심히 일하고 있는 사람들에게 정신적인 지원을 해 주거나 일하는 모습을 보고 배우려는 자세를 취하곤 했다.

“그림 그리는 사람들은 앞으로 나와요!” 또는 “타일을 까는 기술자들은 이리 나오세요!”라고 여자 감독이 밝은 목소리로 소리치면 사람들이 우르르 달려 나오곤 했다. 사람들의 분위기는 과거 시수 시에서 강이 엉망이 되고 언덕들이 쓸려 내려가 버리고 누구나 상대의 얼굴에서 사태가 가볍지 않다는 것을 깨닫기 전의 초기 시절을 상기시켰다.

하지만 그 순간으로 되돌아가는 것은 감상적인 여행이 될 것이다. 우리는 이제 자랐고 생각이 깊어졌고 강해졌다. 그리고 우리는 우리 조상들의 모든 소망이 성취되었다고 감히 말할 수 있을 정도로 세상을 오래 살지 않았을까?

우리는 이미 최고가 되는 일을 이루지 않았을까?

# 3

판이 떠난 날은 마지막 대홍수 직후였다. 당연히 그녀의 출발 기록이 남아 있지만 그 당시에는 어느 누구도 거기에 그다지 신경을 쓰지 않았다. 우리는 허리케인 때문에 초가을이 되면 항상 가벼운 물난리를 겪는다. 허리케인은 남대서양에서 북상해서 이곳에 도착할 무렵이면 기세가 다소 누그러지지만 그래도 여전히 가공할 폭풍우가 된다. 하지만 그때는 상황이 특히 심각했다. 여러 개의 폭풍이 꼬리에 꼬리를 물고 밀어닥치는 바람에 빗물은 결국 아무데도 갈 곳이 없었다. 우리는 그것을 잘 기억하고 있는데 그 이유는 B-모어의 수많은 사람들이 세 번째와 마지막 폭풍우 동안에 목숨을 잃었기 때문이다. 죽은 사람들 가운데는 조지프라는 유명한 열두 살짜리 꼬마도 포함되어 있었다. 그 아이는 물에 빠져 죽어 가는 자기 남동생의 친구를 구하려고 애쓰다가 자기가 숨을 거두고 말았다. 그것은 B-모어의 모든 사람들에게 충격을 안겨 준 비극적인 사건이었다. 그리고 아마도 판은 그 사고로 어느 누구보다 큰 충격을 받았다.

레그가 사라진 지 채 일주일도 지나지 않아 벌어진 일인 데다가 가엾은 조지프는 레그의 어린 친구였다. 가장 친한 친구 사이는 아니었지만 그들은 같은 블록에서 살았고 레그는 조지프가 갓난아기였을 때부터 알고 지내면서 둘은 함께 주기적으로 시간을 보내곤 했다. 물론 레그는 열아홉 살이었고 그 둘 사이의 상당한 나이 차이는 적어도 나이 든 사람들이 보기에는 친구라는 용어를 붙인다는 자체가 이상했겠지만, 레그는 사람들의 말에 따르면 마음이 순수했고 남의 시선을 조금도 의식하지 않고 한길에 나와 있는 누구하고도 함께 어울려 놀아 주었다. 쉬는 날이면 판은 레그를 태워 오기 위해 그곳으로 스쿠터를 몰고 갔다가 레그가 축구공을 차서 조지프나 그의 친구들과 주고받는 모습을 한동안 행복한 표정으로 앉아서 지켜보곤 했다. 레그는 동료 없이 혼자서 아이들을 상대했다. 그는 모든 아이들보다 키가 훨씬 더 크고 성숙했지만 아이들은 민첩성과 스피드라는 장점을 가지고 있었다. 지적한 대로 레그는 아이들보다 민첩성이 뒤떨어졌다. 슛이 날아오면 레그는 부교 같은 발을 그냥 쭉 뻗어서 막아 냈다. 조지프와 다른 아이들은 그의 두 다리 사이로 재빠르게 패스를 하거나 너무 뻣뻣하게 서 있는 그의 주변으로 노련하게 공을 돌리곤 했다. 판은 레그가 휘청거리거나 거의 균형을 잃을 때마다 참지 못하고 깔깔거리며 웃었다. 레그의 마르고 홀쭉한 몸은 잽싸게 중심을 잡고 반격을 가하기에는 적당하지 않았다.

물론 아이들 가운데 어느 하나가 이미 써먹은 속임수 동작으로 또다시 자기를 제치거나 너무나 손쉽게 자기 공을 빼앗아갈 때 레그는 좌절감을 느껴 식식거리곤 했다. 하지만 조롱을 한다거나 언짢은 기분을 오래 품은 적은 단 한 번도 없었다. 레그가 이제 그만 가 봐야겠다고 말하면 아이들은 한 골만 더 넣을 때까지 가지 말고 있어 달라고 애원을 하면서 레그와 함께 판을 바라보며 그녀의 신호를 기다리곤 했다. 그녀가 늘 그랬듯이 승낙의 말을 하면 아이들은 기뻐하며 우렁찬 함성을 내지르곤 했다. 공놀이를 드디어 마치면 아이들은 한 명씩 뛰어올라 높이 치켜든 레그의 양손에다 자기들의 양손으로 하이파이브를 했다. 손바닥을 부딪치는 소리가 날카로운 걸로 봐서 판은 아이들이 얼마나 흥분해 있는지, 얼마나 그야말로 기분이 고양되어 있는지 알 수 있었다. 그리고 레그처럼 마음이 아주 너그러운 존재가 곁에 있다는 사실 하나만으로 아이들이 얼마나 자신들을 뿌듯하게 생각하는지 알 수 있었다.

돌이켜보건대 우리도 레그와 판이 그들의 전기 스쿠터를 나란히 타고 가는 모습을 볼 때마다 그런 식으로 느꼈던 것 같다. 두 사람은 종종 서로의 손을 잡을 수 있을 정도로 바짝 붙어서 스쿠터를 몰았다. 레그의 떨어지는 균형 감각도 이때는 문제가 되지 않았다. 그들이 이 도로들의 기다란 골목길을 따라 평화롭게 달려가는 모습은 우리의 질서 정연함을 보여 주는 것이었다. 한 시대의 그늘이 어떻든 간에, 사랑에 빠진 한 젊은 남녀의 모습은 밝은 미래를 가장 잘 보여 준다고 우리는 들어 왔다. 그런 열정은 우리로 하여금 어떠한 벽도 뛰어넘을 수 있고 어떠한 장애물도 지워 버릴 수 있다는 믿음을 갖게 만든다.

레그가 사라진 때로부터 아이들이 사고를 당하기까지의 기간 동안 우리는 판이 혼자 힘으로 잘 헤쳐 나가는 모습을 보고 싶어 했다. 이미 말했듯이 그녀는 지나치게 걱정하는 모습을 보이지 않았고, 이런저런 질문을 하고 가능한 수단을 강구하면서 조용히 때를 기다리고 있었다. 하지만 상점가에서나 작업 시설에서 그녀는 얄궂게도 레그의 곁에 있지 못해서 그런지 예전보다 더욱 작아 보였다. 그것은 누구라도 알아차릴 수 있었다. 이렇게 말할 수 있는지 모르겠는데 레그는 행성이 달에게 그러하듯 그녀의 크기를 변화시켰다. 저울에 쟀을 때의 두 사람의 몸은 서로 많이 달랐겠지만 그 두 몸이 공간의 끝모를 광대함 속에서 표류하게 될 것 같다는 생각은 전혀 들지 않았다.

무척 아늑하긴 해도 B-모어는 외로운 곳이 될 수 있다.

레그의 어린 친구인 조지프가 마지막 거대한 폭풍우 속에서 갑자기 사라졌을 때, 사람들은 그것이 얼마나 많은 것들을 앗아갈지 알 수 있었다. 조지프는 그날 오후 자기 남동생과 동생의 친구를 지켜보고 있었다. 아이들의 부모는 재배 시설에서 일을 하고 있었지만 폭우 때문에 와이파이가 나가 버려서 그들은 게임도 비디오도 없는 실내에 온종일 갇혀 있었다. 하지만 그때 구름 속에서 갑자기 틈이 보였다. 순식간에 변하는 종잡을 수 없는 날씨였다. 어린 녀석들은 밖으로 나가게 해 달라고 졸랐다. 조지프는 허락을 했고, 아이들이 공원으로 나갔을 때, 비가 약하게 내리기 시작했지만 눈부신 여우비였고 무지개까지 떴다. 가늘게 내리던 비가 완전한 폭우로 바뀌었을 때, 그들은 에라, 모르겠다, 하는 심정으로 재미있게 놀기로 마음먹었다.

아이들은 뼛속까지 비에 푹 젖으면서 즐겁게 뛰어놀았다.

그러다가 그들은 공원 입구 근처의 저지대에 새로 생긴 얕은 연못에 이르게 되었다. 근방의 불어난 개울에서 흙탕물이 흘러넘치고 있었는데 족히 천 마리는 되어 보이는 물고기들이 수면에서 마구 뒹굴고 있었기 때문에 아이들은 신이 나서 어쩔 줄을 몰랐다. 사내애들답게 그들은 물고기 몇 마리를 잡기로 마음먹었다. 조지프가 이파리가 달려 있는 부러진 나뭇가지 몇 개를 이리저리 휘저으며 물고기를 한곳으로 모으는 동안 그의 동생과 친구는 맨손으로 물고기를 낚아채려고 애썼다. 물론 잡아먹으려고 물고기를 잡는 것은 아니었다. 그것들은 우리의 물고기로, 잠시 연못에 풀려났을 뿐이었다. 자연산 물고기는 바깥세상 사람들만 먹는다. 그리고 우리는 차터 사람들이 지불하는 돈보다 훨씬 저렴한 가격으로 우리가 기른 소중한 물고기를 구입할 수 있다. 세 소년은 태초부터 소년들이 그래 왔듯 물고기를 한 마리 잡을 때마다 승리의 환호성을 지르면서 아주 즐거운 한때를 보내고 있었다. 비는 억수같이 쏟아지고 있었지만 그들의 열의를 조금도 꺾을 수가 없었다.

그들은 아무런 근심 걱정도 없이 그런 식으로 즐겁게 뛰어놀고 있었다. 허벅지 깊이의 물에서 조지프가 어떤 위험을 예상할 수 있었겠는가? 물은 아주 느리게 차오르고 있었다. 물고기들 등지느러미의 뾰족한 끝이 가볍게 툭툭 치는 느낌밖에 없었다. B-모어의 아이들은 의무 교육을 받고 있었기에 그것은 걱정거리가 되지 않았다. 아이들은 어류 생물학과 부화장 작업, 그리고 스킨 다이빙 기술을 배우도록 되어 있었는데 그중에서도 마지막의 스킨 다이빙은 미래의 잠수부들을 알아보려는 의도를 갖고 있었다. 조지프는 사실, 판과 몇 차례 함께 잠수를 했다. 판은 이따금 그런 수업에서 자신의 기법들을 시범적으로 선보였다. 헝클어진 오렌지색 머리카락의 조지프는 운동 신경이 아주 뛰어난 아이였으니 살아 있었다면 잠수부가 되었을지도 모른다. 그가 이 지역의 초기 유럽 정착민의 피를 물려받은 것은 의심의 여지가 없는 사실이다. 조지프는 지역 준준결승까지 올라간 하나밖에 없는 주니어 축구팀의 주장이기도 했는데 그의 팀은 최종 우승을 거둔 차터 선수단을 상대로 승리를 거둘 뻔했다. 사실 학교 스포츠 경기는 우리가 차터 사람들 혹은 그보다 더 잘 조직된 소수의 지역과 진정으로 부딪칠 수 있는 유일한 기회이다. 그게 아니면 새로운 결승 경기는 전혀 없을 테니까. 이 점에 있어서 조지프는 우리의 챔피언이라고 할 수 있는 대단한 친구였고 레그와 판은 여유가 있을 때마다 그의 경기를 관람했다. 이 소년은 자신을 주어진 환경에 정력적이고 즉각적으로 적응시키는 데에 특별한 능력을 갖추고 있었다.

이것은 그의 피할 수 없는 운명이었던 것 같다. 다른 소년이라면 갑자기 생겨난 그 연못에서 물이 줄어들기 시작했을 때 조지프가 했던 것만큼 본능적인 자신감을 가지고 그 일을 하지는 못했을 것이기 때문이다. 억수같이 쏟아지는 비에도 불구하고 수위는 내려가고 있었는데 아이들이 그것을 알아차리기만 했더라면 분명 이상하게 여겼을 것이다. 아이들은 물고기를 뒤쫓으며 계속 물을 헤치고 걸어 다녔는데 물고기 떼는 연못의 한쪽 끝을 향해 나아가고 있는 듯 보였다. 앞장을 선 어린 아이들은 느려진 걸음으로 물살을 헤치고 힘겹게 나아가고 있었다. 그때 무슨 이유에서인지 몰라도 물고기들이 방향을 틀더니 돌아서서 아이들의 다리 사이로 빠져나가려고 애썼다. 아이들은 기뻐했지만 조지프는 왜 물고기들이 가던 길을 되돌아오고 있는지 알 수 있었다. 입구 도로의 아래에 있는 숨겨진 배수 파이프가 열려 있었다. 파이프는 몇 개의 나뭇가지 때문에 한때 엉망이 되었지만 그것들이 제거되고 나자 사정없이 내리치는 빗물 속에서도 꿀꺽꿀꺽 물을 삼키는 무서운 소리를 조지프는 들을 수 있었다.

아이들은 갑자기 포악해진 물결을 거슬러 달아나려고 애썼지만 동생의 친구가 발이 미끄러지면서 수면 밑으로 쓰러졌다. 다음 순간 아이는 보이지 않았다. 파이프 속으로 빨려 들어가 버렸다. 조지프는 동생을 물이 얕은 곳으로 끌고 나온 다음 아무 말도 하지 않고 물속으로 뛰어들어 갈색 물의 거센 흐름에 자신을 내맡겼다.

그는 동생의 친구가 이미 파이프를 통과해 저쪽 끝으로 튕겨 나가 버렸다는 사실을 알지 못했다. 제방을 쌓은 길 저쪽으로 쓸려 나간 그 아이는 숨이 막혀 콜록거리며 공포에 질려 있었고 더러운 물을 마셔서 배가 빵빵했지만 그것만 아니라면 아직 멀쩡했다. 하지만 세 살 더 많은 조지프는 나이 차이만큼 덩치가 커서 파이프를 끝까지 통과하지 못하고 4분의 3 지점에서 몸이 걸려 버렸다. 후진을 해서 파이프를 빠져나오는 수밖에 없어서 그렇게 하려고 몸부림을 쳤지만 물의 힘이 그를 한자리에서 옴짝달싹 못하게 만들었다.

한 시간 뒤에 긴급 구조대가 결국 조지프를 파이프에서 끌어낼 수 있었는데 그 과정에서 구조대원 한 명이 하마터면 목숨을 잃을 뻔했다. 이미 상당한 시간이 흘렀지만 그들은 조지프를 되살리려는 시도를 했다. 하지만 아무 소용도 없었다. 구조대가 조지프를 집으로 데려갔을 때 아이는 차가운 저녁 하늘에 물이 든 것처럼 놀랍도록 선명한 푸른빛이었지만 또한 여전히 거무스레했다고 한다.

아, 그 일로 마을 사람들이 겪은 비통한 심정! 그 슬픔! 이미 말했다시피 폭풍우 속에서 목숨을 잃은 다른 사람들이 있었다. 침수된 교차로를 건너려고 애쓰다가 차량 속에서 익사한 부부도 있었고 자신이 개조한 진공청소기로 침수된 지하실의 물을 퍼내려고 시도하다가 감전사를 당한 사람도 있었다. 설명할 수 없는 일이지만 몇몇 사람은 항구에서 노로 보트를 젓고 있다가 배가 갑자기 가라앉는 바람에 숨을 거두었다. 이런 사람들을 위한 의식은 적당히 침울한 분위기에서 수수하게 치러졌다. 다소 황당한 상황에서 죽은 사람들이라 의식을 치르는 사람들의 슬픔은 아마 덜했을 것이다. 그렇지만 조지프의 경우는 달랐다. 그의 의식을 치르기 위해 길거리로 쏟아져 나온 사람들 때문에 B-모어의 모든 연립 주택은 텅 비어 버렸다. 우리 모두는 그의 가족의 연립 주택 밖에 모여 완전한 침묵에 잠겨 있었다. 들리는 것이라고는 조지프의 시신을 보기 위해 우리가 순서를 기다리는 동안 고무 슬리퍼를 신은 수백 개의 발이 땅바닥에 끌리면서 내는 소리밖에 없었다.

판은 자기 친척들과 함께 줄을 서서 조지프의 잃어버린 미래에 대해 친척들이 하는 이야기에 귀를 기울이고 있었다. 보통 이런 종류의 수다는 몽상을 아무렇지도 않게 지껄이는 게 보통이지만 조지프의 경우는 달랐다. 조지프는 나중에 차터에서 살아갈 몇 안 되는 사람 가운데 하나였을 거라는 데에 모두가 동의했다. B-모어 사람들 가운데 외모나 운동 경기에서의 위업 때문에 차터의 스카우터에게 발탁되는 경우는 드물었다. 조지프의 부모는 축구 플레이오프에서 조지프가 눈부신 활약을 펼쳐 보이고 나서 그가 모델이나 배우, 또는 전문 운동선수가 되어 볼 생각이 없느냐는 연락을 받았다. 물론 그 밖의 유일한 방법으로, 해마다 실시되는 적성 시험에서 아주 좋은 점수를 받는 방법도 있었다. 차터 사람들은 우리의 아이들이 열두 살이 되면 그런 시험을 치르게 해서 차터 점수의 상위 2퍼센트에 속하는 아이들에게는 차터 가정으로 승급 및 입양될 자격을 주었다. 그러나 시험에서 그처럼 뛰어난 성적을 거두기란 가능성이 더 희박한 일이었다. 판의 친척들이라면 비록 여러 해 전이지만 그들의 아이들 중에 하나가 그런 자격을 얻었다는 사실을 자랑할 수 있을 것이다. 그들은 실제로 종종 그런 자랑을 하고 다녔다. 판의 친척 중에 리웨이라는 소년이 있었는데 그 아이가 사건의 주인공이었다. 나이 차이가 커서 판은 그를 알지도 못했다.

판이 계단의 꼭대기에 올랐을 때, 우리 모두는 그녀를 볼 수 있었다. 아마도 집으로 들어간 어떤 조문객이 관을 내려다보며 지나치게 오래 머무르고 있는 듯했다. 판이 영원히 그곳에 있을 것처럼 보였기 때문이었다. 폭풍우가 지나간 뒤라 햇빛이 눈부시게 내리쬐는 화창한 날씨였다. 그녀는 광각 선글라스를 끼고 있었다. 그녀가 평소에 아끼던 물건이었다. 짧게 자른 검은 머리는 끝 부분이 아주 약간 둥글게 말아져 턱의 섬세한 선을 감싸고 있었다. 그것을 본 사람이라면 누구나 그녀를 우리 B-모어 사람들이 예상할 수도 없는 무슨 일을 하는 사람들 가운데 하나라고 여겼을 것이다. 프로그램을 짜는 사람이나 배우라고 여겼을 수도 있다. 게다가 판은 아름답지는 않았지만 존재가 다소 두드러지는 편이었다. 그것은 단순히 몸매가 자그마해서가 아니라 아름다움을 갖춘 순수성을 지닌, 어떤 증류수 같아서였다. 그녀는 안으로 들어갈 차례를 기다리는 동안 완벽하고 자그마한 손으로 난간을 붙잡은 채 입을 꼭 다물고 있었는데 그 모습을 보았다면 누구나 가슴 속의 신선한 샘에서 감탄이 절로 흘러내렸을 것이다.

고인과의 대면을 위해 들어간 사람들은 부엌으로 통과해서 여러 집의 뒤뜰을 서로 구분 지어 주는 공용 골목으로 쏟아져 나왔다. 판은 우리가 본 것을 똑같이 보았다. 거기에는 조지프가 있었다. 비좁은 앞쪽 거실에서 육중한 골판지 관 속에 비스듬하게 드러누운 아이는 수의를 입고 잠들어 있었는데, 아이가 놀랍도록 밝은 얼굴빛을 하고 있었던 것은 B-모어의 노인 장의사 탕 때문이었을까? 어쩌면 탕이 자신의 피험자인 아이의 돌 같은 얼굴빛을 지우기 위해 일부러 그렇게 밝게 만들어 놓았는지도 몰랐다. 그게 아니면 단순히 노인의 기량이 예전보다 떨어진 탓인지도 몰랐다. 무엇이 어찌 되었든 누가 보더라도 탕 영감은 도가 지나쳤다. 불쌍한 조지프는 피 튀기는 한판 경기를 벌이고 막 경기장에서 걸어 나온 사람처럼 보였으니까. 조지프는 지나칠 정도로 살아 있는 사람처럼 보였다. 핏기가 가득한 얼굴을 보고 있자니 당장에라도 관에서 튀어나와 스포츠 음료를 달라고 부탁할 것처럼 보였다. 더군다나 누가 그랬는지 모르겠지만 그의 한 손에는 작은 축구공이 쥐여 있었다. 공의 부드러운 플라스틱 표면이 약간 들어가 있어서 조지프는 정말로 그것을 거머쥐고 있는 듯 보였다. 비록 장난감 공에 불과했지만 그의 옆에 서 있던 우리가 받은 인상은 그가 우리를 옥죄고 있다는 것이었다. 하지만 죽은 사람들이 흔히 그러하듯 위협적이거나 책망하는 모습이 아니라 결속을 지그시 압박하는 것이었다.

저도 알아요, 알아. 조지프는 그렇게 말하는 듯 보였다.

우리는 관을 지나 발을 끌며 거실과 붙어 있는 부엌으로 들어갔다. 그곳에서는 조지프의 숙모들 가운데 한 명이 자그마한 뒤뜰로 나가도록 사람들을 안내하고 있었다. 뒤뜰에는 기다란 식탁 위에 관례적인 음식들이 준비되어 있었다. 하지만 음식들 가운데는 요즘 보기조차 힘든 산시(Shanxi) 성 스타일의 훈제 돼지 삼겹살 같은 집에서 만든 별미들이 몇 가지 포함되어 있었다. 지방이 많고 후추 맛이 나는 요리의 향기는 마치 우리가 딴 세상에 와 있는 것 같은 느낌을 주기에 충분했다. 다른 초상집이었다면 그런 냄새를 맡고 흐뭇한 기분에 젖어들었겠지만 조지프의 초상집에서 그 냄새는 비애만 맛볼 수 있게 얼른 날아가 버렸으면 좋겠다고 계속 바라게 되는 자욱한 구름 같은 것이었다. 냄새는 너무 좋고 너무 감미로워, 우리의 짭조름한 눈물은 군침이 도는 우리의 입에 고통스러운 음료였다. 조지프의 부모와 이제 혼자 남게 된 그의 남동생이 상복을 입고 흰 장갑을 낀 채 바로 그 자리에 토템처럼 서 있지만 않았더라면 우리는 공허감을 물리치기 위해 커다란 서빙 접시를 단숨에 싹 비워 버렸을 것이다. 조지프의 어머니는 찾아와 준 것에 대해 우리 한 명 한 명에게 고마움을 표했고 그의 아버지는 멍하거나 공허한 눈빛이 아니라 그 정반대의 눈빛으로 우리의 인사를 받았다. 비록 조지프만큼 타고난 재능이 있지는 않았지만 그의 아버지도 젊은 시절에는 운동 방면에 뛰어났다. 그들의 눈빛에는 조지프의 모든 것들, 즉 그가 경기장에서 경기를 펼치던 모습과 그가 받은 수조 잠수 교육, 그리고 기회만 주어졌더라면 B-모어를 벗어나 그가 이루었을지도 모르는 그 밖의 모든 것들로 가득 차 있었다.

조지프의 남동생만 감히 고개를 들지 못했다. 아이는 차마 바라볼 수도 없을 정도로 비통하게 울고 있었다. 아이가 흘린 눈물이 가슴 앞에 들고 있는 붉게 옻칠한 조의금 상자의 표면에 허연 자국을 남기고 있었다. 상자의 전면에는 조지프의 슬라이드 사진들이 펼쳐져 있었다. 아이가 자기 발로 서 있을 수 있다는 게 신기했다. 세 사람은 그렇게 한 줄로 나란히 서 있었지만 아이의 부모는 왠지 아이와 떨어져 있는 것처럼 보였다. 부모는 자신들의 거품 속, 그리고 조지프의 동생은 그 자신의 거품 속에 들어가 있는 것 같았다. 아이가 들고 있는 상자는 그의 파트너 역할을 하고 있었다. 아이는 밖에서 놀게 해 달라고 조지프를 조른 것에 대해 자신의 책임이 일부 있다고 느끼는 게 분명했다. 그 일로 아이를 나무라는 게 옳다고 여기는 사람은 아무도 없었지만 가느다란 구멍 속에 봉투를 밀어 넣으면서 지나치다 싶을 정도로 세게 밀어 넣은 사람들이 적지 않았는데, 그건 무슨 뜻일까? 우리도 그렇게 했던가? 만약에 우리가 봉투를 구멍 속에 밀어 넣으면서 아주 작게라도 톡 떨어지는 소리가 들렸다면 우리는 지금 그것을 후회한다.

우리가 조지프와 그의 가족과 우리 자신에 관한 이 모든 이야기를 상기시키는 이유는 판이 조지프의 어머니와 아버지를 향해 고개를 숙이면서 얼마나 엄숙하고 차분했는지 기억에 강하게 남았기 때문이다. 그녀는 자기 가족의 조의금만으로 충분했는데도 자신의 봉투를 밀어 넣으며 아이의 어깨를 꽤 오랫동안 토닥거려 주었다. 판은 차려 놓은 음식을 먹지 않은 유일한 조문객이었다. 식탁에서 우리는 그녀가 조지프의 동생과 적당한 거리를 두고 떨어져 있었지만 아이의 곁에 서 있고 싶어 한다는 느낌을 받지 않을 수 없었다. 비록 그녀에게 말을 걸거나 그녀와 눈을 맞추는 사람은 없었지만 우리는 그녀의 존재를 분명히 인식하고 있었다. 그러고 나서 줄은 약간 더 느리게 움직이는 듯 보였다. 사람들은 그들의 봉투를 가지고 시간을 끌면서 동정심이 어린 눈빛으로 아이를 향해 고개까지 끄덕여 보이고 나서 식탁으로 서둘러 건너갔다. 돌이켜볼 때 놀라운 사실은, 어느 누구도 판에 대해서 아무 말도 하지 않았다는 것이다. 게걸스럽게 음식을 씹고 삼키느라 쩝쩝거리는 소리를 내면서 플라스틱 포크로 플라스틱 접시를 긁는 소리를 내는 동안 우리들 가운데 한마디라도 하는 사람은 아무도 없었다. 모두 배가 너무 고파서 그랬을 것이다. 누구나 죽을 운명이라는 진리를 슬쩍 엿보는 것은 놀라울 정도로 식욕을 돋우는 소스가 될 수 있으니까. 아니면 접시로 무장한 채 발을 끌며 걷는 인파 때문에 우리가 뷔페 음식을 따라 밀려가고 있어서 그랬는지도 모른다. 그것도 아니라면 최근에 레그한테 벌어진 일 때문에 그랬는지도 모르겠지만. 어쨌든 판을 보고도 알은 척하기 꺼린 것은 그 자체로 식사의 일부가 되었다.

어느 시점이 되자 판은 아이의 곁을 떠나 뷔페 음식 쪽으로 건너왔다. 거의 모든 사람이 그것을 알아차리고 하던 동작을 멈췄다. 놀랍도록 똑똑하고 멀리까지 들리는 목소리로 그녀는 제법 이상하게 다음과 같이 말했다.

"지금 당신들이 있는 곳이야."

그러자 모든 사람이 그녀를 향해 몸을 돌렸다. 그녀의 양손은 말아져서 느슨한 주먹이 되어 있었다. 그녀는 방금 했던 말을 한 번 더 반복했다. 이번에는 사람들을 향해서 하는 말이 아니라 혼잣말을 하는 것처럼 아까보다 더 부드러웠다. 이번에도 역시 어느 누구도 입을 떼지 않았다. 그녀는 그렇게 말하고 나서 음식을 다 먹은 사람들과 함께 뜰의 뒷문을 통해 밖으로 나가 버렸다. 뒤에 남겨진 우리는 그녀가 무엇에 대해 말하고 있었는지 궁금했다.

초상집의 경야는 한 시간여 동안 계속되었다. 하늘이 갑자기 꾸물꾸물해지고 바람이 휘몰아쳐 또 다른 거대 폭풍우의 징후만 보이지 않았더라면 경야는 몇 시간 더 이어졌을 것이다. 폭풍우가 닥치면 소용돌이가 천천히 풀리면서 몇 주 동안 맴돌곤 했다. 태양은 내내 가려져 있어, 깨어 있을 때와 잠을 잘 때 볼 수 있는 거라고는 밝음이나 어둠이 아니라, 모든 것이 더러운 유리 조각 뒤에 갇혀 있는 것 같은 창백한 흐릿함뿐이었다. 우리 B-모어 사람들은 실내와 지하에서 시간을 보내는 것에 익숙해져 있었지만, 재배 시설이나 지하 상점 위로 오직 잿빛과 안개뿐임을 알게 되는 것은 기운이 빠지는 일이었다. 그리고 이 우울하고 절망적인 불빛 아래에서 우리는 가장 자연스러운 방식으로 판이 던지고 간 말이 정확히 무슨 뜻이었는지에 대해 의견을 나누기 시작했다. 지금 당신들이 있는 곳이야. 일부 사람들은 그것을 판이 어떤 생각을 시작하다가 미처 마무리를 짓지 못하고 내뱉은 말이라고 이해했고, 또 다른 사람들은 그것이 단순한 횡설수설이었을 뿐이라고 했다. 사람들은 그녀가 줄을 너무 오래 서 있었고 무어라도 먹었어야 했다고 말했다. 착각이 심한 어떤 친구는 그녀가 자기한테만 말을 하고 있었고 접이식 의자 하나를 준비해 두라는 부탁을 하고 있었다고 믿고 있었다.

하지만 우리들 가운데 대부분은 그것이 어떤 질문이 아니라 "당신들이 갈망하는 모든 것을 발견할 수 있는 곳은…." 그리고 "당신들이 봐야 할 곳은 다른 곳이 아니라 바로…."처럼 문장을 끝맺는 말이었다는 것에 의견의 일치를 보았다. 그것은 자신의 성격이나 현재의 세계관에 걸맞게 사람들이 떠올릴 수 있는 무슨 말이었을 것이다. 이를테면 불치의 병에 걸린 사람이 "사람의 운명은 과거나 미래에 있는 것이 아니라…."라고 말하는 식이다. 물론 판은 그것들 가운데 어느 것도 언급하지 않았지만 결국 그것은 적어도 우리의 느낌에는 그녀 자신에 관한 말이었다. 그녀가 B-모어를 떠난 지 오랜 시간이 흐르고 나서야 그런 깨달음이 생기기 시작했다. 그녀가 사실 우리를 돌보고 있었다는 느낌, 어쩌면 중대한 무언가에 대해 우리에게 조언을 해 주고 있었다는 느낌이 들었다.

판에 대한 공동 관심에 첫 징후가 나타난 것은 바로 이 시점이었다. 물론 판이 인정이 넘치는 이 지역을 떠나 버린 첫 번째 B-모어 사람은 아니었지만, 혼자 힘으로 그런 일을 저지른 가장 어리고 몸집이 작은 사람이라는 것은 분명했다. 다른 사람들은 어떤 스캔들이나 범죄 때문에 축출을 당했었다. 그들은 용서를 받을 수 있기를 기대하며 공식적이든 어떤 식이든 간에 모든 수단을 다 써 보고 나서 그게 통하지 않아 강제로 축출되었다. 정신이 온전한 사람이라면 그렇게

라도 용서를 구하는 방법 외에 달리 행동하지 못했을 것이다. 고난이나 파멸을 피할 수 있다면 무슨 수단을 써서라도 피해야지 왜 쓸데없이 그것들을 불러들인단 말인가? 하지만 판은 B-모어에서 한창때를 보내고 있는 여느 아가씨들과 마찬가지로 제정신이었고 불편한 것 하나 없이 잘 지내고 있었다. 그녀는 수조 속에서의 기술이 좋았고 타고난 우아함과 고상함을 갖추고 있어서 남들의 은밀한 존경을 받고 있었다. 그녀는 사교성도 충분히 좋았고 부모에 대한 효성도 지극했는데 그것은 누구라도 예상할 수 있을 정도였다. 그녀는 흠잡을 데가 하나도 없는 그런 완벽하고 지극히 정상적인 아가씨였다.

어쩌면 그래서 판이 우리의 상상력을 자극했는지도 모른다. 고위층의 사치품들만 없을 뿐이지 우리가 잘 먹고 잘 자고 모든 게 탈 없이 돌아갈 때 그런 상상력은 솔직히 말해서 아주 중요하다거나 필요한 것으로 보이지 않는다. 본래 B-모어라는 지역이 나름대로 고안되고 개발되고 설립되기를, 불필요한 것들은 아예 꿈꿀 필요조차 없게끔 만들어 놓은 곳이 아닌가?

하지만 이제 벌어진 모든 특이한 활동들을 보라. 판이 떠나던 날 누군가가 판이 정문에 서 있는 모습이 담긴 비디오 기록을 확보해서 그것을 재배 시설 페이지에 실었고 지하 식당가에 있는 한 테이크아웃 인도 스낵 가게의 광고 영상에도 끼워 넣었다. 그것을 클릭하면 무료 식사와 음료 쿠폰을 얻을 수 있었고 삐 소리와 암호 대신, 판의 모습을 담은 무성 비디오를 볼 수 있었다. 약간 위에서 판의 옆모습을 촬영한 것이었는데 그녀는 한쪽 어깨 위로 작은 배낭을 둘러메고 있었고 한손에 우산을 들고 있었다. 차림새를 보자면 B-모어 사람들이 흔히 입는 화려하고 헐렁한 파자마 형태의 복장과는 많이 달랐다. 그녀는 부피가 크고 거무칙칙한 자치주 사람들의 옷을 입고 있었다. 입구의 대피소 너머에서는 비가 억수같이 쏟아지고 있었다. 또 다른 폭풍우가 밀어닥친 것이었다. 너무 거센 바람 때문에 비는 비스듬하게 쏟아졌다. 보초병은 아주 재빨리 그녀를 훑어보더니 곧장 내보냈다. 그는 판을 험악한 날씨 때문에 그날 장사를 포기해 버린 자치주의 행상인으로 여긴 듯했다.

화면은 거기에서 끝이 났다. 판이 보초병 초소 앞에 몇 초 동안 서 있는 모습이 전부였다. 그녀는 결코 탐험을 막 시작하려는 사람으로는 보이지 않았다. 그녀의 표정은 차가운 비처럼 침울했다. 광고에 대한 이야기가 퍼져 나갔다. 광고 속 가게는 진짜였다. 가게 주인은 자기는 아무것도 모르며 자신의 광고가 이용을 당한 거라고 주장했다. 몇 시간 후에 삭제될 때까지 그것은 B-모어 웹페이지에서 가장 인기 있는 동영상이 되었고 심지어 그날 밤의 소년소녀 수영 선수권 대회 영상보다 더 많은 조회 수를 기록했다. 도무지 말도 안 되는 거였지만 곧바로 엄청난 인파가 그런 일이 없었더라면 그냥 평범했을 그 스낵 가게로 물밀 듯이 몰려들었다. 가게 앞에 길게 줄을 선 사람들을 보고 더 많은 사람들이 줄에 합류하는 상황이 벌어졌다. 결국 가게 주인은 손님들에게 음식을 제공하기 위해 훨씬 더 큰 공간을 빌리기로 마음먹었다. 가게는 짧은 시간에 엄청난 매상을 올렸다. 그러다가 갑자기 손님이 뚝 끊겼고 주인은 가게 문을 닫아야 했다.

다른 카메라는 정문을 걸어 나간 판이 B-모어 바깥의 진입로를 따라 유료 도로로 가고 있는 모습을 보여 주었다. 공식적인 기록은 거기에서 끝이 난다. 하지만 그 뒤로 이어질 이야기는 잘 알려져 있다. 적어도 B-모어의 모든 사람들이 그 이야기를 반복해서 해 오고 있으니까. 메시지와 게시물과 비디오와 노래로, 그리고 고요한 저녁 시간에 서로 일상적인 대화를 나누다가 그 이야기를 해 왔다. 저녁이 되면 모든 근육은 워낙 혹사를 시켜서 거의 감각이 없을 지경이 되고 우리는 자신의 몸과 하나라기보다는 따로 떨어져 마치 몸을 조종하고 있는 것 같은 느낌을 받는다. 우리는 몸속에 갇혀 밖을 내다보면서 무엇이 실제이고 무엇이 지각된 것인지 제대로 알지 못한다. 그리고 이런 마음 상태에서 우리는 알려진 것을 기반으로 하지 않을 수 없다. 우리의 진술이 환상적이라거나 허위라는 것은 아니지만 때때로 그것은 그녀와 우리 자신들을 위한 바람들에 취약하다.

# 4

그렇게 해서 판은 다음과 같은 식으로 가 버렸다. 해안 유료 도로를 따라 북쪽이나 남쪽으로 가지 않고 그녀는 서쪽으로 방향을 틀어 옛날 길로 갔다. 그것은 한때 농지와 숲을 구불구불 가로지르고, 차터의 마을들이 표본으로 삼은 고풍스러운 정착지들을 서로 이어 주던 포장도로였다. 그런 정착지를 지금은 영화에서나 볼 수 있다. 털이 텁수룩한 개를 데리고 산책을 하는 사람들이 있고, 아이들은 아이스크림콘을 핥고 있으며, 벤치에는 만족스러운 표정의 노인들이나 키스를 하며 서로를 꼭 껴안고 있는 연인들이 앉아 있는, 그리고 기차가 하루 종일 오가면서 사람들을 일터로 실어 나르고 데려오는 그런 지역 사회.

하지만 온 세상이 흠뻑 젖은 그날 저녁에 판이 마주친 것은 그런 모습이 전혀 아니었다. 그때도 그랬지만, 지금도 그것은 잡초가 우거

진 풍경이다. 잡초들이 어찌나 빽빽하고 키가 큰지 그 속의 작은 공간은 종종 방랑자들과 도둑놈들의 방으로 이용된다. 잡초들이란 바로 나무들을 말한다. 사람들이 거주하는 지역의 대부분에서는 나무들이 잘려 나가 버린다. 따스한 계절에는 지독한 꽃가루 냄새가 바람도 불지 않는 공기를 가득 메워서 거의 숨도 쉴 수 없을 지경이기 때문이다. 도로 쪽에 떡 버티고 있다가 버려진 집들은 오래전에 불도저에 무너져 짐마차에 실려 갔다. 예전의 그 포장도로는 보다 근본적인 상태로 변했다. 이제 아스팔트 지면은 시커먼 가루 무더기가 되어 버렸다. 그나마 통행이 가능한 도로들은 종아리까지 푹 잠기는 구덩이가 곳곳에 곰보처럼 나 있다. 잇따른 폭우와 한파와 가뭄으로 도로 사정이 말이 아닌데, 그 때문에 트럭 운전사들과 차터 사람들은 안전하고 울타리가 쳐진 유료 도로를 이용한다. 그러나 자치주 운전자들은 여유가 없어서 그 도로를 거의 이용할 수 없고 종종 이용을 금지당하기도 하는데, 속도가 느리고 낡을 대로 낡아 버린 그들의 차량은 끊임없이 고장이 나고, 그래서 자동차 덮개를 들어 올려 증기를 뽑아내는 일이 흔하기 때문이다. 그래서 자치주 운전자들은 과거의 잔재 같은 도로 위에서 이리저리 방향을 틀면서 발작적으로 달리곤 하는데, 그들 중 한 명이 그날 초저녁의 폭우로 앞이 제대로 보이지 않는 잿빛 혼란 속에서 운전을 하다가 판을 정면으로 쳤다.

그녀는 빗물이 반쯤 차 있는 배수로에 빠지면서, 땅에 일부 파묻힌 도로 경계석에 관자놀이를 부딪치고 말았다. 넓다리뼈의 꼭대기부터 엉덩이까지 통증이 흘러 내려 비명을 내지를 법도 했지만 머리에 가해진 충격이 천둥소리 같았고, 그녀가 할 수 있었던 일은 감각을 잃어버린 손가락을 움직여 보는 것뿐이었다. 그 차량, 즉 어떤 낡은 폭스바겐 전기 디젤 차량은 20미터를 계속 달려가다가 멈춰 섰다. 차량이 후진을 하면서 조수석 창문이 반쯤 내려가더니 어떤 여자의 꺼끌꺼끌한 목소리가 흘러나왔다.

"사슴이 아니에요."

"그럼 개야?"

어떤 남자가 물었다.

어린 아가씨 같아 보인다고 여자가 대답했다.

침묵이 흘렀다.

"죽었어?"

"아직 안 죽었어요. 몸을 조금씩 움직이고 있어요."

다시금 침묵이 흘렀다. 그러더니 운전석의 문이 삐걱거리는 소리를 내며 열렸다.

"저 아가씨를 치료해 줄 생각이라면 저는 절대 못 해요."

남자는 여자의 말을 들은 척도 하지 않았다. 그는 우산도 없이 차량의 앞쪽으로 느릿느릿 돌아가서 판을 내려다보았다. 그의 머리와 양쪽 어깨는 자욱하게 쏟아지는 따스한 빗방울로부터 그녀를 부분적으로 막아 주었다. 그녀는 몸을 움직여 보려고 한쪽 다리를 버둥거렸지만 배수로의 한쪽으로 진흙만 밀쳐 내는 부질없는 짓만 반복하고 있었다.

"빌어먹을, 퀴그."

여자가 거친 말을 내뱉었다.

그는 한쪽 발로 판의 발목을 밀어 물속에 박아 넣었다. 판은 위를 올려다보았지만 날도 어둡고 비가 내리고 있어서 야구모자의 챙이 드리운 어두운 그림자 아래 그의 얼굴 윤곽만 간신히 알아볼 수 있었다. 그는 턱수염을 기르고 있었고 넓은 턱을 가지고 있었다. 코는 여러 번 부러진 것처럼 보였다. 이 세상에서 가장 험한 꼴을 목격한 사람의 눈빛을 하고 있어서, 이제 더 이상 무엇을 보게 되더라도 두려워하지 않을 것 같았다.

"그만 가요! 최소한 세 시간은 더 달려야 하잖아요. 게다가 전 배가 고파 미치겠다고요!"

"조용히 해, 로린."

그의 목소리에 담긴 무언가가 그녀를 잠잠하게 만들었다. 그가 거친 양손을 내밀며 판을 향해 허리를 굽혔을 때, 차 안에 있는 여자와 판, 두 여자 모두 그가 무슨 일을 하려는지 나름의 짐작을 하고서 몸을 움찔했다. 하지만 그는 판의 두 무릎과 양팔 밑으로 자기 손을 밀어 넣더니 그녀가 저항할 시간도 주지 않고 재빨리 번쩍 들어올렸다. 그는 한쪽 팔로 그녀를 감싸 안은 채 스테이션왜건의 뒷문을 위로 열어젖힌 다음, 마구 뒤엉켜 있는 기름투성이 밧줄과 도구들 옆에 그녀를 내려놓았다. 판은 그를 향해 발길질을 하려고 애썼지만 허벅지의 날카로운 통증 때문에 거의 숨이 넘어갈 지경이었다. 그가 뒷문을 닫았을 때, 그녀는 결국 의식을 잃고 말았다.

정신이 돌아왔을 때는 칠흑같이 어두운 밤이었다. 그들은 아직도 운전을 하고 있었다. 깊게 파인 구덩이와 울퉁불퉁한 도로 표면이 그녀의 의식을 흔들어 깨웠다. 차 안의 공기는 습했고 곰팡이와 체인오일, 그리고 B-모어 사람들만큼 주기적으로 씻지 않는 두 자치주 사람의 냄새가 났다. 그들이 입고 있는 옷과 그들 자신의 냄새도 났다. 냄새가 너무나 지독하고 생생해서 마치 그들이 그녀의 양쪽에서 서로를 휘감은 채 앉아 있는 것 같은 느낌이 들 정도였다. 게다가 그녀의 축축하게 젖은 옷과 뒷문의 천장에서 계속 뚝뚝 떨어지는 물방울 때문에 그녀가 누워 있는 자리의 모든 것이 눅눅했다. 그녀의 오른쪽 다리는 깨진 유리가 가득 담긴 20킬로그램짜리 자루처럼 느껴졌지만 그보다 더 아픈 것은 그녀의 머리였다. 도로의 손상 부위를 지날 때마다 그녀의 얼굴 한쪽 면 전체가 바닥과 부딪치면서 쿵쿵 소리를 냈다. 판이 속이 메스꺼워 토할 것 같다고 말하자 여자가 욕설을 퍼부었지만 차는 속도를 줄여 멈추었다. 남자가 짐칸의 문을 열고 판의 머리카락을 거머쥐고 밖으로 잡아당기는 바람에 그녀는 길바닥에 먹은 것을 게울 수 있었다. 토사물이 튀면서 남자의 부츠를 더럽혔지만 그는 그런 것에 개의치 않는 듯 보였다. 판이 모두 토하고 나자 남자는 그녀를 다시 짐칸으로 밀어 넣었다. 차가 꾸준하게 내리는 비를 맞으며 북서쪽으로 달려가는 동안 판은 다시금 정신이 멍한 상태로 빠져들었다. 차는 가로등 불빛도 없는 언덕을 넘고 넘어 한때 메릴랜드였던 것이 웨스트버지니아가 되고 그것이 다시 펜실베이니아가 된 곳으로 달려갔다. 그곳은 거대한 자치주 지역으로 B-모어 사람들은 어느 누구도 가 보지 못한 곳이었다.

그들의 목적지는 구릉지에 인구가 희박한 자치주로, 스모크스(Smokes)라고 불리는 곳이었다. 우리는 그곳에 대해 당시에는 몰랐다. 물론 지금은 거기가 어떤 곳인지 알고 있다. 이름의 기원은 확실하지 않지만 대부분의 사람들은 그것이 한때 그 지역에서 유명했던 스모크 집안에서 따온 것이라고 말한다. 그 집안의 사람들은 한때 엄청난 양의 땅과 다양한 소기업들을 많이 소유하고 있었다. 또 다른 사람들은 어른이나 아이 할 것 없이 현재의 거의 모든 거주민이 강력한 노화 방지제라고 추정되는 지역 재배 담배를 피우고 있다는 사실만을 지적한다. 나머지 사람들은 그곳의 지배적인 요리 방식을 언급할 것이다. 그곳의 요리법은 그들이 먹는 모든 것을 훈제하는 것인데 심지어 마실 것, 가장 좋아하는 음료도 훈연 저장한 곡물로 집에서 만든 맥주이다.

그날 밤의 자동차 여행은 심지어 로린이 예상했던 것보다 더 오래 걸렸다. 지나갈 수 없는 도로 주변으로 우회를 해야 했다. 판에게는 그것이 며칠 동안의 여행처럼 느껴졌다. 오는 도중에 퀴그는 그녀에게 주사를 놓았다. 허벅지에 톱으로 자르는 것 같은 통증이 밀려와 계속 신음소리를 내다가 고함까지 지르자 그는 안 되겠다 싶었는지 주사를 놔 버렸다. B-모어에서 태어나 그곳에서만 자란 사람은 그렇게 오랜 시간 동안 여행을 하는 경우가 정말 없다. 정문 너머에서 시작된 그녀의 첫 번째 진짜 모험이 이 모양이라고 생각하면 그저 놀라울 따름이다. 몸은 뼛속까지 젖었고 귀에서는 웅웅거리는 소리가 났으며 어쩌면 엉덩이나 다리에 실금까지 갔을지 모르는데 낯선 사람들에게 붙잡혀 오직 고난만, 아니 어쩌면 그보다 더한 고통만 약속된 장소로 끌려가고 있으니 이를 어쩌면 좋단 말인가.

남자가 주사한 이상한 쿨 오일 약의 탓이 분명했다. 판은 생생하게 꿈을 꾸었다. 그녀가 깔고 누워 있는 두꺼운 밧줄이 해초의 길게 갈라진 잎이 되었다. 그것은 바닥으로 내려가는 그녀를 휘감았다. 버

드나무 가지처럼 가냘픈 팔들이 이제 그녀를 부드럽게 안고서 음식을 먹여 주었다. 그녀가 계속 살아 있도록. 그녀의 입에서는 시큼한 아몬드 맛이 났다. 그녀는 좀 더 깊은 곳으로 안기듯이 파고들었다. 그녀의 다리는 이제 다시 괜찮아졌다. 누구라도 그렇겠지만 그녀는 자신을 보살펴 준 것에 대해 감사하는 마음이 샘솟았다. 그런 느낌은 자신이 떠나온 B-모어와 자신의 앞에 놓인 자치주에 대한 모든 생각을 지워 버렸고 잠깐 동안이지만 레그에 대한 생각까지 지워 버렸다. 그녀는 레그의 음성과 이미지들을 조끼 주머니 안쪽에 꿰매어 붙인 앨범 카드에 담아 두고 있었다. 거기에는 그가 가장 좋아하는 몇몇 흘러간 노래도 들어 있었다. 그녀는 양철 부딪치는 것 같은 목소리를 틀어 놓고 노래를 따라 부르곤 했다. "오직 젊은이만이…." 한마디로 말해서 그녀는 자기 인생에서 처음으로 혼자였다. 판은 언젠가 보았던 옛날 영화에서처럼 자신이 어떤 섬에 혼자 살면서 사냥도 하고 낚시도 하고 수영도 하는 자연 상태 그대로의 아가씨처럼 느껴졌다. 그 아가씨의 이름이 뭐였더라? 판은 기억하지 못했다. 그녀를 판이라고 불러도 되지 않을까? 이 판이라는 아가씨는 자신의 몸을 돌볼 수 있고 창을 휘두를 수 있으며 높은 바위에서 뛰어내릴 수도 있고 가장 깊은 물속으로 뛰어들어 원하는 만큼 오랫동안 숨을 참을 수도 있다. 하지만 그녀를 받치고 있던 그 다정한 해초 잎들이 갑자기 경직되더니 근육이 있는 새싹들로 변했다. 처음에는 보이지 않는 곳에서 재잘거리는 것 같더니, 그들이 그녀를 발견했다. 배가 고파 죽을 지경인 이 뱀장어들. 그녀의 등에 붙은 살을 갉아 대면서 그들은 그녀를 들어 올려 물 밖으로 꺼냈다. 모든 무게가 그녀에게 되돌아오면서 그녀의 다리로 모였다. 그녀는 그 생물들과 미친 듯이 몸싸움을 벌이고 있었다. 그때 여자가 뒤로 손을 뻗어 커다란 손전등의 꼬리 부위로 그녀의 머리를 내리쳤다. 판은 좀 더 싸우다가 다시 얻어맞았다. 이번에는 숨이 멎을 정도로 충격이 컸다.

제정신이 돌아왔을 때, 판은 남자의 양팔에 안겨 차에서 꺼내어지고 있었다. 그녀가 모르는 사이에 다시금 주사를 맞았는지 눈만 간신히 움직일 수 있었다. 그녀는 말도 제대로 할 수 없었다. 세찬 바람이 그들을 스치고 지나갔다. 남자한테서 나는 동물 냄새는 제쳐 두고, 공기만큼은 습기를 머금고 있었지만 어린 소나무의 냄새가 섞여 있어 풋풋하고 신선했다. 그녀는 거의 아무것도 볼 수가 없었다. 구름이 잔뜩 끼어 있었고 밤처럼 깜깜했다. 자치주에서는 해가 지고 나면 정착지가 완전히 어두워진다. 도로와 건물은 불을 밝히지 않고 몇 개 안 되는 가게들은 셔터를 내려 버린다. 그들은 어떤 언덕의 꼭대기로 올라가서 평지의 공터에 멈춰 섰다. 그녀는 주변을 둘러보고 다른 차량들의 형태를 알아볼 수 있었다. 차량들 뒤쪽에서 어떤 건축물의 윤곽이 드러나 보였다. 그것은 땅바닥에 납작 엎드린 것 같은 집이었다. 집을 가운데 두고 이쪽과 저쪽에는 부속 건물이 붙어 있었다. 여자가 문을 열어 주자 남자가 두 부속 건물 중에 하나로 들어갔다. 여자는 길을 밝혀 주었고 남자는 판을 안고 안으로 들어와서 탁자 위에 그녀를 내려놓았다.

"저는 좀 자야겠어요."

로린이 말했다.

발전기를 작동시키라고 남자가 말했다.

여자가 남자의 얼굴에 불빛을 비추자 남자는 얼굴을 찡그리면서 실눈을 떴다. 남자는 인내심이 다한 것 같은 표정을 지었다. 여자가 판에게 불빛을 비추었다.

"저 여자를 가지고 무엇을 할 생각인지 모르겠지만 난 이제 지치고 진절머리가 나서 관심도 없어요. 배고파 죽겠어요! 뭐라도 먹고 나서 잠자리에 들래요."

"발전기를 돌리고 와."

"당신이 직접 하세요!"

"당신이 해."

그녀는 남자에게 욕설을 내뱉고는 자리를 떴다. 한동안 판과 퀴그는 그곳 어둠 속에 있었지만 잠시 뒤에 멀리서 모터가 윙윙 돌아가는 소리가 들려왔다. 퀴그가 사슬을 당기자 판의 머리 위에 있는 가게 조명이 두 번 깜박거리고 나서 불이 켜졌다. 주변 사물들에 눈이 익었을 때, 판은 반그림자 속에서 그들이 이것저것 갖추어진 어느 부엌에 들어와 있다는 것을 알 수 있었다. 몇 개의 캐비닛, 받침대 없이 서 있는 다목적 싱크대, 플레이트 버너, 그리고 조리대 위에 대형 전자레인지를 갖추고 있었다. 그는 이름이 뭐냐고 그녀에게 물었다. 판은 말을 할 수도 없었지만 자신이 그에게 말을 하고 싶어 한다는 사실을 깨닫고 놀랐다. 하지만 그는 무시무시해 보이는 사람이었다. 덩치도 컸다. B-모어에 있는 대부분의 남자들보다 키가 더 크고 더 우람했다. 나이는 50대쯤으로 보였다. 검은 턱수염과 콧수염을 기르고 있었지만 나이가 들어서 그런지 희끄무레한 털이 드문드문 보였다. 그가 모자를 벗었을 때, 머리가 벗겨지고 있다는 것을 알 수 있었다.

둥근 지붕 같은 반들거리는 넓은 머리통은 둥글납작하고 매우 창백했다. 게다가 수많은 들쭉날쭉하고 가느다란 선으로 문신이 그려져 있었다. 금이 간 모양을 그려 놓은 것이었다. 그녀의 사지가 가렵고 따끔거리기 시작했다. 남자가 판의 다리 쪽으로 손을 뻗었을 때, 그녀는 화들짝 놀라며 움찔했다. 그 바람에 극심한 통증이 한바탕 밀려왔다. 남자는 그녀의 양쪽 발목에 큼지막한 손을 올려놓았지만 손길은 부드러웠다. 그가 젖은 운동화와 젖은 양말을 벗겨 내는 동안 판은 이상하게도 마음이 착 가라앉는 것을 느꼈다. 남자가 판의 바지 단추를 풀었을 때 판은 저항을 하며 몸을 비틀어 빠져나가려고 애썼지만 남자는 그녀의 엉덩이를 손으로 짓누르며 "움직이지 마."라고 말했다. 그러고 나서 남자는 몸에 꽉 끼는 축축한 바지를 조금씩 아래로 밀어 내리면서 다른 손을 판의 등허리 밑으로 밀어 넣어 그녀를 들어올렸다. 그는 판의 속옷은 건드리지 않았다. 바지가 판의 몸에서 떨어져나갔을 때, 그는 그녀를 찬찬히 살피다가 허벅지 바깥쪽에서 멍이 든 깊은 타박상을 발견하고는 상처 부위를 조심스럽게 압박했다. 그는 B-모어의 여느 임상 간호사들처럼 진지했고 집중했다. 그는 붕대로 상처 부위를 꽉 묶어 준 다음 떠났다.

그가 자리를 비운 동안 로린이 다시 나타났다. 그녀는 서랍을 뒤적이더니 간편하게 먹을 수 있는 돼지고기와 콩 요리 한 봉지를 찾아냈다. 방은 어두웠고 그녀는 퀴그보다 더 나이가 들어 보였다. 어쩌면 그녀의 덩치가 더 크고 머리카락이 길고 터부룩해서 그렇게 보이는지도 몰랐다. 그녀의 입 안은 온통 회색의 들쭉날쭉한 이로 채워져 있었다. 그녀는 봉지의 윗부분을 잘라 내고 차가운 음식을 몇 숟가락 퍼먹었다. 판을 빤히 바라보던 그녀가 음식을 우물우물 씹으면서 사이사이에 말했다.

"대체 자기가 어디로 가고 있다고 생각한 거야?"

"열한 살이나 열두 살 이상으로는 절대 안 보이는데."

"그가 귀찮게 해서 기분이 안 좋았을 거야. 너를 위한 계획을 가지고 있는 사람이야. 사실 그는 모든 사람을 위한 계획을 가지고 있지."

퀴그는 갖가지 물품과 도구가 담긴 자루를 가지고 돌아왔다. 작은 톱, 드릴, 부드러운 노끈 한 가닥, 고무 밧줄, 그리고 대부분의 살이 부러진 낡은 갈퀴 등이었다. 그는 플라스틱 손잡이에서 갈퀴 머리 부위를 풀어 낸 다음 그 손잡이를 그녀의 다리 안쪽에 대어 보고 길이를 표시했다. 그는 그것을 돌려 표시하지 않은 다른 쪽 끝으로 그녀의 다리 바깥쪽에도 똑같은 표시를 했다. 그런 다음 톱으로 그 두 조각을 원하는 크기로 잘랐다. 그는 나사를 가지고 그것들을 바닥의 짧은 가로대와 연결했다. 그것들은 앞으로 그녀의 한쪽 발을 지탱해 줄 부목이었다. 그는 고무 밧줄을 가지고 부목을 그녀의 다리에 묶었다. 그가 부목을 묶는 동안 로린은 그것을 잡아 주고 있었다. 그는 판의 발이 가로대에 고정되도록 노끈을 매만지더니 그녀의 다리에 잡아당기는 힘이 느껴질 때까지 그것을 꼬았다. 그것은 유일한 방법이었고, 나중에 그는 그렇게 하면 계속 견인이 되니까 제대로 나을 거라고 말했다. 일을 마치고 나자 퀴그는 그녀를 안아서 선반들과 쓰레기통들이 있는 작은 방으로 데려갔다. 그 방은 잡다한 기기와 장비, 그리고 차량 부품들로 거의 가득 채워져 있었지만 한쪽 구석에는 침낭을 갖춘 간이침대가 놓여 있었다. 그는 침대 위에 그녀를 내려놓았다. 그는 판에게 두 마디 이상의 말은 하지 않았는데 이제는 아예 아무 말도 하지 않고 주사만 다시 놓았다. 이번 것은 그녀를 잠재우기 위한 주사였다. 로린이 나타나 판이 깔고 누운 침낭을 끌어당기면서 자기 아들의 물건이라고 말했을 때 판은 의식을 잃어 가고 있었다. 로린은 얇고 퀴퀴한 냄새가 나는 담요를 그녀의 몸 위로 던져 주었다.

"빨리 낫는 편이 나을 거야."

어렴풋이 보이는 로린이 말했다. 그녀의 입김에서 알코올 냄새와 콩 요리의 달콤한 냄새가 풍겼다.

"그렇지 않으면 너는 오래 못 버텨."

* * *

여기에 있는 우리 모두는 판의 그 첫날 밤에 대해 종종 생각하지 않을 수 없다. 그동안 수많은 일이 있었지만 지금까지도 우리는 우리 자신이 그녀의 입장이었다면 어떻게 했을지 서로 얘기를 나눠 보곤 한다. 심각한 부상을 입고 저 멀리 스모크스 어느 자치주의 집에 갇혀 다음에 무슨 일이 벌어질지 전혀 모르는 상황을 가정해 보는 것이다. 상상만 해도 무시무시한 시나리오 아닌가. 사실 그것은 우리 가운데 누군가가 상상할 수 있는 범위를 훨씬 넘어서는 상황이라서 요즘 B-모어에서 신랄하기로 유명한 B-모어 젊은이들 중 한 명의 도움을 얻어 만들어 낸 어떤 허무맹랑한 저녁 프로그램 줄거리로 보일 정도다. 그런 젊은이들은 물론 우리의 시설에서 아직 일하지만 그런 프로그램을 맡은 차터의 제작자를 위해 '조언'을 해 주고 가끔은 원고를 쓰는 데까지 관여한다. 아마도 차터의 사람들은 궁극적으로 그들의 정문 밖에서 벌어지는 일에는 관심을 두지 않을 것이다. 하지만 그들은 확실히 호기심을 가지고 있다. 그래서 비록 주역은 아니지만 우리 같은 등장인물들이 점점 더 많이 드라마 프로에 튀어나오는 것을 우리는 보고 있다. 우리는 대개 행인이거나, 차터의 남자 주인공과 차터의 여자 주인공을 위해 열심히 일하는 서비스 종사자이다. 하지만 가끔은 남들보다 돋보이는 사람들도 있다. 최근에 드라마 〈세인트클레어비치〉에 나온 지-란이라는 아름다운 여성 같은 경우 말이다. 그녀는 거대한 중서부 시설인 D-트로이 출신인데 결혼한 차터 중역의 마음을 사로잡아 그에게 달콤하고 굴욕적인 곤란을 안겨 주는 역할로 나온다. 많은 고통을 받지만 그는 자신이 초래한 불운을 견뎌 낸다. 마지막에 가서 모든 것을 잃는 쪽은 지-란인데 그것은 놀라운 일이 아니다. 모든 사람들은 자신의 세계에서 너무 멀리 벗어날 때, 즉 정도가 지나칠 정도로 바람을 피울 때 무슨 일이 벌어질 수 있는지에 대한 혹독한 교훈을 얻는다.

지-란은 외모나 처한 상황이 판과 전혀 다르다. 지-란은 키가 크고 조각상 같은 팜파탈이며 활달하고 열정적인데, 자기한테 이득이 되겠다 싶으면 남들의 인생을 조금의 주저 없이 망가뜨릴 수 있는 인물이다. 그럼에도 불구하고 우리는 몸매가 자그마하고 성격이 온순한 판을 지-란의 배역에 적합한 인물이라고 생각하지 않을 수 없다. 그것은 아마도 그 여배우가 판과 비슷한 머리 모양을 하고 있어서일 수 있고 그게 아니라면 두 사람의 스쿠터 타는 모습이 닮아서일 수도 있다. 지-란은 스쿠터 탈 때 가끔 두 발을 한쪽으로 모아서 앉는 자세를 취했는데, 스커트의 길이가 아주 짧기 때문에 부득이 그런 자세를 취했던 게 분명하다. 아무튼 외모나 성격이나 상황이 전혀 다른데도 두 사람이 닮아 있다는 인상을 받게 되는 것은 틀림없는 사실이다. 물론 판은 최근의 드라마 전개 내용을 전혀 알지 못했다. 그 드라마를 한 번이라도 본 적이 있는지조차 모르겠다. 워낙 얌전한 성격이라 그녀는 드라마 속의 지-란과 자신이 유사하다는 말을 들으면 아마 고개를 절레절레 흔들었을 것이다. 심지어 그녀는 사악한 지-란의 눈부신 공적과 자신의 암울한 상황의 엄청난 격차를 생각하고 깔깔거리며 웃었을지도 모른다. 자신은 심각한 부상을 입어 초라한 처지에 놓여 있는 데다 성격이 고약한 로린과 기이하고 불같아 보이는 퀴그의 보호와 감시를 받고 있지 않은가. 나중에 드러나게 되겠지만, 스모크스에서의 퀴그의 지위는 그 자신이 드러내고 싶어 하는 수준보다 훨씬 더 높았다.

이튿날 아침, 예비 품목들이 있는 작은 방에서 깨어났을 때, 판은 속이 메스껍고 토할 것 같아서 간이침대 옆으로 몸을 기울였다. 음식물은 나오지 않았고 끈적이는 침만 그녀의 입에서 우중충하고 생채기가 많은 마룻장으로 떨어졌다. 간밤에 먹은 진통제의 여파로 속이 메스꺼웠다. 어쩌면 약간 배가 고파서 그럴 수도 있었다. 전날 오후부터 그녀는 아무것도 먹지 못했다. 그녀의 다리는 퀴그가 채워 준 부목 안에 있었지만 아직은 차마 다리를 살펴볼 수 없을 것 같아서 덮고 있던 담요를 벗겨 내지 않았다. 대신 그녀는 방을 둘러보았다. 벽의 가장 높은 곳 근처에는 많은 양의 아침 햇살이 쏟아져 들어오는 낡은 창문이 하나 붙어 있었다. 뜻밖에도 유형별로 깔끔하게 정돈된 플라스틱과 금속, 그리고 철사가 튀어나온 다양한 부품들이 마구잡이식이 아니라 여러 줄로 정렬해 있는 것을 볼 수 있었다. 사실 그 느낌은 재배 시설에 있는 정비 직원들의 부품실과 비슷했다. 물론 재배 시설의 부품실은 분명 이 방보다 훨씬 더 크고 깨끗하고 밝으며 공기도 모종밭이나 어류 수조를 오염시킬 우려가 있는 이물질이나 생물체가 완전히 제거되어 있다. 이곳 공기에서는 폐쇄되어 있어서 그런지 먼지와 체인 오일과 썩어서 부서진 나무의 냄새가 났다. 거기에 다른 모든 것들에서처럼 코를 찌르는 자치주의 향수가 더해져 있었다. 투박함과 찌든 때에 가려진 질서이긴 했지만 판은 물건들의 깔끔한 정돈 상태에 눈길이 갔다. 그것은 불쑥불쑥 솟아나는 그녀의 공포를 물리쳐 주고 그녀의 마음을 차분하게 가라앉혀 주었다. 학교 교육과 드라마를 통해 우리 모두가 믿어 왔을 어떤 내용을 이제 그녀는 믿어야 했다. 그것은 이곳 자치주에서 그녀는 체력이 고갈될 때까지 고된 노동을 하게 될 것이고, 마치 형벌과도 같은 끝없는 노동 후에 쓰임이 다하고 나면 결국 버려지게 될 거라는 것이었다. 사실 정문 밖으로 심부름을 가거나 여행을 떠나는 사람에게 B-모어 사람들이 가끔 던지는 격언들 가운데 하나는 시앙-창(xiāng-cháng), 즉 소시지는 되지 말라는 것이다. 지금은 고전이 되어 버린 저녁 프로그램의 유명한 에피소드에서 나온 블랙 유머였다. 그 에피소드에서 B-모어의 무모한 10대 청년들 한 무리는 그들의 시설에서 일을 시작하기 전에 자치주로 캠핑을 떠나는데 결국에는 간이 도려내져서 소시지로 만들어진다.

확실히 그것은 충격을 주기 위해 과장된 것이지만, 온갖 루머와 일화와 비공식적인 보고들은 수십 년이 지나면서 자치주들에 관한 구비 설화로 굳어져 버렸다. 우리들 각자는 자연스럽게 자치주에 호기심을 보이는 아이들을 훈계하기 위해 그 격언이나 그 밖의 격언들을 반복할 때마다 조금씩 내용을 덧붙여 왔다. 아이들이 호기심을 보인다는 것은 얼마나 감사한 일인가! 그것은 정신이 건강하다는 표시이다. 우리에게는 미지의 것에 애착을 보이는 일이 무한한 가능성을 수반한다는 사실을 아이들에게 가르쳐야 할 책임이 있다. 그것은 아마 분명한 진리일 것이다. 우리는 충동과 본능의 그 의기양양한 시기를 아이들이 잘 겪어 내도록 안내해 줘야 한다. 그 시기에 아이들은 자신들이 하늘로 날아오를 수 있다고 생각한다. 우리는 아이들을 그들의 관점이 지배하기 시작하는 지점으로 데려다 줘야 한다. 그곳에서 아이들은 동물원에서 몸도 가누지 못하던 늙은 곰이 누군가가 우리 속으로 발을 들여놓는 바로 그 순간 자리에서 벌떡 일어설 거라는 사실을 알게 된다.

하지만 판은 위험을 잘 알고 있으면서도 어떻게든 밀어붙이고 보는 사람이라는 것을 우리는 알게 되었다. 무모함이나 오만함이 아닌 일종의 내적 신념 같은 것을 가지고 말이다. 그 방에 누워 있으면서 두려움에 떨었을 테고, 어쩌면 뼛속 깊이 자신의 행동을 후회했을지도 모른다. 하지만 그녀는 자기 앞에 무슨 일이 도사리고 있더라도 두려움을 내색하지 않기로 이미 굳게 마음먹었다. 그래서 문의 바깥에서 발소리가 다가왔을 때, 판은 축 처진 간이침대에서 일어나 앉으려고 안간힘을 썼다. 그녀는 한쪽 팔꿈치로 짚고 일어나 고개를 치켜들고 허약하고 가냘픈 여자로 보이지 않으려고 애썼다. 맹꽁이자물쇠를 몇 번 잡아당기는 소리가 들리더니 문이 열렸다. 로린이었다. 그녀는 숟가락이 꽂힌 플라스틱 머그잔을 손에 들고 있었다. 판의 앞에서 그녀는 그것을 흔들어 보였다. 즉석 귀리죽이었다.

"먹어 둬야 할 거야."

판은 고개를 끄덕였다.

"먹겠다는 거야? 말겠다는 거야?"

판은 몸을 기울여 머그잔을 집어 들고 천천히 음식을 먹었다. 귀리죽을 반 숟가락씩 떠먹으려면 침대에서 몸을 비틀어야 했다. 죽은 미지근했고 재료가 물에 다 풀어지지 않아 마른 귀리 덩어리가 입 안에서 딱딱하게 씹혔다. 하지만 비록 오래되긴 했어도 죽에서는 단풍 황설탕 냄새가 나서 입에 군침이 돌면서 삼키기가 수월했다. 로린은 손으로 말은 담배에 불을 붙이더니 풍만한 가슴 위로 팔짱을 낀 채 담배를 피우며 판을 내려다보았다. 그녀는 헐렁한 청바지에 회색 운동복 상의를 입고 있었다. 운동복 상의는 길고 단정치 못한 그녀의 잿빛 머리카락과 잘 어울렸다. 그녀는 전날 밤에 보았을 때보다 더 뚱뚱했다. 자치주의 모든 사람들은 제대로 먹지도 못한다고 생각했던 판에게 그것은 확실히 놀라웠다. 아주 두꺼운 엉덩이와 허벅지, 그리고 살이 찐 얼굴이 그녀의 본래 나이보다 훨씬 더 젊어 보이게 만들었다. 그녀의 두 눈은 예쁜 군청색이었다. 대체로 예뻤을지 모르겠지만 코의 모양은 정상이 아니었다. 중심에서 많이 벗어난 코 때문에 그녀는 의심이 많고 회의적인 인상을 주었는데, 사람들을 볼 때도 자꾸만 곁눈질을 하고 있는 것처럼 보였다. 그리고 무언가를 마구 두드리는 것 같은 거친 목소리 때문에 그녀는 기이하게도 짜증이나 화가 나 있는 사람처럼 보였다.

“난 그 사람한테 너를 먹여 주지 않을 거라고 했어. 너도 알겠지만 여기는 일반적인 병원이 아니야. 모든 사람이 이곳에 머무를 수 있는 게 아니란 말이야. 난 그 사람이 왜 너를 여기에 두려고 하는지 모르겠어.”

판은 그녀가 하는 말을 이해할 수 없었지만 음식을 먹을 수 있게 된 것이 기뻐서 계속해서 먹었다. 영양분이 들어가니까 혈관에 활력이 샘솟는 것 같았다. 먹으면 먹을수록 더 배가 고파 그녀는 귀리죽을 금세 먹어치웠다. 마지막으로 남은 끈적거리는 찌꺼기까지 숟가락으로 긁어 먹으려고 하자 로린은 그녀의 손에서 머그잔을 낚아채더니 방에서 나가려고 했다. 판이 욕실을 당장 사용해야겠다고 하자 로린은 쓸 만한 물건이 있는지 찾아보겠다고 말했다. 그러면서 그녀는 매를 맞고 싶지 않으면 침대를 더럽히지 않는 편이 좋을 거라고 덧붙였다. 문이 쾅 소리를 내며 닫혔고 밖에서 자물쇠가 채워졌다. B-모어에서는 거의 찾아볼 수 없는 이런 불필요한 공격에 잔뜩 겁을 집어먹은 판이 그 순간 울음을 터뜨리고 싶었다고 해도 누가 감히 그녀를 비난할 수 있겠는가. 이제 그녀가 자신의 연립 주택의 안락함을 갈망한다고 해도 아무도 그녀를 비난하지 못할 것이다. 연립 주택에는 그녀의 친척들이 함께 거주하고 있어서 그녀 혼자서 있을 때가 거의 없었다.

그녀는 부모나 형제자매, 또는 사촌들이나 조부모나 삼촌들과 숙모들 중 누군가를 특별히 더 그리워하거나 하지는 않았다. 그녀는 그들 모두가 그리웠다. 그리워하는 데에는 정해진 순서가 없었다. 그들은 식탁에서 서로 많은 얘기를 하지는 않았다. 텔레비전 프로를 보거나 쉬는 날 뜰에 앉아 있을 때도 서로 말이 없기는 마찬가지였다. 하지만 이제 그런 것은 중요하지 않았다. 벌집이 주는 초자연적인 온기를 무시해서는 안 된다. 판은 결국 굴복하고, 사납고도 조용하게 울음을 터뜨렸다. 그런 행동을 하고 있는 자신이 수치스럽기도 했고 차라리 그냥 세포들의 집합체가 되어 버렸으면 하는 마음도 있었다. 자신이 이 세상에서 사라져 버리더라도 그 죽음의 순간을 알아차리지도 못할 정도의 단순한 존재가 되고 싶었다.

얼마 뒤에 판은 로린이 금방 돌아오지는 않을 거라는 사실을 깨달았다. 그녀는 소변을 보고 싶어 미칠 지경이었다. 결국 그녀는 소변을 받을 만한 용기가 있나 싶어 방을 찬찬히 둘러보았다. 문 근처의 선반 위에 쓰다 남은 페인트 통이 몇 개 놓여 있었고 그 위에는 롤러 트레이가 있었다. 똑바로 설 수만 있다면 손이 트레이에 닿을 수 있을 것 같았다. 판은 덮고 있던 담요를 옆으로 끌어내리고 부목을 댄 자기 다리를 살펴본 다음 최대한 조심스럽게 붕대를 풀기 시작했다. 판이 혼자 힘으로 붕대를 풀고 감을 수 있도록 남자가 그것을 느슨하게 감아 두었다는 것을 알 수 있었다. 붕대를 다 풀어내자 그녀의 다리는 섬뜩할 정도로 상태가 엉망으로 보였다. 탁한 자주색과 붉은색 멍들이 그녀의 왼쪽 허벅지 대부분을 뒤덮고 있었다. 그녀의 다리를 휘감고 있는 그것의 모양은 호주의 지도와 흡사했다. 학교에서 대륙들의 기원에 대해 잠깐 공부한 적이 있었다. 호주가 그 대륙들에 포함되진 않았지만 선생님은 호주를 B-모어와 비유하곤 했다. 나머지 땅들과 동떨어져 있는 상당한 크기의 땅이 자급자족을 하는 섬이 되어 버렸다는 점에서 둘은 유사하다는 것이었다. 그런데 바로 그 땅이 그녀의 다리에 문신처럼 새겨져 있었다. 그것은 그녀가 세상과 1,000마일이나 떨어져 있다는 표시일지도 몰랐다.

그녀는 손가락으로 멍을 살피면서 통증이 느껴질 때까지 꾹 눌러 보았다. 염려했던 것만큼 상태가 나쁘지는 않다는 것을 깨닫고 그녀는 많이 놀랐다. 다리를 틀었을 때, 통증은 여전히 후끈 치밀었지만 그리 불편함을 느끼지 않고 몇 인치쯤 들어 올릴 수 있었다. 그녀는 천천히 두 다리를 들어 바닥에 내려놓았다. 그런 다음 성한 다리를 굽혀 앞으로 몸을 기울이면서 자리에서 일어섰다. 그녀는 몸의 균형을 잡으려고 애쓰다가 휘청거리며 침대 가장자리에 결국 주저앉고 말았다. 두 번 더 시도한 뒤에야 마침내 성한 다리만으로 서 있을 수 있었다. 다시 다른 쪽 다리를 시험해 보니 처음에는 괜찮다가 정상적인 자세로 서 보려고 하자 다시금 심한 통증이 밀려왔다. 그녀는 몸을 지탱하기 위해 부목의 한쪽에 몸을 기댄 채 절뚝거리며 방을 가로질러 가야 했다. 그녀는 선반 위로 최대한 손을 높게 뻗어 간신히 롤러 트레이를 거머쥘 수 있었지만 그것이 페인트 통에 걸렸다. 그 바람에 페인트 통까지 바닥으로 떨어지면서 하마터면 발을 찧을 뻔했다. 통의 뚜껑이 덜컥 열리면서 도로에 차선을 그을 때 사용하는 것과 같은 종류의 샛노란 페인트가 나무 바닥으로 쏟아져 나왔다. 이제 와서 조심을 한다는 것은 무의미한 일이었지만 그녀는 부목을 댄 다리로 최대한 쭈그리고 앉으면서 트레이를 자기 몸 아래에 갖다 대고 속옷을 옆으로 젖혔다. 쉭, 하는 듣기 좋은 소리와 함께 그녀는 오래 참았던 오줌을 남김없이 흘려 보냈다. 번들거리는 페인트가 물속을 헤치고 나가는 바다표범의 지느러미발 모양으로 쏟아지는 것을 바라보면서 그녀는 영원히 멈추지 않을 것 같은 오줌을 누고 있었다. 그러다가 갑자기 그녀는 다시 울음을 터뜨렸다. 어처구니없지만 눈물도 오줌과 마찬가지로 마구 쏟아져 내렸다. 그녀는 오줌도 눈물도 멈출 수가 없었다. 아무리 애를 써도 멈추어지지가 않았다. 맹꽁이자물쇠를 만지는 소리가 들리고 문이 활짝 열렸을 때까지도 눈물과 오줌이 계속해서 흘러내렸다. 로린이 녹색의 낡은 플라스틱 들통을 손에 들고 방으로 들어왔다. 눈앞의 장면을 목격한 로린의 매력적인 두 눈은 살기를 띠었다. 판이 다음 숨을 미처 들이마시기도 전에 로린은 성큼성큼 다가와 들통으로 그녀의 빰을 후려갈겼다. 판은 쿵, 소리를 내며 바닥으로 거칠게 쓰러졌다. 그 바람에 부목이 풀어지고 쟁반이 뒤집어지면서 판은 자신의 뜨뜻하고 냄새 나는 오줌 속으로 나자빠졌다.

"뭐 이런 계집애가 다 있어! 네가 무슨 짓을 했는지 봐! 온통 난장판이 됐잖아!"

하지만 판은 사정없는 공격으로 잠시 눈이 멀어서 제대로 앞을 볼 수가 없었다. 시력이 돌아왔을 때, 그녀가 볼 수 있었던 것은 여자의 통통하고 채색하지 않은 발가락뿐이었다. 발가락은 고무 샌들에서 툭 삐져나와 있었다. 로린의 그 앙증맞은 발가락들은 추처럼 앞뒤로 왔다 갔다 하면서 판의 가슴과 어깨를 가격하다가 이제 판이 팔로 얼굴을 보호하려 하자 양팔을 마구 가격했다. 판은 자신이 잠을 자고 있는지 깨어 있는지 죽었는지 더 이상 알지 못한 채 거의 포기하다시피 했다. 하지만 바로 그때 가격이 멈추었다. 로린이 그녀의 옆에 네 발로 털썩 주저앉아 있었다. 판은 퀴그를 보았다. 유령처럼 희미하게 서 있는 그의 손에는 기다란 흰색 지팡이가 들려 있었는데, 지팡이의 붉은색 끝 부분은 두 갈래로 갈라져 있었다. 그는 신비스러운 영화에서 막 걸어 나온 사람처럼 보였다. 특별한 모자가 없는 마법사들 중 하나 같았다.

"내가 말했지. 얌전하게 굴어."

그는 부드럽게 말했다.

"빌어먹을, 엿이나 먹어! 엿이나 먹으라고!"

로린은 치아 사이로 거친 숨을 내쉬며 그렇게 소리쳤다. 퀴그는 지팡이를 뻗어 그녀의 뒷목에 가져다 댔다. 그녀는 완강하게 저항하는가 싶더니 몸이 뻣뻣하게 굳어 버렸다. 다음 순간 그녀는 앞으로 푹 고꾸라지면서 판의 오줌 웅덩이 속에 얼굴을 찧었다.

그는 차분하게 말했다.

"얌전하게 굴어야지."

# 5

판이 사라지고 나서 처음 몇 주 동안은 B-모어 부근이 고요한 시기였다. 레그가 사라지고 나서 그랬던 것처럼 당연히 소문과 수군거림이 있었다. 어떤 지역에서는 판이 자발적으로 떠난 것처럼 보이게 만들기 위한 음모가 있는데 사실은 누가 그녀를 내보낸 거라는 허무맹랑한 소문이 떠돌기까지 했다. 물론 게시된 비디오 영상은 그런 생각을 떨쳐 버리도록 만들었다. 그런데도 완전한 사실처럼 보이게끔 영상들이 조작되었을 수 있다고 주장하는 사람들이 있었다. 우리는 왜 사람들이 영상을 억지로 꾸몄다고 믿고 싶어 하는지 그 이유를 알고 있다. 그녀의 실종이라는 현실을 직시하기보다는 다양한 기이한 이론들에 동의하는 편이 훨씬 더 쉽기 때문이다. 그녀의 실종이 B-모어의 문제점을 고발하는 계기가 될까 봐 두려운 것이다.

하지만 우리는 다시 한 번 주목해야 할 것이다. B-모어는 완벽하지도 않고 완벽하도록 설계된 곳도 아니다. 그것은 누군가에게 약속한 무언가가 아니다. 우리의 여자들과 아이들은 폭력의 두려움을 느끼지 않고 밤에 마음대로 돌아다닐 수 있다. 건강에 좋은 음식은 항상 충분하게 있고 맑은 식수도 있다. 결혼식과 장례식 같은 특별한 기념일도 있다. 그런 행사에는 진수성찬이 차려진다. 몸과 마음만 건강하면 일자리를 잃을 걱정이 없다. 적당한 보살핌을 받을 수도 있다. 수많은 세대를 거쳐 오면서 완전히 피가 섞이긴 했지만 우리는 우리 자신의 피의 울타리 속에서 살고 있다. 그것은 가장 사나운 폭풍우 동안에 가장 든든한 피신처가 되어 준다.

그러나 판의 경우를 제외하고도 몇 가지 골치 아픈 문제들이 있다. 이를테면 중저가 상점에 들어오는 품질이 떨어지는 자유재량 상품들이 종종 감당하기 어려운 문제를 일으키곤 한다. 또한 우리가 생산하는 상품들조차 값이 많이 올랐다. 500그램짜리 농어 한 마리의 가격은 불과 5년 전의 두 마리 가격과 맞먹고 있다. 그리고 이제 병원에서 최대한 머무를 수 있는 기간은 환자의 상태나 필요와 상관없이 일주일, 사실상 6일이다. 그 기간이 지나면 가족이 병원비를 부담해야 하는데, 그 병원비라는 것이 B-모어에 살고 있는 대부분의 가정에서 부담할 수 있는 수준을 훨씬 넘어서고 있다는 게 문제다.

여기에 해당되는 한 가지 예는 리베라-덩 가족의 최근 경험일 것이다. 그들 가족은 B-모어 폐기물 처리장 근처에 살고 있는데 하나가 아니라 두 개의 연립 주택에 입주해 있다. 특별히 대가족이라서가 아니라, 그들이 인기 좋은 싸구려 장신구와 버블 티 가게를 지상에서 운영하고 있기 때문이다(지하에 있는 가게들은 거의 예외 없이 차터 지구의 투자자들이 소유하고 있다. 투자자들이 직접 운영을 하는 경우는 없다고 해도 사정이 그렇다). 리베라-덩 가족은 인접한 집이 부동산 시장에 나왔을 때 임차권을 사들일 경제적 여유가 있었다. 부의 기준이 전혀 명확하지 않았지만 아무튼 B-모어의 기준에서 봤을 때 그 가족은 부자로 간주되었다. 알록달록한 고급 양복 상의를 입은 하비 리베라-덩이 상의와 대조되는 손수건을 양복 주머니에 꽂은 채 초상집의 경야에 나타나면 우리는 찬사는커녕 그를 보고 알은체를 할 의향도 없다. 그는 화려한 옷과 보석으로 치장을 하고 당당하게 서 있겠지만 다른 모든 사람들처럼 동일한 플라스틱 뷔페 접시를 거머쥐고 깍지완두 순이 다 떨어지기 전에 그것을 먹겠다고 사람들을 밀칠 것이다. 확실하다. 그러나 약간 통통하고 항상 웃는 얼굴에다 젖은 목소리가 매력적인 그의 아내가 최근에 몸이 몹시 아파 결국 숨을 거두었을 때, 우리가 가졌던 느낌은 한결같은 지독한 슬픔일 수밖에 없었다. 그의 아내 이름은 루비였다.

B-모어에서 루비만큼 건강에 무관심했던 사람도 없을 것이다. 오랫동안 당뇨로 고생을 했으면서도 달콤한 케이크와 파 튀김을 지나치게 좋아했고 뱃속에 든 모든 것을 크림이 많이 든 버블 과일 티로 씻어 내렸다. 어느 날 오후, 그녀는 가게 안쪽에서 결국 쓰러지고 말았다. 콩팥 하나가 망가졌는데 그것이 몸의 한쪽을 마비시킨 뇌졸중으로 이어진 게 분명했다. 그녀는 급하게 병원으로 실려 갔지만 안정을 되찾기 전에 또다시 뇌졸중을 일으켰고 말을 할 수 없게 되었다. 정신은 온전했다. 하비와 리베라-덩 집안의 나머지 사람들은 그

녀에게 집에서 돌봐 줄 테니 걱정하지 말라고 말했다. 하지만 만성적으로 쇠약해진 콩팥을 튼튼하게 하기 위해서는 누구나 알다시피 투석 기계를 필요로 했다. 그녀가 힘없는 왼손으로 "가격은?"이라고 휘갈겨 적어 기계 가격을 물었을 때, 대진하는 의사는 기계를 구입하거나 무기한 임차하는 데에 천문학적인 금액이 소요될 거라고 알려 주었다.

그다음에 무슨 일이 벌어졌는지는 어렵지 않게 상상할 수 있을 것이다. 하비는 루비를 집으로 데려오기 위해 필요한 절차를 밟았다. 터무니없는 돈이 들어갈 텐데도 그는 기계라든가 그 밖에 필요한 모든 것을 갖추기로 했다. 그것은 마치 자치주 행상인이 자전거 인력거와 싸구려 물건들을 담보로 해서 차터의 아파트를 구입하는 것과 같은 꼴이었다. 이 세상에 하루아침에 벼락부자가 되는 경우는 없다. 드문 경우를 제외하고 부자가 되기까지는 너무나 오랜 시간이 걸린다. 그렇지만 하비는 자기 아내를 얼마나 사랑하는지에 대해서만 생각하고 있었다. 그는 아내를 구체적으로 어떻게 간호해 줘야 할지에 대해서만 생각하고 있었다. 두 사람의 아주 작은 침실을 그녀 혼자 사용할 수 있게 준비를 해 두었고, 한밤중에 종종 그런 일이 벌어지듯 주 전원이 나가 버리면 즉각 발전기를 작동시킬 수 있도록 침대 옆의 콘센트 전선을 교체해 두기까지 했다. 그는 은퇴하기 전에 전기 설비 기사였다. 재배 시설과 정수장에서 일하는 자식들의 근무 시간을 변경해 달라는 요청까지 했다. 집에서 쉬는 시간이 서로 겹치지 않게 시차를 두어야 했다. 그는 심지어 자신과 루비의 값비싼 신발과 옷을 팔아 치우려고 B-모어 웹사이트에 올리기까지 했다. 하지만 우리들 가운데 그것들을 살 수 있을 정도로 여유가 있는 사람은 거의 없었다. 그러나 얼마 후 그는 루비가 주요 장기 여러 개가 망가지던 날 밤에 숨을 거두었다는 말을 병원으로부터 들었다. 아내를 집으로 데려오기로 한 바로 그날이었다. 그는 시트로 덮인 아내의 몸을 그저 바라보아야만 했다. 시신은 이미 복도로 실려 나와 있었다. 시트 위로 드러난 봉긋한 몸의 곡선은 그의 인생에서 정말이지 가장 슬픈 광경이었다. 무슨 일이 있었단 말인가? 그들은 그녀가 자신의 죽음을 확신하고 하루의 대부분을 투석 기계를 꺼 놓고 있다가 간호사가 돌아오기 직전에만 다시 켰을 거라고 짐작했다.

자기희생은 이곳 B-모어 생활의 특징으로, 우리의 독창적이고 가장 소중한 풍습들 가운데 하나이다. 루비가 한 행동과 유사한 경우들을 전해들을 때마다 울컥하지 않는 사람이 있을까? 그런 행위는 분기마다, 그리고 해마다 더 증가하고 있는 듯 보인다. 예전에 우리의 1세대 사람들은 그들 가정의 고통을 항상 덜어 주었다. 하지만 그들은 대개가 나이가 아주 많은 사람들로, 극도로 완고한 짠돌이 개척자들이었다. 그들은 너무 자존심이 강해서 그들이 어떤 짐이 되는 것을 도저히 참지 못했다. 그들의 행위는 그들의 가족에게 부담을 덜어 준만큼 지역 사회에는 그만한 자극이 되었다.

주위를 둘러보면, 극단적인 사례는 아니더라도 또 다른 경우들이 있다. B-모어에서 병원 방문은 한때 제한이 없었다. 모든 주민을 위한 연례 건강 검진이 하나의 선택권이기도 했다. 물론 차터 사람들 대부분은 개인 진료실을 찾아가서 매번 동일한 의사에게 진료를 받았는데, 그 점만 제외하면 우리는 그들보다 못할 것이 거의 없었다.

우리의 병원들은 예로부터 차터의 의사들을 직원으로 두고 있었는데, 아주 젊은 의사들 중에는 레지던트 과정을 막 마친 사람들이 흔했다. 의사들은 매달 순환되었지만 간호사들과 대진 의사들은 B-모어 거주자들로 변동이 없었다. 진짜 서비스를 제공하는 주체는 의사들이 아니라 바로 그들이었다. 사람들은 병원에 잠시 들러 엄지손가락을 꿰맬 수 있었는데, 이것은 생선회를 뜨는 불굴의 사람들에게는 주기적으로 벌어지는 일이었다. 발기 부전이나 불안 증세를 위한 알약 한 통을 얻을 수도 있었고, 지압 요법이나 수지 요법을 짧은 시간 받을 수도 있었다. 대부분의 사람들이 특권의 남용 없이 이런 것들을 스스로 이용했다. 사실, 우리는 종종 "내일 점심을 위해 국수를 좀 남겨 두어라."라는 격언으로 우리의 운이 좋은 상황을 스스로에게 상기시킨다.

그러나 이제 그 모든 것을 매우 복잡하게 만드는 수많은 새로운 규정이 있다. 문은 여전히 하루 24시간 일주일 내내 열려 있지만 오직 생명이 위급한 응급 상황만을 위해서다. 손가락 골절이나 신장 결석 환자들은 이튿날 아침까지 기다려야 하고, 응급 치료 의사가 최종 결정을 내린다. 병원에 들어가서 접수를 할 때, 그 사람에게 벌어진 사고와 처방이나 치료를 받은 모든 기록이 늘 그래 왔듯 화면에 뜨게끔 되어 있지만, 이제 어떤 빈도가 초과되었을 때는 몇 개의 줄이 화면에 휙 나타난다. 그리고 특정한 처방이나 치료를 원하면 그것을 받기 위해 명목상의 진료비 외에 별도의 진료비를 지불해야 한다. 이른바 추가 비용인데 그 금액이 적지 않을 경우가 가끔 있다.

언제 이게 달라졌죠? 사람들은 그렇게 묻는다. 물론 접수창구에 있는 어느 누구도 언제 달라졌는지 모르고 있다. 아무튼 규정은 바뀌었고 이제부터는 이러한 '개혁들'이 적용될 것이다. 그 결과 사람들은 진단용 엑스레이를 포기할지도 모르고 견딜 수 있으면 다른 모든 혈압 약만 먹을지도 모른다. 사람들은 엉덩이 관절염이 언젠가 어떻게든 나아지기를 바라며 다른 계절에 다시 찾아오기로 마음먹을 것이다. 정말이지 우리가 아는 모든 사람은 그런 타협을 해야만 했다. 대부분은 끔찍한 결과로 이어지지 않았지만, 진실은 이게 결국 우리를 어디로 이끌 것인지, 내년이나 10년 뒤에는 또 어떤 새로운 개혁들이 도입될 것인지, 그리고 B-모어의 삶의 질이 어느 날 지구 밖의 상황을 어느 정도까지 닮게 될지 궁금하지만, 알 도리는 없다는 것이다.

그들은 경제가 너무 오랫동안 침체 상태에 있어서 차터의 마을들조차도 서른 살 이상의 모든 사람을 위해 분기별로 해 주었던 무료 전신 검사를 없애는 등 어떤 비용 절감 방안을 도입해야만 했다고 말한다. 하지만 일부 냉소적인 우리 주민들은 그 말이, 정부 당국과 차터 사람들이 우리로 하여금 믿어 주길 바라는 것에 불과하다고 주장한다. 설사 그것이 사실이라고 해도 그것이 뭐 어떻단 말인가? 그들의 정문 안에서 벌어지는 일이 뭐 그리 중요하단 말인가? 차라리 가장 가까운 별의 생활 주기에 대해 걱정하는 편이 낫다. 아름답지만 짧게 반짝이는 하늘의 별. 우리는 저 사랑스러운 한계 안에서 현실이 어떤지 스스로에게 상기시켜야 한다. 그와 더불어, 산뜻하게 포장된 거리들과 티끌 하나 없는 학교들과 세계 도처에서 가져온 오염되지 않은 상품을 파는 잡화점들은 전체의 일부인 차터 사람들에게만 보장된 것임을 알아야 한다. 차터의 생활 방식을 유지하려면 계속해서 일하고 투자하고 충분한 돈을 가져야 한다. 그리고 그게 안 되면 떠나야 한다.

이것은 사실, 일부의 자치주 사람들에게 닥쳤던 일이다. 엄청난 수의 사람들이 예전에는 차터 사람들이었다. 어떤 사람은 이렇게 물을지도 모른다. 이봐, 왜 사람들은 B-모어 같은 곳으로 오지 않는 거지? 그냥 오면 될 텐데. 하지만 그것은 그렇게 단순한 문제가 아니고 실제적인 측면에서도 불가능하다. B-모어 같은 정착지는 이미 지원자들이 넘쳐나기 때문에 아무나 들어올 수 없다. 연립 주택이나 기숙사는 옥상에까지 사람들이 들어차 있을 정도이다. 우리의 아이들은 학교에서 책상 하나를 두 명이서 사용하고 있다. 게다가 새로 온 사람이 우리들 속에서 생계를 꾸려 가기 위해 무슨 일을 할 수 있겠는가? 재배 시설과 정수장과 발전소의 일자리들은 항상 직원들로 채워져 있고, 그 사람들은 견습생들의 보조를 받고 있으며, 견습생들은 일자리가 나오는 순간 곧바로 그 자리를 맡을 수 있도록 어릴 적부터 훈련을 해 오고 있다. 리베라-덩 가족이 소유하는 업체처럼 개인이 운영하는 소수의 업체들은 수 세대 동안 가족의 지배 아래 있어 왔고 그들이 임차권을 포기하는 일은 거의 없다.

차터에 살던 사람들이 그토록 빨리 그토록 철저하게 무너진 것은 아이러니한 일이다. 그들과 그들의 친척들에게는 중간 영역이 없다. 그들은 실제적인 노하우나 삶을 꾸려 나갈 어떤 단서조차 거의 없이 자치주로 밀려나듯 들어섰다. 그런 이유 때문에 그들 가운데 그럭저럭 살아가는 사람들의 수가 그토록 적은 것이다. 부동산 투기업자나 보험과 주식 중개인, 작가, 저녁 프로그램 제작자 같은 차터 특유의 기술을 가진 사람들만 제법 오랫동안 생활을 꾸려 나갈 수 있었다. 상당한 재산을 탕진해 버린 상습 도박자 한 명이 있었는데, 말할 필요도 없이 오래 버티지 못했다.

그래서 우리의 사랑스러운 판은 로린에게 폭행을 당하고 나서 의식을 되찾았을 때, 부목을 다시 댄 상태로 침대에 누워 있으면서 퀴그에 대해 궁금해하지 않을 수 없었다. 우리들 모두와 마찬가지로 그녀는 가능성이라는 것에 대해 알고 있었다. 혹시 그가 예전에 차터의 간호사나 의사였던 건 아닐까? 만약 그렇다면 그것은 차터에서 하는 말로 대단한 '성과물'이었을 것이다. 의사들은 가장 중요하고 명망 높은 사람들에 속하니까. 차터 사람들한테는 더더욱 그렇다. 그리고 의사들 가운데는 상당히 부유한 경우도 종종 있다.

난장판이었던 방은 어느새 정리가 되어 있었다. 그녀의 두 팔과 두 다리와 몸통은 대부분 깨끗하게 닦여 있었고 방바닥은 노란 페인트를 걸레로 훔친 희미한 자국만 제외하면 비교적 깨끗하게 치워져 있었다. 물론 로린도 사라졌다. 그 미친 여자가 머지않아 되돌아올지도 모른다는 극심한 공포가 그녀의 온몸을 빠르게 훑고 지나갔지만, 그와 더불어 구타를 막아 준 퀴그에 대한 고마움이 자연스럽게 샘솟았다. 그녀는 확실히 퀴그를 경계하고 있었지만 그가 이미 두 번씩이나 자신을 구해 준 것은 사실이었다.

남은 하루 내내 판은 최대한 조용히 있었다. 그녀는 수조 속에서 숨을 참았던 것처럼 순수한 의지력으로 배고픔과 목마름을 억누르려고 애썼다. 그건 허기진 배와 메마른 목에 연고를 바르는 셈이었지만, 그녀는 적어도 참을 수 있는 한도까지는 아무것도 필요로 하고 싶지 않았다. 자리에서 일어설 수 없어서 벽의 높은 곳에 붙어 있는 그 작은 창문을 내다볼 수는 없었지만 그녀는 수많은 차량들과 종일 근처를 오가는 사람들의 소리에 귀를 기울였다. 목소리들 가운데 하나는 로린의 것이었다. 우두머리라도 된 것처럼 오만하고 짜증이 섞인 목소리였다. 그녀는 사람들에게 이래라저래라 무례하게 명령을 내리고 있었는데 어느 누구도 그녀에게 대드는 것 같지는 않았다. 다른 목소리들도 있었다. 그녀는 퀴그의 목소리가 있나 싶어 귀를 기울였지만 그의 목소리는 없었다.

오후 늦은 시간이 되어서야 누가 문으로 다가왔다. 문 밖의 기척을 느끼자마자 판은 바짝 긴장을 하면서 자리에서 일어나 앉았다. 문이 열리고 방으로 들어선 사람은 로린도 퀴그도 아닌 어떤 소년이었다. 피부가 다소 창백하고 머리가 곱슬곱슬한 열세 살쯤 되어 보이는 아이는 때 묻은 티셔츠와 멜빵바지와 낡은 운동화 차림이었다. 아이는 딸기 맛 두유 팩을 홀짝거렸다. 다른 손에는 또 하나의 두유 팩이 들려 있었다. 아이는 그것을 판에게 내밀었다. 그녀는 알루미늄 포장지 구멍에 빨대를 끼웠다. 두 사람은 말없이 두유를 마셨다. 판은 재배 시설의 휴식 시간을 떠올리지 않을 수 없었다. 휴식 시간이 되면 그녀와 레그는 음료수 판매대에서 타마린드(tamarind) 주스 한 컵을 사서 마시고 사람들의 눈에 잘 안 띄는 곳으로 건너가 짧은 포옹을 하거나 한두 번의 가벼운 키스를 하고 나서 다시 일터로 돌아가곤 했다. 그녀는 오랫동안 꾸준히, 그리고 천천히 두유를 마셨다. 염분과 인공 향료가 가미되어 있었지만 그래도 그녀가 상상할 수 있는 그 어떤 것만큼이나 맛이 있었다. 그러는 동안 아이는 줄곧 전혀 시선을 의식하지 않고 그녀를 뚫어져라 바라보았다. 염소의 눈처럼 약간 치켜 올라가고 졸음이 오는 듯한 아이의 눈은 흐린 하늘 아래 바닷물 색깔로 멍하고 어두웠다.

마침내 아이가 입을 열었다.

"정말 B-모어에서 왔어?"

판은 고개를 끄덕였다. 정문을 걸어 나온 뒤로 그때까지 몇 마디 이상의 말을 할 상황은 일어나지 않았었다. 일부러 침묵을 지킬 생각은 없었지만 마치 자신의 입을 바늘로 꿰맨 것 같은 기분이 들었다. 불가피하게 입을 열어야 할 때까지는 침묵을 지킬 생각이었다. 그 전까지는 굳이 입을 열 이유가 없었다.

"사람들 말로는 거기가 괜찮은 곳이라던데. 언젠가 나도 한번 가 볼 거야."

그녀는 두유를 다 마시고 나서 팩을 내밀며 흔들어 보였다.

"또 달라고?"

판은 다시 고개를 끄덕였다.

아이는 팔짝팔짝 뛰어나가더니 재빨리 돌아왔다. 이번에는 한 손에 음료를 두 개씩 들고 있었다. 그런 너그러움에 그녀는 깜짝 놀라면서 자신과 아이 모두가 걱정되었다. 음료를 가져온 것이 잘못된 행동이라면 두 사람 모두 곤란을 겪을 수 있었다. 하지만 어쨌든 그녀는 아이가 가져다준 음료 두 개를 연거푸 마셨다. 그동안 아이는 B-모어에 대해 수많은 질문을 던졌다. 아주 묘하게도 모든 질문들이 그저 고개를 가로젓거나 끄덕이는 것만으로도 충분한 답변이 되었다. 어쩌면 그것은 아이의 마음이 움직였고 거기에서 비롯된 적절한 반영이었을 것이다. 그녀한테서 얻어 낼 수 있는 게 그것밖에 없다고, 본능이 아이에게 말했는지도 몰랐다. 아이가 물었다.

"모든 아이들이 학교에 다녔어? 모두가 나중에 '공장'에서 일하게 되었고? 혹시 먹을 게 바닥이 난 적은 없었어? 사람들 말대로 거리와 공원은 깔끔하고 깨끗해? 정말 사람들은 나이를 많이 먹을 때까지 살았어?"

그런 질문들에는 응, 응, 아니, 응, 어느 정도, 이런 식으로 답변을 할 수밖에 없었다. 그러고 나서도 그녀는 이십 여 개의 다른 질문들에 대답을 했다. 유치한, 그리고 마치 다 알고 있으면서 묻는 듯한 질문들이었다. 아이는 그녀에게 말을 하는 동안 흥분해 있었고, 판을 위해 남겨 둔 커다란 흰색 변기통을 뒤집어 자기 의자로 사용했다. 로린의 날카로운 목소리가 허공을 가르며 날아오지 않았더라면 아이는 끝없이 그녀에게 질문을 던질 기세였다.

"세위!"

아이는 천천히 자리에서 일어났다.

"지금 용변을 보는 중이에요."

아이가 투덜거렸다.

"세위! 아직도 그 안에 있는 거야?"

"알았어요, 엄마!"

아이가 소리쳤다.

"알긴 뭘 알아! 이리 나와, 당장!"

"나중에 두유 더 가져다줄게."

아이가 얼굴에 희미한 미소를 지으며 말했다. 그러고 나서 아이는 판을 홀로 남겨 두고 떠났다. 그녀를 다시금 가둬 둔 채로.

* * *

며칠 동안 판은 가미된 두유, 통밀 크래커, 땅콩 캐러멜, 닭고기 포 따위를 먹으며 지냈다. 세위는 그녀가 세상과 꾸준하게 소통할 수 있는 유일한 통로였다. 부상은 퀴그가 생각한 것보다 경미했다. 그녀의 다리는 충분히 감당할 수 있을 정도로만 아팠고 이미 낫고 있는 듯 보였다. 그녀는 이 사실을 자기 혼자만 알고 있었다. 신중하고 싶은 본능이 다리가 성하든 그렇지 않든 겪게 될 일에 대한 두려움을 앞섰다. 퀴그는 그녀의 다리와 부목을 점검하러 잠깐 다녀갔지만 두 번 모두 한밤중에 찾아왔다. 그가 소형 손전등으로 자고 있는 그녀를 깨우면 그녀는 발작적으로 가슴이 뛰었다. 그녀가 무슨 말을 하기도 전에 그는 노끈을 다시 묶고 부목이 묶인 상태를 확인하고 불을 끈 다음 나가 버렸다. 그렇게 그는 판을 다시 꿈속으로 돌려보냈다. 그녀가 꾸었던 꿈들은 무엇이었던가? 그것들은 모르는 것들, 불안감의 환영, 그리고 비참한 고독의 풍경들이었다. 그것들은 우리가 아이 적에 고열에 시달릴 때 꾸게 되는 악몽과 같은 종류였다. 꿈속에서 당신은 소금 구덩이에 빠져 있고 사랑하는 사람들이 저 위에 보인다. 하지만 그들은 달만큼이나 멀리 떨어져 있다. 도와 달라고 손을 흔들어야 하는데 양팔이 너무 무거워 들어 올릴 수조차 없다. 목이 터져라 소리쳐 불러도 목소리가 상대방에게 전달되지 않는다. 판의 꿈은 모두 이러한 것들이었다. 뿐만 아니라 분명 그녀 마음속의 자기 회의가 만들어 낸 것들로도 가득 차 있었다. 핏빛 오렌지색 하늘을 배경으로 서 있는 우리 연립 주택들의 윤곽, 끝도 보이지 않는 거리를 따라 줄지어 늘어선 집들의 지붕이 불과 몇 센티미터 간격으로 다닥다닥 붙어 있는 모습, 분명 지붕들은 서로 떨어져 있지만 절대 끊어지지 않는 윤곽의 흐름으로 규정된 그녀의 자기 회의.

세위가 처음 몇 차례 방문하는 동안 판은 이곳 구내의 생활에 대해 배웠다. 그녀는 이런저런 질문을 던질 필요가 별로 없었다. 세위는 타고난 수다쟁이였다. 만나서 이야기를 들을 때면 자주 고개를 끄덕여 줘야 했다. 금세 어떻게 하면 그 자리를 빠져나올 수 있을까 하는 생각이 드는 유형이었다. 하지만 당연히 판은 어디로도 갈 수가 없었다. 세위의 입장에서는 항상 갈망해 온 친구를 얻은 셈이었다. 주변에 그에게 입을 다물라고 타이르는 어른들도 나이가 더 많은 아이들도 없었다. 판이 그저 조용한 유형의 성격은 아니었다. 하지만 그녀는 세위의 생각들의 끝없는 가지들을 기꺼이 따라가 줄 수 있는 인내심 많은 사람이었다. 세위의 생각들은 가지처럼 마구 뻗어 나갔다. 하늘로도 뻗어 나가고 뒤쪽으로도 뻗어 나가고 모퉁이를 맴돌기도 했다. 그 혼자만 온기를 느낄 수 있고 볼 수 있는 태양을 향해서 가지들은 끝없이 뻗어 나갔다. 세위는 의자로 쓰려고 또 다른 낡은 양동이를 가져왔다. 판은 자기 양동이를 용변을 볼 때 사용했는데, 세위는 전혀 꺼리지 않고 양동이를 비워 주었고, 하루 일과를 마무리할 무렵에는 호스로 깨끗이 씻어 주었다. 그녀는 먹거나 마시거나 그냥 그곳에 드러누워 세위의 이야기에 귀를 기울였다. 세위는 자기가

'요요'라고 부르는 무언가를 손으로 놀리면서 이야기를 풀어놓았다. 오렌지색의 투명한 플라스틱 원반에 실이 달려 있는 물건이었다. 실은 중간의 쪼개진 부위에 감겨 있었다. 세위는 그것을 끌어올리다가 내리고 또 끌어올리다가 내리면서 가끔은 한자리에 멈추어서 제자리 회전이 되게 했다. 마술을 부리듯이 그는 바닥에서 불과 몇 센티미터만 띄워서 회전시키다가 홱 다시 끌어올리곤 했다.

세위는 그녀에게 대충 다음과 같은 얘기를 했다. 세위는 자기가 기억하는 한 아주 오래전부터 퀴그와 함께 지내왔다고 말했다. 세위는 사실 이곳에서 태어났다. 그리고 로린은 정말 그의 어머니였다. 그녀는 세위를 낳기 위해 이곳으로 왔는데 이렇게 낳을 수 있어서 다행이었다. 세위를 낳으려면 제왕 절개를 해야 했는데 퀴그는 차로 이틀을 가야 닿을 수 있는 거리에 있었고 스모크스에서 적어도 어머니를 죽이지 않고 그 일을 할 수 있는 유일한 사람이었다. 로린은 그때부터 이곳에 눌러앉았다. 처음에는 퀴그에게 진 빚을 갚기 위해 일을 해야 했다. 그러다가 결국에는 그의 주요 보조원이자 일정을 짜주는 사람이 되었다. 심각한 자상, 화상, 그리고 좌골 같은 끔찍한 사고로 부상을 당해 날마다 찾아오는 수십 명의 사람들 때문에 그것은 퀴그의 집에서 가장 중요한 일이었다. 모든 성인에게 만연한 C-질환의 통증에 대해서는 언급조차 하지 않았다. 환자들의 방문은 어느 것이나 모두 응급 상황이었다. 그렇게 될 수밖에 없었다. 이 산골짜기로 들어오려면 꼬불꼬불한 언덕길을 따라 한참 차를 몰아야 했으니까. 그리고 찾아오는 사람들은 누구나 돈이나 금이나 보석 또는 어떤 현물이나 서비스를 제공해야 한다는 것을 알고 있었다. 로린의 일은 환자로 판명 난 사람들에게 순서를 배정해 주는 것이었다. 대개는 사람들이 제공할 수 있는 것을 기준으로 하여 순서를 앞으로 당겨 주거나 심지어 제일 먼저 진료를 받을 수 있게 해 주었다. 당연히 거기에는 재협상이 끊이지 않았다. 만약에 어떤 사람이 찾아왔는데 그 사람이 여러분의 앞자리를 차지하면 여러분은 그 사람보다 더 많은 무언가를 제공하거나 아예 다른 물건을 제공할 수 있다는 얘기다. 여러분이 결정하면, 그다음에 로린이 결정하고, 물론 최종 결정은 퀴그의 몫이다. 세위는 때때로 이를테면 전달자로 일했다. 손가락 두 개를 망가뜨려 거의 절단이 되다시피 한 어떤 청년이 그것들을 깨끗하게 잘라내 주는 대가로 20달러를 지불하겠다고 했을 때 그 말을 전해 주었다. 곪아 터진 종기가 등의 절반가량을 뒤덮은 어떤 여자가 금으로 만든 결혼반지를 내놓겠다는 제안을 했을 때 그것을 전달해 주었다. 옆구리에 극심한 통증을 호소하던 한 노인은 수술을 받는 대가로 사흘 동안 자신의 예쁜 딸을 맡겨 두겠다고 제안했다. 노인은 거기에서 그치지 않고 '의사'가 충치 하나를 추가로 뽑아 줄 수 있으면 나흘 동안 딸을 맡길 수도 있다고 제안했다. 가끔은 그보다 더 어린 친구가 치료에 대한 보답으로 무기한으로 맡겨졌다. 일은 그런 식으로 하루 종일 그리고 날마다 진행되었다. 세위는 자기보다 훨씬 어린 아이가 가질 법한 순진한 기쁨에 들뜬 채로 그 일들을 판에게 설명했다. 몸이 아주 아픈 사람들과 부상을 입은 사람들이 맹렬하게 내리쬐는 햇볕이나 억수처럼 퍼붓는 비에도 아랑곳하지 않고 퀴그에게 상처를 보여 주고 치료가 가능한지 들으려고 줄을 서 있는 장면을 설명할 때 세위는 신이 나 있었다. 퀴그는 대부분의 환자를 치료할 수 있었다. 그토록 많은 사람들이 스모크스까지 먼 거리를 달려오는 것은 바로 그런 이유 때문이었다. 퀴그가 한때 살았던 저 남쪽의 거대한 차터 마을을 떠나온 뒤로 지난 15년 동안 그의 실력에 대한 소문은 지역 전체로 퍼져나갔다.

분명한 것은 퀴그가 과거 자기 차터 마을에서 비록 의사는 아니었지만 큰 시설을 갖춰 놓고 성공적으로 운영하던 수의사였다는 사실이다. 동료 수의사 몇 명과 함께 동물 병원을 소유했던 그는 가정 방문용 콜-밴 몇 대를 운영했다. 사업은 조류와 돼지 유행성 독감이 연속적으로 밀어닥친 그 악명 높던 해까지는 번창을 했다. 독감은 종의 장벽을 뛰어넘어 서쪽의 어떤 마을에 사는 차터 사람 수십 명의 목숨을 앗아 갔다. 차터의 협회 전체에 팽배한 뒤이은 공포 때문에 가정에서 키우던 모든 가금과 애완용 돼지가 살처분되었고 곧 이어서 모든 개와 심지어 고양이와 관상용 조류까지 살처분되는 사태가 벌어졌다. 모든 비해양 애완동물에 대한 영구 금지법이 도입되었으며 그 직후에 애완용 물고기까지도 안전을 위해 금지되었다. 그렇게 되고 보니 하루아침에 그의 직업은 사라져 버렸다. 그와 그의 아내는 결국 아파트를 은행에 빼앗겼고 자영업자들과 서비스 종사자들의 기숙사에서 다달이 생활해야 했다. 그러다가 동물 진정제를 어느 헬스클럽에서 팔다가 경찰의 함정 수사에 걸려들고 말았다. 그들은 체포되어 신속하게 재판을 받고 유죄가 선고되었다. 그들에게 내려진 선고는 즉각 추방이었다. 퀴그와 그의 아내에게는 어린 딸이 하나 있었다. 세 사람은 차에 실을 수 없는 물건들을 모두 남겨 두고 떠나야만 했다. 판이 비가 억수같이 쏟아지던 그날 밤에 차의 뒤편에 실려

왔던 것과 흡사한 상황이었다. 듣자 하니 그의 아내와 딸은 오래 버티지 못했다고 했다.

"그들은 곧바로 죽다시피 했어."

세위가 그녀에게 말했다. 그리고 남의 말을 그대로 옮기듯이 덧붙였다.

"항상 그렇듯이 말이야."

판은 무슨 일이 있었는지 물었지만 아이는 고개를 가로저었다.

"엄마가 말씀을 안 해 주셔. 그 얘기는 물어보지도 말고 아예 꺼내지도 말라고 하셨어. 그래서 그 얘기는 하면 안 돼."

그들은 1분 정도 침묵을 지켰다. 세위는 요요를 아래위로 던지고 그것이 바닥을 잽싸게 달리게 만들기도 하다가 홱 거둬들였다.

"엄마는 B-모어나 차터 사람들은 믿지 않겠지만 여기가 행복한 곳이라고 말씀하셔. 너도 이곳으로 나온 이유가 바로 그거잖아? 사람들 말처럼 이곳이 정말 비참한 곳인지 알아보려고 했던 거잖아?"

판은 대답을 하지 않았다. 세위가 구사하는 수사법을 보면 그녀의 대답 따위는 중요하지 않았다. 아이는 다시 원기를 회복하고 이것저것 닥치는 대로 지껄여 댔다. 가끔 사람들이 퀴그를 만나기도 전에, 그러니까 진찰 대기를 하던 중에 쓰러져 죽는 일이 있다면서 혼자 찾아온 환자가 그렇게 죽어 버리면 세위가 먼저 값어치가 나가는 물건이 있는지 환자의 옷을 샅샅이 뒤져 보고 그다음에 조수들을 불러 시신을 끌고 나가게 한다는 말도 했다. 판은 자신에게 던지는 세위의 질문을 스스로 유도했던 게 틀림없다. 그녀가 길을 나선 것은 단지 레그를 찾아내기 위해서가 아니었을 것이다. 그녀는 레그가 어디로 갔는지, 또는 그가 심지어 살아 있는지에 관한 진짜 실마리를 전혀 갖고 있지 않았다. 정신이 온전한 사람이라면 어느 누가 그런 불확실성을 가지고 우리의 봉쇄 구역을 떠나려고 하겠는가? 레그가 자극제였던 것은 맞다. 그건 정말이다. 하지만 그것만으로 모든 일이 설명되지는 않는다. 결코 하나의 사람이나 사건만으로 전체가 구성되지는 않는다. 그 사람이 누군가에게 아무리 소중하고 아무리 사랑을 받는다고 하더라도 마찬가지이다. 우주와 마찬가지로 하나의 이야기는 우리가 그것을 유심히 관찰할 때마다 끊임없이 팽창한다. 종국에 가서 우리는 그 이야기가 어디에서 시작되고 어디에서 끝나는지 그리고 우리 자신이 지금 어디에 있는지조차 알 수 없게 된다.

# 6

이제, 우리의 관심을 다른 작은 줄기에 쏟아 보자. 잠시만 레그에게 특별히 집중해 볼 필요가 있다는 얘기이다. 확실히 레그는 자신을 전혀 모르고 있었다. 그는 제6건물 채소 모판 F-8에서 F-24까지의 책임자, 시-장 집안의 제4세대 구성원, 그리고 판의 처음이자 유일한 남자 친구였다.

그가 판에게는 이 세상 전부였다는 사실을 잊지 말자. 이것이 그의 개인적 자질보다 판의 제한된 경험의 범위에 더 기준한 것이라 할지라도 우리는 그가 전반적으로 얼마나 매력적인 젊은이였는지 떠올려야 한다. 말했던 바와 같이 그는 덥수룩한 머리카락을 빼고도 180센티미터나 될 정도로 신장이 매우 컸다. 그리고 무성한 머리카락은 실제보다 적어도 육칠 센티미터는 더 커 보이도록 만들었다. 우리는 물론 그의 놀라운 피부와 피부색과 손에 대해서 이미 설명했다.

그는 천성적으로 효성이 깊어 할 수 있을 때마다 동생들을 위해 딱딱한 사탕을, 그리고 어른들을 위해 찹쌀떡을 집으로 가져왔다. 그리고 쉬는 날이면 조지프 등과 놀고 나서 예외 없이 판을 데리고 나갔다. 대부분은 지하 쇼핑몰에서 스티커와 모조 보석류와 기타 장신구를 사고 여주(lychee) 스무디와 매콤달콤한 닭 날개 튀김을 그녀와 나눠 먹으면서 오후 시간 전체를 보냈다. 그는 항상 영화를 보러 가거나 게임을 하러 가거나 즉석 사진 촬영 부스로 그녀를 데려갔는데, 사진을 찍으러 갈 때마다 손바닥 크기의 구식 접이식 앨범을 만들었다. 우리가 아주 좋아하는 사진들 가운데 하나에서 레그는 빨대로 함께 나눠 마시는 음료를 마시기 위해 몸을 많이 숙이고 있고 판은 반대로 목을 길게 뽑아 올리고 있다. 그러다 보니 두 사람의 매끄러운 뺨이 서로 짓눌려 있다. 두 사람 모두 유쾌한 모의를 꾸미는 눈빛으로 사진기를 바라보고 있다. 그것은 생기가 넘치는 삶의 한 순간이고, 그들의 연애가 얼마나 아름답고 순수한지 말해 준다. 차단하려 아무리 애를 써도 가차 없이 쌓이는 삶의 모래들로부터 그들은 아직 자유롭다. 그것을 첫사랑이라 부르든 풋사랑이라 부르든 상관없다. 하지만 너무나 많은 우리 청소년들 혹은 성인들이 베게가 놓인 소형 숙박업소의 객실로 달려가 자신들의 욕정을 불태우는 일이 비일비재한 요즘 현실에서, 판과 레그는 그들처럼 쉬는 날에 그런 곳으로 달려가거나 하지 않았다. 판과 레그는 우리가 말할 수 있는 모든 이들만큼 서로 열망했다. 차이점이 있다면, 그들은 평온하게 시간을 보냈다. 그들은 시간이 그냥 흘러 지나가도록 내버려 두었다. 그리하여 그들 스스로 엉뚱한 마음을 먹을 시간을 주지 않았다. 물론 그들이 이런 식으로 연애하는 유일한 연인은 아니었다. 하지만 확실히 우리는 공공장소에서 착한 젊은이들이 상대방에게 조용히 구속되는 것을 즐기는 모습을 보게 되면 기분이 좋아진다. 그들은 기꺼이 우리가 자신들의 만족감을 이용할 수 있게 해 준다. 그런 빛은 생각보다 더 멀리 뻗어 나가고, 보는 사람의 마음을 훈훈하게 덥혀 준다.

그들이 떠나 버린 뒤로 B-모어는 예전과 같은 모습이 아니다. 우리는 그들의 초상화를 그린 벽화들에 대해 언급했는데 그것들은 밤의 어둠을 틈타 몰래 그린 것들이다. 다른 덜 눈에 띄는 기호들과 함께 그러한 그림들은 점점 우리의 일상생활의 일부가 되고 있다. 오늘날의 거리는 더 빈번하게 지저분해지는 듯 보인다. 적어도 하루에 두 번씩 도로를 청소하는데 그 사이에 엉망이 되는 것이다. 병뚜껑과 타코(taco) 포장지가 버려져 있고 놀랍게도 침 덩어리까지 보인다(셀 수 없이 많은 해에 걸쳐 지속되어 온 교육과 사회적 강화 뒤에 근절된 오랜 생각을 뱉어 내는 습관이다!). 영화관과 학교 체육 행사에서 줄을 서는 것은 기대하는 것만큼 질서정연하지 않다. 그것은 줄이라기보다는 확실히 쐐기 모양에 더 가깝다. 거대한 수조 속에서, 불과 몇 리터의 편차도 허용되지 않는 재배 시설 안에서조차 상당한 수의 치어들이 없어지는 일이 계속 발생하고 있는데, 아마도 가정에서 키우려고 가져간 것이 아닐까 생각된다.

바로 지난주에는 어떤 할아버지와 그의 아내가 지하실에 설치한 메기 양식 시설 때문에 정부 당국의 감독관들에게 붙잡혔다. 그들은 수도 계량기가 고장 났다고 믿은 감독관들의 방문을 받았다. 아무것도 모르는 어떤 아이의 안내를 받아 감독관들이 지하실로 내려갔을 때 그들은 천장까지 방을 가득 채우고 있는 수조와 파이프와 필터 등의 정교한 장치들을 보고 도저히 믿을 수가 없었다. 나머지 가족에게 해를 입히지 않기 위해 늙은 부부는 모든 책임을 떠맡고 자신들을 즉각 희생했다. 그런 뻔뻔스러운 위법 행위를 저지르고 어떻게 빠져나갈 수 있을 거라고 생각했느냐는 질문을 받았을 때, 아내는 다음과 같이 말했다고 한다.

"우리도 오래 가지 못할 거라는 걸 알았어요. 하지만 알 게 뭐예요."

알 게 뭐냐고?

이건 정말 깜짝 놀랄 만한 태도이다. 불가사의할 정도로 게을러 세 번이나 불합격당한—남아 있는 기회라고는 쇼핑몰의 수위 자리와 폐수 처리장의 잠재적으로 위험한 일자리뿐인—한 시설 지원자한테서도 들어 보지 못한 오만불손한 말이다. 말은 그렇게 형편없이 했지만 어류 수조에서 근무한 경력이 있는 여자라서, 대단치는 않지만 적당한 연금을 받아 가며 죽을 때까지 안정적인 생활을 누릴 수 있었을 것이다. 어쨌든 이것은 놀라운 일이다. 그것은 이곳의 기질과 성격이 너무 크게 변화하여 도저히 지탱할 수 없는 지경이 되어 버린 어떤 불가피한 시대를 미리 생각하게끔 만들기에 충분했다. 성역이 감옥이 되고 거꾸로 감옥이 성역이 되는 일은 제일 먼저 마음속에서 일어나지 않을까?

레그는 물론 그런 생각을 품을 사람이 아니었다. 그것은 그의 기질이 아니었다. 대신 그는 훨씬 더 희귀한 것을 지니고 있었다. 이제 확실해졌지만 그것은 B-모어나 다른 자매 정착지들에서 만약 일어나더라도 한 세대에 고작 몇 번만 일어나는 그 무엇이었다.

소문에 따르면 레그는 C-질환에 걸리지 않는 체질이었다.

그렇다. 믿기 힘든 사실이다.

호리호리하고 갈팡질팡하며 일 년 내내 미소를 머금고 있는 우리의 레그. 그는 저주로부터 벗어나 있었다! 사실이든 운명이든 간에 그는 악성 종양을 갖고 있지 않았다. 모든 사람들은 당연히 매년 혈액 검사를 받으며 그 기록이 남는다. 종합 검진과 달리 단백질, 당분, 지방, 호르몬, 비타민, 그리고 다른 수많은 수치들을 취합하고 표로 만들고 항상 모든 사람이 질병의 표식 테스트에 임하게 함으로써, 어느 한 개인의 건강 상태보다는 B-모어 사람 전체의 동향을 추적하고 밝힌다. 젊은 나이에 불쌍하게 익사한 조지프나 뇌졸중에 걸린 루비처럼 다른 무언가로 사망하는 경우는 제외하더라도, 우리의 오염된 세상은 우리 그리고 모든 사람들의 몸속에서 슬며시 그 모습을 드러낸다.

대부분의 차터 사람들은 C-질환에 대한 최신 의약품과 중재 시술 치료법을 감당할 여유가 있다. 그래서 그들 중 직접적으로 C-질환으로 인해 목숨을 잃는 사람은 극히 적다. 평균적으로 그들은 우리보다 상당히 오래, 그러니까 십여 년은 더 오래 산다. 그 대신 대다수가 어떤 '붕괴'에 굴복하게 된다. 연속 치료 그 자체나 혹은 부작용으로 주요 장기들이 하나씩 차례대로 고장이 나기 시작해서 결국에는 완전히 망가져 도무지 손을 써 볼 수 없게 되는 퇴행성 질환을 얻게 되는 것이다. 계속 연구를 하고 있기는 하지만 어느 누구도 C-질환의 원인을 알아내지 못하고 있다. 차터 사람들은 지속적인 치료와 절차가 자신들이 살면서 겪어야 하는 자연스러운 한 부분이라고 생각한다. 그러나 경제력을 감안했을 때, 우리들 중에 그런 치료와 절차를 감당할 수 있는 사람들은 불과 몇 명뿐이다. 조치는 연이어 적용되고, 적용될 때마다 점점 더 놀라운 수준이 된다. 점점 줄어드는 자산을 전적으로 여러분의 권리 혹은 여러분 그 자체를 위해 바쳐야 한다.

하지만 우리 중 몇몇은 운명의 날이 언제 닥칠지 모르는 것이 주는 이점을 알고 있다. 심각한 열병이나 요통이나 발진이 갑자기 심해져서 지속되는 그 순간까지 차라리 모르고 있는 편이 더 낫다. 손을 쓰기에는 너무 늦어졌을 때 슬라이드 환등기가 딸린 조용한 방에서 고통 완화 임시 처방을 받으며 친척과 가까운 친구들의 꾸준한 방문을 받는 편이 낫다. 방문객들의 눈물은 슬퍼서라기보다는 우리 간부의 '유산'이 여러분의 역할을 자랑스럽게 인식해서 흐르는 것이다. 여러분은 자신의 일을 했고 고심했으며 보살폈다. 여러분은 비록 대단치는 않을지라도 자신의 꿈은 중요시하지 않고 이 문제투성이의 문명에서 B-모어의 토대를 확고히 하는 데에 도움을 주었다.

그리고 여러분은 절대로 혼자 죽지 않을 것이다. 그것은 타인보다 더 오래 살기를 열망하는 차터 사람들조차 장담할 수 없는 것이다.

노령이라는 것은 한낱 숫자에 불과하다. 우리는 그 관념으로부터 벗어나야 한다! 잠을 자는 동안 떠나 버리거나 푸드 코트에서 그다지 부질없지는 않은 생각과 함께 의자를 앞으로 당기는 일처럼 나는 그냥 한순간 눈을 감을 것이다. 그것은 한 사람 그리고 모든 사람들에게 얼마나 큰 축복이 될 것인가. 레그가 그런 기회를 가졌을지도 모른다는 것은 얼마나 놀라운 일인가. 업보의 전형이라는 면에서 그것은 이해가 된다. 그는 극도로 순진한 영혼이었고 두드러진 녹갈색 눈빛이 광채보다 더 넓게 윤기를 발했던 진정한 우물 안 개구리였다.

사실 레그가 그토록 철저하게 순수한 사람이 되어 버린 것은 흥미롭다. 그의 혈통, 즉 시-장 집안의 역사는 B-모어의 출발점으로 곧장 거슬러 올라간다. 초기 이민자들 가운데 장 씨 집안은 그 궁핍한 도시에 일차로 발을 들여놓았다. 남아 있는 소수 주민들과의 다툼의 시기가 끝내 마무리되고 나서 장 씨 집안의 남자애들 가운데 하나가 윌리스라는 성을 가진 원주민 가족의 여자애와 사랑에 빠져 결혼을 했고 여러 자식을 낳았다. 그 후로 원주민과의 혼인 기록은 없는데, 다만 이후 '빛나는 내일'이라는 거리에 살고 있는 시 씨 집안사람들과 초기 몇 년 동안 광범위하게 혼인이 이루어졌다. 그런데 시-장 집안의 이후 모든 세대에서 나타나는 몇몇 희석되지 않은 특색들에 관한 피할 수 없는 농담들, 비웃음들이 있다. 이를 테면 레그의 놀라운 아프로 헤어스타일• 같은 것들인데, 그것은 분명히 윌리스 집안 출신의 그 여자애한테서 물려받은 것이다.

그런 걸 보면 피는 얼마나 지우기 힘든 것인가. 바로 그런 이유 때문에, 듣자 하니 레그가 사라지고 나서 그의 집안사람들은 특수한 버스로 병원에 실려가 검사와 재검사를 며칠 동안 받았다. 느릿느릿 걷는 할머니들에서부터 강보에 싸인 아기들까지, 모든 사람이 정밀 검사를 받고 피를 뽑혔다. 그리고 자주색 점프슈트를 입은 차터 연구진에 의해 철저한 관찰 조사를 받았다. 그들은 그 씨족의 위생이나

• Afro-type hair: 1970년대에 유행했던 흑인들의 둥근 곱슬머리 모양.

거주지 관련 내용, 심지어 요리법이 레그의 완벽한 기형을 설명할 수 있는지 확인하려고 애썼다. 그러나 그들의 노력은 실패로 돌아갔다. 우리는 종종 시-장 집안의 어린애들이 어떤 시설이나 쇼핑몰에 있다가 버스에 태워져 병원에 실려 갔지만 궁극적으로 아무런 성과도 없는 검사를 받았다는 얘기를 들었다. B-모어에서 시-장 집안사람들과 유전학적으로 얽혔다고 의심되는 다른 씨족들을 한곳에 격리시켰다는 얘기를 듣기도 했다. 소문은 빠르게 퍼져나갔다. 그것은 아마도 부정적인 영향을 끼쳤을 테지만, 요즘 우리는 판과 레그 또래의 젊은이들, 그러니까 결혼을 앞둔 한창때의 젊은이들 사이에서 '원주민의 모습'에 가깝게 생긴 B-모어 젊은이들이 눈에 띄게 인기가 많아졌다는 얘기를 듣고 있다.

말할 필요도 없이 이것은 역설적인 발전이다. 레그와 같은 머리 모양으로 만들려고 여성 전용 미용실을 방문한 남자 젊은이들이 댄스 클럽과 찻집과 게임장에 흩어져 있는 모습을 쉽게 상상할 수 있다는 건 정말 믿기 힘든 일이다. 약국에는 선탠용 크림을 발라 주는 남녀 도우미가 존재하고 외투 스타일로 '후디'라 부르는 모자 달린 재킷이나 스웨터가 크게 유행하고 있다. 후디는 어떤 진취적인 10대 청년이 비디오 기록 보관소에서 발견한 디자인으로, 청년은 자기 엄마한테 디자인을 맡기고 자치주의 어떤 공장에서 제품을 만들어 시나몬 설탕 말라사다•처럼 옷을 다스 단위로 팔았다. 그 옷은 어떤 존경할 만하고 기품 있는 사람을 의뭉스럽고 어깨가 축 처진 땅속 요

• Malasadas: 구멍이 없는 도넛의 일종.

정으로 탈바꿈시킨다.

우리가 생각하는 것만큼 그리 오래되지 않은 옛날에, 레그의 외모를 하고 있는 사람들에 대해 공공연히 얘기되던 때가 있었다. 사람들은 마치 그들이 눈이나 귀가 없다는 듯 그들의 면전에서 대놓고 말했다. 아마도 공원을 한가롭게 거닐고 있는 한 젊은 어머니와 초기 이민자의 피가 별로 섞이지 않은 아이들이 있었을 것이다. 그들의 그런 풍경만 보고도 참견하기 좋아하는 어떤 아줌마는 자기 친구한테 이렇게 말했을지 모른다. "저런 납작하고 작은 코로도 숨을 쉴 수 있구나!" 또는 "겨울 해가 저 사람들을 더 검게 만들고 있네." 또는 "정말 매력적인 여자야!" 같은. 그런 이야기가 공원이나 쇼핑몰이나 시설 구내식당의 분위기를 그리 많이 망치지는 않았다. 그리고 박수갈채나 칭찬을 받을 만한 일은 아니었지만 그렇다고 견딜 수 없을 정도는 분명 아니었다. 굳이 비유를 하자면 그저 쾌적한 날이 될 수도 있었는데 무더위 때문에 약간 불편한 하루 정도의 느낌이었다.

우리가 훨씬 어리고 아직 B-모어의 면면에 대해 몰랐을 때, 우리 구역의 씨족 연립 주택에 사는 어떤 아저씨가 있었다. 아저씨의 이름은 켈렌 입이었다. 아저씨와 그의 아내 버지니아는 다른 가족이 없었다. 아이를 갖고 싶지만 그럴 수 없는 부부였다. 한동안 아저씨는 종종 쉬는 날이나 근무 시간 후에 우리와 놀아 주었다. 우리는 거리에서 잡기 놀이를 하거나 축구를 했다. 켈렌 아저씨는 아저씨들과 아주머니들 가운데 우리가 가장 좋아하는 분이었다(나이가 지긋한, 우리의 진짜 육촌과 팔촌 친척들은 우리를 충분히 사랑스럽게 대해 주었지만 우리를 대체로 먹여 주고 저 멀리 떨쳐 버려야 할 성가신 땀투성이 개구쟁이들로 여겼다). 켈렌은 작고 여윈 사람이었는데 아마 옷을 다 차려입어도 몸무게가 55킬로그램을 넘지 않을 것이었다. 하지만 그는 동작이 날렵했고 몸매가 탄탄했다. 돌이켜보면 그는 우리의 기술 수준에 맞추어 자신의 능력을 낮추는 데에 아주 능숙한 사람이었다. 그는 마치 서커스 동물을 다루듯이 축구공을 발에서 무릎으로 그리고 또 어깨로 자유자재로 옮길 수 있었다. 우리가 패기만만한 모습을 보이거나 공격적으로 또 충분히 잽싸게 움직일 때면 그는 우리가 공을 차지할 수 있도록 일부러 느슨한 움직임을 보였다. 공을 낚아채던 때의 그 기분을 뭐로 설명할 수 있을까! 그때의 의기양양하고 뿌듯한 기분은 이루 말할 수 없을 정도였다. 우리는 패자에 대한 약간의 본능적인 멸시가 섞인 오만함을 내비쳤다. 그는 우리의 머리카락을 헝클어뜨리고 우리가 쏜살같이 달려 나가면 우리 이름을 소리쳐 불렀다.

놀이를 마치고 나면 그는 우리와 함께 현관 계단에 앉아 옛날에 있었던 일들을 들려주었다. 그러고 있으면 버지니아 아주머니가 하얀 플라스틱 그릇에 담은 삶은 땅콩과 잔에 따른 아이스티를 내어주곤 했다. 축축하게 젖은 땅콩 껍질이 부서지면서 약한 소리를 내는 사이사이에 아저씨는 초기 이민자들의 생활이 어떠했는지 들려주었다. 물론 그들은 아저씨가 태어나기도 전에 살다 간 사람들이었다. 아저씨는 자신의 증조부모한테서 초기 이민자들의 삶에 대한 이야기를 들었다. 그가 들려준 이야기가 학교에서 배운 내용이나 역사박물관에서 비디오로 시청한 내용과 정확히 일치하지는 않았다. 모든 사람이 맡은 바 업무에 집중하도록 하는 지도자들의 훈육과 단합된 의지 덕분에, 초기 이민자들은 자신들을 둘러싸고 있는 절망적인 허무를 탈바꿈시킬 수 있었다. 박물관의 비디오는 그런 이민자들의 성공적인 노력을 담고 있었다.

켈렌 아저씨는 트럭 운전사였다. B-모어의 신선한 생산품들을 차터의 마을들로 실어 날랐고 그곳에서 팔리지 않은 생산품들과 중고 의류와 가구, 그리고 기타 버린 물건들을 모아서 자치주 판매자들에게 가져다주었다. 그는 청량음료를 단숨에 꿀꺽꿀꺽 삼키고 나서 손등으로 이마를 쓱 닦곤 했다. 짧게 깎은 희끗희끗한 머리카락에서 땀방울이 반짝거리는 것을 볼 수 있었다. 아저씨는 나이만 더 먹었을 뿐이지 머리 모양은 우리와 같았다. 그는 우리 중 한 명에게 B-모어 역사에 관한 평범한 질문을 던지면서 이야기를 시작했다. 이를 테면 "초기 이민자들 가운데 자영업을 제일 처음 시작한 사람은 누구였지?"와 같은 질문이었다. 그러면 상대방의 기분을 맞춰 주려고 애쓰는 우리 같은 학생들은 큰소리로 "우 강슈!"라고 대답하고 나서 그 사람이 팔았던 물건들에 대해 "부엌과 욕실의 상하수도 설비 용품!"이라고 소리치곤 했다. 그러고 나면 그는 사실 이민자들이 도착했을 때에 이미 수많은 가게들이 존재하고 있었음을 우리에게 상기시켜 주곤 했다. 그것들은 계속 한자리에 머물러 온 소수의 토착민이 운영하는 가게들이었다. 재산에 대한 그들의 소유권과 임대차 권리는 일방적으로 무효가 되어 그 당시 새로운 정부 당국에 넘겨졌다.

우리들 가운데 지나칠 정도로 자신감 넘치는 친구는 이렇게 말했는지도 모른다.

"하지만 이렇다 할 만한 진짜 주민들은 없었어요. 그리고 그런 가게들은 망해 가고 있었고요!"

그러면 켈렌 아저씨는 눈썹을 치켜뜨면서 대답했다.

"그들이 아주 오랫동안 어려움을 겪고 있었다는 사실을 알아야 해."

우리가 그게 무슨 말이냐고 묻자 그가 대답했다.

"기존의 도시가 사회적으로 빈곤해서 학교를 채울 주민도, 버스를 이용하거나 가게에서 물건을 살 주민도 부족했던 건 사실이지만 그 당시에도 분명히 학교, 버스, 작은 가게들이 있었고 순찰 중인 경찰이 있었단다. 그리고 비록 아주 훌륭하게 해내고 있지는 못했다고 하더라도 그 모든 것을 감독하는 정부 기구 역시 존재했단다. 그 사회는 삶을 간신히 겨우겨우 꾸려 가고 있었고, 여전히 고집스럽게 그렇게 해 나가고 있었지. 만약 그 사람들이 우리 이민자들이 가졌던 기회를 얻고 자기들 나름대로 B-모어를 새롭게 만들었더라면, 그 사회도 발전을 이루었을지 몰라. 하지만 결국 그 사람들 대부분은 B-모어 대신 바깥 자치주에 정착하고 말았단다."

이민자들이 도착하고 나서 모든 토박이 주민들이 떠나 버린 것은 아니었다고 켈렌 아저씨는 말했다. 예전의 병원 단지 근처에 살던 상당수의 주민은 주의 서쪽에 있는 버려진 대학 캠퍼스로 내보내려는 정부의 이주 계획을 거부했다. 그들을 강제로 퇴거시키려는 시도가 있었지만 아이들을 포함해서 수십 명의 사람들이 그러한 시도 중에 불이 붙은 아파트 건물 안에서 목숨을 잃자 할 수 없이 그들을 그대로 살도록 내버려 두었다. 그렇지만 그들에게는 더 이상 공공시설이 제공되지 않았다.

"공원 사람들!" 우리는 그렇게 비웃었다. 역사 수업 교재에는 토박이 주민들이 그렇게 묘사되어 있었다. 그들이 나중에 거대한 도시 공원과 합병되었으므로. 거의 한 세대 동안 그들은 그들의 결함 있는 에덴동산에 자리 잡고 있었다. 역사 교재에 그 시기에 대한 짤막하지만 오래도록 기억에 남는 단원이 있었는데, 거기에는 초기의 시위와 그 뒤의 폭동, 그리고 마지막으로 무수히 생겨난 텐트 도시의 사진이 실려 있었다. 공원 사람들은 자기들한테 일자리가 전혀 남아 있지 않고 도시에서 제공하는 서비스가 끊긴 터라 자기들은 먹을 것을 키우고 땔감을 거두고 우물을 뚫을 수 있는 땅이 필요하다는 주장을 펼쳤다. 하지만 역사 기록을 보면 그들이 정착을 끝마칠 무렵에는 이미 모든 나무가 베어졌고 연못은 가축 분뇨로 가득한 구덩이가 되어 있었으며 대지는 악용되거나 방치되어 아무것도 생산해 내지 못하고 있었다. 그들은 심지어 새우 양식을 시도해 보았지만 정부 당국으로부터 엉뚱한 설비와 시늉뿐인 지원을 받는 바람에 그들의 물만 오염시키는 결과를 낳고 말았다.

지금 그곳은 보통의 공원 모습으로 되돌아가 있어, 쉬는 날 날씨가 맑으면 무척 인기가 좋다.

"하지만 밖에서 과일과 채소를 기르는 일이 얼마나 어려운지 아니?"

켈렌 아저씨가 우리에게 말했다.

"우리는 우리의 재배 시설이 얼마나 이상적으로 작동하고 있는지 잊고 있어. 해충도 없고 악천후도 없지. 오염도 되지 않았고 영양분이 풍부한 배양액을 쓰고 있어. 그리고 지금 너희 모두는 어릴 때부터 극대화된 생산 기법들을 배우고 있다. 우리가 이 방면에서 통달했다고 너희가 믿는 것은 지극히 당연한 일이겠지."

"그럼 아저씨는 우리가 그렇게 믿고 있지 않다고 생각하신 거예요?"

그는 코웃음을 쳤다. 그는 종종 소리 나지 않게 땅콩을 우물우물 씹어 먹으면서 우리가 던지는 질문들에 제대로 대답하지 않았다. 그것은 그가 별다른 견해가 없어서가 아니었다. 그는 자신의 입장을 우리에게 기계적으로 심어 주기보다는 우리가 스스로 나름의 견해를 만들어 나가는 모습을 보길 원했다. 그가 기대한 바대로 우리는 즉각적으로, 그리고 행복하게 그런 견해를 만들어 나갔다.

"중요한 건 그게 아니야."

그가 말했다.

오랜 세월이 지난 지금까지도 우리는 그가 무슨 뜻으로 그런 말을 했는지 제대로 모르고 있다. 어쩌면 그래서 우리가 그를 그토록 잘 기억하고 있는지도 모른다. 우리는 과거의 어떤 사람이 했던 특별한 말이나 행위 때문에 그 사람의 영향을 받을 수 있다. 때로는 그 사람의 됨됨이나 태도가 가장 깊은 곳에 각인되어서 우리로 하여금 고양된 시각으로 자신의 삶의 어떤 시기를 되돌아보게 만들기도 한다. 깊이 각인이 되어 버린 것들은 지금 이 순간까지 우리를 떠나지 않고 있다.

그 뒤로 두어 차례 쉬는 날 우리는 꼭대기 층으로 올라가 그의 침실 문을 두드렸다. 연립 주택 다락방들은 가장 작아서 항상 자식이 없는 부부에게 돌아갔다. 버지니아 아주머니가 문을 열더니 아저씨가 차를 몰고 나갔다고 말했다. 쉬는 날 켈렌 아저씨가 차를 몰고 나가는 것은 보기 드문 경우였다. 남는 차가 없는 경우도 있었고 큰 행사가 있어 어떤 마을로 급하게 생산품을 보내야 할 경우도 있었으며 누군가가 차를 타야 하는 일이 있는 경우도 있었다. 대부분의 사람들처럼 켈렌 아저씨는 부지런한 일꾼이었고 B-모어에 이득이 될 만한 일이라면 무엇이든 헌신적이었기에, 그가 자원 봉사를 하겠다고 나섰을 때 전혀 놀랍지 않았다. 그 다음번에 찾아갔을 때 아주머니는 아저씨가 기침 감기에 걸려 자고 있다고 말했다. 운 나쁘게 걸린 듯했다. 그 다음번 쉬는 날에 우리는 버지니아 아주머니가 부엌에서 차를 끓이는 것을 보고 위층으로 올라갔다. 문을 두드리며 불러 보았지만 분명히 안에서 움직이는 소리는 나는데 아무런 응답이 없었다. 우리는 우리가 아저씨를 실망시켰거나 심기를 건드렸을지도 모른다고 생각했다. 우리는 우리가 아저씨한테 무례하고 거만하게, 그리고 지나치게 친하게 굴었다고 서로를 비난했다. 그리고 물론 고의는 아니었겠지만 아저씨의 정강이를 너무 자주 걷어찼다며 서로 티격태격했다. 당국이 일부 주민들에게 중앙 병원에 가서 검사를 받으라는 공고문을 게시하지 않았더라면, 우리는 계속해서 서로를 질책했을 것이다.

한 달 전, 그러니까 아저씨가 우리한테서 멀어져 갔을 바로 그 무렵에 B-모어의 우리 모두는 간 질환 검사를 위해 병원에 다녀왔다. 하지만 이번 공고문은 그중 몇 사람만을 소환하고 있었다. 소환되는 사람들의 명단이 집안별로 정리되어 정착지의 모든 스크린들, 즉 휴대전화와 집, 시설과 쇼핑몰의 스크린이란 스크린에 모두 떴다. 자연스럽게 누가 원주민의 피가 섞인 사람인지 알려졌는데, 이전에는 콕 집어서 누구라고 공식적으로 지명된 적은 결코 없었다. 어쨌든 퍼센트는 매우 적었고 우리는 어려서 그런 것들에 별로 신경을 쓰지 않았었는데 놀랍게도 우리의 먼 친척 가운데 한 사람이 명단에 올라 있었다. 바로 버지니아 아주머니였다.

그녀는 토착민의 피를 가졌을 거라고 사람들이 가장 마지막까지 생각하지 못한 사람이었다. 그녀는 우리 집안사람과 결혼해서 한 가족이 되긴 했지만 피부가 매우 창백했다. 사실 우리 대부분보다 더 희었는데 햇볕을 받으면 피부가 불그스름해졌다가 금방 까무잡잡해지는 경향이 있었다. 그녀는 키가 작은 편인 데다 당시 B-모어의 많은 나이 든 사람들처럼 말할 때 신중국 억양이 약간 섞여 있었다. 켈렌 아저씨는 처음 학교에 들어갔을 때부터 그녀와 알고 지냈다. 그녀의 부모와 형제자매들은 모두 초기 이민자의 후손이었다. 적어도 그렇게 보이기는 했다. 그래서 무슨 일이 벌어진 것일까? 당국은 증거가 되는 가계도 같은 정보를 어딘가에서 입수한 듯했다. 우리도 정확히는 알 수가 없다. 우리가 아는 것은 켈렌 아저씨가 그 뒤로 적어도 한동안은 거의 눈에 띄지 않았다는 사실뿐이다. 아침이면 그는 집에서 차려 주는 아침 식사를 거르고 트럭 운송 차고로 갔다. 가는 길에 어딘가에 들러서 먹을 것을 사는 듯했다. 업무의 성격상 위험할 수도 있는데 그는 야간 운전을 지원했고 자치주의 엄청난 땅을 통과해야 했다. 쉬는 날에도 아저씨와 버지니아 아주머니는 계단을 잘 내려오지 않았다. 설사 계단을 내려오는 일이 있더라도 마치 직장에 늦은 사람처럼 부리나케 밖으로 나가 버렸다. 그때 그들은 어디로 갔을까? 찻집의 저 안쪽 구석진 곳으로 갔을까? 아무도 알아보는 사람이 없어 마음 놓고 걸을 수 있는 대공원으로 갔을까?

어느 날 우리 사촌들이 아저씨와 아주머니가 아침을 먹으러 내려오지도 않았고, 심지어 스쳐 지나가지도 않았다고 말했다. 문제가 없는지 알아보려고 계단을 올라갔을 때, 그들은 문이 잠겨 있는 것을 발견했다. 침실용 탁자에 놓인 전등은 아직 불이 켜져 있었고, 비좁고 천장이 낮은 방은 항상 그렇듯 깔끔하게 치워져 있었다. 2인용 침대의 레이스로 장식된 침대보 모서리들은 매끈하고 팽팽하게 집어넣어져 있었다. 달라진 것 딱 한 가지는 한쪽 구석에 서 있는 옷장이었다. 텅 비어 있었다. 선반의 세면도구와 다른 개인 용품들도 싹 치워져 있었다. 차고에서 다른 사촌들이 우리에게 켈렌 아저씨가 그날 아침 자기 아내를 데리고 일터에 나타났다고 말했다. 안전상의 이유로 권할 것은 못 되지만, 특히 장거리 여행을 떠나는 경우에 부부가 함께 나타난 전례가 아예 없는 것은 아니었다. 하지만 그들은 처음 들른 곳을 지나 다른 어디에도 투숙하지 않았고 더 이상 어떠한 연락도 없었다. 그들은 그렇게 사라져 버렸다.

그 뒤로 두 주 동안 우리는 날마다 그들이 돌아오기를 기다렸다. 우리 어린이들은 구역의 끄트머리에 망보는 보초를 한 명 세우기로 우리 나름의 결정을 내렸다. 보초를 설 수 있는 시간이라고 해 봐야 방과 후나 쉬는 날뿐이었지만, 우리는 우리가 준비가 되어 있을 때에만 그 부부가 다시 나타날 거라고 믿었던 것 같다. 우리는 구석 벤치에 앉아 게임을 하거나 비디오를 보면서 왜 아저씨와 아주머니가 떠나기로 결정을 했는지에 대해 의견을 주고받았다. 쉬는 날의 어떤 모임에서 씨족의 구성원들 몇 명이 맥주를 진탕 마시고 나서 버지니아 아주머니가 그 두 번째 소환 대상자 명단에 오른 것에 대해 모진 말을 내뱉었을 수 있었다. 어쩌면 그녀는 사촌 결혼식에 참석하지 말아 달라는 부탁을 받았는지도 몰랐다. 그녀의 존재, 그 자체 때문이 아니라 그것이 다른 씨족 안에서 불러일으킬지도 모르는 불필요한 소란 때문에. 어쩌면 쇼핑몰에서 무언가 잘못이 있었는지도 몰랐다. 어떠한 새로운 정책이 수립되어 지침이 내려온 것도 아니었는데 일부 가게들은 그들의 일일 홍보물 아래에 명단을 실었으니까.

그러나 진실은 우리가 그런 명단 같은 것을 보고 난 후에, 다른 곳에서도 그것을 찾기 시작했다는 것이다. 어느 정도 시간이 흘러 그것을 보지 못하게 되었을 때, 우리는 더 이상 명단을 찾지 않거나 마음을 놓는 대신 이상하게도 뭔가 불안정한 느낌을 받았는지도 모른다. 마치 자신의 뱃속에 있는 무언가가 뽑혀져 나간 느낌이었다고나 할까. 사실 생각보다 우리가 훨씬 더 배가 고픈 상태였다는 걸 깨닫게 해 준 고통스러운 메스꺼움이었다고나 할까. 우리가 배우자나 친구에게 조급하게 군 이유이고, 우리가 우리 아이에게 톡 쏘아붙인 이유이다.

이 모든 것은 의도된 것이었을까? 어떤 조작이었을까? 다시 말하지만 새로 도입된 어떠한 B-모어 규정도, 규제도, 계약도 없었다. 주기적으로 전달되고 있는 관례 권고들, 이를테면 스쿠터를 연석에 세울 때는 45도 각도로 세워야 한다는 내용 같은 것들도 사실은 강력한 권고 사항들이 절대 아니다. 어느 누구도 지나친 좌천을 겪거나 해고된 적이 없다. 타 지역으로 퇴출된 사람도 없다. 그리고 그런 비슷한 명단은 이후 두 번 다시 게시되지 않았다.

떠나기로 결정한 사람들은 켈렌 아저씨와 버지니아 아주머니를 포함해서 불과 소수의 B-모어 사람들뿐이었다. 몇 주가 더 지나도록 그들로부터 아무런 소식도 듣지 못하자 우리는 앞으로도 결코 소식을 듣지 못할 거라는 걸 알았다. 나이가 지긋한 우리 사촌들 가운데 한 명은 자신과 아내의 짐을 꾸린 다음 허락도 구하지 않고 위층의 비어 있는 다락방으로 짐을 옮겼다. 그렇게 해 버리면 끝이었다. 하나의 단계는 다음 단계로 이어졌다. 왕국은 조금의 흔들림도 없이 변화해 가고 있었다. 새로운 입주자들은 자식들이 너무 많아져서 그 비좁은 방에서 더 이상 살 수 없을 때까지 줄곧 그곳에 머물렀다. 그들이 방을 떠나야 할 무렵에 켈렌 아저씨와 버지니아 아주머니는 단지 빛바랜 기억이었다.

요즘 우리는 토착민과 이민자의 시기부터 바로 지금까지 내려온 우리네 '말뭉치(corpus)'의 다양한 유산을 받아들이고 있고, 우리 모두가 합의한 대로, 그런 유산에 지나치게 머물지 않는 한 조화롭게 어울려 살고 있다. 우리는 갈등을 원치 않는다. 지금에 와서 돌이켜 보면 당시에 더 많은 드잡이와 심지어 노골적인 싸움이 학교에서 벌어졌다. 그것은 전에는 거의 없던 현상이었다. 구내식당과 운동장과 푸드 코트에서 거의 찾아볼 수 없었던 몇몇 패거리들이 갑자기 눈에 들어오기 시작했다. 우리가 한창 자라나던 몇 년 동안에 토착민의 피가 섞인 씨족끼리 전보다 더 자주 짝이 맺어졌다. 그래서 레그 같은 사람이 그런 외모를 가지게 되었다. 가장 작은 부분들이 결합하여 반전이 일어났고, 뜻하지 않은 답을 얻게 된 것이다.

* * *

그렇다면 동일한 셈법으로 레그가 C-질환에 걸리지 않게 된 것일까? 사람들은 모든 운명이 정해져 있는 거라고 말하지만 레그와 판과 관련된 이번 운명은 신비주의자의 향에서 피어오르는 연기처럼 누가 봐도 분명히 있지만 거머쥘 수는 없는 특성을 보여 주는 것 같다. 이 연인의 기다란 띠 같은 흔적은 우리를 궁극적으로 어디로 이끌 것인가? 우리는 얼마나 멀리, 그리고 높이 올라갈 수 있을까?

이것이 모든 다른 질문들을 둘러싸고 있는 질문이다.

판은 사랑을 위해 B-모어를 떠났지만 아마 사랑만을 위해서는 아니었을 것이다. 인근에서는 그들의 관계에 대한 구비 설화가 꾸준히 자라나고 있다. 그들이 자주 드나들었던 게임장과 그들이 가장 좋아했던 음식점에 대한 잡다한 일화들이다. 젤라토 가게 주인이 보지 않을 때 레그가 장난스럽게 유리 칸막이 너머로 손을 뻗어 젤라토 통 속에 스푼을 찔러 넣어 판이 공짜로 아이스크림을 맛보았다는 식의 이야기들. 그들의 좀 더 친밀한 순간들에 대한 이야기도 있다. 가장 가까운 공원에서 그들이 다른 젊은 연인들과 함께 연인들의 작은 빈터에 담요를 깔고 앉아 있었다는. 거기에서 그들이 이어폰을 하나씩 귀에 꽂은 채 음악을 함께 듣고 당연히 서로의 뺨을 비비고 키스를 했다는. 그들은 처음으로 진정한 연애를 하고 있었고 열여섯 살과 열아홉 살은 이제 어엿한 나이라, 사람들은 그들이 작은 여관을 몰래 드나들고 있었던 게 틀림없다고 말할 수도 있다. 하지만 놀랍게도 그들은 그런 짓을 하지 않았다. 그것은 작은 여관의 숙박부가 보여 주고 있다. 그 둘을 잘 아는 사람들은 판과 레그가 공원과 카페에서, 그리고 집안 모임의 언저리에서 서로에 대한 애정을 기꺼이 보여 주었다고 주장하면서 그들이 여관을 드나들지 않았다는 것을 확증해 준다. 각자의 집에는 친척들이 너무 많아서 단 둘이 함께 있을 수도 없었다. 따라서 모든 이야기를 종합해 볼 때, 그들은 한동안 순결을 지키고 있었다.

확실히 그들은 만족한 생활을 하고 있었는데 어느 시점이 되어 둘의 사랑이 정점에 달했던 것으로 보인다. 그것은 분명히 판의 주도로 이루어졌을 것이다. 다행히 레그는 자신의 현재 위치를 매우 만족스러운 상태가 아닌 것으로는 결코 볼 수 없었던 젊은이였기 때문에. 그는 본질적으로 무언가를 갈망하는 사람이 아니었다. 비록 겉으로 티가 나지는 않았지만 우리는 판이 그와 정반대라는 것을 예상했어야 했다. 그들의 휴무일 여행 일정을 짜던 사람은 판이었다. 음료수와 과자를 챙긴 사람도 그녀였고 스쿠터를 몰았던 사람도 그녀였다. 레그는 그녀의 뒤에서 화분에 심은 어린 야자나무처럼 두 팔만 활짝 펼치고 있었다. 우리는 판이 자기 아이의 아버지를 찾아 B-모어를 떠났다는 그 사실을 설명하기 위해 레그가 사라지기 바로 전날 밤 그 두 사람이 뒤엉켜 있는 모습을 머리에 그리는 것을 원치 않는다.

# 7

퀴그의 시설을 날마다 오가는 불쌍한 사람들은 제쳐 두더라도, 그곳에는 아이들을 포함해서 40여 명이 머물러 있었다. 그들 가운데 거의 대부분은 로린처럼 처음에 환자의 입장으로 왔다. 환자와 동행했다가 환자가 죽어 버리면 남은 사람은 시설이 필요로 하는 어떤 기능이나 서비스를 수행할 수 있을 경우에 눌러 앉을 수 있었다. 그중 퀴그가 독단적으로 선택한 운이 좀 더 좋은 사람들은 날개 모양의 안채에 있는 여러 개의 방 가운데 어느 하나에서 살 수 있었다. 나머지 사람들은 언덕을 조금 내려가면 보이는 산비탈의 판잣집 마을에서 살았다. 여러 해에 걸쳐 비좁은 머리 높이의 오두막들이 세워졌고 기존의 외벽에 새로운 외벽이 덧붙여지면서 내부를 오려 내는 식으로 해서 벌집처럼 빽빽하게 들어찬 방의 모습을 갖추게 되었다. 꼭대기에서 시작해서 다양한 사람들의 집을 통해 아래로 내려가면 결국 바닥에 닿을 수 있었다. 바닥에서 올려다보면 물결 모양으로 골이 진 플라스틱과 합판과 아스팔트 지붕널과 방수포를 볼 수 있었다. 그것은 기록 보관소에서나 찾아볼 수 있는 유럽이나 남미의 어느 고대 산비탈 도시의 미니어처라고 할 수 있었다.

여러분은 이것이 세위가 오두막집들 사이로 판을 처음 안내해 주었을 때 그녀가 보았던 광경이라고 상상할 수 있다. B-모어를 떠난 지 2주가 지나자 그녀의 다리는 거의 다 나았다. 그녀가 입은 부상은 다행히 뼈에 난 타박상 정도인 듯했고, 판의 육체적 건강 상태가 워낙 좋았기 때문에 치유되는 속도가 빨랐다. 우리는 때때로—전성기에 있는 가장 경험이 많은 수조 잠수부들과 비교해 봐도—판이 B-모어 역사상 가장 뛰어난 잠수부가 될 가능성이 있었다는 사실을 잊어버린다. 몸이 자라면 자랄 수록 그녀는 어느 누구보다 강해졌다. 그녀는 쪼그려 앉은 채로 자기 덩치가 감당할 수 있는 기록적인 무게를 들어 올릴 수 있었다. 그리고 앞에서 말한 바와 같이, 그녀는 몸 안의 모든 세포가 터져 나와 기적적으로 반대편으로 날아갈 것이 확실해 보이는 시점까지, 음속에서 풀려난 이음새 없는 고요에 변화가 목격되는 시점까지 숨을 참을 수 있었다. 그것은 남다른 의지의 문제이다. 밤에 다리를 한껏 구부리거나 뻗으면서 판이 창고에서 이용한 것이 바로 그 의지였다. 종종 그녀가 그런 동작을 취하는 동안 세위는 옆에서 이야기를 풀어 놓았다. 그녀는 힘을 기르기 위해 세위가 더 가져다준 두유와 배배 꼬인 닭고기 포를 억지로 삼켰다. 무엇보다 퀴그가 부상을 살펴보려고 예기치 않게 나타나 차갑고 거친 손끝으로 드러난 허벅지를 만질 때, 몸을 움찔하거나 떨지 않았다. 그녀는 퀴그와 시설의 다른 모든 사람들로 하여금 그녀가 아직 어린아이라고 여기게 만드는 것이 자기 자신을 가장 안전하게 지켜 줄 수 있는 방법임을 알고 있었다. 그걸로 길게 버틸 수는 없었겠지만.

그녀의 계획은 혼자서 출발할 수 있을 정도로 다리가 강해졌다는 확신이 들 때까지 기다리는 것이었던 것 같다. 이것은 우리가 알고 있는 것을 근거로 놓고 보았을 때 놀라운 일로 보인다. 왜냐하면 우리는 다음과 같이 한 번 더 자문해야 하기 때문이다. 그렇게 황급히 처음으로 B-모어를 벗어날 때, 그녀는 무슨 생각을 하고 있었을까? B-모어를 떠난 첫날 밤에 퀴그의 차가 그녀를 치고 부상을 입혀 안식처와 음식을 갖춘 장소로 그녀를 데려온 것은 터무니없는 행운이거나, 아니면 운명이었다. 퀴그의 시설은 사람들이 다른 정착지, 마을, 시설의 이야기를 자연스럽게 나누는 곳으로, 그 지역 자치주에서 일종의 교차로 역할을 했다. 우리는 판의 앞뒤 살피지 않은 행동이 가혹한 운명인지 아니면 행운인지에 대해 영원토록 논의할 수도 있겠지만, 그보다 판이 우리를 남겨 두고 떠났을 때 그녀의 마음속에 희망도 의식도 없었다는 사실에 주목해야 한다. 그녀에게는 자신의 행복과 레그와의 기껏해야 희박한 재결합 가능성에 대한 맹렬한 목적의식과 평상시에 하던 이성적 고려를 무시할 수 있는 수용력 밖에 없었다. 그녀의 시도는 잘못된 판단에서 비롯된 것이었고, 어쩌면 누가 보더라도 미친 짓이었다. 그것은 어느 날 잠에서 깨어나 산꼭대기에서 내려다보이는 풍경을 상상하는 일을 멈출 수 없어서 킬리만자로를 오르기로 마음먹는 것과 흡사했다. 풍경이 너무 매력적이고 아름다워 금세 위태로운 바위 턱에 도달했는데 몸을 돌려 내려갈 수는 없는 지경에 빠진 경우와 유사했다. 피해야 하는 상황이라고 말하기는 쉬운, 우리가 두려워하면서 동시에 갈망하는 그런 것. 이해를 거부하는 어떤 내부의 힘이 우리를 우리 자신이 꿈꾸는 사람으로 재탄생시키는 것일까?

판이 건강이 회복되어 팔다리를 마음대로 움직이게 되었을 때, 세위는 그녀를 데려가 안채와 오두막들뿐 아니라 건물 주변의 땅까지 구경시켜 주었다. 때는 9월 중순으로 날씨는 아직 여름의 한복판에 있었다. 흰 떡갈나무와 검은 벚나무와 솔송나무와 셀 수 없이 많은 다른 종류의 나무들의 이파리들이 강렬한 햇볕에 시들고 빛이 바래져 있었다. 나무들은 메마른 바람 속에 빼곡하게 들어차 있었지만 바람을 에워쌀 정도로 이파리가 무성했다. 그것들은 산꼭대기와 그 바로 아래쪽의 경사가 가파른 산비탈, 그리고 느리게 흘러가는 강물과 개울물의 둑까지 온통 뒤덮고 있었다. 처음 오두막에서 산비탈을 걸어 내려오기 시작한 그 순간부터 그녀는 나무들의 밀도를 보고 깜짝 놀랐다. B-모어의 학교 교재들과 저녁 방송 프로들은 자치주의 풍경을 초목이 대부분 제거되어 곤충들과 땅에 사는 설치류를 제외하면 야생동물이 전혀 없는 곳으로 생각하게 만들었다. 그러다 보니 누구나 자치주를 먼지투성이의 허허벌판, 그리고 대형 재배 시설과 차터 마을들을 잇는 주요 도로망으로 기워진 도로변의 더러운 빈민가들로 생각하기 마련이었다. 판은 B-모어의 공원 나무들에 익숙해져 있었다. 마지막 한 그루까지 그늘을 제공할 수 있도록 포장된 인도와 행상인의 대로를 따라 전략적으로 배치되어 있거나 혼자 있는 시간을 위한 나무 그늘로 만들어졌거나 인공 연못의 둑 위에 점점이 심어져 있는 나무들. 발로 젓는 배를 타는 사람들은 물을 헤치고 물가로 가서 자신들의 배를 나무의 몸통에 묶어 둘 수도 있었다. 그 나무들은 곧고 길게 난 거리를 따라 연립 주택 두 채마다 한 그루씩 심어져 있었다. 견과나 열매 껍질이나 꽃가루가 너무 많이 떨어지지 않는, 관리가 쉬운 품종이었다. 서로 이웃하고 있는 두 가정이 나무 한 그루를 똑같이 돌보면서 정해진 높이와 둘레가 되도록 가지를 잘라 주었다.

물론 퀴그의 시설 근처 산비탈에도 톱으로 베어 넘어뜨린 나무의 몸통들이 많이 흩어져 있었다. 하지만 뜨문뜨문 나무를 잘라냈기 때문에 안채와 오두막들은 여전히 숲으로 빙 둘러싸여 있었다. 숲의 주변은 '소년단'이라 불리는 단체가 순찰을 하고 있었다. 10대 후반의 아이들이 몇 명 포함되어 있긴 했지만 그들은 전혀 소년이 아니었다. 대부분 보안 업체나 군대에서의 경험이 있거나 그런 곳에서 훈련을 받은 사람들이었다. 다른 모든 사람들과 마찬가지로 각 개인이나 그들의 배우자는 아마도 가장 절박한 순간에 퀴그의 치료를 받았다. 이런 이유로, 또 비슷한 빚을 진 그들의 친척들, 친구들과의 유대 때문에 그들은 퀴그와 시설의 전반적인 복지를 위해 매우 헌신적이었다.

세위는 그 단체에 가입하기를 갈망했다. 지역을 정찰하고 강도를 막고 다람쥐와 마멋을 사냥하는 일 대신 표를 나눠 주는 지겨운 일을 해야 하는 자신의 신세를 판에게 한탄했다. 그는 자기가 그토록 원하는 소년단 일을 하면서 남은 인생을 보내고 싶다고 말했다. 어깨에 소총을 걸치고 있는 소년단 한 쌍을 볼 때마다 그는 그들을 향해 열렬하게 손을 흔들었다. 그들이 그다지 열렬하게 손을 흔들어 주지 않으면 세위는 자신의 곤경을 또다시 한탄하곤 했다. 판은 그런 그를 보며 때때로 자신이 있었던 곳이 얼마나 작았는지에 대해, 그리고 자신이 처한 상황의 가망에 대해 생각했다. 이런 곳에서조차 어떤 소년의 대수롭지 않은 소망이 그를 속박하고 있었기 때문에.

판은 처음에 몸이 아픈 사람들과 불쌍한 사람들의 대기 행렬을 세위가 관리하는 것을 도와주는 역할을 했다. 그녀는 세위가 어떻게 번호 적힌 표를 나눠 주고 사람들이 퀴그의 진찰을 받으러 안으로 들어갈 때 어떻게 표를 다시 거둬들이는지를 지켜보았다. 자주 일어나는 입찰로 인해 일은 혼란스러워졌다. 줄을 서 있던 사람들이 자기 앞의 몇 명을 건너뛰어 앞쪽으로 오더니 다시 거기서 건너뛰어 더 앞으로 왔다. 판은 표를 모두 없애 버리고 도착한 순서대로 자리를 차지하는 줄 옆에 입찰자들의 줄을 별도로 만듦으로써 절차를 좀 더 단순하게 만들었다. 머지않아 세 번째 줄이 생겨났다. 아무것도 가지고 있지 않은 사람들의 줄이었다. 자기 자신 말고는 내놓을 게 아무것도 없는 사람들이었다. 판은 그저 세위를 도와줄 생각으로 행동한 것이었기에 자기가 제대로 일을 했는지가 궁금했다. 새로운 시스템이 제대로 굴러가고 있음은 곧 분명해졌다. 언쟁과 몸싸움이 발생하는 수가 줄어들었다. 가장 놀라운 결과는 사람들이 전보다 더 많은 것을 내놓고 있다는 사실이었다. 사람들이 다른 줄들을 살펴볼 수 있었고 다른 사람들이 가져온 물건들을 볼 수 있었기 때문이었다. 로린은 기뻐하지 않을 수 없었다. 그들이 좀처럼 볼 수 없는 퀴그는 그 새로운 시스템을 알아채지 못한 듯 보였다. 설사 알아챘다고 하더라도 거기에 별로 신경을 쓰지 않았을 테지만.

하루가 끝나갈 무렵이면 세위와 판은 대부분의 아이들과 10대들이 살고 있는 오두막으로 내려가곤 했다. 세위는 안채에서 로린과 침실 하나를 함께 사용하고 있었지만 이제 자기는 너무 나이가 들어 엄마와 한 침대에서 잘 수 없다며 가능한 한 적은 시간을 그곳에서 보내려 들었다. 그래서 그는 기회가 생길 때마다 자기 친구가 있는 오두막의 어떤 구역에서 잠을 잤다. 판은 이제 별다른 어려움 없이 돌아다닐 수 있게 되어 세위가 어디를 가든 그의 뒤를 졸졸 따라다녔다. 그렇지만 잘 시간이 되면 항상 안채로 걸어 올라와 창고의 자기 침대에서 잠을 잤다. 그녀는 운이 좋았다. 그녀의 친구가 되어 준 사람이 세위였기에. 세위는 그녀를 마치 자기보다 더 똑똑한 아기 여동생처럼 다루었다. 그리고 그가 로린의 아들이어서 사람들은 누구나 적어도 조심스러운 친절로 그의 비위를 맞추었다. 덕분에 판도 사람들에게 대접을 받았다.

퀴그의 시설에 있는 사람들은 B-모어나 다른 시설에서 온 누군가를 제대로 대우해 줄 생각이 없었는지도 모른다. 차터는 지위가 훨씬 더 높은 정착지였지만 그것들은 차라리 구름 속에 건설되는 편이 더 나았다. 자치주 사람이 그곳에 사는 것은 감히 꿈도 꿀 수 없었으니까. 하지만 안전하고 깨끗한 거리와 완전 고용과 편안한 죽음이 약속되어 있는 B-모어 같은 곳은 그들에게 이론상으로는 달성할 수 있어 분개하게 하는 어떤 가능성이었다. 외부 정착민의 '유산'에 대해서는 언급할 필요조차 없었다. 그것은 물론 판의 얼굴과 이름에 드러나 있었고, 정당화되든 그렇지 않든 간에 불공평과—제자리에서 쫓겨난—이동의 어떤 감정들을 촉진시킬 수 있었다.

오두막에 사는 세위의 가장 친한 친구 엘리는 그런 감정을 전혀 가지고 있지 않았다. 그는 판을 만난 순간부터 그녀에게 매료되어 있었다. 세위와 마찬가지로 열세 살이었지만 그는 자기 나이에 맞게 좀 더 표준적인 체구와 지능을 지니고 있었다. 약간 붉은빛이 도는 금발머리 친구였는데 얼굴이 온통 주근깨로 얼룩덜룩해서 오래된 비디오에 나오는 원주민 소년처럼 보였다. 눈과 코 주변 그리고 양쪽 뺨은 자치주의 지독한 햇볕 때문에 마치 먹물을 뒤집어쓴 것 같았다. 그가 차터 마을에 살았더라면, 그러니까 자외선 주의보가 내린 날이면 하늘로 특수 면포를 쏘아올리고 사람들에게 특별 제조한 로션을 나눠 주는 배포처가 있는 그런 마을에 살았더라면 엘리의 피부는 아직 해를 입지 않아 분홍빛을 띠고 있을지도 몰랐다. 하지만 그는 이곳에서 무방비 상태로 노출되어 있었다. 그의 어머니는 햇볕이 쨍쨍하게 내리쬐는 날마다 항상 아이를 실내에 가둘 수 없었고, 이제 더 이상 그에게 피부색을 물려준 그의 아버지에게 일어난 일을 들려주며 겁을 줄 수도 없었다. 그래도 세위와 판이 그의 오두막에 나타나고 더 이상 해야 할 일이 없을 때마다, 엘리는 시설 주위를 둘러싸고 있는 땅으로 짧은 여행을 떠나기 위해 자신의 헐렁한 모자를 눌러썼다. 세 사람은 작은 계곡에서 흘러내리는 수많은 개울과 시내를 따라서 수원지까지 걸어 올라갔다. 수원지는 삐죽 솟은 바위 뒤에 감춰져 있었는데 작지만 깊은 호수 같았다. 세위와 엘리는 그것을 '차가운 연못'이라고 이름 붙였다. 그들은 그곳이 지금도 얼음처럼 차갑다고 말했다. 셋은 맑은 물이 곧장 쏟아져 내리는 화강암의 툭 튀어나온 곳에 올라 앉아 오후를 보냈다. 그곳에 앉아 있으면 올챙이들이 갈색과 녹색을 띤 바닥으로 잽싸게 달아나는 모습을 볼 수 있었다. 남자애들은 물고기들을 향해 돌을 던지거나 엘리가 잔가지와 잡초 줄기를 엮어서 만든 뗏목을 출항시키고 나서 그것을 향해 돌을 던졌다. 엘리는 이따금 판을 위해 다른 뗏목을 만들어 예쁜 나뭇잎이나 야생화로 장식을 한 다음 다른 방향으로 슬쩍 밀어 주고는 세위에게 그것을 겨냥하지 말라고 했다. 그래도 세위는 얼마 지나지 않아 그 사실을 잊어버리고 돌을 던지곤 했다.

판은 엘리가 자기 친구한테 절대 화를 내지 않는 것이 마음에 들었다. 엘리는 자기보다 나이가 훨씬 더 많은 사람들이 흔히 그러하듯 화를 내지 않고, 혼자서 껄껄 웃으며 자연스럽게 그 상황을 넘겼다. 우리는 그녀가 엘리를 보며 자신의 사랑스러운 레그를 떠올렸을 거라고 생각하지 않을 수 없다. 레그는 무슨 일이 있어도 언성을 높이지 않았고 노래를 부르며 그 상황을 넘겼다. 사실 그는 팝 발라드를 좋아하는 뛰어난 노래방 가수였다. 승진에서 매번 밀려나면서도 절대 불평을 하지 않았고 사랑과 관련된 문제를 포함해서 그녀가 불편하게 생각하는 일을 그녀에게 강요한 적도 없었다. 이따금 그들은 휴식 시간에 재배 시설의 묘목장으로 몰래 내려갔다. 부드러운 새싹들이 담긴 끝이 안 보이는 상자들, 치어들이 담긴 얕은 통들, 사료와 영양분이 똑똑 떨어지는 소리 속에서 두 사람은 키스를 하곤 했다. 레그는 상체를 굽히고 합성 고무로 만든 옷을 입고 있는 그녀의 등허리를 큼지막한 양손으로 감싸 쥐었다. 주변에 보는 사람이 아무도 없는데도 불구하고 그의 손은 그곳에만 머물렀다. 참다못해 판은 발끝으로 서거나 그가 자신의 엉덩이를 감싸 쥘 수밖에 없도록 살짝 뛰어오르기까지 했다. 시설 카메라가 그들의 모습을 찍었다. 만약 여러분이 다른 연인들이 등장하는 비슷한 비디오를 보게 된다면 일이 빠르게 진행될 것을 알고 그냥 지켜보는 것 외에 다른 일은 할 수 없을 것이다. 하지만 판과 레그의 경우라면 상황은 달라진다. 여러분은 계속해서 의아하게 생각하지 않을 수 없다. 그들은 처음부터 끝까지 키스만 하고 있으니까. 그것을 보면서 여러분은 사람을 항상 눈먼 열정으로 내몰지 않는, 그토록 철저한 만족감을 나눈다는 것이 어떤 느낌일지 생각하지 않을 수 없다. 이 힘겨운 세상에서 사람들에게 판이 가졌던 선택의 여지라는 것이 있기만 하다면 누구나 그것을 원치 않을까? 끊임없이 이리저리 기울지 않고 세상의 이익을 위해 강요당하지도 않으며 자기 자신에게 가장 편한 상태로 있는 것. 그것이 가장 아름답고 편안하고 안정적인 상태가 아닐까?

그녀는 엘리의 그런 면을 매력적으로 느꼈다. 하지만 레그와 달리 그에게는 우울함이라고밖에 표현할 수 없는 기운이 엿보였다. 그는 절대 오지 않을 무언가를 기다리고 있거나 이미 오래전에 왔다가 버린 무언가를 기다리고 있는 것 같은 눈빛으로 물을 바라보았다. 어느 화창한 오후, 너른 바위 위에 앉아 있는데 엘리가 자기는 더워서 못 견디겠으니 물속으로 들어가겠다고 선언하듯 말했다.

"뭐라고?"

세위는 자기가 잘못 들었다고 확신하고 있었다.

"미쳤어? 저 물은 독이나 마찬가지야!"

엘리는 차가운 연못의 물이 그들 모두가 끓여서 마시는 바로 그 물일 거라고 대꾸했다. 물고기와 개구리가 멀쩡하게 살아 있다는 것이었다.

"그렇지만 저긴 너무 깊어, 엘리!"

"깊이 들어가지는 않을게."

"하지 마!"

하지만 엘리는 이미 슬리퍼를 차 벗어 던지고 티셔츠를 헝클어진 머리 위로 끌어 올려 벗은 상태였다. 뼈가 다 드러나는 그의 어깨와 등이 눈부셔서 순간적으로 판은 눈을 찡그렸다. 엘리가 들어가려 하는 지점이 특히 가팔라서 그녀도 경고를 해 주려고 했지만 무슨 말을 하기도 전에 그는 이미 물속에 들어가 있었다. 첫 걸음을 내디뎠을 뿐인데 그의 작업복 같은 반바지가 거의 허리까지 젖었다. 그는 또 한 걸음을 옮기려고 몸을 가누다가 발을 헛디뎌 순식간에 검지만 맑은 물속으로 풍덩 빠져 버렸다. 곧바로 그의 머리가 물속에 잠기면서 수면 아래의 풍성한 머리카락이 불그스름한 해조류의 엽상체처럼 보였다. 이미 숨을 거둔 사람처럼 그의 양팔과 양손은 밖으로 뻣뻣하게 펼쳐져 있었다. 세위가 엉덩이를 바닥에 붙이고 물가로 미끄러지듯이 옮겨 가서 친구가 잡을 수 있도록 자기 발을 쭉 뻗었다. 하지만 이상하게 물에 뜨지 않는 엘리는 매우 깊은 물속으로 더 미끄러져 들어가고 있을 뿐이었다. 그래서 판은 그를 뒤따라 물속으로 뛰어들었다.

물이 너무 차가워서 하마터면 입을 벌릴 뻔했다. 가슴이 빠르게 뛰었다. 너른 바위 바로 밑에서 분출하는 지하 하천에서 전해져 온 듯한 냉기가 그녀의 두 발을 스치고 지나갔다. B-모어를 떠나온 뒤로는 당연히 물속에 들어가 본 적이 없었다. 잠수복이나 마스크가 없는 상태에서 극심한 공포를 느끼자 판은 순간적으로 얼어붙었다. 눈을 떴을 때, 그녀가 볼 수 있었던 것은 수면 바로 아래에서 헛되이 몸부림치는 세위의 한쪽 발뿐이었다. 그다음으로 그녀의 눈에 들어온 것은 믿기 힘들 정도로 저 멀리 아래쪽에서 창백하게 빛나는 엘리의 머리카락이었다. 판은 물 위로 올라와 숨을 가득 들이마시고 곧바로 다시 내려가 순식간에 그에게로 다가갔다. 그의 두 눈은 감겨 있었고 입술도 꼭 다물어져 있었다. 그녀는 엘리가 물 위로 떠오르지 않는 것을 보면 무언가에 걸려 있는 게 틀림없다고 생각했다. 하지만 그의 두 팔과 두 발은 어디에도 걸려 있지 않았다. 그리고 몸은 아직 바닥에 가라앉지도 않은 상태였다. 판은 그의 몸통을 낚아채고 발길질을 했다. 그러나 그녀보다 약간 더 큰 그의 체격 때문인지 예상했던 것보다 쉽지 않았다. 그런데 그가 갑자기 판의 목을 끌어안으면서 그녀의 두 귀와 머리카락을 마구 할퀴듯이 거머쥐었다. 그는 숨을 쉬려고 필사적으로 버둥거렸다. 판은 와락 달려드는 그를 억지로 떼어 내고 나서 그의 몸을 끌면서 온 힘을 다해 위로 발길질을 했다. 그때 단추를 채운 그의 주머니들 속에서 무언가 묵직한 것이 느껴졌다. 주머니마다 돌이 가득 들어 있었다. 도보 여행을 하는 동안 주워 모은 것들이 틀림없었다. 그의 몸이 축 늘어졌지만 판은 단추를 풀고 돌을 털어 내고 나서야 수면으로 그를 끌어올릴 수 있었다. 일단 수면으로 올라오자 세위가 단번에 그를 홱 끌어당겨 손쉽게 물 밖으로 끌어냈다.

엘리는 조개껍데기처럼 창백한 모습으로 바위 위에 누워 있었다.

얼굴의 무수한 주근깨들은 몸의 혈색이 완전히 빠져나간 터라 더욱 진해 보였다. 수조에서 일할 때 응급 상황을 겪어 봐서 판은 무엇을 해야 할지 알고 있었다. 그녀는 그의 가슴을 압박하면서 입에 숨을 불어 넣었다. 그러는 동안 세위는 목을 빼고 눈이 휘둥그레져서 그녀를 내려다보았다. 그녀는 가슴을 압박하고 숨을 불어 넣는 동작을 번갈아 가면서 했다. 그녀는 어떤 반응이 나타날 때까지 포기할 생각이 전혀 없었다. 그때 그가 마침내 몸을 덜컥 움직이더니 기침을 했다. 그러고 나서 조금 있다가 다시 기침을 했다. 그의 입에서 물이 흘러내렸다. 다음 순간 그는 몸을 옆으로 돌리더니 먹은 것을 게웠다. 정신을 차리고 나서 그는 눈을 쓱 닦고 티셔츠를 입고 햇빛 차단용 모자를 눌러썼다. 세 사람은 다시 잠잠해진 물 옆에 앉아 몸을 말리면서 정확히 무슨 일이 벌어졌는지에 대해 저마다 곰곰이 생각했다.

그들은 이 일을 어느 누구한테도 말하지 않았다. 어느 누구도 상관할 일이 아니라는 생각이 그들 모두에게 들었기 때문이었다. 하지만 판은 궁금해졌다. 판에게는 엘리 가족의 상황이 시설 내에 있는 다른 누군가의 상황보다 더 나쁘지도 더 낫지도 않아 보였다. 그가 자기 어머니, 남동생, 그리고 여동생과 함께 쓰고 있는 오두막은 나머지 사람들의 오두막과 다르지 않았다. 하나같이 외풍이 있고 눅눅하고 곧 무너질 것 같았다. 좁은 문은 사람들에게 유일한 장벽이 되고 있었다. 하나밖에 없는 창문은 경첩이 달린 합판 조각으로 되어 있었고 침대들은 한쪽 구석에 다닥다닥 붙어 있어서 그들 모두가 함께 잠을 잤다. 그것은 오두막의 전형적인 모습이었다. 다른 쪽 구석에는 작은 장작 난로가 놓여 있었다. 그것은 잡다한 금속판을 용접해서 만든 것으로 지붕을 뚫고 나간 알루미늄 배관과 연결되어 있었다. 여름이었기 때문에 지금은 저녁 요리를 할 때만 사용되고 있었다. 가끔 달걀 프라이를 하거나 누가 덫이나 총으로 사냥감을 얻게 되면 요리를 할 때 그것을 사용했다. 하지만 대부분은 깡통에 담긴 재료를 데울 때 사용했다. 오두막마다 난로가 하나씩 있었는데 이제 사람들은 인접한 오두막들끼리 차례로 돌아가면서 불을 피웠다. 그래서 사람들은 자신들의 저녁 음식을 데우기 위해 서로의 오두막을 드나들었고 충분히 자주 모든 사람들이 자기가 가진 음식을 이웃과 나눠 먹었다. 깍둑썰기를 한 당근, 고등어, 강낭콩 등을 각자 조금씩 가져와서 나눠 먹었고 만약 어떤 사람이 매우 넉넉한 마음이 들 때는 소고기 칠리나 닭고기 스튜 깡통이 열리기도 했다. 세위는 항상 말린 과일 롤이나 에너지 바 같은 특별한 것을 집에서 가져왔기 때문에 환영을 받았다. 그는 판에게도 가져온 것을 나누어 주었다. 정말 입맛에 안 맞는 음식이라도 무언가를 반드시 가져와야 했다. 데리야끼 맛이 나는 딱정벌레 유충 통조림도 괜찮았다. 누가 그것을 난로에 쏟은 적이 있었는데 사람들은 달달한 새우 맛이 나는 그것을 개의치 않고 먹었다. 하루는 밤에 판, 그리고 세위와 엘리의 가족이 다른 두 가족과 함께 있었다. 다른 두 가족 모두 어머니와 자식들로 이루어져 있었다. 오두막에 사는 대부분의 가정은 아버지나 성인 남자가 없는 듯 보였는데, 그것은 판에게 그리 낯설지 않은 풍경이었다. B-모어의 가정들에는 남자도 충분히 있었지만 세어 보면 항상 여자들이 더 많았다. 시설의 업무 성격상 그것은 당연한 현상이었다. 단지 수조에서만이 아니라 묘목장에서도 더 작고 더 날렵한 손이 묘목을 심고 가지를 치고 잡초를 뽑는 데에 효과적이었다. 레그는 처음에 남자들이 대부분을 차지하는 일터에서 일을 시작했다. 커다란 흙 가마니와 비료가 든 드럼통을 다뤄야 하는 육체적으로 고된 업무였다. 하지만 그는 덩치에 비해 그다지 힘이 세지 않았고, 진짜 관심은 원예에 있었다. 게다가 그는 팔이 길다는 이점도 가지고 있었다.

판은 깡통에서 음식을 조금만 덜어 내고 다른 사람들이 더 먹으라고 권하기를 기다렸다. 그들은 엘리의 오두막 밖에서 접이식 의자에 앉아 있었다. 저녁노을이 번지고 있었다. 바람 한 점 불지 않는 공기 속에서 솔향기가 느껴졌다. 그들은 피크닉용 플라스틱 그릇과 숟가락을 들고 앉아 음식을 먹으면서 그날 벌어진 일과 시설 거주민들과 환자들의 다양한 일들을 화제로 삼았다. 하지만 대개는 농담이나 나누면서 깔깔 웃었다. 판은 예전에 B-모어에 있을 때 그런 식의 농담을 나누는 모습을 언제부턴가 더 이상 찾아볼 수 없었다는 사실을 깨달았다. 이 사람들에게는 그녀의 가정이 그랬던 것과 같은, 서로에 대한 철저한 정보가 없었다. 물론 그녀의 가정에는 풀 수 없는 피의 유대가 있어서 그게 가능했다. 하지만 그들은 상황이 힘겨워서 그런지는 몰라도 서로 나누며 사는 것처럼 보였다. 서로에 대한 일종의 날카로운 이해가 있었다고나 할까. 그들의 대화는 결코 편안하거나 너그럽지 않았고 가끔은 잔인함의 경계를 넘나든다고까지 할 수 있었다. 저녁을 먹고 나면 그들은 대개 낱말 게임을 하곤 했는데, 날이 어두워지고 나면 달리 할 것이 거의 없기 때문이었다. 아이들과 엄마들은 그들이 '로드킬(Roadkill)'이라고 부르는 것을 시작했다. 그것은 낱말 기억 게임이었는데 A에서 시작해서 알파벳 전체를 거치는 방식이었다. 첫 번째 사람이 A로 시작하는, 자치주의 길가에서 발견할 법한 무언가, 이를테면 영양(antelope)이나 자동차(auto)를 말하면 그 다음 사람은 그 낱말을 반복해서 말한 다음 B로 시작하는 자신의 낱말, 즉 뼈다귀(bones)를 말하고, 그 뒤를 잇는 사람은 이전에 나온 두 낱말을 각각 한 번씩 말하고 나서 C로 시작하는 까마귀(crow)라는 새 낱말을 말하는 방식이었다. 그런 식으로 계속 진행되다가 어떤 사람이 지금까지 이어진 낱말들을 기억해 내지 못하거나 새 낱말을 말하지 못하면 아이들, 심지어 엄마들까지 그 사람에게 구박하는 말을 퍼부었다. 특히 그 사람의 낱말이 이글루(igloo)처럼 특별히 우스꽝스럽다거나 될 대로 되라는 식의 낱말이었을 경우에는 그것이 게임 안의 게임을 촉발해 바보(idiot), 어리석은(inane), 무식쟁이(ignoramus) 같은 장황한 낱말들이 쏟아져 나왔다. 하지만 그들은 항상 세위에게 친절했다. 세위가 머뭇거리고 있으면 단서가 될 만한 말을 속삭여 주거나 그를 위해 엘리가 대신 앞선 낱말들을 기억해 내는 것을 용인해 주었다. 그럼으로써 그가 마지막까지 아무런 낱말도 생각해 내지 못했을 때 조롱을 듣지 않게 해 주었다.

판은 새로 온 사람이었기 때문에 게임을 하지 않았다. 그런 이유로 그들은 판을 어떻게 대해야 하는지 잘 알지 못했다. 하지만 진실은 그녀에게 그런 활동이 익숙하지 않았고 그녀가 아는 낱말들이 그리 많지 않다는 것이었다. B-모어에서 7년의 정식 교육 과정을 마쳤는데도 그녀의 어휘력은 그들에 비해 뒤처졌다. 그녀와 달리 그들은 그들의 어머니와 서로에게서 배우는 것이 전부였다. 그곳에는 전파 신호가 없었다. 설사 있었다고 하더라도 너무 비싸서 살 수 없었겠지만. 그래서 그들에게는 어떠한 게임이나 오락물, 비디오나 전기 통신이 없었다. 그들이 할 수 있었던 거라고는 아이들이 돌려보는 두어 개의 구식 핸드스크린에 담겨 있는 수십여 권의 옛날 책을 읽는 것뿐이었다. 판은 게임을 지켜보면서 머릿속으로 그 게임에 동참했다. 약간의 어려움이 있었지만 순서가 돌아올 때마다 자신의 낱말을 생각해 내려고 애썼다. 판은 상당히 똑똑했지만 재배 시설이나 집에서 자신의 두뇌를 시험해 볼 기회가 거의 없었다. 집에서 그녀의 숙모들, 삼촌들과 아버지, 어머니 그리고 사촌들이 식사를 할 때 서로 바싹 붙어 앉기는 했지만 제대로 된 대화를 나눈 적은 없었다. 대화를 나눈다고 해도 그들 모두가 정신이 팔려 있는 텔레비전 프로에서 벌어지는 일에 대해 몇 마디 언급하는 정도였다. 그들은 드라마의 등장인물들이 마치 넓은 의미에서 그들의 친구와 가족과 연인이라도 된다는 듯 애통해하고 분개했다.

어쩌면 그들에게는 등장인물들이 그런 각별한 존재들이었는지도 모른다. 오래전 이민자들이 도착했을 때 문제가 되었던 일들은 그게 무엇이든 지금 우리에게는 호기심을 자극하는 일련의 진기한 것들이니까. 아주 오래된 옛날 자동차의 크랭크나 컴퓨터 스크린의 가상 열쇠처럼, 불편하고 성가셔서 꾸준히 제거해 온 것들. 우리가 열심히 일하는 것은 분명한 사실이다. 하지만 그 일이라는 것은 기계적으로 반복해서 체득된 행위이고, 우리의 미래는 거의 대부분 설정되어 있다. 그리고 우리가 서로를 사랑하는 방식은 우리의 놀라운 인접의 형태에 의해 만들어졌다. 경계를 넘어서는 일이 거의 없는 철저한 인접성.

판은 자신을 둘러싸고 앉아 있는 이 여자들과 아이들이 운이 좋은 사람들임을 알 수 있었다. 로린과 마찬가지로 두 여자 모두 절실한 필요를 느껴 퀴그를 찾아왔다. 엘리의 어머니는 본래 어떤 남자와 함께 도착했는데 그 뒤에 남자가 죽어 버렸다. 그리고 곧 그녀는 자신이 이곳에 계속 머물러 있기 위해 애써야 하는 수많은 이유를 제시해 내야 하는 상황에 놓여 있음을 깨달았다. 주기적인 음식 공급, 괜찮은 주거지, 약탈자와 기회주의적인 자치주 당국으로부터의 보호 등이 그런 이유들이었다. 그리고 이곳을 떠나야 할 이유는 달랑 하나밖에 없었다. 물론 그 모든 이유들은 그 궁극적 기반이 퀴그에 있었다. 이곳은 그의 영역이었다. 어쩌면 눈으로 볼 수 있는 거리까지가 그의 영토일 것이었다. 이곳으로 찾아온 엘리의 어머니와 로린과 다른 모든 사람들은 구조의 대가로 자신이 그에게 얼마나 양도할지를 결정해야 했다. 남자들은 치안 유지나 경비, 물품 조달과 거래, 시설 유지 등의 일을 했고 여자들은 그 밖의 모든 것들, 이를 테면 날마다 찾아오는 환자들에 대한 안내와 재고품 정리, 요리와 청소, 아이들 양육을 책임졌다. 그리고 남자가 없는 여자들이나 때로는 남자가 있는 여자들도 주기적으로 밤에 퀴그를 찾아가야 했다.

이 마지막 사실은 매우 불미스럽게 들리고 실제로도 불미스럽다. 이것에 대해 칭찬할 만한 구석은 전혀 없다. 하지만 퀴그한테서는 그에 대한 어떠한 명령도 내려오지 않았다는 사실에 주목해야 한다. 드러난 바와 같이 그는 누구에게 강요를 하는 그런 유형의 사람이 아니었다. 그러려고 마음만 먹으면 쉽게 그렇게 할 수 있는 사람이었지만 그는 그러지 않았다. 그리고 자신을 찾아오지 않는다고 해서 어떤 처벌을 내린 적도 없었다. 그것은 저절로 생겨난, 그리고 여자들 스스로 만들어 낸 관행이었다. 매달 로린이 일정표를 짰다. 퀴그가 그런 관행을 좋아했는지조차 확실하지 않다. 대부분의 여자들은 자신이 지정된 날 밤에 안채로 올라갔다가 별일 없이 곧바로 내려왔다. 세위의 말에 따르면 로린은 여러 해 동안 그와 그런 식으로 함께 있지 않았다. 로린은 여전히 가끔 자신을 방으로 데려가 달라고 퀴그에게 장광설을 늘어놓지만, 그것은 어디까지나 자신의 의지를 그에게 상기시키기 위한 행위였다. 안채로 올라갈 때마다 머무르는 것을 허락받은 사람이 있다면 그것은 엘리의 어머니, 페넬로페였다. 키가 크고 몸이 날씬한 그녀는 자기 아들만큼 주근깨투성이는 아니었지만 아들만큼이나 피부가 창백했다. 그리고 상당히 젊었다. 그녀는 자치주에 사는 사람처럼 보이지 않았고, 예쁘장한 모습이 아직 남아 있었다. 하지만 퀴그는 그녀의 인격적인 부분을 마음에 들어 한 듯했다. 그녀는 항상 자신의 핸드스크린 중 하나를 가지고 다녀야 했는데, 듣자 하니 그래야 그 안에 든—그들이 함께 읽고 있던—책을 읽고 서로 의견을 나눌 수 있다고 했다. 그러고 나서 그곳에서 밤을 보내는 것도 매번 있는 일은 아니었다.

그녀가 안채에서 밤을 보내는 날이면 세위와 판은 엘리와 그의 형제자매들에게로 건너가서 하룻밤을 같이 잤다. 남자애 셋은 한 침대에서 자고 판은 어린 여자애와 함께 페넬로페의 침대에서 잤다. 그럼에도 불구하고 방이 워낙 비좁다 보니 자다 보면 그들 모두는 한데 뒤엉켜 난장판이 되어 버렸다. 판이 어떤 심정이었을지 우리는 상상만 할 수 있을 뿐이다. 어쩌다가 한 번씩 목욕을 할 수 있는 아이들과 그토록 비좁은 공간에 함께 있으면서 그녀는 어떤 생각을 했을까. 아이들의 타고난 인간적 다정함은 켜켜이 쌓인 말라 버린 땀과 때에 가려져 있었다. 그들의 입가에는 시큼한 동물성 기름이 들러붙어 있었다. 그녀는 그런 코를 찌르는 악취에 빠르게 익숙해져야 했다. 그리고 들끓는 빈대나 이를 함께 누워서 잘 수 있는 강아지처럼 여기며 침대에 드러누워야 했다. 그곳은 간신히 숨을 쉴 수 있을 만큼의 공기가 있는 어떤 동굴 같았다. 어린 여자애의 이름은 스타였는데 판은 밤새 그 애에게 착 달라붙어 잠을 잤다. 여자애의 입에서 끈적이는 침이 흘러내려 판의 목 오목한 부위에 고였지만, 그녀는 개의치 않았고 심지어 몸을 움직이지도 않았다. 오히려 몸을 반쯤 축 늘어뜨려서 여자애가 더 깊이 껴안을 수 있게 했다. 그리고 놀랍게도 판은 자신의 몸속에서 자라고 있는 아이에 대해 생각하지 않고 있었다. 그것이 존재하고 있다는 것을 잘 알고 있었음에도 불구하고 그것은 여전히 그녀의 전적인 허구, 어떤 반점 같은 존재라기보다는 레그를 생각나게 만드는 모호한 어떤 약속이었다. 그것은 흐릿하게 빛나는 연인의 이미지 혹은 추모의 방식으로 그린 초상화 같은 것이었다. 지금에 와서 확실히 말할 수 있는 것은 판이 절대로 감상적이지 않았다는 것이다. 그녀의 피는 수조의 시원한 물과 같은 온도로 흘렀다. 하지만 지금 이곳에서 그녀는 얕게 숨 쉬는 아이들의 눅눅한 보금자리에 갇혀 있었다. 아이들은 그녀의 주변으로 팔다리와 머리카락을 아무렇게나 펼쳐 놓고 있었다. 그녀는 단지 레그가 그들과 함께 있기를 바랐다. 레그가 유난히 긴 양팔로 아이들 모두를 꼭 끌어안아 주면 좋을 것 같았다. 그녀는 사실 집에 남겨 두고 온 가족들이 그립지 않았다. 그들이 그녀가 사랑하는 사람들이었음에도 불구하고. 그녀의 어머니와 아버지는 완벽하다고 할 정도로 훌륭한 부모였다. 그러나 그렇다고 해서 그들이 그녀에게 숙모들, 삼촌들, 사촌들, 조카들, 그리고 다른 인척들보다 더 소중하거나 덜 소중한 것은 아니었다. 본질적으로 모든 사람들은 사촌과 같았으니까. 그것이 우리가 바라는 방식이었다. 그런 방식이기 때문에 B-모어가 완벽하게 굴러가고 있다고 우리는 확신하고 있었다.

그녀는 자신이 정말 그리워하는 게 있다면 그것은 가정 그 자체라는 것을 깨달았다. 비좁고 천장이 높은 방들에서는 퀴퀴한 식용유 냄새와 현관 안에 줄지어 있는 무수한 신발들에서 올라오는 흙냄새가 층을 이루고 있었다. 반대편 연립 주택에 박혀 있는 길쭉한 창문들은 깨끗한 판유리라기보다는 거울 같았고, 가파른 계단의 디딤판들은 맨발과 슬리퍼를 신은 발이 몇 대에 걸쳐서 오르내리다 보니 가운데 부분이 닳아 있었다. 사람들은 밤이든 낮이든 때를 가리지 않고 항상 돌아다녔다. 간식을 먹는 사람도 있었고 샤워를 하는 사람도 있었고 텔레비전을 시청하는 사람도 있었다. 젊은 연인들의 방에서는 이따금 속삭이는 소리와 격정적인 신음소리가 흘러나오곤 했다. 이것은 어쩌면 영원히 끝나지 않을 B-모어의 보고서이다. 바로 이 통합된 활력이 그녀의 감정을 옥죄고 있었다. 그것은 지칠 줄 모르는 자가 조율 모터였다.

하지만 이곳 퀴그의 시설에서, 그녀는 이상하게도 세위에게 특별한 애착을 느끼기 시작하는 자신을 발견하고 있었다. 그녀는 세위뿐만 아니라 어린 스타에게도 애착을 느꼈다. 스타는 약간 바보 같은 구석이 있었고 로봇처럼 뻣뻣한 목소리로 말했지만 계산에 놀라운 재능을 보였다. 그녀는 거의 순식간에 제곱근을 정확하게 계산해 낼 수 있었다. 그리고 엘리에게도 역시 애착을 느꼈다. 그는 잠을 자면서 짐작건대 자신의 죽은 아버지의 목소리로 스스로를 꾸짖었다. 그는 이상하게도 걸음이 좀 더 빠르지 않다며 자신을 책망했다. 빌어먹을, 아들놈아, 그냥 달리란 말이야! 그는 자면서 그렇게 윽박질렀다. 판은 지나는 길에 잠시 들르는 다른 아이들에게도 애착을 느꼈다. 아이들의 더러운 입 속으로 깨지고 방향이 틀어진 치아가 훤히 보였다. 그 애들은 방금 물물교환으로 들어온 열지 않은 플라스틱 케이스 속 테니스공들을 휘둥그레진 눈으로 들여다보면서 그게 마치 거대한 솜사탕이라도 되는 것처럼 미친 듯이 웃어 댔다. 그녀는 심지어 로린까지 좋아지고 있었다. 로린은 적어도 판이 퀴그에게 필요하다면 그녀가 이곳에 머물러도 되는 거라는 생각을 받아들였고 지난 며칠 동안은 그녀에게 거칠게 대하지도 않았다. 심지어 로린은 세위가 심한 고열 때문에 이틀 동안 꼼짝도 못 하고 드러누워 있을 때, 판이 환자들의 줄을 혼자서 관리할 수 있게 허락해 주었다. 그러던 어느 날 판은 페넬로페가 지정된 밤을 안채에서 보내기 위해 짐을 챙겨 올라갈 때마다 몰래 밖으로 빠져나와 그녀를 뒤따라가고 있는 자신을 발견했다. 그녀는 페넬로페가 퀴그의 부속 건물로 들어가서 흐릿하게 빛나는 핸드스크린을 들고 실내에 모습을 드러내는 것을 지켜보았다. 퀴그의 기다란 그림자가 페넬로페의 얼굴을 휙 스치고 지나갔다. 그때 페넬로페가 지은 표정은 잘 감춘 두려움의 표정이었을까? 아니면 지극히 가식적인 호기심의 표정이었을까? 그것도 아니라면 혹시 판 자신의 감정이 투영된 표정이었을까? 믿기 어렵겠지만, 그때 판의 가슴속에서 그녀가 인정하지 않을 수 없을 정도로 넘쳐흐르던 감정은 고마움이었다. 그녀는 늘 그랬듯 침착했지만 자기도 모르게 마음이 약간 뜨거워졌다.

# 8

판이 B-모어를 떠난 지 몇 주가 지났다. 판이 퀴그의 시설에서 자리를 잡아 가는 동안 이곳에서는 우리를 혼란스럽게 만드는 의문들을 제기하는 사람들의 수가 늘어났고, 당국에서 비공식적인 대중 집회의 바람직하지 않은 성격에 대해 통지문까지 내보내는 지경에 이르렀다.

어느 공원에서 발생한 특정 사건이 그 지경을 만들었는지도 모른다. 각계각층의 B-모어 사람들이 휴무일을 즐기고 있었다. 특이한 점은 전혀 없었다. 날씨가 갑자기 이상하게 변한 것도 아니었고 우리의 역사에서 특별한 기념일도 아니었다. 판이나 레그와 직접적으로 관련 있는 어떠한 일도 없었다.

듣자 하니 그 사건은 어떤 부모와 그들의 어린 남자애로부터 시작되었다. 크림이 듬뿍 들어간 웨이퍼 크래커를 먹고 있다가 갑자기

질려 버린 꼬마는 공원 연못 속으로 그것을 던져 버렸다. 연못들은 우리의 모든 공원을 아름답게 꾸며 주고 있고 모든 연못들에는 물고기들이 가득 채워져 있다. 연못에 사는 물고기는 빨리 자라고 무엇이든 잘 먹는, 그러니까 시장에 내다 팔기 위해 키우는 종류가 아니라, 시간이 지나면서 거대하게 자라 마땅히 감탄을 자아 낼 수 있고 사랑받을 수 있는 화려한 빛깔의 그루퍼 또는 잉어다. 그것들은 머리가 똑똑하다고 알려져 있다. 이런 관상용 물고기들은 때로는 영감을 주는 개체이기도 하다. 까다롭게 관리되는 물속에서 포물선을 그리며 미끄러져 가는 그것들의 위풍당당한 모습은 그림 같은 수련의 잎과 들쭉날쭉한 돌 장식, 그리고 밤이면 환하게 빛나는 공기 주입식 분수 덕분에 더욱 아름답고, 그것은 우리 노력의 이상적인 모습을 나타내 준다.

한 해 걸러 한 번씩 이 물고기들 가운데 일부를 선택해서 도태하고 있는데 그때는 축하 행사와 잔치가 벌어진다. B-모어의 모두가 여러 공원으로 흘러들고 수십 개의 음식 가판대가 임시로 설치된다. 물고기의 살을 기름에 튀기고 머리와 뼈를 가지고 특별한 수프를 만드는데 사람들은 그 수프가 피가 산소를 저장하는 능력을 강화해 준다고 믿고 있다. 그것은 우유 수프라고 알려져 있다. 물론 그렇다고 해서 우유나 크림이 들어간 것은 아니다. 모든 사람이 황갈색 물고기 조각이 담긴 종이컵과 수프가 담긴 컵을 들고 돌아다니는 모습을 볼 수 있다. 줄 조명이 걸려 있고 스피커에서 음악이 흘러나오는 이 축제는 우리의 달력에서 가장 중요한 행사들 가운데 하나이다. 두말할 필요도 없이 우리는 연못이 상징하는 바를 인식하고 있고 환으로 된 사료를 물고기들에게 먹이는 것이 왜 중요한지 이해하고 있다. 사료는 최상의 건강과 빛깔을 위해 만든 것으로 다른 것이 전혀 섞여 있지 않고 먹이는 양도 엄격히 정해져 있다. 그것은 우리가, 아니 우리만이 감시해야 함을 의미한다. 결연한 공동의 경계 활동이 하루 24시간 동안 근로자들을 배치하는 것보다 항상 더 효과적인 법이다.

그래서 꼬마가 반쯤 먹은 크래커를 연못에 던져 넣었을 때, 아이의 부모는 당장 물을 헤치고 들어가 그것을 건져 냈어야 했다. 그게 아니면 아이가 들어가서 직접 건져오도록 만들었어야 했다. 가급적이면 두 번째 방법을 쓰는 게 더 나았을 것이다. 하지만 무슨 이유에서인지 몰라도 그들은 둘 가운데 어떤 방법도 쓰지 않고 크래커가 수정처럼 맑은 물에 둥둥 떠다니다가 물고기가 그것을 낚아채 가도록 내버려 두었다. 큰 물고기가 솟아오르면서 생겨난 물의 동요는 연못가에서 한가롭게 놀고 있던 다른 사람들의 주의를 끌기에 충분했다. 거기에서 끝났어야 했다. 우리가 믿고 싶어 하는 것보다 더 자주 벌어지는 어떤 일로 여기고 그 정도에서 마무리가 되었어야 했다. 하지만 그때 누군가가 물속에 새우 칩 하나를 던져 넣어 수면이 다시 요동치게 만들었다. 그것은 결과적으로 연못 둘레에 있던 사람들이 더 많은 과자를 던져 넣도록 만들었다. 어떤 사람이 짧은 동영상을 찍어서 올렸는데 그걸 보면 몇 사람이 음식물 부스러기를 여기저기 던져 넣자 순식간에 또 누군가가 스낵과 샌드위치와 탄산음료를 연못에 쏟아 붓는 장면이 나온다. 그러다가 급기야 깜짝 놀랄 만한 일이 벌어지는데 빨대와 냅킨과 음료수 팩 같은 먹을 수 없는 것들까지 연못에 던져 넣는 모습이 보인다. 너도나도 미친 듯이 쓰레기를 버리는 풍경이 펼쳐진다. 뒤쪽에 있던 어떤 10대 친구는 이 난리법석에 가담하고는 싶은데 던져 넣을 만한 것이 하나도 없어서 극심한 좌절감을 느낀 나머지 야구 모자를 벗어서 연못 속에 던져 넣는다. 찡그린 표정으로 판단하건대 그 친구는 자신의 행동을 금방 후회하고 있는 듯 보인다. 이 사건 전체는 몇 분이 지나도록 이어졌다. 공원 직원들이 스쿠터와 카트를 타고 달려왔을 때, 청년들과 노인들, 부모들과 산책하는 사람들은 방금 대열이 무너진 개미들처럼 사방에 흩어졌다가 오솔길을 통해 그늘이 드리워진 수많은 잡목림과 빈터로 사라져 버렸다.

물고기가 당장 먹어 치우지 않은 것들은 연못에서 손쉽게 건어낼 수 있었다. 물고기들은 물가 근처에서 한동안 머물러 있는 듯 보였다. 또다시 색다른 음식들이 우수수 쏟아지기를 기다리고 있는 게 분명했다. 구운 닭 모래주머니를 하나만 더 주세요! 막대 파인애플 아이스크림이 너무 맛있었어요! 물고기들은 그렇게 말하고 있는 듯했다. 그 공원의 물고기들은 더 이상 이국적인 음식을 먹을 수 없었지만, B-모어의 다른 공원들에 있는 대부분의 물고기들은 진기한 음식을 맛볼 수 있었다. 곧이어 연못에 '먹이 주기' 열풍이 불었다. 이 열풍 역시 자발적으로 일어났다. 놀라운 속도와 열기로 한동안 유행을 하더니 그만큼 빠른 속도로 곧 잦아들었다. 소문이 퍼지고 있었지만 그 사건에 대한 진정한 대화는 없었다는 사실을 밝혀야겠다. 온라인상의 토론이나 수다도 없었다. 심지어 식탁에 둘러앉거나 연립 주택 계단에 앉아 그 사건을 두고 이러쿵저러쿵 떠드는 경우도 없었다. 마치 우리 각자가 밝히기 곤란한 고독한 욕구를 가지고 있다가 한 번 불꽃이 튀자 그 즉시 밝혀 버린 것 같았다. 그리고 그것은 불이 난 집에서 달아나는 일처럼 순수하고 본능적으로 느껴졌다. 이러한 사건들은 판의 행동에서 어떤 복잡한 방식으로 영감을 받아 일어난 것이다. 그것이 어떻게 부인될 수 있겠는가? 매 순간 우리는 자유롭게 행동한다. 우리는 결정을 내리고 의견을 가진다. 우리를 옥죄는 것은 거의 없다. 우리 각자는 우리가 개인의 여정과 습관적으로 선호하는 목적지가 표시된 지도를 가지고 있고 우리 나름의 범례를 길잡이로 삼고 있다고 생각한다. 그것들을 서로 겹쳐 보면 매우 놀라운 유사성을 발견할 수 있다. 여러분이 믿은 것은 정확히 가지런하지는 않지만 충분히 가지런한 지극히 개인적인 등고선이다. 여정 중에 우리가 머무르는 지점은 서로 갈릴지 모르겠지만 최종 목적지는 그렇지 않다.

그리고 재미있는 것은 판이 저지른 행동과 그녀가 우리를 남겨두고 떠난 사실이 정말 도리에 어긋난 일이었나, 하는 생각이 든다는 것이다.

우리는 그날 수조에서 벌어진 일을 거듭 살펴보지 않았다. 이미 공식적인 B-모어 원장에 기록되었으므로. 그리고 언젠가 이 시대의 문제들이 우리에게 놀랍다기보다는 단순히 흥미롭거나 심지어 진기하고 좋게 생각되는 때가 다가오면 역사박물관 안에 이 문제들을 밝혀 주는 작은 해석 시설이 생겨날 것이다. 아마 이런 식의 설명이 있을 것이다. 뛰어난 잠수 능력을 갖추었지만 정신력이 약했던 어떤 젊은 여성이 여기에 있었다. 그녀의 잔인하고 냉담한 행동이 결국 수조 두 개에 든 수천 마리의 물고기를 죽게 만들었는데 그것을 보면 그녀의 정신력이 얼마나 나약했는지 충분히 알 수 있다. 게다가 그녀는 아무런 준비도 없이, 그리고 레그를 발견할 수 있을 거라는 희망도 없이 무작정 정문 밖으로 걸어 나갔다. 그런 그녀의 병적인 측면에 대한 묘사는 완벽해야 한다.

하지만 어떤 거의 알려지지 않은 세부 사항들은 더 많은 설명이 필요하다는 것을 보여 준다. 판의 시설에는 불치병 진단을 받아 예기치 않게 일을 그만두어야 했던 경험 많은 수조 잠수부 셀레나 치우가 있었다. 그녀는 자기 집안사람들 몇 명에게 판의 수조에 있는 물고기만 죽은 게 아니라는 말을 했다. 죽은 물고기로 가득 찬 다른 수조들이 있었다. 수조를 비운 다음 살균 처리를 해야 했고, 여과 장치와 파이프와 배관을 해체한 다음 교체해야 했다. 이러한 피해는 판이 가까이 간 적이 없는 다른 시설에서 발생했다. 판이 B-모어를 떠난 직후에 셀레나는 몇몇 초보 잠수부들을 교육시키기 위해 그곳으로 옮겨 가서 며칠 동안 일했다. 듣자 하니 셀레나는 비어 있는 수조 하나가 깨끗이 청소가 되어 있는 것을 보고 그것이 단순히 정기적인 유지 순환이라고 추측했다. 하지만 교육생 잠수부 가운데 하나가 자기들은 사실 물고기들의 갑작스런 떼죽음으로 인해 몇 개의 수조를 청소하고 있었다고 말했다. 갓 부화한 새끼들이 떼죽음을 당했던 걸까? 셀레나는 치어들이 수질에 특별히 민감해질 수 있고 이따금 병들어 죽는다고 말했다. 그 젊은 잠수부는 그녀의 의견에 반대를 표했다. 그것은 치어들의 수조가 아니라 수확을 거의 앞둔 다 자란 물고기들의 수조였다.

그녀가 이 문제에 대해 시설에 있는 다른 경험 많은 잠수부에게 물었을 때, 그녀는 먼 곳을 바라보는 듯한 시선과 알아들을 수 없는 중얼거림, 그리고 인기 있는 저녁 프로그램의 최근 진행 상황으로 급히 화제를 돌리는 모습과 맞닥뜨려야 했다. 그에 대해 셀레나는 우리 대부분이 그러하듯 바로 정중하게 고마움을 표했다. 하지만 그 뒤로 그녀는 어떻게 그런 일이 벌어질 수 있었는지 궁금해하지 않을 수 없었다. 성장의 모든 단계에 대한 규정 설명서가 있을 정도로 최적화된 시스템하에서 여러 해에 걸쳐 온도, 수질 조성, 영양분 등 모든 요소의 조작과 실험과 통제를 해 온 상황이었다. 그런 궁금증이 일어나는 것은 어찌 보면 자연스러웠다. 각 성장 단계는 더 작은 세부 단계들로 나뉘어져 있었고, 특정 미네랄 팅크를 추가한다거나 유입되는 물의 온도를 0.5도 올린다거나 하는 등의 조작을 거의 매시간 재조정할 수 있었다. 오염 물질의 유입을 최소화하기 위해서 심지어 잠수부의 옷을 날마다 세척하는 일이 매번 동일한 방식으로 이루어졌다.

'추적의 수준이 가속의 수준을 보여 준다!' 이것이 시설의 모토였다.

그 뒤로 다른 떼죽음이 있었다는 얘기는 없었다. 공원에서 벌어진 사건을 생각해 보면—표현 방식이 놀랍긴 했지만—사람들이 가능성에 대해 자각하고 있었던 것은 분명하다. 하지만 어쩌면 그게 그다지 특이한 일은 아닐 수 있다. 녹초가 되어 버린 어떤 새어머니가 배앓이를 하는 아기에게 강제로 음식을 먹이는 것이라고나 할까? 아기와 자신에게 벌을 주기 위해서? 그게 아니면 완벽하게 반짝거려 마음 한쪽 구석에 중압감을 느낀 나머지 방금 산 스쿠터를 손상시키는 행위라고나 할까? 때때로 우리는 자신이 사랑하는 것에 흠집을 내고 싶은 충동을 어쩌지 못할 때가 있다.

이런 생각이 들기 시작했을 수도 있다. 그래서 판이 자신의 물고기를 독으로 죽였다면 뭐가 어떻게 되는 거지? 지금까지 꾸준히 일해 왔고 비록 차터 사람들처럼 환상적으로 부유하지는 않지만 몇 대에 걸쳐 침착함과 품위로 버텨 온 B-모어의 나머지 우리들에게 이 모든 것은 무엇을 의미할까? 만약 그녀가 정말로 물고기의 떼죽음에 원인을 제공한 거라면 그녀가 거기에서 얻은 건 무엇이었을까? 그녀가 욕심을 냈던 건 무엇이었을까? 그것이 어떤 일시적인 정신 이상이나 어떤 격렬한 분노, 레그 때문에 겪은 지독한 슬픔이었을 거라고 말하는 것은 너무나 쉽다. 그녀는 그런 극단적인 감정을 견뎌 낼 수 있는 능력을 보여 준 적이 한 번도 없었으니까. 물론 그녀의 집안사람들은 이제 이곳을 떠나 서쪽 지역으로 가서 재정착했다. 그래서 직접적으로 물어볼 수 있는 사람이 아무도 없지만, 우리는 사진과 비디오를 통해 그녀가 행복한 아기이자 여학생, 심지어 청소년이었다는 것을 알고 있다. 그녀가 자신의 형제자매 그리고 사촌들과 함께 어울리는 모습을 우리는 매우 자주 볼 수 있었다. 왜소하고 빠른 몸을 이용해서 그녀는 이리저리 날렵하게 뛰어다녔다. 봄의 첫날에 나온 제비처럼 행복에 겨워하는 모습이었다. 그녀는 어느 나이에서나 몸집이 작았지만 또 어느 나이에서나 균형이 잘 잡힌 몸매를 유지하고 있었다. 그녀의 깡마른 다리는 크기가 딱 알맞아서 그녀를 정교하고 우아하게 만든 사람처럼 보이게 했고, 잠깐 스쳐 지나가는 다른 사람들의 존재만이 그녀의 키가 얼마나 작은지 드러내 주었다. 만약 이것이 판이—강요당하지 않는 한—극악무도하고 극단적인 잘못을 저지를 수 없는 사람임을 암시하는 우회적인 방법이 될 수 있다면, 그녀가 어떤 이유 때문에 그랬을 거라는 쪽으로 생각을 전환해 보자. 그녀가 최선의 유일한 이유, 즉 우리와 B-모어를 구하기 위해서 그랬다고 생각해 보자.

판이 이곳을 떠날 즈음, 어떤 소문이 있었다. 우리 상품들에 대한 차터에서의 수요 변화에 따른 것으로, 사실, 우리 상품들에 대한 정서의 변화에서 비롯된 소문이었다. 지금까지 수십 년 동안 B-모어와 차터 사람들 사이에는 매우 단순한 관계가 있어 왔다. 우리는 아주 깨끗하고 아름다운 물고기와 채소를 제공했고, 그 대가로 상당히 괜찮은 주택, 학교 교육, 기술 훈련, 의료 지원, 평범한 개인 사업가 수준의 급여를 지원받았으며 심지어 외국 여행을 다녀왔다. 지난달에는 은퇴자들과 불치병 환자들로 구성된 대규모 단체가 암스테르담으로 일생에 한 번뿐인 세계 여행을 다녀왔다. 암스테르담은 옛날의 모습을 여전히 간직하고 있는 몇 안 되는 도시들 가운데 하나인데, 영주권자들이 살고 있지만 그곳을 방문해서 관광을 하고 기념품과 과자류를 사고 싶어 하는 사람들 누구에게나 완전히 개방되어 있다. 그곳으로 여행을 떠난 사람들은 자전거를 타고 도시를 횡단했고 운하용 보트를 탔으며 반 고흐 박물관에서 포스터와 식탁용 접시받침을 사 가지고 왔다. 고흐의 작품들 가운데 압도적으로 인기가 높았던 것은 〈꽃 피는 아몬드 나무(Almond Blossom)〉였는데, 그것은 B-모어의 부엌과 거실에서 아주 흔하게 볼 수 있다. 거의 두 집에 하나꼴로 그 작품을 갖고 있는데 청자색 배경과 희끄무레한 꽃잎과 구불구불하고 이끼가 낀 가지들은 어딘지 모르게 우리네 인생의 바로 그 색조, 즉 밝은 빛을 띠는 땅거미를 포착해 내고 있다. 고흐가 일찍이 물고기를 그렸더라면 얼마나 좋았을까?

어쨌든 두 지역 사회가 생산자와 소비자 관계를 공고히 해 온 것이 우리로서는 다행이었다. 관계가 단절된 적이 딱 한 번 있었는데 20년도 더 전에, 질병이 발생했을 때였다. 우리는 모든 어류 수조를 비워 내고 문질러 깨끗이 씻어야 했다. 물고기의 비늘이 군데군데 떨어져 나갔는데 그것이 감염과 고름으로, 그리고 결국에는 죽음으로 이어졌다. 예방책으로 수조 위에 매달린 식물 트레이까지 완전히 치웠다. 새로운 물고기와 식물이 다시 자랄 때까지 우리의 차터 고객들은 낯선 시설들에서 나오는 음식을 공급받아야 했다. 상상할 수 있겠지만 그것은 그들을 매우 불안하게 만들었다. 차터 사람들은 불안감을 느끼는 걸로 유명하다. 부유함과 보안과 자기만족적인 태도에도 불구하고 그들은 어떠한 종류의 위험들이든 최소화하는 것에 강한 집착을 보이고 있다. 아마도 그들은 자신들이 섭취하는 것들의 알 수 없는 위험 때문에 가장 많이 괴로웠을 것이다. 이는 그들이 통달하지 못한 유일한 지점이다.

조금도 과장하지 않고 말해서 그때가 B-모어로서는 특별히 힘겨운 시기였다. 우리의 일상이 파괴되고 할 일이 없는 상황에서 달갑지 않은 무기력이 찾아들었다. 사람들은 쉽게 짜증을 냈고 그 즉시 비이성적이 되었다. 너무나 많은 사람들이 거리와 현관 입구의 층층대에서 서성거렸다. 스쿠터와 자전거 사고는 더 많이 일어났고 주먹다짐 사건과 쇼핑몰의 기물 파손이 증가했다. 그 시기에는 B-모어 역사에서 확인된 몇 건의 살인 사건도 발생했다. 또한 연인들의 평범한 싸움이 잦아졌으며 불법의 사업 거래가 비참할 정도로 극심해졌다.

사실 우리의 먼 친척 한 사람도 자신의 아내에게 독살을 당했다. 남편이 딸과 나이가 동갑인 찻집 아가씨한테 가려고 하자 아내는 남편이 찻집에서 가져온 달콤한 팥빵에다 쥐약을 섞어 아주 오랫동안 고통을 받다가 죽게 만들었다.

차터의 생물학자들과 기술자들은 우리의 사료와 수조 시설을 재정비했고 새로운 시설 운영 방식을 마련했다. 덕분에 그때와 같은 질병은 그 뒤로 발생하지 않고 있다. 사료에서 시작해서 물, 공기, 재배 수단, 조명 범위에 이르기까지 모든 단계와 구성이 끊임없이 감시되고 평가되고 있다. 사실, 여러 해에 걸쳐 측정이 너무나 정밀해져서 새로운 기구가 필연적으로 개발되었고 소수점 이하의 자릿수까지 계속 추가되었다. 측정 과정 자체가 우리의 패기에 대한 일종의 시험으로 진화하였다. 우리가 그들의 궁극적인 기준을 얼마나 실현할 수 있는지 알아보기 위한 것이다.

생각해 보면 이러한 이유 때문에 차터 고객들이 B-모어 상품에 대한 입맛을 잃어버렸다고 생각하는 것은 어처구니가 없다. 어찌 됐든 그것들은 처음부터 끝까지 그들이 전적으로 구상한 그들의 상품이다. 우리는 단지 그들의 소망을 실현해 왔을 뿐이다. 그보다 더 중요한 것이 뭐가 있겠는가? 가깝거나 먼 다른 정착지들은 그들의 옷과 기계 장치와 가구 등을 제공하고 있지만 우리는 근본적으로 그들을 지탱하고 있다. 우리는 그들의 아이들이 잘 자라게 해 주고 줄곧 그들에게 전적인 신뢰감을 보여 준다. 그곳에 어떤 남부끄러운 외부적 요소는 없다. 그들이 정확히 규정한 방어 시설만 있을 뿐이다.

그런데 근래 들어 차터 마을에 새로운 운동의 목소리가 있었다.

그 운동의 지지자들은 "땅으로 돌아가자!"라는 구호를 외쳤다. 엄선된 차터 전문가들로 이루어진 몇몇 팀들은 자치주에서 적합한 실험 지역 몇 군데를 알아본 다음, 자신들이 완전히 '자연적인' 방식으로 기른 것들의 품질이 어떤지 알아보기 위해 그곳에 식물을 심었다. '자연적인'이 이제 더 이상 더러움을 의미하는 낱말이 아니라는 사실이 놀랍다. 차터 사람들은 자신들의 정문과 우리의 정문 밖의 모든 것을 상당 부분 포기한 다음 그것을 가축과 농업 회사들에게 맡겼다. 그들에 의해 인위적으로 증가한 수확량은 이곳 그리고 해외의 항상 많은 자치주 사람들에 의해 구입된다. 차터의 관점에서 세계 생태계의 거의 모든 구역들은 적어도 예측 가능한 미래 동안에는 개선이 불가능할 정도로 오염되었다. 그래서 B-모어 같은 장소가 개발되었고 우리의 성공 뒤에 여러 차례에 걸쳐 복제되었다.

산출을 확실히 하려면 투입부터 확실히 하라!

"땅으로 돌아가자!"에 대해 우리는 우리의 자손들에게 설명을 해 주어야 하는데, 이는 자연적으로 성장하는 것들의 비길 데 없는 순수성에 대한 어떤 오랜 철학의 반복이다. 흙과 물과 공기와 태양의 특이하고 고유한 기반은 기르는 것이 무엇이든 간에 이상적인 발현을 결과물로 낳게 될 것이다. 빛깔, 구조, 맛, 그리고 당연히 가장 중요한 품질이라고 할 수 있는 건강성에 있어서의 결과 말이다. 차터 사람들이 생각하는 건강성의 정의는 우리가 생각하는 정의와 다르다. 그리고 그것은 또한 자치주 사람들의 정의와는 상당히 많이 다르다. 자치주 사람들은 기본적인 기능 외의 것을 바랄 수 없고, 운 좋게 퀴그와 같은 누군가의 보살핌을 필요로 할 때는 너무나 많은 것을 팔아 치워야 한다. 우리 B-모어 사람들은 상당히 괜찮은 보살핌을 받고 있지만 한 번 잠재적으로 불치의 병이라는 진단과 함께 치료를 받고 나면 두 번째는 거의 불가능하다. 차터 사람들은 우리와 다르다. 그들은 충분한 재력을 갖추고 있어서 자기가 원할 때마다 자신들의 전문의를 찾아갈 수 있다. 그들은 자신들의 몸이 지속적인 치료에 결국 굴복할 때까지 이론상으로는 무한정 전문의를 찾아갈 수 있다. 어느 누구도 C-질환으로부터 자유롭지 못하다. 어느 누구도. 이는 우리 B-모어 사람들과 자치주 사람들에게는 의심의 여지없는 자명한 이치이지만, 차터 사람들에게는 그렇지 않다. 기본적으로 고갈될 줄 모르는 그들의 자원이 현실 위에 덮어씌울 수 있는 흐릿한 베일을 감안하면 아마 그들은 결코 받아들이지 않을 것이다.

이것은 우리가 가장 겸손한 레그를 떠올리게 만든다.

키가 멀쑥하고 묘목 같은 몸매를 가진 레그는 거의 모든 행사와 업무에 적합해 보이지 않았다. 그의 남다른 영리함은 머리보다는 마음에 있었다. 사라지기 전까지 B-모어 연보에서의 그의 위치는 우리와 별반 다르지 않았다. 가계도상으로 그랬다는 것이지 그 이상은 아니다. 우리 각자는 나무 위에 어느 한 자리를 가지고 있고, 우리가 사라지고 나면 그 자리에 어떤 표시가 남는다. 영구적인 것이지만 시간이 지나면서 그 가장자리는 흐릿해지고, 나무는 계속해서 자랄 것이다. 지금으로부터 몇 년쯤 지나면 누군가가 여러분이 이곳이나 그곳에 있었음을 눈으로 알 수 있다. 그리고 여러분이 보다 더 넓은 가지에 대한 이해나 관심이 전혀 없는 사람이었다 하더라도, 내세에는 그 모든 것이 장엄하진 않아도 고요한 가운데 얼마나 번창해 왔는지에 대한 경이의 한숨이 남을지 모른다.

그러나 지금 레그로 인해, 좀 더 구체적으로 말하자면 레그가 C-질환에서 자유롭다는 생각으로 인해 B-모어는 불시의 상황 변화를 맞이했다. B-모어는 새로운 평화를 맞이했다. 허공에 더 많은 새의 지저귐이 있었을까? 거리는 더 환한 불빛으로 빛났을까? 당국이 잠잠해진 가운데 남아 있는 모든 것은 우리의 상상력이다. 그 상상력은 우리만의 것이었지만 어째서인지 지금은 완전히 해방이 된 느낌이 든다. 마치 척추가 구부러진 늙은 암말을 가두고 있던 목초지 울타리가 해체된 것 같다. 암말이 더 빨리 달릴 수는 없지만 산들바람에는 기분을 고무시키는 무언가가 있고 당장 땅을 박차고 달리고 싶은 마음이 들게 한다. 가슴속의 고성능 모터가 작동을 시작하고 암말은 자신이 날개가 돋아나서 하늘을 훨훨 날 수 있을 거라고 거의 확신하게 된다.

그래서 우리는 차터의 실험실에 있는 레그의 모습을 머릿속에 그려 봐야 한다. 오로지 자신만을 위해 준비된 전형적인 B-모어 음식들의 뷔페에서 그가 맛을 보는 장면 말이다. 음식을 야금야금 먹는 사이사이에 빨대로 톨 사이즈 소금 라씨(lassi)를 홀짝이는 레그. 거짓 없이 열심히 먹을 수밖에 없는 상황임에도 불구하고 그는 조금도 살이 찌지 않는다. 타고난 빠른 신진대사, 집에 대한 향수병, 그리고 무엇보다 판을 향한 상사병 때문에. 한 무리의 의사들이 벽이 유리로 되어 있는 작은 방에서 그를 관찰한다. 그들은 그의 유전자 패널의 상호작용, 혈액과 호르몬 수치, 심지어 자세와 거동에 대해 의견을 나누면서 그의 체질의 비밀을 풀기 위해 애쓴다. 그의 극소의 염증

인자, 평균 이하의 몇몇 편차가 그 비밀일까? 이민자와 토착민 피의 특정한 결합이 그 비밀일까? 그가 술을 삼가고 있다는 사실 때문일까? 매콤한 음식들 때문일까? 아니면, 혹시 요리사들이 음식을 가지고 들어왔을 때 그 젊은 친구가 물고기에 손을 대지 않았던 것 때문은 아닐까?

무슨 말이냐고?

요리사들은 여러 차례 물고기를 제공하라는 지시를 받았다. 이미 확인된 바다. 그럼에도 불구하고 그는 물고기를 전혀 먹지 않았다. 달콤한 볼 한 조각도 꼬리 한 조각도 먹지 않았다. 물론 그 물고기는 우리가 키운 것이다. 그것도 B-모어의 최고급 상품의 가장 귀한 부위이다. 그들이 레그에게 물고기를 먹어 본 지 얼마나 되었느냐고 묻자 그는 냄새가 역겨워서 자신은 한 번도 물고기를 먹어 본 적이 없다고 말한다. 그는 물고기에서 빗속에 내놓은 낡은 슬리퍼 한 쌍의 냄새가 난다. 사실 그는 판이 수조에서 일을 하고 나서 머리를 샴푸로 감지 않으면 그녀에게 가까이 다가가지 못한다. 그는 이 사실을 그 전문가들에게 밝히지 않는다. 다만 확실히 기억은 할 수 없지만 아기 적에 물고기를 먹어 본 게 전부인 것 같다고만 말한다.

연구진에게 이것은 놀라운 정보이다. 그들은 그 말을 있는 그대로 믿을 수가 없다. B-모어에 사는 어느 누가 하나밖에 없는 그들의 가장 귀한 상품을 거부할 수 있단 말인가. 그것도 엄청나게 할인된 금액으로 제공되는 음식을 말이다. 심지어 차터 사람이라고 해도 모두가 날마다 먹을 수 없는 귀한 음식이 아닌가. 두말할 필요조차 없이 B-모어에서는 물고기가 순수한 저지방 단백질의 주요 공급원이다.

B-모어에서 붉은색 고기나 가금류는 특별한 공휴일이나 축제일에만 제공된다.

물고기 소비 수준과 모든 형태의 질병 사이의 상관관계를 추적하기 위해 즉시 차터와 B-모어와 그 자매 시설에 대한 공중위생 조사가 명해졌다. 실질적인 건 아무것도 밝혀 내지 못할 것이었지만 그럼에도 불구하고 다른 수많은 의무적인 조사가 개발되고 보급되어 더 이상 조사할 것이 거의 남아 있지 않을 때까지 다양한 채소, 곡물, 감미료, 소금 등에 대한 가설이 시험되었다. 그리고 그들은 물고기에 대한 조사로 돌아갔는데, 그것이 차터 마을에 작은 공황 상태와 판매량의 급격한 감소를 촉발시켰다. 갑자기 어느 누구도 우리의 물고기에 대해 그다지 큰 흥미를 보이지 않았다. 몇 주 만에 차터 유통업자들은 B-모어 주문량을 절반으로 줄였다. 그렇게 해서 수조에서는 수확을 하지 않게 되었고 물고기 한 마리당 물의 양은 점점 줄어들었으며 우리가 애지중지 보살핀 아름다운 최고급 상품들은 공간을 서로 차지하려고 경쟁을 벌이기 시작했다. 그들은 서로를 물어뜯기 시작했고, 곧 그 상대의 살을 삼킬 수밖에 없었다. 그들 중 처음 한 마리가 심각한 부상을 입었을 때, 예전 같았으면 나머지 물고기들이 뒤로 주춤주춤 물러섰을 텐데 이제는 그러지 않고 지느러미와 이빨을 번쩍이면서 미친 듯이 달려들었다.

한동안 B-모어의 좌판에서는 지나치게 커 버린 물고기들이 판매되었다. 두 마리 가격에 세 마리를 주다가 나중에는 한 마리 가격에 두 마리를 주었다. 사람들은 크게 기뻐했고 가족 모임과 주민 잔치가 수없이 벌어졌다. 그러다가 수조에서 벌어지고 있는 일에 대해 어떤 수군거림이 거품 일듯 일어났고, 우리는 물고기가 왜 그토록 많고 값이 싼지 의심하기 시작했다. 곧 어린아이들은 저녁 식탁에서 물고기를 너무 많이 먹는 것에 대해 불평을 늘어놓기 시작했다. 그도 그럴 것이 식탁에 생선 샐러드에 생선 튀김, 그리고 수없이 많은 생선 수프 그릇들이 있었다. 산들바람에 말라 가는 소금에 절인 살코기의 죽은 바다 냄새가 허공에 휘날리는 삼각기처럼 떠다녔다. 그러다가 우리의 꿈에서 더 이상 물고기가 남지 않게 되었고, 우리는 서로를 바라보며 왜 포만감을 느끼는데 그토록 허전한 느낌이 들 수 있는지 궁금해했다.

우리가 갈망하고 있었던 것은 레그였을까? 판이었을까? 그래, 털어놓자. 우리는 이제 그 문제에 대해 말할 수 있다. 그래 봤자 아무 의미 없다고 말하는 사람들이 많이 있다. 그들은 이런 감정들이 결국 자욱한 연기처럼 어디론가 흘러가 버릴 거라고 말하는데 아마 그 말은 옳을 것이다. 하지만 우리가 자신을 억누르지 않기로 굳게 마음먹고, 당국의 계획과 아무리 상반되더라도 우리의 마음속에 있는 그 한 쌍의 좋은 그림을 보존하기 위해 계속해서 얘기를 하게 되면 이런 실천만으로도 우리는 활기를 얻을 것이고 기운을 낼 수 있을 것이다. 비록 우리가 가고 싶은 곳이 그 어디에도 없을지라도.

그리고 아마도 결국에는 이것이 판과 그녀의 고난에 대해 계속 생각하는 가장 그럴듯한 이유일 것이다. 이민자들이 처음 발을 들여놓은 이후로 B-모어에 닥친 가장 심각한 도전 앞에서 우리는 정신력을 길러야 한다. 그것은 존재와 관련된 위협이다. C-질환이 없는 세상을 꿈꾸는 차터 사람들이 결국 우리의 상품을 받아들일 수 없다고 여기게 되면 우리는 무엇을 해서 벌어먹고 살 것인가? 수십 년 동안 그들은 두려운 C-질환의 모든 징후에 대비해 약과 치료법을 개발해 왔지만 여전히 완벽한 예방법도, 예방 접종도, 궁극적인 치료법도 마련하지 못했다. 그들의 과학과 의학 수준이 낮기 때문일까? 그게 아니면 그들이 도달하지 못할 곳은 이 세상 어디에도 없다는, 그들이 가진 철학의 결함 때문일까? 둘 중에 어느 쪽이든 간에 그것은 우리에게 다음과 같은 생각을 하도록 만든다. 어쩌면 우리는 끼니를 이어 갈 수는 있을 것이다. 하지만 우리의 주택, 전기와 물, 학교와 훈련 센터, 그리고 가장 중요한 우리의 병원은 어떻게 되는 걸까? 어떻게 우리는 공공의 행복을 확보할 수 있을 것인가?

진실은 우리가 그렇게 할 수 없을 거라는 것이다. 상상하고 예상한 대로 우리는 사실 지속 불가능한 설계일지도 모른다. 그래서 우리는 판을 필요로 했던 것이다. 우리는 아이디어와 사람 양쪽 측면에서 그녀를 필요로 했다. 왜냐하면 그녀의 내면에는 우리를 구조할 수 있는 하나의 가능성이 있었기 때문이다. 그것은 우리 모두의 미래, 차터와 B-모어 사람들, 심지어 자치주에 사는 외면당한 영혼들의 미래의 씨앗이었다. 그리고 그 씨앗은 지금 퀴그가 가장 중시하는 것이다.

# 9

어느 날 동트기 전에 로린은 판을 잠에서 깨웠다. 판의 옆자리에는 땀을 흘려 머리가 흠뻑 젖은 스타가 잠들어 있었다. 로린은 판에게 가방을 싸라고 했다. 그들은 퀴그와 함께 이틀 밤 동안 여행을 떠날 것이었다. 무슨 일이 벌어지고 있는지 판에게 설명할 필요는 없었다. 며칠 전에 여행을 떠날 가능성에 대해 이미 대략적으로 말해 주었다. 하지만 판을 데려가는 이유는 미스터리였다. 판으로서는 선택의 여지가 없었기 때문에 아무런 질문도 던지지 않고 얼마 안 되는 자신의 물건들을 챙겼다. 그로부터 한 시간 후, 세 사람은 신형 SUV에 탄 채로 언덕 아래로 이어지는 도로 위에서 먼지 폭풍을 일으키며 달려가고 있었다. 덥고 건조한 날씨가 오래도록 이어졌었지만 이제는 스모크스에 진짜 가뭄이 닥친 것처럼 보였다. 비는 드물게 내렸다. 비가 쏟아진다고 해도 짧게 오다가 그쳐 버렸다. 개울물은 거의 다 말라 버렸고 퀴그의 시설에 있는 두 우물의 수위도 1미터가량 아래로 내려앉았다. 사람들은 세 번째 우물을 어디에 파야 하는지를 두고 논쟁을 벌이고 있었다. 판이 세위와 엘리와 함께 헤엄을 치던 차가운 연못은 밝은 녹색 조류의 스펀지 같은 섬들로 뒤덮였다. 그곳에서 뽑아낸 물은 팔팔 끓인 뒤에도 진흙에서 나온 파충류나 갓 생겨난 무언가의 진액이 녹지 않는 서리처럼 혀에 쩍쩍 달라붙었다.

그들은 저 멀리 북쪽에 있는 어떤 차터 마을을 향해 달려가고 있었다. 차는 한때 시러큐스라는 도시가 있던 곳 근방으로 가고 있었다. 듣자 하니 이곳 차터 마을 사람들은 해안 근처에 사는 사람들만큼 부유하지 않았다. 물론 자치주나 B-모어의 기준에서 보자면 그들은 여전히 따라갈 수 없을 정도로 부유했다. 작년에 이곳 주민들 가운데 한 사람이 퀴그한테 치료를 받았다. 그 사람은 차를 몰고 오래된 우회 도로를 따라 그 지역을 통과하고 있었는데 넓적다리까지 잠기는 깊은 구덩이를 피하려고 핸들을 돌리다가 나무를 들이받았다. 퀴그는 다리를 절단해야 할 위기에 처한 그를 구해 주었다. 몸이 회복되자 그 친구는 자신이 살고 있는 차터 마을에 와서 일하고 살라며 퀴그를 초청했다. 퀴그는 차터 생활로 되돌아갈 마음이 전혀 없었다. 하지만 지금은 신선한 물이 문제였고, 그들의 땅 밑에 놓인 단단한 화강암 덩어리를 파헤치기 위해서는 인근에서 빌려올 수 있는 것보다 더 무거운 굴착 장비가 필요했다. 그래서 옛 환자에게 연락을 했는데, 공교롭게도 그 친구는 유명한 광업 공사의 소유주였다.

겨울을 앞두고 로린이 세위를 위해 스웨터를 짜면서 낮게 무어라고 중얼거리는 소리를 제외하면 차 안에서는 어떠한 대화도 없었다. 그녀는 진통제와 함께 충치 하나 때문에 주기적으로 약을 사고 있었다. 뜨개질은 그녀에게 일종의 진정제 역할을 했다. 그녀는 평소답지 않은 경박함과 인내심이 섞인 목소리로 그녀의 머릿속에서 들려오는 말들을 중얼거렸다. 그녀의 동반자는 다름 아닌 더 젊고 더 자상한 자신이었다. 그리고 이 조용하고 순수한 여자애와 함께 있으면서 로린은 모성이 가득한 너그러운 사람이 되었다. 두 무릎을 항상 반듯하게 붙이고 있어라. 가냘프게 우는 것 같은 말들을 판이 전부 알아듣기는 어려웠지만 로린은 지나치게 열정적인 남자애들을 어떻게 다뤄야 하는지에 대해 간략하게 조언해 주었다. 그녀는 요리를 시작하기 전에 프라이팬을 먼저 불에 달궈야 한다는 식의 기본적인 요리 기술들도 가르쳐 주었다. 말벌 둥지를 건드렸을 때는 숨을 참고 바람처럼 달아나야 한다는 얘기도 해 주었다. 다음 실 뭉치로 뜨개질을 시작할 때까지 그녀는 중얼거림을 멈추지 않았다. 그러다가 곧 잠에 곯아떨어졌다. 그녀의 지저분한 머리카락은 차창에 납작하게 눌려 있었고 그녀의 손에 들려 있는 두 바늘은 끝이 서로 어긋나 있다가 천천히 풀어지고 있었다. 뒷자리에서 판은 휙휙 스치고 지나가는 시골 풍경을 바라보고 있었다. 자치주의 도로는 일반적으로 더럽고 위험했다. 퀴그는 갈퀴 같은 손을 핸들에 얹은 채 전방을 주시하고 있었다. 그는 이어폰을 귀에 꽂고 있었는데 신 나게 현을 튕기는 소리가 흘러나오는 것으로 보아 오래된 현악기 연주를 듣고 있는 것 같았다. 여행을 떠나는 판에게 엘리가 핸드스크린을 빌려 주었지만 차의 불안정한 속도 때문에 금방이라도 토할 것 같아서 오랫동안 읽을 수가 없었다. 물론 그녀의 속을 메스껍게 만드는 데에는 그보다 더 큰 이유가 있었다. 판은 왜 자신이 그와 동행을 하고 있는지에 대해 더 많은 질문을 던지고 싶었다. 하지만 그가 무섭기도 했고 그 이유가 두렵기도 했다. 가장 소름 돋는 가능성은 그녀를 팔아 버리거나 다른 무엇과 교환할 거라는 대답이 돌아오는 것이었다.

불과 얼마 전에 퀴그는 몇 사람을 팔아 버렸다. 그리고 그중 어린 남자애 두 명은 판과 비슷한 나이였다(그녀는 아직도 제 나이에 비해 훨씬 어린 척을 하고 있었는데 그게 제대로 통하고 있었다). 두 남자애는 시급한 치료를 요하는 질병에 걸려 지난주 퀴그의 시설에 찾아왔었다. 그들은 의심할 여지없이 형제였다. 둘 모두 뼈가 앙상하게 드러난 어깨가 앞으로 기울어져 있었고 일자 눈썹이 굵고 짙었다. 퀴그가 그들을 사륜 구동 기능을 갖춘 거의 새것이나 다름없는 차(지금 세 사람이 타고 있는 바로 그 SUV이다)와 맞바꾸기 전까지 그들은 안채에 갇혀 있었다. 그 형제는 판의 눈에 차터의 구급 차량으로 보이는 것에 태워져 운반되었다. 형제는 퀴그의 수하에 있는 몇 사람에 의해 안채에서 옮겨졌는데, 수갑을 차고 있지는 않았지만 뒤쪽 칸에 올라타는 그들의 얼굴 표정은 지옥에 떨어진 이들의 멍한 눈빛을 하고 있었다. 판은 레그가 머리를 문틀에 부딪치지 않으려고 몸을 구부려야 했을지도 모른다는 생각에 가슴이 아팠다. 그들이 왜 자신을 데려가는지 이해하지 못한 채 그는 얼마나 혼란스럽고 두려웠을 것인가. 물론 그녀 자신도 지금 정확히 무슨 일이 벌어지고 있는지 이해하지 못하고 있었다. 하지만 그녀는 로린이 새로 온 사람들에게 설명하려 애쓰는 것을 엿들은 적이 있었다. 그때 로린은 퀴그의 시설이 '청소년을 삼키는 시설'이라는 소문이 차터에서 온 방문객들 사이에 떠돌고 있지만, 특정한 나이 이하의 사람들은 자동적으로 물물교환의 대상에서 제외된다고 설명했다. 진정으로 짜증을 내는 모습을 보이면서도 로린은 그 고집 세고 목소리가 날카로운 여자가 데려온 세 명의 10대 아이들을 결국 진찰실로 데려가서 퀴그의 진찰을 받게 했다. 비록 그들은 그 여자와 함께 곧 떠나 버렸고 거기에서 아무것도 얻어 내지 못했지만 그날 이후로 다른 건강하지 못한 젊은이들은 줄의 맨 앞으로 곧장 오게 되었다.

판은 퀴그가 첫날 자신에게 행했던 어떤 혈액 검사를 기억하지 못했다. 그 토할 것 같았던 처음 몇 시간 동안 벌어진 일이어서 전혀 눈치 채지 못했다. 퀴그는 검사 후 특별한 점을 발견했다는 식의 어떤 말이나 행동을 조금도 보이지 않았다. 이를 테면 그녀가 C-질환에 영원히 걸리지 않는 체질이라는 식의. 물론 그녀는 그렇지 않았다. B-모어에 있는 다른 모든 사람과 마찬가지로 그녀는 주기적으로 검사를 받았다. 마지막으로 검사를 받은 것은 1년 전이었다. 그 당시 그녀와 레그는 함께할 자신들의 미래에 대해 막 얘기를 나누기 시작하고 있었다. 그들은 결혼과 아이들, 그리고 함께 살아갈 가족들에 대해서도 얘기를 나누었다. 관습상 그들은 보통 레그의 가족들과 함께 살도록 되어 있었지만 그들의 이중 연립 주택은 이미 수용 인원을 초과하고 있었고 판의 집도 마찬가지 상황이었다. 그들은 B-모어의 아직 개발이 덜 된 인근 지역에서 아무것도 없는 상태로 시작할 생각을 하고 있었다. 그들은 자신들이 인근 지역으로 가게 되면 상대적으로 상류층이 될 거라는 사실도 알고 있었다.

이것은 그들에게 다소 재미있는 이야기였다. 두 사람 중 어느 누구도 그런 역할을 감당할 타입이 아니었다. 하지만 그것에 대해 생각하면 할수록 그들은 시도를 해 봐야 한다는 생각이 들었다. 그들은 재배 시설에 든든한 일자리를 가지고 있었고 대출금을 감당할 여유가 있었다. 그리고 무엇보다 단둘이서 더 행복하게 잘 살아갈 수 있을 거라는 사실을 마침내 깨닫기 시작하고 있었다. 그들의 이러한 생각들은 아마도 옳았을 것이다. 우리는 그것에 대해 말하기를 원치 않고 우리가 아는 것을 시인하지도 않을 테지만, 우리 모두는 레그의 성격을 일부 가지고 있는 사람들이 매우 미묘하게 혹은 무의식중에 최상의 상황에 놓일 수 있음을 이해할 수 있다. 모든 사람들이 식물 트레이의 몇몇 부분에는 물과 공기가 일정한 흐름으로 제공되지 않음을 알고 있다. 아마도 영양분이 희석되거나 이상하게 집중된 곳일 텐데, 그곳의 녹색 새싹은 처음에 얼핏 보면 괜찮아 보이지만 사실은 줄기가 약간 더 길거나 병충해에 보다 취약하다. 우리는 예전에 이 부분에 대해 이미 문제 제기를 한 적이 있는데 이제 여기에서 다시 거론한다. 왜냐하면 판이 오로지 그녀의 아이 아빠이자 장래 남편이 될 것 같은 레그를 찾기 위해서만 길을 떠난 것이 아니라, 그녀에게 그녀 자신을 시험하고 싶은 마음이 있었던 것임을 우리는 이제 명백히 알 수 있기 때문이다. 자신이 정말로 B-모어를 영원히 떠날 수 있는지 알아보기 위한 시험. 누군가는 마음속으로 저항하는 것만이 정당한 시위라고 주장할 수도 있을 것이다. 하지만 아마도 그녀의 계획은 우리가 우리 자신, 그리고 우리 자신이 짊어져야 하는 것들에 대해 집중하게 하려는 것이었을 테다.

우리가 너무 두려워하거나 편안해하는 것은 아니다. 또 너무 조심스러워하거나 꺼려하는 것도 아니다. 우리는 이 경계 너머의 생활을 한 번도 경험해 보지 않았다(물론 저녁 프로그램에서 바깥세상을 얼핏 보기도 하고 운이 좋아 일생에 한 번 할까 말까 하는 세계 여행을 떠나면서 바깥세상을 볼 기회를 얻기도 한다). 경험이 없기에 우리의 생각이 뻗어 나갈 수 있는 거리는 제한적이다. 상상력은 무한대가 아닐지도 모른다. 그것은 우리가 아는 우주에 여전히 매여 있다. 우리의 꿈이 허황하면 허황할수록 우리는 조상들이 우리의 벽을 설계할 때 그들을 안내한 바로 그 현실적인 신중함을 가지고 그 꿈들을 읽어 낼 수밖에 없다. 하지만 판은 도약을 한 것이고, 그것은 그 자체로 놀랍다.

그때 그녀 자신이 설명할 수 없는 무언가가 그녀로 하여금 차의 뒷좌석에서 퀴그에게 다음과 같이 말하게 만들었다.

"찾고 계시는 게 뭔지는 모르겠지만 제가 찾는 일을 도와 드릴게요."

퀴그는 바로 대꾸하지 않고 기다란 손가락으로 운전대를 톡톡 두드리기만 했다. 로린은 턱을 축 늘어뜨린 채 꾸벅꾸벅 졸고 있었다. 그녀의 변색된 아랫니들은 성장이 멈춘 옥수수 알맹이들처럼 서로 다닥다닥 붙어 있었다.

"우물 파는 기계를 찾는 걸 도와주겠다고?"

"아뇨. 다른 것 말이에요."

판이 말했다.

"다른 것이라."

퀴그는 약간 높은 목소리로 판이 했던 말을 반복했다.

"그래요."

판이 말했다. 사실 이것은 두 사람이 나누었던 겨우 두 번째 대화였다.

"이봐, 어린 아가씨. 내가 뭘 찾고 있는지도 모르면서 어떻게 도와주겠다는 거지?"

"저한테 말씀을 해 주셔야죠."

"내가 말해 주면 제일 먼저 뭘 할 거야?"

"운전하는 법을 가르쳐 달라고 하겠어요."

퀴그는 껄껄 웃었다. 판은 그가 그런 식으로 웃는 것을 처음 들었다. 그의 웃음소리는 그녀의 삼촌들 중 한 명과 정확히 똑같았다. 그 삼촌은 사람들에게 나눠 줄 벌꿀 참깨 사탕을 항상 주머니에 한가득 담고 다녔다.

"내가 왜 그래야 하지?"

"그래야 찾고 계시는 것에 집중하실 수 있을 테니까요."

차에 달린 거울을 통해 판은 그가 어렴풋이 미소를 짓고 있는 것을 보았다. 그들은 그로부터 30분쯤 달리는 동안 침묵을 지켰다. 그가 갑자기 차를 길가에 세우더니 오줌을 누러 밖으로 나갔다. 잠에서 깨어난 로린이 반쯤 잠이 든 상태로 비틀거리며 밖으로 따라 나가더니 덤불 속으로 사라졌다. 판은 두 사람의 모습이 보이지 않을 때까지 기다렸다가 용변을 볼 장소를 찾았다. 생리를 할 시기를 놓쳤는데도 배가 여느 때처럼 납작했다. 5주가 지나도록 생리가 없었다. 용변을 다 보고 나서 그녀는 반바지의 단추를 채우며 빈터로 걸어 나가다가 퀴그가 자신을 기다리며 그곳에 서 있는 것을 발견했다.

"달아났을지도 모른다고 생각했지."

"전 그러지 않았어요."

"그런 것 같군."

그가 말했다. 그의 얼굴에는 빛바랜 청색 야구모자의 챙 아래로 짙게 그늘이 드리워져 있었다. 두 사람의 머리 위로 구름 한 점 없는 하늘은 눈이 부실 정도였다.

판은 꼼짝도 하지 않고 서 있었다.

퀴그는 그녀를 음침하게 바라보더니 말했다.

"그만 가지."

차로 돌아갔을 때, 로린은 조수석 문에 몸을 기댄 채 두툼한 양팔로 팔짱을 끼고 있었다. 그녀가 무슨 말을 꺼내기도 전에 퀴그는 한동안 판이 앞좌석에 타고 갈 것이라고 그녀에게 말했다. 그녀는 목안에서 소리를 냈다. 그것은 줄을 서 있는 누군가에게 짜증을 낼 때마다 그녀가 내던 바로 그 소리였다. 하지만 그녀는 자신의 뜨개질감을 거머쥐더니 뒷좌석에 올라탔다. 그리고 두 다리를 뻗을 수 있도록 베개를 문 바로 안쪽에 세웠다. 퀴그가 차를 다시 도로 위로 올렸을 때, 로린은 곧바로 다시 뜨개질을 시작했다. 아까보다 약간 낮은 소리로 다시 중얼거리면서. 자신이 보살펴야 하는 아이가 여전히 사랑스러워서 참을성이 점점 더 강해지는 것 같았다. 확실히 그녀는 최근의 가시처럼 날카롭던 그 로린이 아니었다. 이유는 명백했다. 세위가 또다시 몸이 몹시 아팠다. 지난 몇 주 동안 상태가 두 번이나 나빠졌다. 시설에 있는 사람들 어느 누구도 그에 대해 이러쿵저러쿵 말을 하지 않았지만 세위가 혈액에 문제를 가지고 있다는 것은 대부분이 알고 있는 사실이었다(흔히 어린아이들에게 생기는 문제였다). 확실한 치료가 가능했지만 엄청난 비용이 든다는 게 문제였다. 약을 구하려고 해도 그들의 재정 상태로는 어림도 없었다. 게다가 그녀 자신도 아이를 간호하느라 수많은 밤을 지새워서 몸이 좋지 않았다. 세위가 가장 최근에 앓은 열병은 며칠 전에 발생했고, 로린은 지금 가는 차터 마을에서 특별한 화학 요법 치료제를 구할 수 있는지 알아볼 생각으로 따라나선 것이었다. 물론 그런 치료제가 설사 있다고 하더라도 그녀로서는 그것을 살 수 있는 돈이 없었기에 세위가 C-질환에 걸렸다는 선고를 받은 상황에서, 당연히 그녀의 기대치는 매우 낮았다. 모든 자치주 사람들이 그랬다(우리 B-모어 사람들도 마찬가지이지만). 그녀는 나름대로 최선을 다해 보다가 곧 현실을 순순히 받아들일 것이었고 결국 좌절할 것이었다. 그런 상황에 처하게 되면 우리 모두 그녀처럼 될 것이다. 달리 방법이 없는데 어쩌겠는가.

퀴그는 운전을 하는 동안 세위에 대해서 어떤 말도 하지 않았다. 그는 자신의 시설과 관련된 어떤 말도 하지 않았고 지금 가고 있는 곳에 대해서도 아무런 말을 하지 않았다. 그가 오로지 관심이 있는 것은 차량의 다양한 부품들과 기능들을 판에게 설명해 주는 것밖에 없는 듯 보였다. 물론 판은 예전에 승용차를 타 보았지만 그것들은 B-모어의 미니버스와 택시였다. 그리고 앞좌석에 앉아 본 것은 이번이 처음이었다. B-모어의 모든 사람들은 대부분 스쿠터와 자전거를 타고 다녔다. 이런 이야기를 들었을 때, 퀴그의 근엄하고 꺼칠꺼칠한 얼굴은 밝아지는 것처럼 보였다. 그는 그녀가 묻지 않아도 모든 것이 어떻게 작동하는지 설명해 주었다. 기어 박스에서 시작해서 페달로,

또 계기판으로 그리고 핸들로 설명이 이어졌다. 그다음에는 모든 게이지와 손잡이와 단추 들, 그리고 심지어 자동 좌석 조절 장치에 대해서까지 설명해 주었다. 그의 설명을 듣고 판은 자신이 앉아 있는 좌석을 앞뒤와 위아래로 움직여 보았다. 그는 판이 최대한 좌석을 높이 올리고 오른쪽 다리를 뻗어 보게 했다. 그런 다음 마른 과일이 담긴 플라스틱 통을 그녀에게 건넸다. 그것은 로린이 여행을 위해 챙긴 것이었다. 퀴그는 판이 그것을 핸들 대용으로 해서 자신을 따라 해 운전 연습을 하게끔 했다. 처음에는 우스꽝스러웠지만 퀴그는 진지한 표정이 되더니 자기를 보지 말고 전방의 도로를 계속 주시하라고 일렀다. 판이 집중을 하면 할수록 그녀의 동작은 차에 놀라운 속도로 적응을 해 가고 있는 것처럼 보였다. 급커브에서는 속도를 늦추었고 앞이 탁 트인 곧은길이 나오면 발로 방화벽을 짓눌렀다. 그녀는 버려진 마을의 부서진 주도로에 나 있는 수많은 구덩이를 요리조리 조심스럽게 지나갔다. 그들은 그 마을을 빠져나와 완만하게 경사진 시골 지역의 다른 마을을 통과했다. 오랫동안 비가 내리지 않아 풍경은 황량하고 빛이 바래 있었다. 깜박 잠이 든 로린의 반복적인 거친 숨소리가 허스키하고 건조하게 들렸다. 플라스틱 통을 계속 들고 있다 보니 양팔이 아파 오기 시작했지만 판은 이제 그녀 스스로 그것을 즐기기 시작하고 있었다. 생각해 보면, 뜻하지 않은 자유와 유쾌한 흥분은 이러한 삶과 아주 비슷하다. 실제보다는 믿음이 좌우하는 삶.

판은 무심코 퀴그를 힐끗 건너다보았다. 그런데 놀랍게도 그는 전방의 도로를 주시하는 대신 그녀에게 시선을 고정한 채 그녀의 손놀림과 동일하게 양손을 움직여 주고 있었다. 그 모습을 보고 판은 자기도 모르게 몸을 옆으로 홱 움직이고 말았다. 퀴그가 따라 하자 빠르게 달리던 차가 방향을 틀면서 타이어들이 귀청을 찢을 듯한 울음소리를 냈다. 퀴그는 끔찍하고 섬뜩한 뱀처럼 구불거리는 SUV에 맞서서 중심을 잡으려고 버둥거리다가 간신히 성공했다. 그들은 다시금 도로를 따라 차분하게 달려가고 있었다. 도로 위에 다른 차량들이 없어서 천만다행이었다. 잠에서 깨어난 로린은 뜨개질바늘 하나에 턱이 찔려 고통스러운 비명을 질렀다. 그녀의 턱에서 핏방울이 뚝뚝 떨어지고 있었다.

"대체 무슨 일이에요?"

"길에 커다란 돌이 있었어."

퀴그는 흔히 있는 대수롭지 않은 일이라는 듯 그렇게 중얼거렸다.

"그것도 못 본 거예요?"

셔츠 소매로 흐르는 피를 닦아 내면서 그녀가 투덜거렸다.

"못 봤어."

판은 입가에 모호한 미소를 지으며 어깨 너머로 로린을 돌아보았다. 퀴그는 판과 시선을 맞추지 않고 다시 운전 중이었지만 판은 그가 자신에게 윙크를 보냈을 거라고 확신했다. 그녀는 그에 대해 궁금증이 일었다. 아내와 딸이 살아 있었을 때 그는 어떤 남편이었고 아빠였을지 궁금해졌다. 판은 페넬로페로부터 그의 처자식에 대해 구체적인 이야기를 들었다. 언젠가 식사를 마치고 나서 페넬로페는 퀴그의 딸이 아주 예뻤다고 말했다. 여자애들 중에는 자기 아버지의 특정 외모를 닮아서 아름다운 애들이 있다. 사실 퀴그는 특별히 봐줄 만한 구석이 없는 사람이었다. 페넬로페는 퀴그가 손으로 핸드스크린을 죽 훑어 가는 동안 그의 사진첩에 있는 사진 몇 장을 얼핏 보았는데 그가 사진을 굳이 감추려고 하지 않았다고 말했다. 평소 그는 자기 딸에 대해 일절 얘기하지 않았다. 방문객이 천진난만하게 그의 가족이나 자식들에 대해 물으면 그는 그냥 하던 일을 멈추고 그 자리를 벗어나곤 했다. 심지어 수술을 하거나 수술 부위를 꿰매는 와중에도 그런 적이 있었다. 시설에 있는 사람들은 그의 사정을 알기 때문에 그에게 그런 무례를 저지르지 않았다. 그것은 판도 마찬가지였다. 하지만 그녀는 페넬로페한테 졸라서 그의 과거 차터 생활에 대해 좀 더 많은 이야기를 들을 수 있었다. 페넬로페와 로린 그리고 시설에서 오래전부터 생활해 온 몇몇 다른 사람들 사이에 있었던 시시콜콜한 사건들이 모여서 하나의 비공식적인 역사가 되었다. 그리고 그녀는 그가 어떻게 해서 스모크스에서 살게 되었는지 알게 되었다.

# 10

우리가 이미 알고 있듯이 퀴그는 다른 모든 차터 사람들의 삶을 향유했다. 그는 저 남쪽의 차터 마을에서 태어나 자랐고 관례적인 방식으로 교육을 받았다. B-모어의 사람들보다 훨씬 더 오랫동안 학교에 다녔고 그다음에는 수의학 전문의가 되기 위해 차터의 어느 대학교에 진학했다. 그의 아내도 그와 마찬가지로 정식 교육을 받은 수의사였다. 그들은 인턴 과정을 마치고 어떤 마을에서 개업을 했는데 그곳에서 거의 20년 동안 생활하다가 떠나야 했다. 처음 몇 년이 지나고 나서 그의 아내는 아기를 낳기 위해 일을 그만두었다. 퀴그는 다른 두 명의 수의사와 공동으로 성업을 이룬 병원을 운영했다. 당시 그 병원은 그 지역에서 가장 규모가 컸다. 얼마 지나지 않아 다른 차터 마을에 사는 사람들이 그 병원으로 애완동물들을 데려오기 시작했는데 퀴그와 동업자들은 한 가지 아이디어를 생각해 냈다. 그것은 콜-밴을 타고 다니면서 서비스를 해 주는 것이었다. 그들은 차터 가정에서 흔히 기르고 있는 애완동물과 일반 동물을 치료해 주고 관리해 주면서 높은 수수료를 청구했다.

과도한 생활비, 교육비, 그리고 의료비를 부담해야 하는 데다 차터 생활을 제대로 누리기에는 솔직히 말해서 기회가 제한적이었기 때문에 차터 사람들은 대개 한 명이나 기껏해야 두 명의 자녀만 두고 있었다. 모든 계층의 사람들은 자신이 하는 일이 무엇이든 치열한 경쟁을 벌였다. 트롬본을 연주하든 수영 팀에 소속되어 있든 마찬가지였다. 물론 학교에서 두각을 드러낼 수도 있었는데, 모든 학생은 정기적으로 시험을 치렀고 모든 과목에서 순위가 매겨졌다. 사실, 순위는 팀이나 오케스트라, 심지어 과외 활동에도 매겨졌다. 재능을 측정하기 힘든 경우에는 열의와 리더십이 평가 대상이 되었다. 거기에서 시작된 평가가 대학교와 전문학교 그리고 직업에까지 퍼져 나갔다. 〈주간 파워 리스트〉에서는 가속적인 성과를 위해 박차를 가하는 강력한 지도자들을 다루고 있었는데, 그 주간지에는 B-모어와 자치주의 사람들은 절대 겪어 보지 못한 일종의 권태감이 드러나 있었다. 그것은 태어난 순간부터 끊임없이 측정되고 평가되는 것에서 오는 속이 텅 빈 듯한 공허감이었다.

어느 모로 보나 애완동물이 키우기에 더 간단했다. 게다가 애완동물은 가족이나 그들 자신을 실망시킬 수 없었다. 자연히 그것들은 조건 없이 애정을 주기도 했고 받기도 했다. 이는 이 세상에서 보기 드문 일이자, 왜 차터 사람들이 그토록 애완동물을 사랑하는지, 그리고 그들이 야생 동물들의 권리를 주장하면서 그들의 아파트의 값비싼 발코니나 뒤뜰에 동물들을 위한 놀이 기구를 마련해 주고 고양이와 개를 위한 집을 지어 주어야 한다고 역설하는지에 대한 충분한 설명일 것이다. 건강에 좋은 고기와 달걀과 우유를 얻기 위해 미니 돼지와 암탉, 심지어 염소를 기르는 열광자의 수가 증가하기도 했다. 퀴그와 그의 동업자들은 그들 스스로 아주 잘 해냈다. 그들은 의사나 기업체 간부들만큼 부유하지는 못했지만 차터의 여느 이웃들만큼 생활이 안정적이었다. 그들은 자신들의 삶에서 기대할 수 있는 모든 것들을 누리고 살았다. 자신들이 거주하던 아파트와 자신들이 몰았던 차량과 자신들이 고용한 많은 도우미들에 그들은 만족했다. 그들은 드물지 않게 외식도 했고 기본적으로 어느 것 하나 부족함 없이 생활했다. 차터 사람들이 흔히 말하는 대로 생활의 기본 틀이 제대로 갖춰져 있었다. 퀴그와 그의 아내와 딸은 이런 의미에서 예외적인 존재들이 아니어서 퍽 다행이었다. 트리쉬는 말이 많고 항상 명랑하고 쾌활하며 약간 토실토실한, 늘어뜨린 밤색 곱슬머리가 자기 엄마를 꼭 닮은 아주 똑똑한 여자애였다. 유치원 시절부터 성적이 줄곧 상위권이었다. 퀴그와 그의 아내는 트리쉬가 기술자나 기업의 중역이나 심지어 C-질환 전문의가 되기에 충분한 자질을 갖추고 있다고 생각했다. 그들은 아이를 차터 연합 미인 대회에 참가시키기도 했다. 사춘기 전 아동 부문에서 가장 외모가 돋보이는 참가자는 아니었지만 트리쉬는 타고난 비올라 연주 능력과 지식 부문에서 역사적 사실들을 기억하는 놀라운 능력 덕분에, 요가 시범과 야회복 심사에서 다소 낮게 받은 점수를 만회할 수 있었다. 트리쉬는 충분히 근사하게 보일 법했다. 페넬로페의 말에 따르면 트리쉬가 입은 마지막 심사 드레스는 광택이 나는 구릿빛의 멋진 호박단으로 만든 것으로, 그것은 그 애의 치렁치렁한 머리카락을 아주 돋보이게 만들었다. 게다가 그 애는 퀴그의 앨범 거의 모든 페이지에서 보았던 그 매력적인 미소를 가지고 있었다. 심사 위원들에게 그 환하고 티 없이 맑은 미소는 가장 진실하고 가장 깊은 기쁨을 표현하는 듯 보였다. 그리고 그 미소는 밝은 내면의 소녀뿐만 아니라 그만큼이나 밝은 차터의 분위기를 반영하고 있었다. 트리쉬는 두 번의 지역 결선 진출자였고 전국 대회에 나가기 위해 세 번째 도전을 준비하고 있었다. 첫 번째 동물 전염병이 서부 지역을 덮쳤을 때 그 애는 매주 몇 시간씩 요가 자세와 악기 연주를 연습하고 있었다.

퀴그를 포함해서 어느 누구도 상황이 그토록 빠르게 변화할 것이라고는 예상하지 못했다. 처음에는 고양이들이 병에 걸렸고 그다음에는 개들이, 그리고 그다음에는 취미로 기르는 가축들이 병들었다. 뒤이어 소수의 사람들까지 감염되었는데 그 불행한 사람들이 거의 모두 숨을 거두는 일이 벌어지지 않았더라면, 상황이 그토록 심각한 재해로 이어지지 않았을지도 모른다. 감염된 마을들은 즉각 폐쇄되었다. 무엇이 대재앙적 출혈열로 드러난 그 질병을 유발하였고 그것이 어떻게 다양한 종의 장벽을 넘나들었는지를 밝히기 위해 차터의 전염병 학자들이 세계 곳곳에서 날아왔다. 그들이 일하는 동안 감염된 마을에 있는 모든 애완동물과 일반 동물은 병이 들었든 그렇지 않든 간에 모두 살처분하라는 지시가 내려졌다. 위에서도 언급했듯 가정의 어항에 있는 물고기도 그 대상에 포함되었다. 애완동물을 숨기거나 살려 두려다가 걸린 가족들은 본보기로 자치주로 추방되었다.

오래지 않아 가정에 있는 동물이란 동물은 하나도 남김없이 제거되었다. 자연히 극심한 공포가 연합 전체로 퍼져나갔다. 우리 B-모어 사람들은 훨씬 뒤에까지 그에 대해 전혀 듣지 못했다. 이내 전국의 모든 차터 마을과 해외의 수많은 마을이 모든 동물의 사육을 무기한 금지하는 동일한 명령을 내렸다.

그런 다음 '무기한'이 '영원히'로 바뀌었다.

그야말로 하룻밤 사이에 자신의 생계 수단이 사라져 버린 사람에게 어떤 일이 일어났겠는가? 이것은 누군가가 자신의 일자리를 잃고 나서 그와 비슷한 다른 일자리를 찾는 데에 어려움을 겪는 것과는 다르다. 이유 전체가 사라졌다. 어느 시점에서 구시대의 작가들이 더 이상 읽기 연습을 하지 않는 극소수의 사람들을 발견한 것처럼. 하지만 적어도 그 작가들에게는 시간이 있었다. 그 변화는 독자들이 아주 드물어져 거의 사라져 버린 것으로 여겨질 때까지 수십 년에 걸쳐서 일어났다. 그것은 땅거미가 지는 덤불 속에 머물며 불안해하는 어떤 예민한 생물들 같았다. 하지만 퀴그에게 그것은 마치 어느 날 아침, 잠에서 깨어나 절차나 검사를 위한 모든 약속이 사라져 전체가 텅 비어 버린 달력을 발견하는 것처럼 신속하게 일어났다. 그와 그의 아내는 저축을 조금 해 두었고 그들의 아파트에 대해 일정 부분 지분을 가지고 있었지만 그와 동업자들은 최근에 직원과 콜-밴의 확대와 대대적인 사무실 개조를 위해 자금이 필요했고 그 때문에 적지 않은 빚을 지고 있었다. 수입은 없고 엄청난 빚을 진 퀴그의 가족은 아파트를 팔고 임차 기숙사로 이사를 가야 했다. 그곳은 주로 서비스업 종사자들, 유모, 조경사, 교사, 경비원, 긴급 구조 요원 등 차터의 부동산을 소유할 여유는 안 되지만 명백한 이유 때문에 마을 안에서 살기를 원하는 사람들을 위한 시설이었다. 퀴그와 그의 아내는 퀴그가 돈을 충분히 벌 수 있는 또 다른 일을 찾아낼 때까지 생계를 이어 갈 수만 있다면 어떤 일이든 닥치는 대로 하기로 마음먹었고, 실제로 그런 일을 했다. 그의 아내는 밤에 사무실을 청소했고 그는 헬스클럽에서 리넨과 수건을 처리하는 일을 맡았다. 그들은 트리쉬의 수업료와 음악 레슨비를 대기 위해 친구들에게 돈을 빌렸다. 퀴그는 산업 축산과 관련된 모든 회사에 지원했지만 어느 곳에서도 일자리를 얻을 수 없었다. 수의사들뿐 아니라 사육자들과 애완동물 가게 주인들에게까지 오명이 씌워져 있었다. 세상은 마치 그들이 질병 발생을 허용했거나 심지어 그것을 유발하기라도 한 것처럼 대했다.

동물 사육 금지 조치가 내려지기 전과 후의 퀴그의 사진들은 그의 외모에 상당한 변화가 있었음을 보여 주고 있다. 공원에서 아내와 딸과 함께 소풍을 즐기던 모습이나 수영장 옆에서 책을 읽고 있던 그의 모습을 보라. 그는 단정한 턱수염과 콧수염을 자랑스럽게 기른 모습이다. 목은 살이 쪄서 두툼하고 턱 아래로 살이 축 늘어져 있다. 그것은 남부럽지 않게 살아가는 중년의 차터 전문직 종사자로 자신은 안전띠를 매고 있어 보호받고 있음을 알고 있는 모습이다. 그럼 이제 그의 핼쑥하고 깨끗하게 면도를 한 얼굴을 보자. 얼굴의 털은 약간이라도 나쁜 인상을 줄 수 있는—그들의 차에 붙어 있는 새끼 고양이 실루엣 모양의 스티커까지 포함한—다른 모든 것과 함께 깨끗하게 제거되었다. 전에는 볼 수 없었던 유연한 자세, 즉 축 내려앉은 어깨와 앞으로 튀어나온 턱에는 똬리를 튼 팽팽한 환멸이 담겨 있다. 이렇게 비축된 고통과 분노는 밖으로 튀어나오지는 않지만 꾸준히 그의 정신으로 구불구불 흘러들고 있다. 그것은 그가 알지 못하는 내부의 어두운 부위를 영원히 도려냈다. 그의 매력적이지만 지친 얼굴의 아내, 글리니스를 보라. 그녀는 더 이상 머리를 염색하거나 눈가의 잔주름을 없앨 경제적 여유가 없기에 세월이 그녀를 스치고 지나간 흔적을 누구라도 확인할 수 있다. 하지만 그녀는 다가오는 미인 대회를 위해 빛나는, 그리고 순수한 그들의 트리쉬를 부티크에 데려가 암적색의 새 드레스와 그에 걸맞은 동일한 색상의 신발을 신기고 있다. 카메라를 향해 양손의 엄지를 치켜세워 보이는 그녀에게 어떻게 그 모든 비싼 물품의 값을 치를 것인지에 대한 암담한 현실은 전혀 드러나지 않는다. 마지막으로 퀴그가 손수 개조한 예전의 콜-밴을 보라. 그는 차의 양쪽 측면에 적혀 있던 '이동 수의사'라는 글자를 지워 버리고 이제 곧 시작하려는 새로운 리넨 사업을 위해 배달 트럭으로 개조했다. 그의 부푼 희망이 새롭게 치장한 타이어에서 반짝인다. 트리쉬와 글리니스는 그의 뒤쪽에 비좁게 붙어 앉아 카메라를 향해 우스꽝스러운 표정을 짓고 있다. 그는 가족을 위해서라면 아무리 초라하고 시대에 역행하는 일이더라도 자신의 운명이라고 생각하고 기꺼이 떠맡을 자세가 되어 있다.

그러나 내리막은 가장 가혹한 여정이다. 특히 차터 사람들에게는 더더욱.

리넨 서비스는 괜찮게 운영되고 있었다. 하지만 예전에 수의사를 할 때의 고객들 가운데 식당 경영자가 있었는데 대부분의 주문은 그 사람한테서 나왔다. 그리고 퀴그는 헬스클럽에서 파트타임으로 일하지 않으면 안 되었다. 글리니스도 그곳에서 일자리를 얻었다. 그녀는 여성용 라커룸에서 일하다가 동물 사육 금지 조치가 내려지기 전부터 알고 지내던 몇몇 회원들과 다시 만나게 되었다. 친구들은 곤경을 겪고 있는 그녀를 측은하게 생각했다. 글리니스는 어느 누구의 도움도 받아들일 생각이 없었지만 사실 그녀에게 도움의 손길을 내미는 사람도 없었다. 대신 친구들은 그들의 애완동물들에게 사용했던 마취제를 그녀의 남편이 아직도 가지고 있는지 궁금해했다. 팔 수 있는 시장이 더 이상 없는 상황이어서 퀴그는 충분한 양을 가지고 있었다. 그런데 놀랍게도 그녀의 친구들은 엄청난 가격에 마취제를 사겠다고 제안을 했다.

물론 차터에도 불법 약물들이 있지만 보안 조치 때문에 구하기가 엄청나게 어려웠는데, 약물 사용자들은 동물 사육 금지 조치가 내려지고 나서 몇몇 진정제를 더 손쉽게 입수할 수 있다는 것을 깨달았다. 그래서 상황은 글리니스에게 유리하게 돌아갔다. 그녀는 라커룸에서 약을 팔았다. 약값으로 돈을 놓아둔 사람이 있으면 작은 유리병 하나를 돌돌 말은 손 닦는 수건 안에 끼워서 넘겨주곤 했다. 소문이 퍼졌고 곧 그녀는 한 주에 한 다스의 유리병을 팔게 되었다. 공급이 줄어들자 그녀는 약값을 두세 배로 요구했다. 그럼에도 불구하고 차터 여자들은 친구들에게 소문을 퍼뜨리는 일을 멈추지 않았다. 글리니스는 자기가 무슨 일을 하고 있는지 남편에게 알리지 않았다. 그러다가 어느 날, 남편은 수의학 물품들을 보관해 두던 창고에서 돈다발을 발견했다. 그는 아내에게 불같이 화를 냈다. 그것은 위험천만한 행동이었다. 약품 거래를 하다가 적발되면 처벌을 받게 되어 있었다.

하지만 그녀도 지지 않고 남편에게 화를 냈다. 리넨 사업은 분명 성장하지 않고 있었고 그동안 자신들의 생활 수준은 점점 더 기울고 있었다. 그들은 이제 더 이상 친구들을 예전만큼 자주 만날 수 없었다. 친구들을 만나게 되면 술과 식사와 활동을 하는 데에 엄청난 돈을 써야 했는데 예전에는 두 사람 모두 그런 데에 한 번도 신경을 쓰지 않았다. 그들은 반들반들 윤이 나고 소리 없이 잘 달리는 세단을 타고 다니다가 대부분의 자치주 사람들이 몰고 다니는 덜거덕거리고 낡은 전기 왜건(부분적으로 디젤을 사용하는)으로 바꿨다. 그리고 물론 그들은 마을 저수지가 내려다보이고 두 개의 발코니를 갖추고 있으며 바람이 잘 들고 볕으로 가득한 복층 아파트 대신 침실 두 개짜리의 작은 아파트에서 살았다. 그들이 여전히 한 달에 한 번씩 토마토 그로브(Tomato Grove) 같은 곳에서 외식을 하고 있는 것에 대해 퀴그는 어떻게 생각했을까? 어떻게 트리쉬는 그녀의 불어 수업반과 함께 파리로 일주일 동안 수학여행을 갈 수 있었고 요리와 유화 강좌를 들을 수 있었을까? 그는 어디에서 돈이 나오고 있다고 생각했을까? 신용 대출을 받았을 리는 절대 없었다. 그들은 동물 사육 금지 조치가 내려지기 전날에 자신들이 더 이상 은행들로부터 어떠한 신용 대출도 받을 수 없게 되었다는 사실을 알았다. 글리니스는 사치를 부리는 차터 부인이 결코 아니었지만, 일단 사정이 변하자 자신들이 할 수 있는 한 예전 생활과 조금이라도 닮은 모습으로 살아 보려고 발버둥을 치는 듯 보였다. 그때까지 퀴그는 가정 내에서 아마도 가장 공상적인 사람이었다. 그는 열정적이었지만 잘난 체하지 않고 동물 관련 자신의 일을 꿋꿋이 하던 사람이었다. 그가 그러는 동안 글리니스와 트리쉬는 완벽한 차터 생활을 누리기 위해 잠시도 쉬지 않고 움직이고 있었고 그의 예전 동업자들은 수의사 사업을 홍보하고 확장하는 일을 하면서 공급업자들로부터 야외 골프 접대나 와인을 곁들인 저녁 식사 접대를 받는 것을 좋아했다. 퀴그는 항상 가족과 함께 집에 머물러 있는 편을 택했다. 그가 여행을 갈 때는 일을 하러 콜-밴을 타고 가는 경우밖에 없었다. 그는 다른 차터 마을의 가게와 시설을 둘러보는 것을 마다하지 않았지만 대신 집에 전화를 걸어 저녁 외식을 나갈 수 있는 시간에 돌아올 거라고 말했다.

글리니스는 그에게 계속해서 약을 팔 수 있게 해 달라고 설득했다. 결국 그녀는 남편을 설득시켰고 예전 재고량이 바닥나자 남편에게 예전 동업자들과 다른 동료들에게 연락을 해서 바닥난 재고량을 채우도록 부추겼다. 머지않아 리넨 서비스는 특별 배달 사업으로 그 성격이 바뀌었다. 퀴그 자신은 콜-밴의 운전대를 잡았고, 글리니스와 예전 수의사 조수였던 리키는 마을에서 가장 부유한 사람들이 사는 지역으로 '리넨'을 배달했다. 우리 모두가 알고 있듯이 차터 사람들은 그들의 와인과 증류주를 즐긴다. 솔직히 말해서 많은 경우가 중독이 될 정도까지 그런 것들을 즐긴다. 결과적으로 불법 알약과 가루약과 약초의 은밀한 거래는 확장의 여지가 충분히 있었다. 그들은 너무나 바쁘고 너무나 그 부분에 집중을 하고 있어서 일이나 레저에서 맞닥뜨리는 모든 것을 개인적인 '사업 발판'의 기회로 본다. 그들의 극도로 긴장된 정신은 주기적으로 그리고 완전히 풀어 줄 필요가 있다. 유리병의 판매는 호황을 이루었다. 그것은 B-모어의 어떤 진취적인 친구가 과학적으로 제조한 시냅스 촉진 쿠키를 연례 시험을 앞

두고 있는 우리 학생들에게 판매했을 때만큼이나 엄청난 호황을 누렸다. 그 쿠키는 카페인만 가득 함유한 과자에 불과하다는 것이 나중에 드러났다. 아무튼 유리병 판매의 호황 덕분에 돈은 순식간에 쌓였다. 그들은 그들의 옛 아파트를 재구입할 계획까지 세우고 있었다. 가진 게 현금뿐이라 그것 말고 달리 지불할 수 있는 방법을 그들은 생각해 낼 수 없었다.

이 짧은 기간이 그들 가족에게 분명 황금기는 아니었다고 하더라도, 확실히 사람을 의기양양하게 만드는 기간이기는 했다. 트리쉬는 무슨 일이 벌어지고 있는지 전혀 모르고 있었다. 그녀가 알고 있는 거라고는 자기 부모, 그중에서도 특히 자기 엄마가 예전보다 훨씬 더 행복해 보인다는 사실뿐이었다. 글리니스와 퀴그와 심지어 트리쉬까지도 예전의 생활로 되돌아가는 모습을 상상할 수 있었다. 그들은 테니스 클럽 회원권을 되찾았고, 서비스업 종사자들의 아파트가 아닌 제대로 된 아파트를 임차했으며, 미인 대회 지역 최종 선발전이 열리는 이리 호의 유명한 차터 마을을 향해 여행을 떠났다. 그곳에서 그들은 가장 좋은 호텔의 더블 스위트룸에 묵었다. 호수가 내다보이고 자신들뿐 아니라 트리쉬를 위해 킹사이즈 침대가 갖춰진 방이었다. 그것은 현금을 물 쓰듯 쓸 수 있는 한 가지 확실한 방법일 뿐만 아니라 그들의 행복한 날들이 덧없이 지나가 버릴 거라는 느낌을 지울 수 있는 방법이었다. 달콤한 매 순간에도 그들은 미래에 대한 막연한 불안감을 지울 수 없었다.

글리니스는 트리쉬의 얼굴과 머리를 단장해 주고 있었고 퀴그는 주말의 대량 주문과 관련해서 집에 있는 리키와 통화를 하고 있었다.

그때 전화선에 잡음이 들리는 것 같았다. 갑자기 스위트룸의 문이 왈칵 열리면서 암청색 제복 차림의 차터 경비대원들이 전동 경찰봉을 들고 달려 들어왔다. 퀴그는 본능적으로 저항을 했지만 그들은 그에게 거의 실신할 정도의 충격을 가했다. 글리니스가 남편의 몸에서 그들을 떼어 내려고 하자 그들은 그녀에게도 충격을 가했다. 그러는 동안 트리쉬는 줄곧 혼란과 공포 속에서 비명을 질러 대고 있었다. 광택이 나는 트리쉬의 드레스는 아수라장 속에서 심하게 찢어졌다. 그들은 비행기에 실려 마을로 돌아왔고, 리키의 증언으로 재판에서 유죄 판결을 받았다. 일주일 만에 가족은 차터에서 영원히 추방되었다. 오직 왜건에 실을 수 있는 것들만 그들에게 허락되었다. 물론 현금은 압수되어 단 한 푼도 가져갈 수 없었다.

여기까지가 판이 퀴그의 지난 삶에 대해 알고 있었던 내용이었다. 식사를 마치면 페넬로페가 이야기를 들려주곤 했었다. 차를 타고 가는 동안 판은 그 후에 뒤따랐을 크고 작은 일들을 그녀 스스로 채워 넣어 보았다. 먼 곳을 노려보는 듯한 퀴그의 시선을 힐끔거리면서 그가 지금 이 시점에 이르는 동안 보아야만 했던 것들과 할 수 있었던 일들을 상상해 보았다. 그는 아내와 딸의 마지막 순간을 목격했을까? 그는 한 사람, 아니면 두 사람을 죽였을까? 우리의 방식대로 자란 판은 다른 사람들의 삶을 적어도 마주보고 캐묻는 사람은 아니었다. 그래서 그녀가 바로 그 자리에서 서슴없이 그의 핸드스크린에 들어 있는 가족사진을 볼 수 있는지 물은 것은 깜짝 놀랄 만한 일이었다.

퀴그는 판의 말을 듣지 못한 것 같았다. 아니, 어쩌면 들었는지도 몰랐다. 그의 얼굴에서 혈색이 모두 빠져나가 버렸으니까. 턱의 근육들이 뻣뻣하게 굳어지고 있었고 이제 그는 한 손이 아니라 양손으로 구불구불한 내리막길을 천천히 내려가고 있었다. 물론 그는 시설에 있는 사람들이 자신의 과거에 대해 이런저런 추측을 한다는 것을 알고 있었지만 거기에 대해서는 일언반구도 하지 않았다.

"곤란하시면 안 보여 주셔도 돼요."

판이 말했다.

"봐서 뭐 하게?"

그가 물었다. 판이 놀랄 정도로 그의 목소리는 울림과 고통으로 가득했다.

"그냥 궁금해서요."

그녀가 말했다. 그것은 사실이었다. 우리는 그렇게 믿어야 한다. 퀴그도 그녀가 단순한 호기심에서 사진을 보고 싶어 한다는 것을 알고 있었다. 다른 모든 사람들처럼 그도 그녀가 실제보다 더 어리다고 생각했다. 판은 자신의 이익을 위해서 함부로 말을 하고 다니는 사람이 아니었고 그것은 자치주에서도 마찬가지였다. 종종 그녀는 말없이 가만히 있었지만 말을 할 때는 솔직하고 진지해 보였다. 그래서 사람들도 마찬가지로 그녀에게 그렇게 대했다.

로린이 희미하게 코를 고는 소리만 들려올 뿐 오랫동안 침묵이 이어졌다. 이윽고 그가 입을 열었다.

"어제가 그 애의 생일이었어."

"따님의 생일이었다고요?"

그는 고개를 끄덕였다.

"살아 있었다면 지금 몇 살이죠?"

퀴그는 화제의 전환을 받아들이지 못하겠다는 듯 킬킬거리는 웃음이 섞인 한숨을 내뱉었다.

하지만 그는 그녀의 질문에 대답했다.

"스물다섯 살. 살아 있었다면 결혼을 앞둔 나이지."

판은 그의 선글라스 옆으로 그의 눈을 볼 수 있었다. 그는 텅 빈 도로를 주시하면서 계속해서 눈을 껌벅거리고 있었다.

"따님이 매우 예뻤다고 페넬로페가 그러더군요. 재능도 많았다고요."

"그랬지."

그가 말했다. 딸아이 생각에 그는 속이 무너지는 듯 보였다. 그의 양쪽 어깨가 그만큼 약간 내려앉았다.

"그랬어."

잠시 뒤에 그는 중간 콘솔 칸에 있는 핸드스크린을 건드렸다. 그러자 어떤 클래식 음악이 흘러나왔다. 음악은 바흐의 비올라 협주곡이었는데 퀴그는 딸이 꽤 괜찮게 연주하기 시작했던 곡이라고 그녀에게 말했다.

"대회에 나가 연주하기로 되어 있었나요?"

그는 페넬로페가 그 모든 것에 대해 말해 주었느냐고 물었다. 그녀는 고개를 끄덕였다.

"응."

그가 말했다.

"몇몇 여자애들처럼 영재는 아니었지만 상당한 재능이 있었어. 음감이 좋았지. 그리고 마치 음악을 즐기고 있는 것처럼 정말 열정적으로 연주를 했어. 심사 위원들도 항상 그 점을 인정했지."

"B-모어에는 미인 대회라는 게 없어요."

"그런 것 같더군."

그가 말했다.

"너는 특별히 잘하는 게 있어?"

"헤엄을 칠 줄 알아요."

"나도 들었어. 수조 잠수부였다고."

"네. 오랫동안 숨을 참을 수 있어요."

"정말?"

"네."

"얼마나 오랫동안?"

"꽤 오랫동안."

"보여 줘."

그녀는 폐를 가득 채우기 위해 느리고 깊은 숨을 몇 차례 들이마시다가 마지막으로 숨을 들이마시고는 입을 다물었다. 그녀는 속임수를 쓰고 있지 않다는 것을 보여 주기 위해서 자기 코를 틀어쥐었다. 처음에 그는 관심도 기울이지 않는다는 듯 도로만 주시하고 있더니 곧 무의식적으로 속도를 낮추고는 그녀가 숨통을 터뜨리는 순간을 기다렸다. 하지만 그녀는 그 자리에 미동도 없이 차분하게 앉아 있었다. 얼굴색도 전혀 변하지 않았다. 사실 그녀는 당장에 잠에 곯아떨어질 것처럼 보였다. 그는 그녀에게 그만하라고 말했다. 그녀는 그의 말을 제대로 들을 수 없었다. 적어도 그의 지시에 즉각적인 반응을 보일 수가 없었다. 오랫동안 그랬던 것처럼, 수조에 들어가서 물속의 리듬에 자신을 맞추는 단계에 이미 진입했기 때문이었다. 그것은 두렵거나 걱정이 되지 않고 이상하게 자유로운 느낌이 들며 원하는 게 아무것도 없는, 심지어 공기에 대해서도 관심 없는 단계였다.

"이제 그만해."

그녀는 자기의식의 바깥 궤도에서 그가 그렇게 말하는 것을 들었다. 그만하면 충분했지만 그녀는 아무렇지도 않았다. 아직 실력을 보여 주려면 멀었다고 생각했다. 그가 그녀의 얼굴을 찰싹 때렸을 때 그녀는 할 수 없이 묘기의 강도를 한 단계 낮추었다.

"그만하면 충분하다고 했잖아!"

그가 소리를 빽 질렀다. 로린이 순간적으로 잠에서 깼지만 아무 말도 하지 않다가 다시 자신의 꿈으로 되돌아갔다. 이제 그는 차를 더 빠르게 몰고 있었다. 계속해서 달리고 있는 사람처럼 그는 빠르게 숨을 쉬고 있었다. 판은 자신의 광대뼈를 어루만졌다. 겁이 났다기보다는 깜짝 놀랐기 때문이었다. 그가 세게 때리지는 않았지만 그녀의 눈가를 살짝 긁는 바람에 그 부위가 찢어졌다. 그녀는 자신의 티셔츠 소매로 그 부위를 토닥였다.

"괜찮아?"

퀴그는 잠시 뜸을 들이다가 바라보지도 않고 그녀에게 말했다.

"네, 괜찮아요."

"넌 착한 아가씨야."

슬픔에 잠긴 표정으로 그가 말했다.

"고마워요."

"다시 운전해 보고 싶어?"

"괜찮아요."

"진심으로 하는 소리야. 여기서부터는 한참 동안 곧게 뻗은 길이니까 할 수 있을 거야."

"좋아요, 그럼."

그는 길가에 차를 세웠다. 두 사람은 재빨리 자리를 바꿔 앉았다. 판은 페달에 발이 닿을 수 있도록 의자를 최대한 앞쪽으로 끌어당겨 앉았다. 그녀는 차에 시동을 걸고 아주 느리게 차를 몰기 시작했다. 급제동이 한 번 있었지만 일단 궤도에 오르자 부드럽고 안정적으로 운전할 수 있었다. 퀴그는 핸드스크린을 집어 들고 비올라 음악을 다시 틀었다. 음악 소리가 차 안을 가득 채웠다.

"괜찮은 음악이네요."

그녀가 말했다.

"그래, 맞아."

얼마나 시간이 흘렀을까. 그는 핸드스크린을 몇 번 톡톡 두드리더니 그녀가 볼 수 있도록 사진 한 장을 내밀어 보였다. 연주회를 마치고 자기 엄마와 함께 서 있는 트리쉬의 사진이었다. 그녀는 옆구리에 반들반들하게 윤이 나는 비올라를 들고 있었다.

"두 사람에 대해 알고 싶어?"

그가 말했다.

"무슨 일이 있었는지 말해 주지. 듣고 싶어?"

판은 이야기를 듣고 싶은지 더 이상 확신할 수 없었다. 하지만 어쨌든 그는 이야기를 시작하려 하고 있었다. 그래서 판은 듣고 싶다고 말했다.

# II

판은 운전을 하면서 퀴그와 그의 가족의 첫 며칠 동안의 이야기에 귀를 기울였다. 듣고 보니 끔찍한 이야기였지만 그의 이야기는 음악이 우리의 본능으로 하여금 하나하나 치밀하게 생각하지 않으면 안 되는 무수한 기계적 작동을 감당할 수 있게 해 주듯 운전대를 잡고 있는 그녀의 마음을 차분히 가라앉혀 주었다. 어쩌면 이야기꾼도 그럴 것이다. 자기 목소리의 흐름을 따라가다 보면 이야기는 저절로 순탄히 흘러가게 된다.

퀴그의 말에 따르면 다른 모든 사람들처럼 그의 가족은 추방에 대해 이해하고 있었고, 추방된 사람들에 대해서는 두 번 다시 소식을 들을 수 없다는 사실을 알고 있었다. 그래서 그들의 마을에서 차를 타고 떠나는 날, 글리니스는 그것이 사형 선고나 다름없다는 확신이 들어 공포에 질려 있었다. 그녀는 가슴에서 북받쳐 오르는 울음을 멈출 수가 없었다. 퀴그도 겁에 질려 있었지만 그는 내색을 하지 않으려고 나름대로 최대한 애썼다. 그는 딴 곳에 정신이 팔려 있었는데 그것이 그나마 두려움을 이겨 내는 데에 도움이 되었다. 걱정해야 할 것도 많았고 정신을 집중해야 할 것도 많았다. 그 첫날 밤을 어디에서 보내야 할지, 그리고 차터의 모든 사람들처럼 법적으로 어떠한 무기를 소유할 수도 없는데 스스로를 어떻게 방어해야 할지 생각하지 않을 수 없었다. 그는 운전을 빠르게 해야 할지 느리게 해야 할지조차도 결정할 수 없었다. 어떤 속도로 운전을 해야 주변 사람들의 관심을 덜 끌어 안전할 수 있을까? 그래서 그는 제멋대로 뻗어 있는 구간을 지나가면서 속도를 늦추고 높이고를 반복했다. 참다못한 글리니스는 결국 그에게 제발 그런 식으로 운전하지 말라고 당부했다. 그녀의 그 말이 그의 반복되는 생각의 사슬을 뚝 끊어 버렸다. 곧 그는 목적의식을 가지고 무던하게 나아가는 것이 아마도 최선일 것임을 깨달았다. 마치 그들이 어떤 특정한 장소를 향해 나아가듯. 하지만 곰곰이 생각해 보면 그 질문이 그를 얼마나 사로잡았을지 이해할 수 있을 것이다. 여러분이라면 자신이 어디로 향하고 있는지 정말 모를 때에 무엇을 하겠는가? 적어도 애완동물이라면 본능으로 되돌아가 숨고 먹이를 찾고 자신을 방어하고 심지어 무엇을 죽이기까지 할 수 있을 것이다. 하지만 얼마 안 되는 돈과 대부분이 무용지물인 소유물(오븐 토스터와 칵테일 드레스), 그리고 탱크를 가득 채운 연료뿐인 옛 차터 가족이라면? 물론 B-모어 같은 생산 정착지가 그들을 받아 줄 가능성은 전혀 없었다. B-모어는 항상 외부인의 접근을 제한하고 있었다. 그들의 추방은 조직 전체에서 효력이 발생되는 것이었기에 다른 차터 마을로 가서 거주 자격을 얻는 것도 쉽지 않은 일이었다. 여러분이 지구의 중력에서 튕겨져 나온 선박의 키를 잡고 있다고 상상해 보라. 여러분은 자신이 마음먹은 대로 어디로든 나아갈 수 있지만 어느 곳이든 상상조차 할 수 없는 위험이 가득하다.

퀴그는 다음과 같은 생각 또한 하지 않을 수 없었다. 그녀만의 방식으로 트리쉬는 똑같은 끔찍한 생각과 함께 절망하고 있을 것이었다. 그녀는 완전히 말이 없었다. 그녀답지 않았다. 뒷좌석에서 소리 하나 내지 않고 있다가 그가 배고프냐고 묻자 간신히 앓는 소리를 냈을 뿐이었다. 그 자신의 두려움은 제쳐 두고라도 그의 가슴은 피할 수 없는 사실로 인해 갈기갈기 찢어지고 있었다. 그녀의 미래는 아무런 가치가 없게 되었고 그렇게 된 것에는 그녀의 부모가 유일한 원인이었다. 그는 자살도 생각해 보았지만 자신이 죽고 나면 남은 가족들이 어떻게 될지 생각하니 그것도 차마 못할 짓이었다. 그렇게 되자 그는 다음 절벽이나 협곡이 나오면 그대로 돌진해서 도로 밖으로 튕겨 나갈 생각을 하게 되었다. 그렇게 되면 일가족이 순식간에 다행스러운 죽음을 맞이하게 될 터였다. 하지만 또한 그것은 겁쟁이의 길이 될 터였다. 그는 자신과 글리니스가 불법적 거래에 너무나 쉽게 빠져든 것에 대해 이미 스스로에게 화가 나 있었다. 나쁜 짓을 할 시간에 자신을 재정비하고 자신의 열망을 재측정하는 일에 모든 에너지를 쏟아 부었어야 했다. 설사 그것이 차터의 서비스 계층으로 전락해서 몇 년은 다시 부상하지 못하는 것을 의미할지라도 그렇게 했어야 했다. 리넨 사업이 성장할 수 있는 시간을 좀 더 주었어야 했다. 글리니스가 약을 팔고 있다는 걸 처음 발견했을 때 좀 더 따끔하게 야단을 치면서 당장 그만두라고 요구했어야 했다. 하지만 그는 그녀를 나무라지 않았다. 그녀가 약을 파는 것이 전적으로 자신의 탓임을 알았으므로. 그는 자신의 나약한 기질에 굴복하기보다는 자신을 좀 더 신뢰했어야 했다. 특히 상대의 기분을 맞춰 주려는 지나친 열의와 남과의 충돌을 싫어하는 마음, 그리고 일평생 희망에 매달려 온 성격이 그를 실천가가 아닌 몽상가로 만들어 버렸다. 그의 수의사 동업자들과 글리니스가 기업가적인 사람들이었다면 그는 애완동물과 일반 동물을 자신의 사무실로 하나하나 받아들여 약을 투여하고 수술을 해 주고 심지어 동물들의 이빨을 닦아 주고 필요하면 발톱을 깎아 주는 것에서 만족을 느끼는 그런 사람이었다.

하지만 이제 그는 이곳에서 가족이 탄 차의 운전대를 잡고 자치주로 들어서고 있었다. 길에는 식사를 할 수 있는 모텔 몇 개가 있었다. 하지만 그것들은 지저분하고 우중충한 것에 비해 숙박료는 매우 비싸다고 알려져 있었다. 보안은 비교적 잘되어 있다고는 하지만 차터 사람이 아닌 이들이 며칠간 묵기에는 경제적으로 감당하기 어려운 곳이었다. 물론 차터 사람들은 절대 그런 곳에서 묵지 않겠지만. 그 사람들은 전용 헬기나 비행기를 타고 여행을 했다. 그리고 외국으로 나갈 때는 상층부의 대기를 타고 이동하는 제트기를 타고 다녔다. 그 사람들이 두 시간 이상 차량을 타고 이동하는 경우는 드물었다.

퀴그는 처음에 나온 두 모텔을 그냥 지나쳤다. 하나는 그럴듯해 보였지만 다른 하나는 너무 낡아서 당장에 무너져 내릴 것처럼 보였다. 하지만 그 뒤로 한나절을 달리는 동안 내비게이션에 아무것도 나타나지 않아 세 번째 모텔이 나타났을 때 그는 차를 멈출 수밖에 없었다. 그곳의 커다란 간판에는 '후 폴스 인(Who Falls Inn)'이라고 적혀 있었다. 모텔은 개울 옆에 자리를 잡고 있었다. 개울물이 적게나마 콘크리트 댐을 흘러넘친 물이라서 모텔 이름에 '폭포(Falls)'라는 이름이 붙은 것 같았다. 그 댐이 어떤 목적으로 지어졌고 과거 혹은 현재 어떤 역할을 하고 있는지는 명확하지 않았다. 울타리로 둘러싸인 주차장에는 상당히 많은 차량이 세워져 있었다. 2층으로 되어 있는 연한 파란색 건물에는 하얀 물의 성난 폭포들이 지붕과 처마 아래의 벽에 독특한 방식으로 잘 그려져 있었다. 그것은 쏟아지는 물이라기보다는 파도처럼 보였다. 공간은 깔끔하게 관리가 잘되어 있었다. 건물 주변에 심어져 있는 꽃과 관목은 건강하고 멋져 보였다. 잔디밭에 나 있는 오솔길은 쓸데없이 구불구불한 모양을 이루며 현관까지 이어져 있었다. 오솔길을 따라 깨끗하고 하얀 돌이 줄지어 박혀 있었고 빨간색 정원용 호스가 길을 따라 장식되어 있었다. 전체적인 인상은 전래 동화 속에서나 있을 법한 시설 같았다. 그래서 허허벌판 한복판에 홀로 서 있는 이 다채롭고 친근해 보이는 모텔이 겉으로 보이는 것만큼 매력적이리라는 보장은 없었다.

퀴그와 글리니스는 그곳에 머무르지 못할 수도 있다고 트리쉬에게 미리 말할 수밖에 없었다. 너무 좋아 보여서 오히려 의심스럽다는 사실에 그들은 서로 공감했다. 그들은 비디오카메라를 향해 손을 흔들었다. 울타리 정문이 옆으로 도르르 말리면서 그들은 안으로 들어갈 수 있었다. 퀴그는 여러 차례 길고 깊게 숨을 들이마셔 마음을 가라앉혔다. 그는 새로운 모습으로 빠르게 변할 수 있는 사람이 아니었다. 그는 사무실 창구로 다가갔다. 손가락 세 개 두께의 특수 아크릴 수지를 똑똑 두드리자 안에서 어떤 그림자가 다가왔다. 안경을 낀 친구가 모습을 드러냈는데 그는 젊어 보였지만 이미 머리가 벗겨지기 시작하고 있었다. 그는 양쪽 옆머리를 바짝 자른 아프로 헤어스타일을 하고 있었고 턱수염과 콧수염은 단정하게 다듬어져 있었다. 그는 빳빳하게 다려진 흰색 와이셔츠를 입고 있었는데 다이아몬드 모양의 'LWA'라는 모노그램•이 셔츠의 가슴주머니에 박혀 있었다. 당시 퀴그는 동공이 커져 있었고 피부가 창백했으며 누가 봐도 낯선 환경에 막 내팽개쳐진 사람처럼 보였다. 그 친구는 그런 퀴그를 보더니 표정이 딱딱하게 굳어졌다. 그는 또다시 지루하고 애처롭고 눈물 나는 이야기를 들어 줘야 할 거라고 예상했던 게 틀림없었다. 하지만 퀴그는 빈방이 있는지, 그리고 자기 차가 밤새 안전하게 보관될 수 있는지만 물었다. 그러자 그 친구(그 친구의 이름이 랜든 위긴스 앤더슨이라는 것을 퀴그 가족은 곧 알게 되었다)는 짜증스러운 표정으로 그에게 아내와 딸을 데려오라는 손짓을 했다. 퀴그가 가족을 데려오자 그 친구는 금속 탐지기를 통과하게 했다.

랜든은 그 모텔을 동업자인 데일과 공동으로 소유하고 있었다. 랜든보다 나이가 많은 데일은 키가 작고 통통하고 얼굴이 불그스름한 백인이었는데 양손을 나비처럼 퍼덕이면서 그들을 안으로 안내했다. 그는 트리쉬의 차림새를 보더니 귀여워 죽겠다고 지껄여 댔다. 트리쉬는 물방울무늬가 찍힌 여름용 원피스 차림에 흰색 에나멜가죽 신발을 신고 지갑을 들고 있었다. 차터 주민으로서의 마지막 날에

• Monogram: 두 개 이상의 글자를 합쳐 한 글자 모양으로 도안한 것을 말함. 합일 문자.

글리니스가 구입한 앙상블이었다. 그들의 자금 사정을 감안했을 때 감당하기 벅찬 것이었지만 퀴그는 아내가 마지막으로 그렇게 돈을 물 쓰듯 써 버린 것을 흡족하게 생각했다. 트리쉬는 자신의 새로운 차림새에 대해 아무런 말도 하지 않았었지만 이제 자신의 새 지갑을 데일에게 뽐내고 있었다. 데일은 어딘가로 사라졌다가 손님들이 깜빡 잊고 두고 간 모조 보석류 한 상자를 가지고 돌아왔다. 그는 원하는 만큼 아무 보석이나 가져도 좋다고 트리쉬에게 말했다. 트리쉬는 착한 아이라서 반지와 목걸이 하나씩만 골랐다. 데일이 좀 더 고르라고 재촉하자 그제야 루비로 장식한 머리핀과 조개껍데기 팔찌를 집어 들었다.

그러고 나서 데일은 그들을 그들이 묵게 될 스위트룸으로 안내했다. 큰 방 하나와 작은 방 하나였는데 그것들은 데일의 표현에 따르면 영국의 시골 사냥터 스타일로 꾸며져 있었다. 벽에는 옹이가 있는 나무가 그려져 있었고 속을 두툼하게 채워 넣은 인조 가죽과 스웨이드 가죽의 가구들이 있었다. 벽에는 말을 탄 사람들과 사냥개인 폭스하운드 여섯 마리의 사진이 걸려 있었고 뿔이 있는 가젤 한 마리와 짧은꼬리살쾡이로 보이는 동물의 머리가 박제되어 있었다. 안쪽 방에는 기둥에 조각이 새겨진 크고 화려한 침대 하나가 있었다. 바깥에 있는 소파는 수면용이었다. 욕실은 크지 않았지만 타일이 아름답게 깔려 있었다. 고풍스러운 세면대와 발이 달린 욕조는 니켈 도금이 된 붙박이 세간들과 함께 고정되어 있었다. 스위트룸은 모두 합해서 여덟 개밖에 없었는데(그들이 모텔을 사들일 때 있었던 스무 개의 방을 개조해서 만든 것이었다), 그때까지 그들은 하루에 여섯 팀 이상의 손님들을 받아 본 적이 없었고 각각의 방을 1900년의 비엔나, 옛날 농장, 그리고 발리의 나무 위 오두막처럼 독특한 스타일로 장식하고 싶었기 때문에, 방들은 여러 해에 걸쳐서 하나씩 개조에 들어갔고 결국 올봄에 모든 개조 작업을 마칠 수 있었다. 데일은 분명히 만족했고 자랑스럽게 생각했지만 그런 작업이 없었더라면 이 모텔이 훨씬 더 조용했을 거라는 사실을 인정했다. 랜든은 그런 조용한 상태를 더 선호했다.

그날 저녁 식사 시간에 그들은 다른 투숙객들을 만났다. 자영업을 하는 두 쌍의 연인과 농산물 식품 회사의 판매원, 그리고 덴마크에서 온 4인 가족 등이었다. 덴마크 가족은 아메리카를 여행 중이었는데 일부러 자치주에서 잠깐 시간을 보내고 있었다. 덴마크 사람들은 유난히 키가 컸고 매력적이었으며 문법에 맞는 완벽한 영어를 구사했다. 그것은 그 두 쌍의 연인이나 판매원과 완벽한 대조를 보였다. 그들은 분명히 상당한 재력을 가진 자치주 사람들이었지만 태도와 표정이 거칠었고 낯선 사람들과 함께 앉은 식탁에서 거리낌 없이 얘기를 하려고 했다. 투숙객 중 한 명이 자신이 묵고 있는 엑상프로방스• 스위트룸의 욕실에 나란히 설치되어 있는 세면기들에 대해 계속 지껄여 댔다. 그는 엉뚱한 곳에 볼일을 보는 실수를 저지르고 나서 손으로 그것을 다른 곳으로 퍼 날라야 했다는 소리를 했다. 그러자 그의 아내와 다른 연인 한 쌍과 판매원은 시끄럽게 폭소를 터뜨

• Aix-en-Provence: 프랑스 남부의 도시 이름으로 화가 폴 세잔의 고향이자, 그의 최후의 집인 일명 '세잔의 스튜디오(Aix-en-Provence)'가 있음.

렸지만 글리니스는 역겨움과 비참함으로 얼굴이 창백해졌다. 덴마크 가족은 즐거워하지도 역겨워하지도 않고 그의 이야기에 적당히 관심을 보였다. 그들은 이 지역 사람들의 사교적 특성과 습관을 꼼꼼하게 마음에 담고 있었다.

다행히도 그 시간에 데일과 랜든은 부엌에 있었다. 만약 랜든이 그 이야기를 들었더라면 그는 깜짝 놀라 그 무례한 손님에게 식탁을 떠나 달라거나 심지어 모텔을 나가 달라는 요구를 했을지도 몰랐다. 랜든은 꼼꼼하고 다소 엄격한 청년으로 그 스스로 불가능할 정도의 높은 서비스 기준을 고수하고 있었는데, 끊임없는 타협과 실망의 소리 때문에 내심 고통을 받고 있었다. 그렇지만 이것은 그를 불필요할 정도로 탁월한 솜씨를 갖춘 요리사로 만들어 주었다. 그날은 저녁 식사로 토스카나식 음식이 나왔다. 데일이 내온 파스타와 샐러드와 멧돼지 구이는 대부분의 차터 음식점 식사만큼이나 솜씨가 좋았고 어쩌면 맛은 더 나았다. 그는 그날의 식사와 완벽하게 어울리는 반주라는 이유로 어른들 모두에게 작은 잔에 담긴 레드와인을 대접했다. 그 레드와인(tout compris)은 가격이 터무니없이 비싸서 차터 마을 밖에서는 매우 보기 힘든 것이었다.

깊은 맛과 진짜 온기가 배를 가득 채우자 퀴그는 자치주의 생활이 예상했던 것만큼 끔찍하지 않을지도 모른다는 생각을 하게 되었다. 물론 그들은 비상금의 거의 10분의 1을 그날 하룻밤에 소비하고 있었고 그곳에서 더 오래 머무를 수도 없었지만 이제 그가 평소에 하던 합리적인 계산은 의미가 없는 듯 보였다. 멋진 음식과 부드러운 조명이 있는 식당은 확실히 글리니스의 마음을 진정시켜 주고 있었고 이미 트리쉬를 침묵에서 벗어나게 만들었다. 딸아이는 이제 자기들이 가장 좋아하는 인기 가수들과 보이 밴드들에 대해 덴마크 소녀와 수다를 떨고 있었다. 그들은 잠시 어디를 다녀와도 되겠느냐고 묻더니 노래와 비디오를 교환하기 위해 커튼과 가구 등이 두꺼운 꽃무늬 면직물로 되어 있는 열람실로 갔다. 그러는 동안 어른들은 그날 있었던 일들, 적어도 자치주와 관련된 일들을 두고 이런저런 이야기를 나누었다. 덴마크 부부와 그들의 10대 아들은 유심히 이야기에 귀를 기울이고 있다가 이따금 고개를 끄덕였고 주기적으로 어떤 용어나 언급 대상에 대해 설명을 해 달라고 부탁했다.

그들의 대화는 주로 자치주의 오래된 문제에 초점이 맞추어져 있었다. 퀴그와 글리니스조차 그 문제에 대해 차터 사람이었을 때부터 알고 있었는데, 나라에서 이 지역에 있는 수백 개의 자치주 지역 사회를 차터 사람들이 그랬던 것처럼 하나의 연합체로 편성하는 문제였다. 문제들 가운데 하나는 그런 지역 사회의 정확한 숫자였다. 어떤 것들은 옛날 마을이나 소도시처럼 구성되어 운영되고 있었고 상당히 신뢰할 수 있는 기반 시설과 공공시설을 갖추고 있었다. 그러나 그보다 훨씬 더 많은 수의, 사전 준비 없이 갑자기 즉흥적으로 생겨난 정착지들이 있었다. 그 지역 사회들은 몇 년에 걸쳐 성장을 했고 팅커스빌이나 브로만처럼 누군가의 이름으로만 알려져 있었다. 연합체를 믿고 있는 사람들은 안보를 강화하고 비상 자원을 모으고 서비스 협상력을 키우기 위해 항상 인접하거나 인근에 있는 정착지들에게 협조를 요청하려 애쓰고 있었지만 그다지 큰 성과는 거두지 못했다. 연합체를 형성함으로써 그들 자신을 보호할 수 있다는 사실에도 불구하고 독립체들의 지도부들은 궁극적으로 누가 자신들을 지배할지에 대해 합의를 보지 못했다. 본래, 정착지들은 예전 마을과 소도시가 엄청난 빚으로 인해 하나씩 죽어 가고 있었기에 발달한 것이었다. 그들은 학교를 운영하거나 거리를 재포장하거나 하수도를 고칠 수 없었고 마지막까지 온전하게 남아 있는 서비스라고는 대개 경찰력밖에 없었다. 그리고 많은 기회주의적인 범죄 조직과 잡다한 약탈자들이 있었다. 그러나 경찰력이 마을을 장악하고 경찰서장과 경찰관들이 종종 폭력을 행사해서 지도부와 그 밖의 행정관들을 자리에서 몰아내는 불가피한 일이 벌어지기까지는 오랜 시일이 걸리지 않았다. 사실 지금 많은 정착지들은 그 초기 독재 세력의 후손들이 이끌어 가고 있다. 그들은 자손대대로 주민들에 대한 군대 수준의 통제력을 행사해 왔고 식료품점의 직간접적 소유와 공익사업을 통해 그에 상응하는 수익을 얻었다. 자연히 전반적으로 암울한 삶의 질은 이따금 잔혹한 쿠데타를 조성했다. 가장 최근의 쿠데타는 연합체와 그것의 안정과 보안 약속에 대한 논의를 한바탕 불러일으켰는데 지금 오가는 대화의 주제가 바로 그것이었다.

"전체적인 생각은 차터의 모델을 따르는 거예요."

여자들 가운데 하나가 말했다. 그녀의 이름은 우르술라였다.

"그게 모두에게 나은 방법이에요. 왜 베넷과 제가 우리의 의류 사업을 확장하려는 노력을 계속해야 하죠? 자치주 위원회의 어떤 사람이 다가와서 번 돈의 4분의 1을 내놓지 않으면 우리 얼굴을 총으로 갈기고 우리 애들을 노예 상인에게 팔아 버리겠다는 위협을 하는 상황에서 말이에요."

"우리는 좀 더 고상한 방식으로 살아야 합니다. 하지만 우리는 차터 사람들만큼 영리하지 않아요!"

자신의 욕실 이야기를 꺼냈던 남자가 대꾸했다.

"그 사람들만큼 잘생기지도 않았지!"

베넷이 콧방귀를 뀌었다.

그들은 이미 단숨에 후딱 마셔 버린 값비싼 와인 대신, 그들 가운데 누군가가 개인이 마시려고 가지고 온 커다란 밀주 한 병으로 서로 건배를 했다.

"제 생각에는 위원회가 우리를 속이고 있는 것 같아요."

판매원이 말했다.

"그들은 자신들이 뭘 하고 있는지 알고 있어요. 우리로 하여금 계속 얘기를 하게 만들고 이런저런 것들을 가지고 논쟁을 벌이게 만들죠. 우리가 중심을 잃게 만들고 계속 궁금하게 만드는 거예요. 하지만 그들은 진짜 가치 있는 것들이라면 어느 것도 포기하지 않을 거예요. 여러분의 손주들이 우리 나이가 되었을 때에도 지금과 똑같은 대화를 나누고 있을 겁니다. 그래서 저는 가정을 절대 꾸리지 않을 생각이에요. 악의로 드리는 말씀은 아닙니다만, 지금 여러분이 말씀하시는 그 문제가 도대체 왜 중요한 거죠?"

"그럼 우리 얘기에 굳이 신경 쓸 필요 없잖아요?"

우르술라가 판매원에게 말했다.

"당신은 뭘 바라고 있는 거예요?"

판매원이 자신의 빈 와인 잔을 내밀자 베넷이 맑은 술 한 잔을 따라 주었다.

"그걸 누가 알겠어요?"

술을 들이켜며 그가 말했다. 술이 몸에 들어가는 순간 그는 움찔거렸지만 만족스러운 표정을 지었다. 속이 화끈거리는지 그의 목소리는 속삭이는 것 같았다.

"다른 모든 사람들처럼 저는 그냥 시간을 보내고 있어요. 저는 항상 배불리 먹기 위해서, 따뜻하고 마른 잠자리를 얻고 핸드스크린 요금을 지불하기 위해서 돈을 많이 벌려고 애쓰고 있답니다."

"남은 술을 마저 들지!"

욕실 이야기를 꺼냈던 남자가 소리쳤다. 그 말에 그들은 다시 술을 마셨다. 우르술라는 결국 그리 개의치 않는 듯 보였다. 퀴그와 글리니스는 자치주에서는 누릴 수 있을 때 누려야 한다는 것을 깨달아가고 있었다. 그들은 테레빈유 같은 맛이 나서 별로 내키지는 않았지만 집에서 만들었다는 그 술을 투지 있게 맛보려고 애썼다. 다른 사람들이 무슨 일을 하고 있으며 어디를 가는 중이냐고 물었을 때, 글리니스는 그냥 다음과 같이 불쑥 내뱉었다.

"동부에 있는 공급업자를 찾아가는 중이에요."

너무나 터무니없고 무뚝뚝한 대꾸여서 어느 누구도 더 이상 캐묻지 않았다. 눈에 띄는 회색 눈의 덴마크 사람들은 학자처럼 초연하게 진행 과정을 죽 지켜보고 있더니 이제 술을 마시며 상당한 열의를 가지고 농담을 나누고 있었다. 그들의 영어는 그전만큼 깔끔하지 않았지만 다소 활기가 넘치고 좀 더 두드러진 외국 말투가 섞여 있었다. 아버지라는 사람은 너무나 활기에 차 있어서 이상한 덴마크어 낱말이 이야기에 끼어들기도 했고 끼고 있던 직사각형 모양의 안경이 계속 뿌옇게 김이 서려서 닦아 내야 했다. 데일은 후식으로 개별적으로 먹을 수 있는 작은 치즈케이크를 내왔는데 케이크 위에는 야생 블랙베리가 얹혀 있었다. 커피가 나왔을 때, 랜든이 깨끗한 흰색 앞치마를 걸치고 부엌에서 나왔다. 그는 식탁 사람들의 찬사에 겸손하게 고마움을 표하고 나서 자기 침실로 돌아갔다. 랜든이 가 버리고 나자 데일은 사람들에게 랜든의 부모에 대해 말해 주었다. 그의 부모는 차터에서 존경받는 요리사들이었는데 랜든이 여름 캠프에 가고 없는 동안 그들의 음식점에 있다가 가스로 작동하는 고장 난 냉장고에서 흘러나온 일산화탄소에 중독되어 목숨을 잃었다. 랜든은 입양간 가족과 함께 죽 살다가 성년이 되자 영원히 차터를 떠났다. 랜든과 데일 두 사람은 자치주 어느 길가의 술집에서 만났다. 그곳은 레즈비언, 게이, 양성애자, 트랜스젠더 등 성적 소수자들의 술집이었는데 랜든은 거기에서 즉석요리를 만들고 있었다. 데일이 바텐더에게 어째서 이렇게 맛있는지 그 이유를 정확히 말할 수는 없지만 방금 먹은 치즈버거가 자기가 먹어 본 것 중 최고였다고 말하고 있는데, 음식을 내주는 구멍에서 어떤 중얼거리는 소리가 흘러 나왔다. 별다른 준비 없이 만든 케첩과 마요네즈 그리고 조미 피클이 맛의 비결이라는 설명이었다. 데일이 살짝 돌아보았을 때, 거기에 랜든이 있었다. 깡마르고 젊은 나이에 벌써 머리가 벗겨진 친구가 비좁지만 티끌 하나 없는 부엌에서 혼자 일을 하고 있었다. 팬과 부엌 용품은 종류와 크기별로 잘 정돈되어 있었다. 그것은 첫눈에 반한 사랑이었다. 적어도 데일한테는. 랜든은 감정에 쉽게 휩쓸리는 사람이 아니었다. 아무튼 그렇게 해서 두 사람은 그로부터 여러 해가 지난 지금 여기에 있게 되었다. 다소 판에 박힌 일을 하면서. 함께 나이를 먹어 가면서.

한 여자가 방들과 가구들의 수준을 보고 판단하건대 두 사람은 일을 잘해 나가고 있는 것 같다고 말하자, 데일은 돈벌이가 잘되는 것은 아니라고 말했다. 그는 모든 것을 완벽하게 갖추는 데에 그토록 많은 돈을 쏟아 붓지만 않았더라면 돈을 좀 벌었을지도 모르겠다고 말하면서, 자기들은 그것 때문에 늘 언쟁을 벌이고 있다고 했다. 다른 사람이었다면 돈벌이를 제대로 했을 거라면서. 그들은 모텔을 팔아치우고 무언가 새로운 일을 해 볼 생각을 하고 있다고 말했다. 그날 밤 퀴그와 글리니스는 자신들의 거대하고 안락한 침대에서 이곳에 그냥 눌러앉으면 어떨지에 대해 곰곰이 생각해 보았다. 모든 것이 이미 갖추어져 있었다. 아직은 생소하지만 접객업은 배우면 되는 것이었고 트리쉬는 학교에 보내지 않고 집에서 교육을 시키면 될 것이었다. 비록 랜든만큼의 요리 실력을 갖추지는 못했지만 글리니스는 손님들을 위해 간단하고 만족스러운 음식을 만들어 내놓을 정도의 실력은 확실히 갖추고 있었다. 항상 낯선 사람들을 상대하게 되면 가족만의 오붓한 시간을 가질 기회가 줄어들 것이고 얼핏 생각하면 이런저런 피해를 입기 쉬운 환경처럼 보였지만, 소도시에 살거나 어떤 무정부 상태 같은 무법천지의 정착지에서 사는 것보다 어쩌면 그게 더 안전할지도 몰랐다.

문제는 돈이었다. 그들로서는 모텔을 사들일 수 있는 방법이 전혀 없었다. 얼마 되지도 않는 현금과 그들의 차량으로는 어림도 없었다. 그들이 타고 온 차는 데일과 랜든이 가지고 있는 차만큼 좋지도 않았다. 그들은 냉정하게 계산해 보았다. 그들 부부 가운데 어느 한 사람을 모텔 주인들이 원하는 대로 하도록 줘 버려도 모텔을 건네받지는 못할 것 같았다. 글리니스는 그들에게 아무런 흥밋거리도 되지 않을 게 분명했다. 그것은 퀴그도 마찬가지였다. 또 데일과 랜든은 아마 그런 거래에 결코 동의하지 않을 것이기 때문에. 이곳 자치주에서 그런 것이 있다는 얘기는 들어 보지 못했지만 그들처럼 점잖은 친구들은 그런 거래를 하지 않을 게 분명했다. 그래서 그들 부부가 생각해 낼 수 있었던 유일한 시나리오는 데일과 랜든이 사업체를 그들 부부에게 저당 잡히고 부부는 특정한 금액에 이를 때까지 모든 수익금을 그들에게 넘겨주기로 동의하는 것이었다. 먹고 입는 문제가 해결되고 건물이 납득할 만한 수준으로 유지되기만 한다면 그들로서는 더 이상 바랄 게 없을 것 같았다.

그들은 늦게까지 잠을 잤다. 다른 사람들이 아침 뷔페에 나온 갓 구운 스콘, 반숙 달걀과 토스트, 향이 좋은 진한 커피를 먹고 마시는 동안 퀴그와 글리니스와 트리쉬는 사무실에서 데일과 랜든과 함께 앉아서 자신들의 제안을 설명했다. 놀랍게도 그들의 제안에 난감한 태도를 보인 사람은 데일이었다. 퀴그 가족이 자신들의 제안을 개략적으로 설명하는 동안 그의 얼굴이 구겨졌다. 랜든은 금액 면에서 얼마를 생각하고 있느냐고 물었지만 데일은 즉각 그들에게 경험이 전혀 없다는 점을 지적하면서 자리에서 일어섰다. 그리고 자기는 가서 식당이나 치워야겠다고 말했다. 글리니스가 울음을 터뜨리기 시작했다. 퀴그는 이제 얼마 안 있으면 다시 길거리로 나가야 한다는 사실을 깨닫고 막막하고 당황스러운 마음에 자기들은 모르겠으니 아무

금액이나 제시해 주면 좋겠다고, 감당할 수 있는 금액이다 싶으면 어떠한 금액에라도 동의하겠다고 말했다. 그리고 그는 일을 해낼 수 있다는 것을 보여 주기 위해 모텔 운영 수업을 받는 동안 어떠한 돈도 받지 않을 것이며 방을 청소하거나 리넨을 세탁하는 등 건물 안팎의 어떠한 일도 마다하지 않겠다고 말했다.

랜든은 데일과 그 문제를 의논하겠으니 밖에서 기다려 달라고 그들에게 부탁했다. 랜든이 묵직한 보안 문을 닫을 때 그들은 데일이 하는 말을 밖에서 들었다.

"이건 우리들 역사에서 가장 짧은 대화가 될 거야."

그들은 두꺼운 금속판 너머에서 들려오는 희미한 중얼거림만 들을 수 있을 뿐이었다. 그 중얼거림은 계속해서 이어지다가 목소리가 높아지더니 결국에는 제법 오랫동안 잠잠했다. 소리가 거의 들리지 않았지만 완전히 사라진 것도 아니었다. 퀴그는 아내의 건조한 표정을 바라보면서 그녀의 커져 버린 눈에서 그들 미래의 어두운 우물을 보았다고 생각했다. 하지만 그것이 명확하게 해 주는 것 또한 있었다. 그는 이 매력적이지만 허황된 꿈을 영원히 뒤에 남겨 두고 그들의 짐을 빨리 챙겨서 떠나야 함을 그 즉시 깨달았다. 이곳은 그들의 정거장이 아니었다. 그런 정거장은 선물로 주어질 수도 구입하거나 발견할 수도 없는 것이었다. 정거장을 만들어 내는 일은 그들에게 달려 있었다. 이것이 유일한 방법이었다. 그들은 자신들의 개성과 능력에 따르는 생활을 만들어 내든가 아니면 당장 고통을 겪든가 하는 수밖에 없었다.

사무실 문이 열리고 두 사람이 모습을 드러냈다. 데일은 글리니스에게 곧장 다가가서 그녀를 감싸 안았다.

"원하시면 이곳을 가지셔도 됩니다."

그는 그녀의 양쪽 어깨를 붙잡고 말했다. 그녀의 얼굴이 환하게 밝아지는 것을 보고 그는 다시 그녀를 껴안았다.

"이제 합의 조건을 의논해야 할 겁니다."

랜든이 아무 말도 하지 못하고 있는 퀴그에게 말했다. 퀴그는 데일이 글리니스를 껴안고 있는 것이 불편했지만 기쁨과 안도의 눈물을 흘리며 몸을 떨고 있는 아내를 보자 그런 마음은 그 자신의 눈에서 소멸되었다. 그의 눈은 자신의 연약한 아내를 향한 감사와 사랑으로 넘쳐흐르고 있었다. 그 순간 그들은 폭발음 같은 굉음을 들었다. 퀴그는 바닥에 쓰러질 듯 비틀거리면서 아내를 감싸 안으려고 했다. 다음 순간 건물 저쪽 끝에서 날카로운 비명소리가 들려왔다. 그것은 덴마크 소녀 캐롤라인의 목소리였다. 트리쉬가 그녀의 이름을 중얼거렸다.

트리쉬는 본능적으로 소란이 벌어진 장소를 향해 다가가려고 자리에서 일어섰지만 글리니스가 가지 못하게 막았다. 트리쉬는 사람을 보내 무엇이 잘못되었는지 알아보게 하라고 애원했다. 퀴그는 자기가 가서 알아보겠다고 말했다. 랜든은 벌써 사무실 책상에서 낡은 권총을 가져와서 데일에게 글리니스와 트리쉬와 함께 문을 잠그고 있으라고 지시했다. 글리니스는 퀴그가 가는 것을 원치 않았지만 흥정한 내용을 감안했을 때, 두 사람 모두 그가 갈 수밖에 없음을 알고 있었다.

랜든과 퀴그는 걸음을 멈추고 식당에 이르기 전에 복도에 쭈그리고 앉았다. 활짝 열린 문을 통해 그들은 판매원을 볼 수 있었다. 아니, 의자에 앉아 있는 판매원이 목과 얼굴 아랫부분에 총을 맞아 의자 뒤쪽으로 축 늘어져 있는 모습을 보았다. 캐롤라인은 그의 옆에 앉아 있었다. 그녀의 얼굴과 셔츠는 피와 살점으로 밝게 얼룩이 져 있었다. 수염을 기른 호리호리한 청년 하나가 엽총의 총구를 그 애의 관자놀이에 가져다 대고 당장 입을 다물지 않으면 그 애와 다른 사람들 모두를 쏴 버리겠다고 미친 듯이 협박을 하고 있었다. 그러는 동안 청년과 마찬가지로 수염이 듬성듬성 나 있고 젊어 보이는 그의 공범은 식탁 중앙에 던져 놓은 보석류와 핸드백과 지갑을 골라 집고 있었다. 그의 청바지 뒤쪽에는 권총이 찔러 넣어져 있었다.

하지만 캐롤라인은 멈추지 못하고 계속해서 경련하듯이 씩씩거리며 울음을 쏟아 내고 있었다. 그 애의 아버지, 요르겐은 짧고 오만하게 들리는 말투로 계속해서 주절거리고 있었다. 그것은 그의 억양과 높은 교육 수준과 극도의 압박감 때문이었다. 아무튼 그는 그런 불행한 방식으로 자신들의 의사를 표현했다. 그는 무장 강도에게 자기 자신이 하고 있는 일에 대해 한번 생각해 보라고, 자기들은 요구에 순순히 응하고 있으니 더 이상의 폭력을 행사할 필요가 없다고 주장하고 있었다. 하지만 청년은 누가 보더라도 약물에 취해 있었고 여자애가 울고 있어서 제정신이 아니었다. 어쩌면 그는 여자애의 아버지 때문에 더더욱 정신을 못 차리고 있는지도 몰랐다.

“어이! 저 친구가 말이 많아져서 내가 방금 저 친구의 얼굴을 반쪽으로 만들어 놓는 거 못 봤어? 이 여자애까지 저런 몰골이 되는 걸 보고 싶어?”

요르겐은 물론 자기 딸이 그렇게 되는 모습은 보고 싶지 않다고 말했다. 하지만 우르술라가 요르겐에게 자기 손에 죽고 싶지 않으면 당장 말을 멈추라고 윽박을 지르지 않았더라면 그는 계속해서 청년에게 주절거렸을지도 몰랐다. 그녀는 그가 이 청년들이 건물 안으로 들어오도록 내버려 둔 것에 대해 비난을 받아야 마땅하다며 덧붙였다.

"이런 불행한 사태를 불러오다니 어쩌면 그렇게 얼빠지고 어리석을 수가 있죠?"

"당장 입 닥쳐!"

청년이 그녀에게 고함을 질러 댔다.

"그렇지만 전 정말 당신 편이에요!"

그녀가 말했다.

"아니, 당신은 내 편이 아니야!"

청년은 그렇게 말하고 나서 우르술라의 가슴에 총을 쏴 즉사시켜 버렸다.

그녀의 바로 옆에서 전리품을 차분하게 살펴보던 그의 공범은 방금 일어난 일을 제대로 알아차리지 못한 듯 보였다. 다른 모든 사람들은 곧 쥐 죽은 듯이 조용해졌다. 아이의 울음소리만 계속 이어질 뿐이었다. 퀴그와 랜든도 복도에서 계속 잠잠히 있었다. 다시 상기할 필요가 있겠는데, 지금보다 훨씬 젊었고 차터에서 줄곧 성장해 왔던 퀴그는 자신이 이미 손발의 감각을 잃어버렸다는 사실을 깨달았다. 그때까지 그는 심신이 마비될 정도의 두려움을 전혀 겪어 보지 못했었다. 랜든은 그를 다시 복도 쪽으로 끌어당겨 사무실로 되돌아가자는 손짓을 했다. 퀴그로서는 대찬성이었다. 자신의 마비 상태와 랜든의 얼어붙은 얼굴을 감안하더라도 그만 돌아가는 편이 나았다. 게다가 랜든이 권총을 너무 꽉 쥐고 있어서 뜻하지 않게 방아쇠를 당길 수도 있는 상황이었다.

그들은 얼른 자리에서 일어나 안전한 사무실로 되돌아갈 준비가 되어 있었다. 하지만 그 순간 퀴그의 반쯤 굳어 버린 한쪽 발이 통로용 양탄자의 가장자리에 걸리면서 그는 묘비처럼 쓰러지고 말았다. 쿵, 소리를 듣고 말이 없던 공범이 밖으로 달려 나왔다. 녀석은 총을 뽑아 들고 곧장 랜든에게 다가와 총을 내려놓으라고 말했다. 랜든은 녀석의 요구대로 행동했다.

"너희 두 녀석이 이 건물의 주인인 것 같군."

그들은 녀석의 말에 어떠한 대꾸도 할 수 없었다.

그 즉시 모든 것은 지옥이 되었다. 우리는 그게 얼마나 소름끼치고 극도로 모욕적이고 끔찍한 일이었는지 확실히 상상할 수 있다. 무의미한 낭비와 손실은 자치주에 항상 존재하는 가능성인데 그 한 번의 신속하고 완전한 행위는 퀴그를 완전히 다른 사람으로 바꾸어 버렸다. 그때 벌어진 일은 다음과 같았다. 식당 전체가 난사를 당했다. 젊은 녀석들은 랜든과 퀴그를 권총으로 실컷 두들겨 패고 나서 사무실 쪽으로 그들을 떠밀었다.

"문을 열지 않으면 이놈들을 가만 안 두겠어!"

흥분한 청년이 튼튼한 문을 향해 소리쳤다. 그는 이미 총을 쏴서 자물쇠를 박살내려고 시도해 봤지만 폭발에 견딜 수 있게 주문 제작한 문은 마법을 부리듯 총알을 받아들였다.

"무슨 일이 있어도 열지 마!"

랜든이 소리쳤다.

"다른 사람들에게 그랬던 것처럼 어쨌든 우리를 죽일 거야!"

"그 말이 맞을지도 모르지."

말수가 적은 친구가 중얼거렸다.

"그렇지만 빨리 죽이지는 않을 거야."

그렇게 말하고 나서 그는 랜든의 손을 확 낚아채더니 손을 향해 총을 발사했다. 손가락 몇 개의 살점이 사방으로 튀었다. 랜든은 푹 쓰러져 무릎을 꿇으면서 비명을 질러 댔다. 데일이 동업자의 이름을 숨죽여 울부짖는 소리가 안에서 들려왔다. 그 소리를 들은 청년은 권총의 뭉툭한 끝 부분으로 문을 두드릴 뿐이었다. 그리고 말했다.

"잘 들어 봐."

그는 랜든의 손을 향해 다시 방아쇠를 당겨 남아 있는 부위마저 엉망으로 만들어 버렸다. 불쌍한 친구는 다시금 울부짖었지만 이번에는 충격에 압도되어 울음소리가 훨씬 더 약했다. 퀴그가 랜든을 부축했다.

안쪽에서 데일은 이제 미친 듯이 문을 두드려 대며 제정신이 아니었다. 퀴그는 문을 열어 줘서는 안 된다고 소리쳤다. 퀴그의 두려움은 이제 분노로 바뀌었다. 그것은 약탈자들에 대한 분노이기도 했지만 모든 면에서 그야말로 무용지물에 불과한 자신에 대한 분노이기도 했다. 그는 죄를 지었다. 하지만 그것은 악의가 있어서 저지른 게 아니었다. 도대체 그가 얼마나 큰 죄를 저질렀기에 그가 사랑하는 사람들에게 이런 엄청난 불행이 닥친단 말인가? 그는 그저 정직하고 성실하게 수의사의 업무를 잘 수행해 왔을 뿐이었다. 그의 기질과 삶의 측면에서 달리 무슨 잘못이 있었단 말인가? 그는 목청이 터지도록 데일에게 애원하는 동안 그런 생각들이 순간적으로 들었다. 동시에 엽총의 개머리판이 그를 가격했고 그는 바닥에 쓰러지고 말았다. 그는 의식을 잃어 가고 있었다. 이제 세상은 그의 눈에 온통 뿌옇게 보이기 시작했다. 그 순간 문이 왈칵 열리면서 손에 칼을 쥐고 있는 데일이 모습을 드러냈다. 트리쉬와 글리니스는 그의 뒤에 간신히 몸을 숨기고 있었다. 퀴그가 그들에게 마지막 작별의 말을 하기도 전에 엽총을 든 청년은 문지방을 넘어 들어가 총을 갈겨 대기 시작했다.

우리 B-모어 사람들에게 그러한 변화는 받아들이기 힘들다. 비록 자발적으로 격리되어 살고 있지만, 우리는 오락과 여행을 즐기기 위해 제법 먼 거리까지 나가기도 한다. 핵심은 무엇인가? 본질적으로 사람들은 너무 먼 곳으로 가고 싶어 하지 않으며 오랫동안 떠나 있는 것도 원치 않는다. 어느 누구도 감히 그런 마음을 먹지 못한다. 차터 사람들 역시 마찬가지로 보호 시스템이 갖춰진 곳에서 살고 있지만 그들이 인정하든 인정하지 않든 간에 그네들 사회의 본래 연료는 '위험'이다. 그리고 그들은 추락할 때 거의가 살아남을 수 없는 높이에서 떨어지고 만다.

판은 본래 마음씨가 부드러운 아가씨여서, 퀴그가 의식을 되찾았을 때 그 현장이 어떠했는지에 대해서는 차마 물어볼 수가 없었다. 그녀는 묻지 않아도 그 장면을 충분히 상상할 수 있을 것 같았다. 어쨌든 판은 퀴그의 차가운 눈빛이 이글이글 타오르는 것을 보았다. 그가 당시의 충격에서 완전히 벗어나지 못했음을 판은 알 수 있었다.

무장 강도들은 사무실을 뒤지다가 현금을 찾지 못하자 그와 랜든을 살려 둔 채 떠나 버렸다. 퀴그는 나중에서야 놈들이 탄약이 떨어졌기 때문에 그 자리를 떠날 수밖에 없었다는 사실을 깨달았다. 대신 놈들은 떠나기 전에 모텔에 불을 질렀다. 의식을 잃고 쓰러져 있던 퀴그는 뜨거운 열기와 숨 막히는 연기 때문에 깨어났다. 비극적인 상황을 겪은 사무실은 이미 활활 불타오르고 있었다. 그는 있는 힘을 다해 랜든을 건물로부터 안전한 거리까지 끌고 나갔지만 위험에서 벗어나고 보니 랜든은 이미 피를 너무 많이 흘려 숨이 끊어진 상태였다. 퀴그는 현기증이 밀려와서 다시 자리에 드러눕고 말았다. 그는 그날 밤 내내 주변의 모든 것이 활활 타오르면서 내뿜는 열기를 느꼈다. 아침이 되자 건물이 있던 자리는 온통 잿더미로 변해 있었다. 하지만 그는 균형 감각을 되찾았고 자기 차로 걸어갔다. 그의 주머니 속 열쇠들과 차 안의 내용물들만이 그에게 남은 유일한 소지품이었다.

# 12

판은 아무런 어려움 없이 한동안 차를 몰았다. 하지만 로린이 잠에서 깨어나 운전대를 잡고 있는 그녀를 보고 퀴그를 향해 공포의 비명을 질러 댔다. 그 바람에 판은 도로를 가로질러 가서 맞은편에서 달려오는 차량을 향해 곧장 돌진하고 말았다. 퀴그가 절체절명의 순간에 핸들을 붙잡아 방향을 틀지 않았더라면 분명히 정면으로 충돌하고 말았으리라. 대신 그들의 앞쪽 범퍼가 상대 차량의 꽁무니를 살짝 스쳤다. 그들은 별다른 충격을 받지 않았지만 상대 차량은 자욱한 먼지를 일으키며 크게 한 바퀴 빙글 돌았다. 그러다가 갑자기 중심을 잡는가 싶더니 다음 순간 난간 밖으로 튕겨 나가 눈앞에서 사라졌다. 판은 속도를 늦추다가 차를 멈춰 세우고 퀴그를 바라보았다. 잠시 뒤에 그는 그녀에게 차를 돌리게 했다. 로린은 정신이 멍해져 있었지만 분노로 가득 차서는 금방이라도 토할 것 같다고 투덜거렸다. 그들은 그녀를 차에서 내리게 하고 차를 몰아 타이어 자국이 남아 있는 지점으로 돌아갔다. 난간 아래로 차량이 보였다. 왜건은 무성한 잡초 속에 옆으로 쓰러져 있었다. 차에서 달그락거리는 소리가 흘러나왔다. 다음 순간 탑승자들이 조용히 창문 밖으로 기어 나왔다. 하나둘씩 끊임없이 차량에서 기어 나왔다. 판과 퀴그가 미처 깨닫지 못하는 사이에 열 명이 넘는 사람들이 차량 밖으로 나와 있었다. 그중에는 중년 부부 한 쌍과 너덜너덜한 밀짚 카우보이모자를 쓴 노인, 그리고 키와 나이가 제각각인 아이들도 있었다. 로린만큼 덩치가 크지는 않았지만 살집이 있고 제법 통통한 중년 부부를 제외하면 나머지 사람들은 몸이 유연해 보였고 근육질이었다. 그리고 그들은 하나같이 몸에 착 달라붙는 타 버린 오렌지색 작업복을 입고 있었다. 티셔츠를 안에 입고 있는 사람들도 있었고 어린 여자애들 두어 명을 포함해서 상의를 걸치지 않은 사람들도 있었다.

고개를 까닥이면서 중년 부부의 남편이 돌아와 줘서 고맙다는 표시를 했다. 짧은 비탈을 걸어 내려가면서 판은 퀴그가 바지 뒤쪽에 작은 사냥용 칼을 쑤셔 넣어 둔 것을 보았다. 집을 떠나 멀리 나올 때에는 만반의 준비를 하는 게 바람직했다. 특히 어떤 일을 겪게 될지 모르는 상황에서는 더더욱 그럴 필요가 있었다. 부부는 퀴그와 악수를 나누었다. 퀴그는 사고를 일으켜 미안하다고 말하면서 차를 똑바로 일으켜 세워 어떤 손상을 입었는지 살펴보자고 제안했다. 남자는 퀴그의 의견에 동의하면서 덩치가 어느 정도 되는 아이들을 향해 휘파람을 불었다. 아이들은 즉각 차량 둘레에 자리를 잡았고, 남자와 퀴그와 함께 왜건을 여러 차례 흔들어 조심스럽게 바로 세웠다. 차의 측면에 새로 생긴 긁힌 자국이 기다랗게 나 있었지만 그 밖의 심각한 손상은 없었다. 튕겨 나간 다음 무성한 수풀 속에서 차의 두 배 길이만큼 미끄러질 때 생긴 손상이었다. 남자는 긁힌 자국 따위에는 그다지 신경을 쓰지 않는 듯 보였다. 차는 낡았고 바퀴 부근에 녹이 슬어 있었다. 그는 차에 올라타서 시동을 걸어 보았다. 하지만 몇 번을 걸어도 차가 꿈쩍도 하지 않았다. 그들은 엔진이 물이 잠겨서 그런 것이라고 판단하고 잠시 기다리기로 했다. 그동안 중년 부부는 퀴그와 얘기를 나누었고 나중에는 속이 메스꺼워 혼이 났던 로린과도 얘기를 나누었다.

부부는 심하게 다칠 수도 있었던 사고를 막 당하고도 이상할 정도로 느긋하고 쾌활했는데, 그들의 이런 모습이 로린을 불안하게 만든 듯했다. 마치 그들 주변으로 아주 희미하고 고약한 냄새가 흘러다니기라도 하는 것처럼 그녀는 약간 찡그린 표정을 숨기지 못했다. 퀴그는 주로 말수가 많은 부부의 얘기를 들어 주다가 그들이 질문하면 차분하고 조용하게 대답했다. 그들의 성은 니켈만이었다. 한편 아이들과 아주 나이가 많은 노인은 판의 주변으로 모여들었다. 그들은 누가 보더라도 한 핏줄로 보였다. 그들의 외모는 대개가 요정 같고 새 같았다. 그리고 노인만 빼고 모두가 금발머리였다. 모자 밑으로 삐져나온 노인의 길고 뻣뻣한 머리카락은 은빛 하얀색이었다.

판의 외모 때문에 그들은 그녀가 시설들 가운데 어느 하나에서 온 사람이 아닌지 궁금해했다. 그리고 실제로 그녀가 시설 출신이라는 것을 깨달았을 때, 그들은 그곳 생활이 어떠한지 그녀에게 시시콜

콜하게 물었다. 관습상 어떻게 해서 쿼그와 로린과 함께 자치주로 오게 되었는지에 대해서는 묻지 않았다. 그런 것은 굳이 알 필요도 없었고 고려할 가치가 조금도 없었다. 노인은 자기가 어릴 적에 학교 견학 여행으로 B-모어 같은 정착지를 방문한 기억이 있다고 말했다. 달걀 커스터드와 쿠키 같은 달콤한 특산품 제과류를 만드는 생산 시설을 둘러보았는데 그 상품들은 신중국으로 보낼 것들이었다. 노인은 장갑을 끼고 머리에 그물망까지 써야 했지만 일괄 작업으로 생산된 신선하고 따스한 아몬드 쿠키를 맛볼 수 있었다고 말했다.

"그 얘기는 이미 수천 번도 더 들었어요, 할아버지!"

어린 소녀들 가운데 하나가 소리쳤다.

"이제 이 언니가 얘기 좀 하게 그냥 내버려 두세요!"

나머지 소녀들이 이구동성으로 소리쳤다. 판은 인내심을 가지고 그들의 질문에 하나하나 대답해 주었다. 그녀의 일과 그녀의 가정 그리고 그녀가 가장 좋아하는 음식과 친구들과 가장 즐겨 하는 일에 대해 모두 털어놓았다. 물론 레그에 관한 구체적인 사항들이나 그녀의 진짜 나이를 드러낼 수 있는 다른 것에 대해서는 말하지 않았다. 그들은 그녀가 설명하는 것이라면 무엇이든 정말 들뜬 마음으로 들었다. 그들의 눈은 반짝반짝 빛을 내고 있었고 입 속의 치아는 자치주 사람들의 전형적인 모습 그대로 상태가 엉망이었다. 치아는 모두 누런빛을 띠었는데 비뚤어지거나 빠져 버린 경우가 많았다. 아이들은 그 나이답게 갈망하고 동경하는 눈빛으로 입을 딱 벌리고 있었다. 어른들이 다시 차를 움직이려고 시동을 걸기 시작하지 않았더라면 아이들은 몇 시간이고 계속해서 그녀에게 꼬치꼬치 캐물을 것이었다.

하지만 차는 여전히 꿈쩍도 하지 않았다. 한동안 의견을 나눈 뒤에 그들은 차를 도로 위로 끌어올려 니켈만 부부의 집으로 가져가기로 결정했다. 그들의 집은 그곳에서 약 5킬로미터 거리에 있었다. 니켈만 부부는 그들에게 괜찮다면 하룻밤을 묵어도 좋다고 말했다. 여러분은 자치주에서 그런 초대가 아무렇지도 않게 제안할 수 있는 것이 아니라고 생각할 것이다. 그러나 그것은 사실 상당히 관례적인 제안이었고, 예상되는 에티켓의 특이한 경우일 뿐이었다. 물론 언제든 거절할 수 있는 그런 것이었지만 그런 제안을 한 것은 밤 시간의 도로가 가로등이 아예 없거나 제대로 작동되는 가로등이 없어 완전히 어두운 데다, 타이어가 도로의 깊은 구덩이에 빠져 펑크가 나기 쉽기 때문일 수 있었다. 더 심한 경우에는 굴러 떨어진 거대한 바위나 쓰러진 나무에 차를 들이받을 수도 있었다. 그러면 기회주의적인 사람들에게 걸려들 여지를 남기는 것이었다. 하지만 스모크스에서 그런 제안은 곧 영업 활동이었고 어떠한 자비도 기대할 수 없었다. 퀴그는 그날 밤을 보낼 수 있는 캠핑 장비도 가지고 있고 좀 더 달려야 하니 고맙지만 사양하겠다고 말했다.

그들은 굵은 나일론 밧줄로 니켈만 씨의 왜건을 퀴그의 차에 묶었다. 나이가 아주 많은 노인과 사내아이 하나만 제외하고 니켈만 씨의 가족 모두는 재빨리 차에 올라탔다. 차에 타지 않은 두 사람은 퀴그의 차에 올라타 길을 가르쳐 줘야 했다. 그들이 가는 방향으로는 어떠한 집도 보이지 않았는데, 계속해서 집이라고는 보이지 않았고 빽빽하고 잡초가 무성한 덤불과 얽히고설킨 덩굴 식물만 있을 뿐이었다. 그것들은 오랫동안 이어지는 계절의 뜨거운 열기에 포위된 나무들 위에 생긴 수두 자국 같았다. 별다른 특징이 없는 굽은 길에 이르렀을 때 노인은 퀴그에게 차를 멈추라고 말하더니 차에서 내렸다. 그는 잡초 속에서 커다란 양치류 엽상체와 소나무 가지를 옆으로 제쳤다. 그러자 바퀴 자국이 깊게 패인 길이 시작되는 지점이 덤불 속에서 모습을 드러냈다. 그는 그들에게 따라오라는 손짓을 보냈다. 그들은 그의 지시에 따랐다. 니켈만 씨의 왜건이 입구를 지나치자 그는 위장물을 본래 위치에 가져다 놓고 나서 그들을 안으로 안내하기 위해 얼른 앞쪽으로 달려갔다. 초목을 가로질러 또다시 50미터쯤을 들어가자 길은 매우 넓은 공터로 연결되어 있었다. 그곳에는 아주 넓은 채소밭과 유실수들의 작은 숲, 그리고 몇 마리의 염소를 가두고 있는 철망 우리, 닭들이 안과 밖에서 어정거리고 있는 닭장이 있었다. 검정색과 갈색이 뒤섞인 튼튼한 로트와일러 개 한 마리가 꼬리를 졸래졸래 흔들며 그들을 맞이하러 슬금슬금 기어 나왔다. 개는 니켈만 씨의 옆에서 바짝 그를 따랐다. 판의 눈에 그 사람이 아주 작은 황동 호루라기를 목에 매달고 있는 것이 보였다. 공터에는 콘크리트 블록 위에 소형 트럭이 한 대 세워져 있었고 세탁기와 현재 사용 중인 우물의 뚜껑처럼 보이는 것이 있었다. 그 모든 것은 투박해 보이기는 했지만 그래도 제법 질서정연하고 깔끔해 보였다. 공터의 저쪽 끝에는 작은 감시 초소처럼 보이는 별채도 있었다. 미풍이 제대로 불 때는 그곳에서 아주 짙은 냄새가 흘러와서 마치 살아 있는 것처럼 느껴졌다. 하지만 집은 어디에도 없었다.

니켈만 가족이 그들의 왜건에서 줄줄이 기어 나왔다. 아무런 지시도 내리지 않았는데 노인과 10대 소년들은 두 차량을 묶은 밧줄을 풀더니 그들의 차량을 소형 트럭 옆으로 굴려 놓았다. 그들이 차량의 문제점을 살펴보기 위해 덮개를 열어 떠받치는 동안 니켈만 씨는 퀴그와 로린과 판이 길을 나서기 전에 마실 것과 과자를 먹을 수 있도록 피크닉 테이블 가운데 어느 하나로 그들을 안내했다. 얼마 지나지 않아 엔진이 다시 돌아가자 모두가 환호성을 질렀다. 니켈만 씨가 자기 아내를 향해 고개를 까닥이자 그녀와 나이가 조금 든 여자애들 몇 명이 공터의 가장자리로 걸어가더니 숲의 짙은 잡초 그늘 속 아치형 길을 따라 사라졌다. 로린이 니켈만 씨에게 그들이 어디로 갔는지 묻자 그는 간소한 저녁을 준비하러 갔다고 말했는데, 그것은 그녀의 질문에 대한 제대로 된 답변이 아니었다. 로린이 무슨 일을 해서 생계를 꾸려 가느냐고 묻자 그는 자기들이 연예 사업에 종사하고 있다고 말했다. 사실 그들은 저 북쪽 나이아가라 폭포 근처에서 밤새 공연을 하고 돌아오는 길이었다. 그곳에서 그들은 어떤 거대한 지역 축제 마당에서 공연을 펼쳤다. 부부는 아이들이 걸음마를 배울 때부터 훈련을 시켰다. 아직 어린애들이었지만 그들은 곡예사들로, 집단 율동과 공중제비 등의 동작으로 흥을 돋우었다. 그들은 오래된 컨트리 노래 메들리로 공연을 마쳤다. 도처에 흩어져 사는 자치주 사람들은 누구나 그들의 공연을 좋아했다. 그들은 보수도 두둑하게 받았다. 비록 겨울에는 축제 마당과 풍물 장터가 거의 열리지 않았지만 그들은 이듬해 봄까지 그럭저럭 먹고 살 만큼 충분한 돈을 벌었다. 봄이 되면 다시 여기저기에서 공연 요청이 쇄도하기 시작했다.

"출연 계약이 쏟아져 들어옵니다."

그는 우쭐대는 것이 아니라 안도하는 표정으로 그렇게 말했다.

처음 보는 사람들한테 그런 얘기를 한다는 것은 자기 손님들을 신뢰하고 있다는 뜻이었다.

판은 물론 이것을 이해하지 못했다. 하지만 그녀는 퀴그와 특히 로린이 눈에 띄게 느긋해져 있는 것을 알아차렸다. 그때 니켈만 부인과 나이가 어느 정도 되는 딸 하나가 음료와 음식이 담긴 쟁반을 내왔다. 그들 모두는 자기 앞에 놓인 음식을 맛있게 먹었다. 노인과 어린이들은 쟁반을 하나씩 들고 잔디밭에 앉았다. 훌륭한 음식이었다. 힘이 솟는 건강한 음식을 이곳에 나와 대접받는다는 것은 어쩌면 기적에 가까웠다. 차터의 연기자들이 한상 가득 차려진 음식을 먹으면서 서로 논쟁을 벌이는 저녁 프로그램에서나 볼 수 있는 장면이었다. 공을 많이 들였다고 볼 수 있는 음식은 하나도 없었지만 단순미가 있었고 아주 맛있어 보였다. 집에서 염소젖으로 만든 치즈 부스러기들이 박힌 두꺼운 토마토 덩어리들, 휘저어서 부친 달걀 요리와 허브 가루를 뿌린 호박 부침개, 튀긴 옥수수 과자, 얇게 썰어 크림을 바른 복숭아, 그리고 그 모든 것을 씻어 내려 주는 시원한 사르사(sarsaparilla) 음료와 박하 향이 나는 차. 스모크스에서 그들은 주로 깡통이나 밀봉 포장지에 담긴 음식, 또는 즉석 국수류와 육포 같은 건조식품들을 먹었다. 모든 것은 따뜻하게 데워야 했고 신선한 음식은 보기 드물었다. 사람들이 손쉽게 들여올 수 있는 것이어야 했으므로. 니켈만 부부는 요리에 능했고 채식주의자이기도 했다. 주기적으로 물품을 공급받을 수 없는 상황에서 그런 식으로 사는 것은 미친 짓으로 보였다. 하지만 그들은 규율이 확실하게 잡혀 있었다. 아이들 가운데 하나는 판에게 지난겨울, 콩이 한 사람당 몇 입 거리밖에 안 되는 만큼

남았을 때에도 그들은 자신들의 신념과 어긋나는 일이라서 염소나 닭에 손을 댈 생각을 전혀 하지 않았다고 자랑스럽게 말했다.

판은 그 신념이란 게 뭐냐고 굳이 캐묻지 않았다. 종교적이든 철학적이든 어떤 특정한 신조를 어기는 대가가 어떤 것일지 그녀로서는 어차피 이해하기 힘들 것이었다. B-모어에 사는 우리들은 어떠한 신념도 실천하지 않고 있다. 그나마 있는 것이라고는 실용적인 관심과 행동의 영원한 습관밖에 없다. 우리가 지지하는 대단히 중요한 시스템은 더 이상 없다. 신이나 기원 설화를 신봉하는 일도 없고 우리를 인도하는 고대 동양이나 서양의 선악에 대한 주장도 없다. 그렇다. 우리는 당국의 규정을 준수한다. 하지만 무엇이 최선이고 무엇이 논란의 여지가 있는지는 대개 서로의 지배를 받는다. 논쟁의 여지가 있지만, 다른 곳에서처럼 B-모어에서도 이제 더 이상 그런 일은 심하게 벌어지지 않는다. 남들의 눈에 우리가 아무리 도덕관념이 없어 보인다고 하더라도 말이다. 적어도 우리는 차터 사람들처럼 부의 추구나 자치주 사람들처럼 불운의 망령에 전적으로 지배받지는 않는다. 그것은 우리에게 너무 앞쪽이나 너무 뒤쪽으로 기울지 않는 어떤 차분한 입장을 갖도록 해 준다.

니켈만 가족은 로린과 퀴그뿐 아니라 판의 눈에도 그런 식으로 비쳐졌다. 로린과 퀴그는 맛있는 음식에만 감탄한 것이 아니라 이상할 정도로 차분한 가족의 모습을 보고 놀랐다. 그들은 조금도 주저하지 않고 너그러운 마음을 아주 철저하고도 공손하게 베풀었다. 그들은 지금 당장, 그리고 충분히 베풀고 보는 타입이었다. 식사가 거의 끝나갈 무렵이 되자 아이들은 옹기종기 모여들면서 작은 공연을 펼쳐 보이고 싶다고 말했다. 퀴그와 니켈만 씨가 파이프에 입을 대고 물 담배를 교대로 빨고 있고 니켈만 부인과 로린이 밀주를 홀짝이는 동안 아이들은 일상적인 체조 동작을 두어 개 펼쳐 보였다. 어린 꼬마들은 그들보다 덩치가 큰 형들을 기어올라 다른 사람들의 양팔 속으로 뛰어내렸다. 그들은 심지어 판에게 그들의 어깨 위에 올라가서 양팔을 높이 치켜들고 일어서도록 했다. 그런 다음 그녀가 자연스럽게 뒤로 몸을 넘어뜨리면 그녀를 받아서 능숙하게 한 바퀴 돌린 다음 똑바로 설 수 있도록 했다. 그들은 그녀에게 몇 가지 스텝을 가르쳐 주었는데 그녀는 빠르게 익혔다. 몇 번의 예행연습 만에 그녀는 그들의 율동에 맞추어 뛰고 빙그르르 돌고 미끄러지는 동작을 해낼 수 있었다. 핏줄이 다르다는 점만 제외하면 그들 중 하나로 보일 수도 있었다. 자신의 몸을 완벽하고 자연스럽게 통제하는 그녀의 능력에 깜짝 놀란 니켈만 부부와 그 가족의 일부는 눈이 휘둥그레져서 서로를 쳐다보지 않을 수 없었다. 여러분은 그녀가 집단의 일원이 되는 모습을 쉽게 상상할 수 있을 것이다. 전혀 예상하지 못한 그녀가 추가로 투입된다면 그들의 공연은 모양과 색채 면에서 아주 오래토록 기억에 남는 공연을 펼칠 수 있을 것이다. 〈도약하는 니켈만 가족〉은 이제 〈두려움을 모르는 판〉이 되었다!

공연이 끝나고 접시와 컵은 모두 치워졌다(그들은 일회용이 아닌 진짜 접시와 컵을 사용했다). 퀴그가 이제 다시 길을 나서야겠다는 말을 하자 아이들로부터 탄식과 애원의 목소리가 일제히 터져 나왔다. 하지만 퀴그의 말소리에 그다지 확고한 의지가 들어 있지는 않았다. 로린이 술을 마셨는데도 불구하고 다시 치통에 시달리고 있었다. 니켈만 부인은 잇몸과 치아 사이에 끼워 넣을 수 있는 습포를 만들어 보겠다고 말했다. 그동안 퀴그는 이를 뽑아 버리자고 여러 차례 권했었지만 그때마다 로린은 남아 있는 앞니들을 더 이상 잃고 싶지 않다며 거부했었다. 그들은 니켈만 가족의 생활 공간을 한 바퀴 둘러보기로 했다. 방문객들은 사방을 뒤덮고 있는 산더미처럼 빽빽한 칡과 다른 덩굴 모양 잡초들을 통과하는 오솔길의 저쪽 편에 생활 공간이 은밀하게 자리 잡고 있을 것이라고 생각했다.

하지만 그들이 나무 그늘 아래로 들어섰을 때 통로는 방향이 왼쪽으로 급격하게 꺾였다. 그다음에는 오른쪽으로 방향이 틀어졌다가 얼마간은 아래쪽으로 약간 경사가 진 길이 나왔다. 빛이 점점 줄어들고 방향을 틀 때마다 온도가 떨어져 그들은 마치 동굴 속을 탐험하고 있는 듯했다. 하지만 그들이 땅 아래로 들어가고 있는 것은 아니었다. 오솔길의 바닥은 널빤지로 지탱이 되어 있었다. 앞을 제대로 보기가 힘들었기에 로린은 몸이 약간만 휘청거려도 휘파람 소리 같은 비명을 질러 댔다. 판은 그 길을 따라가면 어디로 연결되는지 궁금했지만 계속해서 퀴그에 정신을 집중했다. 퀴그는 두려워하거나 동요하는 기색이 전혀 없었다. 그는 세상 물정을 모르는 바보 같은 니켈만 씨의 열정적인 얘기에 둔탁한 목소리로 맞장구만 쳐 주고 있었다. 니켈만 씨는 자기도 차터 마을에서 자랐는데 어릴 적에 가족 전체가 강제로 그곳을 떠날 수밖에 없었다고 말했다. 그의 아버지가 예기치 않게 심장 마비로 숨을 거두었는데 그가 생명 보험 보험료를 불입하는 과정에서 의도치 않게 실수를 저지르는 바람에 충분한 보험금을 받아 내지 못했다. 그의 어머니는 그녀 자신의 일자리만으로는 가족을 적정한 수준으로 부양할 수가 없었기에 그들은 자치주로 나왔고 어떤 지역 사회에 받아들여졌다. 거기에는 유명한 극장 곡예단 가정이 있었다. 그들은 니켈만의 잠재력을 알아보고 그에게 훈련을 시켰다. 그로부터 꽤 오랜 세월이 흐른 지금 그는 자기 자식들과 그 유명한 곡예단 가정 출신인 아내로 구성된 곡예단으로 성공적인 쇼를 펼쳐 보일 수 있게 되었다. 그는 존경하고 사랑하는 아내 그리고 자식들과 함께 자기들이 손수 지은 집에서 살고 있었다. 아니, 집을 지었다기보다는 가꾸었다고 하는 편이 옳았다. 니켈만 가족은 지금 단 한 그루의 나무 아래에서 살고 있었다.

그리고 이 얼마나 멋진 나무란 말인가! 하늘을 가리는 거대한 나무 아래의 널찍한 원형 공간으로 들어서면서 방문객들은 그런 생각이 들었다. 햇빛이 덩굴 식물들 사이로 흘러내리고 있어서 마치 새로 돋아난 나뭇잎 색의 옥이 모든 것 위에서 아름답게 반짝이고 있는 것 같았다. 공기 속에서 진한 허브 향기와 깨끗하고 약간 촉촉한 땅 냄새가 났다. 로린이 나무의 종류를 묻자 니켈만 부인은 상록 참나무라고 대답했다. 그것은 덩치가 어마어마했다. 몸통이 거대한 것을 보면 수령이 200년은 되는 것 같았다. 숨이 막힐 것 같은 덩굴 속에서 어떻게 그것이 살아남았는지 퀴그가 묻자 니켈만 씨는 덩굴이 보이는 것만큼 침투성이 강하지는 않다고 설명해 주었다. 그리고 나무 이파리들에게 충분한 공기와 빛을 제공하기 위해 끊임없이 덩굴을 잘라 주고 있으며 이리저리 마구 뒤엉켜 있을 뿐 숨이 막힐 정도는 아니라고 덧붙였다. 그리고 덩굴은 그들에게 날씨와 나쁜 사람들로부터 몸을 숨길 수 있는 공간을 별도로 제공하고 있었다. 폭풍우가 닥칠 때마다 니켈만 가족은 나무의 중간에서 서커스 지붕 같은 원형 텐트를 펼쳐서 빗물을 흘려 버리기도 하고 받기도 했다. 또 겨울에 날씨가 너무 추워질 때면 그들은 밖에 텐트를 펼치고 그 밑에서 따뜻하게 지냈는데, 바깥의 디젤 발전기로 작동하는 전기 난방기들을 이용했다. 물론 이제 더 이상 날씨가 혹독하게 추운 날은 거의 없었다. 추운 날씨가 아주 길게 이어지는 경우도 결코 없었다. 캐노피 아래의 공간은 허리 높이의 합판 벽들로 잠자는 공간과 생활하는 공간이 구분 지어져 있었다. 부엌은 간단한 작업대와 수도관 설비가 없는 세탁용 싱크, 그리고 버너가 두 개 달린 전기레인지로 꾸며져 있었다. 덤불을 걷어 내기 위한 도끼 몇 개와 날이 넓고 무거운 칼, 그리고 전지가위도 있었다. 가재도구라고 할 만한 것은 별로 없었다. 식품 저장실의 물품들과 그들의 옷가지들과 신발을 넣어 두는 플라스틱 통이 몇 개 있을 뿐이었다. 그리고 커다란 스크린이 있었다. 니켈만 씨가 아이들의 모든 연기를 찍은 비디오들을 시청하기 위한 것이었다. 나이를 제법 먹은 아이들은 자신들의 동작과 연기의 연결 과정을 분석하기 위해 비디오를 멈추고 재생하기를 반복했다.

판은 그들의 진지하고 철저한 의논만큼이나 비디오를 즐기고 있었는데 화장실이 가고 싶어졌다. 여자애들 중 하나가 그녀를 따라가고 싶어서 자리에서 벌떡 일어서더니 자기도 화장실에 가야 한다고 소리쳤다. 그 애의 이름은 힐튼으로 아홉 살쯤 되어 보였다. 나사 모양의 곱슬머리와 진한 갈색 눈을 가진 여자애는 판에게 스모크스에 남아 있을 어린 스타를 상기시켰다. 여자애는 누가 보더라도 이미 판에게 푹 빠져 있었다. 판은 그 애가 여태껏 보았던 어느 사람과도 아주 색달랐다. 게다가 판은 나름대로 자랐다고는 하나, 다른 누구보다 힐튼의 체구에 가까웠다. 여자애는 판의 손을 잡고 다시 공터로 끌고 나갔다. 야외 화장실을 향해 걸어가다가 중간쯤에 이르렀을 때, 산들바람의 방향이 바뀌더니 화장실의 고약한 냄새를 그들에게 실어 왔다. 몸이 좋지 않은 것을 느낀 판은 그 자리에 멈춰 서서 허리를 굽히고 땅바닥에 먹은 것을 게워야 했다. 그녀는 속이 완전히 뒤집히는 느낌을 받았다. 훌륭한 저녁 음식을 남김없이 토해 버리고 나서 그녀는 자기가 토한 것이 아무래도 신선한 채소들 때문인 것 같다고 생각했다. 그녀는 그처럼 많은 양의 채소를 먹는 것에 익숙하지 않았다. 하지만 그녀는 금방 기분이 나아졌다. 힐튼은 어이쿠, 하고 소리치고는 아직 조금 더 가야 한다고 말했다. 그래서 두 사람은 화장실로 갔다. 힐튼이 용변을 보는 동안 판은 밖에서 기다렸다. 시간이 제법 오래 걸리는 것 같았지만 판은 힐튼에 대한 생각으로 가득 차 있었다. 그 애는 판이 그날 밤을 그곳에서 보내기를 바랐다. 뿐만 아니라 자기들과 함께 한동안 살거나, 떠나지 않고 죽 계속해서 함께 살기를 바랐다. 물론 함께 공연도 하고 싶어 했다. 판은 힐튼을 포함해서 아이들 가운데 몇 명은 입양이 되었다는 사실을 그때 알았다. 힐튼은 그 가족의 품에 들어왔을 때 아기에 불과했다.

힐튼이 계속해서 재잘대는 동안 판은 아까 보았던 그 개를 발견했다. 그리고 이제 녀석은 대여섯 마리의 덩치가 더 큰 근육질의 개들 속에 끼어 있었다. 녀석들은 모두 서로를 밀치고 으르렁거리며 그녀가 음식을 게운 지점 주변을 미친 듯이 핥아 대고 있었다. 보기에 역겨운 장면이었다. 그녀는 애써 그 장면을 외면하면서 깃발이 달려 있지 않은 철제 기둥을 향해 발길을 돌렸다. 기둥 주변으로는 온통 발에 짓밟혀 납작해진 잔디들이 깔려 있었다. 공터에서 그 부분은 다른 곳들보다 훨씬 더 지저분했다. PVC 배관과 육각형 구멍의 철조망, 녹이 슨 커다란 볼트와 울타리 대못 같은 잉여의 폐물 더미들이 여기저기 흩어져 있었다. 순간 희미하지만 아주 지독한 냄새가 어디선가 흘러왔는데 그것은 화장실의 악취와는 상당히 달랐다. 스멀스멀 피어오르는 악취라기보다는 무언가가 썩어서 바짝 말라 가는 냄새 같았다. 바로 그때 판은 잡초 속에서 밝게 빛나는 무언가에 시선이 끌렸다. 그것은 뼈다귀였다. 기다랗고 표면에 작은 구멍이 있으며 햇볕에 하얗게 탈색이 되어 버린 그것은 씹은 자국들이 전체에 박혀 있었다. 판은 그것이 개의 장난감일 거라고 생각하고 무심코 그것을 집어 들다가 무게가 상당한 것을 알고 놀랐다. 그녀는 자신이 진짜 뼈다귀 밭에 서 있음을 깨달았다. 대부분의 뼈는 나뭇가지나 돌의 조각처럼 작았고 부서져 있었다. 몇 개만 그녀가 손에 들고 있는 것 정도의 크기였다.

힐튼은 삐딱하게 활짝 웃으며 화장실에서 걸어 나왔다. 그것은 판에게 보낸 미소가 아니라 이제 공터에 나와 있는 자기 가족에게 보내는 미소였다. 가족은 두 사람을 향해 다가오고 있었다. 니켈만 씨는 제일 앞에서 입에 황동 호루라기를 물고 있었다. 덩치가 큰 남자애들은 날이 넓고 무거운 칼을 들고 있었다. 니켈만 씨가 호루라기를 불자 개들이 신기하게도 가족의 대형을 따라 나란히 일렬로 서더니 그들을 뒤따랐다. 그들의 한복판에서 발을 질질 끌며 걷고 있는 사람은 퀴그와 로린이었다. 두 사람은 손을 맞잡고 있는 것처럼 보였지만 사실 서로의 손목과 발목이 한 짝씩 플라스틱 끈으로 묶여 있었다. 그들은 무슨 일을 겪었는지 알 수 없지만 매우 불안정하게 걷고 있었다. 그들의 눈은 무표정했고 얼굴은 창백했다. 판이 그들을 향해 달려가기 전에 힐튼이 뒤에서 놀라운 힘으로 그녀를 와락 껴안았다. 그것은 그녀를 절대 보내 주지 않겠다는 거칠지만 사랑스러운 포옹이었다.

"그냥 당하게 내버려 두지는 않을 거예요! 내버려 두지 않을 거라고요!"

힐튼이 소리쳤다.

"걱정 안 해도 돼, 힐리."

니켈만 씨가 힐튼과 판의 턱을 손으로 감싸며 말했다. 그의 손은 건조했고 차가웠다.

"이제부터 이 언니는 우리 가족이 될 거야. 딱 좋아."

"약속하시는 거죠?"

"약속하마. 판, 너도 우리 가족이 되는 걸 원하지, 그치? 원치 않을 이유가 없지? 우리와 함께 지내면 재미있는 일이 많을 거야."

가족 전체는 그녀가 쇼핑몰에 갈지 말지를 결정하고 있기라도 하듯 기대감에 차서 고개를 끄덕이고 있었다. 비록 그 순간 그녀의 마음속에 무엇이 떠올랐을지 정확히 알 수는 없지만 우리는 판의 기질에 대해 확실하게 알고 있다. 그것은 수많은 시련 속에서도 결코 흔들리지 않았다. 그녀가 특별히 도덕적인 사람이었던가? 그것은 말하기 쉽지 않다. 그러나 우리는 그녀가 한결같은 사람이었다고는 말할 수 있을 것이다. 그녀는 처음부터 끝까지 변함이 없는 그런 사람이었다. 그것은 요즘 세상에서는 아주 보기 드문 일종의 진실성으로 비쳐질 수 있을 것이다.

"좋아요. 하지만 우리 세 명 모두를 받아들이는 건 어떠세요?"

여기저기에서 동시에 신음소리가 터져 나왔다. 니켈만 씨는 머리를 긁적이며 말했다.

"그건 우리의 계획에 없던 거야."

"그렇지."

노인이 동의했다.

"우리 모두가 살기에는 비좁아."

니켈만 씨가 말했다.

"너야 별 문제 없이 끼어들 수 있겠지만 덩치가 큰 성인 두 명은 안 돼. 솔직히 말해서 아내와 나도 점점 덩치가 불어나고 있고."

"어머나, 필립!"

"난 그냥 판에게 사정을 설명해 주려고 애쓰는 중이야. 이 아이는 아주 유능한 아가씨야. 나를 믿어 봐. 특별한 아가씨라니까. 우리는 오래전에 우리에게 가장 좋은 방법이 무엇인지 알아냈지. 다른 사람들은 자신들의 삶을 다르게 꾸려 갈 거야."

그는 퀴그와 로린을 힐끗 쳐다보고는 말을 이었다.

"그런 건 중요하지 않아. 우리는 최대한 단순하게 살기로 했어. 최대한 오랫동안 말이야. 모든 것이 균형을 이룰 때 정말 기분이 좋아. 우리는 자유로워진 느낌을 받고 있어. 하지만 우리의 자유 때문에 두렵거나 하지는 않아. 이곳에 있는 대부분의 사람들은 이렇게 되어야만 하니까. 그리고 우리는 차터나 네가 살았던 곳의 사람들만큼 자유로워. 어쩌면 그들보다 더 자유로울 거야. 물론 우리는 이따금 물건을 사거나 물물교환을 해야 하지만 우리는 정원을 가꾼다거나 치즈를 만든다거나, 그리고 우리가 아끼는 동물들을 기르는 일에 아주 능숙해졌어. 그 방면에서 네가 우리를 도와줄 수 있을 것 같군. 중요한 건 우리가 완전히 자급자족을 하려고 애쓰고 있다는 거야. 어떤 때는 그게 불가능하지. 특히 겨울에는. 하지만 해마다 우리는 항상 버텨 내고 그만큼 노하우를 얻고 있어. 약간의 지혜까지 얻기를 바라면서 말이지."

"제가 머물러 있고 싶지 않다면요?"

판이 물었다.

"하지만 우리는 언니가 여기에 남고 싶어 한다는 걸 알아!"

힐튼이 소리쳤다. 이제 그 애는 판의 손을 꽉 거머쥐고 있었다.

"맞았어."

니켈만 씨가 말했다. 이제 그의 말투는 더 이상 어수룩하게 들리지 않았다. 그는 멍하니 퀴그를 바라보았다. 누가 보더라도 제정신이 아닌 퀴그는 눈 저 안쪽에서 치밀어 오르는 눈물을 억누르려 애쓰고 있었다. 하지만 그는 더 이상 견디지 못하고 결국 포기하고 있는 듯 보였다.

"우리는 네가 머물고 싶어 한다는 것을 알아, 판. 너는 우리의 공연을 좋아해, 그렇지?"

니켈만 씨가 말했다.

"네."

"너는 공연에 끼고 싶어 해."

"그래요."

"우리 가족을 좋아해?"

그녀는 고개를 끄덕였다.

"그리고 우리는 너를 좋아해! 그렇지, 애들아?"

"네! 네!"

그들은 이구동성으로 소리쳤다.

"봤지. 더 이상 할 말이 별로 없군. 전혀 없어. 그럼 이제 숙녀들과 안으로 들어가지. 힐리와 여자애들이 잠자리를 마련해 줄 거야. 그리고 남자애들, 너희는 무엇을 해야 하는지 알지?"

어린 남자애들은 퀴그와 로린을 기둥으로 끌고 가서 그들의 끈이 묶이지 않은 손과 발을 플라스틱 끈으로 기둥에 묶었다.

"오, 이런!"

로린이 비참하게 울부짖었다.

"우리는 이제 이 사람들의 고기가 되려나 봐요!"

"우리는 고기를 먹지 않아, 로린."

니켈만 부인이 부드럽게 말했다.

"고기를 먹어 본 적도 없고 앞으로도 절대 먹지 않을 거야."

하지만 개들은 조용하게 자세를 갖추고 있었다. 녀석들의 목구멍은 번드르르했고 침을 질질 흘리고 있었다. 어깨와 후반신의 근육들이 기대감으로 실룩거렸다.

"작별 인사를 하고 싶어요."

판이 말했다.

"마음씨가 참 착하군."

니켈만 씨가 말했다.

“아주 착해. 그렇게 하도록 해.”

팔에 여전히 매달려 있는 힐튼을 끌고 판은 퀴그와 로린을 향해 다가갔다. 두 사람은 몸이 축 늘어져 반쯤 쭈그리고 앉은 자세를 취하고 있었다. 그들을 지탱해 주는 것은 기둥과 서로의 몸밖에 없었다. 그들의 눈은 뜨여 있었지만 그녀에게 시선을 고정하지 못했다. 그녀는 두 사람을 포옹했고 두 사람 모두에게 키스까지 했다. 로린이 힘을 모아 할 수 있었던 거라고는 “신중국의 어린 계집.”이라는 속삭임뿐이었다. 퀴그는 아무 말도 하지 않았다. 판과 힐튼이 잡초 속으로 비켜서자 니켈만 씨는 이제 안으로 들어갈 시간이 되었다고 판에게 말했다. 그것은 그녀가 보지 말아야 할 일이었다. 적어도 다음번까지는. 하지만 판은 고개를 가로저었다. 그런 행동은 그들 모두를 놀라게 했고 동시에 큰 기쁨을 안겨 주었다. 그들의 목에 피가 끓어올랐다. 커다란 칼을 든 남자애들이 무리 지어 앞으로 나왔다. 그들의 칼날은 잿빛과 무지갯빛을 띠었다.

하지만 바로 그때 힐튼이 자기 얼굴 옆면을 감싸면서 비명을 질렀다. 그 애가 자기 손을 들여다보았을 때 손은 뺨을 타고 흘러내리는 피로 축축하게 젖어 있었다. 판이 울타리 대못의 뾰족한 끝으로 그 애의 뺨을 그어 버린 것이었다. 칼을 든 남자애들이 그녀를 향해 다가가자, 판은 팔의 접히는 부위로 여자애의 목을 조이면서 대못의 뾰족한 끝으로 그 애의 목을 지그시 눌렀다.

“오, 힐리! 지금 우리 애한테 무슨 짓을 하는 거야?”

니켈만 부인이 소리쳤다.

"얼른 풀어 줘! 필립! 어떻게 좀 해 봐요!"

하지만 니켈만 씨는 아무것도 할 수 없었다. 그는 감히 호루라기를 사용할 엄두도 내지 못했다. 남자애들이 뒤로 물러났다. 판은 로린과 퀴그를 기둥에서 풀어 주라고 명령했고 그들의 차로 천천히 걸어가 그들을 뒷자리에 태웠다. 그녀는 힐튼을 앞자리에 태우고 차의 시동을 걸어 차를 돌린 다음 천천히 주도로를 향해 달려갔다. 니켈만 가족 모두가 차에 손을 얹은 채 달리면서 미친 듯이 차를 두들겨 댔다. 노인에 의해 입구의 엄폐물이 치워졌을 때, 판은 힐튼을 차에서 내보낸 다음 페달을 최대한 깊숙하게 밟았다. 뒤따르던 사람들은 북쪽의 어둠 속에 내팽개쳐졌다.

# 13

이전에 우리는 판이 B-모어를 떠나면서 보다 원대한 목표를 가지고 있었다고 말한 적이 있다. 하지만 그게 꼭 진실이라고는 할 수 없을지도 모른다. 그것은 어쩌면 그녀 자신이 생각하고 계획하고 실행한 어떤 것보다는 그 짧은 기간 동안 변화한 우리 자신의 관점의 문제일지도 모른다. 시간이 흐르는 동안 우리가 그녀의 여행에 대해 거듭 얘기를 하면서 덧씌운 우리의 관점 말이다. 그녀의 행동으로 보면 그녀는 완전히 경솔했다고 할 수 있을 것이다. 심지어 무모했다고도 할 수 있을 것이다. 그녀가 우리의 정문을 나와 레그를 찾으러 떠날 때 손에 갖춘 무기라고는 그녀의 느낌의 힘밖에 없었다. 우리는 그것을 '확신'이라고 말하지 않을 것이다. 그녀가 어떤 대의나 공약을 위해 길을 나섰는지가 조금도 분명하지 않기 때문이다. 지금은 이렇게 생각하는 것이 불가능해 보이지만,

어느 시점에서든 그녀는 우리들 중 어느 누구도 마음에 두지 않았는지도 모른다. 사실 그녀는 오직 하나의 관심사만 마음에 두고 있었는지도 모른다. 그녀는 한 번에 한 사람씩 거치면서 한 번에 한 걸음씩 그것을 따라갔다. 매 순간 충분한 안전과 도움과 점증하는 지식을 얻을 것이라고 맹목적이고도 고집스럽게 믿으면서. 그 지식만이 더 큰 지혜로 이끌어 줄 수 있다고 생각하면서.

만약 그녀가 천재성을 지녔다면(우리들 중에 그렇게 생각하는 사람이 점점 많아지고 있다), 그것은 자기 의지의 임기응변적 성격을 이해하고 신뢰하는 능력에서였다. 이것은 모순으로 보일지도 모른다. 우리 대부분에게는 그렇게 보일 것이다. 우리는 희망을 가지고 계획을 세운다. 그리고 그것들이 틀어지면 우리는 자연스럽게 합리화하고 우리 자신을 새로운 위치에 두기 위해 다시 지도를 그린다. 그게 아니면 우리는 곱씹어 보면서 너무나 확고하게 뿌리를 내린다. 당장 잡을 만한 것이 하나도 없는 허공, 익숙한 것이 아무것도 없는 곳, 자신의 불안과 두려움의 덤불에 끊임없이 처박히는 곳으로 뛰어드는 것과 같은 상황에서 앞으로 거듭해서 나아갈 수 있는 사람은 거의 없다. 판은 달랐다. 우리가 깨닫게 된 바와 같이 그녀는 자신을 억누를 사람이 아니었다. 족쇄에 채워져 있을 사람도 아니었다. 이런 식으로 그녀는 우리를 깜짝 놀라게 하고 우리에게 자극을 준다. 그녀는 진정한 예술가처럼 자신의 계획을 추구하는 사람이었다. 아직 제대로 이해하거나 볼 수는 없지만 전적으로 믿었던 목표를 향해 영원한 순수함뿐만 아니라 집중력과 열정으로 나아가는 사람이었다.

다른 한편으로 그녀는 다른 사람이 알고 있는 것보다 더 구체적인 것들을 마음에 품고 있었는지도 모른다. 그것이 아마도 그녀가 가장 나이 많은 형제인 리웨이와 연락하기로 마음먹은 것을 설명할 수 있는 유일한 방법일 것이다. 리웨이도 B-모어를 떠난 사람이었다. 물론 그는 판보다 여러 해 전에 떠났고 두 사람이 처했던 상황은 매우 달랐다. 게다가 우리는 판이 무엇을 생각했는지, 처음부터 무엇을 계획했는지, 중간에 어떤 결정을 내렸는지에 대해 확신할 수 없다. 물론 그녀가 레그와 재결합하려는 목표를 가지고 있었다는 것은 알고 있다. 하지만 그녀는 자신의 친척 오빠가 담 너머 저 바깥, 어떤 차터 마을에 있을 가능성이 아주 높다는 것을 처음부터 알고 있었던 게 틀림없다.

우리 모두가 알고 있듯이 리웨이는 승급하여 차터 마을로 들어간 몇 안 되는 B-모어 출신들 가운데 하나이다. 입양 간 가족과 학교, 그리고 직장 생활에서 성공적으로 적응을 하게 되면, 그들은 완전한 자격을 갖춘 차터 주민으로서 그곳에서 살 수 있다. 승급 결정은 순전히 시험 결과를 통해 이루어진다. 차터 사람들은 해마다 등급을 매기는 시험을 치르지만 승급에 관심이 많은 B-모어의 아이들 그리고 정착지의 아이들은 오직 열두 살일 때에만 시험을 치를 수 있다. 그것은 주로 수학 문제 풀기와 논리적인 추론 시험이다. 여러 분야의 숫자와 낱말과 공간 퍼즐로 이루어져 있는데 그 모두가 극도로 어렵고 우리의 학교에서 충분히 다루지 않는 내용들이다. 우리는 레그가 그런 시험에 신경조차 쓰지 않았다는 사실을 농담처럼 얘기했는데, 사실 판 역시 다른 거의 모든 사람들이 그랬던 것처럼 그 시험에서 상당히 저조한 점수를 받았다. 우리는 그들의 말마따나 같은 범주 내에 있었다. 최선의 방법으로.

차터 사람들에게 그것은 훨씬 더 엄격한 과정이다. 마지막 해, 그러니까 열여덟 살 때까지 점수가 하위 10퍼센트에 속한 학생들은 관심 학생 목록에 오른 다음 다시 한 번 시험을 볼 수 있는 기회가 주어진다. 거기에서 중간 이상의 점수를 받지 못하면 소매상 일이나 가르치는 일이나 불을 끄는 일 같은 서비스 직종으로 진로가 미리 정해지며, 일이 주어지지 않을 수도 있다. 물론 차터에서의 생활을 영원히 유지할 수 있을 뿐 아니라 당국에 상당한 규모의 기부를 할 수 있을 정도로 충분한 돈을 유산으로 물려받는다면 얘기는 달라진다. 길은 항상 있다. 워낙 많은 것이 걸려 있는 터라 차터의 부모들은 이 시험을 준비하기 위해서라면 자신들이 해야 하는 그 어떤 일이라도 할 것이다. 그들의 아이들이 태어난 지 여섯 달만 되어도 발달 치료사와 개인 지도 교사를 고용할 것이다. 물론 B-모어 사람들에게는 이것은 애초에 대수롭지 않은 문제이다. 앞에서도 언급했듯이 우리들 중에서는 차터 점수의 상위 2퍼센트에 해당하는 결과를 얻은 학생만이 승급 자격을 얻는다. 그것도 보충 교육이나 개인 지도 따위는 아예 없이.

모든 시설을 통틀어 그 점수를 받아 내는 사람은 해마다 손에 꼽을 정도이다. 어떤 때는 달랑 둘이나 셋만 그 점수를 얻기도 하고, 세 번 중에 한 번은 아예 단 한 명도 나오지 않는다. 이것은 누가 그 점수를 얻어 냈을 때 굉장한 감흥이 없다는 말이 아니다(리웨이와 서부 B-모어의 어떤 여자애가 판이 태어나기 몇 년 전에 그 점수를 받았는데, 그들의 이름은 다른 사람들의 이름과 함께 우리의 공원들 중 어느 하나를 아름답게 장식하는 석조 기념비에 새겨졌다). 그들이 떠나기 전에 그들의 집안 사람들은 일반적으로 공공 축제와 중요한 결혼식을 합친 것 같은 거대한 주민 파티를 연다. 음식과 음료수가 차려진 기다란 연회 식탁들과 시끄러운 대중음악과 운이 좌우하는 게임을 할 수 있는 가게들이 늘어선다. 그리고 그 파티의 수익금으로 그 재능 있는 아이의 차터까지 가는 여행 비용을 부담하게 된다. 이 근방에 있는 차터 마을일 수도 있고 아주 드문 경우지만 해외의 차터 마을일 수도 있다. 아이슬란드와 라오스 같은 곳에는 차터 마을이 단 한 개뿐인데, 여하튼 거의 모든 나라에 차터 연합이 있다.

판의 집안사람들이 리웨이를 위해 연 파티는 특히 기억에 남을 만했다. 그도 그럴 것이 음악 연주자들을 고용했고 우리의 물고기로 가득 채워진 거대한 수족관까지 있었다. 사람을 물속에 빠뜨려 골탕을 먹이는 의자가 수족관 안에 설치되어 있었는데 물고기들은 집안의 제일 높은 어른이 파자마 차림으로 널빤지에 자리를 잡고 앉자 그 주변을 마구 돌아다녔다(그 어른은 성격이 고약하기로 유명한 사람이었는데 파티 후에 세상을 떠났다). 그의 옆에서는 아이들과 어른들이 표적을 향해 차례대로 공을 집어던지고 있었다. 심지어 그 어르신조차도 그날은 기분이 들떠 있었다. 그는 어린아이들을 향해 자신이 지을 수 있는 가장 우스꽝스러운 표정을 지어 보였고 공을 던지려고 길게 줄을 늘어선 사람들을 시종 자극하고 놀려 댔다. 그는 몸이 물에 흠뻑 젖었지만 이제 자기 씨족 중 누군가가 높은 지위를 얻게 될 거라는 사실을 알고 있는 터라 미소를 지으며 매번 다시 자리로 기어올랐다.

물론 판은 태어나기 전이어서 그 자리에 있지 않았지만 그녀가 분명히 여러 해에 걸쳐 들었을 그 모든 이야기들을 가지고 판단하건대 그녀는 그녀 자신이 그 자리에 있었던 것처럼 느꼈을 것이 틀림없다. 파티가 끝나갈 무렵 리웨이가 우리의 시설에서 기른 약초와 꽃으로 만든 전통적인 왕관을 쓴 머리 위로 양 주먹을 치켜들었을 때 그녀도 나머지 사람들과 함께 자기 친척의 이름을 소리쳐 불렀을 것이다. 그는 눈에 눈물이 가득 고인 채로 우리를 향해 손을 흔들며 작별 인사를 했다. 우리는 다음과 같이 외쳤다.

"리웨이는 우리의 챔피언! 잘 가요, 리웨이!"

물론 우리는 리웨이를 두 번 다시 보지 못할 거라는 사실을 알고 있었다. 한번 떠난 사람은 돌아오지 않을 것이고 잠깐 들르러 오지도 않을 것임을 우리는 이해하고 있었다. 무슨 이득이 있다고 그런 짓을 하겠는가? 그것이 우리나 그들에게 어떤 지속적인 기쁨을 안겨 주겠는가? 차라리 축제의 불빛 아래에서 우리의 혀에 얹힌 음식 맛을 음미하며 그들을 영원히 떠나보내는 편이 더 낫지 않을까? 그들과의 유대가 이제 막 끊어진 것에 가슴 아파하거나 그들과의 재회를 갈구하거나 혹시 그들이 돌아오지 않을지도 모른다는 의심으로 스스로 고통을 불러들이는 것보다 그 편이 낫다. 그들이 정문을 걸어 나가도록 그냥 내버려 두고, 우리는 돌아서서 그들의 대성공을 본받아 우리도 성공을 거두도록 마음을 다잡는 편이 더 현명하지 않을까?

그들이 어느 차터 마을을 향해 떠났는지는 알려져 있기 때문에, 찾아낼 수 있는 무수한 자료를 가지고 머릿속에 그림을 그려 보는 일은 쉽다. 그 마을의 거리와 들과 상업 지역을 살펴보는 것이다. 그곳의 배치는 우리처럼 직선으로 되어 있는 경우가 거의 없는데 아마도 고립된 느낌을 고조하기 위해서일 것이다. 그래서 길과 도로의 실망스러운 종착지를 볼 필요가 없을 것이다. 하나의 지역 사회로서 우리는 이 승급이라는 것만 제외하면 차터 생활과 연관될 일이 별로 없다. 하지만 궁극적으로 매년 우리의 호기심은 하나의 관념으로 남게 된다. 그리고 우리는 외국 여행을 떠난 어떤 친구가 엽서에 나오는 유적지 계단을 기어오르거나 현지 음식을 맛보는 모습을 상상하듯, 승급한 아이를 바라보며 모양과 색채에 관한 구체적인 면을 우리 자신에게 부여하지만 오랫동안 이어지는 근심거리에 대해서는 생각조차 하지 않는다. 그가 새로운 가정에서 어떻게 환영을 받을지, 그가 학교에서 어떻게 받아들여질지, 그가 어떤 직종에 종사하게 될지, 그의 배필이 누가 될지 등의 문제들에 대해서는 일절 생각하지 않는다. 여러분의 신념 체계에 천국이 존재하는지는 모르겠지만 여러분은 이 상황을 단순히 그 사람이 일종의 천국으로 여행을 떠난 것이라고 바라보게 된다. 모든 면에서 이곳보다 더 나을 것 같은 장소, 이곳보다 더 나쁘지 않을 게 분명한 장소로 말이다.

판은 분명 리웨이가 받아들여진 세네카 햄릿이라는 마을을 찾아볼 수도 있었다. 그것은 기록을 찾아보는 단순한 문제이므로. 차터 사람들은 이동이 자유롭고 세계 일주 비행기의 좌석을 구입할 수 있으며 세계 전역에 흩어져 있는 차터 마을들을 둘러볼 수 있고 심지어 경제적 여유만 있으면 그곳에서 살 수 있는 권리까지 있음에도, 자신의 본래 마을을 영원히 떠나는 것은 극소수의 사람들뿐이다. 동일한 지역 안에 있는 다른 마을로 이동하는 경우조차 거의 없다. 다른 모든 사람들처럼 그들은 그들의 가족과 친구와 동료에 의지한다. 그것은 단순히 현실성 때문이 아니라 정신적인 지원 때문이다. 그래서 리웨이는 아직도 같은 마을에 있을 가능성이 상당히 높았다. 그리고 우리처럼 그녀도 궁금하지 않을 수 없었을 것이다. 그가 입양 가족과 지역 사회의 생활에 성공적으로 동화가 되었는지, 든든한 일자리를 얻었는지, 그리고 무엇보다도 그의 탁월한 능력이 확실히 보장해 준 보기 드문 번영을 그가 누리고 있는지 궁금했을 것이다.

바로 지금 향하고 있는 곳, 그러니까 그녀와 퀴그와 로린이 니켈만 가족과의 만남 후 다시 향하고 있는 곳이 바로 그 차터 마을일지도 몰랐다. 만약 그렇다면 그건 너무나도 절묘한 우연의 일치가 될 것이었다. 그럼에도 불구하고 B-모어를 나온 바로 그 첫날 밤 퀴그의 차에 치이기 전부터 그녀는 북쪽으로 가겠다는 마음을 먹고 있었던 것이 틀림없다. 그리고 이런 관점에서 보면, 처음에는 강제적으로 그리고 나중에는 자발적으로 스모크스의 그 시설에서 거주했던 것은 그녀의 두드러진 인내심과 믿음을 보여 주는 한 가지 사례가 될 수 있다. 다시 말하지만 B-모어에서 우리는 믿음에 대해 그다지 많이 애기하지 않는다. 이렇다 할 종교적이나 영적인 수행도 없고 가정에서나 공공장소에서 드리는 어떤 종류의 예배도 없다. B-모어 사람들이 하느님의 존재나 사후 세계나 우리의 존재 이유에 대해 어떻게 생각하는지는 확실치 않다. 마찬가지로 이런 의문들에 대한 판의 입장도 절대 알 수 없을 것이다. 그녀는 그저 어떤 믿음을 가지고 있었다. 놀랍고도 심오한 믿음을. 그것은 어떤 거대한 폭포처럼, 약해지거나 줄어들지 않았다. 그 믿음이 어디에서 왔는지, 또 그녀가 그것을 어떻게 키웠는지는 수수께끼이다. 우리가 알 수 있는 것은 그녀가 모든 사건을 탐구하면서 용기와 힘을 얻기 위해 그 믿음에 의지했다는 사실이다. 그래서 한 번도 만나 보지 못한 자신의 친척이 레그와의 재회라는 목표에 도움이 될지도 모른다는 것은 적어도 판의 관점에서 봤을 때 부분적으로 믿음이자 견고한 추론이었다. 리웨이는 결국 차터 주민이 되었고 따라서 필요한 재력이나 연줄이나 어쩌면 약간의 권력까지 가지고 있을 수 있었다.

니켈만 가족의 은신처에서 간신히 탈출한 다음 도로에서 멀리 떨어진 곳에서 야영을 하며 그날 밤을 보내고 나서, 그들은 상태가 엉망인 길을 다시 하루 종일 달린 끝에 목적지에 도착할 수 있었다. 그곳까지 가는 동안 판이 줄곧 운전을 했다. 로린과 퀴그가 니켈만 씨의 집에서 대접받은 음식에 뭐가 들어 있었는지는 몰라도 그것은 아직도 그들의 몸에 영향을 미치고 있었다. 운전 중에 판은 두 사람 중 어느 하나가 길가에 토할 수 있도록 몇 번이고 차를 멈춰 세워야 했다. 상태는 퀴그가 더 심했는데, 그는 창백한 얼굴로 식은땀을 흘리면서 자기 몸도 제대로 가누지 못했다. 판이 차를 빙 돌아와서 그를 부축해 주어야만 했다. 그녀는 두 다리에 온 힘을 주면서, 땅바닥에 퍼질러 앉으려는 그를 억지로 일으켜 세워 뒷좌석에 밀어 넣었다. 뒷좌석에서는 로린이 자기 쪽 창문에 몸을 기댄 채 쓰러져 있었다. 판은 도중에 휴게소 몇 군데에 들러서 그들의 극도의 갈증을 달래기 위해 엄청나게 비싼 물을 여러 차례 사야 했다. 그들은 뭐라도 좀 먹으려고 하면 당장 다시 구역질이 나서 견디지를 못했다. 어느 지점에서는 로린이 자기 옷에 먹은 것을 게우는 바람에 그녀의 옷을 깨끗이 닦아 주고 배낭에서 깨끗한 옷을 꺼내 입도록 도와주었다. 그러자 로린은 자기가 그동안 했던 말에 대해 미안하다고 중얼거렸다. 판은 말없이 고개만 끄덕여 주었다. 판은 로린이 사경을 헤매며 불분명하게 주절거리는 소리를 제대로 알아듣지 못했다. 하지만 운전을 하는 동안 판은 그녀가 내뱉은 한 마디 욕설은 분명히 알아들었다. 그녀는 B-모어만 알고 살았고, 그것은 그녀의 집안에서 이전 세대들도 마찬가지였다. '신중국'은 가장 거리가 먼 개념으로 좀처럼 언급이 되지 않았다. 누군가가 거만한 태도를 보이는데 지적하고 싶을 때면 다소 얕보는 투로 "저건 신중국 스타일이야!"라고 말한다. 혈통에 있어 그곳은 그녀의 출신지였고 그녀의 외모를 설명해 주는 곳이었다. 이제 판이 그곳에 대해 곰곰이 생각해 보노라면, 그녀는 그 유산이 자신에게 더 많은 의미를 지녀야 하는지가 궁금했다. 특히 판은 아이를 임신한 상태였다. 그것은 그녀의 부적이었지만 그녀는 그것을 선반 위에만 보관했다. 그것은 참으로 강력한 개체일 수 있었지만 판은 오직 그것을 선반에서 끄집어 내려 자신의 이마에 가져다 대고 무언가 중요한 질문을 던질 때에만 사용했다. 그게 무엇이었을까? 그래서 그녀는 매번 답을 알게 되었을까?

그들이 차터 마을로 가는 잘 닦인 유료 도로 구간으로 올라서기 전에 퀴그가 운전대를 잡았다. 병에 걸렸다는 이유로 돌려보내지고 싶지 않았으므로 퀴그는 차림새를 깨끗하게 하려고 노력했다. 하지만 여전히 송장 먹은 귀신처럼 보였다. 눈은 피곤에 지쳐 충혈이 되어 있었고 머리카락은 기름투성이처럼 보이는 데다 한쪽으로 엉겨붙어 있었다. 로린의 몰골도 별반 다르지 않았다. 그녀의 입가에는 땀방울과 마른 침이 들러붙어 있었다. 그가 차터 마을의 경비 초소에 이르러 차를 멈춰 세웠을 때, 그는 그들의 이름을 댔다. 경비원은 자신의 화면으로 그들을 확인했고 그들의 눈을 찬찬히 살폈다. 그는 판에게는 조금도 관심을 두지 않았다.

마을 표지판에는 '세네카'라고 간단히 적혀 있었다. 그곳은 판이 직접 방문하는 첫 번째 차터 마을이었다. 그녀가 찾아본 이름과 똑같지는 않았지만 익숙했다. 마을은 그녀에게 완전히 낯설어 보이지 않았는데, 아마도 그것은 텔레비전 프로그램에서 다른 마을들을 보았기 때문일 것이었다. 많은 마을들이 한두 개의 유명한 건설 회사에 의해 비슷하게 설계되었다. 인공위성에서 보면 모든 것이 산뜻하고 꼭 맞춘 것처럼 보인다. 도로와 인도의 곡선은 호수의 잔물결처럼 중앙의 너른 공간에서 똑같은 폭과 거리로 둥글게 뻗어 있다. 자주 있는 일은 아니었지만 그녀는 지역 정보를 검색할 때마다 울트라줌으로 자세히 들여다보는 것을 좋아했다. 차량들의 왁스 마감 칠과 자로 잰 듯한 인도들의 연결 부위와 지붕의 기와를 자세히 관찰했다. 지붕의 재료는 단독으로 서 있는 우리네 집들처럼 플라스틱이나 아스팔트 지붕널이 아니라 놀랍게도 자연석의 조각으로 만든 것이었다. 그 하나하나는 독특한 모양에 수작업으로 된 것이었고 본연의 흙이나 회색 돌이 뒤섞인 색을 띠고 있었다.

하지만 이 차터 마을은 그 이상이었다. 사실 믿기 힘들었다. 그들이 천천히 차를 몰고 갔을 때는 오후가 마지막 숨을 할딱이고 있었다. 어마어마한 활엽수림 사이로 햇빛이 쏟아져 들어왔다. 큼지막한 나뭇잎들이 서늘한 산들바람에 까닥거렸다. 위풍당당한 집들과 매끈하고 화려한 아파트들이 우리의 답답하고 빽빽한 연립 주택들처럼 도로 위에 지어진 것이 아니라 도로에서 멀찍이 물러난 곳에 지어져 있었다. 다양한 인종과 민족의 키가 크고 매력적인 사람들이 돌아다니고 있었다. 물론 애완동물들은 보이지 않았다. 몇몇 사람은 멋진 운동복 차림으로 마치 노를 젓듯이 두 팔을 앞뒤로 휘저으며 빠르게 걷고 있었다. 어떤 사람들은 사무직에 종사하는지 산뜻하게 차려입고 있었다. 그리고 볼 수는 없지만 맛있는 것들로 가득 찼을 작은 쇼핑백을 들고 가는 사람들도 보였다. 유모들의 모습도 보였다. 그들은 대개 피부가 가무잡잡했고 땅딸막했는데 유모차를 밀고 가거나 화려한 색상의 점프 슈트를 입은 한 무리의 아기들을 이끌고 있었다. 걸음마를 배우는 아기들조차 울음을 터뜨리고 옹알이를 하면서도 어딘지 모르게 마음이 가볍고 상냥하고 충분히 행복해 보였다. 가게들이 보다 밀집해 있는 지역에서는 다른 곳보다 더 분주했지만 그렇다고 덜 깔끔한 것은 아니었다. 가게들의 유리창은 너무나 반짝반짝 빛이 나서 두 번이나 정신을 집중하고 살펴봐야 했다. 유리창 너머에는 정교하게 진열된 여성용 가방과 드레스가 있었고 정교하게 당의를 입힌 케이크와 호화로운 모형 욕실도 있었다. 모형 욕실은 비누들과 수건들을 갖추고 있었는데 얼룩덜룩한 비누들은 먹어도 괜찮을 것만 같았고 수건들은 너무 솜털이 많고 희어서 당장에 목욕을 하고 싶은 마음이 들 정도였다. 저녁을 먹기에는 아직 너무 이른 시각이었지만 온통 검정색 옷으로 차려입은 음식점 웨이터들은 가게 밖에 식탁을 차리고 있었다. 그들은 윤이 반들반들 나는 고급 나이프와 포크, 큼지막한 와인 잔들, 그리고 작은 야생화들이 보기 좋게 담긴 꽃병을 식탁 위에 펼쳐놓고 있었다. 아주 안락해 보이는 실내의 바는 이미 칵테일 시간이 되어 즐거워 보였다. 그녀는 모퉁이를 돌 때마다 동일한 풍경을 볼 수 있었다. 부드럽고 화려한 불빛은 끝없이 이어져 있어서 이것이 사랑스럽고 영원한 순간이라는 착각이 들 정도였다.

한마디로 아름다웠다. 생활과 쇼핑이 완전히 통합된 모습이 약간 특이했지만 그럼에도 불구하고 아름다웠다. 판은 그곳이 어떤 특정한 방식이기를 바란 적은 없었지만 설마 이럴 것이라고는 예상하지 못했다. 그곳은 그녀를 구역질이 나도록 만들었지만 뒤집어진 경외심 때문은 조금도 아니었다. 정확히 말해서 그것은 좋지도 않았고 나쁘지도 않았다. B-모어에서는 한 번도 경험해 보지 못한 존재 상태임을 그녀는 깨달았다. B-모어에서는 판에 박힌 일상이 방법이고, 보상은 그 이유이므로.

퀴그와 로린은 별다른 감명을 받지 못한 것처럼 보였다. 그들은 전에 차터 사람들을 무수히 보았다. 그들의 부주의한 태도는 아직도 좋지 못한 몸 상태 때문인 것 같았다. 퀴그는 충분히 머뭇거리며 운전을 함으로써 남들의 이목을 끌고 있었다. 차와 잘 맞지 않는 바퀴는 느린 속도에도 끼익 소리를 냈고, 인도 위의 사람들은 먼지가 뽀얗게 내려앉은 구식 차량을 빤히 바라보았다. 판이 생각하기에 그들 중 한 사람은 지금 언짢은 얼굴로 마을 경비원을 부르고 있는 것이 확실했다. 퀴그는 곧 주도로에서 빠져나와 단독 주택들로 구성되어 있는 고급 주택 구역을 지나갔다. 주택들은 모두가 매우 컸지만 스타일은 저마다 달랐다. 아마도 건물의 정면 바로 안쪽은 모두 동일한 방식(눈에 띄는 중앙 홀이 있고 그와 어울리게 침실들과 차량들을 위한 쌍둥이 부속 건물이 양 옆으로 있는)으로 설계되어 있을 것인데, 앞뜰 잔디밭에는 나무들이 하나도 없어서 거리에서 집들을 완벽하게 볼 수 있었다. 울타리도 담장도 대문도 없었다. 건물 사이의 옆 뜰에 빼곡하게 심어진 나무들만 아니라면 모든 것이 완전하게 드러나 있었다.

그들은 우편함에서 정확한 집 번지를 발견하고 진입로를 올라갔다. 퀴그는 삼중 차고 문 앞에 주차했다. 베이지색 치장 벽토를 바르고 지붕을 돌이 아닌 테라코타 타일로 쌓은 지중해풍의 빌라였다. 현관문 앞에 서서 그들은 처마 밑에 숨어 있는 스피커들에서 음악이 희미하게 흘러나오고 있음을 깨달았다. 퀴그는 그것이 오래된 이탈리아 오페라에 나오는 유명한 아리아라는 것을 알았다. 문이 열렸을 때, 밝은 회색의 유니폼을 입은 자그마한 중년의 여자가 그들을 맞이했다. 그녀는 그들을 기다리고 있었던 것이 분명했다. 유니폼을 입은 여자는 그들을 2층의 스위트룸으로 안내했다. 퀴그와 로린이 방 하나를 차지했고 판에게는 놀랍게도 따로 방이 주어졌다. 그 방도 둘의 방과 똑같이 커서 킹사이즈 침대, 속을 두툼하게 채워 넣은 독서용 의자, 고풍스러운 책상, 세면기 두 개에 샤워기와 욕조로 이루어진 욕실이 갖추어져 있었다. 비누와 샴푸는 가게의 진열대에 놓여 있던 것들처럼 탈지면, 면봉, 일회용 칫솔과 함께 가지런히 놓여 있었다. 욕조 가장자리 위에 놓인 두꺼운 수건은 3단으로 쌓여 있었고 그것들 옆에는 어린아이 크기의 가운이 펼쳐져 있었다. 중년의 여자 도우미의 이름은 말라였다. 말라는 그들에게 8시에 레오 씨와 캐시 양과 저녁 식사를 하도록 되어 있으니 그 전에 샤워를 하고 휴식을 취하도록 권했다.

판은 즉시 욕조에 물을 받아서 거품 비누 약간을 물에 부었다. 전에는 한 번도 해 본 적 없는 일이었다. 판은 지저분한 옷을 벗고 거울 속에 비친 자신의 모습, 그중에서도 특히 어떤 변화가 있는지를 확인하기 위해 자신의 배를 바라보았다. 배가 아주 약간이라도 불룩해지지 않았을까? 그녀가 길에서 오줌을 누었을 때와 비교하면 빛이 달랐다. 거울 속에서 그것은 명백했다. 배에 힘을 주어 보았지만 그대로였다. 그러나 그녀는 평소의 모습 그대로처럼 보였다. 그다지 특이한 점이라고는 아무것도 없었다. 그녀는 이를 닦아야겠다고 생각했다. 니켈만 가족을 만나기 전에 마지막으로 닦고 그 뒤로는 한 번도 닦지 못했다. 하지만 순간 이상야릇한 느낌이 엄습했다. 물이 아직 뜨거웠지만 판은 거품이 많이 일어난 물속으로 재빨리 미끄러져 들어갔다. 그리고 혹시 비디오카메라의 눈알이 있지는 않은지 천장을 찬찬히 살펴보았다. 몰딩의 이음매와 심지어 벽에 걸린 미술품까지 꼼꼼히 살펴보았지만 눈알은 보이지 않았다. 거품 아래에서 온몸을 북북 문지르고 머리를 감고 나서 그녀는 물속에 앉은 채로 가운을 확 집어 들고 재빨리 자리에서 일어나 가운을 입었다.

양치질을 하고 머리를 빗은 다음 그녀는 침대로 기어 들어갔다. 침대가 어찌나 푹신하고 부드러운지 그녀는 많이 놀랐다. B-모어에 있을 때 그녀가 사용하던 이불솜이 들어간 단단한 매트리스와는 달라도 너무나 달랐고 크기도 그것보다 다섯 배는 컸다. 그녀는 침대 위에서 다양한 방향으로, 그리고 다양한 위치에 누워 보다가 적당한 자세로 되돌아왔다. 그녀는 딱 1분 동안만 눈을 감고 있을 생각이었는데 갑자기 그녀가 어떤 강을 느리게 둥둥 떠내려가고 있었다. 활활 불타고 있는 '후 폴스 인'을 지나 인공 절벽의 끄트머리를 넘어가자 깊은 웅덩이 속으로 굴러 떨어졌다. 그곳에서는 트리쉬와 글리니스가 헤엄을 치고 있었다. 그들은 첨벙거리면서 즐거워하고 있었다. 판은 트리쉬에게 두 발을 수면 위로 내놓은 상태에서 물속에 수직으로 서는 법을 가르쳐 주면서 편안하고 기분 좋은 시간을 보냈다. 퀴그는 그 자리에 없었지만 무슨 이유에서인지 몰라도 로린은 그곳에 있었다. 로린은 물가에서 평소처럼 무엇에 대해 불평을 늘어놓고 있었다. 하지만 그들 세 사람은 그녀의 말을 무시하고 있었다. 판은 트리쉬에게 또 다른 묘기를 보여 주려 하고 있었다. 이번에는 물속에서 빙글빙글 도는 기술이었다. 그때 여자애가 물속 깊이, 더 깊이 가라앉기 시작했다. 판은 무슨 일이 일어나고 있는지 이해할 수 없었지만 그녀 자신도 가라앉고 있었다. 아니, 강한, 더 강한 힘에 의해 바닥을 향해 빨려 들어가고 있다는 표현이 더 정확할 것이었다. 그것은 조지프에게 벌어졌던 일과 아주 흡사했다. 판은 수영에 아주 능했으므로 그 흐름에서 당장 벗어날 수 있었지만 트리쉬는 저항하지 못하고 물속 깊은 곳으로 가라앉고 말았다. 판은 곧장 여자애를 뒤따라 아래로 내려갔지만 바닥에 거의 이르렀을 때 그녀는 글리니스가 아주 폭이 넓은 금속 격자에 딱 들러붙어 있는 것을 보았다. 이미 익사한 상태였다. 트리쉬도 격자에 들러붙어서 거칠게 몸부림치고 있었다. 판은 물결의 흐름에 빨려 들어가고 있는 여자애를 끌어당겨 내려고 애썼지만 소용없었다. 불쌍한 여자애는 더 이상 숨을 참지 못하고 입을 벌렸다. 그녀의 몸은 폐를 가득 채우는 물에 즉각 저항을 했다. 그녀의 거친 몸부림이 수그러들더니 다음 순간 그녀의 모습이 보이지 않았다.

판은 자신도 빨려 들어가도록 물살에 몸을 내맡겼다. 자신이 좀 더 숨을 참을 수 있다는 것을 알고 있었지만 그녀는 그만 포기하고 물이 뜨겁게 타오르는 폐를 식혀 주도록 내버려 둬야 할지도 모른다고 생각했다. 그 순간 물살의 흐름이 갑자기 멈추었고 그녀는 수면을 향해 위로 떠올랐다. 로린의 목소리가 더 또렷하게 들려왔다.

"8시 15분 전이야. 저녁 먹을 시간이지."

침대에 누워 있는 판을 내려다보며 로린이 말하고 있었다. 그녀는 당장 옷을 입으라고 말했다. 그녀는 이제 거의 회복된 것처럼 보였다. 얼굴이 더 이상 비누처럼 지독히 창백하지 않았다. 그리고 목욕을 하고 머리를 빗고 구슬이 꿰인 목걸이를 목에 걸고 있었다. 로린은 모양도 없는 작업복 같은 옷을 입고 있었는데도 관능적으로 보였다. 판이 대형 벽장으로 걸어 들어가 페넬로페가 여행을 위해 준비해 준 옷, 단순한 블라우스와 다른 가족한테 빌린 긴 스커트로 갈아입는 동안 로린은 이번 자리가 얼마나 중요한지 그녀에게 상기시켰다. 레오 씨가 퀴그의 시설에 필요한 굴착 장비뿐만 아니라 세위한테 필요한 화학 요법 치료제를 줄 것이기 때문에 아주 중요하다고 그녀는 말했다. 판이 벽장에서 걸어 나왔을 때, 로린은 그녀를 침대 위 자기 옆자리에 앉히고 머리를 빗어 주었다. 로린은 시간을 끌면서 그녀의 짧은 머리카락을 부드럽게 빗어 주다가 머리의 이쪽과 저쪽을 핀으로 고정하더니 다시 양쪽을 고정하다가 결국에는 모든 핀을 뽑아 버리고 그녀의 머리를 다시 빗어 주었다.

"이제 왜 네가 여기에 왔는지 알겠지?"

로린이 드디어 말했다.

"네가 알고 있다는 것 알아. 넌 멍청한 여자애가 아니니까."

판은 고개를 끄덕이며 알고 있다고 말했다.

"너는 그 여자의 도우미가 될 거야. 그 여자가 집을 어떻게 돌봐야 하는지 가르쳐 줄 거고. 너는 그 여자 밑에서 훈련을 받다가 어느 날 그 여자가 물러나면 역할을 넘겨받게 될 거야. 그리고 넌 이곳에서 줄곧 살 수 있어. 아마 바로 이 방에서 살게 될 거야. 하지만 이 말은 해 줄게. 이 사람들은 자식이 없어. 단지 그들 두 사람뿐이야. 그 사람들이 정말 너를 좋아하게 되면 어느 날 이 모든 것이 너의 소유가 될지도 몰라. 그건 아무도 모르는 일이지. 상상이 돼?"

판은 감히 그런 일은 상상도 할 수 없다고 말했지만 이해는 했다. 그녀는 자기가 스모크스에서 영원히 살지는 못할 거라는 것을 알고 있었다. 그래서 이것은 가장 좋은 방법이었다. 새로운 우물을 팔 수 있는 장비를 얻도록 돕고, 그보다도 특히 세위가 약을 얻을 수 있도록 돕는 것이 그녀가 할 수 있는 최선의 방법이었다. 한 가지 슬픈 것은 그곳의 아이들을 두 번 다시 보지 못할 거라는 사실이었다.

로린은 양손으로 그녀의 손을 감싸 쥐었다. 로린의 행동에서 판이 느낄 수 있었던 것은 진정한 감사였다. 로린은 돌아가게 되면 그녀의 마음을 모든 사람에게 전해 주겠다고 말했다. 그때 퀴그가 문을 똑똑 두드리더니 고개를 불쑥 들이밀면서 아래층으로 내려갈 시간이 되었다고 말했다. 로린과 마찬가지로 샤워를 하고 난 그는 평소의 모습으로 되돌아와 쾌활해 보였다. 평소보다 훨씬 더 깔끔해 보였다. 평소의 모습과 한 가지 다른 점이 있다면 그녀를 똑바로 바라보지 않고 있다는 것이었는데 차마 그녀와 눈을 맞추지 못하는 듯 보였다.

# 14

바람이 잘 통하는 거실에서 레오 씨는 퀴그를 마치 오랜 어릴 적 친구처럼 맞이했다. 그는 퀴그의 양손을 잡고 뜨겁게 흔들면서 퀴그를 그의 완전한 성, 퀴글리로 불렀다. 퀴그는 레오 씨에게 로린을 다시 소개했는데, 그는 로린을 향해 미소를 지었지만 그녀를 기억하지 못하고 있는 것이 분명했다. 그러고 나서 퀴그는 판에게 그를 소개했다. 레오 씨는 양손을 펼치고 허리를 굽히며 말했다.

"정말 어여쁜 아가씨군."

로린이 팔꿈치로 쿡 찌르자 판은 레오 씨에게로 갔다. 그는 퀴그보다 나이가 열 살이나 열다섯 살 정도 많은 듯했지만, 잘 먹어서 그런지 퀴그보다 어리게 보이지는 않을지라도 비슷한 또래로 보였고 여전히 놀라울 정도의 몸매를 유지하고 있었다. 아마도 판은 B-모어에 있는 우리와 마찬가지로 이전까지 그런 사람을 한 번도 만나 보지 못했다. 우리가 시설에서 마주칠 수 있는 당국 사람들 또는 쇼핑몰에서 우리를 유심히 관찰하는 사람들 역시 차터 사람들이지만 그들은 대개가 기술직 종사자들이었다. 여기에 있는 레오 씨와 달리 항상 표정이 굳어 있는 기술자들과 회계사들이었다. 레오 씨는 느긋한 자신감과 여유로움과 주인으로서의 풍모를 풍겼다. 또 아주 잘생겨서 슈퍼카나 값비싼 옷에도 잘 어울릴 것 같았다. 강한 턱과 희끗희끗한 머리, 그리고 백금으로 둘러싸인 둥글고 납작한 다이버 시계 같은 그의 얼굴과 어울리는 반짝이는 청록색 눈을 가지고 있었다. 그는 실크 재질의 검정색 터틀넥 스웨터와 빳빳하게 다린 검정색 진 차림에 악어가죽 벨트를 차고 있었다. 또한 그는 술이 달린 반들반들한 검정색 로퍼를 신고 있었는데 그것은 가죽 제품으로 먼 곳에서도 질감이 부드럽고 좋아 보였다. 그가 판의 뺨을 움켜쥐었다. 그녀는 자기 턱에 닿는 그의 손끝이 거칠어 깜짝 놀라면서 바짝 긴장했다. 그는 아주 살짝 뺨을 꼬집어 보다가 그녀를 놓아 주었다. 말라가 샴페인 잔들이 담긴 쟁반을 내왔다. 그중 하나의 잔에는 판을 위해 망고주스가 담겨 있었다. 그들은 레오 씨를 따라갔다. 그는 거실의 미술품들을 보여 주었다. 그곳은 조각상들과 그림들과 장식용 예술품들로 가득 차 있었다. 그는 퀴그가 치료해 준 한쪽 다리를 절뚝거리며 걸었지만 조금도 애처롭지 않았다. 일부러 느릿느릿 걷는 것 같았다. 판은 자신이 보고 있는 미술품들에 대해 조금도 알지 못했지만, 그럼에도 불구하고 충분히 만족스러웠다. 로린은 미술품 따위에는 전혀 개의치 않는 듯 보였다. 하지만 퀴그는 말은 하지 않았지만 놀람을 감추지 못하는 표정이었다. 몇몇 작품을 볼 때는 미술관 카탈로그에서만 보았던 작품들인 것처럼 눈이 휘둥그레졌다. 레오 씨는 1890년대의 이탈리아 시골 풍경을 담은 그림에 대해 얘기하고 있었다. 보다 묵직한 붓놀림과 보다 순수한 색채의 사용이 돋보이는 그림이었다. 그때 판은 빈 쟁반을 들고 거실의 저쪽 끝으로 걸어가는 말라를 힐끗 쳐다보았다. 그들이 탁상에 놓인 조각품으로 건너갔을 때 말라는 사라져 버렸다. 조각품은 아주 깡마르고 길쭉한 모습을 하고 있었다. 부엌에 있는 말라를 다시 발견했을 때 그녀는 스테인리스스틸로 덮인 두 개의 식탁 중 하나에서 일하고 있었다.

그 여자는 광대하고 조명이 밝은 공간에 혼자 있었다. 판은 그곳이 먹을 것을 준비하는 장소라기보다는 실험실처럼 느껴졌다. 지속적인 환기는 그곳을 시원하고 건조하고 고약한 냄새가 없는 공간으로 만들어 주었다. 말라는 판을 보더니 미소를 지으며 앞으로 오라는 손짓을 했다.

"좀 도와줄래?"

그녀가 말했다. 그녀는 다양한 카나페를 만들고 있었는데 판에게 쿠키 틀을 주면서 마지막 몇 개의 치즈와 훈제 고기와 토스트를 찍어 내게 했다. 그들은 오이 조각을 비롯한 다른 재료들을 토스트 위에 올렸다. 애피타이저 쟁반을 가득 채우고 나자 말라는 판에게 그것을 다른 사람들에게 내가도록 했다.

레오 씨는 그 모습을 보고 기뻐했다. 그는 흐뭇한 표정으로 그녀에게 박수를 보내면서 지루한 예술품들을 둘러보는 것보다 말라와 함께 있는 게 더 좋으면 그렇게 하라고 말했다. 판은 고개를 끄덕였다. 그녀가 부엌으로 돌아왔을 때, 말라는 저녁 음식 중 하나를 만들 채비를 하고 있었다. 토마토와 회향과 신선한 박하가 들어간 샐러드였다. 판은 순간 동작을 멈추어야만 했다. B-모어에서 생산한 것은 아닐지라도 틀림없이 B-모어 같은 곳에서 생산했을 농작물들이었다. 레그가 그 길고 가느다란 손가락으로 과일이 익었는지 시험해 보면서 "됐어."나 "아냐." 또는 "어쩌면."이라고 농담을 하듯 느릿느릿 선언하던 모습을 그녀가 어떻게 떠올리지 않을 수 있었겠는가. 그녀가 자신의 가족 구성원들 그리고 시설에서의 그들의 지칠 줄 모르는 노동에 대해 어찌 생각하지 않을 수 있었겠는가. 판은 그들이 그리웠다. 스모크스 생활 초기에는 시커먼 깡통에 담긴 저녁 식사를 숟가락으로 뜨고 나서 울음을 터뜨리기도 했다. 그들의 비좁은 연립 주택 부엌에 배어 있는 고약한 튀김 기름 냄새를 맡을 때마다 그녀는 마음이 무거웠다. 그리고 사실 수조 속을 헤엄쳐 다니던 그녀 자신의 일이 그에 못지않게, 어쩌면 더 많이 그리웠다. 그녀는 일 속에서 자기 자신에게 가장 가까이 다가갔다. 이는 우리가 생각하는 '자기 인식'을 얻는다거나 자신의 '본성'을 이해하는 것에 의해서가 아니었다. 이것이 자신이 하는 일이고 이것이 더 넓은 생태계에 자기 자신을 맞추는 방법임을 어느 시점에 아주 분명하게 알 수 있는 것에 의해서였다. 물속에서 그녀는 미세한 조정, 그리고 자신이 가장 완전하게 살아 있음을 느꼈다. 그녀는 경도와 산성도를 가늠할 수 있었고 손가락으로 물을 건드려 보기만 해도 염도를 짐작할 수 있었다. 물이 뺨을 간질이는 것만으로도 그런 판단을 할 수 있었다. 그녀는 물고기들이 떼를 지어 돌아다니는 모습만 보아도 그것들이 배가 고픈지 스트레스를 받는지 만족하고 있는지에 대해 말할 수 있었다. 우리 모두가 자신의 일을 이런 식으로 생각했을 때 우리는 조금 더 잘 살 수 있게 되는 걸까? 비록 보다 폭넓은 질문들이 우리의 신경을 건드릴 수 있기는 하겠지만. 이를테면 '이 생태계가 어쩌다 이 모양이 되어버렸지?', '이게 우리가 영속을 바라는 생태계란 말인가?' 따위의 질문들.

말라는 다른 음식들을 준비하는 동안 잠시도 입을 놀리지 않고 떠들어 댔다. 묻지도 않았는데 그녀는 건강에 좋은 음식을 만들기 위해 자기가 각각의 음식에 얼마나 신경을 쓰는지 모른다며 주절거렸다. 그것들은 모두 아주 신선하고 생기가 넘치고 아주 맛있어 보였지만 나중에 판은 그것들 중 어느 하나도 그녀가 예상했던 맛의 절반에도 미치지 못했다는 말을 하지 않을 수 없었다. 무엇이 잘못되었는지 콕 집어 말할 수는 없었다. 충분히 양념이 되어 있었고 특이할 정도로 쓰거나 달지 않았지만 거기에는 근본적으로 무미건조한 무언가가 있었다. 마치 인간의 손에 닿지 않고 만들어진 음식 같았다. 물론 말라는 음식을 만지고 있었다. 그리고 이제 판도 허브를 잘라 파스타 위에 뿌리고 국자로 소스를 약간 떠서 치킨 조각 위에 얹는 일을 하고 있었다. 말라는 판이 어떤 시설 출신이라는 것을 알고 있는 듯 보였지만 시설에 대해 묻거나 왜 퀴그와 로린과 함께 있는지 캐묻지 않았다. 그녀는 다만 아직도 시설에 사는 부부들은 적어도 네 명의 아이를 가지도록 권유받고 있는지, 또 그보다 더 많은 아이를 가지면 특별 상여금을 받는지를 물었다. 판은 전 세계적인 경기 침체가 시작된 뒤로 노동자들에 대한 수요가 점점 줄어들었기 때문에 더 이상 그런 제도는 존재하지 않으며 그 제도가 없어진 지는 아주 오래되었다고 대답해 주었다. 사실 신혼부부들에게는 그들이 세 번째 아이를 갖게 되면 세금이 붙었는데 그것은 나중에 의료 서비스와 학교 교육 및 훈련에 드는 비용을 벌충하기 위해서였다. 그 말이 말라의 호기심을 불러일으킨 듯 보였다. 판은 그녀도 생산 정착지에서 태어났는지 궁금했다. 정확히 알 수는 없지만 말라는 아시아계였다. 하지만 피부가 제법 검었고 머리카락이 뻣뻣한 데다 숱이 많았다. 신중국인의 피를 물려받은 것처럼 보이지는 않았다. 베트남과 인도네시아와 필리핀 같은 지역으로부터 무리를 이룬 사람들을 들여오는 실험을 했던 몇몇 시설이 있었지만 그런 일은 계속해서 이어지지 못했다. 인근 마을이나 시설에 살고 있는 우리의 씨족과 통합하는 과정에서 자주 문제가 발생했다. 결국 그들은 쫓겨났는데, 많은 투쟁과 심지어 폭력 그리고 약간의 유혈 사태까지 벌어졌던 시기였다. 원주민들과 초기 이민자들 사이에 벌어졌던 것보다 상황이 더 나빴는데, 하지만 곧 마무리되었다. 그런 일이 있었음에도 불구하고 판은 이 여자에게 친밀감을 느끼지 않을 수 없었다. 아마도 그녀가 레그와 그의 동료들이 입었던 옷과 너무나 흡사한 원피스 유니폼을 입고 있었기 때문이거나 그녀의 소박하고 꾸밈없는 표정 때문이거나 아니면 그녀가 마른 생강 한 조각을 씹고 있었기 때문이었다. 그것은 판의 고모할머니가 하던 행동과 똑같았다. 고모할머니의 입에서는 항상 맵고 향이 좋은 냄새가 났다. 또한 말라는 판과 마찬가지로 놀라우리만치 자그마한 손을 가지고 있었는데 그것은 그녀의 정상적인 몸집과 비교했을 때 너무나 작아 보였다. 하지만 아주 튼튼해 보이기도 해서 어떤 업무나 작업도 충분히 해낼 수 있을 것 같았다.

그것은 격식을 차리지 않은 저녁 식사였기 때문에 뷔페식으로 음식을 내놓아야 했다. 각각의 접시에 음식을 담아내는 동안 판은 말라에게 줄곧 이 집에서 살아온 거냐고 물었다. 그것은 건네기에 이상한 질문이었지만 말라가 무언가 감추고 있는 구석이 있는 것처럼 보였기 때문에 물어보지 않을 수 없었다. 말라는 이 집에서 20일을 연속으로 지내다가 21일째가 되는 날에 낮과 밤을 밖에서 보낸다고 말했다. 그 다음날 아침에 그녀는 돌아와서 또다시 20일을 보내다가 또 밖으로 나가 하루를 꼬박 보낸다고 했다. 그것이 지난 17년 동안의 스케줄이었다.

"여기서 나가면 어디로 가시죠?"

"밖으로."

"자치주로요?"

말라는 고개를 끄덕였다. 그녀는 과일과 딸기 종류를 치즈케이크 위에 조심스레 얹고 있었는데 일을 마칠 때까지 동작을 멈추지 않았다.

"내가 어디에서 묵는지 알고 싶은가 보군."

"네."

판이 말했다.

"말해 주지. 굳이 숨길 필요는 없으니까. 나는 우리 가족과 함께 있어. 남편과 아이들과 함께."

"가족들이 보고 싶어 하겠어요."

"이제는 적응이 됐어."

그리고 보아 하니 말라는 돈에 대해서도 언급하려고 했다. 그녀는 일을 하고 있는 동안에는 어떤 돈도 필요하지 않았다. 그리고 그녀가 받는 돈은 자치주에서 아주 풍족한 금액이었다. 그 돈으로 그녀의 딸들과 아들은 일주일에 네 번 개인 지도 센터에서 수업을 들을 수 있었고 그녀의 남편은 아이들을 그곳으로 실어 나를 번듯한 차를 장만할 수 있었다. 그는 아이들을 돌봐 주고 집을 지켜야 했기 때문에 당연히 자기 일을 가질 수 없었다. 그는 좋은 사람이었다. 적응을 위한 힘든 기간이 있었지만 그들은 결국 적응을 해냈다. 말라가 집에서 보내는 날임에도 불구하고 그가 집 청소를 하지 않고 식사 준비도 하지 않은 적이 딱 한 번 있었다. 그녀가 아침에 도착해서 무슨 일이 있었는지 물었을 때 그는 이미 술에 취해서 소리쳤다.

"당신은 왕이 아니야!"

말라는 남편과 말다툼을 벌이지 않았다. 그리고 바닥에 널브러져 있는 장난감을 주웠고 빨랫감을 모았으며 설거지를 시작했다. 그러자 그는 부엌 싱크대에서 그녀의 앞에 무릎을 꿇고 눈물이 그렁그렁 맺힌 눈으로 용서해 달라고 빌었다. 그는 너무나 외로워서 미칠 지경이었다. 그녀는 남편에게 남자면 남자답게 행동해야 하는 것 아니냐고 하면서 진심으로 잘못을 깨닫고 있다면 더 이상 아무것도 문제될 것이 없다고 말했다. 그러고 나자 그는 괜찮아졌다. 그녀의 아이들도 말썽을 피우지 않았다. 하지만 그녀는 아이들이 공부는 하지 않고 지난 구정 때 사 준 핸드스크린을 가지고 너무나 많은 시간을 보내는 것이 걱정되었다. 그렇지만 설사 공부를 한다고 해도 그 다음에는? 특히 아들이 문제였다. 그녀의 일자리 덕분에, 이제 열여섯 살과 열세 살이 된 그녀의 두 딸은 적어도 남자 청혼자의 가정에 줘야 하는 상당한 액수의 혼인 지참금을 준비할 수 있을 것 같았다. 하지만 그녀의 아들은 열한 살인데 자기 개인 지도 교사들을 싫어했고 공부를 하지 않으려고 했다. 그녀는 아들이 몇 안 되는 기업 일자리 중 하나를 얻을 수 있는 시험에서 좋은 점수를 얻을 것이라고는 기대조차 하지 않았다. 그러면 아들은 무엇을 해야 한단 말인가? 아들이 무언가를 많이 팔아서 자치주에서 생계를 꾸려 갈 수 있을까? 그게 아니면 운이 좋아 그녀와 같은 사람과 결혼할 수 있을까?

그들은 새 쟁반에 음료를 가득 담아서 미술품이 전시된 방으로 가져갔다. 그러고 나서 말라는 판에게 집의 나머지 장소를 짧게 구경시켜 주었다. 그들은 부엌에서 시작해서 판과 퀴그와 로린이 묵고 있는 2층으로 올라갔다. 다른 손님용 침실들도 구경했는데 그곳도 역시 화려하게 장식되어 있었다. 하지만 집의 다른 쪽 끝에 있는 방들에는 감히 들어가지 못했다. 그것들은 주인이 사용하는 스위트룸으로 하나는 레오 씨가, 또 하나는 캐시 양이 사용하고 있었다. 1층에는 비디오방과 운동 기구들로 가득한 체육실과 레오 씨의 거대한 집무실이 있었다. 집무실에 가득한 스크린들은 그를 세계 전역에 흩어져 있는 그의 채광 시설들, 그리고 금속과 희토류가 거래되는 상품 거래소와 연결해 주고 있었다. 레오 씨와 가끔 캐시 양이 아침을 먹는 유리로 된 일광욕실도 있었는데 그곳에서는 수영장과 정원과 어마어마하지는 않을지라도 제법 널찍한 나머지 공간이 내다보였다. 지하 공간에는 와인 보관실과 마사지 및 사우나 실, 그리고 밖이 너무 추울 때를 위해 만든 아주 작은 수영장이 있었다. 수영장의 한쪽 끝에서는 계속해서 물이 흘러나오고 있었다. 어쩌면 레오 씨는 그녀에게도 수영장 사용을 허락해 줄지 몰랐다. 그들은 차량을 세 대까지 주차할 수 있는 차고를 둘러보았다. 부엌만큼이나 깨끗하게 문질러 닦은 것처럼 보였고 연료나 기름 냄새가 나지 않았으며 밝은 조명 아래서 차량들은 반짝반짝 빛나고 있었다.

마지막으로 말라는 판에게 부엌과 세탁실 옆에 있는 자신의 스위트룸을 보여 주었다. 사실 그것은 꽤 괜찮았지만, 집의 나머지 곳들과 비교했을 때 장식과 비품들 면에서 검소하고 엄격한 편이었다. 침대 하나 그리고 책상과 완전한 욕실을 갖춘 거실은 전부 표준의 흰색 페인트와 타일로 마감되어 있었다. 침대 위에 말라의 가족사진 몇 개가 있었는데 그것들만 제외하면 벽에는 장식이라고 할 만한 것이 아무것도 없었다. 그녀의 남편은 백인이었고 아이들은 혼혈아들이 흔히 그렇듯 놀라울 정도로 매력적이었다. 너무나 매력적이어서 매우 평범해 보이는 부모 사이에서 어떻게 그 애들이 나왔는지 이해하기 힘들 정도였다. 그녀의 책상 위에는 뷰어가 있었다. 판은 스크린을 건드리기 전에 말라에게 한번 봐도 좋은지 물었다. 거기에는 아이들의 사진이 더 많이 있었다. 독사진도 있었고 함께 찍은 사진도 있었다. 그녀의 남편이 그들의 집 앞에 서 있는 사진도 있었다. 깔끔해 보이는 작은 집은 노란색 페인트로 칠해져 있었고 흰색 셔터와 검정색 아스팔트 지붕으로 되어 있었다. 그의 표정은 충분히 유쾌해 보였지만 동시에 꽤 불안정해 보이기도 했다. 그의 시선은 왠지 자신이 없어 보였고 생각이 딴 곳에 가 있는 것처럼 보였다. 그 밖에도 여러 사진이 있었다. 판은 그것들 가운데 상당수가 그녀가 쉬는 날에 찍은 사진이라는 것을 단박에 알 수 있었다. 미니 골프장과 볼링 센터와 호숫가 야외 식당에서 찍은 사진들이었다. 사진 속에서 말라는 사랑하는 가족들과 최대한 바짝 붙어서 사진을 찍었지만 아마도 호리호리하게 보이기 위해 무척이나 신경을 쓰는 듯했다.

낯선 여자애의 섬네일 이미지 하나가 있었다. 말라가 잠깐 화장실에 다녀오겠다고 하고 자리를 떴을 때, 판은 그 이미지를 불러오려고 애썼다. 하지만 암호를 입력하도록 되어 있었다. 판은 그냥 포기할까 하다가 별 생각 없이 '2-0-2-0'이라고 입력했다. 말라가 일을 한 날들의 숫자였다. 하지만 아니었다. 그녀는 다시 '2-1-2-1'이라고 입력했다. 그런데 놀랍게도 사진이 불러와졌다.

그 애 역시 어떤 아시아계 소녀였다. 나이는 열한 살이나 열두 살쯤 되어 보였다. 하지만 앞의 것들과의 차이점은 이곳 집에서 찍은 사진들이라는 것이었다. 뒤쪽 정원이나 부엌이나 아래층에 있는 작은 수영장 옆에서 찍은 사진들이었다. 그 사진들 중 어느 것에서도 말라의 모습은 찾아볼 수 없었고 그 여자애만 있었다. 다른 여자애들의 사진첩도 있었다. 모두 합해서 일곱 명이었다. 그것들 역시 집 안이나 집 주변에서 찍은 사진들로 모두가 독사진이었다. 그들은 미소를 짓고 있었지만 카메라에 신경을 쓰지 않고 있었다. 배경은 모든 계절과 하루의 다양한 시간대를 보여 주고 있었다. 여자애들 모두가 비슷한 나이 또래라는 것과 아시아계의 피가 흐른다는 것 말고는 인물 사진들에서 다른 공통점은 찾아볼 수 없었다. 그녀는 사진 하나에서 무언가 이상한 점을 발견했다 그것은 거기에 찍힌 여자애가 아니라 그녀의 뒤에 있는 관목이었다. 관목은 아주 작았다. 변기 물이 내려가는 소리와 수도꼭지 물이 흘러내리는 소리가 들렸다. 판은 마지막 사진을 손가락으로 건드렸다. 그것은 그 여자애와 말라가 함께 찍은 사진이었다. 말라가 한쪽 손을 길게 뻗고 있는 것으로 보아 말라가 찍은 사진이 분명했다. 그들은 행복해 보였고 심지어 기분이 들떠 있었다. 두 사람은 기쁨을 감추지 못하는 어머니와 딸처럼 보였다. 하지만 판은 사진 속의 말라가 지금보다 훨씬 젊다는 사실에 놀랐다. 아주 오래전에 찍은 사진임이 분명했다.

말라가 밖으로 나왔을 때, 그곳에는 누가 보더라도 긴장감이 감돌았다. 말라는 판이 방금 꺼 버린 뷰어를 똑바로 쳐다보았다. 말라는 사진들이 좋았는지 물었다. 판은 좋았다고 말했다. 판은 자신이 원하면 저녁 식사 후에 그것들을 다시 볼 수 있었다. 부엌으로 돌아가서 식사 전에 몇 가지 정리를 해야 할 시간이었다. 판은 다른 이들에게 다시 합류할 수도 있었지만 계속해서 돕겠다고 말했다. 그녀는 말라가 부엌 식탁을 치울 수 있도록 접시들을 뷔페 식탁으로 내갔다. 그러고 나서 식기세척기에 조리 기구들과 무거운 믹싱 볼들을 집어넣었다. 말라는 자그마한 몸으로 어쩌면 그렇게 일을 잘 하느냐며 칭찬했다.

"몇 살이나 됐지?"

판은 그녀에게 솔직히 털어놓고 싶은 이상한 충동을 느꼈지만 마지막 순간에 충동을 억눌렀다.

"몇 살이나 되어 보여요?"

말라는 판의 양손을 잡고 그녀의 얼굴을 빤히 들여다보았다. 손바닥을 쥐는 힘이 점점 더 세어져 판은 그 여자에게 그냥 아무 나이나 말해 버릴 걸 잘못했다는 생각이 들기 시작했다. 손이 너무 아파서 고함이라도 지르고 싶었다. 하지만 바로 그때 집의 안주인 캐시 양이 부엌에 나타났고 말라는 손을 놓아주었다. 말라는 즉각 냉장고에서 물병 하나를 꺼내더니 그녀를 위해 작은 잔에 물을 따라 주었다. 캐시 양은 손에 쥐고 있는 알약 몇 개를 입에 털어 넣고 물을 단숨에 들이켰다. 그녀의 두 눈은 졸음이 오는 듯 보였고 핏발이 서 있었다. 그녀는 아직 판의 존재를 알아차리지 못한 듯 보였다. 그녀는 줄무늬가 찍힌 카프탄드레스를 입고 있었는데 키와 체격이 컸다. 그녀의 날카로운 광대뼈와 여왕의 그것처럼 곧게 뻗어 내린 코는 아마도 그녀가 한때는 매우 아름답고 당당한 여자였음을 알 수 있게 했다. 하지만 지금의 그녀는 확실히 예전의 화려하던 모습에서 많이 퇴보되어 있었다. 그녀는 병약해 보였고 머리카락의 뿌리 부위가 눈에 띄게 희끗희끗한 것을 보면 붉은 빛이 도는 머리칼은 제법 오랫동안 염색을 하지 않은 것 같았다. 그녀의 이마 한복판에는 자디잔 여드름이 무수히 돋아나 있었고 양손과 양 팔뚝의 피부는 종이처럼 건조했으며 각질이 벗겨지고 있었다.

"레오의 손님들이 오셨나?"

"네, 마님. 오신 지 몇 시간 안 되었습니다. 이 아가씨가 판인데 그분들과 함께 왔습니다. 판, 이분은 캐시 양이야."

캐시 양은 판을 향해 돌아서더니 화랑의 작은 조각품을 바라보듯 멍하니 그녀를 바라보았다. 마치 아주 오래전부터 그곳에 있었던 조각품을 보는 듯했다.

"영어를 할 줄 아나?"

"네, 마님."

말라가 그녀에게 말했다.

"잘됐네."

그녀는 판을 침울한 얼굴로 바라보더니 말했다.

"여기가 마음에 들 것 같아?"

"아직은 모르겠어요."

판은 짧게 대답했다.

그녀의 사무적인 말투가 여자의 심기를 건드렸다. 여자는 분명 색다른 반응을 기대하고 있었다.

"어디에서 왔지?"

"자치주에서요."

"스모크스에서 왔습니다, 마님."

말라가 말했다.

"거기가 어디지?"

"그건 저도 모르겠습니다, 마님."

"너는 알고 있겠군."

캐시 양이 판에게 물었다.

판은 고개를 가로저었다. 그녀도 모르기 때문이었다. 모른다는 말이 정확한 표현은 아니었지만, 그녀가 무슨 말을 덧붙이더라도 의미가 없을 것 같아 보였다.

캐시 양은 이제 그녀를 빤히 바라보고 있었다. 마치 그녀는 판의 머리에 있는 모든 머리칼, 눈의 모양과 색깔, 피부의 질감까지 관찰하고 있는 것 같았다.

그녀는 판의 얼굴을 손으로 만졌다. 그리고 돌아서서 말라에게 말했다.

"난 다시 올라가야 하나? 아니면 지금 음식을 내오는 중이야?"

"레오 씨가 곧 식사를 시작하실 것 같은데요, 마님."

"흠. 그럼 그렇게 하지."

식당에서 사람들은 캐시 양을 제외하고 자신들의 음식을 직접 덜어 먹었다. 말라는 캐시 양의 접시에 여러 가지 음식들을 조금씩 덜어 주었다. 캐시 양이 식탁의 한쪽 끝에 앉았고 레오 씨가 다른 쪽 끝에 앉았다. 퀴그와 로린은 주인을 가운데 두고 이쪽과 저쪽에 앉았다. 판은 캐시 양과 가장 가까운 자리에 앉았다. 말라는 부엌으로 다시 들어갔다. 캐시 양만 제외하고 모두가 배부르게 음식을 먹었다. 캐시 양은 각각의 음식을 맛만 보다시피 하고는 더 이상 먹지 않았다. 그러고 나서 자신의 와인만 들이킬 뿐이었는데 그것도 기분 좋게 마시는 모습은 절대 아니었다. 그녀는 말도 별로 하지 않았다. 심지어 남편이 경매에서 자기 아내가 예술 작품들을 어떻게 고르고 구입했는지 언급하여 그녀를 대화에 끌어들이려고 했을 때에도 그녀는 아무 말이 없었다. 그녀는 재능 있는 화가였다. 그는 자신의 얘기에 아내가 아무런 대꾸를 하지 않아도 그다지 개의치 않는 듯 보였다. 그저 다른 얘깃거리들로 넘어갈 뿐이었다. 그중에는 수많은 새로운 세금으로 자유 기업의 숨통을 조이고 있는 당국의 잘못된 신정책에 대한 얘기도 있었고, 모든 면에서 유리한 시험 준비 과정을 거치고 있음에도 불구하고 연례 시험에서 점점 더 눈에 띄게 낮은 점수를 받고 있는 차터 젊은이들의 경향에 대한 우려 섞인 목소리도 있었다.

“어느 누구도 신경을 쓰지 않는 듯 보이는데 그 이유는 결과가 백분율로 나오기 때문입니다! 하지만 내가 역사 점수를 확인해 봤는데 성적이 모든 학년에서 떨어지고 있어요. 장담할 수 있는데, 시험은 더 이상 어렵게 나오지 않아요. 사실 시험은 점점 더 쉬워지고 있다고 생각합니다. 그래서 우리는 차터 아이들이 예전만큼 총명하지 않다는 결론을 내릴 수밖에 없어요. 아니면 아이들이 잘해야 한다는 압박감을 덜 받고 있다는 얘기겠죠. 부모들의 부유함이 아이들의 의욕을 꺾고 있으니까요. 어찌 됐든 이건 불길한 조짐이에요. 우리는 차터를 차터답게 해 주는 것을 잃어 가고 있는데 그것은 바로 우수성을 향한 지칠 줄 모르는 추진력입니다. 만들고 소유하려는 충동 말입니다. 반면에 시험을 쳐서 우리의 조직 구성원이 되는 외부인의 숫자는 점점 증가하고 있어요. 그 사람들의 숫자는 줄지 않아요. 일부 사람들은 그 문제에 대해 거부감을 느끼고 있는데 사실 나는 그렇지 않아요. 우리가 최고 수준의 젊은이들을 얻고 있다면 반대할 이유가 없죠.”

“당신은 새로운 피를 믿고 있죠.”

캐시 양이 중얼거렸다.

“그렇지.”

그는 그녀의 지친 목소리에 개의치 않고 대꾸했다.

“정말 똑똑한 사람은 편협한 사람이 될 수 없어. 우리는 추진력을 가지고 힘든 일을 감당해 낼 수 있는 능력을 가진 사람이라면 어느 누구라도 환영해.”

그는 판을 힐끗 쳐다보고 나서 퀴그의 어깨를 붙잡으며 말을 이었다.

"물론 재능과 기술도 상당히 중요하지. 내가 당신한테 모든 이야기를 하지는 않았어, 캐시. 하지만 이 훌륭한 분이 아니었더라면 나는 불구자가 되었을 거야. 그게 아니라면 송장이 되어 자치주 길가에서 썩어 가고 있었겠지. 우리는 이런 분들이 필요해. 나는 이 분에게 우리가 이 분의 사건에 대해, 즉 복권 공판의 재심사를 할 수 있다고 계속 설득하고 있지만 이 분은 거기에 관여하고 싶지 않은가 봐. 그렇죠, 고마운 양반?"

퀴그는 그렇다고 말했다.

"그래, 당신은 원치 않더군. 내가 한 가지 비판하고 싶은 게 바로 그거야. 당신은 완고해. 하지만 그래도 우리는 당신을 도와줄 거요. 굴착 장비는 트럭에 실어 보내 줄 테고. 그리고 로린의 아들에게 투여할 화학 요법 치료제도 신경 쓸 필요 없어요. 반가운 소식이 있는데 제약 회사 이사진에 있는 내 친구가 오늘 아침에 약을 보내왔어요. 약은 바로 내 집무실에 있습니다."

로린은 입이 닳도록 고마움을 표하면서 그의 손을 잡으려고 손을 뻗었다. 하지만 그는 그녀의 손길이 썩 내키지 않았는지 의자의 등받이에 몸을 기대더니 손가락을 머리 뒤로 보내 깍지를 끼었다.

"그럼 우리는 대가로 무엇을 받느냐? 어떤 좋은 일을 했다는 것을 깨닫는 데에서 오는 기쁨과 만족감이죠. 그리고 내 다리를 온전하게 지킬 수 있었죠! 나의 사랑하는 아내는 나를 여전히 가질 수 있었고! 그리고 말라, 말라, 이리 좀 나와 봐. 말라는 새로운 젊은 조수를 얻었죠. 앞으로 교육을 시켜 자신의 동료로 만들 수 있는 조수 말입니다. 아무래도 우리 둘은 좋은 친구 사이가 아닌 것 같군. 그렇지?"

"어머, 레오 씨. 그렇지 않아요."

말라가 말했다.

"솔직히 말해 봐!"

레오 씨가 그녀를 놀려 댔다.

"전 좋은 친구 사이라고 생각해요."

말라가 우겼다.

"아니, 당신은 그렇게 생각하지 않아."

캐시 양이 선언하듯 말했다. 말라는 그 말에 아무런 대꾸도 하지 않았다. 그녀는 그 자리에 잠시 어색하게 서 있다가 사람들의 접시를 치워도 되는지 물었다. 판이 그릇 치우는 것을 도와주려고 자리에서 일어서자 캐시 양은 그냥 자리에 앉아 있으라고 말했다. 그리고 어디까지나 그녀는 오늘밤에 손님이고 말라가 뒷정리를 할 거라고 덧붙였다.

"그렇지 않아, 말라?"

"네, 마님. 물론이죠. 판은 손님이죠."

"그래도 판은 도와주고 싶은가 보군."

레오 씨가 말했다.

"손님은 어디까지나 손님이에요."

지나치다 싶을 정도로 감정을 실어 캐시 양이 말했다. 그러고 나서 그녀는 움찔하더니 한손을 자기 가슴에 가져다 대고 눌렀다. 무슨 병인지 몰라도 충격은 곧 잦아든 것처럼 보였지만 그녀는 자기 반지 위에 붙어 있는 작은 은색 상자에서 파란색 알약 하나를 꺼냈다.

"당신, 괜찮아?"

"제가 하는 말 들었어요?"

"그럼. 우리 모두 들었지."

한동안 아무도 입을 열지 않았다. 로린은 캐시 양이 마치 미치기라도 했다는 것처럼 그녀를 빤히 바라보고 있었다. 그동안 퀴그와 판은 그저 저 여자의 슬픔의 가파른 골을 가늠해 보기 시작할 뿐이었다.

레오 씨가 마침내 입을 열었다.

"내 생각에는 당신이 피곤한 것 같아."

"전 방금 일어났어요. 하지만 당신 말이 맞아요, 레오. 전 지금 피곤해요. 당신의 손님들 때문에 무척 피곤하기도 하고요. 실례할게요. 그만 자러 가야겠어요."

그 말과 함께 그녀는 자리를 떠났다.

레오 씨는 조금도 동요하는 것 같지 않았다. 그는 말라에게 후식을 내오라고 말했다. 그녀가 후식을 내오는 동안 그는 그 특별한 굴착 장비의 사용법에 대해 퀴그와 얘기를 나누었다. 이틀 동안 빌려주는 것이었지만 땅 사정이 나빠서 사흘째 되는 날도 이용을 해야 할 경우에는 비용을 지불하기로 되어 있었다. 온타리오에서 어떤 거창한 작업을 하던 도중에 가져온 것이어서 그럴 수밖에 없었다. 퀴그는 앞선 이틀에 대해서도 비용을 지불하고 싶다고 말했다. 하지만 레오 씨는 들은 척도 하지 않았다. 그는 그저 거래 내용을 계속 설명하고 싶어 했다. 그에게는 돈의 문제가 아닌 게 분명했다. 그는 주인이었고 건축업자였으며 어떤 합의나 영역에 개입하는 대가는 그 자신의 최고 특권이었다. 퀴그는 이의를 제기하지 않았다. 그것이 비용을 절약하기 위해서인지 아니면 자기가 목숨을 구해 준 이 사람에 대한 혐오감이 빠르게 커져서 그러는 것인지는 명확하지 않았다. 우리가 아는 것이라고는 그가 아직도 판과 시선을 맞추는 것을 기피하고 있다는 사실뿐. 판도 나름대로 계산을 해 온 것이 분명했다. 그녀는 눅눅하지만 아늑한 스모크스에 자신이 정착하게 된 것을 소중하게 생각하게 되었고 심지어 그곳을 아주 좋아하게 되었다. 하지만 그것은 절대로 해결책이 아니었고 지금 여기로 실려 온 상황에서 그녀는 이 이상한 가정에 적응하려고 노력할 것인지 아니면 다시 떨어져 나가 독립을 할 것인지 결정해야 했다.

그래서 판은 그녀 특유의 단도직입적인 방식으로 레오 씨에게 물었다.

"혹시 이 마을의 보 리웨이라는 사람을 아시나요?"

"누구라고?"

레오 씨가 커피를 홀짝거리다가 말했다.

"보 리웨이. 이제 서른두 살이에요. 보 치안판과 시 스홍 사이에서 태어난 둘째 아들이고요. 20년 전에 B-모어 시설 2A에서 시험을 치르고 나왔죠. 저한테는 오빠가 되는 사람이에요."

"그 사람 사진이 있으면 보여 줘 봐."

판은 사진을 가지고 있지 않았다. 사실, 그녀의 집에도 사진이 없었다. 그것은 승급한 사람들에 관한 모든 것을 구비 설화로 만들어 버리는 B-모어의 관행에 따른 것이었다. 기관 등에 업로드된 사진도 없었다. 남아 있는 것이라고는 공원의 거대한 기념비에 다른 사람들의 것과 함께 날카롭게 새겨진 그의 이름밖에 없었다.

"세네카에서 그 사람을 받아 줬다고?"

"세네카 햄릿 마을이에요."

판이 말했다.

"세네카 햄릿? 한동안 못 들어 본 이름이군. 내 생각에는 없어진 마을들 가운데 하나인 것 같은데. 그게 아니면 흡수된 마을이거나. 그러고 보니 적어도 15년 전의 일이군. 호수 근방에 대여섯 개의 아주 작은 마을이 있었는데, 그것들 모두가 오래 버틴 것은 아니야. 그 마을들은 우리와 합쳐졌지. 우리가 가장 확실히 자리를 잡은 마을이었으니까. 그렇게 세네카는 현재의 세네카가 되었지. 하지만 그 마을들에 살던 사람 대부분은 다른 곳으로 가 버렸어."

"그럼 그 사람에 대해 들어 보셨어요?"

"아니."

그는 이전에 언급한 게 있음에도 불구하고 자기가 그런 사람을 어떻게 알 수 있겠느냐는 듯 단호하게 말했다.

"말라, 당신도 그 사람에 대해 듣지 못했지?"

말라는 들어 보지 못했다고 말했으나 다소 급하게 후식 접시들을 치우기 시작했다. 그녀는 접시 하나를 떨어뜨려 박살을 내고 말았다. 판이 접시 치우는 것을 도와주었다. 말라의 엄지손가락에서 피가 제법 많이 흘러내리고 있었다. 판은 가서 상처를 치료하라고 말했다. 말라는 양해를 구하더니 자리를 떠났고, 퀴그와 로린, 심지어 레오 씨가 판이 바닥의 접시 조각들을 줍는 일과 나머지 접시들을 부엌으로 옮기는 일을 도와주었다. 말라가 돌아왔을 때에는 모든 것을 부엌으로 들여가서, 로린이 설거지를 하고 퀴그가 식기들을 말리고 판이 식기세척기에 그릇들을 집어넣고 있었다. 레오 씨는 유리잔과 그릇 몇 개를 치우려고 나름 애쓰고 있었지만 그것들을 어디로 가져가야 하는지 몰랐다. 그는 유리잔과 그릇 들을 말라에게 건네주면서 판에게 잠시 자기를 따라오겠느냐고 물었다.

집의 반대쪽 끝으로 걸어가는 동안 그는 판의 어깨를 감싸 쥐다가 목덜미로 손을 가져갔다. 판은 그의 서늘하고 강한 손아귀의 힘을 느끼고 바짝 긴장했다. 그는 퀴그와 키가 같았지만 그가 어두컴컴한 자기 집무실의 문을 열 때에 퀴그보다 훨씬 더 커 보였다. 수많은 화면 보호기의 춤이 방을 흐릿하게 밝히고 있을 뿐이었다. 그것은 곧 그녀의 끔찍한 꿈에 나왔던 물결처럼 보였다. 그가 지나가면서 벽 패널을 건드리자 조명이 켜지면서 방은 적당한 밝기가 되었다. 그는 판을 자신의 커다란 가죽 의자에 앉히고 책상 뒤의 진열장에서 몇 가지 물품을 꺼냈다. 첫 번째 물건은 작은 유리병들이 담긴 유리 상자였다. 세위를 위한 화학 요법 치료제였다.

“네가 이것을 로린에게 줄 수 있을 거라고 생각했어.”

그는 판의 키 높이에 맞춰 무릎을 꿇으면서 말했다.

“로린은 너와 자기 아들이 친한 사이라고 하더군.”

판은 그렇다고 말했다.

“그 아이가 남자 친구인가?”

그녀는 고개를 가로저었다.

“이 사람들을 두 번 다시 못 보게 되는 건 아니야. 언젠가 그때도 네가 보고 싶어 하면 방법이 있을 거야. 하지만 너는 그때 가서 결정을 해야 할 거야.”

판은 고개를 끄덕였다.

"그리고 이건 너한테 주는 거야."

그것은 빨갛게 칠을 한 나무로 만든 예쁘고 작은 상자였다. 뚜껑에는 쉬고 있는 연약한 학의 형상이 모조 진주로 새겨져 있었다.

"자, 얼른 열어 봐."

그녀는 문득 그것을 열어 보고 싶지 않다는 생각이 들었지만 그는 재촉했다. 은으로 만든 로켓이 걸려 있는 은 목걸이였다. 그는 그녀가 로켓을 열어 보게 했는데, 그 안에는 다이아몬드가 들어 있었다. 크기는 작았지만 눈이 부셨고 타원형으로 완벽하고 섬세하게 세공되어 있었다.

"진품이야."

그가 말했다.

"귀중한 골동품이지. 요즘 나오는 거의 대부분의 다이아몬드와는 달라. 상당한 값어치가 있지. 모르긴 해도 네가 상상하는 금액 이상일 거야. 이제 완전히 네 거야, 판. 하지만 지금은 목에 걸지 마. 이건 우리만의 비밀로 하는 거야, 알았어? 밤에만 착용하는 게 어떨까? 잠자리에 들 때만 말이야. 괜찮아? 얼마나 멋진 모습일까? 착하고 귀여운 아가씨가 되어 줄 거지?"

우리가 충분히 상상할 수 있듯 판은 그날 밤에 잠을 이룰 수 없었다. 집무실에서 레오 씨와 함께 돌아와 로린에게 치료제를 주고 나서 판은 곧바로 자기 방으로 올라갔다. 목걸이는 그녀의 주머니에 들어 있었다. 그녀는 그것이 자기 몸에 닿는 게 싫어서 침대 옆 탁자에 대충 두었다. 나머지 사람들은 그녀와 레오 씨가 어디에 갔었는지 궁금하게 생각했지만 그녀가 유리병을 내밀자 로린은 너무 기뻐서 그녀와 퀴그, 그리고 심지어 레오 씨까지 끌어안았다. 그녀의 포옹을 받고 레오 씨는 눈에 띄게 경직되었다. 퀴그는 이제 판을 똑바로 쳐다보고 있었지만 그녀는 자신의 두려움을 들킬까 봐 그의 시선을 의식하지 않으려 애썼다. 그녀는 어떻게 해서든지 그곳을 빠져나가야 했다. 하지만 로린과 퀴그가 스모크스로 돌아가고 세위의 약이 확실히 그에게 도달하고 우물을 파는 작업이 끝날 때까지는 떠날 수가 없었다. 적어도 그런 일들이 모두 마무리될 때까지는 참고 견뎌야만 했다. 그녀의 침실 문이나 욕실 문에는 잠금 장치가 달려 있지 않았다. 판은 퀴그와 로린이 떠나는 내일 이후에도 말라가 자신에게 이 방을 허락할지 궁금했다. 말라의 뷰어에 있는 여자애들을 머리에 떠올리자 등골이 오싹한 느낌이 그녀의 몸을 번개처럼 스치고 지나갔다. 그냥 그녀의 상상에 불과한 걸까? 그 여자애들 가운데 지나치게 값비싼 보석류, 단추형 귀걸이나 금반지나 진주 목걸이로 장식을 한 이들이 있었나? 이토록 오랜 세월 동안 그 많은 여자애들이 스치고 지나갔는데 말라는 진실을 아는 구경꾼으로만 있었던 걸까? 아니면 나쁜 일을 사주하는 사람이었을까? 그도 아니면 그보다 더 나쁜 사람이었을까?

판은 침대 머리맡의 전등을 켠 채로 페넬로페의 핸드스크린을 들여다보았다. 그녀는 졸음과 싸우며 밤을 꼬박 지새울 작정이었다. 하지만 새벽이 밝아 오기 전 아주 잠깐 동안 잠에 곯아떨어졌다. 잠에서 깨어났을 때 그녀 주변의 전등들은 꺼져 있었고 밤의 베일은 그녀의 몸 위로 끌어내려져 있었다. 그다음에 일어난 일에 대해서는 너무 끔찍해서 자세히 설명할 수 없다. 무릎 뼈에 닿는 손길과 무시무시한 감언에 판은 숨이 턱 막혔고 거의 비명을 지르다시피 했다. 레오 씨의 손이 그녀의 몸을 옥죄었다. 그녀는 숨을 깊게 쉬려 애썼다. 그녀는 의식을 잃어 가고 있었다. 그가 그녀의 몸 위에 완전히 자기 몸을 실었을 때 판은 차라리 자기 몸이 사라져 버리기를 바랐다. 하지만 다른 어떤 일이 일어나기 전에 그는 그녀의 몸에서 미끄러져 내려갔다. 그리고 그녀가 들은 목소리는 그의 것이 아니라 캐시 양의 목소리였다. 캐시 양이 자기 남편에게 당장 침대에서 내려오라고 소리치고 있었다.

# 15

어떤 지역 사회의 삶 속에서 특정 사건이나 사람의 이야기가 구비 설화가 될 때에 그 까닭은 무엇일까? 이 질문에 대해 여러분은 아마 위대한 업적이 그 이유라고 말할 것이다. 이를테면 우리 B-모어 아이들 가운데 누구 하나가 1년에 두 번 개최되는 지역 육상 대회의 어떤 종목, 그러니까 4,000미터 경기에서 역사상 처음으로 승리를 거두는 경우 같은 것 말이다. 그것도 철저하게 지도를 받아 준비를 완벽하게 갖춘 차터 사람들을 상대로 우승을 했을 때 우리는 위대하다고 할 수 있을 것이다. 그리고 후광을 누리는 업적의 역사적 중요성에 주목할 것이다. 왜냐하면 당연히 우리는 그 업적이 우리 자신의 뛰어난 자질을 상징적으로 보여 준다고 생각하고 싶기 때문이다. 비록 우리 자신은 갑자기 불어닥친 바람에 데굴데굴 굴러가는 사탕 포장지를 뒤쫓느라 반 블록을 달려가는 수고조차 하지 않을지라도 말이다.

그것은 겉으로 드러난 우리의 공통의 기질이다. 그것이 우리가 간혹 전혀 이치에 맞지 않을지라도 우리 자신의 너무나 많은 부분을 특정한 업적 달성자에게 투자하는 이유이다. 우리는 그가 가공의 인물이든 실재의 인물이든 가리지 않는다. 그러한 과시가 우리를 불안하게 하고 있거나 악명이 높을 때에 우리는 단체로 양손을 비비대며 울부짖고 나서 선행 사건, 상황, 그리고 표현의 이유를 냉정하게 조사함으로써 우리 마음의 불안을 누그러뜨리려고 노력할 수 있다. 그리고 어떻게 하면 앞으로 재발되는 것을 막을 수 있을지에 대해 논의한다. 이것들 가운데 어느 것도 냉소적으로 제기되지 않지만 '이것은 우리의 본모습이 아니야.'라는 마지막 희망적인 개념에 미묘하게 도움이 되는 것은 사실이다.

하지만 우리의 사랑스러운 판의 사례가 그렇듯 때때로 사람들의 대화는 오랫동안 이어지는데, 아마도 그것은 장거리 달리기 선수의 활약이나 조지프가 멋지게 공을 차서 골을 넣는 모습의 경우와 달리 우리가 그녀의 실제 영상을 많이 가지고 있지 않아서일 것이다. 우리의 핸드스크린에는 그녀가 떠나는 모습이 담긴 그 첫 번째 감시 비디오 뒤로는 그녀에 대해서 더 이상 볼 것이 아무것도 없다. 그래서 이차적인 소문과 추측이 계속해서 뿌리를 내리고 자라는 것이다. 우리는 자신이 그저 그것을 반복하고 있음을 믿고 있을 때조차 이야기의 모양새를 고친다. 우리가 발설하는 이야기는 억제할 수 없는 덩굴식물이 되고 거기에서 뻗어 나온 잔가지는 본체보다 강해져 가끔은 본체를 넘어뜨려 완전히 대체하기까지 한다.

이제 캐시 양의 개입이 있고 나서 판과 그 밖의 사람들에게 무슨 일이 있었는지 다시 살펴볼 텐데, 그 전에 우리는 적어도 B-모어로 잠시 돌아갈 필요가 있을 것 같다. 그곳에서는 물고기의 공급 과잉 때문에 생산 시설의 감축이 임박했다는 소문이 퍼지고 있었다. 그리고 B-모어 자체를 결국 폐쇄한다는 몇몇 괴상한 시나리오들까지 돌고 있었다. 물고기의 가격이 곤두박질치고 나서 즙이 많은 우리 채소의 가격까지 가파르게 떨어졌다. 우리 인근의 시장들이 한동안 상자 단위로 농산품을 팔았던 것은 우리 상품에 대한 차터 사람들의 의심이 커졌다는 명확한 설명이 된다. 그들은 레그와 그의 동료들이 따던 완벽하게 윤기가 흐르고 토실토실한 토마토들까지 어찌된 영문인지 그들의 건강에 아주 나쁘다는 낙인을 찍어 버렸다.

물고기 가격의 하락으로 벌어진 일과 함께 우리의 첫 번째 충동은 아주 값비싼 차터 납품용 신선한 완두콩과 오이와 옥수수를 최대한 많이 사들이는 것이었다. 거의 모든 사람들이 그들의 가정에서 소비할 수 없는 것들을 얼리고 염장을 하고 통조림으로 가공했다. 그렇게 엄청나게 만들다 보니 절임 병들의 가격이 세 배나 뛰었고 그다음에는 네 배까지 갔다가 결국 새로운 병들을 실은 컨테이너들이 트럭에 실려 왔다. 그 무렵이 되자 숙성되어 당장 먹을 수 있는 농산품의 공급도 다소나마 균형을 잡게 되었다. 우리의 시설들은 줄어든 차터의 수요량에 따라 조정이 되었다. 그리고 유리병을 들여오기 위해 자기 집안의 연립 주택에 2차 담보 설정을 한 불운한 B-모어 친구는 가격이 갑자기 예전 수준 아래로 뚝 떨어지는 바람에 망하고 말았다.

사실 우리는 그의 시신이 서부 B-모어에 있는 어떤 연못의 취수구 하나를 막고 있다가 발견되었다는 소문을 들었다. 그는 자갈들로 가득 채워진 수십 개의 유리병을 자기 손목과 발목에 묶고 물에 빠져 죽었고, 바닥에서 떠올랐다. 연못의 물고기들이 그의 시신을 주둥이로 쪼아 먹는 바람에 익사한 지점에 붙어 있지 못하고 몸이 노끈에서 풀려난 게 분명했다. 시신의 상태가 엉망이어서 장례식에서 고인을 대면하는 전통적인 장면은 있을 수가 없었다. 앞으로 몇 대에 걸쳐서 갚아 나가야 하는 엄청난 빚을 지게 되자 그 벌로 집안사람들이 그를 죽인 거라는 소문이 떠돌았다. 또한 게시판과 인근 마을에는 비꼬는 투의 괴상한 말들이 떠돌았는데, 물고기들이 'B-모어의 최상품'에 대한 자기들 나름의 맛을 개발하고 있다는 말도 있었고 사실은 자살을 선택하는 사람들의 수가 눈에 띄게 증가해 왔는데 공원 연못을 자살 장소로 택하고 있다는 말도 있었다. B-모어에서는 총기 소지가 금지되어 있다. 그러다 보니 어디에서나 쉽게 구할 수 있는 치명적인 무기라고는 부엌칼뿐이다. 자살을 생각하는 사람에게 그것은 손쉽게 써먹을 수 있는 도구가 결코 아니다. 대부분의 사람들은 일산화탄소를 배출하는 차량도 그런 차고도 가지고 있지 않으며, B-모어에는 뛰어내려서 죽을 수 있을 만큼 충분히 높은 장소도 없다. 알약 구입은 엄격히 통제받고 있으며 처방받을 수 있는 양도 보잘것없다. 그러다 보니 물이 희망을 잃어버린 사람들과 자포자기 상태에 빠져 있는 사람들에게 매력적으로 보이는 것이다(게다가 우리들 가운데 수영을 할 수 있는 사람은 극소수에 불과하다). 논평에는 '유리병 남자의 부드러운 빰 대 튀긴 쌀떡 여자의 부드러운 빰'을 다룬 농담이 등장했다(그 여자는 장사가 잘되던 매점을 성급하게 팔아 버리고 그 돈을 유행을 타는 건강식 스무디 가게를 여는 데에 투자하고 말았다). 야금류 등에서 나는 특유의 향과 풍미가 감지될 것만 같은 또 다른 남자에 대한 얘기도 있었는데, 자신의 핸드스크린으로 생중계되는 신중국의 닭싸움에 내기를 걸면서 돼지 피를 섞어 만든 소시지 조각을 후추 소금에 찍어 먹으며 오전 시간을 다 보내는 사람이었다.

우리는 아마도 우리 지역 사회의 뒤틀린 영혼에 영향을 받아 죽음의 길을 택한 다른 사람들도 알고 있다. 이러한 사항들에 대한 당국의 공식 집계는 없다(그런 것들은 절대로 발표되지 않을 것이다). 하지만 모든 사람들이 같은 블록에 사는 어떤 사람이나 이웃에 사는 씨족의 누군가가 죽음의 길을 선택했다는 얘기를 듣는 것 같다. 어쩌면 자살을 선택한 그들은 어떻게든 결국 그렇게 될 사람이었는지도 모른다. 어쩌면 그들 자신의 악령이 필연적으로 그들을 삼키려 했던 것인지도 모른다. 하지만 우리는 비교적 짧은 기간 동안 왜 그렇게 많은 사람이 죽었는지에 대해 의문을 가져야만 한다. 그리고 이것이 우리 정착지의 공적 영역과 개인의 삶 사이의 관계에서 무엇을 암시하는지에 대해 생각해 봐야 한다.

일부 사람들은 개인적 관심사와 추구하는 바를 고무하는 일에 더 많은 노력을 기울일 필요가 있다고 주장했다. 어떤 사람을 현재의 모습으로 만들어 주고 더 나아가 그 사람이 자기 자신을 확인하고 소중히 여기도록 만들어 주는 '내적 잠재력'을 강화하고 심화하기 위해, 그것들이 전혀 유용하거나 실제적으로 보이지 않을지라도 그렇게 해야 한다는 것이다. 보다 보수적인 사람들은 이 문제에 대해 망설이는 모습을 보인다. 그들은 우리가 공동체의 결속을 강화할 필요가 있다며 반박한다. 그리고 자신의 생명을 끊는 행위는 우리 모두에게 중대한 폭력을 행사하는 것과 마찬가지라는 주장을 펼친다. 또 어떤 사람들은 허무주의적인 접근법을 취하기 시작했는데 그들의 회의적인 생각들을 게시 글로 써서 올리거나, 그들이 명백하게 무의미한 삶의 방식이라고 여기는 것에 직면하여 무슨 일을 한다는 것의 헛됨에 대해 계속해서 주장하는 식이다. 이 모든 것과 그 밖의 의견들에는 약간의 진실이 가미되어 있다. 그리고 만약 주장하는 이들이 궁극적인 설득에 실패한다면 그것은 아마도 그들이 다른 측면들과 다른 입장들을 온전하게 인정하지 못한 탓이다. 그러나 만약 우리가 우리 자신의 마음을 가라앉히고 눈을 뜨고 충분히 뒤로 물러선다면, 우리는 우리 사회가 근본적으로 허약하지는 않을지라도, 심각한 상처를 입었음에 대해 인정하지 않을 수 없다.

지하 쇼핑몰에 가서 식당가를 한번 죽 훑어보기만 하면 확실히 알 수 있을 것이다. 일부의 얼굴들에 끔찍한 자국이 나 있는 것이 눈에 띄지 않을 수 없다. 타박상이나 찰과상, 때로는 가끔 노골적으로 부어오른 자국과 곪은 자국이 대부분의 여자들과 아이들의 얼굴에 있고, 심지어 몇몇 남자들의 얼굴에서도 찾아볼 수 있다.

바로 며칠 전에 우리는 만두 판매대에서 일하는 어떤 젊은 여자를 보았다. 그녀는 한쪽 눈이 너무 심하게 부어올라 그쪽 눈으로는 앞을 제대로 볼 수 없었다. 그것은 마치 으깬 젤리 도넛처럼 보였다. 만약 그녀가 일을 하지 않아도 되었다면 틀림없이 그녀는 그날 하루나 한 주 동안 자기 집에 머물렀을 것이다. 하지만 그녀는 그곳에 나와 일을 하고 있었다. 그녀는 산뜻한 분홍색과 회색 유니폼 차림에 하얀 장갑을 끼고 있었다. 상처만 없었더라면 건강하고 예뻤을 얼굴이었다. 그 괴물처럼 흉한 모습을 보면 누구라도 눈물을 흘리며 당장 분통을 터뜨렸으리라. 그리고 분노보다 훨씬 더 큰 동정심이 그녀를 향해 샘솟는 것을 느꼈으리라. 왜 그녀는 그곳에 그냥 서 있었을까? 왜 그녀는 속을 채운 만두 껍질을 접어서 밀가루를 그 위에 뿌리고 있었던 걸까? 그때 우리가 진정으로 원했던 것은 그녀가 만두 하나 하나를 남김없이 집어던져 박살을 내는 모습이 아니었나?

이상하고 웃기는 것은 이중 어느 것에 대해서도 어떤 대화가 거의 없었다는 사실이다. 만약 사람의 머리에서 피를 빨아 먹는 머릿니가 전염병처럼 급속도로 퍼졌더라면, 당국으로부터 한바탕 경고와 권고가 쏟아져 나오면서 동시에 주민들로부터 우려의 목소리가 터져 나왔을 것이다. 등락을 거듭하는 식품 가격, 어떤 시설 근로자들을 위한 의무 휴가의 최신 일정, 저녁 프로그램이 다시금 주기적으로 재방송되고 있다는 소식에 대한 글들이 계속 올라오는 동안(좀 더 화장을 할 필요가 있는 사람들에 대한 매우 상스러운 청소년의 농담은 제쳐 두고라도), 그 문제에 대해 단 한 번이라도 진지한 목소리가 터져 나왔는가? 현재 벌어지고 있는 일에 대한 단 하나의 솔직하고 실질적인 발언이 있기는 할까?

우리는 식당가 근처나 블록 아래쪽, 또는 서부 B-모어의 약간 의기소침한 지역뿐만이 아니라 바로 이곳 우리의 가정 주변에서도 그런 것들을 발견한다.

지난 한 달 동안 우리는 우리의 어르신들 가운데 한 분인 고든의 앙상한 양팔에 나 있는 몇 개의 진한 자주색 반점을 주기적으로 보지 않았던가? 몇 주 전에는 입술이 퉁퉁 부은 상태로 그가 아침을 먹으러 오지 않았던가? 며칠 전에는 구부러지고 부어오른 두 손가락으로 찻잔을 조심스럽게 집어 들고 차를 마시지 않았던가? 요즘 그는 한 번 말할 때 불과 몇 마디 이상은 하지 않고 있지만, 과거 건강하고 활발하던 모습이었을 때 고든은 약간 사기꾼 같았다. 진지한 모습은 그다지 볼 수 없는, 그저 밝고, 말이 많던 사람이었다. 그는 자기 말에 귀를 기울이는 사람이라면 누구든 상관하지 않고 거짓말 같은 이야기를 늘어놓는 걸 좋아했다. 특히 우리 같은 어린 친구들한테 들려주는 걸 좋아했는데 물론 그것은 순전히 재미 삼아 하는 이야기들이었다. 우리는 그가 아주 그럴싸한 이야기로 우리를 설득했던 것을 기억하고 있다. 그는 우리의 귓불이 둥그스름한 모양을 하고 있기 때문에 우리가 옛 중국 왕족의 후손이라고 말했다. 한때는 B-모어의 항내(港內) 수질이 우리 시설의 어류 수조만큼이나 깨끗하고 신선해서 살이 맛있는 수백만 마리의 푸른 꽃게로 넘쳐 났다고도 했다.

어른들도 모두 고든을 좋아하는 듯 보였다. 그의 존재나 일터에서의 그의 기여에 대해 부정적으로 얘기하는 소리를 들은 사람은 아무도 없었다. 그의 아내와 자식들도 그를 충분히 사랑하고 있는 듯 보였다. 우리의 거대하고 친밀하게 결합된 가계(家系)에서 가족 관계의 중요성은 세월이 흐르면서 줄어들었지만, 우리 모두는 일종의 사촌 지간으로서 그것은 세대를 뛰어넘기도 했다. 직계 혈통이 아니라고 해서 덜 각별한 감정을 갖는다거나 하는 것이 아니었다.

이 모든 말들은 고든이 집안의 다른 모든 사람들과 똑같았다는 것을 말하기 위해서이다. 그도 남들처럼 아침을 먹고 시설에 나가 하루를 보냈고 저녁 프로그램 시간 동안 빈둥거렸으며, 특이하거나 놀라울 것은 아무것도 없었다. 2년쯤 전에 그가 쇠약해지기 시작했을 때에도 사람들이 그를 대하는 방식에는 그다지 큰 변화가 없었다. 그때 그는 아직 예순 살도 되지 않아 아주 많이 늙었다고도 할 수 없었다. 하지만 확실히 그는 아주 빠르게 나이가 들어 버린 것처럼 보였다. 머리카락의 수는 확 줄어들었고 그나마 남아 있는 머리카락도 하얗게 세어 버렸다. 얼굴과 목의 살도 빠졌다. 그가 사람들의 이름을 혼동하고 서로 반대되는 것들, 이를테면 가는 것과 멈춰 서는 것, 차가운 것과 뜨거운 것을 혼동하기 시작하는 것은 처음에는 사람들을 즐겁게 해 주었다. 그는 자신의 실수를 재빨리 바로잡고 농담을 하곤 했기에, 여러분은 그가 근무가 끝나고 피곤해서 그런 실수를 저지르는 것이라고 대수롭지 않게 생각할 수 있었다. 그의 보폭이 짧아졌고 그가 몸의 중심을 잃을까 봐 자기 앞의 땅이 충분히 단단한지 확인이라도 하듯 조금씩 조심스럽게 걷기 시작했기 때문에, 그와 함께 지하 쇼핑몰을 둘러봐야 하는 일은 다소 힘 빠지는 일이었다. 나중에 그는 누가 말을 걸 때까지 일절 말을 하지 않으려고 했다. 그리고 대화를 할 때도 판에 박힌 대꾸를 하거나 불완전하게 말을 마치고 나서 입을 꾹 다물었다. 그것은 상대방이 보기에는 약간 실망스러운 모습이었고, 몇 차례 그의 아들이나 아내나 우리 중에 하나가 그의 침묵과 수동적인 태도를 부드럽게 나무랐다. 우리의 불만은 분명 그가 평소의 모습으로 되돌아오기를 바라는 소박한 소망에서 비롯된 것이었다.

병원에서 고든에게 뇌 촬영이나 검사를 받아보라는 지시는 없었다. B-모어에서 노화는 도무지 어떻게 해 볼 수 없는 불가피한 현상이므로. 사람들이 자기 나이보다 훨씬 더 일찍 노화가 진행되어도 도리가 없었다. 그것은 괜찮다. 우리는 사정을 충분히 이해하고 있다. 우리는 또한 우리네 가정들의 구성과 성격 때문에 도움을 필요로 하는 사람들이 우리의 보살핌을 받을 자격을 얻는다는 것도 알고 있다. 우리는 가난한 사람들을 입혀 주고 먹여 주고 씻겨 주고 다듬어 준다. 그렇다. 시대는 변했고, 자식으로서의 의무에 주목하는 성스러운 행동들은 의심할 여지없이 그 빈도와 질에서 줄어들었다. 하지만 효는 여전히 행해지고 있고 여전히 무조건적이다. 그리고 그것은 우리의 기본적인 가닥들에 새겨져 있다. 그러나 우리 상품에 대한 차터의 수요가 갑자기 뚝 떨어지고 지역 사회 전체가 불안의 상태로 빠져든 뒤로, 우리는 주변에서 고든을 덜 보게 된 것 같다. 그리고 우리가 그를 보았을 때 우리는 처음의 명백한 징후들을 알아차리기 시작했다.

우리는 한밤중에 자리에서 일어나 마실 것을 가지러 가다가 저 멀리 복도 끝 욕실에서 물이 흘러내리는 소리를 들은 것을 기억하고 있다. 우리가 아무리 자주 상기시켜 줘도 어린아이들은 수도꼭지를 잠그는 일이나 전등을 끄는 일을 종종 까먹는다. 우리는 수도꼭지를 잠그러 갔다가 빠끔히 열린 문을 통해 고든이 세면대에 있는 것을 보았다. 수도꼭지에서 물이 흘러내리고 있었다. 그는 손가락으로 앞니 하나를 당겨 보고 있었다. 그의 표정은 괴롭고 고통스러운 것이 아니라 혼이 빠져나간 것 같았다. 그의 눈은 거울 속의 사나이를 응시하고 있었는데 낯은 익지만 그다지 의미는 없는 얼굴을 바라보고 있는 듯했다. 그것은 그가 공원에서 예전에 보았던 어떤 사람의 얼굴처럼 그에게 별다른 의미가 없었다. 그의 입술은 보기 흉한 색깔로 변해 있었고 손가락을 타고 피가 섞인 침이 뚝뚝 떨어지고 있었다. 끙 앓는 소리를 내면서 그는 이빨을 당겨 뿌리째 뽑았다. 우리는 그때 무슨 말을 할 수도 있었다. 그에게 괜찮으냐고 물어볼 수도 있었다. 하지만 그는 누가 자기를 보고 있다는 것을 알아차렸는지 문을 닫아 버렸다.

아침 식사 시간에 그는 평소처럼 자기 아내 옆에 앉아서 먹다 남은 옥수수를 먹고 있었다. 송곳니 하나가 달아나고 입술이 부어오른 모습이 눈에 확 띄었지만 어느 누구도 거기에 대해 말하지 않았다. 그는 옥수숫대에 붙어 있는 옥수수 알갱이를 입의 한쪽으로 음미하듯 천천히 발라 먹고 있었다. 모든 사람이 식사를 마치고 한가롭게 잡담을 나누며 이쑤시개로 잇몸을 쑤셔 대는 동안 고든도 남들과 같은 행동을 하고 있었지만 그는 지속적으로 그의 마음을 얽어매고 있는 침묵에 빠져 있었다.

일주일쯤 지나서 어느 늦은 오후에 우리는 연립 주택의 뒤뜰에 있는 그를 발견했다. 그는 잔디밭에 주저앉아 있었다. 그곳에서 쓰러진 게 분명해 보였다. 그는 몸을 앞뒤로 가볍게 버둥거려 보다가 잠시 동작을 멈추고 기다렸다. 그리고 다시 버둥거렸다. 마치 그렇게 하면 일어서는 데에 도움이 될 거라고 생각한 듯했다. 그는 자리에서 일어서는 법을 순간적으로 잊어버린 사람처럼 보였다. 그는 정신이 나갔다거나 괴로워하는 사람으로는 전혀 보이지 않았다. 그가 성공하지 못할 게 분명했지만 우리는 얼마 동안 그가 시도하는 대로 내버려 두었다. 그가 결국 더 나은 방법을 생각해 낼 거라고 생각해서 기다려 준 게 아니었다. 그는 그릇된 생각이나 무념무상의 상태에 빠져 있었는데 거기에서 절대 빠져나올 수 없을 것 같았다.

우리는 그를 일으켜 세워 면바지에 붙어 있는 흙먼지를 털어 주었다. 그의 몸은 어린아이처럼 가벼웠다. 바지는 그의 엉덩이에 헐렁하게 걸쳐져 있었다. 더듬거리는 말투로 그는 우리에게 고맙다고 하면서 우리가 어린아이들이라도 되듯 뺨을 톡톡 두드려 주었다. 그 순간 우리는 그의 손등에 담뱃불로 지진 것 같은 아주 동그란 화상 자국이 나 있는 것을 보았다. 상처는 매끈하고 불그스름했는데 이제 막 낫기 시작하고 있었다.

"여기, 무슨 일이 있었던 거예요, 할아버지?"

우리는 그의 가느다란 손목을 붙잡으며 말했다.

"뭐라고?"

그는 갑자기 무척 당황한 표정을 지으며 중얼거렸다. 그는 우리가 왜 그가 땅에 드러누워 있었는지에 대해 묻고 있다고 생각했다.

우리는 그의 손을 향해 고갯짓을 했다.

그는 손을 얼른 뒤로 감췄다. 한순간 그의 두 눈이 반짝 빛났다. 그러고 나서 시선이 먼 곳을 향했다. 그의 입은 꼭 다물어졌고 얼굴은 지독한 수치심으로 벌겋게 달아올랐다. 그는 씩씩거리면서 아랫입술을 깨물며 간신히 울음을 참고 있었다. 그는 아무 말도 하지 않았다. 그저 그 자리에 들러붙어 있는 것처럼 보였다. 그래서 우리는 그에게 집을 가리켜 보이고는 그가 지독히 느리게 발을 끌며 집으로 들어가는 모습을 지켜보았다.

누가 그를 이렇게 만든 걸까? 겉으로 보기에는 지극히 만족스러워하던 그의 아내가 그랬을까? 아니면 항상 지나칠 정도로 말이 없는 그의 아들이 그랬을까? 그도 아니면 친척 중에 어떤 사람이 그랬을까? 우리는 일전에 지하실에서 고든과 함께 올라오는 친척을 보았는데, 그중에 누가 아무런 명백한 이유도 없이 그랬단 말인가? 그리고 대체 왜 그랬단 말인가? 마음씨 착한 고든은 우리 중 어느 누구한테도 고약하거나 잔인하게 군 적이 없다. 그는 누구한테 돈을 빌린 적도 없다. 그는 누구를 화나게 만들거나 실망시킨 적도 없다. 어느 모로 보나 그는 악의가 없고 완벽하게 순수한 사람이었다. 그는 쓸데없는 관심이나 상황에서 벗어나 인생의 말년을 보낼 자격을 갖춘 사람이었다. 그런데 그런 그가 이렇게 되었다. 자신을 방어할 준비를 제대로 갖추지도 못하고 무슨 일이 벌어지고 있는지조차 이해하지 못하는 상태로 말이다. 그의 마음은 여기저기서 공격들을 받아 점점 더 혼란스러워졌고, 결국에는 깊은 진흙탕으로 숨어 버렸다. 가장 마음을 불안하게 만드는 것은 많은 사람들이 함께 살아가는 가정에서, 그것도 안식과 구원의 느낌을 받으며 거의 평생을 살아온 집에서 자신이 이제 완전히 혼자가 되었다는 느낌이었다.

아마 나머지 우리들도 비슷한 느낌을 경험하고 있을 것이다. 우리가 무엇을 놓친 걸까? 현관이나 계단에서 서로를 지나칠 때 잠시 멈춰 서서 서로의 눈을 확인하는 것? 밤에 침대로 아주 조금 더 빨리 뛰어드는 것? 조용한 집에서 늙은이가 숨죽여 우는 소리가 들려오지는 않는지 바짝 긴장하면서 귀를 기울이는 것? 우리는 기다리고 기다리지만 어째서인지 그런 소리는 절대 들려오지 않는다.

그러다가 내일이나 어떤 다른 날, 놀라움이 우리를 잡아끄는 그 순간에 그 불쌍한 늙은이는 자신의 샤워 슬리퍼를 신고 현관 입구의 계단을 절뚝거리며 내려올 것이다. 커다란 발가락이 보기에 아주 흉할 만큼 짓이겨지고 멍이 든 채로. 그리고 이런 종류의 일을 다시금 봐야 하는 어떤 깜짝 놀랄 만한 순간이 다가올 것이다. 우리는 내장이 요동치고 눈 저 안쪽이 뜨겁게 타오르는 것을 느낀다. 내색은 하지 않지만 우리는 갑자기 분노에 사로잡힌다. 우리의 분노는 거침없이 용솟음치지만 더 이상 책임 있는 사람이나 사람들에게로 향하지 못하고 심지어 우리 자신에게로도 향하지 못하다가 결국에는 그 가엾은 사람에게로 향하고 만다. 우리는 이제 좀 더 잘 이해할 수 있다. 그의 목에 얹힌 당신의 손이 위로를 의미할 때, 그래서 그것이 확신을 주기를 바랄 때 또 다른 자극이 숨 막히게 일어난다. 그것은 가장 비참한 광경, 즉 방금 망가진 영혼의 목격자를 갈망하는 묘하게 얽힌 자유 의지이다.

# 16

우리는 사악한 존재이고 도덕적인 존재이며 그 사이에 존재하는 거의 모든 것이다. 그리고 우리는 운명이 닥칠 때 그것이 우리에게 그다지 주의를 기울이지 않는다는 것을 너무나 잘 알고 있다. 누군가가 우리의 마음씨 착한 고든에게 그의 현재 문제들에 대해 어떻게 생각하는지 물어보았을 수 있다. 특정한 심적 상태를 두고, 퀴그는 자신의 곡절 많은 삶을 가지고 몇 가지 의견을 내놓았을지도 모른다. 우리는 철학적인 입장을 취해야 하는 상황에 놓였을 때 더 이상의 이의를 제기하는 대신, "우리는 우리의 차례를 환영해요."라고 목청껏 소리치는 쪽으로 결정할 것이다.

차례가 오지 않을지도 모른다는 생각은 우리를 더욱 준비시킬 뿐이다.

그리고 상황은 변할 수 있다. 우리는 현재 벌어지고 있는 일임에도 불구하고 그다지 조바심을 내지 않는다. 우리는 경보음에도 불구하고 불안 대신 샘솟는 희망을 발견한다. 그것은 만약 우리의 생계가 어려워지면, 우리가 또 다른 무언가를 하는 법을 배우게 될 것이라는 희망이다. 우리가 다른 장소를 새로 만들 수 있다는 희망. 우리가 서로를 가지고 있고 항상 그럴 것이라는 희망. 자주 있는 일은 아니지만 우리는 스스로 우리가 판만큼 자유롭다고 생각한다.

가장 사악한 무리로부터 간신히 벗어난 그녀를 떠올리면 이것은 이상하게 들릴지도 모른다. 하지만 그녀는 어쩌면 우리를 떠나기 훨씬 전부터 이미 자유의 몸이 아니었을까? 우리는 지금 판이 수조 속에서부터 자기 세상의 실제 척도를 이해하기 시작하고 있었음을 깨닫고 있다.

그러나 그녀의 통제력에 대해서는 다른 이야기가 있다. 그날 밤 레오 씨의 집에서 그녀는 겁에 질려 있었다. 어느 누구라도 그랬을 것이다. 바로 그날과 그 뒤의 며칠 동안 밤마다 무슨 일이 벌어졌을지, 생각만 해도 몸서리가 쳐진다. 우리는 우리 자신 또는 우리가 사랑하는 사람들, 특히 판이 어떻게든 폭력을 물리치고 즉시 더 이상의 공포를 종식시켰을 거라고 생각하고 싶어 한다. 하지만 그때 흔히 어떤 잔학 행위들이 복종을 불러일으킨다. 끔찍한 느낌만 자아낼 뿐인, 끊임없이 반복될 시퀀스. 불쌍한 고든은 이것을 알고 있다. 말라의 뷰어에 나오는 여자애들도 틀림없이 그것을 알고 있었을 것이다. 그리고 현실은 판 역시 그녀의 남은 생 동안 그것을 알고 있어야 할지도 몰랐다.

대신 레오 씨는 암울한 상황에 갇혀 버렸다. 그는 거의 하루 종일 일광욕실에 앉아 축 늘어져 있었다. 말라는 그에게 음식과 마실 것을 가져왔고 필요할 때에는 티코를 불렀다. 티코는 새로 온 남자 가사 도우미였다. 티코는 휠체어에 앉아 있는 그를 일으켜 세워 화장실 세면대로 데려가거나 말라가 그의 파자마 바지를 갈아입힐 수 있도록 그를 일으켜 세워 주었다. 저녁 식사 시간에 티코는 휠체어를 밀어 그를 식당으로 데려갔다. 그곳에서는 캐시 양이 이미 식사를 하고 있었다. 그녀는 여전히 건강하지 않았지만 그날의 사건은 그녀의 무언가를 촉발시켰다. 그녀는 식탁 너머에 앉아 있는 자기 남편을 바라볼 때마다 입맛이 달아나고 기분이 상해 허기가 싹 가셨다. 그는 이런저런 것들이 섞인 음식 그릇을 앞에 두고 축 늘어져 있었다. 그렇게 멍한 얼굴로 앉아서 말라가 다가와 숟가락으로 음식을 떠먹여 주기를 기다리는 것이었다. 가끔은 캐시 양이 자리에서 일어나 직접 그에게 음식을 먹여 주었다. 그녀는 숟가락으로 음식을 떠서 잘 벌어지지 않는 그의 입술 사이로 그것을 부드럽게 밀어 넣은 다음, 그의 혀가 무엇을 어떻게 해야 하는지 그에게 상기시켜 줄 때까지 인내심을 가지고 기다렸다. 이전의 기억으로 그녀의 손은 자신도 모르게 떨렸다. 그녀는 언젠가 딱 한 번, 복도에 진열되어 있는 둥글고 납작한 나체 석조상의 머리 부위로 그의 머리 아래쪽을 후려친 적이 있었다. 그때의 충격이 이번 일의 원인은 아니었다. 그들이 구급차를 뒤따라가 차터 진료소에서 기다리고 있을 때, 의사는 침울한 표정으로 그녀에게 레오 씨가 심각한 뇌졸중인데 천만다행으로 제시간에 치료를 해서 생명을 구할 수 있었다고 말했다. 그는 진료소 침대에서 깨어났을 때 이미 지금처럼 온몸이 마비된 상태였고 말을 하지 못했다. 이제 그는 더 이상 글을 쓰거나 읽거나 미네랄 거래를 할 수 없었다. 물론 그들에게는 몇 번을 다시 태어나더라도 평생 먹고살 수 있을 충분한 돈이 있었다. 심지어 차터에서 태어나 살더라도 충분한 돈이었다. 이제 캐시 양은 그를 그리워하기도 했고 그렇지 않기도 했다. 그가 숟가락을 입에 물고 캑캑거렸을 때, 그녀는 불편한 몽상에서 깨어났다. 하지만 아무리 애를 써도 그녀가 당장 그의 고통을 달래 줄 수 있는 방법은 없었다. 그녀가 계속 숟가락을 들고 있자 그는 몸이 아프기 전에는 한 번도 낸 적 없는 이상한 소리를 냈다. 날카롭게 끽끽거리는.

판은 앞으로 이러한 처분들의 목격자가 될 것이었지만, 퀴그와 로린은 아니었다. 그들은 레오 씨를 병원에 데려다 주고 돌아와서 곧바로 떠났다. 로린은 세위에게 얼른 치료제를 가져다주고 싶어 안달을 했다. 퀴그와 로린이 판에게 작별을 고하자 판은 그들에게 잘 가라고 인사했다. 그들은 그녀에게 짧게 포옹을 해 주고 나서 낡은 차를 타고 떠났다. 어느 누구도 레오 씨에게 벌어진 일을 두고 신경을 쓰는 것 같지 않았다. 심지어 거기에 대해 이러쿵저러쿵 얘기조차 하지 않았다. 캐시 양은 자기 남편이 그들과 맺은 합의를 존중하면서 굴착 장비를 보내 주기로 약속했다. 뿐만 아니라 그들이 판을 남겨두고 떠나는 일을 망설일까 봐 남편이 주지 않고 가지고 있던 두 번째 치료제 세트를 로린에게 주었다. 혹시 필요하다면 다른 화학 요법 치료제를 구입하라며 한 뭉치의 돈까지 건네주었다.

하지만 이 모든 것은 거래였다. 캐시 양은 판이 남아 있기를 원했다. 그녀는 그러는 이유를 밝히지 않았고 로린은 알겠다고 말했으며 퀴그는 그들에게 그저 거래가 마무리되었다는 투로 말했는데, 로린은 그가 기꺼이 포기하는 모습을 보고서 충격을 받은 듯 보였다. 최종 결정은 판에게 달려 있었다. 퀴그는 벽 너머에서 벌어진 소동에 정신이 번쩍 들어 판의 침실로 이끌리듯 가 보았고, 그 뒤로는 단 한 마디도 하지 않았다. 그가 판의 침실에 들어갔을 때, 캐시 양은 발작을 일으키고 있는 레오 씨를 내려다보며 서 있었다. 레오 씨는 발작 때문에 자기 혀를 깨물고 있었다. 그것은 마치 그가 매끄러운 햄 조각을 먹고 있는 것처럼 보였다. 판은 시트로 몸을 감싼 채 뒤로 물러나 침대 머리맡에 몸을 바짝 붙이고 있었다. 그녀는 뺨에 살짝 긁힌 자국이 나 있었지만 그것만 빼면 아무렇지 않아 보였다. 레오 씨는 피를 흘려 자기 몸과 카펫을 온통 더럽히고 있었다. 등을 바닥에 대고 반듯이 누운 채 자신의 피 때문에 숨통이 막혀 캑캑거렸다. 퀴그는 그런 그를 그저 멍하니 내려다보았다. 그 장면을 보고 있자니 피로와 역겨움이 부글부글 끓어올랐다. 그것은 거품을 물고 바닥에 쓰러져 있는 남자에 대한 것이기도 했지만 자기 자신에 대한 것이기도 했다. 이제 그 장면이 그에게 자신이 잘못 살아왔음을 보여 주는 또 하나의 예시가 될까? 자신의 삶이 잘못 만든 영화의 아류작은 아니었을까? 그는 결코 이 아가씨를 지지해 오지 않았었지만 길에서 처음 본 순간부터 그녀는 어째서인지 그에게 들러붙었다. 아니면 그 반대였을까? 캐시 양은 공황 상태에 빠져서 퀴그가 무언가 해 주기를 애원하고 있었다. 퀴그는 결국 그를 옆으로 돌려 눕혔다. 그가 발작을 아주 잠깐 멈추었을 때 퀴그는 베개의 모서리를 그의 치아 사이로 밀어 넣었다. 어금니 사이로 과하다 싶을 만큼 밀어 넣자 레오 씨는 반사적으로 그것과 함께 퀴그의 손가락을 깨물었다. 퀴그는 반사적으로 손을 빼내는 대신 이를 악물고 오랫동안 숨을, 그리고 그의 손가락뼈를 파고드는 사내의 치아에서 전해지는 날카로운 고통을 참았다. 타는 듯이 순수한 고통에 퀴그는 거의 자신의 존재조차 까맣게 잊어버렸다.

우리의 판은 어떻게 되었을까? 그녀의 우여곡절 많은 여행을 뒤쫓으면 뒤쫓을수록 우리는 그녀가 우리가 흔히 노래하는 챔피언이 아니었음을 깨닫는다. 그녀는 커다란 칼을 휘두르는 여걸이 아니었다. 그녀는 지혜와 빛의 전달자도 아니었다. 그녀는 점점 불어나는 전사들을 이끌지도 않았고 새로운 투쟁에 앞장서는 사람도 아니었다. 그녀는 그저 집단의 한 사람으로서 살아가고 꿈을 꾸는, 우리와 함께 살고 있는 지극히 평범하고 놀라울 정도로 조그마한 사람이다.

우리는 물론 판이 머물기로 마음먹은 것을 알고 있다. 애초에 기간에 대한 얘기는 없었지만 일주일이 지나고 나자 캐시 양이 그에 대해 전혀 생각조차 하지 않고 있다는 것이 분명해졌다.

사실 처음에는 꽤 즐거웠다. 어느 차터 가정에서 유일한 아이가 된다면 그 삶이 어떠할지 누구나 예상할 수 있을 것이다. 캐시 양은 판이 엄청나게 힘든 차터 시스템에 무작정 달려드는 것보다는 차라리 집에서 교육을 받는 편이 훨씬 더 나을 거라고 판단했다. 판은 지루한 이야기책들로 가득 찬 싸구려 핸드스크린 대신 개인 교사들의 방문을 받았다. 그녀는 그들로부터 수학, 작문, 재무, 디자인, 그리고 알아 두면 유용할 다른 모든 과목들을 배웠다. 체육 코치들도 그녀를 가르치러 찾아왔는데 그들은 그녀의 체구를 보자마자 풀이 죽은 듯 보였지만, 오래지 않아 그녀의 힘이 엄청나다는 것을 깨닫고 깊은 감명을 받았다. 그녀는 힘이 세기도 했지만 발과 손의 움직임이 민첩했다. 하지만 수영 코치가 도착했을 때, 그녀는 자신이 할 수 있는 것을 드러내 보이지 않는 편이 좋겠다고 생각했다. 그래서 자신이 물을 두려워한다고 말했다. 판이 그 집에 머문 지 7주가 지났을 때, 아직까지 임신을 한 것처럼 보이지는 않았다. 그저 규칙적으로 건강에 좋은 차터 식사를 했기 때문인지 몸무게가 약간 불고 있을 뿐이었다. 그녀는 확실히 배가 고팠다. 자신의 뱃속이 계속 비어 있다는 느낌이 들었고 언제까지라도 그 뱃속을 음식으로 채울 수 있을 것만 같았다. 그래서 그녀는 원하는 만큼 실컷 먹었다. 캐시 양은 그 모습을 보고 흐뭇하게 생각했다. 그녀는 이 불우한 외톨이 아동에 대한 자신의 판단이 옳았다고 생각하는 듯했다.

오후가 되면 그들은 시내로 나갔다. 그곳에서 그들은 수많은 초밥 가게나 벽돌 오븐 피자 가게 중 한 곳에 들어가 점심을 해결하곤 했다. 일단 배를 채우고 나면 화랑과 제과점, 그리고 가정과 정원에서 쓰는 자질구레한 소품들로 가득한 가게에 들렀다. 그리고 마지막으로 찾는 장소는 캐시 양의 단골 미용실과 온천이었다. 그곳에서 그들은 피부 관리를 받았고 발과 손과 얼굴과 목 부위에 이국적인 마사지를 받았다. 캐시 양은 이제 다시 머리를 주기적으로 염색하고 있었는데 그녀의 미용사는 판의 머리를 요즘 한창 인기가 있는 차터 스타일로 잘라 주었다. 그것은 그녀의 단발머리를 의도적으로 약간 헝클어뜨린 스타일이었다. 판은 머리 모양에 개의치 않았지만 어떤 날 밤에는 빗질을 해서 머리를 곧게 펴고는 했다. 그러자 캐시 양은 미용사가 해 놓은 일에 한탄하면서 당장 원래대로 되돌려 놓게 했다. 하지만 무엇보다 캐시 양이 가장 좋아하는 것은 아마도 아동 의류 부티크에 가는 일이었다. 그곳에 가면 극도로 흥분한 판매원들이 판의 주위로 몰려들어 십여 벌이 넘는 옷을 그녀에게 입혀 보곤 했다. 그들은 또한 신발과 작은 파티용 드레스와 바지 정장, 그리고 캐시 양이 입은 것과 같은 평상복을 그녀에게 입혀 보았다. 그중에서 절반쯤 옷을 사 가지고 집으로 돌아오면 판은 휠체어에 앉아 있는 레오 씨 앞에서 옷을 하나하나 입어 보고 보여 줘야 했다. 그러면 레오 씨는 어느 누구도 판독할 수 없을 어떤 절박한 메시지나 감정이 담긴 눈을 부릅뜨곤 했다.

그들이 집으로 돌아오면 캐시 양은 항상 휴식을 취했는데, 그러면 판은 말라와 함께 시간을 보내야 했다. 판은 오후 늦은 시간에 부엌에 들어가서 그녀를 종종 도와주었다. 그 시간이면 말라는 리넨에 다리미질을 하거나 식기류를 닦거나 캐시 양과 판을 위해 간단한 저녁을 준비하고 있었다. 애초에 거창하고 정성을 들인 식사를 원했던 사람은 레오 씨였다. 이제 그들은 더 이상 그런 식사를 준비할 필요가 없었다. 말라는 요리를 할 필요가 거의 없었다. 대개는 샐러드와 버터가 들어간 파스타를 뚝딱 만들어서 내놓으면 되었다. 후식도 필요 없었다. 그것이 캐시 양이 선호하는 식사였다. 레오 씨는 약간의 통조림 고기가 들어간 쌀죽을 먹곤 했다. 말라는 자주 자신과 티코가 먹으려고 치킨 아도보• 같은 맛있는 음식을 별도로 만들기도 했다.

• Adobo: 필리핀의 전통적인 음식으로 고기 등에 코코넛 밀크와 필리핀 특유의 향신료를 넣고 조리함.

그런 음식을 만들면 판도 항상 맛을 보았다. 그것은 말라가 만든 음식들 가운데 가장 맛있는 음식이었다. 세 사람이 맛있게 음식을 먹는 동안 캐시 양은 남편의 집무실에서 자기가 좋아하는 프로그램을 시청하곤 했다. 여러 개의 화면에는 제각각의 프로그램들이 방송되고 있었고, 광고가 나올 때마다 그녀는 입을 꼭 다물고 뚫어져라 지켜보았다. 티코는 덩치가 대단한 젊은이로, 말수가 별로 없었고 음식을 먹을 때 항상 그 식사가 자기 인생에서 마지막 식사라도 되는 양 아주 천천히 음식을 먹었다. 그가 음식 한 조각을 입에 집어넣을 때면 야구 글러브만큼 커다란 그의 손에 쥐어진 포크는 유아용처럼 보였다. 그는 음미를 하듯 눈을 지그시 감고 아주 부드럽게 고개를 끄덕였다. 판과 말라는 항상 그 시간의 절반 만에 식사를 마쳤다. 자기들의 접시를 씻으면서 그들은 가끔 티코의 흉내를 내어 상대방을 깔깔 웃게 만들곤 했다. 티코는 그들이 뭐라고 하든 전혀 신경을 쓰지 않았다. 사실 그도 웃음을 참지 못하고 껄껄 웃을 때가 있었다. 여자처럼 풍만하고 넓은 그의 가슴은 축 처진 턱살과 번갈아 가면서 흔들렸다. 식사를 마치고 나면 티코는 레오 씨한테로 건너가곤 했다. 그는 레오 씨를 위해 밤마다 스펀지 목욕을 시켜 주고 약을 먹여 주고 몸을 번쩍 들어서 침대에 눕혀 주었다. 예전에 흙 묻은 장화나 비옷을 넣어 두는 창고로 쓰였던 그 방은 차고와 바로 붙어 있었는데, 캐시 양이 말라에게 남편을 위해 칸막이로 꾸미도록 부탁했다. 그곳은 1층에서 휠체어가 드나들 수 있는 유일한 여분의 공간이었고 화장실과도 거리가 가까웠다. 창문은 하나도 없었지만 다용도 싱크대를 갖추고 있어서 티코가 스펀지 목욕을 시키거나 그 불쌍한 사람이 옷에 똥을 쌀 때마다 비교적 편리하게 이용할 수가 있었다.

그동안 설거지한 접시를 말리고 정리하면서 말라는 판에게 각 과목의 진행 상황을 물어보거나 캐시 양이 그날은 무엇을 사 주었는지 묻곤 했다. 판은 말라가 이해를 하든 못 하든 개의치 않고 모든 것을 아주 상세하게 설명해 주었다. 그러고 나서 판은 말라를 자기 방으로 데려가 새로 사온 멋진 블라우스나 드레스나 신발을 보여 주었다. 말라의 딸들이 너무 덩치가 커서 그것들 중 어느 것도 입을 수 없다는 것이 안타까웠다. 판은 그런 옷들에는 별로 관심이 없었다. B-모어에 있을 때에도 옷은 그녀에게 흥밋거리가 되지 못했다. 옷은 단지 그녀가 시내에 나갈 때 입는 물건, 다음날 다시 시내를 둘러보기 위해 좀 더 살 필요가 있는 물건에 불과했다. 물론 그것은 캐시 양의 변덕을 만족시켜 주는 물건이었다. 그녀의 남편이 영구적으로 쇠약해진 상황에서 그동안 잠재되어 있던 그녀의 변덕은 활짝 피어난 듯 보였다. 캐시 양은 이제 더 이상 우울해 보이지 않았다. 오히려 그녀는 완전히 그 반대가 되었다. 이제는 잠시도 가만히 못 있었고 자신감이 흘러넘치는 듯 보였다. 그녀는 판을 위해 화려한 것들이라면 무엇이든 사들였다. 판에게 옷을 예쁘게 차려 입혀 놓고 감탄을 했으며 새로운 보석들로 그녀를 꾸며 주었다(은 로켓은 이미 오래전에 정원의 퇴비 더미 속으로 던져졌다). 그리고 그녀는 마을의 근사한 음식점에서 다른 여자들 속에 판과 함께 앉아 있었다.

판은 이러한 나들이를 충분히 즐겼으며, 캐시 양의 심기를 건드리고 싶지 않았다. 하지만 그녀가 오후 때만 되면 주저하지 않고 옷을 갖춰 입는 숨겨진 까닭은, 가능성은 낮았지만 리웨이를 우연히 마주칠 수도 있는 거의 유일한 기회이기 때문이었다. 그녀는 어떤 가게나 길거리에서 리웨이와 마주칠 수 있기를 바랐다. 마주치기만 하면 당장에 알아볼 수 있을 것만 같았다. 판은 리웨이가 자기와 닮은 구석이 있을 거라고 생각했다(아마도 총명한 학생의 강철 같은 표정을 하고 있을 것 같았다). 하지만 날마다 길을 나서도 그의 모습은 그 어디에서도 보이지 않았다. 마을들이 합쳐진 뒤에도 그가 새로운 세네카에 남아 있었을 거라는 그녀의 믿음은 점점 허물어졌다. 그럼에도 불구하고 그녀는 마을의 다른 지역들, 그러니까 서비스업 종사자들이 사는 지역을 둘러볼 수 있는지 캐시 양에게 물었다. 캐시 양은 선천적으로 호기심이 많고 영리한 아이의 인생 경험을 풍부하게 해 주려는 여느 훌륭한 어머니처럼 그녀를 그곳으로 충실하게 데려가 주었다.

그곳에도 가게와 음식점이 많았다. 하지만 그것들은 누가 보더라도 캐시 양이 자주 가는 지역들에 있는 그것들처럼 설계가 우아하거나 설비가 잘 갖춰져 있지 않았다. 그것들은 B-모어의 쇼핑몰에 있는 가게나 음식점과 비슷했다. 사람들은 빈둥거리며 시간을 보내기 위해서가 아니라 가격과 음식이 좋아서 그곳들을 애용했다. 그 모두는 아주 훌륭했다. 이 사람들에게 차터 생활에의 진정한 참여 의식을 제공하겠다는 아이디어도 좋았다. 하지만 인도는 위생적으로 청소가 되어 있지 않았고 창가에 진열된 상품들은 꼼꼼하게 먼지를 털거나 윤을 낸 상태가 아니었다. 벽의 회반죽은 마감이 거칠었고 장식용 페인트의 칠은 서툴렀다. '공동 숙소' 역시 같은 수준이었다. 공동 숙소는 티코가 태어나서 자라고 자기 부모와 함께 생활하던 곳이었다. 그는 그곳에서 살다가 어떤 단체를 통해 고용되었다. 삼십 층 높이의 이 수수한 벽돌 건물들은 옷을 밖에 널 수 있는 유리 발코니를 갖춘 다세대 아파트였다. 건물들 주변으로 튼튼한 관목과 넓은 잔디밭이 둘러싸고 있었는데 세네카의 가장 아름다운 거리에서 볼 수 있는 꽃이 활짝 핀 과실수와 장식 정원과 예술적인 감각으로 고른 일년생 식물들과는 거리가 멀었다. 그래도 어느 모로 보나 그곳은 살기에 아주 근사한 장소였다. 우리 B-모어 사람들이 봤더라면 더할 나위 없이 만족스러워했을 법한, 일단 정착을 하게 되면 쉽게 떠나지 않을 것 같은 곳이라는 느낌이 오래도록 남았다. 물론 B-모어에 대해서도 똑같은 말을 할 수 있을 것이다. 하지만 우리는 이 모든 것이 시작되었을 때부터 실정이 이러했음을 안다. 우리는 그것을 뼛속 깊이 이해하고 있다. 우리는 대개가 형제자매들이고 다채로운 얘깃거리가 있는 과거를 공유하고 있으며 생산적이고 조직화된 노동 속에서 날마다 자부심을 느낄 수 있으므로. 우리는 우리가 없어지지 않고 가능한 한 깊이 뿌리를 내리고 있는 것을 행운이라고 여긴다.

그러나 공동 숙소의 또 다른 진실은—판이 처음 그것을 보고 왔을 때 티코가 그녀에게 말해 준 대로—그곳에서의 생활이 문 뒤에서 일어난다는 것이었다. 사람들은 거의 밖으로 나오지 않았고 교제도 하지 않았다. 그들은 우리와 달리 도처에서 온 사람들이었고 온갖 혈통의 후손들이었다. 그러나 그들의 이상적인 공동의 선을 위해서라고 하기에는 너무 지나친 듯 보였다. 그리고 거기에는 그들의 일적인 면에서의 보다 중요한 문제가 있었다. 티코와 그의 부모의 경우처럼 그들의 직업은 대개 비교대나 장시간 근무를 하는 서비스 직종, 가사 도우미나 개인 교사처럼 일대일 봉사 혹은 홀로 일하는 직종,

그리고 식당 종업원이나 마을 경비원 같은 직종이었다. 물론 아이들은 인근 학원에 모였지만, 얼마 안 되는 운동 팀이나 합창단이나 극단에는 자리가 부족했다. 그마저도 대부분은 마지막 종이 울리면 곧바로 공동 숙소로 돌아가서 어린 동생들을 돌봐야 했다. 몸이 건강한 모든 부모는 계속해서 오르는 집세와 식비와 학비를 감당하기 위해 일을 하고 있었으므로. 이사를 다니는 일부 사람들이 있기는 했지만 대부분의 사람들은 티코의 부모가 젊어서부터 그랬듯 그 공동 숙소를 떠나지 못했다. 중심가에서 가게를 연다거나 진짜 차터 아파트의 계약금을 마련하기 위해 저금을 한다거나 하는 모험적인 발상은 결코 할 수 없었다.

사실 캐시 양은 서비스 종사자들이 사는 마을에 들어가 본 적이 한 번도 없었다. 그녀가 그런 곳에 갈 일이 없지 않은가? 아무튼 그녀는 어떤 공동 숙소 옆에 있는 주차장에 주차를 했고 몇 분 지나서 그곳을 벗어나려고 차를 후진시켰다. 하지만 그때 판의 눈에 건물 뒤에 있는 텅 빈 놀이터가 들어왔다. 판은 그녀에게 함께 시소와 그네를 타 보고 싶다고 말했다. 캐시 양은 조금도 내키지 않는 표정을 지었지만 판이 간절히 원하는 것을 보고는 마지못해 동의했다. 캐시 양은 그 불쌍한 여자애가 그때까지 한 번도 놀이터를 보지 못했을 거라고 판단한 듯했다. 그렇게 해서 두 사람은 삐걱거리는 시소에 올라탔다. 캐시 양은 시소의 균형을 잡기 위해 중간 쪽으로 당겨서 앉아야 했다. 그러고 나서 두 사람은 그네를 번갈아 가면서 탔다. 판이 등을 밀어 주겠다고 우기는 바람에 캐시 양이 먼저 그네를 탔다. 판은 몸을 뒤로 한껏 빼서 썰매를 타는 사람처럼 앞으로 박차고 나가며 여자의 부드러운 엉덩이를 힘껏 밀었고, 여자가 하늘로 보다 높이 치솟도록 그녀의 아래로 고개를 숙이며 끝까지 밀었다. 캐시 양은 높은 지점에 이르렀을 때 와, 하고 함성을 질렀다. 그리고 그녀가 혼자서 두 다리를 흔들기 시작했을 때, 판은 재빨리 공동 숙소의 로비로 달려 들어갔다. 그곳에서 그녀는 캐시 양이 행복하게 자신의 몸을 허공으로 밀어 올리는 것을 볼 수 있었다. 그녀는 보 또는 리웨이라는 이름이 거주자 명단에 있는지 알아보기 위해 스크린을 두드려 이름들을 아래로 훑어 내렸다. 하지만 그의 이름은 없었다. 어떤 여자와 그녀의 아들이 승강기에서 내렸다. 판은 그녀에게 마을 공동 숙소 전체의 거주자 종합 명단을 불러와 줄 수 있는지 물었다. 여자가 왜 그러느냐고 물었다. 판은 이유를 밝혔다. 여자는 그게 가능할지 모르겠지만 노력은 해 보겠다고 말했다. 하지만 바로 그때 로비의 유리창을 다급하게 두드리는 소리가 그녀를 멈춰 세웠다. 캐시 양이었다. 그녀의 얼굴은 창백하게 변해 있었다. 그녀는 극심한 고통과 당혹감의 표정을 짓고 있었고 턱은 이제 격렬한 분노로 빳빳하게 힘줄이 서 있었다.

"난 네가 어디에 있는지 몰랐잖아!"

그녀는 유리창 너머로 자기 목소리가 똑똑히 들리도록 그렇게 소리쳤다. 그녀는 로비로 들어와 스크린을 짚고 있는 판의 손을 움켜잡으며 말했다.

"그건 건드리지 마."

그녀는 판을 차가 있는 곳으로 끌고 갔다.

집으로 돌아왔을 때, 그들은 몸을 씻어야 했다. 이와 같은 일이 처음은 아니었지만 이제 캐시 양은 판이 얼마나 보 리웨이를 찾고 싶어 하는지 정확히 알게 되었다. 판의 이마는 여전히 기대감으로 긴장이 되어 있었다. 말라는 깨끗한 수건과 알갱이가 점점이 박힌 녹색 세탁비누 하나를 가져오라는 지시를 받았다. 말라가 자리를 비운 동안 캐시 양은 물이 뜨거워질 때까지 부엌의 채소용 싱크대에 물을 틀었다. 우선 그녀는 판의 양손을 끌어당겨 그녀의 손과 판의 손을 물로 적셨다. 그러고 나서 그녀는 타일 솔로 손바닥과 손등을 문질렀고 손가락을 펼쳐 손가락 사이사이를 문질렀다. 그녀는 마치 의사라도 된 양 손톱 밑을 문지를 때에는 다른 솔을 사용했다. 손가락 사이를 문지르고 나서 다시 손바닥을 문지르더니 팔뚝부터 팔꿈치까지 꼼꼼하게 문질렀다. 비누가 도착했을 때, 그녀는 준비가 된 불그스름한 피부에 비누 조각을 온통 문질렀다. 피부는 이제 더 보드랍고 연해졌다. 처음 솔로 문지를 때보다는 덜했지만 피부가 많이 따끔거렸다. 캐시 양은 거품이 충분히 일어날 때까지 비누로 문지르고 나서 김이 피어오르는 물을 끼얹어 거품을 씻어 냈다. 그러고 나서야 그녀는 말라에게 손과 팔뚝을 수건으로 닦아 주도록 했다. 말라가 세탁을 하려고 수건들을 가져가 버렸을 때, 판은 자신의 몸에서 송유(松油)와 비눗물과 보들보들한 생살을 가진 아기의 냄새가 한데 뒤섞인 독특한 향기를 맡을 수 있었다.

그 뒤로 그들은 그 공동 숙소에 두 번 다시 가지 않았지만 오후 나들이에서 돌아올 때면 빼먹지 않고 이런 의식을 치렀다. 캐시 양은 서비스 종사자들의 마을에 다녀온 일에 대해서나 그곳이라고 다를 것은 전혀 없다는 식으로는 조금도 언급하지 않았다. 그리고 그들이 오직 자주 가던 가게와 식당에만 갔다 왔음에도, 집으로 돌아와서 일단 쇼핑백을 내려놓으면 그들은 소매를 걷어붙이고 뜨거운 수돗물을 틀어야 했다. 말라가 비누와 수건을 가지러 가는 동안 캐시 양은 싱크대 아래에서 솔들을 꺼냈다. 로비에서의 그 짧은 시간이 있은 뒤로 잠잠하던 회로가 다시 복구된 것 같았다. 그 잘못이 활력을 되찾은 여자의 기분이나 다른 일상을 눈에 띄게 변화시킨 것은 아니었지만 적어도 이 어김없는 활동만큼은 촉발시켰다. 판은 한마디도 하지 않고 순순히 따랐다. 그녀는 캐시 양이 그러는 것처럼 자신의 피부를 힘차게 문질렀다. 비록 그런 행동이 그녀를 처벌하기보다는 그 여자를 일깨우기 위한 것으로 보였지만 그럼에도 불구하고 캐시 양의 눈은 빛나지도 생기가 있지도 않았다. 판은 고통스러웠고 그 고통은 시간이 지날수록 더욱 악화되기만 했다. 솔이 무척 따가웠지만 판은 기대를 차단하는 일에 마음을 모았고, 그러면 감각 자체를 견뎌 낼 수 있었다. 사실, 제대로 묘사한다면 그녀는 자신이 상처를 입고 있다기보다는 연마가 되고 있다고 생각했다. 리웨이의 어떤 흔적도 보이지 않았고 그를 찾을 수 있는 다른 방도가 없었지만 오히려 그를 찾아내고야 말겠다는 판의 결의는 점점 더 강렬해지고 있었다. 그녀는 자신에게 필요한 것은 오직 시간이라는 것을 분명히 깨닫고 있었다. 그리고 이제 레오 씨가 가장 잘 이해하고 있는 그 시간은 그 집에서 충분했다. 세 사람 가운데 가장 괴로워 보이는 사람은 바로 말라였다. 그녀는 그들이 씻는 것을 도와줘야 했고 캐시 양이 예전에 다른 모든 여자애들에게 했던 일들을 언제쯤 반복하게 될지 궁금해하며 그냥 곁에서 자리를 지켜야만 했다.

어느 날 저녁 식사를 마치고 판이 간식을 곁들여 차를 마시며 말라와 티코와 함께 앉아 있었을 때, 캐시 양이 부엌에 나타났다. 그녀는 예전에도 밤에 집무실에서 자기가 좋아하는 프로그램을 시청하다가 그런 식으로 나타났었다. 그녀는 손에 리모컨을 들고 있었다. 말라는 그 모습을 보더니 더 이상 작동이 되지 않는 충전기를 집무실에서 치운 것에 대해 즉각 사죄했다. 그녀는 아침에 새로운 충전기가 배달될 거라고 하면서 캐시 양이 원하면 당장 전화를 해서 오늘 밤에 배달이 되도록 하겠다고 말했다. 하지만 캐시 양은 그런 것에는 조금도 관심이 없었다. 그녀는 부엌 식탁에서 쫀득쫀득한 빵 한 접시를 앞에 두고 앉아 있는 판을 마치 끔찍한 범죄를 저지르기라도 한 것처럼 이글거리는 눈으로 바라보고 있었다.

"우리가 저녁을 먹은 뒤로 줄곧 여기에 있었어?"

"네. 제가 종종 설거지를 도와주거든요."

판이 말했다.

"난 네가 방으로 돌아가서 공부를 하거나 텔레비전을 보고 있을 거라고 생각했어. 항상 방에 있는 모습만 봐서."

판은 대개는 이 시간쯤에 방에 들어가 있었다고 말했다. 그때 티코가 레오 씨에게 목욕을 시켜 드려야겠다며 자리에서 일어섰다.

"난 네가 방에 있다고 생각했어."

캐시 양은 대화를 공식적으로 종결시키는 날카로움이 깃든 말투로 그렇게 말했다. 그녀는 아일랜드 식탁 위에 리모컨을 떨어뜨리고는 가 버렸다.

판이 자기 침실로 올라갔을 때, 캐시 양은 이미 그곳에서 그녀를 기다리고 있었다. 대개 캐시 양은 방에 들어와서 침대에 앉아 판이 하고 있던 것, 즉 판이 하고 있던 공부나 그녀가 시청하고 있던 프로그램에 대해 짤막하게 얘기를 나누었다. 하지만 둘이 오래 얘기를 나누지는 않았다. 그녀는 판이 털어놓는 구체적인 것들에는 별로 관심이 없었다. 말라도 항상 그랬다. 그것은 그저 각자 침대에 들어가기 전에 잠시 대화를 나누는 그런 것이었다. 엄마가 자기 아이가 편안하고 행복하고 잠자리에 들 준비가 되어 있는지 확인하기 위해 아이의 방에 잠깐 들어와 보는 것. 물론 캐시 양이 판의 몸에 손을 대는 일은 여전히 드물었지만 판의 몸이 최대한 깨끗하도록 손, 손톱, 치아, 머리카락, 발바닥, 그리고 심지어 발가락까지 꼼꼼히 점검했다. 사실 캐시 양은 처음으로 판의 몸을 북북 문질러 씻겨 주었던 일을 제외하면 거의 한 번도 그녀의 몸에 손을 대지 않았다. 판의 몸을 어루만지거나 포옹하는 일도 전혀 없었다.

하지만 그날 밤에는 달랐다. 캐시 양은 판에게 다가오라는 손짓을 하더니 그녀를 껴안았다. 심지어 판의 이마에 키스까지 했다. 그녀의 입술은 메말라 있었고 시원했다. 그녀는 아주 오랫동안 판을 자기 가슴에 품고 있었다. 그러더니 그녀는 한 걸음 뒤로 물러나서 판을 바라보았다. 판이 보기에 그녀의 눈빛은 만족감과 뿌듯함으로 가득했다.

"우리는 마침내 서로에 대해 알게 되었어. 그렇지 않아?"

캐시 양이 말했다.

"그래요."

판이 대답했다.

"우리는 행복하길 원해. 그렇지?"

판은 고개를 끄덕였다.

"최고로 행복했으면 좋겠지?"

다시금 그녀는 고개를 끄덕였다.

"판, 우리가 어떻게 해야 그렇게 될 수 있는지 알아?"

"모르겠어요."

판은 그렇게 대꾸하고 나서 여자의 눈빛이 너무 강렬하여 뒤로 한 걸음 물러섰다.

"행복해지는 법은 항상 똑같아. 너는 어리지만 난 네가 그것을 알고 있다고 생각해. 이렇게 하면 돼. 우리는 우리의 특별한 장소를 만드는 거야. 우리만의 작은 공간 말이야. 우리의 작은 세상. 우리가 하나의 마음과 감정으로 살 수 있는 곳. 무슨 말인지 이해하겠어?"

판은 알겠다고 말했다. 하지만 이번에는 눈으로만 대꾸를 했다.

"판, 넌 정말이지 이곳에서 너무나 잘해 왔어!"

캐시 양은 갑자기 앞으로 튀어나와 그녀를 꽉 껴안았다. 너무 꽉 껴안아서 판은 거의 실신을 할 정도였다. 판의 얼굴은 여자의 풍만한 젖가슴 사이에 꽉 끼어 버렸다. 여자의 젖가슴에서는 시큼하고 눅눅한 냄새가 났다.

"난 네가 너무나 자랑스러워. 네가 이곳에 온 뒤로 모든 게 달라졌어!"

판은 그녀가 레오 씨에 대해 언급하고 있다고 생각했다. 자기 덕분에 캐시 양이 무언가를 결국 하게 된 것은 사실이었지만, 감정이 고조되어 거의 엉망이 되다시피 한 여자의 표정을 보고 있노라니 판은 여자가 무슨 뜻으로 그런 말을 하는지 확신할 수 없었다.

캐시 양은 그녀에게 자신의 '친구들' 가운데 하나를 가져가고 싶은지 물었다. 흥청망청 쇼핑을 하면서 판을 위해 사 온 많은 인형들과 봉제 동물 인형들 가운데 하나를 가지고 싶으냐는 뜻이었다.

"우리가 어디로 가는데요?"

판이 물었다.

"나의 집으로. 넌 아직 그곳에 가 본 적이 없지만 난 네가 그곳을 좋아할 거라는 것을 알아. 우리는 너를 위한 특별한 공간을 가지고 있어."

캐시 양이 말했다.

판은 고개를 가로저었지만 캐시 양은 그것을 보지 못했다. 어쩌면 보고 싶지 않은지도 몰랐다. 캐시 양은 그저 판의 어깨를 감싸 쥐고 집의 저쪽 끝까지 함께 걸었다. 거기에는 그녀와 레오 씨의 스위트룸이 있었다. 두 사람은 각자의 스위트룸을 쓰고 있었는데 각각의 방에는 이중문이 달려 있었다. 캐시 양이 문손잡이를 거머쥐자 찰칵, 하는 소리가 났다. 그들은 오른쪽 문으로 들어갔다. 그들 뒤에서 문은 자동으로 잠겼다. 스위트룸은 여러 개의 작은 방을 갖춘 거대한 방이었다. 첫 번째 방에는 2인용 안락의자와 몇 개의 평범한 안락의자, 그리고 커피 테이블이 갖춰져 있었다. 그 옆에 있는 방은 침실이었는데 캐시 양의 킹사이즈 침대는 값비싼 리넨과 많은 양의 장식용 쿠션과 베갯잇으로 꾸며져 있었다. 침대 너머에는 커튼이 드리워진 유리문이 있었다. 판은 유리문 뒤쪽에 옷 방과 욕실이 있을 거라고 추측했다. 캐시 양은 그녀를 데리고 침대 건너편으로 돌아갔다. 침실의 저쪽 끝에는 낮은 강철 플랫폼 위에 어린아이의 매트리스가 얹혀 있었다. 매트리스는 길이가 너무 짧아서 판의 두 발이 가장자리 너머로 삐져나올 정도였다. 그것은 매우 평범하게 만들어진 침대였다. 하얀 시트 한 장과 얇은 회갈색 플란넬 담요뿐이었다. 그것은 그 옆에 있는 엄청나게 크고 화려한 침대와 특히 대조를 이루어 처벌을 받는 사람의 침대처럼 한없이 초라해 보였다.

캐시 양은 그것을 보고 너무 기뻐서 눈물을 글썽거렸다.

"여기가 네가 지낼 곳이야."

그녀는 환하게 웃으며 말했다.

"내 바로 옆에서 지낼 거야. 앞으로 사흘 동안은 너하고만 지낼 거야. 너무 좋을 것 같아."

"저는 제 방에 있는 게 더 좋아요."

판이 말했다.

"그게 아니면 말라와 함께 아래층에 있는 것도 좋고요."

"이제 그건 더 이상 불가능해. 여기가 네가 지낼 방이야. 우리는 너를 곁에 두고 싶어."

캐시 양이 말했다.

"우리라면 당신과 말라를 말하는 건가요?"

"말라?"

캐시 양은 완전히 싸늘해진 목소리로 말했다.

"말라와는 전혀 관계가 없어."

그때 커튼이 드리워진 유리문 뒤에서 킬킬거리는 웃음소리가 들려왔다. 작게 문을 두드리는 소리가 났다. 캐시 양이 말했다.

"응, 들어와."

문이 열렸다. 말라의 뷰어에 있던 여자애들 가운데 하나였다. 여자애는 사진에 나와 있는 것보다 몇 살은 더 나이가 들어 보였다. 그녀는 깃이 수놓아진 단순한 흰색 잠옷용 셔츠를 입고 있었다. 구식의 수수한 옷이었다. 두 번째 여자애가 똑같은 옷을 입고 나왔는데 첫 번째 애보다 키가 훨씬 컸고 나이도 더 들어 보였다. 그러고 나서 다른 여자애가 그 뒤를 따르더니 그다음 여자애가 나왔다. 그렇게 해서 판이 사진첩에서 보았던 여자애들 일곱 명이 모두 모습을 드러냈다. 그중 일부는 이제 완전히 성숙한 여자가 되어 있었다. 덩치도 가장 나이가 어린 여자애보다 두 배 가까이 더 컸다. 하지만 그들 모두에게는 어떤 차이가 있었다. 단순히 나이의 문제가 아닌. 그들 모두의 눈은 크고 모양이 같았다. 뒤쪽이 반원형으로 된 음악당처럼 반달 모양의 눈알은 어두웠고 눈동자는 갈색이었다. 이제 그들 모두는 어깨를 들썩이며 키득키득 웃고 있었다. 높은 웃음소리가 깜찍하고 달콤하게 들렸다. 그들은 하얀 이를 드러내며 판의 주변으로 모여들었다. 그들에게서는 옷을 세탁해서 막 건조시킨 냄새가 났다. 그리고 이제 그들 가운데 하나가 판의 얼굴을 부드럽게 어루만지자 다른 애들은 그녀의 머리카락을 만졌다. 나머지 애들은 그녀의 양팔과 양손을 움켜잡더니 그 즉시 그녀의 몸을 휘감아 번쩍 들어올렸다.

# 17

우리가 판의 이야기를 할 때마다 구체적인 내용이 변하는 경향이 있다. 그것은 여러분이 사건의 본질을 바꾸려는 의도를 가지고 있다는 말이 아니다. 사실, 여러분의 의도는 그와 정반대이다. 여러분은 완벽하게 대단한 일을 해낸 이전 발설자의 말을 그대로 옮기려는 의도밖에 없다. 그러나 자신이 들은 이야기, 어떤 사건의 이면과 남들이 수군거리는 소리까지 완벽하게 옮기려고 아무리 애를 쓴다 해도 그건 힘든 일이다. 이야기에 충실하려고 해도 자기 나름대로 이야기를 풀어내고 싶은 충동, 심지어 이야기에 반항하고 싶은 충동이 어느 순간 일어나는 것이 사실이므로.

물론 그런 순간은 여러분이 어떤 사람인가에 따라 달라질 것이다. 다른 모든 사람들과 마찬가지로 우리는 신경을 건드릴 수 있는 특정한 사건에 민감하게 반응한다. 예를 들어, 캐시 양의 여자애들이 판을 둘러쌌다는 말을 듣게 되면 우리는 다른 보통 사람들처럼 깜짝 놀란다. 딱딱한 매듭 같은 것이 즉각 우리의 가슴 속에서 배배 꼬이는 것이다. 그리고 우리는 우리 자신의 특별한 자국, 아주 작은 언급을 불가피하게 추가하지 않을 수 없다. 그런 감정이 충분히 강렬하면 약간의 각색, 심지어 그보다 더한 것까지 덧입혀 진실에서 벗어날 때가 있다.

우리가 판의 앞선 마지막 상황을 머릿속에 그릴 때 드는 생각은 걱정이나 두려움이나 혐오감뿐만이 아니라 이런 예상 밖의 모임에 대한 매혹이다. 그런 모임은 이제 우리가 확신하고 있듯 사람들이 생각하는 것만큼 판을 불안하게 만들지 못했다. 왜 그랬을까? 여자애들은 그녀에게 친절했을 뿐이었다. 여자애들이 나타나 그녀를 신속하게 커튼 뒤에 있는 그들의 방으로 옮길 때에는 판도 분명 놀랐다. 여자애들은 판이 그녀가 입고 있던 평범한 옷 대신 그들과 똑같은 잠옷용 셔츠로 갈아입는 것을 도와주었다. 그들은 심지어 새 칫솔에 치약을 짜서 그녀의 손에 쥐여 주기까지 했다. 그들은 그녀의 머리를 빗어 주고 그녀의 발을 씻어 주고 과일 향이 나는 달콤한 향수를 그녀의 몸에 살짝 뿌렸다. 그녀는 캐시 양의 침대 옆에 놓인 침대에서 며칠 동안 잠을 자고 나서 그들과 함께 생활하게 될 것이었고, 그 뒤에 그들과 밤마다 돌아가면서 바깥 침대에서 잠을 자게 될 것이었다.

캐시 양은 자기 방에서 혼자 잠을 잘 때에 제대로 잠을 이룰 수 없었던 것이 분명했다. 그리고 그녀가 충분한 휴식을 취하지 못하면 그 다음날은 그녀의 기분이 축 가라앉기 때문에 매우 힘든 하루가 되는 경우가 많았다. 그 때문에 여자애들은 판을 당장 캐시 양에게 데려오게 되었을 것이었다. 캐시 양은 이미 자기 침대에 들어가 눈가리개를 착용하고 있었다. 판은 방의 기온이 아주 낮다는 것을 깨달았다. 에어컨이 천장의 통풍구로 차가운 공기를 끊임없이 쏟아 부었다. 그녀는 전등을 끄고 아주 작은 침대의 팽팽한 시트와 담요 밑으로 미끄러져 들어갔다. 침대 가장자리 너머로 두 발이 삐져나오지 않게 하려면 옆으로 돌아누워 두 무릎을 약간 끌어당겨야 했다. 면으로 된 잠옷용 셔츠가 얇은 데다 시트가 풀을 먹어 빳빳하고 차가워 몸을 부들부들 떨지 않으려면 어차피 그런 자세를 취할 수밖에 없었다. 캐시 양은 솜털을 두둑하게 넣어 푹신한 이불을 덮고 있었다. 판은 자기 몸이 꽁꽁 얼어붙을 지경이 되어 어쩔 수 없이 큰 침대 속으로 기어 올라가게 될지도 모른다는 생각을 했다. 사실 거의 밤새도록 여자는 몸을 꿈쩍도 안 했다. 판은 견딜 수 없을 정도의 차가운 기온과 깊은 경계심 때문에 잠을 이룰 수 없었는데 그래서 여자의 움직임을 관찰할 수 있었다. 이제 이 앞에 어떤 변태적인 사건이 펼쳐져 있을까? 어떻게 방어해야 할까? 어떻게 하면 당장 그곳을 벗어날 수 있을까? 판은 시나브로 경계심이 느슨해지고 의식을 잃어 가면서 말라에 대해 생각하고 있었다. 그 여자가 보여 준 친절과 연민이 혹시 완전히 기만적인 모습은 아니었을까? 일시적인 우정을 보여 주려고 그녀가 연출을 한 것은 아니었을까? 일부러 침대 옆에 뷰어를 놓아 두어 접근을 유도한 것은 아니었을까?

하지만 캐시 양은 밤에 판을 깨웠다. 그녀가 어깨를 가볍게 끌어당기는 바람에 판은 잠에서 깨어나 자기를 내려다보고 있는 여자를 발견하고는 본능적으로 몸을 둥글게 말았다. 침실은 달빛 때문에 희미하게 드러나 있었다. 캐시 양의 얼굴 표정은 송장 먹는 귀신처럼 생명이 없는 듯했지만 무언가를 갈구하고 있었다. 눈은 반쯤 감겨 있었고 입은 늘어져서 약간 벌어져 있었다. 하지만 여자가 했던 행동이라고는 판의 몸을 쿡 찔러서 옆으로 밀쳐 낸 것밖에 없었다. 판이 침대에서 밀려 나와 자리에서 일어서는 순간 캐시 양은 그녀 대신 자리를 차지했다. 여자는 심지어 판의 변변치 않은 담요까지 빼앗았다. 그녀는 그걸로 자신의 몸을 감싸더니 단단한 공처럼 몸을 둥글게 말았다. 이불에 자신을 몸을 맞추려면 그렇게 할 수밖에 없었다. 그녀는 몸을 소용돌이처럼 둥글게 말고서 듣기 좋은 소리를 냈다. 판은 무엇을 어떻게 하면 좋을지 몰랐다. 잠시 뒤에 그녀는 거대하고 높은 침대로 기어올라 두꺼운 이불 속으로 들어갔다. 이불 속은 캐시 양이 머물렀던 곳이라 여전히 따스했고 눅눅했다. 보송보송한 베개에는 파우더와 얼굴 크림의 꽃향기가 배어 있었다. 판은 이불 속으로 들어간 지 일 분도 채 안 되어 잠에 곯아떨어졌다. 그녀가 다음번에 몸을 뒤척였을 때는 어느새 아침이었다. 작은 침대에 누워 있던 캐시 양은 어디로 갔는지 보이지 않았고 여자애들이 판을 빙 둘러싸고 있었다. 여자애들은 흥분한 목소리로 재잘거리며 판의 몸을 어루만지다가 그녀를 곧장 그들의 방으로 옮겨 갔다.

그들은 아주 크고 통풍이 잘되는 방의 한복판에 놓인 원형 소파에 그녀와 함께 앉아, 1번부터 7번까지 번호대로 자신들을 소개했다. 판은 그들의 번호를 당장 알아맞힐 수 있었다. 그 집에 들어온 순서와 나이에 따라 번호가 매겨지는 것이기 때문이었다. 1번이 나이가 가장 많았고 번호가 넘어갈수록 나이가 점점 어려졌다. 처음에는 그들의 똑같이 고친 눈 때문에 번호를 알아맞히기가 어려웠다. 판은 여자애들과 남자애들이 그들이 가장 좋아하는 일본 만화 영화 등장 인물들과 비슷하게 보이기 위해 그렇게 한다는 얘기를 아주 오래전에 들었지만 실제로 그렇게 한 것을 본 적은 없었다. 듣자하니 이곳에 도착하고 얼마 되지 않았을 때 1번과 2번 여자애가 캐시 양에게 눈을 고쳐도 되는지 물었고, 그다음에 들어온 여자애들도 차례로 도착한 직후에 눈을 고치고 싶어 했다. 그들의 별나게 큰 눈은 마치 구조와 동료만을 갈망하는 어떤 강아지나 암사슴처럼 그들이 깊고 세심하게 주의를 기울이고 있는 듯 보이게 만들었다. 하지만 커다란 갈색 눈동자에는 동경하는 마음이 가득 차 있기도 했다. 마치 그들이 항상 찾아 헤매는 누군가 혹은 무언가에 대해 조용히 갈망하듯.

그들의 이름에 관해 말하자면 그들은 전에 본래의 이름을 가지고 있었지만, 언젠가 그들 중 셋만 남아 있었는데, 문득 가깝고 먼 과거의 흔적을 떨쳐 버리고 그들 자신만으로 채워진 이 방의 세계를 새롭게 시작하는 것이 최선인 것처럼 보였다. 물론 그 세계는 캐시 양에 단단히 기반을 두고 있었다. 캐시 양은 좀처럼 방 안으로 들어오지 않았지만 항상 그들 중 하나를 밤마다 받아들였다. 판에게 일어난 일은 매일 밤마다 벌어지는 일이라고 5번 여자애가 말했다. 캐시 양은 잠자리를 바꾸기 위해 어느 시점이 되면 자리에서 일어났다. 그녀는 밤마다 악몽을 꾸었고 잠에서 깨어났는데 그러고 나면 방금 여자애가 빠져나간 침대의 냄새와 여자애의 체온을 느껴야만 다시금 잠에 빠져들 수 있었다.

여자애들은 레오 씨에게 벌어진 일을 모르고 있는 것처럼 보였다.

판은 아무런 얘기도 하지 않았다. 아마도 그런 소식이 너무 큰 혼란을 안겨 줄까 봐 걱정이 되어 그랬을 텐데, 단순히 그녀의 과묵한 성격 때문이었을 수도 있다. 분명한 것은 그녀가 거부감 없이 그들 집단에 합류했다는 것이다. 유일한 걱정은 그들이 그녀도 자신의 눈을 고치기를 원할 거라고 함부로 추측하는 것이었다. 하지만 어느 누구도 그 문제에 대해서는 언급하지 않았다. 그들은 새로 들어온 사람, 새 자매를 받아들이게 되어 마냥 기뻐하는 듯 보였다. 그들이 자신들이 가장 좋아하는 번호인 8번 자매가 되겠느냐고 물었을 때 판은 그들이 원하는 대로 하도록 내버려 두었다.

물론 방에는 그녀를 위한 여덟 번째 침대가 벽을 따라가다가 마지막 자리에 이미 마련되어 있었다. 모든 침대들은 캐시 양의 침대 옆에 놓여 있던 그것과 똑같았다. 하얀 시트 위에 얇은 플란넬 담요가 놓여 있었는데 마찬가지로 턱없이 작은 크기였다. 침대마다 발치에 검정색 플라스틱 바퀴가 달린 작은 흰색 플라스틱 서랍장이 놓여 있었고 그것은 속옷과 양말, 약간의 세면도구를 담을 수 있을 정도의 크기였다. 어쩌면 몇 가지의 보석류와 여분의 잠옷용 셔츠까지 담을 수 있었다. 막사처럼 보일 수도 있었는데 커다란 정사각형의 그 방은 유리창이나 천장의 채광창이 없는데도 불구하고 밝았고 신선한 냄새가 났다. 이것으로 이제 차고 위의 담쟁이덩굴로 뒤덮여 있고 넓은 곡물 창고처럼 보이던 너른 공간이 설명된 셈이었다. 판은 그곳이 개인용 체육관이나 그와 비슷한 장소일 거라고 추측했었다. 각 침대 옆에 놓인 탁자 위 전등뿐만 아니라 아치형 천장에 박혀 있는 수많은 붙박이 장식들 덕분에 방은 빛이 들어오지 않아도 아주 환했다. 하얀 카펫이 방바닥을 완전히 덮고 있었는데 그것은 어떤 동물의 허연 가죽처럼 보였다. 동물의 털이라고 보기에는 좀 더 색조가 진했는데, 판은 나중에 그것이 많은 양가죽을 하나하나 이어 붙여 만든 카펫이라는 것을 알았다. 한 무리의 양에서 나온 가죽으로 보였다. 그녀는 살아 있는 양을 본 적이 한 번도 없었다. 그래서 그것들이 이런 식으로 보일 수도 있다는 것을 알지 못했다. 발에 닿는 카펫은 놀라울 정도로 부드러웠다. 그들은 맨발로 돌아다녔기 때문에 나쁘지 않았다. 한 개 반 정도의 벽 패널이 천장에서 바닥까지 칠이 되어 있는 것만 제외하면 기본적으로 네 개의 넓은 벽 역시 흰색이었다.

판이 계속해서 눈여겨보고 있었던 것은 바로 그 칠이 되어 있는 벽 패널이었다. 거기에는 무언가 이상한 구석이 있었다. 여자애들은 그녀에게 그것을 서로 보여 주려고 경쟁을 벌이면서 즐거운 표정으로 킥킥거렸다. 그것은 자신들의 작품이라고 3번 여자애가 말했다. 어깨가 넓고 치아가 반짝반짝 빛나는 여자애였는데 그들 가운데 목소리가 가장 귀에 거슬렸다. 깨어 있는 시간에는 대부분 그런 일을 하면서 시간을 보낸다고 그녀는 말했다. 방의 한복판에서는 어떤 특정한 이미지나 모양도 알아볼 수가 없었다. 사실 그 벽은 판에게 흐릿한 청갈색으로 보였다. 문양이 아무렇게나 교차하고 있었고 군데군데 좀 더 밝은 색조가 드러나 있었다. 정말 하루의 대부분을 거기에 쏟고 있다면 그것은 벽을 칠하는 데에 가장 특이하고 가장 속도가 더딘 방법일 것이었다. 칠을 마친 부분의 가장자리에는 발판 사다리 몇 개가 놓여 있었다. 판은 그것들을 향해 표류하듯 나아갔지만 3번 여자애는 커튼이 드리워진 유리문 근처의 모서리에서 '시작'해야 한다고 주장했다.

판이 가까이 다가가자 작품의 성격이 명확해졌다. 어떤 면에서 그것은 기적적이었다. 우리는 판과 레그의 모습을 담은 그림이 지난 두어 달 동안 B-모어의 벽에 갑작스럽게 등장했다는 사실을 언급한 적이 있다. 광고판 크기의 두 사람 초상화는 대개가 단순했고 조잡했다. 최근에 등장한 것은 추상적이거나 초현실적인 그림으로, 울고 있는 연인의 손 한 쌍이라든가 연못 잉어의 쩍 벌린 입, 또는 어떤 빛 아래에서 보면 거대한 곪은 상처처럼 보이는 꽃이 피어나는 그림 등이었다. 우리는 이제 그 모든 것이 B-모어를 거닐다 보면 당연히 만나게 되는 풍경이라고 여기기 시작했다. 그것들은 결국 회반죽이나 벽지로 뒤덮이게 되었는데, 만약 한 개인의 표현들이 우리의 마음속에 영원히 남지 않게 되면 부활할 준비를 끝마친 그 표현들은 억제할 수 없는 욕구가 된다.

하지만 욕구는 여자애들의 작품에서 몇 배로 늘어났다. 작품은 거의 4미터 높이의 벽을 꼼꼼히 메웠다. 그들이 사용한 것은 페인트가 아니라 여러 가지 색상의 매직펜이었다. 캐시 양은 매직펜을 무한대로 제공했다. 판은 무엇이 그려져 있는지 알아보기 위해 바짝 다가서야 했다. 그것은 기본적으로 그들의 생활 이야기였다. 함께 있는 그림도 있었고 각자 떨어져 있는 그림도 있었다. 벽화가 처음 시작된 것은 1번과 2번 여자애만 있었을 때였다. 그래서 당연히 일본 만화영화 방식으로 그려진 초기의 그림들은 1번과 2번 여자애의 아주 어릴 적 모습을 보여 주고 있었다. 첫 번째 장면은 잠옷용 셔츠를 입은 여자애 둘이 매직펜을 손에 들고 방의 구석자리에 쪼그려 앉아 있는 그림이었다. 여자애들은 벽을 가볍게 두드리고 있었으며, 무릎을 꿇고 있는 동안 그들의 발바닥의 피부에는 많은 잔주름이 생겨 있었다. 그들이 그린 그림은 자신들이 무릎을 꿇고 있는 바로 그 장면이었지만 그림 속의 그들은 실제의 그들보다 매우 작았다. 나머지 장면들의 크기도 작았다. 그것들은 어린 여자애의 양쪽 어깨 사이의 폭보다 더 넓지 않았고 키는 여자애의 절반 정도에 불과했다. 벽의 거대한 패널과 비교했을 때 그것은 들판에 찍힌 발자국만큼이나 작았다. 그들은 작업을 시작하기 전에 이것이 길고 지루한 작업이 될 거라는 것을 이해하고 있었던 것 같았다.

그들은 다음과 같은 방식으로 작업을 했다. 1번과 2번 여자애(지금은 6번 여자애가 함께하고 있다)가 희미한 연필로 자기네 삶의 특정한 순간들을 스케치한다. 예를 들면 본래의 가족과 헤어지거나 가족을 잃어버린 장면, 그들이 이 집에서 일하기 위해 세네카로 건너온 장면, 새로운 여자애들이 하나씩 도착한 장면, 말라와 함께 일한 여자애가 나중에 나머지 여자애들과 함께 살기 위해 캐시 양의 스위트룸으로 올려 보내지는 장면 등이다. 장면들은 비좁은 기둥을 따라 바닥에서 꼭대기로 올라가면서 그려지고 꼭대기까지 이르면 다시 아래로 내려오면서 그려진다. 그런 식으로 오르내리면서 장면들은 이어진다. 장면들은 경계나 다른 틀로 구분이 되어 있지 않고 서로가 절묘하게 연결되어 있다. 모든 테두리, 배경이나 형태가 그다음 장면과 자연스럽게 이어져 전체가 끊임없이 출렁이며 밀려오는 하나의 파도처럼 보인다.

작업의 질은 매우 인상적이었다. 그것은 B-모어 쇼핑몰에서 주기적으로 상영되는 여느 만화 영화들처럼 세련된 모습이었다. 인물과 사물과 배경은 단순히 올바른 비율과 시각으로만 그려진 게 아니라 존재감과 감정까지 풍부하게 표현되어 있었다. 물론 레오 씨가 등장하는 장면들은 침울한 분위기를 풍겼지만 그렇다고 그러한 장면들이 작품의 질적인 면에서 수준 낮게 표현되어 있는 것은 아니었다. 그가 등장하는 부분에서 주목할 만한 것은 그의 모습이 전체적으로 그려져 있지 않고 암시적으로 또는 부분적으로 그려져 있다는 사실이었다. 예를 들어, 한 장면에서 여자애들 가운데 하나가 부엌에서 냅킨을 다리미질하고 있었고 그녀의 뒤쪽 선반 위에는 여러 개의 와인 잔이 일렬로 진열되어 있었는데 잔의 불룩한 배들에 그의 눈이 반짝이고 있었다. 다른 장면에서는 3번 여자애가 속을 두툼하게 채운 의자의 앉는 부분을 진공청소기로 청소하고 있었는데 의자의 팔걸이가 그의 팔(통통한 분홍 손가락까지)과 흡사해 보였다. 레오 씨의 입가에는 보통 오후 5시경에 수염이 거뭇거뭇 자라 있었는데, 패널 속 그의 두껍고 여성스러운 입술 사이로 "여기."라는 말이 흘러나오고 있었다. 그리고 그의 얼굴을 보여 주는 몇 개의 장면은 단체 초상화의 형태로 나타나 있었다. 그들의 수는 여자애가 도착할 때마다 늘어났다. 모두가 잠옷용 셔츠를 입고 있었고 맨발 차림인 데다 너무나 솜씨 있게 순간을 포착했기 때문에 그들의 자세만 가지고 서로를 구분할 수 있었는데, 각 여자애들의 얼굴 자리에는 그들의 얼굴이 아닌 레오 씨의 무표정하고 한때 잘생겼었던 얼굴이 들어가 있었다. 이제 그의 얼굴은 일렬로 반복되어 있었다.

그것들은 가장 최근에 그려진 것들로, 가장 마지막으로 그린 그림은 연필로 스케치만 되어 있었고 그림들의 앞에는 높고 낮은 사다리들이 놓여 있었다. 판의 뒤에 있는 장면들은 채색이 되어 있었는데, 6번 여자애가 판을 그들의 집단 속에 그려 넣었다. 열일곱이나 열여덟 살쯤 되었을 것 같은 그 여자애는 두꺼운 안경을 끼고 있었고 윗입술 위로 검은 머리카락의 그림자가 희미하게 드리워져 있었지만 그것들이 그녀의 빼어난 미모, 특별히 검고 반짝이는 눈과 높고 날카로운 뺨을 가릴 수는 없었다. 그녀는 뛰어난 재능을 지니고 있었다. 하얀 공백 위를 빠르고 자신감 있게 움직이는 그녀의 손은 마치 작은 스케이트 챔피언 같았다. 그녀의 손에서 다른 여자애들은 거의 순식간에 그들의 현재 크기와 모습으로 나타났다. 여자애의 짧지만 깊이 있는 관찰을 받고 나서 판 역시 즉시 그림 속에서 새롭게 태어났다. 두 발의 벌어진 각도와 자그마한 두 손, 그리고 그녀의 단발머리가 그림 속에서 정확하게 되살아났다. 잠깐 동안 6번 여자애는 그들의 얼굴을 그대로 내버려 두고 대신 배경을 꾸미는 작업에 몰두했다. 여자애들의 잠옷용 셔츠의 시트 천처럼 화려하고 섬세하게 세공된 세부적인 것들은 평범했다. 그것이 생명을 띠었을 때, 판은 그것이 수중 정원이라는 것을 알 수 있었다. 무성하게 자라 서로 뒤엉켜 있는 해초들이 보였다. 어금니가 두드러진 물고기와 머리가 여러 개 달린 장어와 뚱뚱한 군함새 같은 굉장한 생물들도 있었다. 군함새의 뱃속에는 동일하되 축소된 세상이 들어 있었다. 빽빽한 이미지들은 그 장면을 어떤 장소라기보다는 디자인으로 보이게 만들었다.

잠시 뒤에 판은 6번 여자애에게 왜 그런 그림을 그려야겠다고 마음먹었는지 물어보았다.

"나도 모르겠어."

여자애가 말했다. 그녀의 말투는 다른 여자애들과 달랐다. 그것은 음이 높거나 여자다운 것과는 멀어도 한참 멀었다.

"너를 바라보고 있으니까 그냥 바다가 생각났어."

"바다를 본 적이 있어?"

"텔레비전으로만 봤지. 너는 본 적이 있어?"

"아니."

다른 사람들은 두 사람의 대화에 귀를 기울이고 있다가 자기들이 바다에 가 보았건 가 보지 못했건 마구 지껄여 대기 시작했다. 그들은 헤엄을 치기 좋아한다는 말도 했고 물을 두려워한다는 얘기도 했다. 그리고 자기들이 만약 물고기로 살아야 한다면 어떤 종류의 물고기가 되고 싶은지에 대해서도 말했다. 그들 모두는 쥐가오리가 되고 싶다는 의견에 즉각 동의했다. 조용한 소함대처럼 물속을 유유히 헤치고 나아가는 쥐가오리가 멋있다고 생각하는 것 같았다. 6번 여자애는 그 의견에 동의했지만 아무 말도 하지 않고 그림 그리는 일을 계속했다. 다른 여자애들도 모두 색칠을 하면서 그전이나 전날 얘기한 것들에 대해 계속 얘기를 나누었다. 판도 매직펜을 하나 건네받았다. 칠을 할 필요가 있을 때마다 그녀는 공백이나 교차된 평행선을 색으로 채워 넣었다. 그녀 주변에서 재잘거리는 소리는 B-모어에 있는 어느 동물원(그 동물원에는 큰 동물은 없고 많은 새와 파충류밖에 없었다)의 새장 속처럼 큰 방에서 울려 퍼졌다. 그 소리는 이상하게도 멀리서 들려오는 것 같기도 하고 귀에 거슬렸다. 판은 나중에 자신의 귀가 아프게 윙윙거리고 있음을 깨달았다.

그리고 그녀는 그들이 이곳 스위트룸에 도착하고 나서 이곳을 단 한 번도 떠난 적이 없다는 것을 깨달았다. 그들의 피부는 달걀 껍질처럼 빛이 났지만 그 안쪽은 맑고 비단결처럼 희었다. 말라는 가끔 배달 트럭에서 추가로 주문한 식료품을 받아와 부엌의 식료품 저장실에 그것들을 보관해 두곤 했었다. 그 식료품은 식품과 식기를 실어 나르는 소형 승강기를 통해 여자애들에게 올려 보내졌다. 승강기는 욕실 근처에 있는 작지만 실용적인 주방과 연결되어 있었고, 그곳에서 여자애들은 자신들의 간단한 식사를 준비했다. 욕실에는 세면기와 변기와 샤워실이 각각 두 개씩 갖추어져 있었다. 세탁할 것이라고는 시트와 베갯잇 같은 침구류와 수건과 잠옷용 셔츠밖에 없었지만 세탁기와 건조기가 들어 있는 벽장도 있었다. 건강을 위해 그들은 태극권과 요가를 특별히 결합한 그들 나름의 운동을 했다. 캐시 양이 잡지에서 읽고 그들의 일과에 끼워 넣은 운동법이었다. 하지만 그들 모두는 정도는 다르지만 관절염과 골다공증과 심각한 수준의 만성 피로에 주기적으로 시달렸다. 판은 나중에 그것들 모두가 햇빛을 잘 보지 못해서 생긴 것임을 깨달았다. 사실 그들은 확실히 자세가 구부정했고 어깨가 기울어져 있었으며 어느 누구도 키가 크지 않았다. 그 때문에 이미 자매들로 보이는 그들은 더더욱 피를 나눈 친자매들처럼 보였다. 판 자신은 기분이 괜찮았다. 임신을 한 상태라서 더 기분이 괜찮은지도 몰랐다. 운동을 이끌어 가면서 그녀의 관절은 더 유연해지는 것 같았다. 그녀의 피부는 확실히 더 탄력이 생겼고 머리칼은 더 윤기가 흘렀으며 가슴은 더 풍만해진 것처럼 보였다. 하지만 어떤 면에서 그것은 그녀 자신만이 알아차리고 느낄 수 있는 것이었다. 그녀는 다시금 물을 동경하기 시작하고 있었다. 팔을 휘저으며 강력한 발차기로 앞으로 쭉쭉 뻗어 나가고 싶었지만 더 이상 수조에 갇혀서 그러고 싶지는 않다는 생각이 들기도 했다.

판은 여자애들 가운데 한두 명쯤은 한 방에 갇혀 생활하는 것에 오래전부터 저항을 했을 거라고 생각했다. 치과 의사에게 자기들을 몰래 빼내 달라고 애원했을지도 몰랐다. 하지만 이와 같은 생활에서 재미있는 점은 일단 확고하게 자리를 잡게 되면 생각보다 덜 방어적이 된다는 사실이었다. 우리는 일상적으로 양치질을 하고 벽에 색칠을 하고 더운 김이 피어오르는 국수를 후후 불고 있는 자신들의 모습을 발견하게 된다. 모든 순간에는 그것과 동행하는 어떤 순간이 있는데 그것은 본래의 순간이 남긴 흔적을 더욱 깊게 만드는 은밀한 순간이다. 우리는 매일의 책임과 업무에 대해 점점 의무감을 느끼게 된다. 그것들은 우리를 점점 더 옥죈다. 우리는 하나의 틀 안에서 충분히 세상을 발견한다. 그러다가 마침내 우리는 책임감을 느끼는 자리를 맡게 된다. 그렇게 되면 우리는 위를 올려다볼 수 있다는 사실 자체를 까맣게 잊어버리게 된다.

판은 곧바로 일상에 적응했다. 그렇게 한 주가 지나고 두 주가 지나갔다. 여자애들은 그녀가 캐시 양에게 이틀 밤만 중앙 침실에서 보내고 하루 일찍 그들의 방으로 옮겨도 되느냐고 물었을 때 특히 기뻐했다. 판은 8번이라고 불리면 즉각 반응을 보였지만 사실 여자애들은 이미 그녀를 판이라고 부르고 있었다. 3번과 4번 여자애는 항상 식사 시간에 그녀의 옆자리에 앉았다. 7번 여자애는 그녀가 어디를 가든지 졸졸 따라다녔고, 6번 여자애는 그녀의 눈 모양이 앙증

맞은 완두 꼬투리처럼 생겼다고 하면서 무척 좋아했다. 그 여자애는 심지어 특별히 그녀의 눈만으로 하나의 패널을 채우기도 했다. 그녀가 그려 놓은 눈들은 여자애들이 흔드는 손 위에서 둥둥 떠다니고 있었다. 판은 자기가 타고난 재주가 없다는 것을 알고 있었기에 매우 조심스럽게 천천히 작업을 했다. 그녀는 벽화 채색 작업 외에도 그들이 허락한 몇 가지 허드렛일을 했다. 판은 바닥을 쓸거나 먼지를 터는 일 등 자신이 도와줄 수 있는 일이라면 무엇이든지 하려고 애썼다. 그러고 나서는 날마다 하는 운동을 이끄는 4번 여자애를 도와주었다.

판은 체력이 강했고 몸이 유연했다. 만성적인 통증에 시달리는 허약한 그들 무리와는 비교도 할 수 없을 만큼 건강했다. 그래서 그녀는 그들이 가장 어렵다고 여기는 자세도 즉각 취할 수가 있었다. 머지않아 4번 여자애는 판에게 운동 시간을 진행해 줄 수 있는지 물었다. 판은 그들에게 팔 굽혀 펴기와 윗몸 일으키기 그리고 무릎 굽혀 펴기 같은, 힘은 조금 더 들지만 보다 단순한 운동을 하게 했다. 처음에는 모두 힘들어했다. 나이를 좀 더 먹은 여자애들은 특히 더 그랬다. 심지어 두어 명은 반쯤 실신을 하다시피 했다. 그렇지만 그들은 팔과 허벅지의 지방을 태우는 운동에 익숙해졌다. 땀방울이 이마를 적시고 어깨뼈 사이의 천까지 축축하게 적시는 것에도 익숙해졌다. 그들은 곧 이구동성으로 빽빽 소리를 지르며 숫자를 세어 나가고 있었다. 그들은 확실히 체력이 더 강해졌지만 가장 큰 변화는 활력의 수준에 있었다. 그들은 침대에서 일어날 때나 샤워실에 들어가고 나올 때도 예전보다 동작이 빨라졌다. 심지어 다시금 왕성해진 식욕으로 식사를 했고 접시 위에서 젓가락을 놀리는 동작도 더 활발하고 힘차 보였다.

벽화 작업도 더 빠르게 진행되고 있었다. 6번 여자애는 단 하나의 장면이 아니라 하루에 여러 개의 새로운 장면을 그려야 했다. 그녀의 뒤에 있는 여자애들은 더 집중력을 가지고 더 바삐 움직였다. 너무 바짝 붙어서 작업을 했기 때문에 가끔은 서로를 팔꿈치로 쿡쿡 찌르는 일까지 벌어졌다. 사실 4번과 5번 여자애 사이에 한바탕 다툼이 벌어지기도 했다. 둘은 레오 씨 집무실의 꺼진 화면의 색을 어떤 색조의 청색 매직펜으로 칠해야 좋을지를 두고 언쟁을 벌였다. 그것은 판이 레오 씨와 단둘이 처음으로 대면했던 순간을 묘사하는 장면이었다. 벽화는 이런 식이었다. 그것은 어떤 특정한 순간에 벌어진 일을 나타냈다. 그것을 처음부터 살펴보면, 판은 고리처럼 연결되어 있는 그들의 시간을 추적할 수 있었다. 여자애들 한 명 한 명이 어떻게 이곳에 오게 되었는지도 알 수 있었고 그들의 흥미나 관심이 어디에 있는지도 알 수 있었다. 벽화가 수정되고 진전되면서 그들의 인식을 보여 주는 지도도 더욱 복잡해졌다.

예를 들면 3번 여자애가 나타나기 전의 장면들은 대체로 직설적이었다. 이 집으로 오기 전의 그들의 삶을 묘사하는 데에서는 심지어 어린애처럼 천진난만하기까지 했다. 말라와 함께 일하기 시작하면서 허드렛일과 게임과 여자애들이 흔히 하는 놀이를 즐기는 장면들은 단순하게, 그리고 종종 감상적으로 그려졌다. 그림 속에서 행복해 보이는 여자애들은 다리미질을 하거나 손톱에 색칠을 하거나 서로의 머리를 빗어 주고 있었다. 레오 씨는 아직까지 불길한 존재로 나타나지 않았다. 하지만 3번 여자애가 벽에 모습을 드러내자 그의 신체의 어느 '부분들'이 나타났다. 작품의 전체적인 분위기도 약간 변화가 있는 듯 보였다. 여자애들의 감정은 이전보다 더 노골적으로 드러났다. 배경은 좀 더 대담한 색채와 위협적인 기하학적 형상으로 강렬하게 표현되었다. 그리고 오랫동안 고통 속에서 살아온 캐시 양의 새로운 모습들은 레오 씨의 아래층 세상의 감옥에서 그들을 구해 줄 수 있는 불빛이나 구세주로 표현되어 있었다.

그들은 남편이 여자애들을 하나씩 돌아가면서 취하는 동안 가만히 두고 보고만 있는데도 캐시 양을 비난하는 것 같지 않았다. 이것은 처음에 판을 혼란스럽게 만들었지만 그녀는 곧 그 이유를 이해하게 되었다. 여자애들에게 캐시 양은 상처 입고 연약한 그들의 큰언니였다. 비록 그들과 관계가 먼 언니일지는 몰라도 캐시 양 자신도 그들처럼 추하고 비참한 상황에 처해 있기는 마찬가지였다. 벽화 장면들 가운데 일부를 보건대 그녀 역시 어릴 적에 수척한 얼굴의 어떤 남자에게 설득을 당한 게 분명했다. 남자는 양복을 입고 있었는데 그녀의 아버지나 의붓아버지일지도 몰랐다. 벽을 따라가며 남자는 여기저기에 모습을 드러냈는데, 어느 지점에서는 저녁 식탁에서 딱딱한 표정으로 식사를 하고 있었다. 그의 모습은 밤 시간에 문간에서 어두운 윤곽으로 드러나 있었다.

물론 근본적인 문제는 그들이 갇혀 있다는 것이었다. 오직 두 사람, 그러니까 캐시 양과 말라만 손가락 끝으로—좀 더 구체적으로 말하면 오른쪽 집게손가락과 엄지손가락으로 슬쩍 건드리기만 하면—손쉽게 스위트룸의 문을 열 수 있었다. 이제 캐시 양의 일정은 변했다. 아침 늦게 일어나 목욕을 하고 나면 그녀는 실내복 차림으로 아래층으로 내려가서 저녁이 될 때까지 돌아오지 않았다. 여러분은 레오 씨가 정상적인 생활을 하지 못하게 되었기 때문에 그녀의 하루가 충분히 연장되어 가장 좋은 공기와 햇빛을 마음껏 누릴 수 있는 거라고 생각할 것이다. 하지만 삶에서 이상한 점은 마음에 존재하는 어떤 틀에 결국에는 매달리게 된다는 것이다. 그것은 특별한 압력과 열기 속에 마련된 길 또는 홈이다.

그녀는 판과 함께 쇼핑을 하고 밖에 나가 점심을 먹고 얼마 안 되는 지인들과 어울리는 일에 이미 흥미를 잃어버렸다. 그리고 가장 중요한 것은 남편의 곁에 함께 있어 주는 일이라는 사실을 이제 깨달았다. 함께 있어 주는 일이 편하든 불편하든 그런 것은 문제가 되지 않았다. 그녀가 직접 남편에게 숟가락으로 밥을 먹여 주든 아니면 티코에게 그렇게 하라고 시키든 중요하지 않았다. 그녀가 가장 좋아하는 노래를 흥얼거리면서 극도로 조심스럽게 남편의 턱수염을 깎아 주든 아니면 잘못해서 남편의 얼굴에 심한 상처를 입히든 중요하지 않았다. 그녀는 티코에게 남편의 배변을 시키도록 지시를 내릴 수도 있었고 그게 아니면 휠체어에 축 늘어져 있는 남편이 구린내를 풍기면서 긴장으로 얼굴이 일그러지는 모습을 그냥 곁에서 지켜볼 수도 있었다. 그러나 그녀는 남편의 곁에 있어 주고 싶은 충동을 느꼈다. 남편이 자기 얼굴을 항상 볼 수 있게 해 주고 싶었다. 그녀는 다시금 신경이 곤두서기 시작했다. 한참 동안 긴장이 되면서 마음이 조마조마해졌다. 그녀도 남편을 필요로 하고 있다는 것은 누구라도 알 수 있었다. 아무리 평범하거나 기괴해 보여도 한때 순수했던 그

유대는 어떤 난공불락의 지점이었다.

나머지 문제는 이 운 좋은 여자애, 최근의 여자애이자 마지막 여자애인 판을 남들이 얼마나 진심으로 좋아하게 될 것인가, 하는 것이었다. 마지막 여자애의 역할은 우리 모두가 인정하고 존경할 수밖에 없는 자질과 함께 그녀를 즉각 높은 위치에 올려놓았다. 그 자질이란 낯선 환경에 힘들이지 않고 확고하게 자리를 잡는 것과 초기에 흔들리지 않는 것이었는데, 그런 것은 대체로 자연에서만 찾아볼 수 있는 일이었다. 그들은 그녀의 주변으로 모여드는 경향을 보였다. 그녀의 바로 옆에서 색칠할 수 있는 기회를 잡기 위해 자기들끼리 은밀하게 경쟁을 벌이기도 했다. 또 죽을 그녀의 사발에 좀 더 부어 주기 위해 국자 근처에 자리를 잡고 앉기도 했다. 비록 그녀의 침대 위치를 바꾸지는 않았지만 대신 그들은 돌아가면서 7번 여자애의 침대에서 잠을 잤다. 나이가 가장 어린 7번 여자애가 밤마다 돌아다니는 것을 좋아해서 다행이었다. 그들은 그녀의 생활과 관점에 대해 수많은 질문을 은밀하게 던지는가 하면 그들의 괴상한 꿈을 털어놓았다. 아침이 되면 그들은 눈을 휘둥그렇게 뜨고서 미소를 지으며 평소의 아침 인사로 그녀의 잠을 깨웠다. 새날이 밝았어요. 새날이 밝았어요. 그들은 화음을 넣어 그렇게 다정하게 노래를 불렀다. 그러다가 어느 날, 누군가가 그들 여덟 명의 단체 초상화에 레오 씨의 얼굴은 없고 그들 각자의 얼굴밖에 없다는 것을 알아차렸다. 그들이 6번 여자애한테 왜 그렇게 그렸느냐고 묻자 그녀는 레오 씨의 얼굴을 그리는 일에 넌더리가 났다고 대수롭지 않게 대답했다. 하지만 물론 그들 모두는 그것이 판 때문이라는 것을 알고 있었다.

다른 유형의 사람이었다면 그들의 말뭉치를 아무 생각 없이 망쳤을지도 모른다. 하지만 판은 어떤 특별한 주의를 기울이거나 거부하지 않으려고 조심했다. 부분적으로 그녀는 주기적으로 방을 돌아다니고 벽화 작업에서 벗어나 차를 마시거나 화장실을 이용함으로써 이것을 해낼 수 있었다. 그녀는 부엌이나 욕실에서 바쁜 사람이 있으면 그런 사람과 어울려 시간을 끌다가 다시 벽화 작업으로 돌아가곤 했다. 여기에 어떠한 책략은 없었다. 환심이나 영향력을 확보하려는 의도도 없었고 그들을 방패막이나 주의를 돌리는 수단으로 이용하여 자신의 탈출을 도모하려는 의도도 없었다. 사실 판은 제대로 자라지 못한 이 여자애들에게 자신이 무엇을 남기게 될지에 대해 점점 두려움을 느끼고 있었다. 그들은 개개인이 너무나 허약해서 집단의 와해 같은 어떤 변화나 정신적 외상을 견뎌 낼 수 없을 것처럼 보였다. 그들은 처음부터 거의 고아들이나 다름없었다. 자치주에서 버림받은 그들은 레오 씨에게 피해를 입고 형편없는 보호 감호소 같은 곳에서 먹고 자고 있었다.

그들은 방의 제한만이 아닌 그들 자신의 질서로 형성되어 있었다. 판은 그것의 표정들이 벽에 펼쳐져 있는 것을 볼 수 있었다. 이제 그들에게 일어날 수 있는 일은 아무것도 없었다. 그들의 일상 외에 어떤 새로운 경험도 없었다. 어떤 새로운 여자애가 그들의 영역에 들어올 때마다 더 평범하고 기념적인 이미지들이 나타났지만 그것을 제외하면 장면들은 각자의 환상적이고 대안적인 삶을 구체적으로 묘사하고 있었다. 그것은 1번과 2번 여자애가 맡고 있던 아이들과 그들이 안타깝게도 땅에 묻어야 했던 아이들의 그림 이야기들이었다. 수면병으로 죽은 아이가 둘, 나무에서 떨어져 죽은 아이가 하나였다. 4번 여자애의 눈부신 연기 경력을 보여 주는 그림도 있었는데 그녀는 아르헨티나의 목장 여주인들에 관한 어떤 장기 방영 프로그램에서 주연을 맡았다. 3번 여자애의 환영받지 못한 사명도 있었는데 그녀는 흠 하나 없이 깨끗한 무료 진료소들을 여러 개 개설함으로써 자치주 아이들에게 절실히 필요한 기본적 치과 진료를 들여왔다. 이 일곱 개의 만화가 서로 얽히면서 만들어 내는 그 궤적은 여러 가지로 겸손했고 굉장했고 믿기 힘들었는데, 각각의 것들이 다 입심이 매우 좋고 기이하고 충분히 구체적이기 때문이었다. 몇 시간 동안 주의 깊게 살펴본 결과, 판은 그 모든 이야기들이 어떤 의미에서는 실제로 발행한 일이 틀림없다고 느끼기 시작했다. 거기에는 분명 그들의 열망을 충족시켜 줄 어떤 뜨거운 것이 존재하고 있었다.

자연스럽게 그들은 판에게 그녀의 삶에 무슨 일이 벌어지고 있는지 밝히라고 재촉하기 시작했다. 6번 여자애는 그것을 얼른 그림으로 표현하고 싶어 기분이 들떠 있었다. 판의 도착 장면 채색과 거기에 수반되는 기록은 이미 완성되었다. 그들은 계속해서 시끄럽게 떠들어 댔다.

"우리는 네가 어디로 가는지 알고 싶어!"

결국 판은 몇 가지 생각을 가지고 있지만 아직 그것들이 완전히 형태를 갖춘 것은 아니라고 말했다. 이것은 절반만 사실이었다. 먼 미래는 정말이지 공백으로 남아 있었다. 하지만 가까운 장래의 계획은 어느 누구의 그것만큼이나 구체적이었다. 우리 B-모어 사람들과 다른 몇몇 사람들은 이제 이것을 잘 알고 있다. 그녀는 우리 쇼핑몰에서 카드 점으로 운명을 읽어 내는 사람들만큼이나 앞날을 보는 맑은 눈을 가지고 있었다. 그녀는 자신의 순수한 집중력과 흔들리지 않는 믿음으로 앞으로 자신이 걸어갈 길을 만들어 내는 이른바 자신을 볼 수 있는 사람이었다. 그래서 그녀는 그들을 이 방, 이 집, 심지어 마을 전체의 튼튼한 정문 밖으로 어떻게 데리고 나갈지에 대해 설명하고 싶었을 것이다. 하지만 물론 그녀는 그렇게 하지 않았다. 그들이 어떤 반응을 보일지 누가 알 수 있었겠는가? 그들이 어떻게 빠져들지, 그 뜨거운 빛이나 떨림을 예상할 수 있었겠는가?

그녀는 어떤 반란 같은 것을 선동하고 싶지는 않았다. 그녀는 캐시 양에 대한 직접적인 공격은 아무 소용이 없을 거라고 생각했다. 그들이 자신들의 운명에 완전히 순응하고 있고 캐시 양에게 헌신하고 있는 상황을 감안했을 때 캐시 양을 공격하는 것은 무모한 짓이었다. 캐시 양은 그들의 적대자가 아니었다. 적대자 자체가 없었다. 레오 씨조차도 적대자가 아니었다. 그들에게 레오 씨는 죽지 않고 빛을 발하는 가장 먼 은하계의 가장 먼 별이었다. 그녀는 여전히 레오 씨가 예전 그 자신의 극히 일부에 지나지 않게 되었음을 말하지 않고 있었다. 대신 그녀는 레그에 대해서, 그를 향한 자신의 사랑에 대해서 그들에게 말하기 시작했다. 그녀는 적어도 그들한테는 자신의 진짜 나이도 이제 더 이상 숨길 필요가 없어 보였다. 그녀는 레그가 사라졌고 자신은 사실 아직도 그를 찾기 위한 여행을 하는 중이라고 말했다.

그 말들은 그들을 동요시켰다. 1번 여자애는 그가 이야기 속 소년이 아니라는 것을 이해조차 하지 못할 정도였다. 그녀는 그 다음에 그에게 무슨 일이 벌어졌는지 계속해서 물었다. 판은 대꾸를 하는 대신에 6번 여자애에게 그의 모습을 스케치해 달라고 부탁했다.

"지금 당장?"

6번 여자애가 물었다.

"네가 하고 싶다면."

"그야 당연하지!"

6번 여자애가 말했다. 그녀는 곧바로 작업에 돌입했다. 패널에 지평선 위를 둥둥 떠 가듯 걸어가는 유령 같은 꺽다리 소년과 길에 서 있는 판을 그려 넣는 것으로 그녀는 작업을 시작했다. 여자애들은 그의 쾌활한 얼굴과 뭉게뭉게 피어 있는 것 같은 독특한 머리 모양에 금방 매료되었다.

"어머나, 장난감 인형처럼 귀엽네!"

여자애 하나가 소리쳤다.

"장난감 인형인데 키가 크지!"

"정말 친절하고 자상해 보여!"

"실제로 그는 친절하고 자상해."

판이 말을 곧바로 잇지 않고 충분히 뜸을 들이자 여자애들은 그녀의 주변으로 자석에 끌리듯 모여들었다. 그들의 따스한 입김에서는 마른 과일을 끊임없이 먹어서 그런지 약간 톡 쏘는 냄새가 풍겼다.

"좀 더 얘기해 줘!"

판은 그들이 원하는 대로 했다. 그녀는 레그가 혼자 있는 것을 아주 싫어했다는 얘기와 저녁 프로그램을 시청하는 내내 그것이 무서운 내용이든 그렇지 않은 내용이든 간에 자신의 손을 꼭 잡고 있었다는 얘기를 해 주었다. 또 레그가 물웅덩이의 한복판을 주저하지 않고 걸어서 통과했다는 얘기도 했다.

"완벽한 친구야!"

2번 여자애가 그렇게 말하자 1번 여자애는 자기도 그렇게 생각했다고 대꾸했다.

"그의 행방에 대해 뭘 알아냈어? 알아낸 게 있어?"

3번 여자애가 물었다. 판은 고개를 가로저었다.

"말도 안 돼! 아무것도 못 알아냈다고?"

판은 다시 고개를 가로저었다. 그녀의 반응에 여자애들의 얼굴에는 먹구름이 드리워졌다. 그리고 그들은 한목소리로 탄식을 내뱉었다. 거기에는 절절한 안타까움이 배어 있었다.

"걱정하지 마. 그 사람을 찾아낼 테니까."

판이 말했다.

"하지만 어떻게?"

"보 리웨이를 통해서."

판이 말했다.

"누구?"

그녀는 그들에게 좀 더 얘기를 해 주었다. 그들은 조금 전보다 두 배는 깜짝 놀랐다.

"친척 오빠? 여기나 이 근방의 차터 마을에 살았던?"

3번 여자애는 만약 그 사람이 진짜 차터 사람이라면 힘을 지녔거나 힘이 있는 친구들을 가지고 있어서 레그에 대해 적어도 무언가를 들었을 수 있다고 말했다.

"내가 바라는 게 바로 그거야."

판이 말했다.

즉시 6번 여자애는 판이 리웨이를 향해 다가가는 장면을 순식간에 그려 냈다. 리웨이의 얼굴은 판과 닮았지만 턱이 좀 더 네모졌고 더 홀쭉했고 눈에 슬픔이 어려 있었다.

얼마나 고통스러웠으면! 얼마나 아쉽고 그리워했으면 얼굴이 저 모양이 되었을까! 그것은 흐릿한 연필로 그려졌는데도 차마 보기가 어려울 지경이었다. 6번 여자애가 그 순간들을 너무나 간절한 마음으로 묘사했기 때문에 판은 가슴속에서 여울 같은 무언가가 느껴졌다. 바로 그 순간 여자애들은 자기들이 무엇을 해야 하는지 깨달았다. 그것은 판을 도와주는 일이었다. 그래서 그들은 그녀가 자기들을 떠나야만 한다는 것에 의견의 일치를 보았다. 4번과 5번 여자애는 판이 잠시만 떠나 있다가 다시 돌아와 주길 바랐다. 1번과 2번 여자애는 이미 겨울이 되었으니 판이 몇 달 동안 기다리는 것이 좋겠다는 터무니없는 제안을 했다. 7번 여자애는 놀라울 정도의 예리한 판단력으로 판에게 아직 야외용 신발을 가지고 있는지 물었다. 6번 여자애는 평소와 다름없이 묵묵히 있었다. 그녀는 이미 벽으로 돌아가서 낙서를 하고 있었다. 마침내 3번 여자애가 결정을 내렸다.

"판은 더 이상 허비할 시간이 없으니 최대한 빨리 이곳을 떠나야 해."

# 18

판의 이야기에서 재미있는 것은 그녀에게 벌어진 일의 상당수가 실제로 그녀에게 일어났다는 것이다. 그녀는 우리 중 누군가가 생각해 낼 수 있는 것보다 더 많은 자유의지를 보여 주었다. 동시에 그 이야기는 그녀를 자주 만난 사람들이 조금도 주저하지 않고 그녀를 도와주었다는 사실을 보여 준다. 그들은 사리사욕이라고는 조금도 없었고 모두가 자발적으로 도움을 주었다. 가끔 그렇게 관심을 받는 인물들이 있다. 그들이 특별히 카리스마가 있다거나 선견지명이 있어서 그런 것은 아니다. 하나의 안건을 더 큰 상상력 속으로 밀어 넣는 일에 능하다거나 영리하게 공격적인 것도 아니다. 어떤 까닭에서인지 몰라도 우리는 그들이 성공을 거두는 모습을 보기를 원한다. 우리는 그들이 번창하기를 원한다. 비록 그 번창이 우리가 직접 목격하지 못하는 것일지라도 상관없다. 그들은 우리의 에너지를 너무나 꾸준하고 철저하게 끌어당기기 때문에 사건의 말미에 가서야 우리는 우리 자신의 노력의 정도와 그 노력의 총합이 하나의 움직임의 형태를 갖췄을지도 모른다는 것을 깨달을 수 있다.

그래서 우리는 보다 잡다한 시위에도 주목하게 된다. 비록 분노는 거의 드러나지 않지만 신랄하고 진지하고 비판적인 웹 게시판의 수다 떨기나, 불쌍한 고든의 역경에서 보았듯 좀 더 불안한 표정들, 연못에서의 이상한 행동, 그리고 가장 최근의 징후인 상당수의 사람들이 남녀를 가리지 않고 몇몇 노인들과 심지어 소수의 어린이들까지 머리를 밀고 있는 현상이다.

그것은 사실이다. 대머리들은 쇼핑몰과 시설과 심지어 여러분 자신의 아침 식사 자리 여기저기에서 튀어나오고 있다. 햇빛이 흘러들어 와 말끔하게 깎은 정수리에 반사되어 평소에 어두컴컴하고 칙칙하던 방을 잠깐 동안 환하게 밝혀 준다. 대머리의 정수리는 내부에서 흘러나오는 윤기가 흐르는 불처럼 보인다. 대머리를 목격할 때마다 우리는 길을 가다가 멈춰 서서 파리한 머리통이 까닥거리며 도로를 건너가는 모습을 관찰하기도 하고 재배 모판 위에 설치된 통로의 난간 너머로 몸을 기울이고 특정한 두피를 한참 동안 바라보며 그 사람이 자기 몸에 그런 짓을 한 이유의 실마리를 찾기 위해 그 가장 연약해 보이는 피부의 광택과 질감을 읽으려 애쓰지 않을 수 없다. 그 대머리들 사이에는 무언가 공통점이 있는가? 그것들은 보통의 경우보다 혹이 더 많은가? 그게 아니라면 비슷하지만 독특한 방식으로 주름이 나 있는가? 그것들이 투명하게 보이는 만큼 우리는 그들의 반항적인 생각의 작용까지 볼 수 있다고 믿게 되는 것 아닌가? 이 사람들의 얼굴은 우리 중 몇몇이 서로에게 보이는 것보다 더 고집스럽지 않은가? 그것은 분명 우리가 오랜 친구나 사촌과 말없이 함께 있을 때에 얻기를 기대하는 어떤 것일 수 있다. 편안한 무관심이라고나 할까?

그렇지만 뭔가가 다르다. 그들은 친구와 간식거리를 나눠 먹을 것이고 가게에서 옷 선반을 훑어볼 것이다. 하지만 거기에서 느껴지는 것은 딱딱함, 그리고 뭔가 차단하는 느낌이다. 그들과 더 이상 무언가를 나눌 수 없다는 명확한 느낌이다. 그들은 서로에게서 떨어진 것처럼 갑자기 우리로부터 떨어졌는데, 그들을 결합시켜 주는 비밀결사 같은 건 없는 듯 보인다. 그들은 실제로 존재하지 않는 조직의 고독한 요원들이다. 그들은 독주를 하고 있다. 아마도 이런 이유 때문에 그들은 더더욱 확고하고 고독하게 보인다. 하지만 그들이 개인주의적이 되었다거나 그렇게 되는 것을 목표로 삼고 있다고 함부로 생각해선 안 된다. 그런 게 아니다. 머지않아 그들은 다시 머리를 기를 것이고 우리는 그들이 한때 머리를 밀었다는 사실조차 잊어버리게 될 것이다. 그리고 시간이 지나면 그들 역시 자신들이 머리를 박박 깎았었다는 사실을 까맣게 잊게 될 것이다.

그저 우리는 당분간만 궁금해할 뿐이다. 우리는 언제쯤 우리가 어느 평범한 저녁에 다른 모든 사람들이 프로그램을 시청하거나 게임을 하느라 정신이 팔려 있을 때 이곳을 몰래 빠져나가게 될지 궁금하다. 우리는 욕실 거울 앞에 서서 몸을 이쪽저쪽으로 돌려보며 이상하게 정신이 나간 상태에서 전동 면도기나 면도칼을 사용하게 될 것이다. 예상할 수 있겠지만 보기가 흉하지는 않을지 몰라도 그 느낌 때문에 처음에는 소름이 끼칠 것이다. 그것은 마치 어떤 동물이 껍질을 깨고 천천히 기어 나오는 느낌일 것이다. 싸늘한 공기에 노출되면 몸이 움츠려든다. 아직 그런 것을 맞이할 준비가 되어 있지 않은 것이다. 하지만 나머지 부위도 깨끗하게 잘라 내어 머리가 고르고 매끈거리게 되면 조금씩 이해가 되기 시작한다. 여러분은 아침에 아래층으로 내려갈 시간이 되었다는 것을 깨닫는다. 여러분은 식탁으로 가서 저쪽 모서리 옆, 항상 앉는 자리에 앉아 자화자찬 없이 음식을 먹는다. 예전에 그랬던 것처럼 여러분은 다른 모든 사람들이 변화를 알아차리게 내버려 두어 자신이 다시 한 번 주목을 받도록 한다. 어느 시점에 이르면 우리들 각자는 우리가 느끼고 있고 알고 있는 것을 구체화하라는 요구를 받게 될 것이다.

그 여자애들은 판이 그녀에게 운명으로 정해진 길을 가도록 내버려 둬야 한다는 생각을 했을 때 이것을 깨달았을까? 다른 모든 일과 마찬가지로 촉매제 역할을 한 것은 6번 여자애가 분명했지만 그들은 이것을 함께 결정했다. 어느 날 아침, 6번 여자애는 나머지 여자애들보다 몇 시간이나 일찍 잠자리에서 일어났다. 그녀는 야간등의 희미한 불빛에 의지하여 자신의 마음속으로 밀려드는 생각을 그림으로 그리고 채색까지 끝냈다. 여자애들 가운데 일부는 그것을 보는 순간 숨이 턱 막혔다. 엄청난 크기의 그림이었다. 장면도 다른 장면들보다 너비와 길이가 거의 세 배나 컸다. 벽의 공백 속에서 도드라진 그것은 깊은 바다 속에서 갑자기 생겨난 대륙 같았다. 그것 때문에 연속되는 벽 패널들은 완전히 달라졌다. 즉시 그들은 그것이 그녀의 가장 아름다운 작품이라는 데에 동의했다. 그것의 규모는 그녀에게 좀 더 수월하게 손을 놀릴 수 있게 해 주었다. 비록 연필의 선은 분간할 수 없었지만 누구라도 6번 여자애의 손놀림을 어렵지 않게 상상할 수 있었다. 그녀는 그전보다 한층 커진 인물과 모양에 걸맞게 평소보다 더 크게 팔을 휘저으며 그림을 그렸다. 인물과 모양들은 동일한 색으로 칠해져 있지 않았다. 한 가지 색으로만 칠하면 원시적으로 보일 수 있기에 그것들은 풍부함과 색깔의 깊이를 드러내 보이기 위해 한 가지 색깔이 수많은 색조로 공들여 표현되어 있었다. 장면 자체는 생물이나 물고기로 가득 차 있는 수중 왕국이었지만 해양 식물과 성긴 덩굴손 같은 산호와 술이 많은 말미잘로 이루어진 빽빽한 숲이었다. 패널의 한복판에는 폭이 넓은 띠 모양의 황록색 해초가 위로 날아갈 듯이 마구 휘청거리고 있었다. 일곱 개의 두꺼운 해초 순은 얼굴이 없는 일곱 여자애로 묘사되어 있었다. 정상적인 몸을 가진 판은 그들에게서 밀려나 수면 가까이에 떠 있었다. 그녀는 다른 두 개의 손을 향해 손을 내뻗고 있었는데 그림은 거기까지였다. 그녀가 붙잡으려는 손은 단지 막연하게 스케치가 되어 있었다.

"레그의 손을 그려 넣기 전에 너를 기다리고 싶었어. 그의 양손을 제대로 그려 넣고 싶었거든."

6번 여자애가 판에게 말했다.

판이 레그의 손에 대해 설명하자 6번 여자애는 그것들을 제대로 그려 넣기 시작해서 막대기 같은 손목까지 이어 붙였다. 그런 다음 그녀는 기다란 손가락의 뭉툭한 손톱과 엄지손가락 아랫부분의 부드러운 살집도 그려 넣었다. 그것은 너무나 사실적이어서 판은 고통과 함께 자신도 모르게 기분이 고무되는 것을 느낄 수 있었다. 그녀는 6번 여자애가 레그의 손을 그리지 않고 기다려 준 것에 대해 고맙게 생각했다. 예술적 감성이 풍부하고 재능이 있는 여자애는 아마도 벽에 레그의 모습을 전부 그려 넣으면 판이 심적으로 감당하기 힘들 것이라고 판단한 듯했다. 판은 그의 사진들이 담긴 앨범 카드를 스모크스에 남겨 두었다. 재충전할 도리가 없어서 그것은 어쨌든 죽어 버렸다. 사실 그녀는 일부러 그렇게 되도록 내버려 두었는지도 모른다. 레그의 모습을 보게 되면 갈망만 더 커질 것이기 때문에. 그녀는 처음부터 그의 대한 갈망이 컸다. 그리고 모두가 알고 있듯이 너무 강렬한 갈망은 현명치 못한 결정, 무모한 행동, 지나치게 커져 버린 희망과 기형적인 현실로 이어질 수 있다.

여자애들은 판을 위해 우선, 캐시 양에게 정식 요청을 했다. 이것은 보기보다 훨씬 더 복잡했다. 그전에는 한 번도 그런 것을 해 보지 않았으므로. 매주 짤막한 식품류의 목록과 매월 기본 세면도구들과 몇 가지 손발톱 도구들의 목록을 그녀의 침실용 탁자에 놓아두는 것 외에 그들은 캐시 양에게 어떠한 것도 직접적으로 묻지 않았다. 종이 제품과 청소 도구 같은 다른 모든 것들은 아마도 말라에 의해 식품 및 식기용 승강기를 타고 올라왔다. 그들은 자기들끼리 돌아가면서 그 작은 침대로 나갔다. 정말이지 캐시 양에게 달리 물어볼 거라고는 아무것도 없었다. 캐시 양은 그들을 '붙잡아 두고' 있었다. 보기 드물지만 점점 일반화되어가는 이 차터의 관행은 그렇게 불렸다. 여자애들은 사랑스러운 애완동물들이 한때 자기네 주인들의 구속을 받았듯이 그 집에 틀어박혀 있었다. 물론 주인들은 애완동물들에게 무엇을 간절히 원하는지 묻지 않았다. 여자애들이 캐시 양에게 영원한 헌신을 공언하는 동안 그들 가운데 어느 누구도 캐시에게 판의 석방과 같은 과감한 주장을 해야 한다는 생각을 하지 못했다. 그런 주장은 오늘 태양이 지지 않도록 애원하는 것과 같은 것으로 비쳤을 것이다.

그렇지만 그런 주장을 3번 여자애가 하기로 결정되었다. 그들 가운데 3번 여자애가 그래도 가장 거침없이 말하는 성격이었다. 게다가 그녀가 캐시 양의 스위트룸으로 가서 잠을 잘 순서이기도 했다. 하지만 그 다음 날 아침이 되어 그녀가 방으로 슬그머니 돌아왔을 때 그녀는 나머지 여자애들이 그때까지 보지 못한 난감한 표정을 짓고 있었다. 그녀는 판의 석방에 대해 얘기를 꺼내자 캐시 양이 즉각 화를 냈다고 말했다. 그녀의 말에 따르면 캐시 양은 자신이 여자애들의 행복은 조금도 마음에 두고 있지 않다고 여자애들이 여기고 있다는 사실에 깊은 마음의 상처를 입었다. 이제 판은 영원히 그들의 일부일 수밖에 없게 되었다. 게다가 캐시 양은 어느 누구도 그녀와 함께 한 주 내내 외출을 하는 일이 없도록 했다. 사실상 그들 모두에게 금지령을 내린 것이었다. 이것은 그 무리에서 즉각적인 공황 상태를 불러왔다. 캐시 양이 이런 결정을 내린 것은 처음 있는 일이었다. 그들 중 가장 허약해서 불쌍한 2번 여자애는 너무나 불안해져서 약까지 먹어야 했다. 그녀는 한밤중에 강박적인 헛기침을 멈추기 위해 생강차에다 소염 진통제인 이부프로펜을 녹여서 마셔야 했다. 신경 과민 증세였다. 물론 캐시 양은 레오 씨와 드물게 휴가를 떠날 때는 한 주나 두 주 동안 자리를 비웠다. 하지만 그녀가 집에 있을 때는 반드시 그들 가운데 누구 하나를 밖에서 재웠다.

원형 소파 위에서 차를 홀짝이는 2번 여자애를 그들 모두가 위로하는 동안, 판은 자신의 딱한 사정에는 신경 쓰지 않아도 된다고 하면서 자기는 어떻게 해서든지 레그와 재회하는 방법을 찾아낼 것이라고 말했다. 그들은 판의 운명을 안타까워하면서 이러쿵저러쿵 말했지만 결국에는 다정한 속삭임과 간곡한 격려를 하면서 그녀의 의견에 동의했다. 그들은 돌아가면서 그녀를 껴안아 주었다. 물론 판을 보내 주겠다는 그들의 목표는 조금도 수그러들지 않았다. 몇 년 동안 한곳에서 친밀하게 지냈기 때문에 그들은 눈빛만 서로 나누어도 오직 자기들만이 해결책을 마련할 수 있을 거라는 이해를 공고히 할 수 있었다.

첫 번째 시도는 대체로 탐색에 가까웠다. 6번과 7번 여자애는 아마도 담력을 자랑하고픈 마음에 식료품 저장실에서 캐낸 곰팡내 나는 한국의 송편 몇 개를 일부러 먹어치웠다. 그들은 곰팡이가 피어 있는 송편을 먹고 심한 배탈이 나면 캐시 양이 병원에 전화를 걸어 도움을 청할지도 모른다는 기대를 갖고 있었다. 두어 해 전에 구급차가 달려온 적이 있었다. 당시 3번 여자애는 맹장염에 걸렸다. 구급대원들은 캐시 양의 스위트룸 밖에서 기다렸다. 그때 그들이 들어올 수 있도록 문이 잠깐 동안 열렸고 여러 명의 여자애가 3번 여자애를 복도에 있는 바퀴 달린 들것으로 옮겼다. 하지만 이제 6번과 7번 여자애는 떡을 게울 정도로만 탈이 났고 반날 동안 한바탕 설사를 하는 것에 그쳤다. 몸은 아무렇지도 않았다. 그래서 캐시 양은 별로 놀라지도 않았다.

두 번째 시도는 좀 더 진지했다. 식사 준비를 주로 맡아서 하고 있는 4번과 5번 여자애가 점심으로 차가운 콩 샐러드를 만들고 있었다. 하지만 4번 여자애가 강낭콩 깡통 하나를 열었을 때, 끔찍하고 세상에 종말이 온 것 같은 냄새가 작은 부엌을 가득 채웠다. 깡통은 바닥이 약간 불룩하게 솟아 있었는데 그녀가 깡통 따개로 그곳을 집자 깡통이 뒤뚱거렸다. 그들은 가스레인지의 후드 팬을 틀었지만 소용이 없었고 냄새가 지독했다. 지난여름에 그들의 방으로 연결된 통풍구에서 어떤 동물이 죽었을 때 풍겼던 것과 비슷한 악취가 났는데 그것보다 열 배나 강력했다. 코를 콕 찌르는 역겨운 냄새였다. 우리는 그들이 코를 틀어막으며 두 사람 가운데 누가 그것을 먹을 용의가 있는지 확인하기 위해 서로를 바라보고 있는 모습을 상상할 수 있다. 하지만 악취는 심해도 너무 심했다. 결국 4번 여자애가 밖에 내다 버리기 위해 깡통을 비닐봉지에 넣고 지퍼로 잠그려고 했을 때, 5번 여자애가 그걸로 매콤한 카레를 만들면 어떻겠느냐는 제안을 했다. 그들은 곧바로 작업에 들어갔다. 상태가 양호한 깡통 하나를 열어서 볶고 음식이 어느 정도 먹을 수 있을 때가 될 때까지 천연 향신료와 칠리를 평소의 세 배나 쏟아 부었다. 그러자 음식은 입 안이 타들어 갈 정도로 얼얼해졌다. 5번 여자애는 원래 음식은 이렇게 만들어야 한다고 계속해서 말하면서 자신의 빵 조각 위에 국자로 음식을 두 번이나 퍼서 부었다.

두 사람은 기다렸다. 하지만 아무 일도 일어나지 않았다. 오후 시간에도 그들이 설거지를 할 때도 밤에 그들이 하트 게임을 할 때도 아무 일도 일어나지 않았다. 그들은 다른 모든 사람에게 라면을 끓여 주었다. 카드 게임을 하고 나서 모두가 잠자리에 들 준비를 했다. 한 사람씩 순서대로 화장실을 쓰고 나서 세면대에서 치실질과 양치질을 하고 세수를 하고 얼굴과 손에 로션을 바르고 서로의 머리를 빗어 주었다. 하루도 안 빼먹고 밤마다 하는 일이었다. 그들은 질서 정연하게 줄을 지어 돌아다녔다. 밤새도록 특이한 일은 전혀 없었다.

문제는 이튿날 아침에 시작되었다. 5번 여자애가 갑자기 몸의 중심을 잃고 화장대에 몸을 기댈 수밖에 없는 일이 벌어졌다. 그녀는 계속해서 자기는 괜찮다고 우겼다. 그냥 약간 어지러웠을 뿐이라고 하면서 그녀는 양손을 오므려 수도꼭지에서 물을 받아먹었다. 바로 그때 4번 여자애가 바로 그 세면대 위로 몸을 기울여 구역질을 했다. 얼마나 세게 구역질을 해 댔는지 토사물이 튀어 올라 거울을 더럽힐 정도였다. 그들은 그제야 자신들이 무슨 일을 했는지 나머지 사람들에게 털어놓았다. 5번 여자애는 자리에 드러누워야 했다. 4번 여자애는 다행히 몸 상태가 나아졌다. 나머지 사람들은 하루 일과를 시작하기로 하고 벽에서 작업을 했다. 하지만 한 시간도 채 지나지 않아 두 여자애 모두 게우기 위해 자리에서 벌떡 일어나 욕실로 달려가야 했다. 두 사람 모두 눈꺼풀이 무거워 보였고 마치 혀에 작은 천 조각이 들러붙은 것처럼 우스꽝스럽게 말을 했다. 5번 여자애는 전혀 졸리지 않은데도 눈을 제대로 뜨고 있지도 못했다. 양쪽 어깨에서 뻣뻣하고 얼얼한 느낌이 든다고 했다. 그녀는 매우 목이 말랐지만 열은 전혀 없었다. 정신은 온전한 것 같은데 그녀는 주변의 모든 것이 두 개로 보인다고 말했다. 아니 어쩌면 세 개로 보이는 것 같다고 했다.

여자애들 가운데 둘이 스위트룸 문으로 가서 급하게 노크를 하고 캐시 양을 불렀다. 마침내 문이 열렸을 때, 모습을 드러낸 사람은 캐시 양이 아니라 말라였다. 그들은 놀랐고 반가웠다. 그들은 말라를 자주 볼 수 없었기 때문이었다. 말라는 두 달에 한 번씩 올라와서 잠시 동안 그들을 방문했다. 그때 캐시 양은 레오 씨와 함께 정원에 나가 있었다. 문을 미친 듯이 두드려대니까 말라가 어쩔 수 없이 문을 열어 준 것이었다. 물론 문을 열어 준 사실을 알면 캐시 양은 노발대발할 것이 분명했다. 말라는 여자애들에게 무슨 일이냐고 물었다. 그들은 그녀에게 4번과 5번 여자애가 몸이 아파 당장 의사에게 데려가야 할 것 같다고 말했다.

말라는 안으로 들어오자마자 판과 다른 여자애들을 재빨리 껴안아 주었다. 그런 다음 몸이 아픈 여자애들의 상태를 찬찬히 살펴보았다. 판은 그녀가 자기 딸들에게 대하듯 여자애들을 정성스럽게 보살핀다고 생각했다. 그녀는 자기 입술을 여자애들의 이마에 대 보고 그들의 입김을 들이마셨다. 그런 다음 그들의 탈수 상태가 얼마나 심한지 알아보기 위해 팔을 부드럽게 꼬집어 보았다. 4번 여자애는 그녀에게 달라붙으며 물속에서 그러는 것처럼 신음하듯 그녀의 이름을 애처롭게 불렀다. 5번 여자애는 너무 몸이 쇠약해져서 아무것도 할 수 없었다. 말라는 부드러운 목소리로 괜찮아질 거라고 말하면서 그들을 안심시켰다. 하지만 나머지 사람들에게 말라는 아무 말도 하지 않고 그냥 기다리고 있으라고만 했다. 그녀는 채 한 시간도 되지 않아 되돌아왔다. 이번에는 어떤 남자와 함께 돌아왔다. 병원에서 근무하는 몸매가 호리호리하고 탄탄하고 키가 큰 젊은 의사였다.

가슴 주머니에 'V. 우펜드라. 의학 박사'라는 글자가 실로 꿰매어져 있는 가운을 입고 있는 그 친구는 이번 왕진을 올 수밖에 없는 것에 대해 처음에는 화가 나 있는 듯 보였다. 그 다음에는 환자들이 누구인지 알고서 불쾌해하는 듯 보였다. 그는 침상들이 여기저기 놓여 있는 크고 탁 트인 방이 아무래도 이상한지 턱이 뻣뻣하게 굳었다. 하지만 숨을 들이마시기 위해 자기 가슴조차 제대로 들어 올리지 못하는 5번 여자애를 살펴보기 시작하면서 그는 그녀의 옆에 연극을 하듯 과장되게 두 무릎까지 꿇고 앉아서 그녀의 맥박과 체온을 재고 심장 소리에 귀를 기울이는 동안 눈을 가늘게 떴다. 그는 그들이 정확히 언제 무엇을 섭취했는지 물었다. 그는 최대한 주의를 기울이며 심각한 표정으로 설명을 새겨들었다. 그런 다음 그는 말라에게 집주인을 당장 불러오라고 말했다. 말라는 캐시 양을 데려오려고 아래층으로 내려갔다.

그들이 기다리는 동안 그는 방을 둘러보았다. 판은 몸이 아픈 여자애들에게 먹이려고 물을 가지러 갔다. 나머지 다섯 여자애들은 원형 소파의 한쪽 구석으로 물러나 옹기종기 모여 있었다. 여자애들 가운데 둘은 그보다 나이가 많았다. 여자애들은 3번 여자애가 맹장염을 앓은 뒤로 외부인을 전혀 만나 보지 못했다. 아마 그 일이 있기 전에도 몇 년 동안은 외부인을 만나지 못했다. 그래서 그들은 이 남자의 존재 때문에 몹시 불안해하고 있었다. 남자는 수염도 깎지 않았고 구겨진 수술복을 입고 있는 모습이 2교대 근무의 막바지에 있는 사람처럼 보였다. 그렇지만 여전히 그는 누가 보더라도 미남이었다. 사실 그들은 그를 제대로 바라보지도 못했다. 모두 시선을 줄곧 떨어뜨리고 있었는데 6번 여자애만큼은 달랐다. 그녀는 남들이 알아채지 못하게 오랫동안 그를 바라보았다.

판은 그 남자가 레그와 비슷하다고 생각하지 않을 수 없었다. 적어도 체격에서 닮아 있었다. 뼈가 앙상하게 드러난 어깨와 팔꿈치가 그랬다. 물론 그 남자는 처음 방으로 들어왔을 때, 자세의 느긋함과 권위만으로도 방을 장악하는 느낌을 주었다. 레그나 B-모어에 사는 거의 대부분의 사람들은 아무리 노력해도 그런 기품이나 분위기를 풍길 수 없었다. 어쩌면 그것은 단지 차터의 분위기인지도 몰랐다.

"저게 뭐지?"

그가 판에게 물었다. 그는 벽 패널을 보고 있었다.

판은 그것을 달리 표현할 길이 없어서 다른 사람들이 하고 있는 작업이라고 말했다.

"너는 하지 않고?"

판은 자기는 약간 도와주고 있을 뿐이라고 말했다. 남자는 패널을 향해 걸어가더니 그것을 찬찬히 살폈다. 그는 본능적으로 한쪽 끝에서 시작해서 진행 상황을 따라가더니 두 번째 패널로 넘어갔다. 그가 그것을 유심히 살펴보는 동안 여자애들은 어떤 낯선 사람이 자기들의 가장 내밀한 생각과 꿈을 꼼꼼히 들여다보고 있다는 것을 갑자기 깨닫고 초조한 마음으로 킥킥거렸다. 2번 여자애가 자기 얼굴을 완전히 가렸고 다른 모든 여자애들도 그녀를 따라서 했다. 하지만 젊은 의사는 하나의 장면을 여자애들 가운데 어느 하나와 손쉽게 연결지을 수 있었을 텐데도 그들에게 아무런 관심도 내보이지 않고 있었다. 그는 분명 벽화의 많은 모양과 색채에 매료되어 있었다. 판이 처음으로 등장하는 패널에 이르렀을 때, 그는 잠시 멈추고는 앞선 이미

지들 속에서 그녀를 찾으려고 애쓰는 듯 보였다. 그는 패널의 가장 큰 그림 앞에서 한동안 서 있었다.

"네 이름이 뭐지?"

그가 판에게 물었다. 판은 그에게 이름을 밝혔다.

"너는 저 애들 중 하나가 아니지?"

판은 별다른 표정도 짓지 않았고 아무런 말도 하지 않았다.

"내 느낌으로는 그래."

그는 판을 뚫어지도록 바라보면서 말했다. 혹시 판의 가슴이 떨렸을까? 그의 연한 갈색 피부 때문에? 레그의 눈과 거의 흡사한 그의 푸른 눈 때문에? 그의 눈은 어느 섬의 눈부시게 반짝이는 하늘처럼 깊었다. 그의 입술은 두툼했지만 윤곽이 뚜렷했다. 숱이 많은 물결 모양의 검은 머리 때문이었을까? 하지만 그에게는 피상적인 것이 전혀 아닌 무언가가 있었다. 그것은 그녀에게 레그에 대해 말하고 있었다. 어쩌면 그것은 차터의 자신감 이면에 있는 낙관적인 천진함이었다. 그것은 교육이나 훈련으로 없애 버리지 못한 취약성의 마디였다.

"너는 다른 애들처럼 움직이지 않아."

그는 여자애들을 힐끗 건너다보면서 말했다. 그들은 이제 그를 힐끔힐끔 훔쳐보고 있었다.

"저 애들은 무언가를 따라다니듯 돌아다니고 있어. 작은 걸음으로 조심조심 걸으면서 말이야. 그리고 너는 차터 사람이 아니야. 그건 분명해. 그렇다고 자치주 사람도 아니고. 너는 어떤 시설에서 왔을 거야. 그렇지? 어느 시설이지?"

하지만 그녀가 대답을 해야 할지 말아야 할지 결정하기도 전에 말라와 캐시 양이 나타났다. 여자애들은 즉각 자리에서 일어나 캐시 양 주변으로 모여들었다. 그리고 무슨 이유 때문에 그랬는지 모르겠지만 그들은 울음을 터뜨리기 시작했다. 아마 유례가 없을 정도로 많은 사람이 갑자기 한자리에 모이게 되자 은근히 충격을 받았던 것 같았다. 화가 나거나 동요한 기색이 전혀 없는 캐시 양은 양팔로 여자애들을 감싸 주었다. 그녀의 행동은 아이들 모두를 끔찍하게 아끼는 교장 선생님 같았다. 그녀는 여자애들 하나하나의 머리를 토닥거리며 안심을 시켜 주려고 애썼다. 아이들을 진정시켜 주고 나서 그녀는 무리에서 떨어져 나와 하늘거리는 가운을 펄럭이며 4번과 5번 여자애의 침대로 건너갔다. 젊은 의사에게 말을 건네기까지 그녀는 그를 거의 본 척도 하지 않았다.

"왜 우리 애들을 도와줄 수 없다는 거죠?"

그녀가 말했다.

"저 애들은 여기에서 치료할 수 없어요."

그는 그렇게 대꾸했다. 그녀의 말투에 기분이 상한 게 분명했다. 그렇지만 그는 상황을 그녀에게 충분히 설명했다. 여자애들한테 열이 없다는 게 단서였다. 그리고 병원에서 검사를 해 봐야만 정확히 확인할 수가 있는데 그는 여자애들이 보툴리눔 식중독에 걸렸을 거라고 의심했다. 드물게 발생하는 식중독으로 자치주에서만 발생한다고 그는 설명했다. 여자애들은 숨도 제대로 쉬지 못했다. 그는 정말 그게 보툴리눔 식중독이라면 결국 산소 호흡기가 필요할지도 모른다고 했다.

"산소 호흡기라고요?"

캐시 양이 말했다.

"네. 숨쉬는 데 지금보다 더 큰 어려움을 겪을 수도 있습니다. 죽을 수도 있어요."

의사가 말했다. 캐시 양은 고개를 끄덕였다. 그녀는 호흡기가 배달되도록 조치해 달라고 말했다. 그리고 애들이 자신과 떨어져 있는 것을 원치 않으니 이곳에서 검사가 진행되도록 해 달라고 부탁했다. 하지만 그는 그것은 곤란하다고 말했다.

"그럼 상급자한테 부탁을 해 주세요."

"제가 상급자입니다."

그가 말했다. 듣자하니 그는 응급실의 책임자였다. 그는 왕진 담당 수련의가 갑자기 몸이 아파서 부득이 자기가 올 수밖에 없었다고 말했다. 간단했다. 그녀로서는 여자애들을 실어 보내거나 아니면 여기에 계속 남게 하거나 둘 중에 하나를 선택해야 했다.

"내가 결정하는 거죠?"

캐시 양이 말했다.

"보호자시라면 그럴 수 있죠."

"보호자 맞아요."

그녀가 대답했다.

우리는 물론 캐시 양이 그 두 아이를 그 자리에 머물러 있게 할 거라는 것을 알고 있다. 진짜 혼란과 두려움으로 전례 없는 충격을 받은 나머지 여자애들도 거기에는 동의할 수밖에 없을 것이다. 시간이 지나면 질병이 저절로 사라져 버릴 거라고 믿는 것이 그들 모두에게 더 나았다. 특히 캐시 양에게는 더더욱 그랬다. 심지어 4번과 5번 여자애조차 자기네 침대에서 손을 흔들어 동의를 표하려고 애썼다.

"3번 여자애가 맹장이 터져서 일주일 동안 병원 신세를 져야 했을 때 정말 힘들었어요."

캐시 양이 그들을 위해 지난 일을 상기시켰다.

"한 사람이 없어지니까 애들이 잠을 이루지 못했어요. 먹지도 못했고요. 심지어 벽화 작업도 엉망이 되어 버렸죠. 제대로 돌아가는 일이 하나도 없었어요."

말라는 캐시 양에게 다시 한 번 생각해 줄 수 없느냐고 물었지만 캐시 양은 그야말로 자신의 귀를 막아 버렸다. 자기의 시중을 드는 사람한테서 그런 말을 듣고 무척 놀랐던 게 틀림없었다. 그런 일은 처음이었는지도 몰랐다. 말라는 멈추지 않고 좀 더 애원을 했다.

"그만!"

결국 참지 못한 캐시 양이 소리를 빽 질렀다. 말라는 움츠러들었다. 캐시 양은 자기가 목욕을 할 생각이었다고 여자애들에게 말했다. 그러면서 그녀는 그들에게 목욕을 마치고 나중에 머리를 감겨 주고 손발톱을 다듬어 주고 싶은데 괜찮은지 물었다. 그들은 행복한 비명을 질러 댔다. 그녀의 스위트룸으로 미용 관리를 받으러 가는 것은 아주 드문 일이었다. 자리를 뜨기 전에 그들 모두는 몸이 아픈 여자애들에게 키스를 했다. 캐시 양은 판에게 그곳에 남아서 두 여자애를 지켜보다가 필요하다 싶으면 의사를 부르라고 지시했다.

자기 물건들을 챙기고 있던 우펜드라가 이곳에서는 의사가 할 수 있는 것이 더 이상 없으니 다음에는 구급차가 와서 환자를 실어 가는 수밖에 없을 거라고 재차 강조했다. 캐시 양은 별다른 대꾸를 하지 않았다. 그녀가 여자애들과 바짝 붙어서 마치 한 덩어리처럼 서 있는 모습은 그들이 서로를 보살펴 주고 있다는 것을 모두에게 상기시켜 주었다. 그것은 지금까지 항상 그랬던 것처럼 앞으로도 항상 그렇게 할 것이라는 느낌을 주었다. 그들은 그녀의 스위트룸 안으로 사라졌다. 말라는 우펜드라를 내보내기 위해 아래층으로 내려가야 했다. 하지만 여자애들의 방을 나서기 전에 그 젊은 의사는 판의 팔꿈치를 잡아끌어 한쪽으로 데려갔다. 그것은 다정한 손길이었지만 충분한 힘이 가해져서 그녀는 그의 손가락 하나하나가 관절과 뼈를 짓누르는 것을 분명히 느낄 수 있었다.

"넌 여기에 있지 않아도 돼. 저 여자의 소유물이 아니라면 말이야. 무슨 말인지 알지?"

그녀는 고개를 끄덕였다.

그는 판이 도움을 청할 거라 생각하고 기다렸지만 그녀는 잠자코 있었다.

"좋아, 그럼."

불안해 보이는 모습으로 그가 말했다. 그는 다른 무슨 말을 할 듯 보였지만 그냥 떠나 버렸다. 여자애들의 방이 잠겼다. 판은 분명 자신이 캐시 양의 소유가 아니라는 것을 알고 있었다. 다른 사람이 그런 눈치를 챌 정도라면 그녀 자신이 그 사실을 모르고 있었을 리가 없다. 그녀는 어느 누구의 소유도 아니었다. 심지어 그녀는 레그의 소유도 아니었다. 우리가 그녀를 존경한 이유 중 하나가 바로 그것이니까. 하지만 판 혼자서 몸이 아픈 두 여자애를 지켜봐야 하는 지금의 경우처럼 우리는 간혹 어떤 것을 그냥 견뎌야만 할 때가 있다. 여자애들의 혈색은 이미 흙빛이 되어 가고 있었다.

# 19

요즘 많이 듣게 되는 B-모어의 오래된 격언이 하나 있다. 적어도 유행을 하고 있는 것처럼 보인다. 그 격언은 분명히 초기 이민자 시절부터 전해 내려온 것인데 그들의 수많은 격언, 관념, 전통과 마찬가지로 오늘날에도 여전히 통용이 되고 있다. 그 격언은 다음과 같다.

'반대편 물가에서 불을 바라보라.'

초기 이민자들에게는 그것은 문자 그대로 받아들여야 할 충고였다. 왜냐하면 그들이 떠나온 곳에서는 실제로 진짜 불이 나서 활활 타오르는 경우가 있었다. 화재의 원인이 사고인지 방화인지 부주의인지는 알 수 없었지만 종종 그런 일이 있었다. 게다가 원시적인 산업 공정에서 끊임없이 치명적인 연기 기둥이 치솟아 올랐다. 거기에 수반해서 오염된 물이 쏟아져 나온 것은 두말 할 필요도 없다. 땅에 파묻은 엄청난 양의 산업 폐기물은 결국 소구역 전체를 오염시켰다. 전문가들은 오염된 지역에서 멀찍이 물러나 있거나 다른 곳으로 달아나는 게 가장 좋은 방법이라고 조언했다.

물론 그 격언이 의미하는 바는 우리가 우리 자신을 마땅히 되돌아볼 수 있으며, 남들의 고통을 굳이 떠맡을 필요까지는 없다는 뜻이다. 이것은 우리 사회의 기본 정신으로 생각해 온 것과 서로 모순되는 것처럼 보일지도 모른다. 우리의 지역 사회 곳곳에서는 함께 일하고 함께 번영해야 하며, 그렇지 못하면 홀로 위험을 무릅쓰고 걸어야 한다는 생각이 팽배해 있다.

격언들은 어떤 목적을 위해 이용된다. 그것들은 우리가 더 넓은 세상에서 원하는 것, 그리고 격언들을 필요로 하는 바로 그 시대를 반영한다. 모든 사람들이 일의 어떤 맥락 속에서 진실이 거짓이 될 수 있다는 것을, 또 그 반대가 될 수 있다는 것을 알고 있다. 이 '불'에 관한 격언이 최근에 부쩍 자주 쓰이는 것만 봐도 그렇다. 우리는 우리 주변에서 벌어지는 일을 두려워하고 있는 것이 아닐까? 그래서 자기 자신 속으로 숨어 버리는 것을 정당화하고 있는 것이 아닐까? 그게 아니라면 동일한 이유로 당국을 위해 은밀히 일하는 사람들이 그런 격언을 퍼뜨리는 걸까? 어쨌든 우리는 공공 기물 파손과 즉흥적인 대중 시위, 그리고 가장 최근의 낙서들(스프레이를 이용하거나 손으로 직접 그리는 것에 널리 유통되는 스텐실까지 가세했다)이 무분별하게 퍼져 나가는 것을 지켜보면서 우리는 우리의 정교하게 돌아가고 있는 사회가 부서지고 있음을 느끼기 시작했다.

FREE REG

(자유의 몸이 된 레그)

우리가 동의하는가, 의 문제는 중요하지 않다. 그리고 우리는 동의한다. 다른 모든 이들도 동의하고 있다는 것을 알고 있으므로. 심지어 당국이라고 해서 이에 반대할 수 있을까? 하지만 정서는 거의 모든 색조로 복제가 되고 있는 것이 사실이다. 성급함이 희미하게 묻어나는 것도 있고 디자인이 꼼꼼하고 복잡한 것도 있다. 그것이 불안하게 만든다. 한 가지 예를 들면, 일전에 우리는 스텐실을 간신히 들고 그 위에 아무렇게나 스프레이를 뿌리기 직전인 한 작은 어린아이를 본 적이 있었다. 흘러내리는 것 같은 글자들 위로 아이의 통통하고 작은 손의 윤곽이 희미하게 떠다니고 있었다. 그 순진무구한 어린이가 이 감정의 거대한 파도에 완전히 걸려들었다는 생각을 하자 가슴이 미어지는 듯 혼란스러웠다.

그렇지만 그것은 진짜 파도이다. 그리고 치솟으며 밀려와 방어벽을 위협하는 모든 파도와 마찬가지로 그것은 결국 물러갈 것이다. 그것이 우리에게 보여 주려고 하는 것이 무엇인지는 말하기 어렵다. 우리는 너무 먼 미래를 생각하는 것에 익숙해져 있지 않다. 그것은 긴 세월 동안 지속되어 온 우리의 안보와 번영 때문임이 분명하다. 우리는 우리의 생활이라는 본직에 종사하고 있고 가정에 틀어박혀 대부분의 시간을 보낸다. 하지만 요즘에는 추운 날씨에도 불구하고 점점 더 많은 사람들이 야외 활동을 하는 것을 보게 된다. 그것은 특별히 더운 여름밤에만 볼 수 있었던 현상인데 달라진 것이다.

아이들이 잡기 놀이와 숨바꼭질을 하고 어른들이 현관 앞 계단에 나란히 앉아 부채질을 하고 냉차를 마시고 담배를 피우던 과거와 달리 이제 우리는 인도나 거리를 어슬렁거리고 있다. 실제로 아이들은 우리를 의식하면서 우리가 다음에 어떤 움직임을 보일지만 기다리고 있다. 거의 모든 사람들이 서 있다. 길에는 먹거리 행상도 있을 것이고 손금쟁이와 카드 점술가도 있을 테지만 심지어 이들조차도 마치 연립 주택 밖에서 고인을 마지막으로 대면하려는 조문객들을 돕는 사람들처럼 점잖고 신중하게 처신하고 있다. 우리가 서로 소곤거리고 있기 때문에. 우리는 더 이상 저녁 프로그램에 나오는 시끌벅적한 사건들에 대해서도, 시장에서 파는 멜론의 특이할 정도로 쓴맛에 대해서도 얘기하지 않는다. 우리는 지금 다른 종류의 보고를 공유하고 있다. 그것은 현재 진행 중인 시설의 근무 시간 축소, 학교에서 점점 커져 가는 학급 규모, 일정 변경에 대한 어떠한 말도 없이 빈발하고 있는 은퇴자들의 해외여행 연기 등이다. 이것들과 그 밖의 논평이나 불만들은 예전부터 (사적으로) 있어 왔던 것들이다. 그러나 지금 그와 더불어 변화를 일으키기 위해 사람들이 서로에게 해 주는 간곡한 권고들이 생겨나고 있다. 그리고 그런 변화가 가능한지 가능하지 않은지는 적어도 아직까지는 중요하지 않은 듯 보인다. 중요한 것은 우리의 달라진 대화 습관이다. 우리는 충분히 달아오른 채 서로의 얼굴을 마주보며 이야기한다.

어디에 있는지 모르겠지만 레그도 아마 우리의 소식을 들을 수 있었을 것이다. 아마 그는 어떤 건물이나 차량의 창문 밖을 내다보다가 누군가가 수수하고 잡다한 옷을 차려 입고 예전처럼 잡기 놀이를 하고 있는 장면을 목격했을 것이다. 우리가 이런저런 일들을 겪으면서 그에 대해 어쩔 수 없이 생각하게 되는 것처럼 그도 우리를 생각했을 것이다. 우리는 하나이므로. 기쁨도 슬픔도 함께 나누는 한 몸이므로. 어쩌면 그것이 그를 고무시켜 버티고 견디게 해 주었을지도 모른다.

그리고 어떤 식으로 연결되어 있는지 알 수 없지만, 어쨌든 이것은 우리의 두려움을 모르는 판에게도 용기를 북돋워 주었다. 우리가 그녀를 떠난 지난 대목에서 채 한 시간도 되지 않아 판은 가엾은 5번 여자애가 이제 더 이상 소리를 낼 수 없고 호흡으로 간신히 자기 자신을 지탱하고 있다는 것을 깨달았다. 가슴이 오르내리는 폭도 이전에 비해 절반에 머물러 있었고 숨을 들이마시는 양도 충분치 않았다. 4번 여자애도 마찬가지였다. 그녀도 동일한 상태가 되어 가고 있는 듯 보였다. 판은 캐시 양의 스위트룸으로 달려가서 문을 쾅쾅 두드렸지만 안에서는 아무런 대답도 없었다. 그녀는 심지어 창문을 깨려고 침실용 탁자를 휘둘러 보았지만 창문이 엄지손가락만큼이나 두꺼운 깨지지 않는 플라스틱으로 되어 있어서 허접하게 만든 애꿎은 가구만 다리 접합 부분이 떨어져 나갔다. 작은 부엌에서 그녀는 지렛대로 사용할 수 있는 것이 있는지 찾아보았지만 칼들은 모두 길이가 짧은데다 칼날이 얇은 껍질 벗기는 칼들이었다. 어쨌든 그녀가 하나를 휘둘러 보면서 시도할 준비를 마쳤을 때, 식품용 승강기의 반쯤 열린 문이 그녀의 눈에 들어왔다. 몸집이 작은 판조차 들어갈 수 없을 정도로 아주 작은 크기였다. 하지만 그 순간 그녀에게 어떤 선견지명 같은 것이 떠올랐다. 그녀는 시리얼 상자를 찢은 다음 그 상자 조각들을 수프 볼에 쌓았다. 그리고 그 위에 추가로 화장실용 휴지를 올렸다. 그녀는 성냥을 발견했다(여자애들은 향초를 밝히는 것을 아주 좋아했다). 불길이 확 타올랐을 때, 그녀는 그것을 승강기에 실어 아래로 내려 보냈다. 그것이 바닥에 도착하게 되면 큰 부엌에서 종을 울리게 될 거라는 것을 알고 있었다. 그녀는 철문에 귀를 갖다 붙이고 희미하게 들려오는 땡, 소리를 들었다.

하지만 아무런 일도 일어나지 않았다. 매캐하고 유독한 연기가 계속 올라와서 그녀는 뒤로 물러설 수밖에 없었다.

그 순간 승강기가 오르내리는 통로의 반대편 끝에서 어떤 고함소리가 들려왔다. 말라가 미친 듯이 티코를 소리쳐 부르고 있었다. 혹시 말라가 화상을 입은 것은 아닐까? 판은 승강기 통로 아래쪽을 향해 힘껏 소리쳤다. 하지만 일 분도 지나지 않아 방의 문이 열렸고 말라가 들어왔다. 그녀는 다친 데 하나 없이 멀쩡했다. 하지만 말라는 여자애들을 보자마자 표정이 굳어졌고, 자기가 해야 할 필요가 있는 일을 마땅히 할 듯한 모습을 보였다. 그녀는 판에게 여자애들을 위해 물건들을 가방에 챙겨 넣으라고 지시했다. 그녀 자신은 아래층으로 내려가 구급차를 부르겠다고 했다. 그녀는 캐시 양의 허락도 구하지 않을 셈이었다.

"이건 너한테도 기회야, 꼬마 아가씨."

그녀가 말했다.

"네 가방도 챙겨. 여기는 네가 있을 만한 곳이 아냐. 내가 너무 미안해. 그동안 있었던 모든 일에 대해 너무 미안해."

"저한테 사과하실 필요 없어요."

판이 말했다.

"아냐, 사과를 해야 해!"

말라는 판의 양쪽 어깨를 붙잡았다.

"너한테 제일 미안해! 나는 네가 남들과 다르다는 것을 알았어. 하지만 내가 너한테 어떻게 했지?"

"그런 것은 더 이상 중요하지 않아요."

"그래, 네 말이 옳아. 넌 당장 여길 떠나야 돼. 문 밖으로 나가는 아무 버스나 타! 이건 내 교통카드야. 이거면 제법 멀리까지 갈 수 있을 거야. 갈 수 있는 데까지, 최대한 멀리까지 가야 한다!"

판 역시 이것이 자기한테 가장 좋은 기회라는 것을 쉽게 알 수 있었다. 물론 모두가 떠나고 그녀 혼자 남겨질 끔찍한 가능성이 있었지만 어쨌든 이것은 그냥 떠나 버리면 되는 간단한 문제였다. 하지만 판은 이제 이 여자애들을 버릴 생각이 조금도 없었다. 그녀가 말라만큼 여자애들을 사랑하지는 않았다고 하더라도, 아니 비정상적이고 왜곡되긴 했지만 캐시 양만큼 여자애들을 사랑하지는 않았다고 하더라도 판은 어쨌든 여자애들을 마치 자신의 가족처럼 아꼈다. 그녀가 항상 보살피고 보호해 줘야 하는 자신의 소중한 사촌들처럼 여겼다.

"아직은 여기를 떠날 수 없어요."

판이 말했다.

"어느 누구도 너를 비난하지 않을 거야! 여자애들조차도!"

"그래서 저는 떠날 수 없어요."

판이 말했다. 말라는 그녀의 뺨을 꼬집는 시늉을 하고 나서 저쪽으로 느긋하게 걸어갔다. 말라는 이미 부서진 침실용 탁자의 다리로 여자애들의 방문을 받쳐서 약간 열린 상태로 두었고 캐시 양의 스위트룸 문은 의자로 열어 두었다. 말라는 판이 마음이 바뀔 것에 대비해 그렇게 해 둔 것이라고 말했다.

그러나 이제 그럴 가능성은 거의 없었다. 판은 캐시 양의 거대하고 여러 개의 작은 방으로 되어 있는 욕실을 향해 걸어갔다. 판은 자신이 무엇을 해야 할지, 또 여자를 설득할 수 있는 가능성이 전혀 없는 상태에서 무슨 말을 해야 할지 모르고 있었다. 하지만 그녀는 분명 분노에 사로잡혀 있었다. 판의 발걸음에 새로운 추진력이 더해져 있었으니까. 걷는 속도만 빨라진 것이 아니라 마음만 먹으면 단단한 고체라도 뚫고 지나갈 기세였다. 그녀의 걸음걸이에는 조금도 주저함이 없었다. 그리고 그것은 우리가 이제 판에 대해 생각할 때 그녀에게서 재미있는 것들 가운데 하나이다. 그것이 가장 중요시될 때에 그녀는 개념, 소망, 꿈으로 이루어진 어떤 화려한 덩어리라기보다는 기본적으로 물리적 존재였다. 요즘에는 다른 유형의 어떤 사람이 영웅적으로 보이는 경우가 종종 있지만, 우리 B-모어 사람들 그리고 여러분 또한 누군가의 결의에 찬 시선이나 그들이 방을 가로질러가는 모습이나 그냥 그곳에 서 있는 모습에 다른 이들보다 더 크게 반응한다. 판의 경우에는 어린 조지프의 초상집에서 경야(經夜)를 하던 날에 그랬다. 세계와 그 안의 모든 것이 순간적으로 그들 주위를 선회하고 있다는 생각을 하게 만드는 어떤 단단함이 있었다.

당연히 모든 사람이 이것을 이해할 수 있는 것은 아니다. 예를 들어 캐시 양은 판이 욕실의 문간에 모습을 드러냈을 때, 그녀의 존재에 놀랐다기보다는 분명 그녀의 무례함에 대해 생각하고 있었다.

"여기는 웬일이야?"

캐시 양이 말했다. 그녀는 판이 다른 방에서 벗어난 사실에 깜짝 놀란 게 분명했다. 여자애들은 다양한 기구와 화장수와 광택제를 가지고 서로를 돌봐 주고 있었고 캐시 양 자신은 수건으로 머리를 터번처럼 감싸고 7번 여자애의 머리카락을 동그랗게 말아 주느라 한창이었다. 호화로운 대리석 욕조 속에 살집이 있는 반들반들한 아가씨들이 늘어서 있는 그 광경은 레오 씨의 화랑에 있는 오래된 유화 작품들 가운데 하나와 흡사해 보였다. 물론 이 광경에서는 아가씨들의 몸매가 자그마하고 몹시 여위고 연령이 다양했다. 그들은 자기들보다 몸집이 훨씬 더 크고 살결이 더 희고 나이가 더 많은 인물의 주변을 맴돌고 있었다. 이 차가운 태양 같은 여자는 석재 타일이 깔린 방에서 모든 온기와 색채를 끌어당기고 있는 듯 보였다.

"저도 함께하고 싶은데 그래도 돼요?"

판이 말했다. 캐시 양은 그녀의 말을 듣지 못한 것처럼 보였다. 캐시 양은 자기 손에 들린 솔빗을 멍하니 바라보고 있다가 다시 그것을 굴려 여자애의 머리카락을 안으로 말아 넣었다. 그러나 그녀는 대답했다.

"들어와, 그럼."

다른 여자애들이 낮게 중얼거렸다. 그들은 친절한 미소를 짓고 있었지만 판이 다른 방에서 아파 누워 있는 그들의 자매들을 버려두고 왜 욕실로 기어 들어오려고 하는지에 대해 혼란스러워하고 있는 게 분명했다. 그들은 그들이 더 잘하고 있는 거라고 확신하고 있었다. 어느 누구도 판에게 감히 물어보지는 못했지만 그들은 서로 말없이 그 사실에 동의하고 있었다.

그들이 다른 마음을 가진 사람들이었더라면 판은 어떤 행동으로 그들을 결집시키려고 애썼을지 몰랐다. 말라가 방해받지 않고 무슨 일이든 할 수 있도록 여자애들에게 그들의 보호자를 에워싸고 목욕용 가운의 허리띠로 그녀를 꽁꽁 묶게 만들 수도 있었다. 아마 언젠가는 그들이 그렇게 행동할 것이었다. 그러나 지금으로서는 그런 반란의 가능성이 전혀 없다는 것을 판은 알 수 있었다. 그래서 그녀는 자기가 최선이라고 생각하는 일을 했다. 그것은 여자애들 사이에 자리를 잡고 앉는 것이었다. 그런 다음 그녀는 여러 바구니들 가운데 하나에서 광택제 한 병을 골라, 자기가 고른 색깔이 마음에 드는지 2번 여자애한테 물었다. 우유처럼 유백색에 은빛이 도는 광택제였다. 2번 여자애는 내뻗은 두 발을 경망스럽게 흔들어 대며 고개를 끄덕였다.

판은 숨을 쉴 때마다 다른 방에 있는 5번 여자애의 가슴이 조여드는 것을 확실히 느낄 수 있는 상황이었지만 참을성 있게 앉아 있었다. 그녀가 의도하는 것은 무엇이었을까? 그녀는 무엇을 기다리고 있었을까? 만약 그녀의 목적이 4번과 5번 여자애가 병원으로 이송되도록 하는 것이었다면 그녀는 어떻게 해서든 캐시 양을 안에 가두려고 했을지 몰랐다. 다른 여자애들이 빠져나가는 동안 육중한 침대나 속을 채운 안락의자로 욕실 문턱을 막아 둘 수 있었다. 하지만 그녀는 그러지 않았다. 대신 그녀는 자기 자신을 그 무리의 한복판에 던져 넣었다. 강력한 용제(溶劑)는 공기를 달콤하게 적셨고 그들 모두를 흥분의 도가니로 몰아넣기에 충분했다.

판이 2번 여자애의 발톱을 칠해 주고 나자 2번 여자애는 당연히 판의 발톱을 칠해 주고 싶어 했다. 그런데 캐시 양이 머리빗을 2번 여자애한테 넘겨주면서 자기가 칠해 주겠다는 말을 해서 모두를 깜짝 놀라게 했다. 그녀는 자주 머리를 빗어 주었고 가끔 손톱에 매니큐어를 칠해 주곤 했지만 어떤 여자애의 발톱에 칠을 해 주는 경우는 극히 드물었다. 몇 년 전에 해 준 뒤로 처음이었다. 캐시 양은 판이 거품이 일어나는 뜨거운 물이 담긴 작은 통에 발을 넣어 적시게 했다. 그녀는 발바닥의 부드러워진 피부를 줄로 긁어냈다. 그리고 부드러운 솔로 발가락과 그것들 사이의 공간을 문지른 다음 소독용 알코올로 발톱과 단단한 피부 층을 깨끗이 닦아 냈다. 그녀는 발톱 하나하나가 마치 부드럽고 작은 들꽃이라도 되는 양 솜뭉치로 토닥거렸다. 그동안 줄곧 판은 왜 말라가 아직도 도움을 주러 돌아오지 않는지 궁금해하고 있었다. 그녀로서는 달리 할 수 있는 게 거의 없었다. 다른 유형의 여자 주인공이라면 자신이 지닌 가장 어두운 용기를 냈을지도 몰랐다. 짐승 같은 분노나 당연한 책임으로 화장대의 열린 서랍 속에서 반짝거리고 있는 가위를 휘두르거나 이 여자의 숙인 머리 위로 나무로 만든 자신의 발 받침대를 높이 치켜들어 모든 도덕을 어겼을 수도 있었다.

물론 판은 그렇게 하지 않았다. 우리는 판이 그 순간 캐시 양의 열광뿐 아니라 여자애들이 그 여자에게 얼마나 큰 의미가 있는지에 대해 제대로 인식했다고 봐야 한다. 그녀가 가엾은 4번과 5번 여자애를 그들의 운명 속에 기꺼이 내팽개쳐 둔 사실을 감안해 보면 이것은 완전히 잘못된 판단으로 보일 수 있었다. 궁극적으로 가장 중요한 것은 어느 특정한 여자애나 여자애들이 아니라 그들 전체였다. 캐시 양한테서 뜻밖의 충격이나 고통이나 인상 쓰는 일을 당하지 않으려면 실을 짜서 그녀를 감싸고 고치 속에 그녀를 가두고 날마다 밤낮으로 그녀를 편안히 눕혀야 했다. 여자애들의 말투는 항상 절제가 있었고 친절했다. 그것은 모두 그녀와 관련되어 있었다. 그들이 영향을 받는 것은 전적으로 그녀의 폭풍이나 좋은 기후였다. 이 점에 있어서 가장 큰 잠재적인 소동은 그들의 전체 수가 줄어드는 것이 아니라 갑작스러운 변화라는 망령이었다. 그 여자가 이제 필요로 하는 것은 하늘을 가리는 막을 세우는 것이었다.

얼마 지나지 않아 그 느낌은 옳은 것으로 판명되었다. 판은 필요한 자리를 찾은 듯 보였다. 그들 모두는 이런 활동을 가지고 그들 벽의 패널을 어떻게 칠할지, 무엇을 먹을지에 대해 재잘거렸다. 7번 여자애가 갈망하는 오뎅•에 대해 계속해서 이야기를 했다. 캐시 양은 결국 그게 무엇인지 물었다. 아무것도 잘못된 것이 없어 보였다. 이 불안정한 때에 그리고 다른 모든 때에도 캐시 양이, 더 나아가 여자애들이 가장 원했던 것은 바로 그러한 것들이었다. 기본적인 꿈은 위안을 주는 것이다. 마침내 보호자와 피보호자 모두를 위해 감정이 바른 방향으로 정리되는 것이다. 그리고 그 꿈은 사실 우리들을 지탱해주는 것이기도 하다. 아마도 이러한 점에서 우리 B-모어 사람들, 그리고 어쩌면 여러분의 사람들도 그 여자애들과 다를 바 없다. 우리는 최선의 피난처를 얻기 위해 모여 살고 있다. 결국 어느 정도 품위 있

• Oden: 어묵 혹은 꼬치 안주류를 말하는 것으로 보임.

는 생활을 할 수 있게 된 것은 너무나 오랫동안 우리만의 고독한 자부심이었다.

캐시 양은 판의 마지막 발톱에 칠을 해 주고 나서 자리에서 일어났다. 그녀는 세면대와 거울이 붙은 벽 앞에 놓인 미용실 스타일의 회전의자에 앉았다. 여자애들 가운데 하나는 자동적으로 그녀의 머리를 빗어 줄 준비가 되어 있었다. 판뿐 아니라 나머지 여자애들도 그녀의 주변으로 모여들었다. 그렇게 모여 있는 그들의 모습은 가장 이상한 종류의 보호 시설을 위한 카탈로그에서나 나올 법한 것이었다. 그것은 가장 기이한 학급의 모습 같았다. 하지만 그들의 수는 확 줄어든 것처럼 보였다. 그때 캐시 양의 얼굴에 무언가가 번쩍 스치는 듯했다. 마침내 그녀가 산꼭대기에 있는 고대의 폐허에 오르기라도 한 것처럼. 그것은 그녀가 조금은 두려워해 온 어떤 환상이었다. 그림자가 무너진 성벽 위로 드리워져 있고 주변의 모든 것을 어둡게 만드는 그런 폐허. 그녀는 여자애들한테 4번과 5번 여자애의 몸 상태가 어떤지 가서 알아보라고 지시했다. 그 말에 주위의 모든 곳에서 안도의 한숨 소리들이 흘러나왔다. 모두가 하던 일을 당장 그만두었고 손톱과 발톱 관리 용품들을 본래 있던 자리에 집어넣었다. 캐시 양의 입에서 그 소리가 나오기를 줄곧 기다려 온 듯했다. 한편 판은 자신의 전략이 얼마나 잘못되었는지 이제 막 깨닫기 시작하고 있었다. 처음부터 좀 더 세고 좀 더 극단적인 조치를 취했어야 했다. 하지만 여자애들이 우르르 나가는 동안 캐시 양은 판에게 남아 있으라고 말했다. 캐시 양은 판을 미용실용 의자에 앉히고 나서 그녀의 뒤에 서서 미용사처럼 그녀를 살펴보았다. 손바닥으로 판의 머리끝을 들어 무게를 가늠해 보기까지 했다. 그녀는 솔빗 하나를 집어 들고 숱이 많고 곧게 뻗어 내린 판의 머리를 빗었다. 솔빗의 가지들이 가끔 판의 목을 할퀴었다. 판은 빗질이 점점 더 세어지고 거칠어지자 바짝 긴장을 했다. 하지만 빗질은 중단되거나 약해지지 않고 꾸준히 이어졌다. 빗질 소리가 마치 힘차게 탈곡을 하는 소리처럼 들렸다.

마침내 캐시 양이 입을 열었다.

"내가 어린 소녀였을 때, 우리 엄마는 매일 밤 내 머리를 빗어 주셨어. 너희 엄마도 틀림없이 그러셨을 거야."

판은 고개를 가로저었다. 판은 가끔 사촌과 함께 나란히 앉아 있곤 했지만 그것은 어떤 가족의 유대 때문이라기보다는 함께 놀기 위해서였다.

"네 머리는 빗기가 참 좋아."

캐시 양이 거울을 보며 말했다.

"우리 엄마가 네 머릿결을 보셨다면 감탄하셨을 거야. 우리 엄마는 네 머리를 조랑말의 갈기라고 하셨을 거야. 튼튼하지만 여전히 부드럽고 윤기가 흘러. 우리 엄마는 내 머리가 너무 가늘고 잘 끊어지고 너무 쉽게 엉킨다며 불평을 하곤 하셨어. 나는 잠자리에 들기 전에 밤마다 엄마한테 가야 했는데 바로 그런 이유 때문이었지. 엄마는 내 머리칼이 더 굵고 곧게 자라도록 길을 들이고 싶어 하셨지만 당연히 그런 일은 벌어지지 않았지."

판은 매일 밤 그런 의식을 치르게 되어 기분이 좋았겠다고 말했다. 캐시 양은 희미하게 미소를 지었다. 그녀는 자기 머리에 두르고 있던 수건을 풀었다. 그녀의 머리카락은 해어진 밧줄처럼 축축한 덩어리가 되어 있었다. 판이 의자에서 뛰어내리려고 몸을 움직였지만 캐시 양은 그녀의 양쪽 어깨를 한손으로 감싸고 자신과 판의 얼굴이 나란히 놓이도록 허리를 굽혔다.

"너는 볼 수 없을 테니까 굳이 동의하지 않아도 돼."

눈을 동그랗게 뜨고 초점을 맞추며 여자가 말했다.

"하지만 나는 너의 안에 있는 수많은 나를 보게 돼. 지금의 나는 아니지. 과거의 나. 너는 너무 어리고 생기가 넘쳐. 나는 그런 것들을 더 이상 가지고 있지 않아. 하지만 내가 지금보다 나이가 어렸을 때, 너보다 더 나이가 어렸을 때, 내가 어떤 여자애였는지 알게 되면 너는 깜짝 놀랄 거야. 나는 마을의 가장자리로 걸어가서 정문 관리실의 경비원이 점심을 먹기를 기다린 다음 빗장 사이로 빠져나가곤 했어. 내가 그만큼이나 깡말랐었다니까! 내가 뭘 했었는지 알아?"

판은 고개를 가로저었다.

"나는 달렸어."

"어디로요?"

판이 물었다.

"그냥 멀리!"

캐시 양의 소리쳤다. 그녀의 얼굴에 갑자기 생기가 넘쳐흘렀다.

"난 그냥 달렸어. 처음에는 경비원이 나를 발견하지 못하도록 최대한 빠르게 달렸지. 하지만 길이 험해지기 시작하는 지점에 이르렀을 때, 나는 속도를 줄이고 경비원의 눈에 띄지 않으려고 애쓰곤 했어. 나는 종일 그렇게 떠돌았단다. 가끔 차량들과 사람들을 볼 때면 나는 몸을 숨겼어. 내가 다치지도 않았고 길을 잃지도 않았다는 게 놀랍지."

판은 그녀의 부모님이 걱정하거나 화를 내지는 않았는지 물었다.

"부모님은 전혀 모르고 계셨지. 아빠는 저녁을 드시고 집에 들어오셨어. 엄마는 정원에서 작업을 하셔야 했고 친구 분들과 어울리시느라 온종일 바쁘셨지. 가사 도우미가 내 걱정을 많이 했지만 나는 그녀에게 절대 말하지 않겠다는 약속을 받아 두었지."

"꽤 멀리까지 나가셨나 보네요."

"정확히는 모르겠어. 내게 말해 봐. 어린 여자애가 얼마나 멀리까지 갈 수 있지?"

캐시 양은 잠시 생각에 잠긴 듯 말을 멈췄다.

"한번은 폭풍우를 만났어. 나는 내가 어디에 있는지 더 이상 알 수 없었지. 나는 해가 폭풍우를 뚫고 나와 무지개가 뜬 하늘이 마을에 다시 모습을 드러내기를 바라야 했어. 그때 아마 무지개가 떴을 거야. 그렇지 않았다면 나는 지금 여기가 아닌 다른 곳에 가 있었겠지."

판은 자신이 여자의 갈망을 감지했음을 확신했다.

"다른 곳 어디에요?"

"차터 마을은 아닐 거야. 자치주에서 내가 끝까지 버텨 냈을지 확신할 순 없지만."

"제 생각에는 버텨 내셨을 것 같아요."

판은 확실히 그렇게 믿고 있다는 듯 말했다.

캐시 양은 그 말에 기분이 밝아진 듯 보였다.

"가끔 나는 그때처럼 나 자신을 볼 수 있었으면 좋겠다는 생각을 해. 하지만 저 위에서. 그리고 저 밖에서."

"하실 수 있어요. 보실 수 있다고요."

판이 말했다.

"어떻게?"

"원하시는 것은 무엇이든 보실 수 있어요."

말을 마치고 나서 판은 기이한 행동을 했다. 묻지도 않고 캐시 양의 양손을 붙잡았다. 캐시 양의 손은 여전히 그녀의 양쪽 어깨 위에 놓여 있었다. 캐시 양은 본능적으로 손을 뒤로 빼내려고 했다. 캐시 양이 판의 몸에 손을 댈 수는 있겠지만 그 반대는 절대로 허용되지 않았다. 판은 그녀의 손을 꽉 붙잡았다. 캐시 양은 거울 속에서 깜짝 놀란 듯 보였다. 여자가 무슨 말을 하거나 다른 무슨 행동을 하기 전에 판은 눈을 감았다. 그녀는 캐시 양에게 자기처럼 눈을 감으라고 말했다. 판은 캐시 양이 손을 빼내려고 애쓰는 것을 느낄 수 있었다. 하지만 판은 필요할 때에 육체적으로 매우 강해질 수 있었다. 캐시 양은 손을 놓아 달라고 소리쳤다. 하지만 판은 그러지 않았다. 그러자 캐시 양은 그녀의 몸을 밀쳐 내려 했다. 두 사람의 서로 엉킨 손이 판의 귀와 캐시 양의 관자놀이와 캐시 양의 턱을 후려쳤다. 마구잡이식의 가격이 이어졌다. 판은 비명을 지르거나 신음 소리를 내고 싶었지만 마치 자신의 몸이 살이 아니라 가장 오래된 돌로 만들어지기라도 하듯 시종 꿈쩍도 하지 않으려고 애썼다. 판이 더 이상 버티지 못하고 굴복을 하려던 바로 그 순간, 눈물이 여자의 뺨을 적시기 시작했다. 판이 그녀를 움켜잡은 힘이 결국 무너지는 것을 느꼈을 때, 여자가 누그러졌다. 판은 자신의 뒤에서 캐시 양이 거칠게 숨을 몰아쉬는 것을 들을 수 있었다. 그때 판은 캐시 양이 그려 보기를 원하는 장면을 설명했다. 얼룩덜룩한 세이지가 빽빽하게 자라고 있고 그 사이로 자갈길이 나 있으며 오두막들의 녹슨 지붕이 여기저기 박혀 있고 요리를 하느라 피운 불에서 소용돌이 모양의 연기가 뭉게뭉게 하늘로 피어오르는 풍경. 덤불의 그림자 속에서 어깨가 파리하고 딸기 빛깔의 머리카락을 가진 자그마한 아이가 수풀 속을 춤을 추듯 깡충깡충 자유롭게 뛰어다니는 풍경. 그것은 자치주의 풍경이었다.

판이 거울을 다시 들여다보았을 때, 캐시 양의 눈은 아직 감겨 있었다. 그녀는 간신히 눈을 감고 있는 듯 보였다. 그녀의 얼굴은 보기 드물게 부드러운 봄빛을 받아들이고 있는 것처럼 위로 약간 치켜올라가 있었다. 그녀는 줄곧 그런 식으로 있었는지도 몰랐다. 욕실 밖의 소란이 몽상을 방해하지만 않았더라면 판은 틀림없이 그녀를 그대로 내버려 두었을 것이었다. 그들이 밖으로 나왔을 때, 여자애들의 방문이 캐시 양의 스위트룸 이중문과 마찬가지로 활짝 열려 있었다. 모두 달아난 걸까?

하지만 방 안에는 모든 사람들이 모여 있었다. 그 커다란 공간이 낯설고 다양한 사람들 때문에 갑자기 훨씬 작아져 버린 듯한 느낌이 들었다. 거기에는 여자애들뿐만 아니라 말라와 티코도 있었다. 티코는 몸집이 거의 자기와 비슷한 구급대원 두 명과 나란히 서 있었다. 판은 특히 그곳에 젊은 의사 우펜드라가 와 있는 것을 보고 깜짝 놀랐다. 그녀는 그를 보고 행복감에 낮게 탄성을 질렀다. 그가 돌아온 것이었다. 그들을 버리지 않았던 것이었다. 그는 판과 눈이 마주쳤지만 곧바로 5번 여자애한테로 다시금 시선을 돌렸다. 그녀는 괴로워하고 있었다. 어느 누구도 소리를 내지 않고 있었다. 캐시 양까지도 잠자코 있었다. 누가 보더라도 그녀를 병원으로 다시 데려갈 시간이 충분하지 않아 보였다. 모든 사람들이 모여 있었다. 그들은 의사가 여자애의 목숨을 확실히 살려낼 거라고 분명히 판단했을 것이다. 이 모든 상황이 상당히 심각하고 충격적이지만 아무튼 정상이고 적어도 예전의 평범한 생활로 돌아갈 수 있다고 판단했을 것이다. 여자애들의 삶이 아무리 억압되고 기이하다고 해도 그들의 생활은 어찌 됐든 꾸준히 이어질 것이다. 자기들과 몇몇 그 밖의 사람들만 보게 될지라도 그들은 복잡한 변화에 덧칠을 해 나갈 것이다.

5번 여자애가 침대에서 몸을 꿈틀거렸다. 그녀의 두 발이 비록 떨리는 정도였지만 마침내 움직였다. 다음 순간 그녀가 발작적으로 딸꾹질을 했다. 그녀는 몸을 옆으로 틀면서 간신히 한 소리를 내뱉었다. 그녀는 자기가 아끼는 자매들에게 들릴락 말락 한 소리로 무슨 말인가를 했다. 그것은 "난 할 수 있어." 또는 "나의 판." 같은 말이었다. 기력이 소진된 그녀는 몸을 굴려 다시 반듯하게 누웠다. 눈물이 긴장으로 굳어 버린 그녀의 두 뺨을 타고 흘러내렸다. 그녀는 환하게 미소를 짓고 있었다. 그녀가 흘리는 눈물은 기쁨의 눈물인 것만 같았다. 하지만 캐시 양은 숨을 헐떡이며 양손으로 자기 입을 틀어막았다. 우펜드라는 무릎을 꿇고 그녀의 가슴에 귀를 기울였다. 그런 다음 그는 공기주머니를 사용해 보다가 그 다음에는 그녀의 가슴에 압박을 가하면서 자신의 입으로 인공호흡을 했다. 그녀의 눈동자가 풀리면서 어두워졌다. 그녀의 몸 전체는 몸속을 떠도는 핏방울 하나하나가 아주 매력 없는 페인트로 변해 가고 있는 것처럼 보였다.

# 20

벽 패널의 그림에는 항상 넋을 빼앗아 가는 무언가가 있다. 어쩌면 그것이 답답한 액자 속에 박혀 있지 않아서 그럴 수도 있고 자유롭게 마음껏 뻗어 갈 것만 같아서 그럴 수도 있다. 가장 최신 작품에서부터 가장 오래된 작품에 이르기까지 우리는 그것의 목적을 알고 있다. 그것은 고무하고 자극하고 기념하는 것이다. 어쩌면 그것은 의문을 제기하기도 하고 심지어 비난을 하거나 과거에 일어난 사건이나 우리의 세상이 좀 더 나은 세상이 되기 위해 반드시 일어났어야 하는 어떤 사건의 한 장면을 기록하기 위한 것이다. 그 색채들을 다른 사람들과 함께 바라보는 것은 똑같은 그림을 혼자서 바라보는 것과는 완전히 다르다. 전자는 오랫동안 간직해 온 비밀을 남들과 나누는 것 같은 느낌을 주니까.

우리는 제작자에 대해 충분히 고려하지 않았을 것이다. 우리는

6번 여자애가 왜, 그리고 무엇을 한 것인지에 대해서는 심각하게 생각해 보지 않았다. 그 작품을 제작한 이유가 어떤 설명할 길 없는 예술적 충동 때문인지 아니면 양심의 자극 때문인지 우리는 모른다. 그리고 가장 중요한 문제는 B-모어의 골목이나 차터 빌라의 안쪽 깊숙한 곳으로 되돌아가서 작품 제작이 그녀에게 무엇을 생각하고 느끼게 만들었는가, 하는 것이다. 그것이 그녀로 하여금 더 크게 느끼고 더 결합되도록 만들었는가? 그것이 자신과의 싸움을 해결했는가? 그것이 그녀가 지금껏 이해하지 못했거나 인식조차 하지 못한 어떤 개인적 경계에서 풀려나게 해 주었는가?

우리가 6번 여자애의 마지막 걸작이나 일부 마무리가 된 벽의 하얀 공간만이 아니라 공간 전부를 뒤덮고 있는 다른 사람들의 채색 작업을 볼 때, 우리는 그것이 의미하는 바가 그들이 쉬지 않고 하는 작업보다 더 중요하지는 않다는 결론을 내린다. 그들은 거의 먹지도 자지도 서로 의견을 맞추지도 않고 열정에 사로잡혀 있다. 그렇다. 불쌍한 5번 여자애는 그들의 눈앞에서 거의 죽을 뻔했다. 그리고 그녀와 4번 여자애 둘 다 일주일 이상 병원 신세를 져야 한다는 진단이 나왔다. 캐시 양은 충격으로 실신을 하면서 머리를 침실용 탁자의 모서리에 부딪쳤다. 그녀의 피가 말라에게 온통 튀었다. 우펜드라 의사가 끔찍하지만 다행히 깊지는 않은 상처를 꿰매는 동안 말라는 굳이 그녀를 안고 있으려고 했다. 판은 집을 걸어 나가 4번과 5번 여자애와 우펜드라 의사와 함께 구급차에 올라탔다. 캐시 양은 그들 모두를 보고 있었다. 그녀는 저항을 하거나 별다른 말을 하지 않았다. 이런 순간들은 연결되는 패널들 속에 표현되고 있을지도 모른다. 그것이 수반하는 현실적 세부 사항 그리고 질감과 함께. 그리고 어쩌면 그들이 판을 수면으로 밀어 올리는 물속 이미지의 확대 그림 속에 표현되고 있을지도 모른다. 아니면 그것들은 예전에 가끔 그랬듯이 표현주의적 양식으로 묘사되고 있을 수도 있다. 유령 같은 색깔을 풍부하게 뿌리거나 분위기에 맞게 으스스한 빛깔이 서로 교차되도록 패널 위에 그려 넣었을 수도 있다.

6번 여자애가 구상한 것은 그야말로 그녀가 했던 작업들 가운데 가장 큰 것이었다. 사실 그것은 단순한 벽 패널이 아니라 하나의 파노라마였다. 작품은 그녀가 작업을 중단한 지점에서 시작해서 구석까지만 뻗어 있지 않고 다음 벽으로 넘어갔으며 거기에서 또 그 다음 벽으로 이어졌다. 그것은 주변을 온통 휘감다가 1번과 2번 여자애가 여러 해 전에 벽화를 시작한 지점으로 연결되었다. 단 한 번의 거대한 획으로 작업은 완성되었다.

그 마지막 이미지가 무엇이었느냐고? 처음에는 그것이 무엇인지 알아보기 어려웠다. 6번 여자애는 구급차가 떠난 뒤에 곧바로 전체를 연필로 그리기 시작해서 밤새도록 꾸준하게, 그리고 목적의식을 가지고 작업했다. 다른 사람들은 그녀를 그저 지켜보았다. 사람들은 자신들이 보고 있는 것에 대해 궁금하게 생각했지만 벌어진 일의 먹구름 아래서 어느 누구도 입을 열지 않았다. 6번 여자애는 그 작업으로 인해 분명 활기가 충만해 있었다. 그녀는 발판사다리를 빠르게 오르내렸고 벽을 따라 나아가면서 혼자서 그것을 옮겼다. 그녀는 어떠한 도움도 거절했다. 그들에게는 낯선 동작들이기도 했다. 그들은 한 번에 아주 작은 한 부분을 연필로 그려 넣는 작업에만 익숙해져 있었다. 그녀의 손은 이제 커다란 활 모양으로 벽을 베듯이 휩쓸고 지나갔다. 팔의 맹렬한 움직임은 벽을 장식하는 것이 아니라 벽 표면을 훼손하려는 것처럼 보이기도 했다. 연필을 긁는 것도 쇳소리가 나면서 날카로웠다. 그녀는 지나가면서 칠할 색깔들을 간단히 메모했다. 대부분은 그냥 검정색이었고 회색이 조금 있었으며 여기저기에 그보다 조금 밝은 색깔들이 들어갔다. 이것들은 그들이 선반에 이미 가지고 있지만 거의 사용을 하지 않은 특별히 굵은 포스터 매직펜으로 채워졌다. 네 명의 여자애는 6번 여자애가 방의 한복판에 놓인 발판사다리 위에 걸터앉아 내리는 지시에 따라 색칠을 했다. 잠시 후 그녀 역시 사다리를 내려와 함께 칠했다. 작업이 끝나갈 무렵이 되었을 때 그들은 여섯 개의 추가 매직펜 세트를 모두 써 버렸다. 그들의 손과 손가락은 잉크로 범벅이 되어 있었고 뺨은 얼룩들로 지저분해져 있었다. 매직펜의 달달한 증기에 폐가 완전히 감각을 잃어 속을 모두 파내 버린 것 같은 느낌이 들었지만 동시에 몸은 한껏 가벼워져 공중에 둥둥 떠다니는 것 같았다.

그들이 만든 것은 초상화였다. 아니, 일종의 초상화라고 할 수 있는 그런 것이었다. 7번 여자애는 판이 그것을 볼 수 있었으면 좋겠다고 말했다. 그녀를 그린 것이라고 확신했으므로. 어쩌면 그녀의 추측이 옳을지도 몰랐다. 그것은 정말 판을 닮아 있었다. 적어도 커튼이 흔들리는 것 같은 그녀의 머리카락은 닮아 있었다. 작품에는 커다란 움직임이 있었다. 그것은 높이와 길이가 벽 두 개 하고도 반이나 되는 훨씬 더 큰 이미지의 일부에 불과했다. 어떤 여자애의 머리가 4분의 1쯤 옆으로 틀어진 상태에서 위를 향하고 있었기 때문에 보라색 불빛을 받고 있는 그녀의 검은 머리카락의 끝자락과 뺨의 선과 턱 끝만 볼 수 있었다. 전신 초상화라면 아마도 옥외 게시판 크기에다 저택의 높이만큼은 되었을 것이었다. 6번 여자애는 누구를 그린 것이냐는 질문을 받았을 때 그냥 어깨만 으쓱했다. 방의 어느 한쪽 구석으로 건너가서 그것을 전체적으로 살펴보면 그림의 주인공이 판이라고 여길 만도 했다. 어떻게 보면 초상화의 주인공은 5번 여자애의 두툼한 입술을 떠올리게 만들었고 3번 여자애의 아주 탄탄한 뺨을 떠올리게도 만들었다. 그것도 또한 여자애들 각자가 지닌 남다른 특징을 가지고 있는 것 같기도 했고 어떻게 보면 말라도 닮아 있었다. 당연히 거기에는 캐시 양이 있었다. 여자애는 고개를 들어 물처럼 흘러내리는 한 줄기 햇빛을 쳐다보고 있었는데 거기에 아마도 캐시 양이 있는 듯했다. 흐릿한 빛줄기는 적갈색으로 물들인 그녀의 머리카락과 완전히 똑같은 색깔이었다. 그녀의 회녹색 눈의 어른거리는 반그늘이 주변을 밝히고 있었다.

판이 이것을 전혀 보지 못했다는 사실이 그다지 역설적이지는 않다. 그녀의 여행 내내 우리는 그녀에 대해 너무나 많은 것을 목격했다. 우리가 목격한 세세한 것들을 그녀는 감히 알아차리지도 못할 것이다. 그녀는 행동으로 옮겼고 주저하지 않고 나아갔는데 이런 그녀의 정직한 소명 의식을 보면서 우리는 한자리에 머물러 있기보다는 계속해서 세상으로 나아가려는 그녀의 행동은 칭찬해 줄 점이라는 것을 우리 자신에게 상기해야 한다.

그녀가 그날 우펜드라 의사와 함께 저택을 나서게 된 것도 분명히 그녀의 그런 소명 의식 때문이었다. 의사는 그녀의 그런 점에 상당히 놀라면서 마음속에 담아 두고 있었다. 그가 캐시 양의 집으로 다시 돌아온 것은 엄밀히 말해 그녀 때문이 아니라 적어도 자신의 고조된 관심의 순환 고리만큼은 메우기 위해서였다. 우리는 그가 그 첫 번째 방문 뒤에 자기 물건들을 가지러 병원으로 돌아갔다는 것을 알고 있다. 그것은 그의 근무 시간이 끝나고 한참 지났을 때였다. 하지만 자신의 아파트로 돌아가서 쉬는 대신에 그는 몇몇 간호사와 얘기와 농담을 나누기로 마음먹었다. 그는 심지어 지난달의 차트를 살펴보기 시작했는데 그것은 반드시 해야 하는 일임에도 불구하고 늘 가능한 한 미루곤 하던 따분한 일이었다. 그러고 나서 그는 직원 휴게실에서 자판기 커피와 패스트리를 앞에 두고 시간을 끌었다. 그의 식습관을 감안했을 때, 보통 때는 절대로 하지 않던 행동이었다. 그가 차갑고 잘 씹히지 않는 머핀을 덥석 물었을 때, 판에 관한 어떤 생각이 자꾸만 그의 머릿속에 떠올랐다. 그녀의 신선함이나 순결함에 대한 생각은 아니었다. 그는 판을 그런 식으로 마음에 담지 않았다. 그저 그것은 자치주의 숲속 어딘가에서 어떤 임의의 식물이나 작은 나무를 우연히 만난 것 같은 느낌이었다. 그녀는 지극히 평범한 품종임에도 불구하고 그 나름의 꾸밈없는 모습 때문에 아주 아름다운 어떤 식물 같았다. 그의 눈에 그녀는 그런 비좁은 곳에서 생활할 사람처럼 보이지 않았다.

우펜드라가 넓은 공간을 꼭 동경한 것은 아니라는 사실을 판은 곧 알게 되었다. 그의 생활 상태에는 별다른 문제가 없었다. 그는 여느 성공한 차터 젊은이 못지않게 생활이 괜찮았다. 그의 존재의 요소들은 모든 자기 동료들만큼이나 철저하게 정비되어 있었다. 그는 최선의 진료를 항상 염두에 두고 생활했다. 우리 B-모어 사람들도 나름의 최적화 지침 같은 것을 가지고 있다. 다만 우리의 것은 궁극적으로 우리의 통합된 작업을 원활하게 돌아가게 하기 위한 목적에서 고안되었다는 점에서 다를 뿐이다. 반면에 차터 사람들은 정교한 소우주가 되려고 항상 애쓰고 있다. 그들은 자기네 삶의 모든 질감과 가닥을 시험하고 연마하고 관장한다. 그들은 그들이 친구가 되어 주고 구애를 하는 사람의 관점을 항상 염두에 두고 먹고 보고 입는다. 그러다 보니 평생 동안 나 자신을 감정하고 평가하는 일에서 그들은 거의 전문가 수준이 되어 버린다.

차터 의료 센터가 지금껏 임명한 사람들 가운데 가장 나이가 젊은 응급 진료 담당자로서 비크람 우펜드라는 이미 누구나 부러워할 만한 높은 지위를 확보한 듯 보였다. 그는 마을의 최고급 아파트 단지에서 고급 설비들이 갖춰진 방 두 개짜리 아파트에서 살고 있었다. 그는 최신 운동복과 전문 부엌 용품과 여자 친구 루드밀라와 장기간 주말 휴가 동안 세계 여행을 가는 데에 돈을 아끼지 않고 썼다. 루드밀라는 뛰어난 경영 컨설턴트로서 그야말로 잠시도 쉬지 않고 일했다. 그는 어느 먼 곳에 있는 그녀의 호텔을 늦은 밤에 방문할 때에만 그녀의 얼굴을 볼 수 있었다. 섹스를 나누고 싶은 마음이 들 때에 그녀의 뒤에 있는 푹신한 침대 머리판은 다르긴 해도 그가 편안함을 느끼기에 충분할 정도로 그의 것과 닮아 있기도 했다.

그들이 마지막으로 몇 시간 이상 몸을 섞은 것은 앙코르와트에서 돌아오는 길에 포상으로 얻은 개인용 수면 스위트룸에서였다. 벌써 두 달 전의 일이었다. 두 사람 모두 자기들의 관계가 심각한 수준으로 발전되는 것을 원치 않았다. 하지만 아주 최근에 그녀는 그들이 만약 결혼을 하게 되면 다른 젊은 전문직 종사자들이 그러는 것처럼 중년에 거의 접어들었을 때 하자는 제안을 했다. 그는 서른 두 살이었고 그녀는 스물일곱 살이었다. 두 사람은 짝을 이뤄 일찍부터 재산을 공유할 필요가 있었다. 그래야만 신혼집을 장만하기 위한 충분한 돈을 빌릴 수 있었고 재산을 모을 수 있었다. 일반적인 차터 가족이 발생시키는 엄청난 비용을 감당하려면 부를 축적해야 했다. 차터의 재산세와 소득세는 이상할 정도로 미미했지만 그 밖의 모든 것, 그러니까 쓰레기 수거 비용이나 초등학교 수업료, 케일이나 근대 한 묶음의 가격은 상당했다. 그는 그녀의 판단에 이의를 제기하지 않았지만 두 사람 모두 그 문제를 계속해서 파고들기에는 너무나 바빴다. 그래서 그들은 그 문제를 다음 휴일에 의논하기로 했다.

4번과 5번 여자애의 소동에 이어 병원에서 초기 치료가 있은 뒤에 비크가 판의 놀라운 요구를 고려하는 일에 루드밀라는 전혀 관여하지 않았다. 그들 두 사람은 여자애들이 집중 치료실로 실려 가는 모습을 지켜보았다. 그리고 비크는 집에 갈 준비를 마치고서 판에게 캐시 양의 집이나 아니면 그녀가 원하는 다른 어느 곳이든 태워다 주겠다고 제안했다. 그는 자신과 구급대원을 따라 판이 저택을 나설 때 그 여자가 그야말로 본체만체하던 것을 눈치 챘었다. 그들이 그의 쿠페형 차량에 올랐을 때, 그는 그녀가 무슨 말을 하기를 기다렸다. 잠시 어색한 침묵이 흐르는 동안 그는 분명 무의식중에 이대로 어디든 떠나고 싶다고 생각했던 것이 틀림없다. 판이 "오늘 당신과 함께 있어도 될까요?"라고 말했을 때, 그가 차에 시동을 걸고 그곳을 벗어나는 데에 조금의 망설임도 없었으니까.

자신의 아파트에서 그는 그녀에게 현관문 옆의 침구류 벽장과 모든 것이 완벽하게 갖춰진 욕실을 보여 주었다. 그는 서재 겸 손님용 침실로 쓰는 방에 있는 2인용 안락의자를 펼쳐서 침대로 만들었다. 그러고 나서 그는 아직 낮 시간이었지만 잠깐 눈을 붙이기 위해 자기 침실로 돌아갔다. 그는 이틀 동안 줄곧 깨어 있었기 때문이었다. 판은 거실에 앉아 집의 나머지 공간들을 눈여겨보았다. 그녀의 눈에 그곳은 저녁 프로그램에 나왔던 차터의 가정과 꼭 닮아 보였다. 광택이 나는 목재와 금속과 석재 표면으로 이루어진 실내에는 장식품이나 별다른 물건이라고 할 만한 것이 거의 없었다. 그녀는 그의 침실에 딸려 있는 욕실에서 샤워기가 작동을 시작하다가 멈추는 소리를 들었다. 그 다음 그가 누군가와 짧게 대화를 나누는 소리가 희미하게 들려오는가 싶더니 이내 코를 고는 소리가 들려왔다. 쌕쌕거리는 소리는 낮았고 기관지에 문제가 있는 것처럼 들렸다.

그녀는 욕실로 가서 얼굴과 손발을 씻다가 거울 속에 비친 자신의 모습을 보았다. 그러고는 여자애들 가운데 하나가 그녀를 위해 싸 준 잠옷용 셔츠로 갈아입었다. 그녀의 배는 그전보다 더 부푼 듯 보였지만 몸의 다른 부위에도 아주 약간이지만 살이 붙어 배가 덜 두드러져 보였다. 그녀는 두꺼운 얼음 속에 들어와 있는 것처럼 확실히 빽빽한 느낌을 받았다. 그리고 이상하게 자신이 건강해지고 행복해진 것 같은 느낌도 받았다. 또 아무런 이유도 없이 갑작스럽게 피곤함을 느껴 살짝 놀라기도 했다. 어쨌든 그녀는 새로운 목표를 가지고 새로운 스위치들을 켜고 껐다. 그리고 2인용 안락의자에 재빨리 잠자리를 준비했다. 잠을 잘 생각으로 그런 것은 아니었지만 꾸준한 톱질 소리 같은 젊은 의사의 코 고는 소리에 마음이 진정되어 스르르 잠이 들어 버렸다. 그동안 잠을 부족했는데 꿈도 꾸지 않고 오랜만에 푹 잘 수 있었다. 아래층 부엌에서 요리하는 냄새가 계단의 통풍 공간을 따라 곧장 그녀의 방으로 스멀스멀 기어 올라와 그녀는 B-모어에 있는 자신의 연립 주택에 돌아와 있다고 확신했다.

잠에서 깨어났을 때 그녀는 침까지 질질 흘리고 있었다. 이제 바깥에는 어둠이 내리고 있었다. 불빛이라고는 서재 문 밑에서 흘러나오는 빛밖에 없었다. 그녀가 문을 열었을 때, 우펜드라는 탁 트인 부엌의 준비 공간에 있었다. 그곳에서 그는 이제 어떤 음식을 준비하고 있었다. 그녀는 밖으로 나와 조리대 레인지 앞에 놓여 있는 의자들 가운데 하나에 앉았다. 그녀는 그가 마파두부를 만들고 있다는 것을 알 수 있었다. 그는 B-모어 사람이라면 틀림없이 그런 음식을 좋아할 거라고 판단한 듯했다. 그는 또한 약간의 재스민 쌀밥을 해 두었고 작은 냄비에 담긴 닭고기 수프를 보글보글 끓이고 있었다.

"나만큼 배가 고프겠지?"

판은 고개를 끄덕였다.

그는 국자로 닭고기 수프를 떠서 커피 머그잔에 담아 그녀에게 주었다. 수프에는 닭고기와 생강과 소금의 짭짤한 맛이 진하게 배어 있었다. 그녀는 뜨거운 수프를 남김없이 비웠다. 수프를 먹다가 혀를 반쯤 데였지만 신경 쓸 겨를이 없었다. 그가 수프에다 독을 넣었다고 하더라도 그녀는 두렵지 않았다. 어쨌든 이곳에 오고 싶어 했던 사람은 바로 그녀 자신이었으므로. 또 다른 이유도 있었다. 판은 그가 병원에서 직원들을 강력하게 통솔하는 모습을 보았다. 직원들은 처음에 혼란스러워하면서 보호자가 없는 환자들을 상대로 무엇을 어떻게 해야 하는지 몰라 우왕좌왕했다. 그는 귀한 대접을 받고 있는 여느 차터 사람들에게 하는 것처럼 여자애들을 돌봐 주라고 직원들에게 말했다. 그는 지시를 받고 머뭇거리는 의사 한 명을 무섭게 노려보면서 4번 여자애를 상대로 일련의 검사를 실시하라는 명령을 내렸다. 그러고 나서 그는 자신이 손수 5번 여자애의 몸에 호흡 기계를 연결했다.

그는 심지어 떨떠름한 표정을 짓고 있는 의료실장에게 비용은 자신이 부담하겠다며 안심을 시키기까지 했다. 사실 그전까지 그가 어떻게 행동할지는 미지수였다. 그는 여자애들을 이송하라는 캐시 양의 말에 마지못해 응하면서 구체적으로는 어느 것에 대해서도 동의하지 않았었다. 보호자인 그녀는 그들을 따라나서지 않았고 의료실장은 비크 우펜드라에게 책임을 지우겠다고 말했다. 그것은 판에게 비크가 남을 위해 헌신할 줄 사람이라는 인상을 심어 주었다. 그는 눈에 띌 정도로 머리를 한쪽으로 기울이면서 아랫입술을 위로 말아 올리고 있었는데 그 모습은 그가 확고한 의지를 가지고 있다는 것을 드러내 주었다. 학구적이고 성실한 그의 모습은 제쳐 두고, 그녀가 지켜본 바에 의하면 그는 점잖고 친절한 사람이었다. 그는 가식적이지도 교활하지도 음탕하지 않아 보였다. 판은 모든 험한 일을 겪어 본 터라 이제 그런 조짐들에 대해 극도로 경계심을 품고 있었다.

음식이 준비되었을 때, 그는 조리대에 두 자리를 나란히 만들었다. 그녀는 음식이 가득 담긴 접시를 두 개 반이나 먹어 치웠다. 어머니로서의 모든 세포가 굶주린 입처럼 활짝 열렸다. 후식으로 그는 배 하나를 깎아서 적당한 크기로 썰었다. 그것까지 두 사람이 다 먹어 치웠을 때 비크의 눈에 판은 여전히 부족한 듯 보였다. 그래서 그는 아이스크림을 꺼내 커다랗게 두 숟가락을 퍼서 그녀에게 주었다. 마침내 모든 식사를 마쳤을 때 판은 숨을 깊게 한 번 들이마시다가, 길 잃은 고양이를 먹일 때 그러듯 비크가 시종 자신을 주의 깊게 지켜보고 있었다는 것을 깨달았다.

"아침에 떠날 거예요."

그의 조용한 관심을 판은 자신을 무시하는 걸로 착각하고서 말했다.

"네가 좋아하는지 싫어하는지 모르겠지만 너의 보호자는 어디에도 없어. 어디로 갈지 정하기는 한 거야?"

그가 말했다.

그녀는 자기 친척 오빠의 집이 이 집과 비슷한지 궁금했다. 하지만 그녀는 여전히 그 집이 어디에 있는지 모르고 있었다. 친척 오빠가 어디에 있는지, 레그가 어디에 있는지도 모르고 있었다. 그녀는 손을 자기 허리에 가져다 댔다.

"너는 B-모어에서 상당히 멀리 떨어져 있어. 하지만 거기로 돌아가고 싶지는 않지?"

그녀는 고개를 끄덕였다.

"네가 원하는 대로 해. 남는 방이 있고 나는 이 집에 거의 없어. 나는 네가 떠나든 말든 신경 쓰지 않을 테지만."

"알았어요."

그녀가 말했다.

"좋아."

그가 대답했다.

식사를 하는 동안 그는 그녀의 삶에 대해 잡다한 질문을 던졌는데 세위나 말라나 캐시 양과 달리 비크는 B-모어 같은 정착지들의 기본적인 것들에 대해 분명히 익숙해져 있었다. 그는 수조에서의 그녀의 구체적인 업무에 대해 주로 질문했다. 그는 그녀의 개인적인 경험이나 일에 대한 느낌보다는 양어장과 그 공학 기술과 작동 과정의 세부적인 것들에 더 호기심을 보였는데, 그녀의 가정에 대해 조사하듯 물을 때에도 마찬가지였다. 그의 질문들은 집의 층과 방의 개수에 관한 것이었다. 그는 구성원들이 나이와 가족관계에 따라 어떻게 배치되어 있는지 물었다. 비크는 그녀가 지난 몇 주 동안 만난 다른 모든 사람들과 달리 그녀의 실제 나이를 알고 있는 듯 보였다. 그는 그녀가 왜 떠나왔는지 묻지 않았고 마을의 반대편에 있는 캐시 양의 저택에 갇히기 전까지 어디에 있었는지도 묻지 않았다.

그는 접시를 치우기 위해 의자에서 일어났다. 판은 그가 낮잠을 잤는데도 불구하고 아직도 매우 피곤한 상태임을 알아챌 수 있었다. 그의 눈은 풀어져 있었고 핏발까지 서 있었다. 판이 자신이 설거지를 하겠다고 하자 그는 그렇게 하라고 했다. 그녀가 접시와 큰 냄비를 씻고 걸레로 조리대를 닦는 동안 그는 거실에 앉아 커피 테이블의 아래쪽 선반에서 어떤 작은 금속 상자를 꺼냈다. 상자 뚜껑에는 작은 창과 투명한 튜브가 붙어 있었다. 그는 그것을 콘센트에 꽂았다. 그는 특별한 깡통에 배열되어 있는 정육면체들 가운데 작고 끈적이는 갈색 정육면체를 뽑아내어 상자 속에 넣고 다이얼을 돌렸다. 땡, 하는 소리가 들렸을 때, 그는 튜브를 입에 넣고 숨을 들이마셨다. 그는 이것을 몇 번 더 반복했다. 판은 그 냄새를 맡을 수 있었다. 시럽 같은 식물의 고약한 냄새였다. 그 냄새는 나이가 많은 그녀의 숙모들 가운데 한 사람이 연립 주택의 뒤로 가서 밤에 담배를 피울 때 나는 냄새와 아주 흡사했다. 항상 가장 행복한 숙모였다. 짜증을 내거나 수다를 떠는 일이 절대로 없었고 항상 힘없는 웃음을 짓고 있었다.

판이 설거지를 모두 마쳤을 때, 비크는 그녀에게 함께 비디오를 보겠느냐고 물었다. 보아하니 그는 자신이 가장 좋아하는 영화들 가운데 하나, 이를테면 사이버 테러 방어 요원인 어떤 여자애에 관한 오래된 무삭제판 애니메이션의 원본 파일을 막 찾아낸 것 같았다. 판은 그것에 대해 한 번도 들어보지 못했지만 그 이야기와 옛날의 수작업 방식으로 만들어진 그것에 곧바로 흠뻑 빠져들었다. 그녀는 그것이 적어도 마지막의 엄청난 이미지까지는 여자애들의 벽화와 많이 닮았다고 생각했다. 하지만 이 여주인공은 굉장히 육감적인 여자이면서도 도저히 불가능할 정도로 날씬한 몸매를 가지고 있었고 6번 여자애가 상상할 수 있었을 만한 사람으로는 전혀 보이지 않았다. 그것은 긴 영화였다. 중간에 비크는 잠시 영화를 정지시켜 두고 팝콘 한 봉지를 해치웠다. 그것은 두 사람 사이에 놓여 있었기 때문에 꾸준하게 줄어들었다. 그는 익숙한 행동과 영상이 나오면 소년처럼 기뻐하며 고개를 끄덕이고 코웃음을 치고 탄식을 했다. 판은 최대한 장단을 맞춰 주려고 애썼는데 그것은 사이보그 여주인공의 생각에 강한 흥미를 느꼈기 때문이었다. 여주인공의 능력은 상당히 뛰어났다.

그녀는 놀라운 정신 회복력을 보여 주었지만 혼합적인 성질을 가진 자신의 존재를 의식할 때는 약해지는 모습도 보여 주었다. 판은 자신이 비크의 기계에서 잔상에 영향을 받았는지 확실히 알 수는 없었지만 애니메이션의 흐릿한 색채들이 특별히 진하게 기억에 남아 있는 것 같았다. 폭력과 프로토제네시스의 시퀀스는 이상하게 무척 아름다웠다. 끝 무렵에 여주인공은 육체적으로 망가졌지만 다시 일어섰는데 완전한 형체를 갖추고는 있었지만 전과는 완전히 달라져 있었다. 판은 가슴이 갑자기 텅 빈 것 같은 느낌을 받았다. 그녀가 아직 알지 못하는 갈망의 동굴이 번쩍 나타난 것 같았다.

그 갈망은 무엇이었을까? 그녀가 그에게 이미 편안한 감정을 느끼고 있는 것은 사실이지만 비크를 향한 갈망은 분명히 아니었다. 두 사람은 비디오의 흐릿한 불빛 속에서 바짝 붙어서 앉아 있었다. 놀랍게도 그것은 그녀의 몸속에서 자라나는 작은 것에 대한 것이 아니었다. 그녀의 의식에는 없을지 몰라도 그것은 이제 진짜 인간의 모습을 부여받았으리라. 심지어 그것은 레그에 관한 것도 아니었다. 그를 향한 그녀의 느낌은 천 년이 지나더라도 줄어들지 않을 어떤 거대한 폭포처럼 지나치다 싶을 정도로 한결같고 자기 발생적이었다.

비크의 손이 그녀의 손을 스치자 그녀는 뒤로 손을 빼냈다. 하지만 사실은 그가 막 잠에 곯아떨어진 것이었다. 그의 입은 미세하게 벌어져 있었고 팝콘 소금 부스러기가 입가에 들러붙어 있었다. 그녀는 화면을 끄고 칠흑 같은 어둠 속에서 서재에 있는 자신의 임시 침대로 가서 담요를 찾기 위해 전등을 켰다. 그녀가 그의 몸을 덮어 주려고 다시 나왔을 때, 비크는 미끄러져 내려가 모로 누워 있었다. 그의 앙상한 두 무릎은 이미 가슴 쪽으로 끌어올려져 있었다. 아마도 그는 비상 대기 중이 아닐 때에는 그런 식으로 잠을 자는 것 같았다. 서재에서 판은 잠은 자지 않고 자리에 누워 있었다. 거실로 나가는 문은 계속 열어 두었다. 그녀는 그의 숨소리에 귀를 기울였다. 처음에는 가볍고 미세한 소리였는데 시간이 지나면서 굵직한 코골이가 되었다. 그 소리는 그녀에게 조금도 방해가 되지 않았다. B-모어에 있을 때 얇은 칸막이로 되어 있는 연립 주택에서도 코골이는 그녀에게 방해가 되지 않았다. 그녀의 삼촌들과 숙모들과 사촌들은 매일 밤 장단이 서로 맞지 않는 관현악 같은 코골이로 자신들이 그녀와 한 핏줄이라는 사실을 알려왔다.

하지만 사실 우리는 그녀가 그들이나 우리를 그리워하지 않았다고 의심하고 있다. 우리는 멀리 떨어져 있는 한 무더기의 별처럼 보이기는 하지만 열기라고는 조금도 없는 존재들이다. 그녀의 갈망이라는 수수께끼에 대해 그것은 어떠한 갈망도 아니라고 말할 수 있을지도 모른다. 그것은 이기심이나 자기중심주의에서 생긴 것이 아니다. 자신은 나머지 사람들보다 더 크고 더 밝은 등급을 받았다는 어떤 믿음이 아니다. 하지만 두 달 반 동안 떨어져 있으면서 그녀는 표지판도 없는 꼬불꼬불한 길을 따라 내려와 잡다한 주민들의 뒤틀린 계획과 희망에 영향을 받았다. 사람들에게 시달릴 때마다 모든 것을 다시 잃어버렸다는 생각이 틀림없이 들었을 것이다. 사슬은 이제 풀렸고 계류용 밧줄은 마침내 벗겨졌다. 그녀는 혼자서 먼 바다로 둥둥 흘러나갔다. 그렇지만 이상하게 기분이 좋았다.

# 21

판이 마을의 주도로에서 다시 쇼핑을 한 것은 이상한 일이었다. 그리고 전보다 훨씬 더 즐거웠다. 물론 그녀는 캐시 양 대신에 비크와 함께 있었다. 가게 주인들의 고압적인 관심의 대상이 되지 않고 그냥 비크의 뒤를 따라 다양한 가게들을 돌아다니면서 그가 진지함과 목적의식을 가지고 물건들을 유심히 살펴보는 모습을 관찰했다. 그는 단지 집들이 선물을 사고 있을 뿐이었는데도 워낙 자세가 진지해서 그들의 심부름이 극도로 중요한 일인 것 같은 느낌이 들 정도였다. B-모어에서라면 집들이 선물로 상처 안 난 감 다섯 개들이 한 상자나 잎녹차(sencha) 한 통 같은 걸 주었을 것이다. 매우 가치 있고 실용적인 다소 귀한 물건들을 전해 주면 대부분 주는 사람과 받는 사람이 함께 나누었다(B-모어에서는 선물을 주는 사람이 그 선물을 나눠 갖는 것이 결코 우스운 꼴이 아니었다).

비크는 특이한 선물을 찾고 있었다. 그들이 자주 사용을 하든 전혀 사용을 하지 않든 그런 것은 중요하지 않았고, 받는 사람의 독특한 요구나 생활 방식을 보완해 줄 수 있는 물건이어야 했다. 받는 사람이 그런 물건을 소유할 만한 사람이어야 한다는 사실 자체도 중요했다. 그래서 그들은 식품점과 소도구점, 그리고 가구점까지 들락거렸다. 음료 가게와 목욕 용품점, 그리고 주방 용품점에도 들렀다. 마지막에 간 주방 용품점이 가장 가능성이 높아 보였는데 호화로운 유리 제품, 냄비, 그리고 국자 등의 주방 용품들이 끝이 보이지 않을 정도로 길게 진열되어 있었다. 그래서 판은 차터 사람들이 만들고 먹는 모든 음식은 일련의 전용 도구들과 용기들로 만들고 대접해야 하는 모양이라고 생각하지 않을 수 없었다. 더 나아가 차터 생활에서는 이상적인 결과를 얻을 가능성을 최대한 높여야 하기 때문에 아무리 평범한 어떤 활동일지라도 전문 용품을 필요로 하게 되는 것 같다는 생각이 들었다.

비크가 구입을 할지 말지 잠시 고민했던 제품들을 예로 들어 보자. 뜻하지 않게 병 안으로 밀려 들어간 와인 코르크 마개를 찔러서 뽑아내는 기구가 있었고 맞춤형 프로그램을 통해 바람을 넣거나 빼고 따뜻하게도 하고 차갑게도 할 수 있는 베개가 있었다. 거의 두 시간 동안 그들은 먹거나 마시지도 않고 세네카 거리를 오갔다. 그러다가 결국 그는 그들이 좋아할 만한 물건을 발견했다. 모든 가게를 들러보다가 예전에 애완동물 가게였던 곳에서 그것을 발견했는데, 그곳에서는 플러시(plush) 천으로 만든 동물 봉제 인형과 실제에 가깝게 만든 동물 인형을 팔고 있었다. 거의 모든 동물들이 다 있었고, 동물들을 위한 옷은 물론 장난감과 먹이까지 있었다. 판이 화장실에 가 있는 동안 그는 선물을 골랐다. 그녀가 화장실에서 돌아왔을 때, 이미 선물은 상자에 넣어 포장된 상태였다. 선물은 부피가 너무 컸고 무거웠다. 가게 주인은 내일 오후에 집들이 잔치가 열리는 곳으로 배달해 주겠다고 말했다. 판은 비크에게 무엇을 선물로 골랐는지 물었다. 그는 그녀에게 대답을 해 주려다 그만두었다. 모든 사람들을 깜짝 놀라게 해 주고 싶었다.

비크에게는 드문, 쉬는 주말이었다. 오전에 선물을 사고 다음날 집들이 잔치만 하면 나머지 시간은 온전히 그의 것이었다. 판은 그가 어디 멀리 떠나거나 음식점에 가서 식사를 할 거라고 생각했다. 그는 여자 친구에게 수십 번이나 메시지를 보냈고 그녀의 잡다한 사진들을 들여다보았다. 그중 일부는 상당히 자극적인 사진이었다. 그는 판에게 한 번 말을 건넸다. 그 말이라는 것이 진지한 것은 아니었고 그냥 "넌 어떻게 생각해?" 정도였다. 그는 그녀와 어떤 미래 계획을 세우지도 않았고 그런 것에 신경을 쓰거나 실망을 하는 것처럼 보이지 않았다. 그는 아파트 안팎에 머물러 있고 싶어 했고 그에 만족하는 것 같았다. 그는 판을 아파트 개발지에 있는 대규모 헬스클럽에 데려갔다. 천장에 붙어 있는 거대한 채광창을 통해 햇살이 쏟아져 들어오고 있었다. 그것은 마치 우리가 상상할 수 있는 가장 근사한 생산 시설 같았다. 반들반들하게 윤기가 흐르고 티끌 하나 없는 나무 바닥에는 모든 종류의 최고급 유산소와 근력 운동 기계들이 갖춰져 있었다. 그리고 안쪽에는 가상의 스키트 사격을 하거나 스노모빌을 타는 등의 이색 스포츠를 할 수 있는 수많은 가상 활동 공간이 있었다. 주민들은 거의 모두가 텔레비전 프로를 시청하면서 러닝머신 위에서 조깅을 하거나 25미터짜리 수영장에서 느릿느릿 헤엄을 치고 있었다. 그들은 충분히 건강해 보였다. 그들 가운데 어느 누구도 뚱뚱하다고 말할 수 없었다. 하지만 판이 보기에 그들은 음식을 덜 먹어서 오는 스트레스를 받는 방식으로 자신들의 건강을 유지하고 있었다. 그들의 완강한 얼굴들은 다소 너무 핼쑥했고 심지어 약간 마른 것처럼 보였다.

비크는 호리호리했지만 체력이 좋았다. 그는 수영도 할 줄 알았는데 판이 하던 것과는 그 준비 순서가 매우 달랐다. 그는 탈의실에서 전신 수영복으로 갈아입고 데크에서 오랜 시간 몸을 풀고 난 다음 수영모를 쓰고 몇 차례 부드럽게 수영장을 왕복하면서 준비 운동을 했다. 준비가 되었을 때, 그는 헬스클럽 직원에게 50미터와 100미터 경기를 각각 세 번씩 할 수 있게 호루라기를 불어 달라고 했다. 나중에 그는 판에게 자신이 어렸을 적에 보기 드물게 팔다리가 길어서 협회 챔피언이 된 적도 있다고 말했다. 그는 집중적인 훈련을 계속해서 차터 대표 선수가 될 수도 있었지만 그러지 않고 의학계에 종사하기로 마음먹었는데, 모름지기 선수라면 수영장에서 보내는 그 모든 시간을 상당한 횡재나 성공적인 경력으로 전환하기 위해 메달, 그것도 금메달을 따야 했다. 그게 아니면 그 모든 노력의 대가로 기대해 볼 수 있는 것은 엘리트 수준의 감독이나 체육 행정가가 것뿐이었다. 비록 한때 수영 선수였지만 그는 운동에만 미쳐 있는 남자애들과 어울리는 것이 그다지 즐겁지 않았다. 그는 데크 위를 걸어 다닐 때 발걸음이 무거웠고 흐느적대듯 움직였다. 하지만 물속에서 그는 물을 가르고 나아가는 속도가 매우 빨랐고 그 속도를 감안했을 때 놀라울 정도로 편하고 우아해 보였다. 자신의 초시계를 힐끗 쳐다보았을 때, 그는 만족스러워하는 것처럼 보였다. 숨을 가다듬으면서 그는 판에게 수영을 하고 싶으면 해도 좋다고 말했다. 물이 너무나 완벽하고 맑아 보여서 그녀는 정말 수영이 하고 싶었다. 새로운 치어 무리를 위해 수조를 새로 가득 채웠을 때처럼 물이 맑았다. 그것은 자연 그대로의 작은 바다였다. 하지만 그녀는 거절했다. 약간 부풀어 오른 아랫배는 여전히 눈에 잘 띄지 않았고 살이 좀 찐 거라고 보일 수도 있었지만 그런 식으로 운에 맡기고 모험을 걸 수는 없었다. 게다가 옆에는 차터의 의사가 있었다. 비록 그 의사가 신뢰할 수 있는 사람이라고 하더라도 달라질 것은 아무것도 없었다.

비크는 정리 운동으로 수영장을 몇 바퀴 돌고 나서 샤워를 하고 옷을 갈아입었다. 그들은 가상 활동 공간으로 가서 스노보드에 올라타 마치 새로운 분야를 개척하기라도 하듯 산악 지대를 휘젓고 다니며 반시간쯤 보냈다. 판은 언젠가 이런 것을 저녁 프로그램에서 본 적이 있다고 말했다. 실력은 두 사람 모두 별로였다. 비크는 최소 열두 그루의 나무를 들이받았고 판은 쭈그리고 앉아서 겨우 눈이 잔뜩 쌓인 소나무 가지 아래를 통과할 수 있었지만 튀어나온 암석 위로 두 번이나 날아 가파른 경사지에 곤두박질쳤다. 그녀가 두 번째로 넘어져서 뒤를 올려다보았을 때, 비크는 그녀에게 손을 흔들고 있었다. 비크는 여유로워 보였다. 스노보드를 타고 나서 그들은 건강 주스 바에서 스무디를 마셨다. 하지만 집으로 돌아왔을 때, 그는 다림질을 한 셔츠, 바지, 그리고 끝이 뾰족한 가죽 신발로 차려입고 볼일이 있어서 나가 봐야 한다고 말했다. 그는 나머지 오후 시간은 혼자서 보내야 할 거라고 덧붙였다. 물론 판은 그가 병원에 나가 있는 동안에는 여러 시간 계속해서 아파트에 혼자 있곤 했었다. 감히 밖에 나가 볼 생각조차 한 적 없었다. 하지만 그의 태도 변화는 왠지 수상쩍어 보였는데 그녀는 아무 말도 하지 못했다. 비크는 그녀를 아파트에 남겨 두고 떠나면서 자기가 늦게 돌아오게 될 경우에는 초밥이나 브리또•를 배달시켜 주겠다고 말했다. 냉장고에 남은 음식들이 들어 있으니 그게 좋으면 그렇게 하라고 하면서 그는 문을 닫고 나갔다. 그가 그녀에게서 무언가를 발견한 걸까? 그녀가 B-모어를 떠난 이유를 알아낸 걸까? 그러나 그는 그런 것들에는 조금도 관심이 없었다. 하지만 판은 다음에 문이 열릴 때에는 차터의 경비대원들이 문을 박차고 들어와 자신을 체포해 갈 거라고 생각하지 않을 수 없었다. 판은 그렇게 되면 그녀가 레그에게 좀 더 가까이 다가갈 수 있는 가장 좋은 진짜 기회가 될 수도 있을 거라고 생각했다.

그녀는 창가로 건너가서 비크가 자신의 2인승 차량 속으로 몸을 밀어 넣고 차를 몰고 떠나는 모습을 지켜보았다. 대체로 비크는 판이 거의 대부분의 시간을 잠잠하게 있었는데도 그녀와 함께 있는 것을 좋아하는 듯 보였다. 어쩌면 그녀가 조용히 있어서 좋아하는 것인지도 몰랐다. 그녀는 그가 자신의 모습에 호감을 보이고 있다는 느낌을 받았는데, 그가 그의 인생에서 만난 하나의 새로운 요소로서 판에게 그다지 거부감을 느끼지 않아서일 것이었다. 그녀의 창백한 피부와

• Burrito: 토르티야에 콩과 고기 등을 넣어 만든 멕시코 요리.

칠흑같이 검은 머리카락은 그의 사생활에서, 어수선하지 않고 조용한 어떤 공간을 보완해 주고 있었다. 문을 열어 보려던 판은 문이 거침없이 열리는 것을 보고 깜짝 놀랐다. 문이 열려서 기뻤지만 갈등이 되었다. 당장 떠나 버려야 할까? 시간이 꽤 흐른 것은 사실이었다. 그녀가 그곳에 오래 머무르면 머무를수록 그것은 비크에게는 잠재적인 골칫거리가 될 것이었다. 그녀는 개발지를 둘러싸고 있는 길로 걸어 나가 방문객과 입주민 근로자 버스를 탈 수도 있었다. 버스는 도시의 이쪽 지역을 돌고 돌다가 마을을 벗어난다. 그곳에 있을 적에, 말라가 언젠가 그녀에게 말한 적이 있었다. 버스들이 30분 거리에 있는 중앙역으로 간다고. 중앙역은 수많은 노선이 뻗어 있는 가장 가까운 중심지였다. 하지만 그곳의 노선들 대부분은 남쪽과 서쪽으로 뻗어 있었다. 말라의 집은 그 중심지 말고 두 번째 중심지를 지나 어느 노선을 따라가면 나온다고 했는데 와이타운 또는 와이즈타운으로 알려진 지역의 어느 주요 시설 근처에 있다고 했다. 그 너머에는 또 다른 중심지들이 있고 각각의 중심지에는 노선들이 뻗어 있어 대지를 온통 뒤덮고 있는데, 상당히 느리지만 버스를 타기만 하면 가고 싶은 곳은 어디든 갈 수 있다고 했다.

판은 어제 말라와 대화를 나눴다. 비크가 일터에 나가 있는 동안 그녀는 캐시 양의 집에 전화를 걸어 4번과 5번 여자애가 아직 집에 없는 상황에서 다른 여자애들이 어떻게 지내고 있는지 물어보았다. 말라는 비록 여자애들이 더 이상 위층에서 살 수 없게 되어 잔걱정은 되지만 모두 잘 지내고 있다고 말했다. 여자애들과 캐시 양은 저택의 나머지 공간으로 골고루 퍼져서 살기로 마음먹었고, 여자애들이 좋아하든 좋아하지 않든 그들이 오래전에 쓰던 각자의 방을 사용하기로 했다고 했다. 캐시 양은 저택이 항상, 그리고 영원히 가득 채워져 있는 모습을 보고 싶다고 말했으며, 심지어 레오 씨와 함께 살기 위해 아래층으로 방을 옮겼다고 했다. 티코는 그들의 침대를 예전 서재 안에 들여다 놓았고, 그곳에 욕조가 완비된 욕실이 있다고 말했다.

판은 여자애들이 각자 떨어져서 살 수 있을지 믿어지지 않았다.

"아직까지는 쉽지 않아."

말라가 말했다.

"처음에는 난리도 아니었어. 시도해 보려고 아래층으로 내려오긴 했는데 수많은 방과 복도를 보더니 겁을 집어먹었어. 나이가 좀 있는 여자애들한테는 햇빛이 너무 밝기도 했고. 그래서 모두 곧바로 올라가 버렸어. 게다가 레오 씨 근처에 있는 것을 좋아하지 않았어. 그의 몸 상태가 지금 저 지경인데도 말이야. 하지만 머지않아 다시 시도를 하게 될 거야. 또 무슨 일이 있었는지 알아?"

판은 무슨 일이 있었느냐고 물었다.

"캐시 양에게 나도 내 가족이 필요하다고 말했어. 가족과 함께 살고 싶다고. 그런데 놀랍게도 그 여자가 허락을 해 줬어. 다음 주면 남편과 아이들이 이쪽으로 올 거고, 이 집에서 살게 될 거야. 여자애들이 방을 옮기는 데 성공하면 아마도 위층에서 살게 되겠지. 잘 적응하면 아이들은 완전한 차터 사람이 될 거야. 나와 프란시스코는 글렀지. 우린 이미 너무 늦어 버렸으니까. 하지만 우리까지 차터 사람이 될 필요는 없어. 우리는 아이들을 돌볼 수 있으면 돼."

"맞아요, 아이들한테는 당신의 보살핌이 필요해요."

판이 말했다.

말라는 판에게 이제 어디로 갈 것인지 물었다. 물론 판은 거기에 답을 할 수 없었다.

"너는 어디를 가든 그곳을 괜찮은 곳으로 만들 거야."

그녀가 말했다.

"그런 사람들이 있어. 나는 네가 그런 사람들 중 하나라고 생각해. 그곳에 누가 있고 무엇이 있는지는 중요하지 않아. 너는 그곳을 괜찮은 장소로 만들 거야. 단지 너 자신만을 위한 곳이 아닌 모두를 위한 곳으로 만들 거라는 소리야. 알고 있는지 모르겠지만 저 멀리 자치주로 나가 보면 빈 집이 하나 있을 거야."

두 사람 모두 웃음을 터뜨렸다.

'저 멀리'에는 알려진 거리가 설사 있다고 하더라도 거의 없는 것과 마찬가지였기 때문에 말라는 정착지의 이름만 언급했다.

"보는 순간 알게 될 거야. 그게 가장 멋진 집이야."

그녀는 그렇게 덧붙였다.

판은 듣고 보니 아주 근사할 것 같다고 말했다. 그러고 나서는 달리 할 말이 없어서 그들은 우리 B-모어 사람들은 거의 하지 않는 작별 인사를 나눴다. B-모어에서는 누가 곧 숨을 거둘 때라면 모를까 그 밖의 상황에서는 작별 인사를 좀처럼 나누지 않는다. 그것은 우리가 세속과 격리된 친밀한 사회에서 생활하기 때문이다. 물론 다른 곳으로 떠나는 사람이 거의 없는 곳이기 때문에 작별 인사를 거의 하지 않는지도 모른다.

판은 얼마 안 되는 자기 물건들을 챙기고 나서 가져갈 만한 건조 식품과 통조림을 살피기 위해 부엌 수납장을 들여다보고 있었다. 그때 아파트 문이 열렸다. 비크였다. 집을 나서면서 깜빡 잊고 무언가를 챙겨가지 않은 것 같았다. 그의 얼굴 표정에 약간 주름이 져 있었다. 집을 나선 지 불과 15분도 되지 않았는데 그는 안으로 걸어 들어와 인상적이고 뻣뻣해 보이는 옷차림으로 부엌의 바 카운터에 그냥 서 있었다. 그는 부엌 찬장이 열려 있는 것을 알아차리고 배가 고프냐고 물었다. 그것은 전혀 예상치 못한 질문이었다. 최근에 그녀는 항상 먹을 준비가 되어 있었고 심지어 먹고 나서도 금방 또 먹고 싶어 했으므로. 하지만 그는 대답을 기다리지 않고 차를 타고 나가서 간단히 식사나 하자고 제안했다.

"어디로 가려고요?"

그녀는 당연히 경계를 하면서 말했다. 하지만 그와 동시에 자기는 곧 떠날 거라고 그에게 말해야겠다는 생각을 했다.

"주말을 즐겁게 보낼 수 있는 곳이지. 자, 나가자."

차로 가까운 거리였지만 마을 정문 하나를 빠져나가야 했다. 난간이 설치된 안전한 유료 도로를 따라 약 5킬로미터를 달리고 나서 비크는 출구 램프를 빠져나와 무료 도로로 접어들었다. 이제 그는 노면 상태가 나쁜데도 불구하고 차를 더 빠르게 몰았다. 엄밀히 말해 그들은 자치주에 있었고 꾸물거려서는 안 되었다. 그의 차는 강력하고 날렵했다. 대부분의 손상된 요철과 구덩이를 피해서 지나갈 수 있는 좁은 길이 있었지만 그는 그 길로 가지 않았다. 그는 길을 잘 알고 있는 듯 보였다. 그는 거의 빛이 바랜 중앙선을 무시하면서 갈지자로 차를 몰았다. 좀 더 깨끗한 길을 따라 달리다가 우둘투둘한 자국이 펼쳐져 있는 곳에 이르러서는 브레이크를 세게 밟았다. 그가 마침내 차의 속도를 낮춰 휴게소로 접어들었을 때, 판은 구역질이 나기 시작했다. 그는 판에게는 상당한 금액으로 보이는 액수를 입장료로 지불했다. 무장을 한 사내들이 자신들의 무기로 주차를 할 곳을 가리켰다. 비크는 조금도 걱정이 되지 않는 듯 보였다. 그곳에는 적어도 스무 대의 다른 차량들이 있었다. 대부분은 차터 사람들이 타고 다니는 수준의 차량들이었다. 주차된 차량들의 두 배는 충분히 감당할 수 있을 정도로 공간은 충분했다. 주차를 하고 나서 그들은 짧은 덤불 지대 사이로 나 있는 오솔길을 따라 걸어 올라갔다. 오솔길을 따라 가자 텐트들, 아니 텐트처럼 보이는 것들이 동심원 모양으로 점점이 박혀 있는 풀밭이 펼쳐져 있었다. 하지만 그것들은 사실 쇠막대기로 만들어져 비닐 방수포로 덮여 있는 청색과 갈색과 오렌지색의 반영구적인 구조물들이었다. 덮개에서는 증기와 연기가 피어오르고 있었다. 판은 그것의 냄새를 맡을 수 있었다. 요리를 하는 냄새였다.

비공식적으로는 '세네카 서커스'라고 알려져 있는 매주 열리는 토요 시장이라고 비크가 그녀에게 말했다. 물론 동물들과 곡예사들의 실제 서커스는 없었고 많은 텐트들이 둥글게 설치되어 있을 뿐이었다. 그곳에서 사람들은 늦은 오전부터 해지는 시각이 훨씬 지나 투광 조명등을 켤 때까지 음식과 자질구레한 장신구들을 살 수 있었다. 지금은 오후 중반이어서 거래는 다소 뜸해졌지만 아직도 모든 종류의 차터 사람들과 부유한 몇몇 자치주 사람들이 식사를 마치고 서성거리고 있었다. 대부분은 젊은 부부들과 가족들이었는데 그들은 상품 텐트를 기웃거렸다. 자치주 사람들이 보통 수준 이상은 되는 수공예품들을 팔고 있었다. 그것들은 자치주 행상인들이 B-모어에서 팔러 다니던 조잡한 물건들과는 완전히 달랐다. B-모어에서 투박한 방식으로 대량 생산되는 부채와 접시받침 같은 물건들은 완전히 조잡한 싸구려 제품이었음이 금방 드러났다. 이곳에는 정교하게 만든 나무 그릇과 손에 잡고 불어서 만든 와인 잔, 그리고 주문 제작한 보석류가 있었다. 그 모든 것이 전부 매력적이지는 않았지만 공을 들여 자부심을 가지고 만든 제품들이라는 것은 한눈에 봐도 알 수 있었다. 물론 대부분의 차터 사람들은 그런 괴상한 물건들을 위해 마을의 안락과 안전을 양보할 생각이 없었다. 그들에게 손으로 만든 제품들은 그들이 좋아하는 브랜드의 유서 깊은 시장 출시용 완벽한 제품들과 비교했을 때, 약간 질이 떨어지고 지저분한 물건이라는 인식을 주었고 마치 바보의 낙서처럼 특이하다는 느낌을 주었다. 비크는 분명히 그런 종류의 차터 사람이 아니었다. 적어도 이곳에서는 그랬다. 판은 무늬가 들어가 있는 도마 세트뿐만 아니라 그의 아파트에 있던 것과 스타일과 모양이 똑같은 꽃병을 발견했다. 벽에 거는 장식품들, 천장에 매달 수 있는 풍경들, 정원을 꾸밀 때 쓰는 돌 조각품들, 손으로 짠 슬리퍼, 수를 놓은 허리띠와 조끼도 있었다. 간혹 작은 강철 구슬을 이용한 다양한 어린이용 구식 테이블 게임들, 손으로 만든 온갖 종류의 천연 로션과 비누도 보였다. 차터 사람들은 어느 누구도 그런 물건들을 사지 않을 것 같았지만 예상 외로 사람들은 킬로그램 단위로 물건들을 사 가지고 갔다. 실제로 사용하려고 사 가는 게 아니라 장식용으로 쓰려고 사 가는 것 같았다.

살 만한 물건이 많았지만 가장 눈길을 잡아끄는 것은 음식이었다. 특히 비크에게는 그랬다. 각각의 음식 텐트는 생김새가 거의 같았다. 대략 가로 4미터, 세로 5미터쯤 되는 직사각형 공간의 한쪽 기다란 면 중간쯤에 음식을 만드는 공간이 있었고 나머지 세 개의 면을 따라가며 카운터와 의자들이 죽 놓여 있었다. 손님들의 등이 방수포의 덮개에 쓸리는 경우가 간혹 있었다. 이곳에는 차터 사람들이나 심지어 우리 B-모어 사람들조차도 견딜 수 없을 것 같은 무언가가 있었다. 그것은 바로 그 흔한 위생상의 안전 설비와 기준도 없이 거의 야외에서 만들어서 바로 내놓는 음식이었다. 하지만 그런 음식들은 모험을 즐기는 사람들을 이곳으로 끌어당겼다. 이곳에 오면 특별할 것 없는 옷을 입고서 자기 바로 앞에 서 있는 진짜 평범한 사람이 만든 음식들을 먹을 수 있었다. 음식을 만드는 사람은 장갑도 끼지 않은 손으로 원재료부터 접시에 이르기까지 모든 것을 만졌다. 마음이 내키면 음식을 만드는 사람에게 말을 걸 수도 있었다. 어떤 사람에게는 이곳에서의 식사가 신 나는 경험이 될 수 있었다. 음식 자체가 옛날식이고 건강해야 한다는 차터의 전제 조건과는 무관하다는 사실 때문에 그 경험은 더욱 잊을 수 없는 것이 되었다. 벨기에식 감자튀김이나 히로시마식 오코노미야키•나 닭고기와 만두에다 육즙을 끼얹은 요리를 먹을 수 있었다. 그들은 비크가 가장 즐겨 찾는 가게로 갔다. 중식과 한식 텐트였다. 그곳에서 그는 골파(chive) 자장면 두 그릇과 삶은 해삼을 작은 접시로 하나 주문했다. 판은 그것들을

• Okonomiyaki: 한국의 부침개에서 유래되었다는 일본의 해물 부침 요리.

먹으면서 잠시도 멈출 수가 없었다. 비크는 주인 여자에게 해삼의 원산지가 어디인지 물었다. 특별히 살이 탄탄하고 달콤했다.

"어디긴 어디겠어요?"

바쁜 여자가 그리 다정하지 않은 말투로 중얼거렸다. 그녀는 허리가 굵었고 목이 튼튼했으며 위로 치켜 올라간 숯덩이 같은 눈썹을 가지고 있었는데 그것만으로도 의심이 많은 사람이라는 느낌을 주었다.

"당연히 바다죠."

"태평양이나 대서양?"

"어느 쪽을 원해요?"

"선호하는 곳은 없습니다."

"네. 어느 곳에서든 가져와요."

비크는 씩 웃었다. 주인 여자는 그를 따라 아주 잠깐 웃음을 짓는 듯하더니 가느다란 소고기 조각을 반죽에 담근 다음 튀김용 기름솥에 밀어 넣었다. 구석 자리에 앉아 있는 두 남자에게 줄 음식이었다. 나머지 의자 네 개는 비어 있었다.

"해삼 좋아해?"

판은 자기 앞에 놓인 음식을 가리키는 줄 알고 고개를 끄덕였다. 그녀가 마지막 한 입을 막 집어삼키고 났을 때였다.

"좋아요. 식욕이 돋네요."

그녀가 말했다.

비크는 미소를 짓고 나서 달콤새콤한 소스가 곁들여진 바짝 튀긴 소고기를 한번 먹어보겠느냐고 판에게 물었다.

"먹어 보면 좋아할 거야."

판은 먹어 보고 싶지만 배가 너무 부르다고 말했다.

"다른 음식보다 나아요."

주인 여자가 말했다. 판은 소고기 요리를 두고 하는 말임을 이해했다. 하지만 비크는 아무런 대꾸도 하지 않고 자기 그릇에 남아 있는 자장면을 젓가락으로 휘적거리고 있었다. 주인 여자는 손가락에 묻은 반죽을 꼼꼼히 닦고 나서 두 남자한테로 건너가 그들의 맥주잔을 다시 채워 주었다. 그녀는 자기 자리로 돌아오지 않고 그들과 어울려 정감 어린 농담을 주고받았다.

비크는 자신의 차를 한 모금 홀짝거렸다. 판은 지금 무슨 일이 벌어진 건지 머릿속에 그려 보았다. 그는 도시로 돌아와 있을 게 분명한 자기 여자 친구를 태우러 가려고 아파트를 나섰다. 하지만 무언가가 잘못된 게 분명했다. 둘이 심하게 다투었거나 심지어 싸움을 벌였을지도 몰랐다. 그가 자신의 분통을 이처럼 잘 숨기는 것이 그녀는 한편으로는 슬펐고 또 한편으로는 사랑스러웠다. 그는 레그와 조금도 닮아 있지 않았다. 레그는 자신의 감정을 드러내는 데에 조금도 주저하지 않는 사람이었다. 스쿠터에 시동이 걸리지 않으면 절망감에 사로잡혀 머리를 쥐어뜯었고 업적 평가를 제대로 받으면 기뻐서 펄쩍펄쩍 뛰었다. 한바탕 행동으로 표현하고 나면 감정이 누그러져서 온화한 리듬을 되찾았다. 한편 비크는 계속해서 자제력을 발휘하는 듯 보였다. 굳이 그렇게 할 필요가 없는 바로 지금과 같은 때에도 그는 혼란스러운 마음을 통제하기 위해 눈에 보이지 않게 더욱 애를 썼다.

"파이 좋아해? 산딸기로 파이를 만드는 할아버지가 있어."

판은 그런 파이를 특별히 좋아하지 않았지만 좋아한다고 말했다. 비크가 흥분해 있었기 때문에. 그는 계산을 치렀다. 주인 여자는 고맙다고 하면서 "다음에 또 오세요."라고 중얼거렸다. 비크는 밖으로 나오기 위해 방수포를 옆으로 제치며 활기차게 "물론이죠."라고 말한 다음, 주인 여자에게 양손 엄지손가락을 치켜세워 보였다. 파이를 파는 가게는 손님들로 더 북적거렸다. 사람들은 항상 후식을 먹을 준비가 되어 있었다. 그들은 텐트 밖까지 길게 이어진 줄에 서서 기다려야 했다. 사람들은 양산을 들고 있었다. 가게 안에 비어 있는 자리가 없어서 비크는 요즘 가장 인기인 애플파이 하나와 블랙베리파이 두 조각을 포장해 달라고 한 다음 피크닉 테이블 가운데 어느 하나에 앉았다. 이상적으로 온화하고 건조한 날씨인데도 불구하고 피크닉 테이블은 완전히 비어 있었다. 마을을 벗어나거나 튼튼한 면포로 만든 스카이돔을 벗어나기만 하면 차터 사람들은 가급적 햇빛을 피하려고 애썼다. 비크는 차에 선팅을 했지만 그것 말고는 햇빛 따위에 그다지 신경을 쓰지 않는 듯 보였다. 사실 그는 얼굴을 빳빳이 치켜들고 있었다. 그의 어두운 선글라스가 거침없이 쏟아지는 햇빛 속에서 반짝거렸다. 비크의 말대로 파이는 정말 훌륭했다. 판이 B-모어에서 맛본 질척거리는 파이보다 훨씬 더 감칠맛이 나면서 B-모어 파이의 절반만큼도 달지 않았고 씨앗이 박힌 딸기가 통째로 들어가 있었다. 파이의 껍질은 가볍게 잘 바스러졌다. 비크는 돼지기름으로 튀긴 것이라고 말했다. 판은 그에게 의사임에도 불구하고 대부분의 다른 차터 사람들과 달리, 음식에 들어 있는 독소나 강한 햇빛의 영향에 대해 별로 걱정을 않는 것 같다고 말했다.

"그건 아마 내가 의사라서 그런 것 같아."

그가 말했다.

"처음으로 치료를 받을 거라서 걱정이 없다는 얘기인가요?"

예전에는 그랬지만 이제는 그렇지 않다고 그가 말했다. 한때 일부의 사람들만 이용할 수 있었던 많은 것들처럼, 이제 치료는 매 시간 경매가로 팔렸다. 그리고 의사들은 최고가 입찰자가 도저히 될 수 없었다. 하지만 그런 것은 그에게 중요하지 않았다. 그는 C-질환이 없는 세상을 자신이 믿고 있는지조차 확신하지 못했다. 적어도 이제는 그런 확신이 없었다.

판은 무슨 생각인지 이해했지만 아무런 대꾸도 하지 않았다. 그녀는 파이의 맛이 정말 훌륭하다는 것을 깨닫고 자기 앞에 놓인 파이를 다시 한 번 포크로 찍었다. 애를 가졌든 가지지 않았든 간에 B-모어 사람이라면 누구나 그 파이를 보며 거부감 대신 기쁜 마음을 가졌을 것이다. 하지만 거대한 파이는 그녀 혼자 먹기에는 양이 너무 많았다. 그래서 비크가 그녀의 조각을 마저 먹어 치워야 했다. 그는 아무런 걱정 없이 잘도 먹었다. 이제 기분이 더 좋아져 있는 그를 보자 그녀는 자신의 기분까지 덩달아 좋아지는 것을 깨닫고 놀랐다.

# 22

알고 보니 집들이 잔치는 퇴직 기념 잔치를 겸해서 열릴 모양이었다. 그들은 어제 비크와 판이 세네카 서커스에서 돌아왔을 때 그 소식을 모두에게 문자로 알렸다. 듣자하니 비크와 마찬가지로 30대 초반의 나이에 병원에서 혈액 C-전문의로 일하는 그의 동료는 의과대학 학생이었을 때부터 지난 8년 동안 거부 반응 제어제를 개발해 왔다. 1년 내내 계속되는 시도에서 단지 60퍼센트의 효과만 나타났지만 그 약은 충분히 조짐이 좋은 것으로 여겨져서 3대 주요 제약 회사 모두가 그의 특허를 얻기 위해 열띤 경매에 가담했다. 낙찰가는 어제 오후에 각각의 변호사들에 의해 인증되었는데, 비크의 동료와 그의 아내와 세 명의 어린 자식들이 평생 동안 차터에서의 가장 화려한 방식으로 살 수 있을 만큼의 현금과 비제한 주식을 더한 것이었다. 이런 연유로 비크는 지금 차를 갖다 세우려는 개인 시공한 새 저택을 그들이 허물어 버릴 것이라고 반쯤 농담 삼아 말하고 있었다. 진입로는 출장 뷔페 업체에서 나온 여러 대의 밴으로 거의 가득 차 있었고 인접한 거리에도 차량들이 빈틈없이 주차되어 있었다. 그래서 비크는 여러 대의 밴 바로 뒤에 주차를 했다. 상류층이 사는 마을이었지만 캐시 양의 저택만큼 수준이 높은 곳은 아니었다. 그보다 한 단계 아래의 사람들이 사는 곳이 분명했다. 주택 부지가 더 좁았고 집들은 앞에서 볼 때 놀라울 정도로 수수해 보였는데 뒤쪽으로는 기다랗게 뻗어 있었다. 어떤 경우에는 뒤쪽의 대지 경계선까지 이어져 있어서 남은 공터가 거의 없었다.

올리버와 베티의 집이 그런 식으로 뻗어 있었다. 판의 눈에 그 집은 그녀의 가족이 사는 연립 주택만큼 매력적으로 보이지 않았다. 그녀의 집은 눈앞에 있는 저택과 비교했을 때 비록 보잘것없긴 해도 양쪽으로 다른 집들과 붙어 있어서 언제나 반기는 듯한 느낌을 주었으며 현관 앞에는 매력적인 층층다리가 있었고 밝게 색칠한 벽돌의 감촉에서 세월의 무게가 느껴졌다. 웅장해서 인상적인 캐시 양의 저택도 이 저택보다는 더 친근해 보였다. 납빛의 2.5층짜리 관처럼 보이는 이 저택은 흑연색의 금속판으로 뒤덮여 있었다. 매우 납작해서 눈에 잘 보이지도 않는 지붕의 엉덩이 부분에는 끝이 날카로운 기둥들이 솟아 있었다. 모든 창문은 크기와 모양이 제각각이었고 여기저기에 아무렇게나 박혀 있었는데, 마치 어떤 꼬마가 최종적인 모습은 전혀 고려하지 않고 순전히 변덕에 따라 각각의 창문을 골라 함부로 붙여 놓은 것 같았다. 현관 입구에는 다른 손님들이 집주인의 영접을 받기 위해 짧게 줄을 서 있었다. 판은 새 집에 대한 몇몇 얘기들을 엿들을 수 있었다. 한 친구만 빼고 대부분의 사람들은 긍정적인 얘기를 늘어놓았다. 그 친구는 조경을 별로 탐탁지 않게 생각하면서 꽃과 관목이 훨씬 더 많아야 좋은데 왜 그렇게 하지 않았는지 궁금해했다. 그 친구의 부인은 손가락을 입에 갖다 대면서 조용히 하라고 말했다. 그녀는 집주인이 불과 지난주에 이사를 들어왔으니 이제 베티의 마술적인 손이 머지않아 집을 완전히 바꿔놓을 거라고 덧붙였다.

비크는 집에 대해 어떠한 느낌이나 의견도 드러내지 않았다. 이곳까지 차를 몰고 오는 동안 그의 전반적인 태도는 그리 들떠 있지 않았고 시종 차분했다. 어제 그들이 아파트로 돌아왔을 때, 그는 집을 떠날 때보다 기분이 나아져 있었다. 그가 튜브를 입에 넣고 약간의 증기를 들이마시고 난 다음 두 사람은 다른 오래된 애니메이션을 시청했다. 그리고 그들은 버블 티를 사러 시내로 나갔다. 그가 몹시 마시고 싶어 했다. 음료를 사 가지고 돌아오는데 그의 동료의 행운에 관한 메시지가 들어왔다. 메시지를 보는 순간 그는 동료의 성공을 깨닫고 부러움을 느낀 듯이, 조금은 씁쓸하게, 또 기쁘고 어리둥절한 것처럼 운전대를 손으로 탕탕 두드려 대며 웃음을 터뜨렸다.

그것은 질투심 같아 보였다. 아니면 단순히 설탕 맛이 나는 차와 타피오카 알갱이가 갑자기 그에게 부채질이라도 했던 것일까? 하지만 비크는 미발표된 현재 차터 C-질환 사망률을 125년 전의 것과 비교하는 도표를 호기심으로 그려 본 일에 대해 얘기하기 시작했다. 차터 생존율의 측정 기준이 되는 초기 단계 진단을 장악하고 나서 상당한 발전이 있었던 것처럼 보였지만 결과적으로 차터 사람들의 수명은 과거보다 불과 몇 년 정도 더 늘어난 것으로 드러났다. 사람들은 이제 자신들이 병에 걸렸다는 것을 과거보다 훨씬 더 일찍 알아차렸다. 이제는 증상이 시작된 지 불과 며칠 만에 자기가 병에 걸렸는지 알 수 있었고, 요즘 가능한 한 모든 요법으로 치료받는 동안 접하는 식이요법과 관련 부작용의 끊임없는 스트레스를 감안했을 때, 그들이 실제로 건강한 것은 결코 아니라고 말할 수 있었다.

하지만 이 모든 것은 더 심각하고 덜 알려진 문제를 감추고 있었다. 점점 더 많은 수의 환자들이 거의 평생 동안 지속적인 치료를 받았지만 그 치료에 병이 조금도 호전되지 않았다는 사실이다. 환자들 가운데 일부는 미취학 아동 시절부터 지속적인 치료를 받아 왔다. 이것은 전능한 C-요법 산업의 입장과는 대조를 이루었다. C-요법 산업은 항상 치료법이 있다고 주장했고 C-질환이 어떤 반응을 보이거나 진전되든 간에 항상 치료제를 내놓았다. 하지만 그것은 우리 자신이 이민 역사의 초기에 재배 시설에서 직면했던 문제와 비슷했다. 물론 비크는 그것에 대해 전혀 모르고 있지만. 이민 역사의 초기에 어떤 병충해가 발생했다. 그것은 어떤 알려진 화학 물질이나 재배 방식의 변화로는, 근절은 물론이고 예방조차 할 수 없었다. 사람들은 재배 수단들, 이를테면 물, 재배 시설의 실내 공기, 조제 영양소들의 특별한 혼합물을 검사했다. 각각의 수단을 검사하고 나서는 가능한 모든 상호작용을 점검했다. 그리하여 결국에는 재배 시설을 해체시키기로 결정했다. 시설 안에 있는 모든 것들, 하다못해 콘크리트 바닥까지 그야말로 하나도 남김없이 불태워 버리고, 처음부터 다시 시작하기로 했다. 그렇게 하고 나니 문제는 깨끗하게 해결되었다. 하지만 물론 이 방법을 현재 차터 사람들이 직면하고 있는 문제에 써먹을 수는 없으리라.

이런 이유 때문에 비크의 동료가 새로 개발한 요법은 매우 귀중했다. 또 그것은 C-산업 전체에 엄청난 위협이 될 수 있었다. 제약회사들은 지난 100년간에 걸쳐 엄청나게 부유해졌다. 확실히 지구상에서 가장 수익성이 좋은 업체들이었다. 판은 그가 했던 말들을 세세하게 이해할 수는 없었지만 적어도 그에게 왜 C－전문의가 되지 않고 응급실 의사가 되었는지 물어볼 수 있을 정도는 되었다. 이런 질문이 그의 어떤 마음을 자극한 듯 보였다. 그는 버블 티를 빨대로 길게 한 모금 들이키고 나서 말했다. 사람들은 질병으로 고통을 받는데 과거에도 항상 그랬고 앞으로도 영원히 그럴 테지만, 결국 어느 누구도 왜 병에 걸려 고통을 받는지 그 원인을 알아내지 못할 거라고 그는 말했다. 하지만 자신은 어느 순간 자신이 사람들의 당면한 질병을 다룰 때 만족감을 느낀다는 사실을 발견했고, 그래서 지금의 일을 하게 되었다고 말했다.

그 순간이 지나가 버리자 그는 그 문제에 대해 더 이상 아무 말도 하지 않았다. 비크는 이제 상자에 담긴 애플파이를 마치 종교 의식을 치를 때의 제물처럼 자기 앞에 뻣뻣한 자세로 들고 있었다. 그들이 현관문에 이르렀을 때, 베티와 어떤 도우미가 모든 사람을 맞이하고 있었다. 비크는 상자를 베티의 양손에 부드럽게 안기고 나서 재빨리 무어라고 속삭였다.

"부 에트 마 따흐트 오 뽐. (*Vous êtes ma tarte aux pommes.*: 제가 가져온 애플파이에요.)"

베티와 판과 도우미의 귀에만 들릴 정도의 작은 목소리였다. 물론 판은 경쾌하고 혀짤배기소리 같은 그 낱말들을 이해하지 못했지만 베티의 당황한 표정에서 그가 무언가 혼란스럽게 만드는, 심지어 무례한 말을 건넸다는 것을 짐작할 수 있었다. 그 말을 들은 베티는 조금도 즐거워하는 표정이 아니었다. 하지만 비크는 달콤한 미소를 지어 보이고 있었다. 그러자 베티의 뒤에 서 있던 도우미가 반사적으로 그랬겠지만 그에게 미소로 응답했다. 베티는 파이 상자를 도우미에게 건네주고 내키지 않는다는 듯이 비크의 얼굴에 짧게 키스를 하는 시늉을 해 보였다. 그녀는 애써 미소를 지으며 함께 온 젊은 친구가 누구인지 그에게 물었다.

"판을 소개할게요. 제 친구의 조카딸이랍니다. 오늘 함께 지내기로 했어요."

"안녕하세요, 판. 베티 청이라고 해요. 환영합니다."

판은 그녀에게 고마움을 표한 다음 따스하고 건조한 그녀의 손을 잡고 몇 번 흔들었다. 베티는 체구가 자그마했다. 키나 덩치가 판과 별 차이가 없었다. 사실 그녀는 지나치게 완벽하다 싶을 정도로 아름다웠다. 마치 능력을 가진 어떤 높은 존재가 베티처럼 무척 아름다운 여자 하나를 취해서 가장 균형 잡힌 귀여움을 그녀의 코에 부여하고 갈색 눈에 촉촉한 어둠을 주입하고 자그마하고 사랑스러운 입을 더 둥글고 두툼하게 그려 넣고 나서 그 모두를 창백해지거나 붉어지거나 땀이 나지 않는 깨끗하고 순수한 피부로 감싸기로 마음먹은 것 같았다. 이런 일이 있었다는 것을 무의식적으로 깨닫고 베티는 행사의 내용에 상관없이 아주 우아하게 차려입었다. 드레스이든 청바지이든 앞치마이든 간에 그녀가 입은 옷의 우아한 마름질은 그녀가 왜소하다는 인상을 절대 허용하지 않았다. 흠잡을 데 하나 없는 선과 그녀의 몸매 비율은 입고 있는 옷과 딱 어울려 핼쑥하다거나 야위었다는 인상을 감추고 있었다.

베티는 다음 손님들을 맞아야 했다. 도우미는 비크와 판을 집의 다른 공간으로 안내했다. 도우미는 파티가 열리는 장소를 그들에게 가리키고 나서 자신은 파이를 가지고 부엌으로 들어갔다. 비크는 사전에 판을 사람들에게 어떻게 설명할지에 대해 그녀에게 아무런 귀띔도 해 주지 않았었다. 그들은 그에 대해 지금도 아무런 의논을 나누지 않았는데, 그것이 그의 방식이었다. 하지만 그는 판을 만난 모든 사람들이 그녀의 존재를 분명하게 느끼고 있음을 파악했다. 판이 지닌 수많은 능력들 중에는 어떤 온도에든 곧바로 적응하는 능력이 있었다. 판은 베티와 그의 관계에 대해 세세하게 묻는 그런 여자가 아니었다. 아무리 궁금해도 묻지 않고 스스로 혼자 곰곰이 생각할 뿐이었다. 물론 그와 베티의 관계는 판에게 조금도 중요하지 않았지만. 그것은 어디까지나 비크의 인생이었고 그가 원하는 대로 꾸려갈 수 있는 부분이었다. 판은 그저 그와 함께 마지막 날의 나들이를 즐기기 위해 따라나선 것뿐이었고, 내일 아침 그가 출근하고 나면 작별의 메모를 남겨 두고 다시 길을 나서야겠다는 생각을 하고 있었다.

실내는 막힘이 없이 탁 트인 공간이었다. 기다란 거실이 공간의 대부분을 차지하고 있었는데 천장이 상당히 높았다. 복잡하게 제작된 강철 복도에서 다섯 개의 침실로 들어갈 수가 있었다. 복도 양쪽으로 침실이 두 개씩 있었고 주 침실은 저 멀리 앞쪽에 있었다. 중심층은 긴 벤치 의자를 치워 버리고 그 자리에 앉아서 담소를 나눌 수 있는 수많은 가구들로 채워놓은 예배당처럼 느껴졌다. 하지만 모든 소파와 안락의자는 이제 비워져 있었고 모든 사람들이 뒤쪽에 모여 있었다. 그들은 천장까지 닿는 거대한 온실 안에 있었다. 온실에는 필요할 경우에 일조량을 조절할 수 있는 유리판이 붙어 있었다. 온실이 위치한 곳은 기본적으로 뒷마당이었지만, 조명과 차단막과 배관 시설이 갖춰져 있어 완전한 기후 통제가 가능한 특수한 뒷마당이었다. 판이 보기에 그 규모는 자연광을 받는 B-모어의 재배 묘목장과 비슷했다. 그 온실에서 물고기를 기르지는 않았다.

음료를 손에 든 몇몇 사람이 비크를 알아보고 건너오라는 손짓을 했다. 그들은 비크처럼 한 무리의 젊은 남녀 의사들로, 머리카락이나 옷차림이 다른 손님들보다 약간 더 헝클어져 있었고 지저분했다. 다른 손님들은 대부분이 30대와 40대였다. 아이들은 나이가 아주 어린 친구들로 족히 수십 명은 되어 보였는데 운동복 바지와 티셔츠를 입은 유모들이 아이들을 잡고 있거나 바짝 뒤따르고 있었다. 비크의 동료는 판이 친구의 조카딸이라는 사실을 믿지 않았다. 그녀의 나이를 가늠해 봐도 그렇고 무엇보다도 청 씨 부부의 횡재에 관한 화제에 그들이 그토록 집중하는 모습을 보니 조카딸이라는 말이 더더욱 믿기 어려웠다. 들리는 바에 따르면 청 씨 부부는 현금과 주식뿐 아니라 올리버가 병원에서 현재 급여의 두 배를 받고 향후 5년간 치료법 개발을 계속 지휘하는 조건의 새 계약을 맺자는 제안까지 받았는데, 올리버는 아직 마음을 정하지 못했다. 당연히 그는 자신의 발명품에 대한 연구를 지휘하고 싶은 마음과 적어도 일과 관련해서 아무것도 하지 않고 지내고 싶은 마음 사이에서 고민을 하고 있었다.

"나라면 고민 안 해."

여자 하나가 화이트와인 잔을 빙빙 돌리면서 말했다. 키가 멀쑥하게 크고 안색이 병적으로 누르께하고 짙은 금발 머리를 곱슬곱슬하게 지진 여자였다. 짙은 갈색의 머리 뿌리는 너무 길게 자라 있었다.

"나 같으면 오늘 아침에 당장 직장을 그만두고 6개월 동안 비행기를 전세 내서 포도밭이나 구경하며 다니겠어. 모든 대륙의 포도밭을 둘러보는 거지. 하지만 단 하나만 둘러본다고 해도 상관없어. 이미 모든 곳에 가 봤으니까!"

"우리는 아무도 못 가 봤어!"

다른 여자가 대꾸했다.

"우리가 어떻게 그럴 수 있겠어? 우리 모두는 지금껏 줄곧 학교에 있었고 그 다음에는 곧바로 일터로 갔잖아!"

"그리고 영원히 이런 식으로 일만 하며 살 거야!"

수염을 깎지 않은 남자가 끼어들었다. 커다랗고 거무스름한 그의 머리에 비해 테가 달린 우스꽝스러운 모자는 너무나 작아 보였다.

"나는 이번 봄에 피지로 여행을 갔지."

다른 남자가 말했다.

"기억이 나는 것 같네요. 긴 주말을 이용해서 다녀오지 않았나요?"

두 번째 여자가 말했다.

"아니, 그냥 평범한 주말이었지. 하지만 정말 좋았어."

"무엇을 하셨는데요?"

"수영도 좀 하고. 대부분은 잠만 잤지."

"잘했네."

"피지에도 포도밭이 있어요?"

첫 번째 여자가 물었다.

피지에 다녀왔다는 친구는 없는 것 같지만 확실히는 모르겠다고 말했다.

"혼자서 여행을 가려고?"

우스꽝스러운 모자를 쓴 남자가 와인 잔을 들고 있는 여자에게 물었다. 그녀는 잠시 생각하는 눈치였다.

"남자 하나를 데려갈 생각이에요. 어쩌면 여러 남자를 데려갈 수도 있겠죠. 말벗이 필요하니까요. 하지만 그러다 보면 분명히 임신을 하게 되겠죠."

"당신은 지금도 임신할 수 있어."

"하지만 시간이 없어요. 아직은 돈도 없고요. 그 두 가지를 모두 가지게 될 무렵이면 너무 나이가 들어 과감한 행동은 못 하겠죠."

"당신은 할 수 있어."

"비꼬지 말아요."

"나는 우리가 그 문제에 대해 마음을 완전히 바꿀 수 있다고 생각해."

"저는 안 그래요."

"내가 당신의 세계 여행에 동행해 주지."

피지를 다녀온 남자가 말했다.

"나는 그런 비행기 여행이 좋아. 하지만 아무런 대가도 지불하지 않고 무언가를 얻을 순 없는 법이야. 당신은 내 사랑을 돈으로 사야 할 거야."

"어쩌면 그래야 할지도 모르죠."

그들 모두는 미친 듯이 웃음을 터뜨렸다. 하지만 비크는 별다른 반응을 보이지 않았다. 옹기종기 모인 무리에서 밀려난 판은 몇 발자국 떨어져서 이제 몇몇 아이들 사이에 서 있었다. 아이들은 출장 뷔페 업체가 차린 식탁에서 수많은 직사각형 접시에 담겨 있는 맛있어 보이는 음식들을 집어 먹고 있었다. 판도 먹어 보았는데 모든 음식이 반쯤 상한 소스가 보이지 않게 뿌려져 있는 것 같은 맛이 났다.

"당신 생각은 어때요, 비크? 저의 세계 여행에 동행하시겠어요? 대가는 충분히 지불할게요. 받고 있는 급여의 두 배를 드리죠."

"내가 그렇게 하도록 내버려 두지 않지."

비크는 여기저기 돌아다니는 웨이터로부터 맥주를 받아들면서 그녀에게 말했다.

"사랑은 대가 없이 주고받는 것이어야 해."

"엄청 지혜로운 사람이군, 비크."

우스꽝스러운 모자를 쓴 남자가 말했다.

"그야 내가 당신들 모두보다 훨씬 더 나이가 많으니까 당연하지."

"뭐, 고작 네다섯 살 많은 것 아냐? 올리버랑 동갑이지?"

"11학년 때부터 우리는 항상 붙어 다녔어."

"와, 그렇게 오랫동안 똑똑하게 살아왔으니 얼마나 지겨울까. 나 같으면 맹인이 되어 버렸을 거야."

남자가 말했다.

"우리 모두가 그랬어. 하지만 올리버는 너무 매력적이라 경멸할 수가 없지."

비크가 분위기에 동조하며 말했다.

"올리버도 그 사실을 알고 있어."

비크의 뒤에서 누군가가 밝게 말했다.

올리버였다.

"시저, 만세!"

사람들이 재빨리 환호성을 질렀다.

"질이 낮은 술은 내다 버려."

그가 말했다. 그의 뒤에는 세 명의 웨이터가 있었다. 그들 중 하나는 엄청나게 큰 샴페인 병 하나의 바닥과 목을 감싸 안고 있었다. 더블 매그넘. 즉 3리터짜리 병이었다. 나머지 두 웨이터는 길쭉한 샴페인 잔들을 대접할 준비가 되어 있었다.

올리버는 두 여자에게 포옹을 하고 나서 남자들과는 가슴과 어깨를 가볍게 부딪쳤다. 비크에게는 조금 더 세게 부딪쳤다. 올리버는 그들 가운데 가장 키가 작았지만 자기 아내처럼 다소 체격이 다부졌다. 그에게서는 무언가 매우 노련한 인상이 풍겼다. 게다가 두세 번 샤워를 하고 나서 다시 몸을 박박 문질러 씻은 것처럼 누가 보더라도 확실히 깨끗한 느낌을 주었다. 비크가 판에 대해 이미 했던 말을 반복하자 그는 그녀를 찬찬히 살폈다. 판은 올리버가 비크의 말을 조금도 믿지 않고 있다는 것을 분명히 알 수 있었다. 하지만 그는 아무 말도 하지 않고 그녀의 손을 잡고 몇 번 흔들기만 했다. 아니, 어쩌면 자신의 손을 그녀가 잡고 흔들도록 맡긴 건지도 몰랐다. 그의 손에는 조금의 힘도 들어가 있지 않았다.

"방금 이게 배달되었는데 자네들이 제일 먼저 맛을 봤으면 해서 가져왔어."

그는 병을 받아들어 자기 넓적다리에 얹고는 엄지손가락으로 코르크 마개를 뽑아냈다. 코르크 마개가 튀어나오면서 천장의 유리판을 세게 쳤다. 그 소리가 어찌나 컸던지 그들 모두가 몸을 움찔했다. 유리판에 금이 간 것 같지는 않았다. 술은 올리버의 손 위로 분수처럼 뿜어져 나와 타일 바닥으로 줄줄 흘러내렸다. 그는 웨이터들을 향해 얼른 몸을 돌렸다. 웨이터들은 자신들이 내민 유리잔으로 술을 최대한 많이 담으려고 애썼다.

"어머나, 올리버."

두 번째 여자가 숨이 막히는 표정으로 말했다.

"그거 진짜 샴페인이에요? 저거 대신에 차를 한 대 살 수도 있었겠어요!"

"중고차라면 살 수 있을지도 모르지."

잔에다 술을 따르면서 그가 말했다. 거품이 잔 밖으로 넘쳐흘렀다.

"하지만 괜찮아. 나는 당신들이 좋아. 내가 가진 모든 것을 함께 나누고 싶다고."

다른 손님들이 질투 어린 시선으로 그들을 건너다보고 있었다. 하지만 올리버는 자신과 어울리는 사람들에게 넋을 잃고 몰입함으로써 그런 어색해질 수도 있는 상황을 통제하는 데에 일가견이 있었다. 사실 그가 넋을 잃을 수는 없었겠지만, 아무튼 그렇게 하면 사람들은 그가 아닌 다른 사람에게로 시선이 향할 때조차 그의 집중력에 경외심을 갖지 않을 수 없었다. 그것은 하늘에서 지구가 돌아가면서 대륙들이 태양에 의해 환하게 밝아지는 모습을 지켜보는 것과 같았다.

사람들은 결코 버려졌다는 느낌을 받을 수 없었다.

피지를 다녀왔다는 남자가 잔에 담긴 중고차들을 위한 특이하고 설득력 없는 건배의 말을 하기 시작했다. 그러자 분위기가 갑자기 썰렁해졌다. 비크는 깜짝 놀랄 만큼 아름다운 새 집을 위해 건배를 하자고 제안하며 분위기를 되살렸다. 베티가 설계나 구조 문제에 있어 아주 능숙하게 감독을 했기에 가능했던 집이었다. 사람들이 그의 제안에 "옳소! 옳소!"라고 소리쳤다. 하지만 피지를 다녀온 남자는 집을 완전히 새로 뜯어고치려면 시간이 꽤 걸리겠다며 농담을 했다.

"뭐라고? 나는 단 한 개의 못도 뽑지 않을 거야."

올리버의 말투는 화가 난 것 같았지만 얼굴은 웃고 있었다.

"이 집이 너무 완벽해서 나는 저쪽 부지에다 이것과 똑같은 집을 하나 더 지을 생각이야. 그런 다음에 다리를 놓아 두 집을 연결할 생각이지."

"저쪽 부지에는 이미 큰 집이 있지 않아?"

"오래 걸리지 않을 거야."

올리버가 말했다. 그 말에서 그의 선천적인 날카로움, 자신감의 기다란 칼날 같은 것이 얼핏 엿보였다.

"그 집 주인은 집을 팔아야 할 거야. 내가 제시하는 금액이면 집을 팔지 않을 수 없겠지. 그런 다음에 나는 뒤쪽에 있는 두 개의 인접한 부지를 사들일 생각이야. 그럼 우리는 아이들을 위한 진짜 놀이터를 가질 수 있어. 그렇게 되면 내가 할 일은 끝나는 거지."

"새로운 직장 일은 어쩌고요?"

두 번째 여자가 물었다.

"아시밀은요? 끝까지 지켜보고 싶지 않아요?"

올리버는 물론 그러고 싶다고 말했다. 하지만 그는 자신이 얘기를 나눠 본 모든 사람들의 의견을 종합해 볼 때, 과거와 사정이 완전히 달라질 것이고 자기는 두 번 다시 실험실에 대한 완전한 통제권을 가질 수 없게 될 거라고 말했다. 자신과 자신의 연구진은 결국 종업원으로 전락하고 말 것이며 몇 달 뒤에는 미쳐 버리게 될 것이라고, 1년도 못 버틸 것이라고 말했다. 그는 절망감에 일을 그만두게 될 것이고 그렇게 되면 실험실과 프로젝트는 지휘하는 사람이 없어질 거라고 했다.

"1년을 통째로 낭비하는 셈이 될 거야. 그들은 이미 아시밀에 대해 계획을 세워 두고 있어. 나도 더 이상 환자들을 치료하고 싶지 않고."

"하지만 그들은 당신을 사랑해요!"

"고마워. 나는 이제 환자들을 당신들 모두에게 맡길 거야. 나는 날마다 의사로 일했지만 오랜 세월 동안 사업가이기도 했어. 나는 사업체를 일으키고 있었지. 그 사업체는 이제 상당한 가치를 지니게 되었고, 실재해. 난 이제 그 일을 다시 시작해 볼 생각이야."

"또 다른 치료법을 개발하겠다고요?"

"아마도. 하지만 반드시 그럴 거라고는 말 못 해. 확실히 말할 수 있는 건 의학에 관련된 무언가라는 거고, 아마 어떤 장치가 될 거야. 직접적으로 하지는 않을 거야. 작업대에서 하는 일이 아니라는 거지. 바로 이곳 집에서 신생 기업에 투자할 거야. 나는 극소수의 사람들만 가지고 있는 전문 지식을 활용할 거야. 지금 사무실을 설립하는 중이야. 그러면 나는 아이들이 자라는 것을 지켜볼 수도 있고, 베티와 점심을 먹을 수 있지."

"듣고 보니 멋지네요."

포도밭 여행을 하겠다는 여자가 말했다. 모든 사람이 다시 잔을 부딪쳐 쨍그랑거리는 소리를 냈다. 한 무리의 새로운 손님들이 온실 안으로 들어섰다. 그의 실험실 보조원 몇 명과 베티의 부모님이 무리에 섞여 있었다. 올리버는 그들을 맞으러 건너갔다. 그는 거대한 병을 출장 뷔페 웨이터에게 건네주고는, 돌아다니면서 다른 손님들의 잔을 채워 주라고 했다. 모든 사람들의 눈과 중얼거림이 올리버를 따라다니는 듯 보였다. 너그럽고 자애로우며 심지어 효성스럽기까지 한 이 천재는 자신의 뛰어난 지적 능력의 약속을 이행했고 자기가 말한 대로 이제 이렇게 거창한 규모로 영향력을 발휘했다. 비크는 화장실에 다녀오겠다고 판에게 말했다. 그녀는 고개를 끄덕였다. 하지만 그녀는 그 역시 중간에 멈춰 서서 베티 부모님의 따뜻한 영접을 받는 모습을 목격했다. 그녀는 그곳에 혼자 있어도 아무렇지 않았지만, 검은 단발머리의 어떤 땅딸막한 어린 여자애가 연회석 옆에서 그녀에게 달라붙었다.

"놀고 싶어?"

여자애가 말했다. 완전히 녹초가 되어 버린 것 같은 그녀의 유모가 절박한 미소를 지으며 판에게 함께 놀아 주라고 간청했다. 판은 상관없다고 말했다. 네다섯 살 정도 된 것으로 보이는 그 여자애의 이름은 조시였다. 조시는 매우 똑똑했고 수다스러웠다. 여자애는 디너파티를 위해 자신이 먹을 음식을 준비하기로 마음먹고, 놀라울 정도로 조심스럽고 능숙하게 음식을 접시에 담았다. 건강에 좋은 갖가지 신선한 채소를 골라 한 접시를 만들고 두 번째 접시에는 조각 케이크와 쿠키를 가득 담았다.

그들은 파티를 위해 설치되어 있는 많은 소형 식당 테이블 가운데 하나에 자리를 잡고 앉았다. 유모는 주변에 있는 접이식 의자에 앉아 마침내 무언가를 먹을 수 있는 기회를 얻었다. 조시는 자기가 접시에 덜어 놓은 거품 드레싱에 생채소 전체 요리를 어떻게 찍는지 시범을 보였다. 그녀는 당근을 반쯤 베어 먹고 나머지를 판에게 주었다. 하지만 판이 실제로 먹지는 않고 먹는 시늉만 하자 조시는 날카롭게 쏘아보면서 나머지 당근을 아직 들고 있는 판의 손을 잡아서 그녀의 입을 향해 밀어 올렸다. 판은 거부를 하며 손쉽게 손을 뒤로 빼낼 수도 있었지만 힘이 잔뜩 들어간 여자애의 턱과 작고 축축한 손아귀에 힘에는 무언가 알 수 없는 것이 있었다. 여자애의 집중력과 결의가 너무나 천진하고 순수해서 판은 함께 어울려 놀아 주는 편이 낫겠다고 생각했다. 의심의 여지없이 판에게도 아직 그런 순수하고 천진한 마음이 훼손되지 않고 남아 있었다.

그들이 채소를 충분히 먹어 치웠을 때, 조시는 선언하듯 이제 후식을 먹을 수 있겠다고 말했다. 이제 이 어린 여자애는 자기 주변의 모든 것뿐만 아니라 그들이 함께 먹고 있다는 사실까지 잊은 듯했다. 여자애는 커다란 초콜릿 칩 쿠키를 한손에 거머쥐고 다른 손으로는 당근 케이크 조각을 포크로 집어서 입에 쑤셔 넣었다. 그러고 나서 바삭바삭한 쿠키를 달콤한 크림에 찍어서 먹었는데 그러한 음식들이 그 애를 무척 기분 좋게 만들었다. 사실 여자애는 그녀는 판이 보기에 다소 지나치다 싶을 정도로 게걸스럽게 먹고 있었다. 그때 여자애가 자리에서 일어서더니 기침을 하려고 했다. 몸을 부르르 떨더니 포크를 떨어뜨렸다. 생각할 겨를도 없이 판은 여자애의 등을 정확하게 한 번 두드렸다. 제법 세게 등을 두드리자 여자애는 꺅, 하고 비명을 내지르더니 쿠키 조각을 혀 위로 게워 냈다. 여자애는 갑작스런 타격과 이미 허급지급 달려온 올리버 그리고 베티 부모님의 겁에 질린 얼굴에 흐느껴 울면서도 쿠키 조각을 계속해서 씹어 댔다.

“아빠!”

여자애가 흐느끼며 말하자 올리버는 조시를 품에 안았다. 그는 판의 자신감 있는 행동에 대해 그녀에게 고마워했다. 조시가 문제를 일으키기 전부터 그는 판과 조시가 함께 있는 것을 보았다. 조시의 조부모는 사람들이 생각하는 것과 달리 조시를 안심시키거나 달래주려 애쓰지 않았다. 성긴 머리카락을 하고 어린 양의 얼굴에다 맵시 있게 차려입은 조시의 조부모는 얼굴이 무처럼 하얗게 변해서 겁에 질려 있는 유모를 무섭게 다그쳤다. 유모는 음식을 잔뜩 쌓아 올린 뷔페 접시를 여전히 들고서 어쩔 줄을 몰라 했다. 그녀는 무슨 설명을 하려고 애썼지만 조시의 조부모는 아예 들으려고 하지도 않았다. 그들은 유모가 조시의 곁에 항상 붙어 있지 않았다면서 게으르고 무능하고 멍청하다는 막말을 쏟아 냈다. 결국 판이 보다 못해 나섰다. 판은 그들의 손녀에게 함께 놀자고 한 사람은 바로 자신이며 모든 책임은 자신에게 있다고 말했다.

“아이가 그렇게 빨리 먹도록 내버려 두지 말았어야 했는데 제가 잘못했어요.”

판이 말했다. 자신이 생각해도 그것은 확실히 맞는 말이었다.

"아가씨는 대체 누구요?"

조시의 할머니가 물었다.

"판이에요."

조시가 올리버의 품에서 떨어져 판의 손을 잡으며 울부짖듯이 소리쳤다.

"그리고 이건 판의 잘못이 아니에요!"

"이건 어느 누구의 잘못도 아니란다, 얘야."

올리버가 조시에게 말했다. 하지만 유모를 향한 그의 차가운 시선은 불쌍한 유모를 즉시 주눅 들게 만든 듯 보였다. 그는 유모에게 오늘은 이만 집으로 돌아가도 좋다고 말했다.

"올리버 박사님, 제발. 여기에 남아 있게 해 주세요. 전 여기에 있을게요."

유모는 조시의 등을 두드리며 온순하게 말했지만 누가 무슨 말을 하기도 전에 여자애의 조부모는 이미 유모를 데려고 나가도록 다른 도우미들을 불러 모았다. 모든 도우미들이 소외당한 유모를 방금 막 내려앉은 낯선 새라도 되듯이 달래고 구슬렸다.

"저는 판과 놀고 싶어요!"

조시가 선언하듯 말했다. 북적거리는 파티장과 와인 잔으로 손짓을 하고 있는 여러 손님들을 둘러보던 올리버는 판에게 잠시 동안 자기 딸과 놀아 줄 수 있는지 물었다. 그 즉시 조시는 위층의 자기 침실로 판을 데려갔다. 침실은 주름 장식이 많은 가운을 입은 인형들과 졸음이 오는 듯한 북극곰들과 유니콘 무리로 가득한, 분홍색과 흰색의 천국이었다. 지붕과 측면에 하늘하늘한 천이 늘어뜨려져 있는 조시의 침대는 당의가 점점이 뿌려진 분홍색 공주 케이크처럼 보이도록 꾸며져 있었다. 솜털로 폭신폭신한 양가죽이 바닥 전체를 뒤덮고 있었다. 그들은 비디오 게임을 조금 하고 나서 인형들을 가지고 놀았다. 그 다음에는 가상 놀이를 했다. 조시가 유모 역할을 맡았고 판은 조시가 되었다. 놀이 속에서는 특이한 일이 전혀 일어나지 않았다. 조시는 그냥 판의 머리를 빗어 주었고 이제 성인이 된 자기 아들 레이문도가 일으킨 말썽들에 대해 아무렇지도 않게, 그리고 놀라울 정도로 세세하게 주절거렸다. 가만히 들어보니 레이문도는 술에 빠져 살고 있었고 얼마 안 되는 자치주 봉급의 대부분을 자기 친구들처럼 노름으로 날려 버렸다.

"우리를 위한 세상은 없단다, 아가야."

어느 시점에 이르자 조시는 머리 빗는 것을 멈추더니 판의 어깨를 두드리며 속삭였다.

"응가를 해야겠어."

조시는 벽장들이 이어진 짧은 복도를 지나 침실과 연결된 욕실로 판을 데려가서 자신이 변기에 앉아 있는 동안 그녀가 보초를 서게 했다.

"이 일은 항상 시간이 엄청나게 걸려."

조시가 연극을 하듯 눈동자를 굴리며 말했다. 그런 다음 그 애는 자기 옆의 장난감 통에서 핸드스크린 하나를 집어 들고 게임을 시작했다.

판은 몇몇 희미한 목소리들을 들었다. 욕실은 남녀 공용으로 반대편의 비어 있는 아이의 침실과 함께 쓰는 구조였다. 조시가 게임에 푹 빠져 있는 동안 판은 소리가 들려오는 쪽으로 건너갔다가 목소리의 주인공이 베티와 비크라는 것을 깨달았다. 그들은 목소리를 낮추려고 애를 쓰고 있었지만 말다툼을 벌이고 있음을 알 수 있었다. 그들은 메시지를 두고 언쟁을 벌이고 있었다. 더 이상 메시지를 보내지 않는다는 소리도 들려왔고 달콤한 과거는 지나갔고 혹독한 현실의 압박감만 있다는 소리도 들려왔다. 또 지금은 그럴 때가 아니라는 소리와 절대 그렇지 않다는 소리도 들려왔다. 더 상처받고 화가 난 쪽이 분명한 비크가 수긍을 하지 않는 듯 보였다. 하지만 그는 베티에게 계속해서 애원을 하고 있었다. 그녀는 이제 상상도 할 수 없을 만큼 부유해졌고 그는 그녀에게 그만한 지위를 제공할 수 없었다. 하지만 적어도 그들은 피도 눈물도 없는 사람들이 아니었고 함께 있어서 즐겁지 않은 것도 아니었다. 적어도 두 사람은 예전보다 더 괜찮은 일을 하고 있었고 예전과 조금도 다름없는 시간들을 꾸려 가고 있었다.

"당신은 이제 매달 해외여행을 할 수 있을 거고 절대로 파이에 만족하지 못할 거야!"

그의 말투는 이제 그다지 이성적으로 들리지 않았다. 그러다가 한순간 포옹을 하는지 키스를 하는지 잠잠해졌다. 잠시 뒤에 들리는 소리라고는 발을 질질 끄는 소리와 비크의 탄식밖에 없었다.

"아, 제발."

그런 소리가 들리고 나서 문이 천천히 열리고 닫히는 소리가 들려왔다.

마침내 성공적으로 볼일을 본 조시와 판이 마침내 아래층으로 돌아왔을 때, 사람들은 중앙 홀에서 자신들이 가져온 선물을 모아 둔 곳을 중심으로 둥글게 모여 있었다. 베티와 그녀의 도우미들이 행사를 주재하고 있었다.

"거기 있었구나, 아가야! 이제 우리는 집들이 선물을 풀어 볼 거야. 네가 도와주고 싶어 하지 않았니?"

조시는 꺄, 하고 기쁨의 비명을 내지르며 선물 더미 속으로 달려들었다. 그녀는 걸신들린 대형 고양잇과 동물처럼 포장지를 훌훌 벗겨 내고는 주문 제작한 요리사용 칼, 크리스털 와인 병 등 각각의 선물을 자신의 머리 위로 위태롭게 들어 올려 보였다. 그런 다음 아이는 그것을 도우미에게 건넸다. 도우미는 그것을 안전하게 치워 두고 베티를 위해 목록을 만들었다. 선물은 삼사십 개쯤 되었다. 모두가 너무나 고급스럽게 포장이 되어 있었고 멋지게 리본까지 달려 있었다. 게다가 선물들이 가죽 끈으로 묶여 있어서 조시가 선물을 풀어 보는 시간이 더딜 수밖에 없었다. 그래서 또 다른 도우미는 그것들을 티 안 나게 가위로 자르는 일을 맡았다. 그렇게 하자 조시의 손길이 닿는 순간 포장 끈은 헐거운 밀짚처럼 스르르 떨어져 나갔다. 그렇게 해도 그것은 상당히 시간이 오래 걸리는 과정이 될 것 같았다. 모든 사람들은 조시가 기뻐서 어쩔 줄 몰라 하는 모습에 완전히 넋이 나가 있었다.

판은 비크를 찾았지만 그는 그곳에 없었다. 아직도 위층 침실에 있는 걸까? 의자에 축 늘어져서 실연에 절망하고 있을까? 아니면 혼자 온실에서 술로 자신의 비통함을 달래려고 애쓰고 있을까? 갑자기 그녀는 자신이 길을 잃어버린 것 같은 느낌을 받았다. 베티가 그를 남겨 두고 나가 버린 뒤로 판은 그의 움직임에 귀를 기울이려고 애썼다. 그녀는 하마터면 그쪽 방으로 들어가서 그를 위로해 줄 뻔했다. 하지만 우리들 가운데 너무나 많은 사람이 그러하듯 그녀는 방해하지 않고 그를 혼자 내버려 두는 편이 억지로 대화를 나누도록 하는 것보다 낫다고 판단했다. 위로 따위는 중요하지 않다. 동정심의 문제는 그것이 두 사람을 필요로 한다는 것이다. 우리는 그녀의 수많은 고난을 따라왔음에도 불구하고 우리 자신을 그녀의 입장에 놓고 볼 때마다 불안한 마음이 들지 않을 수 없다. 그것은 감지할 수 있는 많은 위험들이나 그녀가 목격해야 했던 우리 주민들의 가장 수수한 측면, 즉 일련의 끔찍한 고통 때문이 아니다. 대신 그 느낌은 다음과 같이 특별히 드러나지 않는 것에서 나올 수 있다. 즉, 멀리 떨어진 어느 집에서 한 방 가득 낯선 사람들 사이에 서 있는 것이다.

선물을 몇 개 더 풀고 나서 조시는 다른 선물들의 무더기에 가려져 있는 아주 커다란 선물 하나를 발견했다. 선물은 반짝반짝 빛나는 하얀 종이로 포장되어 있었고 커다란 하늘색 나비 모양 리본이 달려 있었다. 그것은 에어컨 실외기와 크기가 거의 비슷했다. 아무런 꼬리표도 붙어 있지 않았지만 판은 그것이 비크의 선물이라는 것을 알았다. 조시는 과감하게 몇 가지 작은 선물들을 옆으로 밀쳐 두고 그 선물 앞에서 잠시 그것의 치수라도 재는 것처럼 뜸을 들였다. 도우미가 나비 모양 리본을 자르지 않아 조시는 한쪽 모서리를 잡고 포장지를 북 찢어서 전면으로 끌어당기며 벗겨 냈다. 선물은 판지 덮개로 싸여 있었다. 베티와 도우미가 덮개를 치웠다.

선물은 수족관이었다. 누가 플러그를 꽂으라고 말하자 어떤 사람이 지시에 따랐다. 전등이 켜지자 모든 사람이 박수를 쳤다. 그것은 '만조(Full Sea)'라고 불리는 요즘 인기를 끄는 신형 수족관이었다. 이미 물이 채워져 있었고 완벽하게 봉합이 되어 있었다. 해저에는 자갈이 깔려 있었고 기막히게 멋진 산호와 해초가 잔뜩 들어 있었다. 나삿니가 있는 설탕과 진한 녹색 비단으로 만든 리본처럼 보이는 그것들은 눈에 보이지 않는 부드러운 조류에 따라 이리저리 흔들렸다. 딸려 나온 리모컨이 있었는데 누가 그것을 누르자 산호의 틈새에서 열대어들이 튀어나왔다. 그것들은 살아 있는 놈들과 너무나 꼭 닮아 있었기에 누군가가 숨이 턱 막히는 소리를 내며 깜짝 놀랐다. 가정에서는 어떤 생물도 기르지 못하게 되어 있었지만 그것들은 완벽하긴 하지만 어디까지나 인조 생물들이었다. 점박이 메기와 줄무늬 엔젤피시와 붉은색 디스커스 피시와 무지갯빛 바브. 그것들은 지느러미를 팔랑거리며 입을 오물거렸다. 누가 유리벽을 톡톡 두드릴 때마다 녀석들의 몸은 홱홱 움직였다.

판이 중앙 홀에서 현관문으로 재빨리 걸어가서 층계참으로 나온 것은 바로 그때였다. 그녀가 그곳으로 나왔을 때, 그녀는 비크의 차를 보았다. 차량은 이미 후진을 해서 이제 막 내달리고 있었다. 그녀는 비크가 차를 멈추도록 손을 흔들었다. 그녀는 뒤에 혼자 남겨져 있고 싶지 않았다. 그녀가 계단을 달려 내려와 앞쪽 잔디밭을 가로질러 가면서 소리를 질렀지만 그는 들은 척도 하지 않고 가 버렸다.

그제야 그녀는 비크가 차를 몰고 가 버리는 것을 올리버도 지켜보고 있었다는 것을 깨달았다. 그는 출장 뷔페 차량의 저쪽 편 진입로에 아까부터 서 있었다. 그는 천천히 그녀에게 다가왔다. 그의 얼굴은 한편으로는 어두웠고 또 한편으로는 마음이 놓인 것 같기도 했다.

그가 입을 열었다. 그의 목소리에 판은 몸을 덜덜 떨었다.

"난 네가 누구인지 알고 있어, 판."

그녀는 아무 대꾸도 하지 않았다. 이제 줄의 끄트머리까지 왔다는 확신이 들자 아무 대꾸도 할 수 없었다.

"너는 내 여동생이야."

# 23

우리의 여동생, 판.

그리고 우리의 남동생, 레그.

자매인 클레어와 지, 그리고 형제인 대런과 쇼와 티엔. 우리는 어디를 가든 이제 그렇게 부를 것이다. 우리의 가정을 벗어난 사람들, 우리의 친족을 벗어난 사람들, 본래 주소가 탄로 나면 무슨 일이 벌어질지 몰라 두려워하는 사람들을 그렇게 부를 것이다. 그들이 꼭 그래야만 한다면, 우리를 거부해도 좋다. 그들이 무엇을 할 수 있겠는가? 우리 모두를 가두어 두겠는가? B-모어의 대부분을 사라지게 만들겠는가? 이것은 숫자의 문제이다. 그렇다. 하지만 공기가 달라졌다. 이제 우리는 너무나 많은 수가 한곳에 모이고 있다. 극장에 가 보면 아주 대중적인 영화이고 빈 좌석이 단 하나도 없다. 조명이 어두워지기 전에 웅성거리는 소리를 들어 보면 정착지 주변의 가장 최근 모임에 관한 얘기가 대부분이다. 시위도 이제 더 이상 연못에 쓰레기를 버린 행동처럼 자발적이지 않고 벽에 꼬리표를 붙인 행동처럼 빗나가지도 않는다. 마음은 간절하겠지만 이제는 대부분 동떨어져서 감정을 분출하고 말아 버린다. 소문에 따르면 서부 B-모어의 어린이 대공원에서 공개적으로 계획하고 발표한 어떤 모임이 있었다. 약속한 시각이 되자 예전처럼 신중하고 경계하는 사람들이 줄줄이 모여드는 게 아니라 몇몇 나이 많은 어른들이 아장아장 걷는 아기들을 데리고 당국의 반응을 시험해 보기 위해 나왔다. 공터는 순식간에 거의 빈틈없이 채워졌다. 어른들은 아기들을 자신들의 가슴에 묶고 그네 위에 앉아 있었다. 몸이 건강한 사람들은 요새의 밧줄 구조물 속으로 기어 들어갔다. 모임을 주최한 사람들은 모든 사람이 볼 수 있도록 3단 높이로 쌓아올린 팔레트 위에 서 있었다. 그들은 B-모어 어린이들이 차터로 승급하기 위해 필요한 자격 점수를 최근에 올린 것에 대해 말하기 위해 휴대용 확성기를 서로 나눠 가졌다. 이제 우리의 아이들은 예전의 2퍼센트가 아니라 상위 1.25퍼센트에 포함되어야 시험을 볼 수 있었는데 그것은 분명 불공정한 처사로 보였다. 이제 더 이상 물고기의 가격에 관한 문제가 아닌 것이다. 아이가 없는 사람들까지 포함해서 일반 사람들은 팔레트에 올라가서 우리의 가장 재능이 있는 아이들에 대해, 그리고 그들과 시원섭섭하게 헤어질 용의가 있다는 것에 대해 한마디씩 하라는 요구를 받았다. 사람들은 얼굴을 가리려고도 하지 않았고, 하라는 대로 했다. 이번 모임에 깊숙이 참여한 어떤 사람이 집회의 보안 비디오를 유출시킨 것도 모른 채. 얼굴로 신원을 확인하는 작업은 예상대로 우선 주최자들에게 초점이 맞춰졌다. 그 다음에는 그들의 대리인들에게 맞춰졌다가, 결국에는 군중을 체계적으로 나누었다. 하지만 무인 항공기의 촬영기는 너무 느리게 움직이다가 그 다음에는 너무 빠르게 움직이기를 계속해서 반복했다. 그토록 대규모의 빽빽한 사람들이 계속해서 움직이는 모습을 촬영하도록 미리 설정되어 있지 않기 때문인 것 같았다. 결국 그 비디오는 화면이 바르르 떨려서 도저히 볼 수 없는 무용지물이 되어 버렸다. 피사체와 거리가 멀어지면서 모임에 참가한 사람들 전체를 화면에 담는 것에 비디오는 만족했다. 우리가 기대를 했든 하지 않았든 간에 그 모임은 우리가 하나라는 사실을 입증해 주었다.

겉으로 보기에 아무 것도 변하지 않았다 해도 상관없다. 어쩌면 우리는 그런 것들은 바라지 않는지도 모른다. 어쩌면 우리는 내년에 허용 한도가 0.75퍼센트쯤으로 줄어들 거라는 사실을 이미 알고 있다. 하지만 우리의 요구가 바로 받아들여지지 않더라도, 적어도 우리는 이제 오랫동안 이어진 불평을 우리 스스로 느낄 수 있다. 우리가 아무리 떠들어 봤자 우리의 마음만 아플 뿐임을 알고 있다. 하지만 예전에는 이런 목소리의 수가 너무 적었고, 이제 목소리는 훨씬 더 많아졌다. 비록 통제가 잘되고 있는 것은 아니지만 우리는 그러한 목소리가 사람들의 수만큼 많은 형태를 띠는 것을 본다. 감정 과잉을 보이는 경우도 있다. 어떤 사람은 이 제한받지 않는 감정 표현에 너무 자극을 받아 모든 균형감과 통제력을 잃어버렸다. B-모어의 어떤 친구를 예로 들어 보자. 병원에서 형편없는 보살핌을 받았다고 느낀 그 친구는 직원 휴게실에 카메라를 설치하고 간호사들과 의사 보조사들의 활동을 비디오에 담아 모든 사람이 볼 수 있도록 그것들을 게시했다. 거기에서 더 나아가 이런 썩어 빠진 직원들의 이름과 자택 주소를 일일이 자막으로 넣었다. 물론 그들도 우리의 형제자매들이다. 우리는 우리의 병원 시설이 최고의 의료 센터가 아니라는 것과 병원 직원들이 종종 자신의 책무에 무관심해 보일 수 있다는 것을 잘 알고 있다. 이 친구가 그들을 까발리고 모욕감을 안겨 준 행위에는 변명의 여지가 없다. 하지만 카메라를 이용할 생각까지는 못 했더라도 그런 행동은 우리 모두가 한 번쯤 적어도 아주 잠깐 고려해 본 적이 있는 것들이다. 그리고 행동으로 옮길 거라고는 꿈조차 꿔 본 적 없는 것들이다. 그러나 이 B-모어 친구는 목격자, 기소 검사, 판사, 그리고 배심원의 책임을 떠맡고 마음먹은 바를 실제 행동으로 옮겼으며 이 새롭고 파급력이 상당한 방식으로 자신의 악의를 한순간에 풀어놓았다.

그는 그런 행동을 하고 나서 홀가분한 마음을 느꼈을 것이다.

우리는 그가 끼친 해악과 그 밖의 것들을 풍요 뒤에 자연스럽게 따라오는 것들로, 그러니까 어떤 해충의 증가와 같은 것이라고 이해하려 애쓰고 감당하려 할 것이다. 하지만 우리를 주저하게 만드는 것은 우리들 중 다른 누군가에 의해 일어날지도 모르는 어떤 일이다. 우리는 아직 극단적인 방법을 쓰지 않았고 앞으로도 절대 그러지 않을 것이다. 그런데 우리는 그와 다른 식으로 대응하고 있다. 우리는 궁극적으로 병원 추문 폭로자처럼 자축을 하거나 자기 과장을 하지 않고 우리가 해 보지 않은 방식을 지향하고 있다. 우리의 생각은 우리의 가정이나 친족에 대해서만큼 우리 자신에 눈높이를 맞추고 있는가? 우리는 나머지 사람들 전체만큼 주요한 존재가 되었는가? 그런 조짐은 우리가 레그의 일에 대해 듣고 보기 시작하는 상황 속에 있었는지도 모른다. B-모어는 그의 행방과 안녕에 대해 여전히 집중하고 걱정하고 있다. 그래서 공식 정보에 대한 요구가 증가하고 있다. 심지어 정착지의 주요 교차로들 가운데 하나에서는 바닥에 드러눕는 시위까지 있었다. 철두철미하게 조직된 청년 단체는 아스팔트 위에 자신들의 몸으로 그의 이름을 써서 교통 체증을 유발했는데 시위대를 해산시키는 데에 몇 시간이나 걸렸다. 그것은 확실히 불편을 초래하는 행위였지만 우리는 감수했다.

처음에는 특이해 보이지 않는 다른 레그 표기법도 있었다. 손으로 그린 새로운 꼬리표들은 우리가 예전에 보았던 것을 약간 수정한 것으로 이를테면 다음과 같았다.

FREE ME, REG.

(나를 해방시켜 주세요, 레그.)

I MISS REG.

(레그가 그리워요.)

그리고 놀랍게도 'REG ♥ ME'는 요즘 인기 있는 노래에 영감을 준 게 분명한데 그 노랫말이 좀 별난 구석이 있음에도 불구하고 그 노래가 여가수가 지닌 매력을 유감없이 드러내 주는 것을 보면 놀랍다. 그녀는 계속해서 노래를 부른다. 노래가 끝나면 우리는 쇼핑몰 카페에 앉아 있는 그녀를 생각하지 않을 수 없다. 그녀가 절대 오지 않을지도 모르는 어떤 소년을 기다리는 동안 차는 싸늘하게 식어 간다. 우리는 결국 레그를 잃어버리고 만다.

"이봐, 바로 그거야."

어떤 사람들은 조금도 설득력이 없다고 느껴지지만 그렇게 말한다. 우리 가운데 대다수는 아직도 벽과 거리에 있는 레그의 행복한 이미지, 맵시 있고 단순한 그의 이름, 조금도 변치 않은 완전한 모습으로 그가 우리에게 돌아올 거라는 희망을 고집하고 있지만 일부 사람들은 이미 괴로운 기색도 없이 훌훌 털어버리고 앞으로 나아가고 있다.

게다가 주목할 것은 레그에 관한 소식이 아무것도 없다는 사실이다. 터무니없는 소문들을 제외하면 그에 관한 소식은 전혀 없다. 그가 D-트로이에 있는 핸드스크린 액세서리 가게에서 일하고 있다는 소문도 있고 어디인지 모르겠지만 당국이 구금을 하자 탈출을 감행하다가 심각한 부상을 입었다는 소문도 있다. 또 현재 성형 수술을 하고 정신까지 개조한 상태로 우리들 사이에서 살고 있다는 소문도 있다. 그런 소문 때문에 짧은 기간 동안이지만 레그가 있다고 확신하고 있던 사람들에 의해 레그와 체구와 신장이 비슷한 젊은이들이 주기적으로 소집되기까지 했다. 공원에서 야구 모자를 쓰고 친구와 조깅을 하는 친구, 곱슬머리가 모자 밑으로 삐져나오고 키가 크고 홀쭉하게 여윈 친구를 보게 되면 우리는 혹시 레그인가 싶어서 자신도 모르게 뒤따라가 본다. 실제로 50미터가량을 그 친구와 나란히 달려 보기도 한다. 수술로도 지울 수 없는 어떤 숨길 수 없는 발언이나 경향을 캐내기를 바라면서 거친 숨소리가 섞인 그들의 대화를 몰래 엿

듣기도 한다. 레그는 웃음을 터뜨릴 때면 콧마루를 약간 실룩이는 버릇이 있고 사다리에 올라가 있을 때 놀래 주면 목 안쪽 깊숙한 곳에서 울려 나오는 "어어!"와 같은 소리를 내는 경향이 있는데 그런 것들은 수술을 한다고 해도 지워지지 않는다. 확실한 징표가 보이지 않을 경우, 우리는 레그가 그 소년의 창백한 얼굴과 노란 반점이 있는 푸르스름한 두 눈 뒤에 갇혀 있다고 판단하고 끝이 뾰족한 그의 팔꿈치를 만져 보려고 손을 내뻗지 않을 수 없다. 소년은 마치 병에 걸린 똥개라도 본 것처럼 손을 보고 방향을 튼다. 그런 다음 그와 그의 친구는 갈라진 오솔길을 따라 부리나케 도망친다. 자신들이 간신히 위험을 벗어났다는 것을 알기라도 하듯 마구 깔깔거리면서.

그것은 우리로 하여금 우리가 더 이상 바라보지 않으면 그는 절대 나타나지 않을 것이라는 생각을 자꾸만 하게 만든다. 우리는 몸부림을 치는 도중에 행운을 얻는다. 그렇게 하지 않으면 어떤 현명한 사람이 한때 말했듯이 우리는 여울에 처박히거나 비참한 지경에 빠지고 만다. 우리는 앞으로 다가올 일을 마음속으로 상상하는 수밖에 없다. 레그나 판에 대한 노래와 게시물이 더 이상 없다면, 남아 있는 거라곤 비바람에 빛이 바랜 초상화와 벽의 낙서밖에 없다면, 그때는 어떻게 될까? 우리가 초기 이민자들이 그랬던 것처럼 이것들을 바라보게 될까? 초기 이민자들은 버려진 건물의 측면에 붙어 있는 가루치약 같은 것들의 광고물이나 낡은 상호의 귀신같은 평행선 무늬를 이해해 보려고 애쓰면서 그것들이 아주 오래된 것이 틀림없다며 마냥 감탄을 하곤 했다. 우리는 구체적인 원인과 함께 우리 자신들이 너무나 열정적이 되었었던 사실을 잊어버리게 될까?

우리에게 이런 능력이 있기는 한 걸까? 이 시점부터 우리가 활주로처럼 곧게 뻗은 거리들과 용기를 주는 낮은 어깨의 집들, 그리고 재배장과 수조와 하수처리 연못에서 여러 해 동안 고개도 거의 치켜들지 않고 부지런히 일한 우리의 겸손하고 마음씨 착한 동족을 바라보는 시각을 새롭게 해야 하지 않을까? “B-모어는 B-모어다워야 한다.”라는 격언이 있지만 이제 누구든 그것을 반복할 때마다 우리는 속이 부글부글 끓어올라서 그 사람의 귀를 거머쥐고 “더 이상은 아니야!”라고 고함을 치고 싶어진다.

사실 “더 이상은 아니야!”는 이제 새로운 승급 기준에 관한 서부 B-모어 운동장 집회 도중에 반복적으로 쓰이는 구호가 되었고, 그 구호에 담긴 의미를 따르기 위해 누군가가 총 파업을 제안했다. 조업 중단이 정말 일어날지는 두고 보면 알 테지만, 그것은 우리의 역사에서 단 한 번도 일어난 적 없는 일로, 매우 심각한 사태가 될 것이다. 당국이 예산상의 이유로 매우 붐비는 두 병원을 폐쇄했을 때나 우리 인구의 두 번째 붐이 있고 나서 오래된 연립 주택의 최소 입주자 수를 늘렸을 때에도 그런 일은 일어나지 않았었다.

그래 봐야 극소수의 우리 어린이들에게 주어질 자격일 텐데 이 백분율의 변화가 왜 전체를 선동하는 요소가 되어야 하는지 사람들은 궁금하게 생각할 수도 있다. 예전과 차이가 있다고 해 봐야 고작 해마다 한두 명의만 승급될 것이다. 계속 지적해 온 것처럼 우리는 매우 현실적인 집단이 아닌가? 과거 두어 세대 동안 승급의 수단은 아예 없었다. 거기에 대해 우리의 조상들은 의문을 제기하지 않았다. 일단 당국에 의해 승급의 기회가 주어지자 그것은 두 배의 선물이 되었다. 첫째는 아무튼 기회가 주어지기 시작했다는 점에서, 둘째는 승급의 기회가 무척 드물어 우리 모두가 자식들을 떠나보내기 위해 아무리 끊임없이 애를 써도 B-모어의 성격과 구조가 무너지는 일은 없을 거라는 점에서 그것은 선물이었다. 승급은 복권이다. 물론 적성에 기반을 두기는 했지만 그럼에도 불구하고 복권이다. 따라서 그것은 상상력과 꿈의 영역에서 주로 기능을 한다. 우리는 이미 복권에 당첨된 사람들이 어떻게 환영을 받고 기념이 되며 영웅적인 죽음을 맞이한 사람들과 동일한 지위를 획득하는지 목격했다. 그들은 육신을 떠나 천상의 신비하고 숭고한 존재가 되어 버린다.

이 새롭게 올라간 빗장으로 우리는 다음과 같은 물음을 던질 수 있을 뿐이다. 우리가 그 밖의 무엇을 해야 하지? 만약 어느 날 우리의 가장 뛰어난 사람들 가운데 단 한 사람도 정문 밖으로 나가지 못하게 되면 합의는 너무나 왜곡된 것이다. 이만큼 했으면 충분하다. 더 이상은 안 된다. 해마다 소수의 어렵게 새긴 이름들을 추가하는 것은 우리의 발전을 나타내거나 우리의 희망을 드러내기보다는 우리의 노력 이면에 숨어 있는 쓰디쓴 씨앗을 바싹 말리는 결과를 낳는다. 이것은 우리가 있는 곳이 우리에게 전적으로 위안을 주지는 않는다는 뜻이다. 어쩌면 B-모어는 우리에게 한 번도 제대로 된 위안을 주지 않았는지도 모른다.

### 보 리웨이

남아 있는 우리들과 마찬가지로 판은 어느 시점에 기념비를 스쳐 지나가다가—그가 하늘에 희미하게 반짝이는 빛이 절대 아니라는 생각을 하지 않고—손끝으로 그 아로새겨진 글자들을 틀림없이 더듬어 보았을 것이다. 하지만 그는 올리버가 되어 이곳에 있었다. 그는 자신의 신원을 그녀에게 조금도 감추려고 하지 않았다. 그들은 아직도 그의 잔디밭에 서 있었다. 누가 자신의 차로 가기 위해 현관문을 열 때나 어떤 아이가 유모를 데리고 밖으로 나올 때마다 파티의 소음이 잠시 밖으로 흘러나왔다. 그들은 그녀와 올리버를 보고 손을 흔들었는데 그때마다 올리버는 새 집의 어떤 부분을 판에게 설명해 주고 있다는 몸짓을 하면서 손을 흔들어 주었다. 하지만 그가 그런 행동을 하는 것을 보고 그녀는 그가 정말로 리웨이일 리가 없다는 생각을 했다. 지금껏 그녀는 리웨이를 맞닥뜨리게 되는 바로 그 순간 어떤 느낌에 압도되어 그를 알아보게 될 거라고 확신하고 있었다. 하지만 지금은 가슴 속의 밧줄이 팽팽하게 당기는 것 같은 느낌도 없고 싸늘한 기운이 피부를 스치고 지나가는 것 같은 느낌도 전혀 없었다. 생김새를 보더라도 그는 그의 부모님을 그다지 닮지 않았다. 사실 그녀는 그의 부모님 얼굴이나 나머지 친척들의 얼굴을 거의 기억하고 못 했지만 실제로 그는 부모 가운데 어느 한쪽도 닮지 않았고 두 사람을 섞어 놓은 얼굴도 아니었다. 그녀는 자신이 지금껏 리웨이의 부모님을 자주 뵈었는지 곰곰이 생각해 보았다. 그런 생각을 하자 가슴이 먹먹해졌다. 힘겨운 여행은 늘 떠나온 집을 그립게 만드는 법이다.

그녀가 의심하고 있다는 것을 눈치챈 올리버는 '올드 옐로우'가 아직도 그 자리에 있는지 그녀에게 물었다. 그것은 그가 B-모어 사람이 아니라면, 보았을 수는 있어도 이름을 알고 있을 수는 없는 물건이었다. 집안의 모든 어린이들은 자기네 현관문에 붙어 있는 오래된 사자 머리 문고리를 올드 옐로우라고 불렀다. 그것이 거기에 있는 동안은 앞으로도 계속해서 그렇게 부를 것이었다. 하지만 그가 정말 리웨이라고 하더라도 사실 그녀는 그를 알아보지 못할 수 있었다. 그녀는 리웨이와 알고 지내지 않았고 그의 사진조차 본 적이 없었다. B-모어를 떠나 승급한 사람들은—마땅히 그래야 하겠지만—많이 변한다고 일반적으로 알려져 있었다. 분홍색 농장 돼지를 들판에 내놓으면 털이 자라고 엄니가 생기고 여기저기 떠돌아다니며 사는 야생 동물처럼 완전히 새롭게 변한다. B-모어의 조악함과 복종적인 태도는 차터의 스트레스와 기대가 주는 압박감 아래 묻혀 버린다. 차터의 속성들은 그 사람의 성격과 세계관을 분명하게 할 뿐만 아니라 그 사람의 자세, 색깔, 심지어 턱을 치켜드는 각도까지 새롭게 바꿔 버린다.

"비크가 왜 너를 남겨 두고 떠났는지 알고 싶어?"

올리버가 말했다. 그러한 의문은 아직도 분명하게 그녀의 얼굴에 남아 있었다.

그녀는 고개를 끄덕였다.

"내가 비크한테 혼자 떠나라고 했어. 너를 내게 맡겨 두고 떠나라고. 어쨌든 너는 내 여동생이니까. 게다가 함께 떠나 봤자 너는 곤란만 겪게 될 테니."

"곤란 같은 것은 없었어요."

판이 말했다.

"내 말은 그게 아니야."

올리버가 말했다.

"나는 알아. 비크가 그러더군. 네가 B-모어에서 왔다고. 하지만 우습지. 여기서 B-모어 출신을 만나는 사람이 몇이나 되겠어? 그는 사람들이 B-모어에서 네 얘기를 하고 있다는 사실도 모르고 있더군. 너와 그 '레그'라는 친구에 대해서 말이야."

판은 아무런 대꾸도 하지 않았다.

"하지만 그게 바로 비크야. 비크는 내가 아는 그 누구보다 똑똑해. 아마 가장 똑똑한 사람일 거야. 그는 자기가 원하는 일은 무엇이든 할 수 있었으니까. 하지만 그는 네 이름을 핸드스크린에 내뱉는 것처럼 단순한 일조차 할 수 없어."

올리버는 판에게 그와 그녀의 이름, 그리고 저택 주소를 보여 주고 나서 그들의 행방에 대한 논의 내용과 관련된 무수한 링크, 더 나아가 레그와 당국에 관한 모든 논의와 루머에 관한 링크들까지 보여 주었다.

"이런 것은 비크의 머릿속에 결코 떠오르지 않을 거야. 그렇기 때문에 그는 항상 응급실에 처박혀 있을 수밖에 없지. 그는 특정한 무언가를 떠맡아 그에 만족하고 나면 더 이상은 알아보려 하지 않고 거기에서 멈춰 버리지."

"어쩌면 그는 더 이상 나아가고 싶지 않은 걸 거예요."

판이 말했다.

올리버는 어디서부터 말을 시작해야 할지 고민하는 듯 껄껄 웃다가 웃음을 참으려고 애썼다. 그들은 제법 오랫동안 그곳에 그냥 서 있었다. 남매 사이로 추정되는 두 사람은 막 지은 집의 곧은 지붕선 안에 들어가 있었다. 판이 알아차렸을지 모르겠지만 두 사람이 혈연 관계에 있음을 암시하는 것이 있다면 그들의 어깨가 모두 직각을 이루고 있다는 것이었다. 올리버는 비크가 차를 몰고 떠나는 모습을 지켜보았듯이 이제 그녀를 바라보고 있었다. 그의 가슴에서 통증이 거품처럼 부글부글 끓어올랐다.

"너는 그 둘에 대해 알고 있지?"

그가 말했다. 그가 다른 무슨 말을 하려고 하는 순간, 그의 표정이 바뀌었다. 판이 돌아서자 베티가 유리 덧문 뒤에 서 있었다. 베티는 고개를 내밀 수 있을 정도로만 그것을 열어서 손을 흔들었다.

"이제 그만 들어와요, 올리! 선물을 거의 다 풀었어요. 당신이 어디에 있는지 모두 궁금해 하잖아요!"

"알았어!"

그가 소리쳤다. 베티는 미소를 짓고 나서 두 사람에게 다시금 빨리 들어오라는 손짓을 했다. 그러고 나서 그녀는 안쪽으로 사라졌다.

올리버는 자신의 턱을 어루만지며 말했다.

"나는 그것을 지난달에 알았어. 우리가 이번 거래를 성사시키려고 준비하고 있을 때였지. 부엌에서 그녀의 핸드스크린이 가방에서 흘러내렸던 모양이야. 배터리가 거의 다 닳아 버려서 그것이 의자 밑에서 윙윙거리고 있더군. 그것을 주워 전원을 연결하니까 비크의 메시지가 떴어. 나는 그의 번호를 알고 있으니까. 그때 나는 모든 다른 메시지들을 발견했지. 족히 수백 개는 되더군. 어쩌면 천 개가 넘었는지도 몰라. 놀랍더군. 그것들 대부분이 얼마나 순수했는지 알아?"

판은 고개를 가로저었다.

"아무튼 그것들은 그랬어. 그것들은 거의 전부 그랬어. '뭐하고 있어? 난 괜찮아.', '나는 그렇게 생각해. 정말 아무것도 아니야.'처럼 기본적으로 안부를 묻는 내용들이었지. 너는 그게 중요하다고 생각하겠지. 물론 다른 종류의 메시지들도 있었다."

그는 잠시 말을 멈추고 참았던 숨을 내뱉었다.

"이제 아무렇지도 않아. 두 사람 사이는 끝났는걸. 적어도 비크가 그 점을 분명히 해 줬지. 영원히 끝났다고. 두 번 다시 거기에 대해 생각할 필요가 없겠지?"

그는 정말 묻고 있는 게 아니었지만 그럼에도 불구하고 판은 무슨 말을 해야 할지 몰랐다. 그 순간 올리버가 자신의 오빠인지 아닌지는 그리 중요하지 않아 보였다. 거의 알아차릴 수 없을 정도였지만 그는 무척 괴로워하고 있었다. 그는 눈이 너무 건조한 것처럼 계속해서 천천히 눈만 껌벅거리고 있었다. 그의 무표정한 얼굴에서 움직이는 것은 그것뿐이었다. 우리의 판이 손을 내밀고 싶어 했냐고? 그를 껴안아 주며 위로해 주고 싶어 했느냐고? 물론 그녀는 그렇게 했다. 그녀의 행동에 그는 깜짝 놀랐지만 다음 순간 그가 화답을 하듯 힘있게 그녀를 껴안자 이번에는 그녀가 놀랐다.

그가 그녀를 풀어 주었을 때, 그는 집을 향해 걷기 시작했지만 판은 그 자리에 그대로 서 있었다.

올리버가 그녀를 향해 돌아섰다.

"뭐하고 있어?"

그녀는 가야겠다는 생각을 했다고 말했다.

"무슨 말이지? 비크한테로?"

사실 그녀는 어떻게 해야 좋을지 잘 몰랐지만 그렇다고 말했다. 비크가 두 번 다시 돌아오지 않을 것처럼 차를 몰고 떠나는 모습을 그녀는 보지 않았던가? 그녀의 앞에 펼쳐진 곡선의 도로는 개발지 안쪽 더 깊숙한 어느 곳으로 이어져 있었고, 주변은 잘 다듬어진 잔디와 집들, 차량과 깔끔하게 정돈된 어린 나무들로 빽빽하게 채워져 있었다. 다른 사람은 아무도 없었다.

"너는 적어도 오늘밤은 우리와 함께 보내야 해. 지금 이 시간에는 달리 갈 만한 곳이 없어. 조시와 쌍둥이와 함께 있으면 돼. 장담하건대 조시가 무척 좋아할 거야. 거래를 끝내고 나서 나는 줄곧 어떤 것에 대해 생각해 오고 있었지. 우리는 이제 원하는 것은 무엇이든 할 수 있어. 우리는 무슨 일이든 일어나게 할 수 있지. 우리는 우리 가족과 친척을 항상 돌봐 줄 수 있어. 나는 그저 도우미가 되고 싶은 게 아니야. 더 이상은 그렇지 않아. 이제 네가 우리한테 온 거야. 물론 결정은 네가 하는 거지만, 생각해 봐. 네가 담장 밖으로 나온 이유가 뭔지는 모르겠다만 나 말고 어느 누가 너를 도와주려고 하겠어? 어느 누가 신경이나 써 주겠어?"

* * *

그날 밤에 파티가 끝나고 손님들, 출장 뷔페 직원들, 베티의 부모님, 쌍둥이와 함께 잠을 잔 두 도우미를 제외한 나머지 모든 도우미들이 떠나고 나서 베티와 판은 조시의 침실과 짝을 이루고 있는 침실에서 판의 잠자리를 함께 준비했다. 판이 베티와 비크의 대화를 엿들은 바로 그 침실이었다. 올리버는 쿠알라룸푸르와 팔로알토에 있는 실험실의 제약 회사 과학자들과 전화로 회의를 하고 있었다. 물론 조시는 판이 자기들과 함께 지내게 될 거라는 사실을 알고서 미친 듯이 좋아했다. 그 애는 자기 침실을 판과 함께 쓰게 될 거라고 짐작하고 기분이 한껏 들떠 있었지만 그 안으로 쉽게 들여올 수 있는 여분의 침대가 없었다. 게다가 베티는 조시가 밤새도록 놀거나 대화를 나누는 것을 원치 않았다. 그들이 그 애를 진정시키는 데에는 오랜 시간이 걸렸다. 조시는 성질을 부리면서 이도 닦지 않겠다고 떼를 썼다. 한바탕 억지 울음을 터뜨리기도 했다. 그녀의 마지막 간청에 따라 두 사람은 돌아가면서 그녀에게 책을 읽어 주어야 했다. 그렇게 하고 나서야 그 애의 작은 몸이 마침내 기세가 수그러들었고 조시는 깊은 잠에 곯아떨어졌다. 긴 하루였고 이제 밤이 깊었다. 판이 보기에는 베티조차도 매트리스 위에 시트를 펼칠 때 녹초가 된 듯했다. 머리카락 몇 가닥이 그녀의 얼굴 한쪽을 느슨하게 가리고 있었고 등도 약간 굽어 있었다. 판이 나머지 일은 자기가 하겠다고 우기자 베티는 고맙다고 말했지만 방에서 나가지 않고 침대 옆의 푹신한 안락의자에 털썩 주저앉았다. 그녀는 가지고 올라와서 침대 옆 탁자에 놓아둔 커다란 와인 잔을 집어 들었다. 종이라고 할 수도 있을 만큼 커다란 잔이었다. 그녀는 아무 생각 없이 루비 빛깔의 액체를 천천히 빙빙 돌렸지만 마시지는 않았고, 판이 제일 위쪽 시트를 펼치고 베갯잇을 씌우는 모습을 지켜보았다.

"나는 두 사람이 여러 해가 지나도록 서로를 알지도 못했다는 걸 알고 있어. 하지만 두 사람이 함께 있게 되어 보기 좋아. 올리버도 무척 행복해 보여. 오늘은 행복한 하루가 되었을 거야. 특히 올리버한테는. 하지만 이런 식은 아니었어. 나는 거래를 마치고 나서 그가 허탈해 할까 봐 두려웠어. 솔직히 앞으로 시간을 어떻게 보내야 할지 두려웠어. 이건 복권에 당첨된 것과 같으니까. 하지만 난 이제는 더 이상 그런 느낌이 안 들어. 갑자기 우리가 볼 수 있는 새로운 형체가 생겼거든. 그리고 우리는 너를 알게 되었지. 얼마간은. 감사한 일이지."

"어쩌면 비크도요."

판이 말했다.

"응, 당연하지."

베티가 와인을 한 모금 마시면서 말했다.

"그 사람이 그렇게 갑자기 떠나 버려야 해서 안됐어. 나는 그가 떠난 줄도 몰랐어."

"괜찮아요."

판은 불필요한 곤란을 초래하지 않기 위해 최대한 빠르게 생각해서 그렇게 말했다.

"그 사람이 왜 가겠다고 한 건지 알아?"

베티는 최대한 자연스러워 보이려고 애쓰면서 물었다.

판은 그가 병원에 가야 한다고 말했다고 대답한 다음 내일 그에게 전화를 걸어 보겠다고 했다.

"응, 그렇게 해 줘."

베티가 말했다.

"하지만 나는 너희 두 사람이 도착했을 때 정말 궁금했어. 비크는 항상 가장 이상한 일을 하거나 가장 이상한 말만 하고 있어. 나는 네가 누군가의 '조카딸'이 아니라는 것을 알고 있었어. 난 그가 그냥 어쩔 수 없는 상황에 처해서 도우미를 고용했을 거라고 생각했어."

"그 사람은 지나치게 깔끔해서 도우미가 필요 없어요."

"맞아. 비크는 원래 그런 사람이야."

베티가 말했다. 그녀의 눈이 약간 흔들렸다.

"우리는 어릴 적부터 서로를 알고 지냈어. 우리의 아버지들은 어떤 토목 건축 회사의 동료였고 우리의 가족과 다른 두어 가족은 함께 호숫가 공원으로 나들이를 가는 걸 좋아했지. 우리 마을에서 멀리 떨어진 곳인데 다른 대부분의 차터 가족들은 가지 않으려고 하는 곳이야. 어머니들은 아버지들만큼 그곳을 좋아하지 않았어. 그들은 우리가 수영을 하도록 내버려 두지 않았고 심지어 물 가까이 가는 것조차 허락하지 않았지. 하지만 아빠들은 보치(boccie)와 배드민턴 경기를 했고 자치주의 맥주를 사서 마셨어. 마을에서 파는 것보다 그게 맛이 더 좋다고 했어."

판은 비크가 자기 부모님에 대해 언급하거나 부모님의 사진을 보여 준 적이 한 번도 없었다고 말했다.

"나한테는 놀라운 일이 아니야."

베티가 말했다.

"우리가 대학 생활을 막 시작했을 무렵에 두 분이 세상은 떠나셨어. 그의 어머니가 먼저 돌아가셨는데 그런 일이 있고 나서 얼마 안 되어 아버지까지 저세상으로 가셨지. 하지만 서로 다른 C-질환으로 돌아가셨어. 너도 상상할 수 있겠지만 비크한테는 참담한 시절이었지. 그는 완전히 넋이 나가 있었어. 학교를 그만두고 마을을 떠나 외국으로 나가고 싶어 할 정도였으니까. 하지만 우리는 그를 설득해서 그렇게 하지 못하게 했지. 설득은 대부분 내가 했어. 그 무렵에 나는 올리버를 만났고…, 그러니까 리….”

“리웨이요.”

“리웨이. 난 그 이름이 더 좋은 것 같아. 사실 난 그게 더 좋아. 그 이름이 확실히 더 근사해. 혹시 그 이름이 무슨 뜻인지 알아?”

판은 당연히 알고 있었다. 이따금 가정에서 누군가가 방문객에게 자기 친족의 일원 중에 차터 사람이 된 아이가 있다고 자랑하곤 했었다.

“이익과 위대함이란 뜻이죠.”

그녀가 말했다.

“그렇겠지.”

거의 한숨을 쉬면서 베티가 말했다.

“그럴 수밖에. 올리버는 성공을 할 운명을 타고 났어. 그를 한 번이라도 만난 사람은 누구든지 그렇게 생각했어. 특히 그 당시에는 더 그랬지. 비크는 자기 아버지의 장례식을 치르고 나서 모임에서 우리를 서로에게 소개했어. 물론 그때 올리버는 매력적으로 보이려고 애쓰지 않았지. 하지만 그는 무척 활력이 넘쳤고 재미있었고 자상했어. 순식간에 그의 주변에는 사람들이 모여들었지. 실의에 빠져 절실하게 기운을 차릴 필요가 있던 비크도 거기에 포함되어 있었고. 올리버가 지금보다 젊었을 때, 그는 지금과는 다르게 자기 자신을 잘 절제하지 못했어. 그는 항상 주절주절 떠들어 댔지. 출신이 그렇다 보니 그는 그렇게 할 수밖에 없었어. 너는 상상할 수 있을 거야. 나는 비크가 안쓰러웠지만 그는 자신이 모든 사람의 슬픔과 연민의 초점이 되지 않은 것에 대해 고마워했어. 그는 심지어 약간 행복해 보였어. 그날 저녁, 우리가 그를 자기 친척들과 함께 있도록 내버려 두고 떠나려고 하니까 그가 말했어. '당신들 두 사람보다 더 완벽한 커플이 이 세상에 또 있을까?' 그 말에 우리는 서로의 손을 잡게 되었지. 그리고 이제 보다시피 우리 두 사람은 여기에서 함께 살고 있어."

"나까지 여기에 있게 됐죠."

판이 말했다.

베티는 마지막으로 크게 한 모금 들이켜 와인을 깨끗하게 비웠다. 잠자리 준비가 끝났고, 베티는 전에 왔었던 손님이 두고 간 잠옷을 판에게 입히면 꼭 맞을 거라고 생각했다. 그녀는 비틀거리며 자리에서 일어서서 잠옷을 찾아보겠다고 말했다. 그녀가 나간 동안 판은 침대 발치에 몸을 기댄 채 그냥 기다렸다. 하지만 얼마 지나지 않아 베티가 오늘밤 돌아오지 않을 거라는 확신이 들었다. 판은 조시의 잠을 깨우지 않으려고 조용히 양치질을 하고 나서 새 침대로 돌아와서 침대보를 당겨서 벗겼다. 아직 잠이 오지 않았다. 그래서 그녀는 그냥 앉아서 긴 밤이 오기를 기다렸다. 마음이 무거웠다. 그도 그럴 것이 그녀는 뜻하지 않게 많은 낯선 사람들을 만났고 사람들에게 시달렸다. 그들의 모든 희망과 욕구와 슬픔과 상처받은 꿈들이 그녀의 생각의 방을 가득 채우고 있었다. 그녀가 계속 버틸 수 있을까? 그녀는 레그를 볼 수 있을까? 그녀는 레그를 더 이상 꿈꾸지 않았다. 레그를 자신의 변함없는 시야 안에 언제나 두고 있었기 때문에. 이제 그는 점점 더 가까이 다가오고 있었다.

다음날 올리버와 베티는 '다음 단계'라고 그들이 일컫는 것을 대충 설명해 주기 위해 그녀를 중앙 홀 거실에 앉혔다. 베티는 자신이 어젯밤 침대로 가자마자 곧바로 잠에 곯아떨어졌다고 하면서 돌아오지 않은 것에 대해 사과했다. 조시는 유아원 셔틀버스가 태우러 오기를 기다리는 동안 새 수족관을 가지고 놀고 있었다. 그 애는 이미 리모컨을 가지고 이 물고기나 저 물고기 또는 심지어 그것들의 무리를 조종하는 방법을 터득한 후였다. 그녀의 쌍둥이 아기 동생들은 조시의 양쪽에서 보행기에 앉아 그 애의 행동을 지켜보고 있었다. 아기들은 조시가 물고기들을 산호의 구석 속으로 물러나도록 한 다음 갑자기 밖으로 툭 튀어나오게 할 때마다 토실토실한 팔다리를 마구 휘저으며 좋아했다. 쌍둥이의 도우미들도 거기에 있었다. 게다가 집을 돌보는 사람들이 서너 명 있었는데 그들은 이제 먼지를 털고 젖은 걸레로 주변을 닦고 있었다. 하지만 이 거대하고 환기가 잘되는 방과 아치형 천장 안에 있으려니 판은 그들이 축구장 한복판에 앉아 있는 것 같다는 느낌이 들었다. 그들 주변의 관중석은 텅 비어 있었다. 유령이 뒤에서 그녀의 등을 잡아당기는 것 같은 싸늘한 느낌이 들었다.

올리버와 베티는 그 느낌을 결코 알지 못했다. 그들을 냉커피를 홀짝이면서 교대로 자신들이 꿈꾸는 새로운 삶에 대해 판에게 설명했다. 그들은 그 새로운 삶에 그녀를 포함시키기를 바랐다. 올리버는 동이 트기 전에 베티를 깨웠고 그들은 오전 내내 얘기를 나누었다. 그들은 자신들이 꿈꾸는 삶에 대해 서로 비슷한 생각들을 가지고 있었다. 그들은 그 삶이 그들의 새로운 존재를 일깨우는 놀라운 생물처럼 보고 행동하고 느낄 거라고 말했다. 우선 그들은 새로운 쌍둥이를 가질 생각이었다. 물론 이란성 쌍둥이로. 그리고 그다음에도. 베티는 쌍둥이를 임신할 수 없을지라도 시도할 것이었다. 그녀는 모든 일에 능한 어머니가 될 것이었다. 그것은 도우미와 요리사들의 업무와 책임을 일일이 다 관리하고 의류 쇼핑과 실내 장식뿐 아니라 아이들의 방과 후 개인 지도 교사를 감독하는 것을 의미했다. 물론 의사들의 방문과 휴가 계획도 마찬가지였다. 올리버도 가능한 한 많이 관여하게 될 것이었는데, 그들은 회사에는 가급적 조금만 투자하고 그 대신에 자신들이 시작하려는 자선 재단을 운영하는 일에 집중하기로 마음먹었다. 그 재단은 차터의 도우미들이나 심지어 자치주 어린이들의 의료 서비스를 위한 단체였다. 아직 구체적으로 어떤 일을 하게 될지 확실히 정한 것은 아니었는데, 그들은 적어도 이것이 비할 데 없는 절호의 기회라는 점에 대해서는 확신하고 있었다. 그들처럼 비교적 젊은 사람들 가운데 극히 일부만이 가질 수 있는 기회. 그것은 단순히 그들이 기분이 내킬 때 세계 여행을 하거나 점심 식사 시간에 진짜 버건디를 마시는 그런 것이 아니라 그들이 할 수 있을 때라면 언제든지 그들의 소중한 시간을 아낌없이 함께 보내는 것이었다.

"단순히 하고 싶어 한다거나 약속을 지킨다고 되는 일이 아니야. 그야말로 구조적인 변화를 이뤄야 돼."

올리버가 설명했다.

물론 계획은 아직 예비 단계에 있었지만 동시에 그가 간밤에 줄곧 심각하게 생각했던 것은 이 새 집을 다시금 새롭게 변화시키는 것이었다. 모든 것을 바꾸어 입구와 전면이 진입로 쪽을 향하게 하고 싶었다. 그렇게 하면 그가 사들이려고 하는 인접 부지의 비슷한 건축물과 거울처럼 서로 마주볼 수 있었다. 그는 조시의 커다란 스케치북에다 자신이 상상한 부지의 투시도를 빠르게 그려 보았다. 그의 경쾌하고 거침이 없는 손은 벽돌과 회반죽으로 된 건물 정면에 붙어 있는 다소 전통적인 문과 창문을 인상적으로 그려 냈다. 그림 속에서 두 개의 새 건축물은 서로 마주보고 있었고 현재의 진입로는 마치 도로처럼 경계석이 깔리고 넓어져서 부지의 경계선 너머로까지 이어지고 있었다. 그곳은 차들이 다니는 거리라기보다는 사람들이 모이는 장소가 될 것이었다. 인도에는 건강한 어린 나무들이 늘어서고 아스팔트에는 토너먼트 방식으로 경기를 펼치는 몇몇 아이들의 분필 표시가 그려질 것이며 나이가 지긋한 부부는 그런 아이들을 응원하고 있을 것이었다. 그것은 B-모어의 어떤 거리를 아름답게 단장한 형태로서, 편안하고 깔끔하고 안전하고 행복해 보였다. 판은 이제 그것을 알 수 있었다. 그가 현관문에 작은 사자 머리로 보이는 것을 그려 넣었을 때 그것은 그들의 것처럼 보였다.

그는 바로 이곳 차터에 예전의 지역을 세우려고 하고 있었다.

그들의 상상 속에서 그곳에는 그들의 많은 자식들, 도우미들, 베티의 부모님, 베티의 형제자매의 가족들, 그리고 그곳에 살고 싶어 하는 다른 친척들이 살게 될 것이었다. 물론 집세는 받지 않을 생각이었다. 단 조건이 있었는데 그들이 자기네의 '가족 프로젝트'를 이해하고 믿어야 한다는 것이었다. 그것은 단순히 휴일과 생일에 몇 시간을 함께 어울려 즐겁게 보내는 것이 아니라 생활이라는 '진짜 업무'에 참여하는 것을 뜻했다. 보통 사람들이 되어 공동으로 사용하는 식탁에는 기쁨도 있고 마찰도 있을 테지만 친밀함이 자연스럽게 생겨나 그들의 날들에서 매 순간을 아우르게 될 것이었다. 솔직히 그들 가운데 어느 누구도 그런 것을 많이 경험해 보지 않았다. 설사 경험을 했다고 하더라도 많지는 않았다. 이 대단한 행운이 다가오지 않았더라면 그런 것을 경험해 보지 못하고 지나갔을 것이었다.

"이런 이유 때문에 우리는 네가 여기에 남아 있기를 원하는 거야."

베티가 말했다.

"너는 이런 식으로 사는 게 어떤 건지 알고 있잖아. 나는 전혀 몰랐어. 우리 부모님과 형제자매도 몰랐지. 그리고 리웨이도."

그녀는 잠시 말을 멈추었다. 그가 그녀를 향해 부드럽게 미소를 지어 보였다.

"리웨이는 거의 잊어버렸지. 판, 너는 우리의 길잡이가 될 수 있어. 우리가 무엇을 어떻게 해야 할지 모를 때나 일이 완전히 잘못될 때 너는 우리에게 무엇을 해야 하는지 가르쳐 줄 수 있어."

이제 올리버가 말했다.

"그리고 우리는 네 친구한테 무슨 일이 벌어지고 있는지 알아내기 위해 우리가 할 수 있는 모든 것을 할 거야. 도처에 내 동료들이 깔려 있어. B-모어 당국 위원회에 아는 사람이 있는 건 아니지만 위원회 사람들과 연줄이 닿는 동료가 있을 거야. 장담하건대 분명히 있을 거야. 꼭 그런 방법이 아니더라도 우리는 어떻게든 정보를 얻을 거야. 정식 진정서를 제출할 수 있는 경우라면 우리는 그렇게 할 거야. 분명히 나는 이제 더 나은 지위를 확보하게 될 테니까. 그래서 나는 할 수 있는 일이라면 무엇이든 할 거야."

"우리가 그를 발견하게 되면…."

베티가 덧붙였다.

"그도 여기에 와서 우리와 함께 살면서 가족의 일부가 될 수 있어. 집안 식구가 된다고 해야 하나?"

그녀는 한쪽 눈을 찡긋했다.

"한동안은 자기 방에서 지내는 게 가장 좋겠지만. 그렇지?"

판은 고개를 끄덕였다. 그것은 베티의 마지막 말과 그들이 하고 있는 나머지 말들에 대해 대한 끄덕임이었다. 모두 반갑고 좋은 말이라서가 아니라 그들의 말하는 태도가 마음에 들었다. 그들의 자신감과 이유와 뜨거운 열정은 그들과 그들의 갈망을 수긍하지 않을 수 없게끔 만들었다. 이것은 차터 사람들의 일반적인 특성이었지만 올리버와 베티는 그것을 매력적인 수준까지 끌어올리고 있었다. 판은 레그가 아침에 계단을 쿵쿵거리며 내려오는 모습을 머릿속에 그려보지 않을 수 없었다. 그는 잠의 부스러기를 여전히 눈에 묻힌 채 신선한 과일과 갓 구운 식품이 배열되어 있는 것을 보고 기뻐할 것이다. 어제 먹다 남긴 음식을 다시 내놓는 게 아니라 오늘 아침에 갓 수확한 듯한 신선한 음식들이 나올 것이다. 그는 자신의 키를 이용해서 조시가 구정 때 가로수를 장식하도록 도와주거나 다시 함께 판과 스쿠터를 타고 날아갈 것 같은 해방감을 맛볼 것이다. 우리들 중 어느 누구도 그런 희망으로 가득 찬 모습을 거부할 수 없다. 그것은 결국 점점 더 어두워지는 이 세상을 헤쳐 나아가는 우리의 길을 밝혀 주는 유일한 것이니까.

# 24

최근에 우리는 가끔 두려움에 떤다. 그런 일이 일어나면 놀랍다. 공포심이나 공황 상태에 빠진 것을 걱정해야 하는 순간인데 자주 정반대의 감정을 느끼고 있는 것이다. 예를 들면 며칠 전 오후에 있었던 일이 그렇다. 당시 우리들 중 상당수는 휴일을 즐기고 있었다. 많은 사람들이 온화한 날씨를 즐기면서 우리의 뒤뜰에서 흠잡을 데 하나 없는 맑은 하늘 아래 앉아 있거나 현관 앞 층층대에 앉아 있었다. 아이들은 머리카락이 땀에 흠뻑 젖은 상태로 길거리에서 놀이에 열중하고 있었다. 그들은 갖가지 음식을 파는 손수레들 사이를 뛰어다니고 있었다. 손수레들은 아직 허가를 받지 못한 우리의 갈망을 정확히 구현해 내고 있는 듯 보였다. 우리가 허기를 달랠 필요가 있을 때, 가장 수수한 그 맛은 우리의 관대한 영역에 적절하게 호소한다. 우리는 혀 위에 음식 조각을 얹고 그것이

곤죽이 될 때까지 잠시 기다리면서 왜 배가 떨리는지 궁금하게 생각한다.

그것은 확실히 비이성적이고 어쩌면 미친 짓인지도 모른다. 하지만 B-모어에 대한 우리의 최근 기대가 진화되면서 다른 모든 것들이 위태로워 보이기 시작했다. 초기 이민자 때부터 지금까지 견고해 보였던 모든 공학과 건축이 사실은 불충분한 기초 위에 서 있었던 것처럼 느껴진다. 같은 방식으로 철저하게 정교하고 설득력 있는 꿈은 완전히 불가능한 전제에 달려 있다. 그것은 자세히 살펴보면 나머지를 하나의 신기루로 드러낸다. 무더기는 흙먼지이고 평판은 비단결 같은 거미집의 그물망이다. 그리고 우리가 거주하는 바로 그 장소, 보살핌과 무시의 파란만장한 역사를 거쳐 오는 동안 벽을 맞대고 굳건하게 서 있던 우리의 비좁은 연립 주택들은 키메라의 세포들에 불과하다. 그것들 중 일부는 피도 눈물도 없는 신화로서 우리는 너무 깊게, 그리고 너무 오랫동안 그것을 믿어 왔다.

우리가 남긴 것은 우리의 집회이다. 그리고 거기에는 예기치 않은 두려움이 있다. 그동안 우리는 우리 자신들을 서로 묶었고 서로 착 달라붙어 있었지만, 이제 우리는 전과는 전혀 다른 방식으로 그렇게 묶여 있다. 우리는 우리 모두의 눈에 떠오르는 다음과 같은 질문을 중얼거리지 않을 수 없다. 그럼 이제 우리는 누구지? 그렇다. 우리는 시위, 연설, 벽화, 심지어 좀 더 과감한 팀들이 벌인 즉흥적인 태업과 같은 우리의 행동들을 이해하고 있다. 하지만 그것들 가운데 어느 것도 우리가 믿고 있는 것에 대해 어떻게 생각해야 하는지, 그리고 왜 생각해야 하는지 우리에게 알려 주지 않는다. 우리는 결국 무엇을 목표로 하고 있는가? 차터 사람들과 좀 더 비슷해지는 것? 우리들 각자는 몇몇 성공한 사촌들을 제외하고 모든 사람에게 뚫기 어려운 어떤 개인적 요새를 구축했는가? 우리는 자연적인 것이든 인간적인 것이든 간에 모든 방식의 폭동으로부터 보호받고 싶고 아무리 길고 때때로 무자비하더라도 그렇게 만들기 위해 분투하고 싶은 본능이 있다. 우리는 그런 추구와 거기에서 나오는 열매를 매도하는 유형의 사람들이 아니다. 심지어 너무나 달콤하고 희귀해서 그것들이 최고로 중요하고 긴요한 처음이자 마지막 열정이 될 때에도 그렇다. 우리는 누군가가 아주 높은 검은 바위에 걸터앉을 때 조바심 내지 않을 것이다. 그는 우리의 날카로운 울음소리를 견딜 필요 없이 아래를 굽어볼 수 있다.

하지만 동시에 우리가 아무리 서로에게 마음을 쓰고 항상 그렇게 할 거라고 믿더라도 어떤 근본적인 변화가 진행 중이라는 생각을 하면 오싹해진다. 우리가 B-모어의 장기적인 추정과 관례를 변경하면 할수록 우리의 말뭉치를 진화시키기보다는 우리가 사실 그것을 약화시키고 있다는 걱정을 하지 않을 수 없다. 그것은 어떤 수그러들 줄 모르는 C-질환이 그 자체의 부정적인 설명으로 정상적인 패턴을 다시 쓰는 것과 같다. 오늘날 여러분은 어떤 거친 감정이 반복해서 쏟아져 나오는 것을 들을 수 있다. 기본적으로 그것은 다음과 같이 요약할 수 있다. 언젠가 우리는 차터 외곽의 사람들을 차터 사람들로 만들어 버릴 것이다. 그렇게 되면 그들은 우리네 담장의 시원한 그늘 속으로 모여들 것이고 우리의 정문을 통과하기 위해 사방에 줄을 설 것이다. 그런 모습을 보고 싶어 하는 만큼 우리는 잠시 멈추어 서서 그것이 우리에게 무엇을 의미하게 될지, 그토록 특별하고 귀하게 되기 위해 우리가 서로에게서 어떤 대가를 요구하게 될지를 생각해 본다.

아마도 우리는 이미 이런 형태의 전도를 목격했을 것이다. 판은 올리버와 베티와 함께 곧 맞닥뜨리게 될 것이다. 그것은 우리에게, 그리고 판에게 놀라운 것이었다. 집중력이 좋고 거치적거리는 것이 없는 두 차터 사람은 남의 도움 없이 일을 그토록 빠르게 그리고 잘 해내고 있었다. 그것은 확실히 놀라운 일이었다. 그랬다. 그들은 똑똑했다. 그리고 재능이 있었다. 그들은 이제 원하는 '결과'를 얻을 수 있는 재력을 가지고 있었다. 하지만 올리버와 베티에 관한 진실은 그들이 새로운 종합 계획의 공식화와 관리를 끊임없이 하면서 전면적인 노력을 했다는 것이다. 그들은 마치 엄청난 적자를 극복하기 위해 애쓰고 있기라도 하는 것처럼 이미 자기들이 앞서 있음에도 불구하고 가차 없이 밀어붙였다.

그들은 이동 주택을 상업 건설 회사에서 빌려와 집 앞에 세워 두었다. 몇몇 영리한 새로운 조수들과 함께 그들은 완전히 장비를 갖추고 냉난방이 되는 이동 주택 속의 지휘 센터에서 수많은 프로젝트와 하위 프로젝트를 지휘했다. 각각의 프로젝트는 변화를 허용하고 구역을 설정하는 것을 요구했다. 그리고 계약자를 심사하고 고용해야 하며 과도한 지연뿐만 아니라 일체의 지연이 없이 진행이 되도록 끊임없이 조정해야 했다. 그들은 장려책과 그들이 지닌 매력적인 요소로 굴착기와 목수와 배관공과 전기 기술자들을 확보하는 데에 무난히 성공을 거두었고, 고용한 사람들의 업무에 대해 완전한 소유권을 행사하게 되었다. 그것은 쌍을 이루는 자신들의 웅장한 집이 될 것이다. 그곳에서 그들은 성취감을 가지고 오랫동안 살다가 편안한 죽음을 맞이할 것이다.

판이 그곳에서 살기 시작한 지 이틀 만에 청 씨 부부는 바로 옆 토지를 사들여 거기에 있는 집을 허물었다. 집 주인은 제시받은 가격에 너무나 기뻐하면서 자신들의 옷가지와 가장 소중한 개인 물품들만 챙기고 가구와 양탄자와 접시와 다른 모든 것은 남겨 두었다. 주인이 버린 물건들은 몇 개의 대형 쓰레기통으로 들어갔다. 쓰레기통들이 하루 온종일 집안을 들락거리며 시끄러운 소리를 냈다. 그 소리가 건물 잔해를 부수는 소리보다 이웃사람들에게 더 큰 소음이 되는 것 같아서 올리버는 쓰레기를 퍼 담는 기사들에게 경적을 떼어 버리라고 했다. 그들 자신의 새 집도 그 주 안에 해체되었다. 건물 뼈대는 그대로 서 있었지만 다른 것들은 모두 허물어졌다. 지난해 베티는 가구와 예술품을 고르면서 한 해를 보냈는데 그것들은 창고로 옮겨졌다. 그들은 다른 집이 지어지는 동안 그들의 집에서 편하게 기다리며 살 수도 있었다. 하지만 집들의 일관성과 효율성을 위해, 그리고 '다음 단계'를 가능한 한 빨리 시작하고픈 그들의 바람을 충족하기 위해 그들은 두 집을 함께 건설하고 개조해야 한다는 결정을 내렸다.

그래서 집주인 가족과 도우미들과 판이 머무르기 위해 다른 이동 주택들이 이웃 토지의 가장자리 쪽으로 트럭에 실려와 자리를 잡고 있었다. 판이 추측하기에 청 씨 부부는 간신히 조건을 받아들였는데 나중에 알고 보니 사치스러운 설비를 갖춘 그들의 집이 되었다. 사실 그들은 집을 지어 가구를 이미 비치해 두었다. 이동 주택들은 저녁 프로그램 스타들이 외진 지역에서 촬영을 할 때 그들을 수용하기 위한 것이었다고 베티가 그녀에게 말했다. 그것들은 대기 상층부를 날아다니는 여객기를 만든 회사에서 만든 것이었다. 두 대가 연결된 이동 주택들의 내부에는 천연 대리석과 가죽과 값비싼 비단과 단단한 목재로 꾸며져 있었다. 요리사들을 위해 부엌 설비가 갖추어진 이동 주택이 있어 가족은 베티가 원하는 방식대로 식사와 간식과 음료를 먹을 수 있었다. 게다가 운동과 가상 활동을 할 수 있는 이동 주택도 있었다. 판과 조시는 저녁을 먹은 직후에 항상 그곳에서 시간을 보냈다. 이동 주택들은 가족이 사용하던 집에 비해 크기가 훨씬 더 작아 처음 며칠 동안은 힘들었다. 쌍둥이는 잠시도 쉬지 않고 빽빽 울어 댔고 조시는 초조해하고 신경질을 부렸으며 올리버와 베티는 갑자기 무척 바빠지고 스트레스를 받아 서로에게, 그리고 그 밖의 모든 사람에게 잔소리를 해 대기 시작했다. 하지만 판에게는 그러지 않았다. 그들은 머지않아 변화된 환경을 이해하기 시작했다. 그들 주변에는 공간이 별로 없었다. 그들은 결국 실내에서 생활하는 것이 더 안전하다는 것을 깨닫고 실내에서만 살아가고 있었다. 건축 과정에서 발생하는 엄청난 소음과 먼지와 C-질환을 유발할지도 모르는 화학 물질과 미립자가 허공에 떠다니는 외부는 안전할 리가 없었다. 반면에 이동 주택들은 항공기를 만드는 방식과 똑같은 방식으로 만들어졌기 때문에 그 안에 있으면 대기 상층부에 있는 것처럼 고요했고 정화되고 이온화된 공기로 여압 상태가 유지되고 있었다.

판은 어느 누구만큼이나 치밀하게 프로젝트의 진행 상황을 지켜보았다. 아이들은 프로젝트에 관심조차 없었고 도우미들은 일상의 변화에 짜증을 내고 있었으며 베티와 올리버는 모든 일을 세세하게 살피느라 정신이 없었다. 그녀는 건축의 모든 단계를 지켜보았는데 기반을 다지는 일부터 건물의 뼈대를 세우는 일까지가 마치 저속 촬영 비디오를 보고 있는 듯했다. 새로운 건물은 그야말로 밤사이에 지상으로 솟아오르고 있었다. 금속 합금 작업에 너무나 많은 사람들이 참여해서 그들은 공간을 확보하기 위해 서로 밀치기까지 했다. 두 건물 모두의 복잡한 내부가 형태를 갖추고 채워지는 동안 모든 노동과 변경 지시와 공급물자 제공과 잔해 청소는 오케스트라가 악기를 조율하듯이 동시에 이루어졌다. 하지만 올리버와 베티의 지휘 아래에서 그것은 바보 같고 혼란스러운 음악이 아니라 조화롭고 듣기에 거북하지 않은 음을 만들어 냈다. 그것은 가만히 지켜보면 거의 기적에 가까웠다. 비록 판은 아직도 자기 오빠와 그의 아내에 대해 여러 가지 면에서 의구심을 품고 있었지만 그녀는 우리의 마음과 별반 다르지 않았다. 그녀는 창세기에 나오는 천지창조 규모의 프로젝트가 거침없이 진전되는 것에만 놀란 게 아니라 그 일을 해내야 할 사람들은 바로 자신들이라는 그들의 흔들림 없는 믿음에 놀랐다. B-모어에서라면 그런 자기 신뢰, 그런 두드러진 대담성은 배척을 당하거나 조롱을 받았을 것이다. 우리가 겸손이나 합의를 아주 중요하게 생각하기 때문만이 아니라 우리가 원하는 거의 모든 것이 우리 주변에 이미 주어져 있기 때문에.

우리는 판이 그들의 분투, 그들의 헌신에 용기를 얻었다고 말할 수 있을 것이다. 그녀는 그 덕분에 그들과 그들의 자식들, 그리고 도우미들과 좀 더 친밀해졌다고 느꼈다. 그녀는 어쨌든 우리의 착한 판이었다. 그녀는 마음이 너그러운 여동생과 고모가 되기 위해 그들의 궁극적인 품위를 믿고 싶어 했다. 그녀는 또한 자신을 위한 그들의 노력과 집중력의 일부가 결국에는 자신과 레그와의 재회로 이어질 거라는 생각을 하지 않을 수 없었다. 사실 그것은 베티가 계획 중인 일이었다. 베티는 이미 설계자들에게 완전한 스위트룸이 갖추어진 본래의 집에 새로운 증축 건물 하나를 그려 넣도록 했다. 전용 출입구까지 갖춘 그 증축 건물은 설계도 위에 '판과 레그의 집'이라는 딱지가 붙어 있었다. 증축 건물에는 두 사람이 쓰기에는 지나치다 싶을 정도로 아주 넓은 공간이 있었다. 그것은 베티가 상상하고 충분히 합리적으로 생각한 끝에 나온 결과였다. 그들은 판의 취향을 알지 못했고 그녀도 그들이 자신의 취향을 아는 것을 원치 않았다. 그녀는 지금까지 항상 그랬던 것처럼 경계를 했다. 그런 폭로는 그녀를 위태롭게 할 수 있을 뿐이었다. 베티와 올리버는 그녀의 존재에 대해 기뻐하고 고마워하는 듯 보였다. 그녀는 자신의 상태를 폭로하는 것을 상상하기 시작하고 있었다. 그리고 그들에게 자신의 상태를 털어놓아도 그들이 지금처럼 도움을 주려고 할지 당연히 궁금해졌다.

올리버는 이제 밖에 나가서 자신을 리웨이라고 소개하고 있었지만 판은 베티처럼 그를 리웨이라고 부를 용기가 나지 않았다. 판은 베티를 포함해서 어느 누구보다도 올리버와 많은 시간을 보내고 있었다. 베티는 이제 판매원들 무리의 한복판에서 머무르고 있었다. 판매원들은 자신들의 조명과 배관 기구와 직물 더미와 카펫과 벽지의 견본품을 가지고 지휘부 이동 주택으로 왔다. 그녀는 그런 품목들의 무수한 조합과 그에 따르는 디자인 시나리오를 검토하고 이용 가능한 품목과 시기와 양에 따라 방향을 변경해야 했는데 다행스럽게도 여기에서 비용은 고려할 요인이 아니었다. 한편 올리버는 건설 현장과 인력과 기계의 투입을 감독하고 있었다. 그는 날마다 몇 시간 동안 안전모를 쓰고 못질을 하고 무언가를 납땜하기도 했다. 그는 납땜 작업이 하루 일과 중에서 가장 짜증나는 일임을 시인했다. 그는 그야말로 눈코 뜰 새 없이 바빴지만 날마다 어느 정도의 시간을 자신을 위해 사용하고 있었다. 사실은 베티가 그에게 그는 이제 더 이상 일을 하지 않을 테니 자신만의 시간을 가져 보는 것이 어떻겠냐고 그를 부추기고 있었다. 그녀는 그에게 과거의 취미를 다시 가져 보라고 제안했다. 그러자 그는 의욕이 생기는지 그녀의 제안을 심각하게 받아들였다. 그는 수영을 했고, 처박아 둔 자신의 낡은 바이올린을 꺼냈다. 이동 주택에서 첫날밤을 보낼 때 가족을 위해 바이올린을 연주하기도 했다. 하지만 그는 판과 함께 집 근방과 주 광장으로 가볍게 조깅을 하러 나갔다가 중간에 잠시 쉬는 동안 털어놓았는데, 그것들이 정말 자신의 취미들인지 확신하지 못하고 있었다.

그는 자기가 자식이 없는 차터의 노부부 가정에 맡겨지고 나서 B-모어에서 꾸준히 해 왔던 바이올린 레슨과 수영을 계속했다고 판에게 말했다. 양부모와는 오랫동안 아무 연락도 하지 않고 지냈다고 했다. 그는 중등학교에서 유전학 클럽을 시작했는데 그곳에서 비크를 만났다. 그는 비크의 두 팔 길이가 엄청난 것을 보고 그에게 수영 선수 생활을 시작하도록 설득했다. 그리고 그는 사회봉사 집단에도 가입해서 서비스업 종사자들의 숙소에 살고 있는 아이들에게 주말마다 무료로 수학을 가르쳐 주었다.

"그런 활동들은 정말 매력적이었고 즐거웠어."

올리버가 말했다. 그는 냉커피를 한 모금 홀짝였다. 그는 평소 저녁에 마시는 약간의 와인 외에는 그 냉커피만을 마셨다.

"하지만 그것들이 내가 정말 하고 싶어 하는 일들이라고 말할 수 있을까? 나는 바이올린과 수영을 아주 어린 나이에 시작했기 때문에 그것들을 하면서 한 번도 의문을 가져 보지 않았어. 당연히 해야 하는 것으로 여겼지. 나는 두 가지 모두에 소질을 보였어. 그것들이 올바른 활동이 아니라는 생각은 전혀 해 보지 않았어. 나머지 것들도 내가 아주 잘했기 때문에 선택한 거야. 나는 내 시간이나 다른 누군가의 시간을 낭비하지 않으려고 했지. 게다가 그런 활동들은 나의 의학 공부를 위한 이력서에도 잘 어울렸어. '취미'라는 건 자신이 뛰어나게 잘하는 활동, 남들이 감탄을 하는 활동, 모든 사람에게 약간의 도움이 되는 활동을 말하는 걸까?"

판은 그런 활동이라면 취미가 되지 않을 이유가 없다고 말했다.

"그래. 그런 활동이라면 확실히 취미가 될 수 있겠지."

그가 대꾸했다.

"하지만 소질과 취미가 항상 일치하는 것은 아니야. 취미를 좋아할 수 없는 경우도 있어. 무언가를 사랑하는 일이 주로 좌절감을 느껴야 한다는 것을 의미한다면? 그리고 그 취미 때문에 삶이 조금은 나쁘게 된다면? 그래도 좋아하는 일을 그만두지는 못하지. 너는 스킨 다이빙에 소질이 있어. 그렇지? 그래서 사람들이 너를 수조에 넣은 게 틀림없어. 하지만 그런 활동이 항상 좋았어? 그게 자신이 할 일이라는 확신이 들기 전에도? 그게 네가 정말 좋아하는 일이었어?

아니면 네가 했던 것들 중에 다이빙보다 더 재밌는 다른 활동들이 있었나?"

물론 판에게는 다른 취미 활동들이 없었다. 각 가정의 한 세대에서 남자애나 여자애 한 명에게만 그런 기회가 할당되었다. 그리고 전도유망한 소질을 보여 주었을 때에만 기회가 주어졌다. 이런 관습을 올리버는 망각했거나 애초에 알아차린 적도 없는 게 분명했다. 하지만 판은 이것을 그에게 말하지 않았다. 그리고 어린 소녀였을 때 잠수를 시작하고 나서 처음 몇 번은 거의 익사를 할 뻔했던 사실도 밝히지 않았다. 그런 일이 있었음에도 불구하고 자신이 잠수부의 일을 얼마나 끔찍이 좋아했는지도 밝히지 않았다. 그가 이미 그것을 사실로 받아들이고 있었기 때문에. 그녀가 가족들 중 누군가에게 자신의 느낌을 밝히기 전부터, 그리고 의지력과 두려움 극복으로 훌륭한 잠수부가 되기 전부터 그녀는 그 일이 무척 좋았다. 자신의 모든 노력에도 불구하고 수조 잠수 작업에서 자신이 제외될까 봐 종종 두려워했었으니까.

그녀는 잠수 작업보다 더 즐거운 일은 없었다고 그에게 말했다.

"너는 운이 좋았어, 판. 하지만 이제 무엇을 할 거야? 여기에는 그런 일이 없어."

"다른 일을 찾아볼 생각이에요. 오빠는 아직 바이올린을 아주 잘 연주할 수 있어요."

그녀가 말했다.

"나도 연주를 할 수 있다는 게 좋아."

그는 조금도 빼기지 않고 말했다.

"하지만 내가 얼마 전에 바이올린을 다시 연주하지 않았더라면 어쩌면 난 바이올린을 영원히 떠올리지 않았을지도 몰라. 몇 년 동안 나는 연주를 하지 않았으니까. 그러다가 요전 날 밤에 실제로 연주를 했지. 이상하지?"

이것은 판을 정말 어리둥절하게 만들었다. 그는 정말 아름답게 연주를 했으니까. 그것은 그녀가 어떠한 저녁 프로그램에서도 접하지 못한 종류의 음악이었다. 심지어 지하 쇼핑몰의 새해 축하 행사에서도 그런 음악은 들어보지 못했었다. 새해 축하 행사에서는 B-모어의 최고 음악가들이 즐겁고 경쾌한 작품을 연주했다. 악기는 올리버가 자신의 턱 밑에 끼워 넣는 순간 살아 있는 생물이 된 듯 보였다. 그것은 그 자체의 갈망과 목소리로 인해 생기가 넘치는 듯 보였다. 그녀는 그런 순수하고 사랑스럽고 구슬픈 소리를 지금껏 한 번도 들어 보지 못했었다.

그들은 날마다 그런 식으로 함께 조깅을 하곤 했다. 그리고 날마다 올리버는 B-모어의 무언가에 대해 물어보곤 했다. 재배 시설과 쇼핑몰에 대해 묻기도 하고 친척들의 근황도 물었다. 그렇지만 어떤 특정한 사람에 대해 너무 깊이 캐묻지는 않았다. 삼촌이나 사촌 또는 그들의 부모님 중 어느 한 분에 대해 물을 때는 그동안 그들이 어떻게 살아왔는지, 육체적으로 얼마나 노쇠해졌는지, 어떤 C-질환으로 고통을 받았는지, 조기 정년퇴직에 어떻게 대처했는지, 그리고 무엇을 하며 휴일을 보내는지 등을 물었다. 판이 올리버에게 연립 주택과 현관 앞 계단에서 나이 많은 사람들이 하던 행동들이 기억나느냐고 묻자 그는 담배를 피우고 차를 마시고 잡담을 하고 간식을 먹고 텔레비전 프로그램을 시청하고 방귀를 끼고 트림을 했다고 말했다.

"맞아요. 그들은 아직도 그렇게 살고 있어요."

판의 말에 그는 고개를 절레절레 흔들며 웃음을 터뜨렸다. 그가 약간 놀란 것 같은 표정을 짓는 것을 보고 판은 그가 자신에게서 무언가 다른 대답을 들을 수 있을 거라고 기대했던 것 같다는 생각이 들었다.

사실 그는 그녀가 하는 말에 대부분 이런 식으로 반응했다. 반쯤은 믿지 못하겠다는 함박웃음을 지었지만 오래 가지 못했다. 그것은 곧 입술을 오므려 살짝 내밀면서 놀라움을 표시하는 행동으로 바뀌었다. 마치 어떤 수도승이 답을 가늠하기 힘든 문제를 그에게 풀도록 제시하기라도 한 것처럼. 하지만 그는 계속해서 B-모어에 관한 모든 것들을 물었다. 학교나 시설, 당국의 문제 같은 심각하거나 무거운 질문은 하지 않고 요즘 쇼핑몰에는 어떤 종류의 음식점들이 있는지, 아이들이 어떤 종류의 길거리 게임을 하고 있는지, 자기가 너무 일찍 떠나왔기 때문에 흥미를 가질 기회조차 없었고 알지도 못했던 사실들에 대해 물었다. 예를 들면, 평생에 단 한 번 세계 여행을 떠나는 은퇴자들은 어떻게 선정되는지, 10대들이 가장 좋아하는 음악과 비디오와 게임은 무엇인지, 그들은 데이트를 할 때 주로 어디로 가는지, 그리고 아직도 출신 성분과 출신지가 중요한 요소가 되고 있는지 등을 물었다. 그는 B-모어의 기본적인 일상생활이 어떤지 다시금 느껴 보기 위해 애쓰고 있었다. 판이 생각하기에 그는 B-모어의 생활을 무료하고 평범하다고 느낄 게 확실한데도 이야기를 나누면 나눌수록 더욱 더 호기심을 보였다. 판 자신조차도 제대로 기억해 낼 수 없는 아주 자질구레한 사실들까지 그는 알기를 원했다. 백화점 여점원의 제복과 장식 띠의 색깔을 물었을 때 그녀는 크림색과 모카색이라고 대답해 주었고 찹쌀떡의 가격에 대해 물었을 때에는 거의 변하지 않았다고 대답했다. 또 큰고모들이 길고 억센 털이 달려 있는 아주 오랜 옛날의 그 손빗자루를 아직도 사용하고 있는지 물었을 때에 그렇다고 대답했다. 빗자루는 자치주 행상인들이 집 앞의 인도를 청소하는 용도로 팔기 위해 들여온 것이었다. 점점 속도가 느려져 거의 걷는 수준이 되어 버린 그들의 가벼운 조깅은 어느새 B-모어 생활의 수많은 패턴과 질감을 항목별로 정리하는 공동의 행위가 되어 버렸다. 그것은 정말 수수한 옷감이었지만 올리버는 자신의 새롭게 상기된 기억을 바탕으로 계속해서 조사하고 처리하고 측정해 보고 싶어 했다.

최근 몇 년 동안 그의 연구가 성공할 가능성이 확고해지면서 그는 깊어 가는 향수와 함께 B-모어에서 보냈던 자신의 시간들에 대해 점점 더 많은 생각들을 해 왔다. 과학자로서 교육을 받은 사람이라 떠나온 지역에 대해 너무 따뜻하고 밝은 기억만 가지고 있다는 것이 마음에 좀 걸리긴 했다. 그는 판에게 자신은 차터 사람이 되고 나서, B-모어에 대해 전혀 생각하지 않았다고 말했다. B-모어를 잊고 싶어서가 아니라 축하 행사와 기념행사, 그리고 확실한 작별 인사까지 모두 마쳤으므로. 그리고 나중에 또 보자는 사람도 없었으므로. 그는 자신의 전용 비행기에 올라타서 이륙을 하고 있다는 느낌을 받고 있었다. 이미 지워져 버려 이제는 뒤돌아볼 수도 없는 세상을 남겨 두고 대기권을 벗어난 느낌이었다. 차터 아이가 잘 해 나가기가 얼마나 어려운지 모든 사람들이 알고 있었다. 하지만 그는 놀라울 정도로 무관심한 양부모를 가진 새로 온 친구였고, 양부모는 그를 키우는 것보다 그를 데리고 있는 것에 더 큰 관심을 보였다. 그래서 그는 결국 이 세상에 자신뿐임을 깨달았다. 아직 덜 자란 자신을 교육시킬 사람도 그 자신밖에 없었다.

새로운 생활을 시작하면서 처음 몇 주 동안은 학교에서나 수영 연습에서나 낯선 환경에 압도되어 혼란스럽기만 했다. 집으로 돌아오면 식사를 하면서도 거의 말을 하지 않았다. 식사를 마치고 나면 자기 방으로 건너가서 새로운 옷들이 가득한 옷방의 거울 앞에 서서 그날 자신이 저지른 다양한 실수들과 자신이 내뱉은 바보 같은 말들에 대해 자책을 했다. 그는 자신에게 주어진 새 이름을 무척 싫어했다. 그래서 그는 자신의 분노를 이 불쌍한 올리버에게 퍼부었다. 자신이 저지른 실수나 단점에 대해 자신이 알고 있는 온갖 낱말들을 동원해서 올리버에게 호통을 쳤다. B-모어에 있을 때 그는 자신이 구사하는 낱말들에 대해 자부심이 있었다. 하지만 이곳에 와서는 스스로 보기에도 놀랄 만큼 자부심이 결여되어 있었다. 그는 심지어 자신이 알고 있는 낱말을 잘못 사용하기까지 했다. B-모어에서는 어떤 선생님도 그에게 교정을 해 주지 않았었다. '다른 무엇보다 중요한'이라는 뜻의 'paramount'와 '~와 거의 마찬가지의'라는 뜻의 'tantamount'가 서로 헷갈렸고, '나감'이나 '떠남'이라는 뜻의 'egress'와 '방패'나 '보호'를 뜻하는 'aegis'가 서로 헷갈렸다. 그의 선생님은 반 아이들을 위해 그 낱말들의 어원을 장황하게 설명했는데 그것은 그에게 지독한 굴욕이었다. 그는 수학에 뛰어난 편이었는데 자신의 새로운 학우들보다 진도가 반년가량 뒤처져 있다는 것을 깨달았다. 학우들 대부분은 전혀 재능이 없었다. 그는 일주일 동안 밤늦게까지 자지 않고 자신이 배우지 못한 단원들을 자습했다. 그렇게 하자 금방 학우들을 따라잡을 수 있었다. 그는 그 비법을 털어놓지 않았다. 한편 수영장에서는 다른 아이들과 거의 비슷한 속도로 헤엄을 쳤지만 잘못된 기법과 기술 때문에 자신이 얼마나 힘들게 헤엄을 치고 있는지 깨달았다. 그의 팀 동료들은 버터처럼 부드러운 영법으로 물을 슬슬 헤치고 나아갔지만 그는 도끼로 나무를 베듯이 물을 난폭하게 찍어 댔다. 그의 영법을 지켜보던 코치는 발작을 일으킨 미치광이 같다고 말했다.

하지만 그는 비법을 터득했다. 설명이나 충고라면 하나도 놓치지 않고 새겨들으려고 바짝 귀를 기울이면서 그는 필사적으로 배워 나갔다. 올리버는 자신이 가장 잘할 수 있는 것, 그러니까 자신의 진짜 재능은 바로 이것이라고 판에게 털어놓았다. 그는 누가 전문 지식이나 유용한 지식을 가지고 있는지 즉각 판단하고 그들로부터 무엇이든 얻어 낼 수 있었다. 자신에게 거부감을 가지고 있는 사람들이라고 해도 상관하지 않았다. 처음에는 대부분의 사람들이 거부감을 가지고 그를 대했다. 같은 반 친구들과 팀 동료들, 코치들, 그리고 심지어 그의 바이올린 선생님까지도 차터 사회에 새롭게 발을 들여놓은 학생과 일을 해 본 적이 없었다. 그를 즉각 환영하며 맞아들인 유일한 사람은 아주 조용하지만 침착한 비크람 우펜드라였다. 그는 올리버가 학급을 위해 써 놓은 2차 편미분 방정식에서 어떤 실수를 발견해 냈지만 자만심이 강한 교사를 놀려 주기 위해 나중에야 올리버한테 그 실수를 말해 주었다. 교사는 자기 자신이 항공 우주 공학의 추진 장치나 증권업의 사설 거래 시스템을 설계하고 있어야 마땅한 이 세상에서 보기 드문 천재라고 믿고 있었다.

올리버는 비크의 생각을 확실히 존경하고 있었다. 하지만 무엇보다도 그가 존경하는 부분은, 냉정을 잃지 않는 그의 모습, 그리고 모든 것들이 다가오도록 내버려 두었다가 그것들을 자기 나름의 기이한 척도에 꼭 들어맞게 만드는 모습이었다. 그것은 올리버가 절대로 흉내 낼 수 없는 방식이었다. 하지만 올리버는 비크와 어울리면서 매사 저돌적으로 달려드는 것만이 최선이 아니라는 것을 이해하게 되었다. 인내심을 갖고 기다리거나 속도를 낮추거나 아예 아무것도 하지 않는 편이 오히려 제일 나은 상황들도 있다는 것을 알게 되었다. 이것은 그가 단 한 번도 떠올려 보지 못한 생각이었다. 그의 연구가 답보 상태에 이른 듯하여 우려스럽던 기간이 있었는데 어느 날 그는 비크라면 어떻게 했을지 자문해 보았고 문제에 대한 보다 단순한 접근에 집중할 수 있도록 자신이 거느린 많은 직원들의 수를 절반으로 줄였다. 그러자 얼마 지나지 않아 돌파구가 마련되었다. 그것이 그저 우연의 일치였는지는 중요하지 않았다. 올리버의 마음속에 비크는 성공을 거둘 만한 충분한 자격을 갖춘 사람이었다.

"그래서 나는 파티가 열리던 날 그에게 아무것도 할 수 없었던 거야."

그는 판에게 자백을 했다. 그들은 평소처럼 커피 전문점에 들렀다. 올리버는 아이스 아메리카노를 마셨고 판은 감귤 주스를 마셨다.

"그 녀석을 때려눕히려고 했어. 목을 졸라 죽이려고 했어. 하지만 나는 그럴 수가 없었어. 그 녀석이 잘못했다고 그러더군. 진심에서 우러나온 말이라는 걸 나는 알 수 있었어. 바로 그거야. 그게 내 친구 비크의 본모습이야. 그는 변명을 할 수도 있었어. 내가 낮에는 환자들을 돌보고 밤에는 실험실에서 일을 하는 동안 베티가 얼마나 외로웠겠느냐고 지적할 수도 있었어. 하지만 그는 그러지 않았지. 지난 몇 년 동안 나는 일에만 매달렸어. 주말에도 쉬는 경우가 없었지. 그래서 그 두 사람이 다시금 함께 많은 시간을 보내기 시작했던 거야. 친구들 사이에 그러는 것처럼. 그들은 그것을 숨기려고 하지 않았고 나는 사실 고맙기까지 했어. 베티는 훨씬 더 행복해 보였어. 그런데 어땠는지 알아? 그녀는 단순히 행복해 보였던 것이 아니라 정말로 행복했어. 그 당시에 나는 함께 있어 주고 배려해 주는 남편과 아버지가 아니었어. 물론 그전에도 그런 사람은 아니었지만."

판은 이제 그가 가족들에게 신경도 많이 쓰고 함께 있어 주려고 노력하는 듯 보인다고 말했다.

그는 다소 얼빠진 것 같은 표정이었지만 고개를 끄덕였다. 그의 마음속에는 그가 원하든 원하지 않든 간에 이따금 관람하던 일련의 영화들이 상영되고 있는 게 분명했다.

잠시 뜸을 들이고 나서 그가 입을 열었다.

"비크한테 얘기해 봤어? 잠깐. 나한테 얘기할 필요는 없어. 내가 그걸 왜 알고 싶어 하는지조차 모르겠군."

"그건 아마 그와 다시 친구가 되고 싶어서일 거예요."

판이 말했다. 올리버는 판의 말을 곰곰이 생각했다.

"내 생각에도 그런 것 같아. 오랜 세월 동안 비크는 나의 유일한 진짜 친구였어. 하지만 이제는 너무 늦어 버렸지. 우리는 이미 끝났어. 우리가 마치 잘못된 일은 아무것도 없는 것처럼 그냥 그렇게 베티의 주변에 있기에는, 글쎄, 너무 어색할 것 같아. 네가 그녀한테 아무 얘기도 하지 않아서 고마워. 넌 이게 이상하다고 생각할지도 몰라. 하지만 난 그녀가 내게 사과하는 걸 조금도 원치 않아."

올리버는 아주 조용해졌다. 그는 눈물을 흘리지는 않았지만 아주 미세하게 몸을 떨고 있었다. 그는 마치 내부가 흙으로 채워져 있는 사람 같았다. 그 흙은 어설프게 굳어 있어 당장에라도 무너져 내릴 것만 같았다. 판은 그가 얼마나 처절하게 감정을 견뎌 내고 있는지 알 수 있었다. 그의 기운을 북돋워 주기 위해 그녀는 카페 테이블에 놓인 그의 손 옆에 자기 손을 내려놓았다. 그 단순한 풍경만으로도 그의 감정은 차분히 가라앉은 듯 보였다. 두 손은 모양도 상반되고 크기도 달랐지만 손가락에서 시작해서 손바닥에 이르기까지 비율이 너무나 비슷했다. 손가락 마디는 어딘가에 쓸려서 벗겨지고 울퉁불퉁 솟아 있었다. 그들의 엄지손가락은 조금 심하다 싶을 정도로 안쪽으로 굽어 있었다. 두 사람은 누가 보더라도 진짜 친척이었다.

# 25

그다음 2주 동안, 판은 청 씨 부부의 삶 속에 깊이 자리 잡았다. 그렇게 되자 그들은 그녀가 항상 자기네 가족의 일부였던 것처럼 느꼈다. 그들 모두는 자신들이 그녀의 존재를 얼마나 기쁘게 여기고 있지 계속해서 말했다. 그녀는 아이들과 기꺼이 함께 놀아 주었다. 그리고 베티가 디자인 결정을 내리는 것을 도와주었고 올리버가 계속 운동을 하도록 만들었는데, 덕분에 올리버의 스트레스는 줄어들었다. 심지어 도우미들도 그녀를 무척 좋아했다. 판은 조시가 어질러 놓은 것들을 치우는 일을 전혀 꺼리지 않았고 설거지까지 도와주었으니까. 물론 이 모든 일은 그녀에게 전혀 어렵지 않았다. B-모어의 북적거리는 가정에서 성장한 사람에게는 수월한 일이었다. 베티와 올리버가 엄청난 노력과 돈을 이 프로젝트에 쏟고 있는 모든 이유를 판이 상징적으로 보여 주는 셈이었다.

노력은 전적으로 그들의 것이었지만 그 투자금은 그들의 계좌에 실제로 들어 있는 돈의 액수를 하찮게 보이게 만들기 시작했다. 새 집을 막 지었던 때라 계좌에는 잔액이 별로 없었다. 제약 회사와의 거래는 원칙적으로 합의가 되었지만 계약상의 세부 사항들이 남아 있었다. 항상 복잡한 변호사들을 상대하게 되면 누구나 예상할 수 있듯이 시간이 아무리 흘러도 여전히 세부 사항들을 두고 실랑이를 벌이고 있기 마련이다. 물론 이것들은 그리 중요한 문제가 아니었다. 거래 성사에 관한 뉴스가 나가고 나서 차터의 모두 주요 은행들이 엄청난 단기 대출금을 아주 낮은 이율에 팔려고 청 씨 부부를 찾아왔다. 그들이 제시한 금리는 어느 누구라도 당장 제안을 받아들일 만큼 아주 낮았다. 모두가 알고 있듯이 돈을 빌리든 빌리지 않든 상당한 규모의 새로운 자금줄은 강력한 힘을 지니고 있다. 그것은 가장 빠르게 위안을 주는 것일 뿐만 아니라 꿈의 장치이기도 하다. 무엇이든 원하는 대로 끊임없이 만들어 낼 수 있는 상상력 기계인 것이다. 그것은 끝없이 마술을 부리기 위해 우리가 할 수 있는 전부이다. 어쩌면 그런 이유 때문에 B-모어에서 돈을 빌리려면 항상 많은 비용이 들었을 것이다. 게다가 그곳에서는 뜻밖의 횡재를 한다는 것은 거의 불가능했으니까. 이제 그것은 우리가 곤란한 지경에 빠지지 않도록 해 주는 요긴한 것인지도 모른다. 우리의 눈은 보다 작은 상품에 고정되어 있다.

만약 우리가 판을 이런 식으로 이해하고 있다면 그녀가 올리버와 베티에게 레그의 문제를 재촉하지 않은 것이 충분히 납득이 간다. 그녀는 그들이 작업을 빛의 속도로 진행시키는 것을 보고 그들이 얼마나 집중력이 강한 사람들인지 잘 알고 있었다. 이 시점에서 그 두 개의 집은 설계자의 도면에 있는 그대로의 모습을 드러내고 있었다. 각각의 집은 세 개의 출입구를 가지고 있었는데 정면에 한 개, 그리고 측면에 두 개가 있었다. 창문은 B-모어의 건축물처럼 단순한 형태로 되어 있었는데 3층짜리 건물의 각 층마다 두 개가 위아래로 붙어 있었다. 이제 건물의 전면은 특수 창고에서 가져온 오래된 진짜 벽돌로 둘러싸여 있었다. 건물의 내부 작업도 진행되고 있었다. 판은 늦은 오후에 인부들의 근무 교대 시간 동안 올리버와 베티, 그리고 그들의 건축가들 혹은 현장 감독들과 함께 건축 현장을 날마다 둘러보았다. 중앙 계단을 올라가면 네 개의 방이 있는 어떤 층의 층계참이 나왔다. 방들은 머지않아 이동 주택들처럼 고급스러워지겠지만 지금은 명확하게 구분된 한 칸, 한 칸에 불과했다. 설계도는 예전 건축물의 통풍이 잘되던 구조와 너무도 달랐다. 새로 짓는 이 집은 다양한 문들을 지나갈 수 있었고 기둥과 기둥 사이의 구멍을 통과해서 올라가고 내려가며 어디로든 가로질러 갈 수 있었다. 침실과 응접실은 예전의 집과 별로 차이가 없었지만 각각의 집에 있는 부엌과 공동 식당은 아주 컸다. 열여섯 명까지 앉을 수 있는 길고 표면이 거친 널빤지 식탁이 자리 잡게 될 공간이었다. 세네카 서커스에 있는 어떤 목수가 지금 그 식탁을 만들고 있었다.

모든 것이 숨 막히는 속도로 진행되고 있었지만 판은 올리버에게 그가 할 수 있는 한 자주 이런저런 동료나 친구와 연락을 취하는 일을 상기시켜 주려고 애썼다. 올리버가 그녀의 요구에 짜증을 내거나 퉁명스럽게 대꾸하지는 않았지만, 판은 그가 의도적으로 그들의 전화를 받지 않거나 그들의 메시지를 지워 버리는 것은 아닌지, 또 그들과 전혀 연락을 취하지 않고 있는 것은 아닌지 궁금하지 않을 수가 없었다. 그녀는 부정적인 생각을 하고 싶지 않았다. 하지만 올리버의 관점에서 보자면 레그를 찾는 이 과정을 서둘러 본들 자신에게 무슨 이득이 있겠는가? 그들이 레그를 찾아내어 이곳으로 데려오든지 아니면 그 모든 희망이 쓸모없는 것으로 판명되든지 두 가지 경우밖에 없었다. 둘 중 그 어느 쪽이든 간에 그것은 판이 그들과 함께 머물 것인지 아니면 그들을 남겨 두고 떠날 것인지 결정해야 하는 순간의 도래만 재촉할 뿐이었다. 우리가 그녀의 고생에 대해 얘기할 때, 그녀가 B-모어에 있든 자치주에 있든 또는 차터의 단란한 가정에 있든 그 어디에 있든 간에 질문의 기본 형태는 언제나 다음과 같다. 이제는 쉽게 예상할 수 있다. 판은 왜 간 걸까? 판은 왜 머물러 있지 않았을까? 판은 어떤 좋지 않은 상황을 보고 있는 걸까?

우스운 말이지만 만약 그녀가 자신의 부재에 대해 우리가 얼마나 관심을 가지게 될지 알았더라면, 그래도 그녀는 떠났을까?

징후들은 있다. 이곳 B-모어에서 가을의 태양은 거침없이 빛을 뿌린다. 우리는 모여든 군중의 기다란 그림자들을 보며 그 빛에 감사한다. 그 빛 때문에 그 어둠들이 거리를 대부분 뒤덮을 수 있고 그래서 이 거리가 그 어둠들로 충만해 보일 수 있기 때문이다. 우리의 수는 애석하게도 줄어들었다. 여전히 시끄러운 소음과 구호를 외치는 소리가 있고 예전보다 귀에 덜 거슬리는 합창곡 찬송가가 여기저기에서 터져 나오고 있다. 게시물을 올리는 것이나 쇼핑몰에서 수다를 떠는 것은 예나 지금이나 다르지 않다. 마치 색 바랜 나뭇잎들이 가지가 가느다란 나무에서 마구 휘날리듯 우리의 세포 속에 어떤 미세한 것이 자리를 잡아 가장 강렬한 색깔과 가장 강렬한 열기를 뿜어내는 것 같다. 증가하고 있는 유일한 것이라고는 그야말로 괴상한 스타일의 머리들인데 최근에 제법 자주 마주하게 된다. 그들은 이제 더 이상 머리를 깨끗하게 밀지 않는다. 다시 자란 그들의 머리카락은 소용돌이 모양 속에서 마구 뒤엉켜 혼란스럽다.

우리는 지난 주말에 이 사람들 가운데 하나를 잠깐 뒤따라가 보았다. 10대 후반이나 20대 초반으로 보이는 매력적인 아가씨였다. 살결이 희고 고운 그 아가씨는 눈도 예뻤는데 그날 무엇을 하며 시간을 보내면 좋을지 곰곰이 생각하는 듯했다. 우리는 지하 쇼핑몰에서 한 시간 가량 그녀를 뒤따라 다녀 보았다. 그곳에서 그녀는 청바지와 예쁜 티셔츠 판매대를 살펴보고 나서 싸구려 보석 가게에 들렀는데 그곳 점원과는 평소에 잘 알고 지내는 사이로 보였다. 그녀는 자신의 핸드스크린을 위해 반짝거리는 액세서리를 구입하고 나서 찻집에서 산뜻하게 차려입은 한 쌍의 커플을 만났다. 그 커플은 머리 역시 대체로 단정했다. 그들은 차와 약간의 쿠키를 먹었다. 두 여자는 남자를 놀리면서 얼마간 폭소를 터뜨리는 듯 보였다. 남자는 여자들의 놀림을 잘 받아넘겼다. 그러다가 남자가 시간을 확인하는가 싶더니 그 커플은 찻집을 나서려고 재빨리 자리에서 일어섰다. 아마도 영화를 보러 가려고 그러는 것 같았다. 커플이 함께 가자고 제안을 하는 듯했다. 하지만 그녀는 제안을 거절하며 즐거운 표정으로 그들을 얼른 쫓아 버렸다.

그녀는 먼저 자신의 핸드스크린을 한동안 들여다보았다. 이윽고 그녀는 그것을 치워 버리더니 찻집의 테이블과 쇼핑몰 통로를 구분 짓는 길을 따라 밀려가고 밀려오는 사람들의 물결을 그냥 지켜보았다. 그녀의 표정은 읽어 내기가 어려웠다. 그것은 지루해하는 표정도 아니었고 무언가를 갈망하는 표정도 아니었으며 그렇다고 흥미로워하는 표정도 아니었다. 하지만 사람들을 무연히 바라보는 바로 그 순간의 그녀에게는 우리로 하여금 어떤 생각을 하게끔 만드는 무언가가 있었다. 얼굴에는 거의 아무런 표정도 없었지만 그녀는 제법 도취되어 있었다. 우리는 그렇게 확신했다. 그것은 마치 유리컵이 물로 가득 채워져 있을 때 아무런 변화가 없는 것과 똑같았다. 물론 유리컵이 항상 똑같은 상태는 아닐 테지만.

우리도 그 순간을 알고 있다. 그것은 어떤 쇄도하는 감정에 흠뻑 빠져들었을 때의 표정, 지저분하고 무성한 곱슬머리를 싹둑 잘라 버렸을 때의 표정, 그리고 우리가 좀 더 무모하고 용기를 내서 말해 본다면 방금 막 섹스를 끝낸 표정이었다. 기본적으로 그것은 속에 있는 것을 남김없이 비워 낸 것 같은 표정이었다. 그것은 새롭고 예기치 않은 희망이 충분히 주입되어 한껏 기분이 고조된 것 같은 표정이기도 했다. 그럴 때 우리는 그런 기분에 흠뻑 젖어서 우리가 말하는 것이나 행하는 아무리 작은 것들도 운명적인 기운이 서려 있는 것처럼 여긴다. 우리는 우리의 앞길에 어슬렁거리고 있는 사람들과 연결된다. 우리는 모든 열정이 가라앉을 거라는 사실을 잊고 만다.

그 아가씨는 계산을 치르고 그곳을 나왔다. 그녀가 거리로 올라가는 승강기에 발을 들여놓자 누군가가 그녀가 들을 수 있을 정도의 큰 소리로 말했다.

"판은 어때?"

그녀는 누가 말을 했는지 몰라 몸을 돌리고 주변을 둘러보았다. 갑자기 그녀는 양심이 가슴에서 뛰쳐나와 그녀를 옥죄기라도 한 것처럼 고통스럽고 기운이 빠져 버린 모습이었다. 승강기는 그녀를 꼭대기로 올려다 놓았다. 그녀는 불안한 표정으로 주변을 재빨리 훑어보고 나서 들입다 달아났다.

누군가가 이 불쌍한 영혼을 지목한 것은 끔찍한 일이었다. 이 아가씨는 우리가 제시하지 못하고 생각해 내지도 못한 일들을 진지하게, 그리고 모두가 깜짝 놀랄 수준으로 이뤄 냈을 뿐이다. 우리는 그녀가 무언가에 쫓기고 있다는 느낌을 받으며 집으로 돌아가는 모습을 머릿속에 그려 봐야 한다. 다른 날 같으면 거실에 있는 노인들에게 밝은 표정으로 인사를 했겠지만 오늘은 그런 인사조차도 없이 두 자매와 함께 쓰고 있는 자기 방으로 올라갔다. 다행히 두 자매는 방에 있지 않았다. 그녀는 우리가 은밀한 밤에 하는 것과 똑같이 자기도 모르게 심각한 표정이 되어 머리를 쓰다듬다가 거친 손가락으로 머리칼 사이를 훑어 내린다.

그래서 우리의 판은 어떻게 됐나? 두 집 사이에 불도저가 땅을 긁어내고 자갈을 채워 넣어 만든 새로운 길 위에 서 있는 그녀의 기분은 어떨까? 인부들은 배수로를 설치하고 인도를 만들기 위한 거푸집 공사를 실시했을까? 베티는 건축가들에게 언제든지 판과 상의를 하도록 지시했다. 그녀는 거의 똑같이 차려입고 안경까지 낀 세 사람(남자 두 명과 여자 하나)에게 외부도 집의 방들만큼이나 중요하다고 힘주어 말했다. 집의 외부 공간은 조시와 쌍둥이와 그들의 사촌들과 그들의 친구들이 자신들의 가장 소중한 시기에 가장 많은 시간을 보내게 될 장소였다. 판이 설명한 대로 그곳에서 아이들은 현관 앞 층층대를 안전한 근거지로 삼고 잡기 놀이를 하거나 도로의 경계석을 사이드라인으로 삼고 온실에서 입는 누더기 작업복으로 골문을 만들어 축구를 하거나 이글거리는 여름 땡볕 아래 진이 빠져서 그냥 앉아 있기도 할 것이다. 아이들은 눈을 가늘게 뜨고 입이 바짝 마른 상태로 털털거리는 삼륜 스쿠터에 올라탄 아이스크림 장수가 지나가기를 기다릴 것이고, 스쿠터의 뒤쪽에는 맛있는 아이스크림이 가득 담긴 아이스박스가 실려 있을 것이다. 그런 행상인이 이곳 차터에는 전혀 없지만 한 명 정도는 제품을 팔러 다니도록 조치를 취할 수도 있을 것이다. 그 모든 것이 판의 눈앞에서 치밀한 각본처럼 맞추어지고 있었다. 미래의 모습이 이제 곧 현실이 되려고 하자 그녀는 적어도 새로 발견한 친척들에 대해 너그러운 시각과 마음을 가질 수 있었다. 그리고 그것은 그녀의 마음속 깊은 곳에서 무언가를 불러일으켰다. 그런 감정은 우리들 가운데 어느 누구도 억누를 수 없는 것이고 우리를 취약하게 만들 수도 있지만 우리를 영예롭게 해 주기도 한다.

하지만 판은 자기 자신이 알고 있는 것보다 더 약한 존재였을까? 올리버는 자기 동료들의 전화를 모두 받고 있었고 그들 모두에게 전화를 했다. 그리고 그는 무언가를 알고 있을지도 모르는 사람들에게 자신을 소개해 달라고 동료들에게 요구했다. 처음에는 이 레그라는 친구에 대해 무언가를 알아내는 일이 결코 만만치 않다는 것을 깨닫고 몹시 짜증이 났다. 모든 사람들의 말을 종합해 보면 레그는 지극히 평범하고 저급한 시설 근로자에 불과했다. 실험실의 어떤 친구와 통화를 하는 도중에 올리버의 불만은 급기야 폭발하고 말았다. 언짢은 기분이 오만하게 발작을 일으켜 그는 그 친구에게 좀 더 쓸모 있는 결과가 나오지 않은 것에 대해 나태하다며 쏘아붙였다. 하지만 머지않아 자신이 항상 신뢰했던 학교와 의료계 연락망의 채널이 막혀 있다는 것이 분명해지자 올리버는 흥미로움을 느꼈다. 저항이나 혼미나 막다른 골목에 부닥치면 부닥칠수록 그것은 깊은 매력으로 그의 마음에 불꽃을 일으켰다. 그 매력은 곧 그의 접근법을 바꿔놓았다. 그리하여 그는 그 문제를 단순히 날카로운 사회적 압박을 행사하거나 어떤 연결 장치를 해체해서 되는 문제가 아니라 복잡하고 특수한 일탈의 현상을 포용하는 문제로 보게 되었다. 그런 바탕 위에서 그는 자신의 연구 방법론의 힘을 적용해서 자신의 조사를 조직하기로 했다. 어떤 개념들을 조사하고 필연적인 결과를 분리해서 시험하면 그것들이 예전의 라인으로 되돌아가는지 아니면 새로운 라인을 제시하는지 알아볼 수 있을 것 같았다.

그는 이런 활동들 가운데 그 어느 것도 판에게 언급하지 않았다. 레그를 찾을 수 있는 준비된 방법이나 하다못해 임시적인 방법조차도 없이 그런 얘기를 언급하는 것은 무책임하고 더할 수 없이 잔인한 일이 될 거라는 생각이 들었다. 물론 그는 판이 그런 양질의 정보에 대해 올바른 시각을 유지하는 사람이라고 생각하고 있었지만, 함부로 그녀에게 자신의 활동을 밝히는 것은 곤란했다. 또 다른 이유는 고위 당국자를 포함해서 이 레그라는 친구가 어디에 있는지 말해 줄 수 있는 사람이 아무도 없는 상황에서, 레그라는 친구가 자신이 아시밀을 사들이는 바로 그 제약 회사의 일차적 호기심 대상이 되어 버린 게 분명하다는 사실이었다. 그가 지금 그 소년에 대해 듣고 있는 것이 사실이라면 이것은 충분히 일리가 있었다. 아시밀이 있었고 레그가 있었다. 일련의 요법들이 쏟아져 나올 수도 있었고 아무것도 없을 수도 있었다. 전자는 천문학적으로 비싸질 것이었다. 하지만 그것이 결국 더 가치 있는 것이었을까? 만약에 그가 제약 회사를 운영한다면 그는 많은 사람들을 관리하게 될 것이고, 분명 레그를 자신의 수중에 두고 싶어 할 것이었다. 그는 레그의 부모님이 C-질환으로 숨을 거두었고 레그가 독자라는 사실을 쉽게 확인할 수 있었다. 레그를 확보하게 되면 그의 체질에서 무엇이 사람들로 하여금 그가 영원히 C-질환에서 자유로울 거라고 믿게 만드는지 밝혀 낼 수 있을 것이었다. 하지만 레그가 아직 자신의 삶을 다 살지도 않았고 그에 대해 연구를 해 보지도 않고서 어떻게 그런 확신을 할 수 있겠는가. 답을 얻기 위해서 어쩌면 그를 영원히 붙잡아 두어야 할지도 몰랐다.

또다시 일주일가량이 지났다. 이제 벤치와 분수 따위의 인공적 요소는 완성되었고 인도도 마련되었다. 인도의 가장자리에는 화강암으로 경계석을 꾸몄다. 도로는 우리의 거리와 동일한 연한 회색으로 포장되었고 아주 약간만 빛을 발산하게 하기 위해 충분한 운모를 첨가했다. 어린 은행나무들을 심고 나서 그 둘레에 말뚝도 박아 두었다. 그들은 이제 두 배가 되어 버린 대지에 잔디를 많이 깔지 않기로 마음먹었다. 그 대신 그들은 인근에 사는 모든 아이들이 마음껏 뛰어놀 수 있는 커다란 운동장을 마련하기로 했다. 아이들의 수가 많지 않더라도 그 편이 좋을 것 같았다. 올리버는 거리명 게시판을 만들어

진입로 앞쪽에 서 있는 검정색 강철 가스등 기둥의 꼭대기에 붙였다. 거기에는 손으로 쓴 구식 스타일의 글자들이 돋을새김이 되어 있었는데 '베티의 거리'라고 적혀 있었다. 집의 내부도 이제 거의 다 완성되었다. 고급 가구와 가정용 기기와 전자 제품이 들여와 있었고 바닥에는 마감 칠이 되어 있었다. 모든 방은 이미 페인트칠을 했거나 벽지를 바른 상태였고 침실에는 양탄자가 깔려 있었다.

판의 방들은 욕조를 제외하고 모두 열두 개였는데 흰색으로 페인트칠이 되어 있었다. 집 안의 다른 방들처럼 베티는 그녀의 벽들과 테두리를 위해 다양한 아름답고 우아한 색채 배합을 위한 수많은 시나리오를 가지고 있었다. 페인트와 벽지, 커튼과 양탄자와 소파 덮개의 색깔들을 혼합할 수 있었다. 하지만 판은 순백색으로 꾸며 달라고 부탁했다. 그녀는 도급업자들이 서비스 종사자들의 숙소와 공중화장실에 사용한 흰색 페인트로 꾸며 주길 원했다. 그것은 오래전에 B-모어의 초기 이민자들이 몇 트럭 분량으로 배급받은 것으로 우리가 한 번도 사용을 멈춘 적이 없는 바로 그 흰색 페인트였다. 그녀는 익숙함 때문에 그것을 고르기도 했지만, 거기에는 또 다른 이유가 있었다. 아주 특이한 그 모든 색깔들을 자신이 선택한다는 것은 베티에게 자신이 감히 약속할 수 없는 자신의 미래를 암묵적으로 약속하는 것처럼 보일 수 있었다.

베티는 그런 생각을 가지고 있지 않았다. 그녀는 그저 그것이 전통적인 모습이고 깨끗하고 단순하다는 생각으로 판의 요청에 즉각 동의했다. 그녀는 심지어 거기에서 더 나아가 판의 모든 가구들을 평범한 흰색으로 칠하게 했다. 아주 약간의 회색이 섞이게 되더라도 가구들을 전체적으로 봤을 때 상반되는 색상이라는 느낌을 주지는 않을 것 같았다. 결과적으로 그녀의 판단은 전적으로 옳았다. 판은 그녀의 집에 들어와서 함께 사는 도우미였다. 판은 그녀의 믿을 수 없을 정도로 유능하고 자립심이 강한 도우미, 그녀의 사랑스러운 여동생이었다. 베티는 이제 그녀와 함께 있어도 충분히 편안해서 레그에 대해 더 많은 질문들을 던질 수 있었다. 그녀는 레그가 어떻게 생겼는지, 그가 무엇을 즐겨 먹는지, 그가 가장 좋아하는 취미는 무엇인지에 대해 이것저것 닥치는 대로 물어보았다. 그가 이곳에 도착해서 새로운 입주민이 되면 어떤 기분이 들지에 대해 미리 느낌을 얻고 싶었다. 그들은 머지않아 그녀의 침실이 될 방에 들어와 있었는데 마치 하얀 눈으로 둘러싸여 있는 것 같았다. 베티는 두 사람이 어떻게 만났는지, 그녀와 레그가 무엇을 함께하는 걸 좋아했는지에 대해서도 궁금해했다. 심지어 그녀는 친한 여자 친구라도 되는 것처럼 그가 키스를 잘하는 사람인지 아닌지와 같은 좀 더 사적인 사항들에 대해 짓궂게 물었다. 판은 그런 것들에 대해 한 번도 제대로 얘기하지 않았지만, 우리는 그녀가 베티와 함께 있는 것에 충분히 편안함을 느꼈을 거라고 상상할 수 있다. 아마도 그녀는 베티의 솔직함과 확실히 너그러운 마음에 좋은 느낌을 받았을 테니까. 그래서 그녀는 자기도 모르게 은밀한 얘기를 털어놓고 말았다. 레그가 항상 자신의 오른편에 그녀를 앉혔다는 얘기를 해 주었는데 그것은 그의 왼쪽 뺨 위에 있는 털이 난 작은 사마귀 때문이었다. 그는 판과 함께 있을 때 과할 정도로 그 사마귀에 대한 그녀의 시선을 의식했다.

"어머, 무척 다정한 사람인가 보네!"

베티가 호들갑을 떨었다. 두 사람은 곧이어 올리버에 관해 얘기하면서 깔깔거렸다. 올리버는 거울 앞을 지나칠 때마다 빼먹지 않고 자신의 이두박근이나 복근의 상태를 슬쩍 살펴보는 버릇이 생겼다. 그는 새로 시작한 역기 운동과 수영으로 다부진 몸매를 갖게 되었다. 그는 조시를 첫 수영 강습에 데려다 주고 나서 수영을 다시 시작했다. 조시가 강습을 받는 동안 그는 왕복 수영을 해 보기로 마음먹었다. 베티는 올리버와 항상 붙어 있는 것이 얼마나 힘든지 모른다고 판에게 말했다. 그의 몇 가지 습관과 특성을 다시금 깨닫게 되었고 그의 은밀한 자만심, 그가 시큼한 젤리와 아이스커피에 중독되었음을 알게 되었다고 했다. 그는 병원과 실험실에서 일하는 동안 꾸준하게 그런 간식들을 먹고 마셨던 모양인데, 지금은 꽤 줄인 것 같지만 진실은 알 수 없다고 말했다.

"그것은 당신한테도 좋은 일 같은데요."

판이 말했다.

"눈치챘구나."

베티가 미소를 지으며 말했다.

"그냥 좋은 게 아니라 황홀하지. 아마도 너는 내가 그를 리웨이라고 부르는 것이 이상하다고 생각할 거야. 하지만 내게는 모든 것이 다르게 느껴져. 그는 아직도 하나부터 열까지 올리버야. 나는 알아. 하지만 이제 그는 조시와 시간을 보내고 있고 날마다 쌍둥이를 목욕시켜 주고 싶어 해. 학교를 졸업하고 나서 처음인 것 같은데 요즘 우리는 밤에 침대에서 함께 영화를 보고 있어. 팝콘과 와인을 먹고 마시면서 말이야. 내 말이 무슨 뜻인지 알지 모르겠는데 우리는 이제 그리 많은 얘기를 나눌 필요조차도 없어."

눈을 반짝이며 그녀가 말했다.

"우리는 즐거운 시간을 보내고 있어. 미칠 정도로 즐거워. 약간의 진정한 기쁨도 누리고 있고. 우리는 아직 많이 다투고 있고 그 사람은 모든 일을 수십 번이나 깊게 생각하는 통에 나를 미치게 만들어. 하지만 나는 그런 것들이 오늘의 우리를 있게 만들었다고 생각해. 그렇지? 이곳은 정말로 우리가 있어야 할 바로 그 장소야."

판은 이의를 제기하지 않았다. 그리고 베티가 했던 말이 모두 진심이었는지 아니면 그녀의 바람에 더 가까웠는지 판단하려 애쓰지 않았다. 그런 것은 중요하지 않았다. 우리가 이미 알고 있듯이 '오늘의 우리'가 가장 중요하기 때문에. 우리가 그곳에 속해 있다고 믿든 그렇지 않다고 믿든 지금 서 있는 자리에서 우리는 갇혀 있거나 구속된 느낌을 받지 않기 위해 최선을 다할 것이다. 그리고 우리의 두려움을 그저 달래 주는 길들을 선택할 것이다. 이 기준에 따르면 베티는 살아 있었으며, 그녀의 리웨이도 마찬가지였다. 판은 이제 마침내 레그의 행방이 가까운 시일 안에 드러날 수 있을 거라는 생각이 들었다. 그녀 역시 인간일 뿐이라는 사실을 우리는 늘 기억해야 한다. 그녀는 사랑하는 사람을 잃어버린 소녀에 불과했다. 지난 몇 달 동안 그녀가 견뎌야 했던 혹독한 시련들이 그녀의 열망을 더욱 강하게 만들었다면, 이제 베티 거리의 안락함과 상대적인 고요함 속에서 그 아픔은 꾸준하게 똬리를 풀면서 꿈틀거리기 시작했다.

프로젝트가 거의 완성 단계로 접어들면서 그들이 관리해야 할 것들도 그 양이 훨씬 줄어들었다. 그들은 낮 시간 동안 짧게 나들이를 다녀오곤 했다. 정오가 막 지나서 조시가 유아원에서 돌아왔을 때, 그들 모두는 청 씨 부부의 버스 같은 새 승합차에 올라타고 시내로 나갔다. 점심을 먹고 쇼핑을 하고 어린이 박물관이나 동물원에 들렀다가 새로 가입한 그들의 피트니스 클럽으로 향했다. 그곳에서 올리버와 조시가 모든 것을 갖춘 실내 수영장에서 수영을 하는 동안 판은 데크에서 도우미 하나와 쌍둥이를 돌보아 주었다. 끈에 묶여 있는 아기들은 물이 찰랑거리는 소리를 무척 좋아했다. 수영장과 붙어 있는 방에는 여러 대의 러닝머신이 설치되어 있었다. 그 방은 허리 높이의 벽으로 되어 있어 부모들이 수영을 하는 자기 자식들을 그 안에서 훤히 지켜볼 수 있었다. 베티는 러닝머신에 올라가 자신이 좋아하는 몇 개의 저녁 프로그램을 시청하면서 천천히 걸었다.

이것이 어느 토요일 오후, 그들의 모습이었다. 판은 쌍둥이 가운데 하나의 눈앞에 딸랑이를 앞뒤로 흔들어 대고 있었고 '피나'라는 이름의 도우미는 다른 아기를 돌봐 주고 있었다. 조시는 가장 가까이에 있는 레인에서 다소 광적으로 물장구를 치면서 수영 강사를 향해 나아갔다. 올리버는 저쪽 멀리 떨어진 레인에서 왕복 수영을 하고 있었다. 그때 운동복 차림에 수영모를 쓰고 이마에 물안경을 매단 여러 무리의 남자들이 데크로 걸어 나왔다. 그 사람들 속에 비크 우펜드라가 끼어 있었다. 등을 돌리고 있었지만 판은 그를 한눈에 알아보았다. 유달리 긴 팔다리와 몸을 풀기 위해 팔을 거칠게 흔들어 대는 모습이 다른 사람들과 확실히 달랐다. 보아하니 그들은 수영을 배우고 있는 것 같았다. 계절별 클럽 리그 수영 대회가 있었는데 이번에 개최되는 것은 마흔 살 미만 남자들을 위한 가을 대회였다. 그때 베티도 그를 발견했다. 그녀는 러닝머신에 붙어 있는 화면을 더 이상 바라보지 않았다. 비크가 마침내 몸을 돌려 베티를 바라보았 때, 판은 그의 얼굴에서 순간적으로 움찔하는 모습을 볼 수 있었다. 흡사 그것은 수영장에 갈 생각에 하루 종일 신이 나 있던 꼬마가 막상 도착했을 때 물이 다 빠져 버린 수영장을 발견한 모습이었다. 높게 뻗어 올린 두 팔을 천천히 아래로 떨어뜨리고 나서 그는 그녀를 향해 걸어가기 시작했다. 그의 시선은 그녀에게 고정되어 있었다. 하지만 그녀는 보일 듯 말 듯 고개를 가로저으며 그와 시선을 맞추고 싶지 않아 자신의 화면을 내려다보았다. 하지만 비크는 그녀의 앞으로 곧장 다가가 멈춰 섰다. 판은 실내 수영장의 소음과 러닝머신들의 윙윙거리는 소리 때문에 그의 말소리를 들을 수는 없었지만 그가 무수한 말을 쏟아 내는 것을 보고 그가 아직도 그녀를 사랑하고 있다는 것과 그녀가 그에 상응하는 호감을 표시하지 않으려고 무진장 애쓰고 있다는 것을 분명히 알 수 있었다.

수영장의 저쪽 편에서 올리버는 아직도 수영에 열중하고 있었다. 그는 여러 차례 더 왕복수영을 하느라 물속에 고개를 처박고 있었지만 이내 성인 수영반 신입생들이 한자리에 모여 있는 것을 보았다. 그는 방향을 틀지 않았다. 대신 벽에 달라붙은 채로 검정색 물안경을 벗지 않고 있었다. 그의 시선은 비크와 자신의 아내에게 즉각 고정되었다. 그는 그냥 두 사람이 대화를 나누는 모습, 아니 정확히 말해서 비크가 얘기를 하는 모습을 지켜보았다. 그가 할 수 있는 것은 그것뿐이었다. 마침내 베티가 이제 이런 짓은 제발 그만두라고 애원하자 비크는 오갈 데 없는 자신의 신세를 깨닫고 기세가 수그러들었다. 그는 수영장 가까이에 있는 판에게 걸어갔다.

"어떻게 지내?"

그가 물었다. 그의 얼굴에서 즐거운 표정은 이미 산산이 부서져 있었다.

"전 좋아요."

판이 대꾸했다. 그녀는 가슴이 무거웠다.

"당신도 그렇게 되길 빌어요."

"고마워."

그는 그렇게 대꾸하고 나서 위엄 있고 신중한 모습으로 저쪽 끝으로 천천히 걸어갔다. 레인에 이르렀을 때 그는 물안경을 쓰고 물속으로 풍덩 뛰어들었다. 그는 자유형으로 레인의 끝을 향해 부드럽게 헤엄쳐 갔다. 옆 레인의 끝에 올리버가 쉬고 있었다. 그곳에 이르렀을 때, 비크는 멈추거나 속도를 늦추지 않고 몸을 홱 뒤집으면서 힘차게 벽을 차서 멀어졌다. 올리버는 즉시 헤엄을 치기 시작하더니 자신의 레인에서 그를 뒤따라가 거의 따라잡았다. 그러고 나서 그들은 서로 속도를 맞추어 나머지를 헤엄쳤다. 두 사람은 같은 속도로 헤엄쳤다. 그들은 나란히 가고 싶어 하는 것 같기도 했고, 서로를 쳐다보는 것이 그들의 힘을 북돋워 주는 것 같기도 했다.

거의 끝에 이르렀을 때, 올리버는 레인 분리선 밑으로 헤엄쳐 가서 비크의 레인으로 들어갔다. 두 사람 모두 몸을 홱 뒤집어 다시 방향을 틀었을 때, 그들은 여전히 막상막하의 경기를 펼치고 있었고 이전보다 훨씬 더 빠른 속도였다. 같은 레인에서 경기를 펼치는 두 사람의 소란과 그 광경이 이제 수영장의 모든 시선을 끌고 있었다. 사람들은 그들이 헤엄치는 것을 지켜보기 위해 사방에서 모여들고 있었다. 그 두 사람을 좀 더 잘 보기 위해 서로의 어깨 너머로 몸을 기울이는 사람들 중에는 판과 도우미 피나도 끼어 있었다. 몸이 긴 사람과 짧은 사람이 미끄러지듯 나아가고 있었다. 두 사람의 팔은 가끔 뒤엉키기도 했고 상대의 어깨나 수영모를 치기도 했다. 두 개의 몸통은 서로 부딪치다가 어떨 때는 상대를 분리선 쪽으로 밀쳐 내어 가끔 몸이 그 분리선에 걸리기도 했다. 이겨야만 하는 경기가 펼쳐지고 있었지만 두 사람 중 어느 누구도 몇 미터짜리 경기인지 알지 못했다. 그들은 그냥 무작정 거리를 먹어 치우고 있었다. 그러다가 결국 몸이 더 길고 지난 여러 해 동안 수영을 해서 몸매가 더 좋은 비크가 치고 나가기 시작했다. 처음에는 자신의 몸길이만큼 치고 나가더니 조금 지나자 두 사람의 거리 차이는 몸길이의 두 배가 되고 세 배가 되었다. 그러더니 결국 그것은 더 이상 경기가 되지 않았다. 비크는 몸을 뒤집으며 방향을 틀어 낙오한 올리버를 멀찍이 따돌렸다. 그는 저쪽 벽까지 헤엄쳐 가서 또다시 몸을 뒤집어 방향을 틀었다. 누가 보더라도 그는 상대를 한 바퀴 이상 앞지르기 위해 분투하고 있었다.

이 시점이 되자 베티는 올리버에게 그만 멈추고 물에서 나오라고 소리치고 있었다. 올리버는 비크가 바짝 다가오는 것을 보고 미친 듯이 발길질을 해 댔다. 제 딴에는 추진력을 얻으려고 하는 것 같았지만 그의 발길질에 비크가 코를 얻어맞았다. 곧바로 코피가 쏟아졌다. 구경꾼들 사이에서 폭소가 터져 나왔다. 두 사람은 이제 분홍빛 물속에서 걷고 있었다. 비크는 자신의 얼굴을 치켜들고 피가 흘러내리는 것을 보더니 올리버에게 달려들었다. 이제 모여든 사람들이 소리를 질렀다. 베티는 비명을 질러 댔다. 몇몇 구경꾼은 너무 흥분한 나머지 앞으로 다가가거나 물속에 자발적으로 뛰어들었다. 뒤에서 떠밀려 물에 뛰어든 사람도 있었다. 안전 요원들과 몇몇 수영 팀 사람들이 이미 물속에 뛰어들어 비크와 올리버를 떼어 놓고 있었다.

판은 덩치가 큰 사람들이 시야를 가로막고 있어서 더 이상 볼 수가 없었지만 그녀는 서로 밀치락달치락하는 사람들 속에서 피나를 발견했다. 아니, 핀을 꽂은 피나의 검은 머리카락을 보았다고 해야 옳을지도 모르겠다. 그녀의 머리통은 수면 밑으로 30센티미터쯤 들어가 둥둥 떠 있었고, 그녀의 두 팔은 옆으로 쭉 펼쳐진 상태였다. 판은 물속으로 뛰어들어 바닥에 쪼그리고 앉았다가 두 다리를 힘차게 뻗으며 그녀의 두 팔을 잡고 솟구쳐 올랐다. 토실토실하게 살이 찐 피나는 판이 생각했던 것보다 훨씬 더 무거웠다. 데크에 있던 몇 사람이 피나를 물 밖으로 끌어내자 안전 요원이 달려와 그녀에게 응급조치를 취했다. 판은 물에서 나오지 않고 수영장 사다리에서 숨을 고르며 그 모습을 지켜보았다. 다행히 안전 요원의 조치 덕분에 피나는 기침을 하면서 먹은 물을 토해 냈다. 불과 몇 초 동안만 물속에 빠졌었기 때문에 곧 그녀는 다시 숨을 쉬기 시작했다.

판은 재빨리 물 밖으로 기어 나왔다. 정신을 못 차리고 잠시 허둥거리다가 쌍둥이가 비록 울음을 터뜨리긴 했어도 여전히 자신들의 그네 의자에 안전에게 앉아 있는 것을 확인했다. 몸이 흠뻑 젖은 상태라서 아기들을 의자에서 안아 들 수는 없었다. 그녀의 헐렁한 운동복 바지와 티셔츠는 이제 그녀의 몸에 착 달라붙어 있었다. 그때 그녀는 수영장의 저쪽 끝에서 완전히 기진맥진해져 수건으로 몸을 감싼 올리버를 베티가 껴안고 있는 모습을 보았다. 베티는 그에게 거칠게 속삭이고 있었다. 어쩌면 애원을 하고 있는 것 같기도 했다. 판은 그가 그녀의 말에 귀를 기울이고 있는지 알 수 없었다. 그녀가 알 수 있었던 거라고는 당장 죽을 것 같은 눈빛으로 그가 판을 멍하니 바라보고 있다는 사실뿐이었다. 뭔가 텅 빈 것 같은 느낌이 들어 판은 본능적으로 젖은 옷을 자신의 배에서 떼어 냈다.

# 26

물고기를 보라.

우리 B-모어에서 최상품들이다. 빛을 발하는 맑은 눈을 보라. 얼음 위에서도 비늘들은 타일처럼 서로 딱 붙어 있다. 지느러미의 끝이 부러지지도 잘려 나가지도 않았다. 아가미를 앞으로 까뒤집어 아주 진한 선홍빛을 보라. 팔팔하고 살이 많은 몸에서 피가 뜨겁게 뿜어져 나오는 것 같다. 입은 굳게 닫혀 있지만 찡그린 표정은 아니다. 대신 그것은 잠잠한 턱으로 이렇게 말한다.

우리는 아무 이상도 없어요.

우리를 잡아먹어 주세요.

우리는 선택될 준비가 되어 있어요.

그들을 고르면 후회가 없고 루머는 종지부를 찍게 된다. 우리 물고기의 건강 상태에 대한 지난 몇 달 동안의 불안감은 이제 거의 남아 있지 않다. 두려움을 가장 많이 느끼는 일부 지역에서 그런 불안감의 흔적만 찾아볼 수 있을 뿐이다. 그 지역의 아파트와 빌라에 사는 사람들은 음식 한 조각까지 분석하고 먹는 이들로, 약간 맛을 보다가 두 번 다시 입에 대지 않았다. 하지만 나머지 지역의 사람들은 협회 전역의 물고기 가게로 되돌아왔다. 그들은 예전처럼 가게 앞에 줄을 섰고 포기를 모르는 차터의 치밀함으로 자신들이 보기에 가장 밝고 가장 좋고 가장 깨끗한 물고기들을 골랐다. 그들은 괜찮은 물고기를 가려내고 분석하는 자신들의 능력을 절대적으로 신뢰한다. 그들이 살고 있는 곳이 어떤 곳인지를 감안하면 그럴 수밖에 없을 것이다. 그들은 자신들을 전적으로 믿고 있다. 우리의 물고기들이 타의 추종을 불허하는 품질을 가지고 있고 크기와 생김새가 거의 동일하며 그것들 중에서 더 좋은 것을 고르려 애쓰는 일이 불가능할 만큼 (물론 아예 불가능한 것은 아니겠지만) 우리가 열심히 키우고 있다는 사실 따위는 그들에게 중요하지 않다. 그들은 꼼꼼하게 고른다. 마치 보석을 구입하듯 그들은 진열된 물고기들을 찬찬히 살핀다. B-모어의 특별 할인 판매 때처럼 서로 밀치락달치락하는 사람들은 없지만 누군가가 자기 것을 고르게 되면 그 물고기는 어느 누구도 넘볼 수 없다. 그래서 그들은 다음번에는 그곳에 약간 더 일찍 도착하지 않을 수 없다.

일등급 상품의 킬로그램당 가격이 다시 치솟으면서 거의 마지막 호황기 당시의 기록적인 수준에까지 이르렀다. 마지막 호황기 당시에는 자기 접시 위에 살코기 없이 이틀 이상 버틸 수 있는 차터 주민은 아무도 없는 듯 보였다. 시설의 모든 수조는 치어들부터 통통하게

다 자란 놈들에 이르기까지 각 단계별로 다시 가득 채워졌다. 재배 시설의 콘크리트 바닥은 24시간 돌아가는 여과용 펌프의 끊임없는 진동 때문에 서 있으면 발바닥이 간지러웠다. 공기는 텁텁해졌고 폐수를 재처리한 양질의 물이 방울방울 모종판으로 떨어져 습기가 찼다. 식물들은 예전처럼 무성하게 자라기 시작했다. 동료가 건너편에서 잡초 뽑는 모습을 볼 새도 없다. 장갑을 낀 그의 손이 식물의 줄기를 스치는 소리만 귓가를 스칠 뿐이다.

이 모든 무성한 식물들 속에는 한편으로는 역겹고 또 한편으로는 달콤해서 매력적인 향기가 있다. 희미한 부패의 냄새와 새 생명의 냄새가 한데 뒤섞여 지붕으로 흘러나간다. 시설을 둘러싸고 있는 B-모어의 가정들은 몸에 좋은 것이라면 이것저것 닥치는 대로 배를 채우고 싶은 원초적 허기를 느끼게 된다. 이제 그들의 전등불은 새롭게 생겨난 욕구를 채우기 위해 아주 이른 새벽까지 켜져 있는 것일까?

우리들 가운데 나머지 사람들은 우리의 길을 스쳐 지나가는 그런 냄새를 맡지 못한다. 하지만 우리는 쇼핑몰을 찾는 무리 속에 있다. 다른 모든 사람들처럼 우리의 하루를 하찮게 마무리하지만 자기도 모르게 다수의 힘에 이끌리고 있다는 느낌을 받는다. 여기에 어떤 특별함이나 장엄함은 없다. 초기 이민자들이 자신들을 세운 뒤로 지금껏 특이한 일은 전혀 없었다. 그들의 후손들은 근무일이든 휴무일이든, 집 안에서든 공원에서든 우리가 해야 할 일을 하고 있다. 우리는 그저 미래의 행복을 위해 최선을 다해 살아갈 뿐이다.

아무도 미래를 모른다. 그래서 우리는 저녁의 한기가 우리를 집 안으로 몰아넣기 전까지 현관 앞 층층대에서 이런저런 잡담을 나눈다. 일반적인 규정을 어기고 자치주 행상인들의 값싼 노동력을 이용해서 자신이 디자인한 패션 슬리퍼를 다락방에서 만들려고 했던 이웃 블록의 여자에 대해 얘기를 나누거나 밤에 아무것도 걸치지 않고 공원의 가장 큰 나무들 중 하나에 올라가 앉아 있다가 붙잡힌 남자에 대해서도 얘기를 나눈다. 그 남자는 별을 좀 더 잘 보고 싶어서 나무에 올라갔다고 털어놓았다. 우리는 얘기를 나누면서 서로 놀리기도 하고 깔깔거리기도 한다. 예전처럼 거친 목소리로 으르렁거리지는 않지만 우리 정착지의 상황을 두고 언쟁을 벌이기까지 한다. 우리는 얘기를 나누고 서로 작별 인사를 하고 때가 되면 집으로 들어간다.

이제 다시 걱정할 일이 무엇이 있을까? 이렇게 비교적 조용한 분위기에서, 당국이나 어떤 다른 단체가 최근의 몇몇 실망스러운 조치를 뒤집었는지 우리는 확신할 수 없다. 그러한 조치들 가운데 가장 유명한 것은 병원 방문에 대한 제한이다. 현실을 감안했을 때 당연히 그래야 하겠지만 그것은 지금도 여전히 제한적이다. 하지만 전보다는 합리적인 빈도로 이루어지고 있다. 이 외에도 2퍼센트까지로 되어 있는 차터 승급 자격과 우리의 훌륭한 농산물과 물고기의 가격 책정 문제처럼 날마다 변하는 자질구레한 일들이 있다. 학교들이 아이들의 점심 도시락을 준비하는 문제에 있어 원산지가 모호하거나 이름도 없는 공급업자의 브로콜리와 감자를 쓸 바에야 우리 B-모어의 상품을 사용하자는 얘기도 있는데 지켜볼 일이다.

최근에는 전례가 없는 일련의 새로운 공공사업도 있었다. 이는 지역의 상태를 양호하게 유지하자는 명목으로 벌이는 공공사업인데 최근에 은퇴한 사람들과 직장이 없는 젊은이들을 상당히 괜찮은 보수를 주고 고용했다. 고용된 사람들은 거리와 인도를 청소하고 공원에서 관목을 다듬고 빛이 바랬거나 낙서가 되어 있는 건물이나 벽을 박박 문질러 닦고 나서 페인트칠을 하는 등의 일을 한다. 또한 우리의 지역을 보다 번듯하게 보이도록 만들기 위한 수백 가지의 다른 잡다한 프로젝트에 투입되었다. 여러분은 그들이 여덟 명이나 열 명씩 무리 지어 국수와 케밥 가판대 근처의 피크닉 테이블에 앉아 간식 시간을 즐기고 있는 모습을 볼 수 있다. 그들은 모두 아스파라거스색 점프 수트에 연한 녹색 모자 차림이다. 젊은 친구 하나는 멋을 내느라 모자를 옆으로 삐딱하게 쓰고 있다. 서로 모르는 사이라서 그들은 먹을 때 말을 별로 하지 않지만 적어도 가벼운 농담을 하거나 편한 마음으로 이런저런 음식을 나눠먹는다. 함께 일을 하고 있다는 사실 때문에 그들은 서로에게 친밀감을 느낀다. 일을 하는 동안 그들은 친해져서 자신들이 하나라는 것을 깨닫게 된다.

이 모든 것들, 즉 사건들과 프로젝트들과 승급 문제들을 종합해 보면 그것들이 지금의 B-모어를—누가 보더라도 지나간 듯 보이는—이 소란의 시기 이전의 B-모어로 되돌리고 있다고 말해야 할 것이다. 이전 B-모어에서의 전형적인 생활 습관을 다시금 형성해 내고 있는 것이다. 소란이 벌어졌을 때 그것은 억누를 수 없을 정도로 생생했고 마치 매혹적인 꿈과 같았다. 하지만 지금은 꿈의 상세한 내용은 물론이고 꿈을 꿨다는 사실 자체조차 기억해 내기가 거의 불가능하다. 우리가 깨지 않고 잠을 잤다는 것은 그냥 느낌일 뿐이다. 우리는 밤새도록 휴식을 취했다. 물론 우리가 공허 속에서 차분하게 여행하지 않았다는 것을 알아야 하는 사람들이 있다. 우리 가운에 일부는 아직도 거리를 가득 메우는 노래의 리듬에 맞추어 손가락을 톡톡 두드린다. 아무도 우리의 마음속에 있는 표시판의 모양을 볼 수 없을 때 그것을 볼 수 있다. 이제 그 표시판은 깨끗한 새 페인트로 여러 겹 칠해져 있다. 결코 흔히 일어나는 일은 아니지만 누군가는 식당이나 찻집에서 자리에서 일어서거나 영화관에서 줄을 서 있다가 물러나 반쯤 벌린 두 팔로 행복한 무리를 마주하면서 아무런 설명도 없이 모두에게 다음과 같이 말한다.

"그러니까 이게 뭐야?"

"이게 뭐냐고?"

"이게 뭐야?"

당연히 아무도 그녀를 인정하지 않을 것이다. 모든 사람은 벽이 된다. 방에 홀로 있는 사람은 다시 자리에 앉는다. 행동과 순간은 지나가 버린다.

하지만 우리들 가운데 일부는 아주 위험한 땅의 스파이들처럼 어떤 시선과 마주칠 것이다. 그렇게 되면 그런 인식은 가장 경계심이 많은 눈을 누그러뜨릴 수 있고 우리가 판에 대해 알고 있는 모든 것을 보고하기 위해 우리로 하여금 모든 종류의 표기법, 심지어 보다 더 희한한 이야기와 소문까지 다시 교환하고 싶게 만든다. 판이 이제 우리에 대해 좀 더 잘 들을 수 있다는 것을 우리는 알고 있다. 우리가 그녀를 도울 수 있다거나 그녀에게 더 많은 용기를 줄 수 있다는 말은 아니다. 우리는 단지 그녀가 우리가 이곳에 있다는 사실을 알기를 바란다. 이 점에서 그녀는 우리를 무시할 수 없다.

판에게는 자신의 앞에 놓여 있는 모든 것을 제쳐 둔다는 사실이 중요했다. 피트니스 센터 수영장에서 한바탕 실랑이를 벌이고 나서 그들 모두는 베티의 거리로 돌아갔다. 새로운 가정에서는 어떤 고조된 분위기가 있었다. 이것은 그들이 이동 주택에서 새 집들 가운데 하나로 들어가는 것과 동시에 생겨났다. 그들 모두가 거대한 부엌 식탁에서 아침 식사를 먹게 되자 올리버와 베티 사이에는 아무런 문제도 없는 듯 보였다. 그런 상태는 적어도 조시나 다른 누군가가 어떤 순진한 언급을 하거나 아무 말도 하지 않았을 때까지 이어졌다. 하지만 올리버는 갑자기 자리에서 불쑥 일어나 자신의 서재로 들어가 버리곤 했다. 몇 초 동안 아무런 일도 일어나지 않다가 베티는 그를 뒤따라갔다. 집의 꼭대기에서 바닥에 이르기까지 수직의 축처럼 만들어진 중앙 계단 때문에 사람들은 서로에게 거칠게 퍼붓는 소리를 서재의 닫힌 문 밖에서도 들을 수가 있었다. 주로 올리버가 감정을 상한 쪽이었고 베티가 후회하는 쪽이었다. 하지만 종종 중간에 그들의 역할은 서로 바뀌었다가 다시 본래의 역할로 되돌아갔다. 물론 조시와 아기들은 그런 것에 신경을 거의 쓰지 않거나 전혀 쓰지 않았다. 그들은 화면과 장난감에 푹 빠져 있었고 도우미들은 그들이 밥을 먹도록 구슬리려고 자기들 나름대로 최선을 다하고 있었다.

곧 올리버와 베티는 두 사람 모두 약간 상처를 입은 모습으로 식탁으로 되돌아와서 자기들이 하고 있었던 일을 다시 시작하곤 했다. 주로 올리버는 시장을 점검했고 베티는 그날 해야 할 일의 목록을 살펴보았다. 거기에는 부모들에게 전화를 하는 일도 포함되어 있었다. 그녀의 부모는 아직 이사를 들어오지 않고 있었는데 그것은 그들이 다른 연로한 차터 사람들과 30일짜리 크루즈 여행을 떠났기 때문이었다. 이번 여행은 남미 최남단의 케이프혼이 목적지였다. 그들은 이틀에 한 번씩 로그인을 해서 조시와 아기들에게 손을 흔들고 키스를 날려 보냈다. 그들은 그들 전용실의 거센 바람이 몰아치는 발코니에서 그런 행동을 하곤 했다. 그것을 제외하면 외부 세계로부터의 습격은 거의 없었다. 올리버와 베티의 이런 패턴은 날마다 반복되었다. 기분의 상승과 하강이 반복되다가 어느 날 아침, 베티는 그를 뒤따라가지 않았고 그는 적어도 설거지를 마칠 때까지 되돌아오지 않았다. 누그러진 긴장과 서로에 대한 그들의 무심한 시선은 분명히 새로운 단계를 나타내는 것이었다. 하지만 보다 정돈된 이 상태는 마음의 문제에서 대부분의 협상이 그러하듯 다소 불안감을 야기하기도 했다. 판은 그들의 결혼 생활이 위기에 빠진 게 아니라면 어떤 다른 요소가 그들 사이에 끼어든 것은 아닐지 의심했다. 행복에 대한 그들의 갈망은 그 주변의 빠르게 성장하는 완충물에 영양을 공급하여 거의 눈에 띄지 않았다. 판은 아직 많이 어렸고 레그에 대한 그녀의 사랑은 아직 순수했다. 그녀가 스스로 곰곰이 생각해 보도록 만드는 것이 딱 하나 있었는데 그것은 그가 사라지기 전날 밤에 그녀가 지금 처한 상황을 과감히 불러들이기로 마음먹은 일이었다. 그렇다. 그것은 젊은이의 첫 번째 열정이었다. 레그가 바보처럼 흥얼거리듯 그들은 산불처럼 활활 타오르고 있었다. 하지만 사실 판은 자신이 사랑하는 레그의 일부를 영원히 받아들이기 위해 그 순간 냉정한 결정을 내렸다. 그녀는 레그가 자신의 그런 행동을 원하든 원치 않든 개의치 않았다. 그녀는 왜 그랬을까? 그들의 미래를 위협하는 것은 아무것도 없었다. 우리는 그녀가 그에게 걱정하지 말라고 말한 것이 사랑, 오직 사랑에서 비롯되었다고 확신하고 있다. 만약 그와 함께하는 데에 어떤 이차적인 이유가 있다면 그것은 아마도 그녀가 자신을 그에게 그저 보여 주고 그리하여 자기가 했던 일을 그에게 말할 수 있을 거라는 그녀의 희망일 것이다.

어느 날 올리버는 같은 마을에 사는 유명인 친구를 만나고 돌아오면서 가까운 시일 안에 레그를 찾을 수 있을지도 모르겠다고 판과 베티에게 말했다. 돌파구가 되는 단서가 있었다. 레그는 사실 B-모어에서 아주 가까운 당국의 조사 시설에서 조사를 받고 있었다. 그는 판에게 레그가 조사를 받는 까닭을 아느냐고 물었다. 물론 판으로서는 알 수가 없었다. 그녀는 정말이지 그 문제에 대해 알 수 없었고 어쩌면 레그에 대해 잘 알지 못하는지도 몰랐다. 그녀에게 레그는 특별했지만 사실이 그랬다. 어쨌든 올리버는 낙관적이었다. 그는 제약 회사가 그들을 위해 당국에 어떤 압력을 넣고 있는지를 설명했다. 당국의 몇몇 사람들에게 제약 회사가 상당한 영향력을 행사함으로써 레그가 당장 풀려나지는 못하더라도 외부인과 면회는 할 수 있도록 노력 중이라고 말했다.

베티는 판만큼이나 흥분하면서 이 소식을 받아들였다. 그녀는 마치 친언니라도 되는 것처럼 면회에 입고 갈 적당한 옷을 찾아보기 위해 마을에 있는 양품점으로 이튿날 당장 판을 데려갔다. 하지만 캐시 양과 달리 베티는 판이 무엇을 입어야 하는지 미리 생각해 둔 것이 없었다. 그녀는 유명 디자이너의 청바지와 블라우스부터 깔끔한 파티용 드레스 같은 세련된 옷에 이르기까지 여자 점원들이 판에게 입히려고 꺼내 온 옷들을 보며 환호성을 지르다가 그것들이 남자 친구와의 재회에 적당하다고 생각되지 않으면 판의 의견을 물어 퇴짜를 놓았다. 그들은 레그를 막상 대하게 되었을 때 각각의 옷이 그에게 어떤 첫인상을 주게 될지 떠올리려 애썼다. 팔과 어깨를 드러낸 샛노란 여름용 드레스는 "난 정말 행복해!"라고 선언하는 느낌을 줄 것 같았고 무릎까지 내려오는 캐시미어 스웨터 드레스는 "저는 당신을 갈망해 왔어요."라는 느낌을 줄 것 같았다. 또 좀 더 격식을 차린 레이스 달린 흰색 가운은 "우리는 두 번 다시 헤어지지 않을 거예요." 라고 말하는 것 같았다. 판은 몸에 꼭 맞는 옷은 싫어한다고 말하고는 새 옷을 보여 줄 때마다 헐렁하고 편안한 치수가 있는지 잊지 않고 물어보았다. 옷을 고르는 일은 정말 재미있었다. 판은 옷을 갈아입고 커튼 뒤에서 튀어나오면서 베티와 함께 깔깔거렸다. 하지만 결국 그녀는 자신에게 가장 편안한 옷으로 골랐다. 운동용 상하의 한 세트와 지퍼가 달린 재킷이었는데 둘 다 광택이 나지 않는 검정색이었다.

"정말 멋져 보여."

눈썹을 살짝 치켜 올리면서 베티가 말했다.

"아주 미끈해. 하지만 너무 어둡고 진지해 보이지 않을까?"

판은 레그한테 지금껏 가장 많이 보여 준 옷, 그러니까 자신이 수조에서 막 기어 나왔을 때 입고 있었던 옷과 가장 비슷한 옷 같아서 골랐다고 설명했다.

"아, 그렇구나. 알았어."

베티는 고개를 끄덕였다.

"남자 친구한테 편안한 느낌을 주고 싶은 거구나."

"그래요."

베티의 말이 정확히 옳지는 않았지만 판은 그렇게 대꾸했다. 사실 그녀는 레그가 자기를 보는 순간 '아, 나의 판이 왔구나.'라고 생각해 주기를 바랐다.

두 사람은 저마다 끈이 없는 검정색 운동화를 한 켤레씩 골랐다. 베티는 판과 같은 종류의 옷을 자기 치수에 맞게 사기로 마음먹었다. 그런 다음 그들은 베티의 사물함을 비우기 위해 피트니스 센터에 잠시 들렀다. 청 씨 부부는 클럽을 그만두기로 했다. 그들은 벌어진 일을 탓하지 보다 그냥 좋지 않은 기억으로 넘겨 버리기로 마음먹었다. 다른 클럽에 등록할 생각도 없었다. 자신들에게 주어진 새로운 공간을 감안해서 그들은 대신 이제 두 집 중 하나의 지하실에 수영장을 설치하기로 계획을 세웠다.

"리웨이는 역기들과 유산소 운동 기구들이 완벽하게 갖춰진 체육관을 원해."

베티가 자신의 사물함에 붙어 있는 숫자 조합 자물쇠를 만지작거리며 말했다.

"게다가 날씨가 안 좋을 때 아이들이 뛰어놀 수 있는 놀이방도 생각하고 있어."

"아이들이 좋아하겠네요."

판이 말했다.

"그럴 거야. 모든 일이 계획대로 진행되기만 한다면. 건축가가 설계도를 그리고 있는 중이야. 하지만 나는 자꾸 걱정돼. 우리는 필요한 돈을 가지게 되겠지만 그건 어디까지나 거래가 성사될 때의 얘기지. 지난달에 우리가 얼마나 썼는지는 오직 하나님과 나만 알고 있어! 우리가 가진 돈보다 몇 배는 더 들어간 게 확실해. 거래가 성사되지 않을 이유가 없지만 내가 리웨이한테 언제 거래가 성사되는 거냐고 물을 때마다 그 사람은 변호사들이 문제라는 말만 해. 그놈의 변호사 타령만 한다니까! 아주 세부적인 사항들을 두고 계속 실랑이를 벌이고 있대."

판은 리웨이가 그 문제에 대해 불평하는 소리를 들은 적이 있다고 말했다.

"하지만 어제 내가 뭘 했는지 알아?"

베티가 말했다.

"나는 생각했지. 도대체 무슨 중요한 문제가 있어서 싸움을 벌여야 하는 걸까? 리웨이는 이제 더 이상 실험실도 운영하려고 하지 않아. 실험실에 대해서는 아무런 발언권도 갖지 않으려고 한다니까. 그는 모든 지휘권을 포기하고 있어. 그런 상황에서 뭘 따지고 들겠어? 그래서 나는 우리가 고용한 법률 사무소에서 근무하는 친구한테 전화를 걸어 남아 있는 문제들이 무엇인지 알아볼 수 있냐고 물었어. 근데 그 여자가 나한테 뭐라고 했는지 알아?"

판은 고개를 가로저었다.

"예전에는 문제들이 있었지만 지금은 당연히 아무런 문제도 없다고 하지 뭐야. 그래서 내가 그랬지. '왜 당연히, 라는 말이 거기에 붙죠?' 그랬더니 그 친구는 계약이 일주일도 더 전에 이미 합의가 되었기 때문이라는 거야. 리웨이가 분명히 그 자리에서 서명까지 했대. 리웨이는 내게 그런 말을 한 적이 없어. 우리는 그때 엄청 싸웠어. 나는 어떻게 그런 걸 내가 모를 수 있는지 이해를 못 하겠어. 아무튼 내 친구는 이제 우리가 추가적인 서명들만 기다리면 되는 거라고 말했어. 하지만 무슨 이유에서인지 몰라도 그들은 시간을 끌고 있다고. 그들은 조금도 서두르는 것 같지 않대. 물론 네가 그런 것까지 알 필요는 없겠지만 그 모든 게 조금 걱정스러워. 넌 그렇게 생각 안 해?"

판은 그녀의 말에 동의했다. 판의 말에 그녀는 길게 한숨을 내쉬었다. 이상하게도 그런 확인을 해 주자 베티는 다소 기분이 나아진 듯 보였다. 가져온 비닐로 된 신발 가방에 운동화와 세면도구를 넣고 나서 그녀는 반들반들한 나무 사물함들 사이에 놓인 폭이 좁은 가죽 벤치에 가방을 내려놓았다.

"뭐 좀 물어봐도 돼?"

판의 양손을 감싸 쥐며 베티가 말했다.

"네."

"내가 추측컨대 그곳 자치주에 있었을 때, 넌 완전히 혼자는 아니었을 거야. 혼자 있기에는 너무 힘들고 위험한 곳이었을 테니까 말이야. 그렇지?"

"네."

"하지만 너는 무척 외롭다고 느꼈던 게 틀림없어. 그렇지? 나는 네가 너 스스로의 의지로 떠나왔다는 걸 알고 있지만 그건 제쳐 두기로 하자. 너는 가끔 틀림없이 모든 것을 잃어버린 느낌이 들었을 거야. 너의 가정과 너의 친척과 너의 친구들 모두. 수조 속의 너의 일과 네가 분명히 즐겼을 다른 많은 것들까지. 그리고 물론 너의 남자친구 레그도 거기에 포함되겠지. 너를 지금의 너로, 너를 판으로 만든 모든 것들, 그 모든 것들이 하나도 남아 있지 않다는 느낌을 받았을 거야. 그것들은 모두 사라져 버렸지. 아마도 네 마음속에서 영원히 사라져 버렸어. 그런 느낌을 받았어?"

판은 바로 대답하지 않았다.

"그렇게 되었을 때, 틀림없이 무척 겁이 났을 거야. 이루 말할 수 없을 정도로."

베티가 말을 이었다. 그녀의 아름다운 두 눈이 원반처럼 커지고 어두워졌다.

"나는 거의 상상도 할 수 없지만, 혹시 다른 것도 느끼지 않았어? 그 모든 것의 이면에 있는 무언가를? 최근에 나는 기분이 아주 이상해. 이건 네가 느꼈던 것과는 전혀 다르겠지만 어쨌든 나는 그런 기분을 느끼지 않을 수 없어. 나는 그것을 단지 이렇게밖에 표현할 수 없는데, 뭐냐면 이 놀랍고 동굴처럼 텅 비어 있는 공간의 한복판에 둥둥 떠다니는 기분이랄까? 처음에는 죽고 싶을 정도로 엄청나게 무서웠지만 지금은 잘 모르겠어. 거기에는 나를 미치게 만드는 무언가가 있어. 무슨 말인지 알겠어? 내가 지금 하는 말을 알아듣겠어?"

우리는 육체적인 감각상으로는 동일할지라도, 어떤 느낌이 동일한 이야기를 다른 식으로는 말할 수 없다는 것을 알고 있다. 그래도 판은 그 느낌을 진정으로 이해했다. 자신이 B-모어에 있었을 때, 심지어 레그와 공원을 거니는 동안 그의 손을 꼭 거머쥐었을 때에도 항상 그런 느낌을 받았었기 때문에. 하지만 그녀는 베티에게 잘 모르겠다고 말했다. 그 내용을 말하고 싶지는 않았다. 그녀는 자신이 믿은 대로 자유로웠다. 항상 그랬다. 떠나옴으로써 그것은 분명해졌다.

베티는 좀 더 오랫동안 밖에서 머물고 싶어 했다. 그녀는 심지어 어딘가로 차를 타고 나가서 그날 하루를 여자들만의 날로 만들고 싶어 했다. 하지만 이제 저녁을 먹을 시간이 다 되어 가고 있었고 리웨이는 저녁 식사가 준비되기만을 간절히 기다릴 것이었다. 프로젝트가 이제 기본적으로 완료되었고 수영장과 체육관 설계도 진행 중이었기에 그와 베티는 자신들이 아주 중요하다고 여기는 가정생활의 여러 측면들에 전념할 시간을 충분히 확보할 수 있었다. 그 측면들에는 조시와 쌍둥이를 기르는 일, 그들 가정의 자원 이용과 낭비에 관한 환경 보호 실천, 그리고 가족의 식생활 문제 등이 포함되어 있었다. 그들이 생각하기에 먹는 일은 확실히 기본적인 것으로 사람들이 하루의 대부분을 하며 보내는 일이었다. 그것은 말 그대로 세상을 흡수하고 섭취하는 일이었다. 그리고 이 분야에 리웨이는 특별히 강한 흥미를 보였다. 음식들이 어떤 맛이 있어야 하는지에 대한 미식가적인 시각에서가 아니라 그들 각자, 심지어 아기들까지도 마을 시장에서 재료를 고르는 일에서부터 재료를 칼로 자르고 양을 가늠하고 요리를 만드는 것에 이르기까지 식사의 생산에 참여해야 한다는 생각을 가지고 있었다. 아기들은 생강 조각부터 시작해서 계피 막대기에 이르기까지 모든 것들의 강한 냄새를 맡고 가끔 울음을 터뜨려야 했다. 그러한 생각은 의식의 노력을 통한 전체론적인 이해로 결국에는 그것이 최고의 건강으로 이어진다는 것이었다. 솔직히 그것은 종종 서커스의 일부였다. 식사는 한 번도 제대로 나오지 않았다. 모든 사람이 모든 단계에서 자신의 순서에 따라 가담을 해야 했기 때문에. 바닥에 흘려 엉망이 되어 버린 음식을 대걸레로 닦아 내는 도우미들을 충분히 두고 있어서 다행이었다. 특히 조시가 믹싱 볼을 거머쥘 때는 여지없이 음식을 엎지르곤 했다.

올리버와 베티가 이제 손수 지휘하고 있는 이런 복잡한 집안일들은 많은 에너지를 요했다. 하지만 전보다 세분화된 집에서 서로 말다툼을 벌이거나 들볶거나 회피하는 데 쓰일 수도 있는 에너지를 다른 곳으로 유도한다는 점에서는 건설적인 방법이라는 것을 판은 그리 어렵지 않게 깨달을 수 있었다. 판은 베티가 아직도 비크와 주기적으로 연락을 하고 있다고 생각했다. 하지만 적어도 그녀가 보기에 그 두 사람이 직접 만나는 것 같지는 않았다. 만날 수도 없을 것이었다. 청 씨 부부의 가사 스케줄은 너무 꽉 짜여 있어서 눈코 뜰 새도 없이 바빴다. 그리고 가족은 거의 항상 함께 있었다. 하지만 판은 차에 있는 베티의 손가방에서 또 하나의 핸드스크린이 삐져나와 있는 것을 보았다. 판은 그것을 앞쪽 조수석 밑에서 발견하고는 말없이 그녀의 손가방 속에 넣었다. 베티는 운전을 하면서도 손가방의 지퍼를 채웠다. 그녀는 베티가 자신에게 더 이상 폭로하지 않아서 고마웠다. 더 이상의 폭로는 수영장에서 그 사건이 있은 뒤로 더 이상 고려할 가치가 없어진 도덕적 측면에서의 진퇴양난으로 그녀를 다시금 몰아넣을 것이었다. 비록 판은 아직 그를 잘 알지는 못했지만 올리버는 리웨이였고 리웨이는 그녀와 한 핏줄이었으며 그의 측은한 입장은 그녀로 하여금 여전히 그녀가 너무나 많은 것을 알고 있다는 느낌을 갖게 만들었다. 조시를 유아원 셔틀버스에 태워 보내고 나서 그들 세 사람이 함께 있을 때마다 판의 가슴은 보일 듯 말 듯 콩닥거렸다.

이상한 것은 판이 와인에 흠뻑 젖은 베티가 그녀와 마음을 터놓고 대화를 나누고 싶어 할 가능성을 줄이기 위해 베티보다 올리버와 훨씬 더 많은 시간을 보내고 있었다는 것이다. 그것은 아마도 그녀가 정말 그를 사랑하고 있는지 알아내기 위해서이거나 B-모어의 가정에 있는 다른 사람들에게 그녀가 느꼈던 그런 감정을 그에게 느낄 수 있는지 알아보기 위해서였을 것이다. 그런 감정이란 표현하거나 보여 줄 필요가 거의 없는 놀라울 정도로 단순한 사랑이다. 자신의 친구들뿐만 아니라 청 씨 부부는 시위, 매 순간의 행동화, 그리고 존경과 감탄과 헌신의 온도 측정에 대해 깊은 믿음을 가지고 있었다. 판과 함께 있으면 올리버는 과거 자신의 친족과 함께 있었을 때의 모습으로 되돌아가는 듯 보였다. 이제 두 사람은 그다지 많은 대화를 나누지 않았다. 그들이 부엌에서 바삐 일을 할 때나 건축가가 가장 최근 계획의 세부 내용을 설명하는 것에 귀를 기울일 때나 조시가 여자애답게 옆으로 재주넘기를 하면서 반들거리는 새 거리를 가로질러 가는 모습을 지켜볼 때도 두 사람은 그다지 많은 대화를 나누지 않았다. 조시가 옆으로 재주넘기를 할 때 그녀의 엉덩이는 두 다리보다 더 높은 위치에서 원을 그렸다.

그는 판에게 함께 있어 줘서 좋다거나 고맙다는 말을 할 필요가 없었다. 그녀와 함께 있다는 그 사실 자체가 중요할 뿐 그런 것은 그에게 중요하지 않은 듯 보였다. 그는 주위에 그녀가 보이지 않아도 그녀가 어디에 있는지 똑똑히 알고 있었다. 그로서는 조시의 방으로 걸어 들어가 조시와 판이 인형놀이를 하고 있는 모습을 지켜보는 것으로 충분했다. 그는 심지어 고개를 끄덕이지도 않았고 인사말을 건네지도 않았으며 그저 자기 집안의 사람들이 어디에서 무엇을 하고 있는지 확인만 했다. 또 수영장에서 있었던 일에 대해서도 말하지 않았고 판이 물에서 나왔을 때 그녀의 몸에서 무언가 특이한 점을 눈치채지 못한 것처럼 행동했다. 우리가 집에 있을 때 가장 좋은 점이 바로 그런 것 아닐까? 다락방에는 숙모와 삼촌의 사진이 걸려 있고 사촌들은 앞뜰에서 뛰어놀고 있고 오빠와 조카는 거실 저쪽 편에서 쉬고 있는 모습. 그들이 누구인지 그다지 깊이 생각하지 않아도 되고 그냥 그들이 뭉쳐 있는 모습을 느끼기만 하면 된다. 틀림없이 아주 오랜 옛날부터 우리의 선조들은 황혼녘이 되어 집으로 돌아와 우산나무의 속을 올려다보면서 똑같은 느낌을 받았을 것이다. 집은 항상 완벽하게 좋은 느낌은 아니지만 앞뒤로 오갈 수 있는 우리의 것이다.

물론 베티의 거리에 서 있는 판이 몇몇 사람들에게는 우리의 계획에서 매우 부자연스러운 모습으로 비칠 것이다. 때때로 그다지 부드럽지는 않지만 그들의 세계가 그렇게 신속하게 실현되었고 동등하게 나눈 노동이 아니라 무한한 재산을 통해 운영된 것을 감안하면 그렇게 비칠 수 있다는 것이다. 하지만 우리는 적어도 올리버와 베티가 자신들의 엄밀하게 목적의식이 있는 차터 방식으로 모든 것을 충분히 생각해서 우리의 방식에서 가장 좋고 가장 나쁜 것을 선별했음을 인정해야 한다. 그것은 그들에게 이로운 것이고 우리의 전통은 그런 도를 넘은 지휘의 결과를 그들이 부담할 것을 요구하지 않는다. 대부분은 아무런 일도 일어나지 않는다. 사람들은 벗어난다.

그리고 그들이 그렇지 않을 때, 그것은 지구가 돌아가 약간의 햇빛이 너무 일찍 또는 너무 늦게 그들의 길에 비추는 것이다. 우리가 올리버와 베티를 생각하는 것이 바로 그런 식이다. 어느 날 올리버는 어떤 실망스러운 소식을 전하기 위해 도우미들을 포함해서 모든 사람들을 불러 모았다. 그 소식은 다름 아니라 몇몇 구역 제한 때문에 지하 수영장과 체육관 프로젝트를 잠정적으로 보류해야 한다는 것이었다. 그러면서 그는 일시 정지된 그들의 신용 정보를 은행이 살펴보고 있다고 말했다. 판이 알 수 있는 것은 그의 관자놀이와 뺨이 더 희끗희끗해 보인다는 것뿐이었다. 비록 그는 부엌의 혼란에서 한복판에 여전히 자리 잡고 있었지만 맥없이 접시에 담긴 음식을 께지럭거리고 설탕을 넣지 않은 냉커피를 연거푸 들이켰다. 그의 표정이 너무 안돼서 베티는 몰래 크림을 추가로 타거나 유청 단백질을 마실 것에 넣기 시작했다. 다행히 그는 그것을 알아채지 못한 듯 보였다.

새로운 하루하루가 그렇게 지나갔다. 이틀이 지나고 사흘이 지나고 닷새와 엿새가 지나도 법률 사무소에서는 서명이 완료되었다는 소식이 들려오지 않았다. 그가 서재에서 보내는 시간이 늘어나는 듯 보였고 그는 재무 상태를 검토하고 있다고 말했지만 물론 결론은 항상 같았다. 그들의 돈은 이제 바닥을 드러내고 있었고 들어오는 돈은 없었다. 마지막 몇 점의 가구와 장식품과 예술품은 아직도 오전과 오후에 배달되고 있었지만 그것들의 포장지와 상자는 더 이상 뜯어지지 않고 있는 것이 그 명백한 징후였다. 베티는 도우미들에게 나중에 자기가 손수 뜯어 볼 테니 당분간 그대로 놔두라고 지시했다. 이제 베티는 먹을 것을 올리버에게 가져다주면서 그의 서재에 종종 머물렀다. 그래서 판에게 어떤 결정권이 맡겨졌다. 그녀는 자신과 아이들과 도우미들이 무엇을 하며 하루를 보내야 할지, 무엇을 먹어야 할지, 언제 잠자리에 들고 언제 잠자리에서 일어나야 할지 결정해야 했다.

베티는 도우미들에게 올리버의 서재에 간이침대를 설치하게 했다. 올리버가 자신의 책상의자 대신 그곳에서 잠을 조금이라도 청할 수 있게 하기 위해서였다. 그는 보통 새벽이 다 되어서야 잠이 들었다. 베티 자신도 종종 그와 함께 밤을 지새웠다. 그곳은 대체로 완벽할 정도로 조용했지만 때때로 한밤중에 다투는 소리가 갑자기 터져 나와 쌍둥이 중 하나의 잠을 깨우곤 했다. 그들이 아래층으로 결국 내려올 때는 주로 정오 무렵이었다. 대개는 올리버가 베티보다 먼저 내려왔는데 그것은 그가 목이 말라 잠에서 깨어나곤 했기 때문이었다.

하지만 어느 날 아침, 판이 조시를 셔틀버스에 태워 보낸 직후에 그들은 함께 내려왔다. 두 사람 모두 샤워를 하고 깔끔한 옷으로 차려입은 상태였는데 올리버는 빳빳하게 다린 셔츠와 플란넬 바지를 입고 있었고 베티는 판이 레그와 만날 때 입으려고 구입한 옷과 똑같은 옷을 입고 있었다. 판은 단박에 그 옷임을 알아볼 수 있었다.

"드디어 해냈어."

올리버가 양손을 치켜들면서 말했다. 베티는 자신의 입을 감싸고 있었다.

"계약 말인가요?"

판이 말했다.

"응! 마침내 성사됐어!"

두 사람이 동시에 말했다.

도우미들이 폴짝폴짝 뛰면서 박수를 치기 시작했다. 판도 덩달아서 그렇게 했다.

하지만 그때 올리버가 베티의 옆구리를 쿡 찔렀다. 그러자 그녀는 숨이 턱 막혀서 말했다.

"그리고 레그도!"

판은 무슨 말을 해야 할지 몰랐다.

"올라가서 옷 갈아입어야지, 판."

베티는 눈물이 그렁그렁해져서 말했다.

"그 친구가 있는 곳까지 가려면 한참을 달려야 해."

올리버가 말했다.

"그러니 서둘러야 해. 당장 떠나고 싶으니까."

* * *

우리는 성급하게 우리의 미래를 위해 무언가를 준비하고 있지 않나. 한번 생각해 보라. 우리가 가져가야 한다고 생각하는 것들. 그것은 거의 비극적으로 보인다. 우리는 우리가 바라는 것들로 너무 무겁게 짐을 꾸리고 우리가 해야 하는 것들은 거의 담지 않는다. 그래서 우리는 쓸데없는 것들로 괜한 짐을 만든다. 새벽이 되면 그제야 준비가 허술하다는 것을 깨닫는다.

하지만 우리의 판은 달랐다. 우리도 알고 있듯 그녀는 예언적인 사람도 아니었고 항상 준비가 되어 있는 사람도 아니었다. 또 그녀는 자신 외에 다른 사람을 이끌기 위해 선택받은 사람도 아니었다. 속을 가득 채운 가방을 메고 있거나 속이 홀쭉한 가방을 메고 있거나 아무것도 들고 있지 않을 때에도 그녀는 항상 결의에 찬 모습으로 서 있었다. 그녀의 대담성은 그녀를 그저 앞으로 밀고 나간 그런 것이 아니었다. 그녀가 서 있는 바로 그 자리, 그녀 스스로의 힘으로 발견한 그 자리에 굳건하게 고정시켰다. 이것이 그녀를 휘둘리지 않게 만들었을까? 이것이 그녀를 영웅적이고 현명하게 만들었을까? 그건 절대 아니다. 그녀는 나머지 우리들처럼 운과 적의에 영향을 받았다. 그저 그녀는 미래를 위해 희망을 품을 수 있었던 것뿐이다. 하지만 우리는 이 뿌리박음에 어떤 자질이 있다는 것을 매우 잘 알고 있다. 나머지 우리와 달리 그녀는 이것에 대해 절대로 한탄하거나 맞서 싸우거나 불신하지 않았다. 그녀를 만난 사람은 누구나 그녀의 이러한 면을 느끼고 가볍게 전율하지 않을 수 없었다.

베티는 판과 함께 위층으로 올라갔다. 빨리 출발해야 한다는 올리버의 충고에도 불구하고 베티는 판에게 욕조에 몸을 푹 담그고 천천히 씻을 것을 권했다. 올리버는 베티를 애들과 함께 남겨 두고 자기만 판을 태우고 갈 생각이었다. 밤새 차를 달리거나 어쩌면 이틀이 걸릴 수도 있는 거리였다. 베티는 판이 목욕을 마치면 손톱에 매니큐어를 칠해 주고 머리도 다듬어 주겠다고 말했다. 판의 머리는 아직도 단순한 단발머리였다. 솔빗으로 머리를 말거나 물결 모양으로 만들어 줄 수도 있었다. 도우미들 가운데 하나가 즉석 펌 제품 한 상자를 가지고 있을 터였다. 욕조에 물이 채워지는 동안 베티는 라벤더향이 나는 자신의 값비싼 소금을 물에 몇 숟갈 퍼 넣었다. 판은 블라우스와 근사한 스웨터, 그리고 베티가 최근에 사 준 청바지 두 벌을 작은 여행용 가방에 채워 넣었다. 그것으로 충분할 듯했지만 베티는 면회를 하루가 아니라 며칠 동안 허락해 줄 수도 있기 때문에 옷가지를 몇 개 더 챙겨 가야 한다고 생각했다. 그래서 피나가 훨씬 더 큰 바퀴가 달린 가방을 가지고 올라왔다. 침대 위에 펼쳐놓은 다양한 옷들로 가방을 겨우 반쯤 채우고 나서 베티는 판의 옷장에서 옷가지들을 가져왔다. 그러자 이제 세면도구 가방이 들어갈 공간만 남았다.

"어떤 기분이 들지 모르니까."

베티는 그녀에게 비록 하루 동안의 면회이지만 입고 싶은 옷들이 수없이 많을 거라고 말했다. 그거야 그때 가 봐야 알지 누가 알겠는가!

물론 베티의 말은 충분히 그럴 듯하게 들렸다. 하지만 조금은 뜨거운 목욕물 속에 드러누워 공기베개로 머리를 받치고 있는 동안 판은 무언가가 잘못되었다는 느낌을 받았다. 베티는 그녀에게 조금 지나칠 정도로 너그럽게 굴고 있었다. 판과 레그가 그 집에 사는 것에 대해 마음을 바꿔 먹은 걸까? 그것은 단지 그들의 감상적인 꿈이었을까? 만약 그렇다면 판은 레그에게 그들의 존재에 대해, 그들의 보살핌과 도움에 대해 자기는 그저 고마울 뿐이라고 말할 생각이었다. 그리고 그동안의 모든 유쾌한 혼란과 웃음에 대해 말할 생각이었다. 조시와 쌍둥이와 도우미들 있는 그대로 그리워할 것이라고, 자신은 베티의 거리에서 보낸 단 한 순간도 후회하지 않는다고 말할 것이었다. 더 오래 머물러야 할 필요는 없었다.

판은 욕조에서 일어나 침실을 들여다보다가 베티가 아직도 침대에 걸터앉아 있는 것을 보고 깜짝 놀랐다. 베티는 자신의 핸드스크린으로 메시지를 보내면서 그녀가 나오길 기다리고 있었다. 베티는 판이 지켜보고 있다는 것을 알아채고 재빨리 그것을 자신의 주머니에 쑤셔 넣었다. 그들은 판의 손톱을 손질하고 투명한 광택제로 소박하게 마무리했다. 그리고 결국 판이 생기가 넘치고 깔끔하게 보이도록 베티에게 머리 다듬는 일을 맡기기로 했다. 베티가 머리를 잘라 주고 가볍게 분을 찍어 뺨을 발갛게 물들이고 나자 판은 더할 수 없이 건강해 보였고 밝아 보였다. 어쩌면 그때만큼 그녀의 얼굴에 생기가 넘쳐 보인 적은 없었을 것이다. 피나와 다른 도우미인 바이올렛이 그녀의 가방을 아래로 가지고 내려가는 동안 판은 특별한 옷으로 갈아입었다. 그녀가 밖으로 나왔을 때, 베티는 그녀의 손을 잡았다. 그들은 거울이 달려 있는 옷장 문에 비친 자신들의 모습을 들여다보았다. 두 사람은 B-모어의 어떤 자매 잠수부들처럼 보였다.

"준비됐어?"

베티가 물었다.

판은 고개를 끄덕였다.

그들은 함께 계단을 내려갔다. 현관문은 열려 있었고 덧문의 맑은 판유리를 통해 그들은 피나와 바이올렛이 가방을 층층대의 계단에 쿵쿵 찧으며 인도로 내려가는 것을 볼 수 있었다. 베티는 가구 배달 문제로 전화를 해야겠으니 밖에서 기다리라고 판에게 말했다. 판을 태울 차가 당장 오기로 되어 있었다.

"나는 작별 인사를 경멸해. 아주 짧은 여행이라고 해도 그런 건 하기 싫어."

베티가 말했다.

"기다리지 않아도 돼요?"

위층을 힐끗 쳐다보며 판이 말했다. 판은 올리버가 아직도 짐을 싸고 옷을 갈아입고 있다는 것을 알고 있었다.

"그 사람은 곧 내려올 거야. 오, 저기 봐. 차가 왔네."

창문을 검게 선팅한 은색 자동차가 굴러오더니 땅딸막하고 건장한 운전사가 차에서 내렸다. 그는 겨드랑이가 꽉 끼는 반들반들한 상의를 입고 있었다.

"그래. 작별 인사는 하지 않기로 해. 금방 다시 볼 수 있겠지?"

"그래요. 곧 볼 수 있을 거예요."

판이 말했다.

베티는 두 팔을 벌리고 그녀에게 오라는 손짓을 했다. 판은 그녀가 끌어당기는 대로 자신의 몸을 내맡겼다. 베티가 레그를 포함해서 지금까지 그녀가 느껴 본 포옹들 가운데 가장 깊은 포옹을 해서 판은 조금 놀랐다. 여자는 판이 곧 죽기라도 할 듯이 끌어안았다. 하지만 그때 그녀는 판을 놓아주었다.

"이제 서둘러."

판은 층층대를 팔짝팔짝 뛰어 내려가면서 베티의 바로 그 말을 곰곰이 생각하고 있었다. 이제 B-모어로 서둘러 돌아가야 한다고. 이제 마음씨 착한 레그를 서둘러 찾아가야 한다고.

우리에게 가장 취약한 순간이 있다면 그것은 우리가 소원 성취를 했다는 생각에 가장 가까워졌을 때이다. 그때 우리는 완전히 이성을 잃어 어떤 불길이라도 뚫고 지나가게 된다.

피나와 바이올렛이 그녀의 뺨에 가벼운 키스를 하는 동안 운전사는 한 손으로 큼지막한 바퀴 달린 가방을 번쩍 들어 자동차의 트렁크에 실었다. 판이 현관문을 뒤돌아보았을 때 베티는 이미 사라지고 없었다.

"판 양?"

운전사가 말했다. 그녀가 알겠다는 표시를 하자 그는 "그만 가시죠."라고 하면서 그녀의 한쪽 팔을 잡아 차량의 뒷문으로 안내했다.

"그만 가시죠."

그는 판이 저항하기 시작하는 것을 느끼고 다시금 그렇게 말했다. 그의 뻣뻣한 손끝이 그녀 자신도 미처 모르고 있던 팔꿈치의 신경 하나를 압박했다. 그녀는 피나와 바이올렛이 공황 상태에 빠져 가냘프게 흐느끼는 소리를 들었다. 그녀는 무릎에서 힘이 빠져나가 하마터면 그 자리에 주저앉을 뻔했다.

"제발!"

무슨 말을 하기도 전에 그녀는 동굴 같은 차 안에 들어와 있었다. 뒷좌석에 몸을 기대고 앉은 그녀의 눈은 실내에 익숙해지지 않고 있었다. 차에서는 막 청소를 한 것 같은 냄새가 났다. 그들은 이미 앞으로 굴러가서 진짜 거리로 막 들어서고 있었다. 그리고 그들은 묘하게도 베티의 거리로 들어서는 또 다른 은색 차량을 지나쳤다. 그제야 판은 앞좌석에 또 다른 사람이 앉아 있다는 것을 알아차렸다. 그 사람은 운전사에게 최대한 속력을 내라고 지시했다.

"차림새가 마음에 드네."

그 사람이 그녀를 향해 몸을 돌리며 말했다.

그 사람은 다름 아닌 비크였다. 눈매가 서글서글한 비크.

"여행을 떠나기에 적합한 복장이군. 하지만 이제 문제는 '어디로 가느냐.'야. 어디로 가고 싶어?"

정말 어디로 갈 것인가.

어디로 가지, 판?

비크에게 어디로 차를 몰고 가 달라고 해야 할까. 베티는 남편의 계획에 따라야 한다며 비크에게 미리 부탁을 해 두었다. 리웨이가 판을 레그가 있는 어딘가가 아닌 제약 회사로 보내기로 결정했다고 말했다. 제약 회사가 자신의 발명품을 최종 구매해 주는 문제에 있어 레그의 '유산'을 지닌 어떤 사람이 좋은 거래 대상이 될 거라는 기대를 갖고서. 적어도 그것이 그의 의도였다고. 그가 그렇게 할 수 있었을까? 판은 그의 뜻대로 그들에게 넘겨졌을까? 우리는 경계 초소의 정문 빗장이 올라가는 바로 그 순간 밖으로 뛰쳐나갔던 판을 기억하고 있다. 올리버는 자그마한 여행 가방을 들고 현관 앞 층층대를 걸어 내려와 차에 올라탔다. 그는 뒷좌석에 베티만 있는 것을 발견했고 그녀가 무슨 일을 했는지 즉각 깨달았다. 그들은 싸웠을까? 그들은 울었을까? 그들은 사랑과 죽음에 대해 얘기를 나눴을까? 우리가 아는 것이라고는 그들이 그 안에 머물렀다는 것밖에 없다. 차가 곧바로 움직이지는 않았으니까.

다른 차량은 빠르게 저 멀리 달려갔다. 그것은 우리에게서 멀리 떨어진 방향으로 가 버렸다. 이제 판은 오랫동안 눈에 띄지 않고 방해받지 않는 어딘가에 자신이 남겨졌음을 깨닫는다. 이제 더 이상의 시련은 없을 것이다. 사람들이 찾을 생각을 하지 않는 북쪽으로 가거나 겨울이 따뜻한 남쪽으로 갈 수도 있을 것이다. 길이 잘 닦인 서쪽으로 달려가면 또 다른 바다를 만날 수도 있을 것이다.

때때로 우리는 우리가 알고 있는 것보다 훨씬 더 가까운 거리에서 어떤 평범하지만 근사한 장소에 있는 레그의 소식을 기다리고 있는 판을 떠올릴 것이다. 그리고 그곳은 어쩌면 말라가 말했던 곳과 같을 것이다. 우리는 이제 거의 알 수 있다. 우리가 아는 가장 밝은 모양의 집, 검은 옷을 입은 소녀를 제외하고 가족들이 모두 빠져나간, 그 작지만 잘 정돈된 집에 대해.

서두르지 마라, 판

당분간 그곳에 머물러 있어.

우리는 길을 찾아낼 거다.

넌 우리에게 돌아오지 않아도 돼.

끝···

ON
SUCH A
FULL
SEA

\
옮긴이

나
동하
\

한국외국어대학교 영어과를 졸업하고 중앙대학교 예술대학원 문예창작 과정을 수료했다. 옮긴 책으로는 스티븐 킹의《조이랜드》, 카란 마하잔의《가족계획》, 제임스 엘로이의《L.A. 컨피던셜》, 이창래의《생존자》, 존 하트의《다운 리버》,《라이어》, 닐 게이먼의《스타더스트》,《네버 웨어》,《그레이브야드 북》, 제임스 패터슨의《비키니》 등이 있다.

# 만조의 바다 위에서 On Such a Full Sea

**1판 1쇄 발행** 2014년 7월 23일
**1판 2쇄 발행** 2014년 7월 29일

**지은이** 이창래
**옮긴이** 나동하

**발행인** 양원석
**편집장** 김지아
**책임편집** 신진
**전산편집** 김미선
**해외저작권** 황지현, 지소연
**제작** 문태일, 김수진
**영업마케팅** 김경만, 정재만, 곽희은, 임충진, 장현기, 김민수, 임우열
송기현, 우지연, 정미진, 윤선미, 이선미, 최경민

**펴낸 곳** ㈜알에이치코리아
**주소** 서울시 금천구 가산디지털2로 53, 20층(가산동, 한라시그마밸리)
**편집문의** 02-6443-8853 **구입문의** 02-6443-8838 **홈페이지** http://rhk.co.kr
**등록** 2004년 1월 15일 제2-3726호

ISBN 978-89-255-5248-4 (03840)